दूसरा घर
(उपन्यास)

वाणी प्रकाशन

नयी दिल्ली-110002

फोन : 3273167, 3275710 • फैक्स : 3275710

e-mail : vani_prakashan@yahoo.com

vani_prakashan@mantraonline.com

दूसरा घर

रामदरश मिश्र

वाणी प्रकाशन

वाणी प्रकाशन
4695, 21-ए, दरियागंज, नयी दिल्ली 110 002
शाखा
अशोक राजपथ, पटना 800 004
फ़ोन : +91 11 23273167 फ़ैक्स : +91 11 23275710
www.vaniprakashan.in
vaniprakashan@gmail.com
sales@vaniprakashan.in

DOOSARA GHAR
by Ramdarash Mishra

ISBN : 978-81-8143-665-8
Novel

प्रथम संस्करण : 1986
द्वितीय संस्करण : 1992
तृतीय संस्करण : 2007
चतुर्थ संस्करण : 2018

मूल्य : ₹ 595

हर्ष प्रिंटर्स, दिल्ली-110 093 में मुद्रित

वाणी प्रकाशन का लोगो मक़बूल फ़िदा हुसेन की कूची से

गुजरात के अपने प्रिय शिष्यों को

आरंभिक

गुजरात में मैं आठ वर्ष (1956 से '64) तक रहा। इनमें से छः वर्ष अहमदाबाद में बीते। इस अवधि में मैंने अहमदाबाद में रहने वाले उत्तर भारत (विशेषतया उत्तर प्रदेश और बिहार) के सामान्य लागों की ज़िन्दगी के विविध पहलुओं को देखा, अनुभव किया। सच पूछिए तो मैं अपने ढंग से उन्हीं लोगों का हिस्सा था। अपने गाँव से लेकर अहमदाबाद की यात्रा में मेरे जो जीवन अनुभव बने थे, वे ही इन लोगों की ज़िन्दगी से जुड़कर अधिक व्यापक और जटिल बन गए। जब मैं वहाँ था तभी निश्चय किया था कि इस ज़िन्दगी को उपन्यास में बाँधने की कोशिश करूंगा। यह उपन्यास मैंने 1977 के आसपास ही शुरूकर दिया था। लेकिन काम आगे बढ़-बढ़कर रुकता रहा। इसके शुरू होने के बाद मेरे दो अन्य उपन्यास ('आकाश की छत' और 'बिना दरवाजे का मकान') आ गए, किन्तु यह विभिन्न कारणों से रुकता रहा। अब पूरा होकर आपके हाथ में है।

यह जीवन-यथार्थ बहुत सघन बहुआयामी और जटिल है। मैं नहीं जानता कि इसे कितना पकड़ सका हूँ। यदि यह उपन्यास इस ज़िन्दगी का एक हिस्सा भी आप तक पहुँचा सका तो अपना श्रम-सार्थक मानूँगा।

–रामदरश मिश्र

1

शंकर आठ बजे क्वार्टर पर लौटा तो घर की चिट्ठी मिली। चिट्ठी खोलने की हिम्मत नहीं हो रही थी। वह जानता था, इस चिट्ठी में क्या होगा। पैसों की माँग होगी, अड़ोस-पड़ोस के लोगों की तरक्की का बखान होगा और बहाने से यह भी संकेत होगा कि पढ़-लिखकर भी वह घर के लिए नालायक ही रह गया। एक से एक अपढ़ लौंडे कमा-कमाकर अपने घर भर रहे हैं, जमीन-जायदाद खरीद रहे हैं और एक वह है जो अपना ही पेट पालने में लगा हुआ है।

—ठीक ही तो कहते हैं घरवाले। मैं घर के लिए क्या सका? सात साल से प्राइमरी में पढ़ा रहा हूँ। प्राइमरी स्कूल में मिलता ही क्या है। मैं क्या खाऊँ, क्या बचाऊँ? घर पर खाने-पीने की कमी नहीं है। इतने खेत हैं कि खाने भर को हो ही जाता है। लेकिन केवल खाना ही ज़रूरी नहीं है न। कच्चा मकान है तो पक्का मकान बनवाना है। एक पक्का मकान है तो दूसरा बनवाना है। अगर कहीं खेत बिक रहा है तो चढ़ा-ऊपरी करके उसे खरीद भी लेना है नहीं तो घर की इज़्ज़त चली जाएगी। जिसके घर के लोग परदेस में हों, उसके घर पैट्रोमैक्स, कालीन, फोनोग्राफ, नई-नई दरियाँ वगैरह-वगैरह होनी ही चाहिएँ और जिसके घर के लोग अहमदाबाद जैसे मिलों की नगरी में कमाते हों, उसके यहाँ अच्छे-अच्छे कपड़े न हों तो शान में कमी आती है। हर खाते-पीते घर के लोग बाहर कमाने वाले सदस्यों से बहुत-बहुत उम्मीदें पालते हैं और जब उम्मीदें पूरी नहीं होतीं तो वह सदस्य नालायक करार दे दिया जाता है—घर में ही नहीं, गाँव-जवार में भी उसकी नालायकी की चर्चा होने लगती है। घर पर माँ है, दो बड़े भाई हैं। एक भाई गाँव के पास के ही मिडिल स्कूल में मास्टर हैं और दूसरे खेती-बारी भी कराते हैं। उनके बच्चे हैं। भाई घर का खाते हैं और कुछ पैसे बचाकर घर दे देते हैं और मैं जब मुश्किल से कुछ बचा पाता हूँ तब भेज देता हूँ। इसलिए भाइयों की तुलना में मेरी इज़्ज़त कुछ भी नहीं है। मेरी पत्नी और दो बच्चे भी घर पर ही हैं। यह भी एक दर्द है। माँ का आग्रह है कि बहू और बच्चों को घर पर ही रहने दो। मैं जानता हूँ कि माँ मेरी पत्नी और बच्चों को बहुत प्यार करती हैं और उनसे सेवा भी पाती है। भाभी तो माँ को कुछ खतियाती ही नहीं। उनके बच्चे भी उसकी उपेक्षा करते हैं। भाई साहब हमेशा मेरी शिकायत लेकर बैठ जाते हैं,

भला-बुरा कहते हैं तो माँ कुछ बोल देती है, इससे वह और भी तीती हो जाती है उन लोगों के लिए। मेरे बच्चों और बीबी की उपेक्षा होती है इसलिए कि मैं जमकर रुपये नहीं भेज पाता। कभी-कभी पत्नी बेटे से पत्र लिखवाती है—"क्यों हमें यहाँ मुसीबत में छोड़ गए हैं, हर समय हमें कोंचा जाता है।" क्या करूँ? क्या मुझे नहीं इच्छा होती कि बाल-बच्चे साथ रहें? बच्चों की याद सताती रहती है और बीवी प्रायः याद आती है। कभी-कभी तो सूनापन बेहद काटने लगता है। शरीर जोरों से टूटने लगता है। क्या मैं नहीं चाहता कि परदेस में मेरा भी एक घर हो! काम पर से लौटूँ तो पत्नी के हाथ की गरम-गरम चाय मिले, ढंग का खाना मिले और बाहर खेलते हुए बच्चे को उठाकर गोद में भर लूँ! और जब गुजरात के लोग पूरब वालों पर बोली कसते हैं कि ये सबके सब बाल-बच्चों को छोड़कर चले आते हैं और व्यभिचार फैलाते हैं, तब अपमान से मेरा जी ऐंठ जाता है। मैं भी तो उन्हीं निघरे लोगों में से हूँ। क्या मैं व्यभिचार फैलाता हूँ। ठीक है मैं नहीं फैलाता हूँ तो क्या मैं सभी लोगों का प्रतिनिधि हूँ? क्या मैं नहीं जानता कि शरीर की अपनी ज़रूरत होती है? उस ज़रूरत को कोई कब तक दबाएगा? मैं दबा लेता हूँ तो क्या सभी लोग दबा लेंगे? परिवार-विहीन लोग गन्ध से फैलाएँगे ही। लेकिन वे क्या करें? पेट की भूख तो सबसे बड़ी भूख है। केवल अपने ही पेट की नहीं, अपने पिता के, माँ के, भाई के, सभी के पेट की ज़रूरत पुरबिहा की ज़रूरत में शामिल है। वे बाल-बच्चों को साथ लाएँ तो घर कैसे पैसे भेजेंगे, इसे गुजरात के लोग नहीं समझ सकते, क्योंकि यहाँ सभी अपनी-अपनी दुनिया बसाते हैं, किसी की ज़रूरत से उन्हें मतलब नहीं।

मैं चाहता हूँ परिवार ले आऊँ लेकिन—यहाँ भी लेकिन—वहाँ भी लेकिन। यहाँ लेकिन यह कि लाकर कहाँ रखूँगा? मैं तो दूसरे के क्वार्टर में एक कमरा किराये पर लेकर रहता हूँ और दूसरे, परिवार के आने पर तो घर भेजने के लिए कुछ भी नहीं बचेगा। बचने का सवाल ही कहाँ उठता है, मेरा खर्च नहीं चलेगा। तीसरे, माँ अकेली पड़ जाएगी, कोई उसकी देखभाल ही नहीं करेगा। कितना बड़ा मकड़ी का जाला है जिसमें मैं या मेरे जैसे लोग फँसे हैं, जाले को तोड़ने के लिए ज़ोर मारते हैं, जाला हिलता है तो वे स्वयं थर्रा जाते हैं और ज़ोर मारना बन्द कर देते हैं।

घर से शिकायत आती है कि "उसी नौकरी में और लोग हैं, खुद इसी जवार के पारस हैं जो रुपयों से घर भर दे रहे हैं और एक तुम हो जो अपने बाल-बच्चों का पेट पालने योग्य पैसे नहीं भेज पाते।" ओह, कैसे-कैसे लोगों से मेरी तुलना की जाती है! पारस। हाँ, पारस भी लायक आदमी है बल्कि आदमी नहीं केवल लायक है—सीधा-सादा गऊ। वह भी प्राइमरी में ही टीचर है और वह भी मेरे ही समान उसी चाली में एक कमरा लेकर रहता है। आता ही होगा। दिन-भर ट्यूशन करता है, एक वक्त चना खाता है, एक वक्त खाना बनाकर खाता है। उसे और कोई काम ही नहीं है—न पढ़ना, न लिखना, न किसी सभा-सोसायटी में जाना। बस स्कूल में पढ़ाता है

और ट्यूशन करता है। हर महीने तीन-चार सौ रुपये भेजता है। उसकी एक-एक हड्डी गिन लो, उसके कपड़ों की दुर्गन्ध सौ कदम दूर से ही सूँघ लो, उसके चेहरे की झुर्रियों को रात में भी देख लो। उसके घरवाले बहुत मज़े में हैं, पालिटिक्स करते हैं और दूसरों की ज़मीन-जायदाद के लिए मुकदमे लड़ते हैं।

मुझे सात साल हो गए अहमदाबाद में आए हुए। मैट्रिक पास करके आया था। मैं पढ़ना चाहता रहा, लेकिन घरवालों ने कहा—"क्या पढ़ते ही रहोगे? और कुछ करो-धरो।" पिताजी तब जीवित थे। उनका भी ज़ोर नौकरी पर था, और भाई साहब तो फिर दुश्मन ही बन गए थे मेरी पढ़ाई के। उन्होंने ताना भी मारा कि आगे पढ़कर क्या कर लोगे? कलक्टर बनोगे? घर-गृहस्थी का काम करो और कोई नौकरी खोजो। लेकिन मैंने ठान लिया था कि मैं पढ़ूँगा। किताबें शुरू से ही मुझे ललचाती रही हैं, मेरे भीतर शुरू से ही पढ़ते रहने की तड़प भरी है। मैं कलक्टर बनूँ या न बनूँ, विद्या-प्रेमी ज़रूर बना रहूँगा। मैं सामान्य और लीचड़ ज़िन्दगी जीने के लिए नहीं पैदा हुआ हूँ। मैं अपने जीवन का अर्थ समझता हूँ। शुरू से ही इसके अर्थ की छाया मेरे भीतर तैरती रही है, इसीलिए मैं एक दिन अपने दोस्त के पिता का पता लेकर अहमदाबाद भाग आया। कुछ दिन इधर-उधर भटका किन्तु बाद में प्राइमरी स्कूल में मुझे नौकरी मिल गई। एक सहारा मिला। लेकिन प्राईमरी की नौकरी मेरा लक्ष्य तो नहीं थी। लोग ट्यूशन करते हैं, ट्यूशन पर ट्यूशन करते हैं और अनेक धन्धे करके पैसे बटोरते हैं, लेकिन मुझे इधर कभी आकर्षण नहीं दिखा। मुझे लगा कि अब मेरी पढ़ाई का रास्ता साफ़ है। पढ़ने लगा। प्राइवेट इण्टर पास किया। बी.ए. किया और अब हिन्दी से एम.ए. कर रहा हूँ। फ़ाइनल में हूँ। पैसों से किताबें खरीदता हूँ, फ़ीस देता हूँ, साफ़-सुन्दर रहने की कोशिश करता हूँ। चाहता हूँ यहाँ का कोई आदमी मेरा रहन-सहन देखकर यह न कहे कि भइया है। भला रुपये कहाँ बचते हैं कि मैं ढेर के ढेर घर भेजता रहूँ और गाँव में लायक कहाता रहूँ।

शंकर ने एक उसाँस ली। चिट्ठी पर निगाह फेरी, कुछ देर तक देखता रहा। खोलने की इच्छा हुई, नहीं खोली। आज तो यों ही मन उद्विग्न था, उस उद्विग्नता में चिट्ठी खोलकर उसे बढ़ाना नहीं चाहता था। उसे लगा कि चाय पीनी चाहिए। उठकर स्टोव जलाया। पानी रख दिया, चीनी डाली और वह बैठ गया। सोचने लगा—यह कोई नई बात तो नहीं है, क्यों चिन्ता करूँ ? यह तो प्रायः घटता है। लेकिन हद है गुरुओं की असहिष्णुता की और उनकी पेशगत बेईमानी की भी। दवे साहब एम.ए. के अध्यापक हैं। पता नहीं कब का एक बना हुआ नोट है। उसी को क्लास में लिखवाते रहते हैं। मैं कभी-कभी हाज़िरी के लिए उनकी क्लास में बैठ जाता हूँ। नहीं लिखता हूँ, चुपचाप कोई उपन्यास पढ़ता हूँ। वे बुरा मानते हैं। एक दिन डपटकर बोले— "अरे हज़रत, लिखते क्यों नहीं हैं ? क्या अपने को बड़ा कवि समझते हैं? जब नम्बर नहीं आएँगे तो रोएँगे।" मैं केवल मुसकराया। बोला कुछ नहीं। क्या

बोलता? बोलता तो और बुरा मानते। लेकिन वे मुस्कराने से काफ़ी जल गए। उन्होंने पूछा— "आप क्लास में बैठे-बैठे क्या पढ़ते रहते हैं?" कुछ नहीं सर, यों ही।" "कुछ नहीं क्यों? कुछ पढ़ तो ज़रूर रहे हैं।" कहकर वे मेरी ओर झपटे और किताब मेरे हाथ से छीन ली। 'पतन'। "अच्छा तो आप 'पतन' पढ़ रहे हैं! ऐसे सस्ते उपन्यास पढ़ने में आपको शर्म नहीं आती?" कहकर उन्होंने किताब उठाकर क्लास में दिखाई। कुछ लड़के-लड़कियाँ हँसने लगे। मुझे भीतर-भीतर बहुत गुस्सा आया। इच्छा हुई कि पुस्तक इनके हाथ से छीन लूँ और क्लास के बाहर निकल जाऊँ। लेकिन मैंने अपना क्रोध संयत किया और कहा "सर, यह सस्ता उपन्यास नहीं है, यह कामू का उपन्यास है।"

"अरे भाई, कामू क्या बला है?" कहकर वे हँसने लगे—जैसे बहुत गहरा व्यंग्य कर बैठे हों। साथ में अनेक घटिया छात्र भी हँस पड़े।

"सर, कामू बला नहीं है, विश्व का प्रसिद्ध अस्तित्वादी उपन्यासकार है," मैंने कहा। और दो-चार और प्रबुद्ध विद्यार्थियों ने आँखों में मज़ाक की मुसकान भरकर कोरस के स्वर में कहा—"हाँ, सर!"

"अरे होगा, लेकिन तुम लोगों को अपने कोर्स की चीज़ पढ़नी चाहिए, कोर्स के बाहर की चीज़ों को पढ़ने का अभी समय नहीं है।"

"सर, अस्तित्ववाद का हमारे साहित्य पर असर पड़ा है और हमें अपने साहित्य की प्रवृत्तियों का अध्ययन करते समय अस्तित्ववाद को जानना चाहिए।"

"बेकार बात मत करो, जो कहता हूँ करो। मैं पन्द्रह साल से एम.ए. पढ़ा रहा हूँ। मेरे अनुभव से लाभ उठाओ।" कहकर वे फिर नोट बोलने लगे थे।

आज मैं फिर उनकी क्लास में बैठा था। आज एक पत्रिका में छपा 'नई कहानी' पर लेख पढ़ रहा था। दबे साहब भी कहानी का इतिहास पढ़ा रहे थे। एक लड़के ने पूछ लिया—"सर, स्वाधीनता के बाद की कहानी और प्रेमचन्द की कहानी में क्या अन्तर है?"

दवे साहब एक पल को ठिठके, फिर विश्वास से मुस्कराए और बोले—"अरे भाई, प्रेमचन्द के बाद कहानी लिखी ही कहाँ गई है?"

पूरी क्लास ठहाका माकर हँस पड़ी। वे समझे कि सभी लोग हमारे बुद्धिमत्तापूर्ण उत्तर को सराह रहे हैं।

मुझसे नहीं रहा गया। बोला—"आप यह क्या कह रहे हैं, सर? प्रेमचन्द के बाद जैनेन्द्र, अज्ञेय, यशपाल जैसी हस्तियाँ आईं और नई कहानी में तो अनेक अच्छे कहानीकार हैं और आप कह रहे हैं कि प्रेमचन्द के बाद कहानी लिखी ही नहीं गई!" शायद मेरे स्वर में कुछ रोष भी उग आया था।

"ओ हो, आप नहीं समझे। मैंने यह बात अभिधा में थोड़े कही है। कहानियाँ लिखी गई हैं, किन्तु प्रेमचन्द ने जैसी अच्छी कहानियाँ लिखी हैं वैसी फिर नहीं

लिखी गईं। लोग आते रहते हैं, लिखते रहते हैं, उन्हें कोई मना थोड़े ही कर सकता है।"

फिर एक ठहाका लगा। दवे साहब को महसूस हुआ कि यह ठहाका बहुत साफ तौर पर उनके खिलाफ़ मज़ाक था। एक लड़के ने पूछा—"सर, कहानियाँ अच्छी लिखी गई हों या बुरी, उनमें प्रवृत्तिगत अन्तर तो होता ही है। वह अन्तर तो स्पष्ट होना ही चाहिए।"

"क्यों होना चाहिए? क्या कभी यह सवाल परीक्षा में पूछा गया है? मैं आप लोगों को फालतू चीज़ें नहीं पढ़ाऊँगा। इतना समय कहाँ है अपने पास। और देखिए, मेरे पढ़ाते समय आप लोग फालतू सवाल पूछकर मेरा समय बर्बाद मत किया कीजिए। मेरा मूड खराब हो जाता है। अब जो भी मुझे डिस्टर्ब्ड करेगा, उसे क्लास से बाहर निकाल दूँगा और ग़ैर हाज़िरी ठोंक दूँगा।"

मैंने चिल्लाकर कहा—"सर, मेरे पास एक पत्रिका है—उसमें यह अन्तर स्पष्ट किया गया है। आप चाहें तो आपके पढ़ने के लिए यह पत्रिका दे सकता हूँ।"

"तुम मुझे सिखाओगे अब? मैं तुम्हें पिछले साल से ही मार्क कर रहा हूँ। तुम बदतमीज़ हो, अपने को बहुत बड़ा स्कालर समझते हो। और कविता भी लिखते हो न? अपने को जयशंकर प्रसाद समझने लगे हो। लो, मैं तुम्हारा दिमाग़ ठीक करता हूँ।" कहकर उन्होंने तीन-चार दिन की ग़ैरहाज़िरी ठोंक दी और रजिस्टर उठाकर बाहर चले गए। मेरी इच्छा हुई कि दौड़कर उनकी कालर पकड़ लूँ और कहूँ कि आइन्दा से मुझे बदतमीज़ मत कहिएगा, लेकिन मैं जहाँ का तहाँ मर्माहत खड़ा रह गया।

यह कोई नई बात नहीं है और न यह बात दवे साहब के साथ ही है—दो तिहाई प्रोफेसरों का यही हाल है—चाहे वे गुजरात के हों, चाहे उत्तर भारत से आए हुए हों। उत्तर भारत से आए हुए लोग भाषा की शुद्धता के बल पर स्कालर बन जाते हैं और वे बात-बात में गुजराती प्रोफेसरों की हिन्दी में ग़लतियाँ निकालते हैं। दरअसल शुद्ध हिन्दी बोलना न कोई पुरुषार्थ है और न गुजराती प्रभाव वाली हिन्दी बोलना कोई अपुरुषार्थ है। एक को हिन्दी मातृभाषा के रूप में मिली है दूसरे को नहीं मिली तो यह अन्तर तो होगा ही। असल चीज़ है ज्ञान, जिसे दोनों को ही अर्जित करना पड़ता है। वह ज्ञान जहाँ होता है वहाँ भाषा चाहे गुजराती प्रभाव वाली हो चाहे शुद्ध हिन्दी हो, अर्थ से भारी हो उठती है, नहीं तो खोखले वाग्जाल के सिवा और बचता ही क्या है?

डॉ. गौतम सीनियर प्रोफेसर हैं। उनसे अपना दु:ख-दर्द कहता हूँ। उनकी क्लास में तृप्ति मिलती है। वे जाने-माने साहित्सकार तो हैं ही, अच्छे अध्यापक भी हैं और छात्रों के प्रति अत्यन्त सहृदय हैं। वे समझाते हैं कि किसी को छेड़ो मत। जो जो देता है ले लो या सुन लो।

गौतमजी मेरे भले के लिए व्यावहारिक बात कहते हैं, लेकिन मैं जानता हूँ कि वे

भीतर-भीतर कितने दुःखी हैं, असन्तुष्ट हैं इस सारे परिवेश से। वे भीतर-भीतर विद्रोही हैं किन्तु बाहर-बाहर मुरौवती हैं। मैं बाहर-भीतर को इतना नहीं अलगा पाता। अपने अहित की बात जानते हुए भी फूट पड़ता हूँ चाहे क्लास हो, चाहे समाज, चाहे परिवार हो, चाहे कवियों का समाज। इसीलिए लोग मुझे घमण्डी, बदतमीज आदि समझते हैं। कितनी टकराहटें हैं ज़िन्दगी में? झूठ को आखिर कहाँ तक बर्दाश्त किया जाय? कभी-कभी सोचता हूँ, अपने को बदलूँ।

खल खल खल खल...

अरे चाय का पानी तो कब से खौल रहा है। धत्तेरी की, पानी तो आधा जल गया, मुझे पता ही नहीं चला। चलो, थोड़ा और पानी डाल देते हैं।

इस बीच पत्र पढ़ लिया। कुछ खास बात नहीं थी। वही पैसों की पुरानी माँग और हालचाल। खेत खरीदने के लिए कुछ पैसे चाहिए।

चाय पीकर शंकर कुछ आश्वस्त हुआ तो सोचा, कुछ पढ़ा जाय। आजकल उसे मार्क्सवाद पढ़ने का शौक हुआ है। उसे अपने भीतर से ऐसा अनुभव होता है कि यह दर्शन उसके बहुत क़रीब है। उसे कहीं विश्वास और ऊर्जा दे रहा है। उसने पढ़ना शुरू ही किया था कि किसी के पुकारने की आवाज़ आई—"शंकर भाई!" और पारस अन्दर घुस गया।

"ओ पारस भइया! आइए-आइए।" शंकर का मन तीता हो गया, लेकिन ऊपर-ऊपर हँसने का प्रयत्न करता रहा।

पारस के आते ही झक-से कपड़ों की एक दुर्गन्ध कमरे में फैल गई।

"क्या बात है पारस भइया, बहुत थके दिखाई पड़ रहे हैं।?"

"नहीं भाई, थका-वका कहाँ हूँ। थकना तो रोज़ की आदत बन गया है।"

"नहीं, फिर भी आज कुछ विशेष थके दिखाई पड़ रहे हैं।"

"नहीं, कुछ खास नहीं। पचास रुपये हों तो दे दो। पहली को दे दूँगा।"

"रुपये?" ऐसी क्या आफत आ गई पारस भइया?"

"भाई, बात यह है कि घर से चिट्ठी आई है, कोई खेत बिक रहा है, गाँव में चढ़ा-ऊपरी हो रही है। वह खेत खरीदना है। घर की प्रतिष्ठा का सवाल है। कुछ पैसे जमा थे, कुछ ट्यूशन के इकट्ठे किए, फिर भी पचास रुपये कम पड़ रहे हैं।"

"हाँ भाई, घर की प्रतिष्ठा का सवाल है। ज़रूर भेजना चाहिए। मेरे घर से भी चिट्ठी आई है। वहाँ भी प्रतिष्ठा का सवाल है, लेकिन उनकी प्रतिष्ठा के साथ-साथ मेरी भी तो प्रतिष्ठा का सवाल है। मैं दरिद्रनारायण बनकर उनकी झूठी प्रतिष्ठा की रक्षा करता रहूँ, यह तो मुझसे नहीं होगा। आप महान् हैं, आदर्श हैं, आपके क्या कहने! मरे पास पैसे होते तो ज़रूर देता, लेकिन आप जानते हैं मैं ट्यूशन तो करता नहीं, पढ़ता हूँ और किताबें ख़रीदता हूँ, दस-पाँच रुपये बचे हैं सो वे महीने के बचे हुए दिनों की भेंट चढ़ेंगे।"

पारस दुखी हो गया।

"पारस भइया, आप थके लग रहे हैं। मैं आपके लिए चाय बनाता हूँ।"

"नहीं-नहीं, भाई, चाय तो अभी पी है।"

"कोई बात नहीं। आप शाम को खाना तो खाते नहीं, मेरे लिए चाय ही पी लीजिए। कुछ नमकीन भी है, साथ ले लीजिए।"

पानी उबलने लगा तो शंकर ने पारस से कहा—"भइया, आपके घर कौन-कौन हैं?"

"माता-पिताजी, हैं, तीन भाई हैं, एक छोटी बहन है। मेरा और भाइयों के परिवार हैं।"

"और खेत कितने हैं?"

"चालीस बीघे।"

"भाई लोग क्या करते हैं?"

"एक खेती कराते हैं और एक जवार में ही हाई स्कूल में पढ़ाते हैं।"

"इतने पर भी घर का खर्चा पूरा नहीं पड़ता?"

"पूरा क्यों नहीं पड़ेगा, लेकिन सवाल निरन्तर विकास का है न। जर-जवार में ध न-दौलत से ही मान बढ़ता है। हमारे घर में आप शहर की अनेक चीज़े पाएँगे—कालीन, तिरपाल, कुर्सियाँ, फोनोग्राफ, नये-नये छाते, कपड़े, पैट्रोमैक्स, साइकिलें वगैरह।"

"और यहाँ आपके यहाँ क्या-क्या है?"

"यहाँ रखने की क्या ज़रूरत? यहाँ तो परदेस है। यहाँ मेरी कौन इज्ज़त होने वाली है? यहाँ कौन देखता है?"

"क्यों, आप अपनी कोई इज्ज़त ही नहीं समझते? आप तो शिक्षक हैं, क्या यह नहीं समझते कि यहाँ आपकी इज्ज़त का सवाल केवल आपसे ही नहीं समूचे उत्तर भारत के लोगों के साथ जुड़ा है? क्या आपको नहीं लगता कि यहाँ के लोग हम लोगों का रहन-सहन देखकर व्यंग्य कसते हैं?"

"कसने दो। उससे हमारी सेहत पर क्या असर पड़ता है? मुझे तो अपना घर-द्वार देखना है।"

"आपकी सेहत पर तो नहीं, लेकिन हमारे प्रदेश की सेहत पर अवश्य पड़ता है।"

पानी खौल गया था। चाय बनाकर शंकर ने पारस को दी। साथ ही प्लेट में कुछ नमकीन भी रख दिया। वह चपर-चपर नमकीन खाने लगा और प्लेट में चाय गिराकर सुर्र-सुर्र सुड़कने लगा, जैसे बैल सानी के भीतर मुँह धँसाकर सुड़कते हैं।

चाय पी चुकने के बाद पारस ने उदास होकर उच्छ्वास छोड़ा और बोला, "रुपये का इन्तज़ाम नहीं हुआ तो बुहत बुरा होगा।"

"हाँ भाई, बुरा तो होगा, घर की प्रतिष्ठा चली जायगी। ऐसा कीजिए कि चाली-भर के सभी लोगों से एक-एक रुपया घर की प्रतिष्ठा के नाम पर चन्दा या

उधार माँग लीजिए। लीजिए, एक रुपया देकर मैं शुरुआत कर रहा हूँ।"

"अरे नहीं शंकर भाई, आप यह क्या कर रहे हैं? आखिरी सप्ताह है महीने का। किसके पास पैसे होंगे!"

"तभी तो कह रहा हूँ कि एक-एक रुपया माँग लीजिए। सभी दे देंगे। और देखिए, इस चाली में अपनी ओर के धोबी, नाई और दैनिक मज़दूरी पर काम करने वाले बहुत-से लोग हैं, उनके पास पैसे होंगे, उनसे इकट्ठा कीजिए। वे दे भी देंगे।"

"हाँ, यह ठीक कह रहे हो। बिलकुल ठीक। कल सुबह यही करूँगा। कहकर पारस चला गया।

शंकर व्यंग्य से मुसकराया—"वाह रे ब्राह्मण देवता पारसनाथ—पाठकजी! घर की प्रतिष्ठा के लिए क्या-क्या कर सकते हैं!"

हवा में शरद के आगमन का आभास मिलने लगा था। क्वार का प्रथम पक्ष चढ़ गया था। भादों की उमस टूट रही थी और वातावरण में एक खुलापन उभर रहा था। निकलकर घूमना अच्छा लगता था। हवा में पारिजात की हलकी-हलकी गन्ध भीन रही थी।

सहसा ढोलक झाल की आवाज़ गमक उठी। कल रविवार है, लोग मस्ती में आ गए हैं। एकत्र होकर रामायण गा रहे हैं।

शंकर सोच रहा था कि किताब पढ़े, लेकिन बाहर की यह आवाज़ बार-बार उससे टकरा रही थी।

"शंकर!"

"आओ, विनोद।"

"चलो यार, क्या कमरे में पड़े हुए हो। चलो, ज़रा घूमें, कल छुट्टी है।"

"यार, पढ़ना भी तो है, लेकिन चलो।"

दोनों निकलकर बाहर आए। कुछ दूर गए कि देखा एक पेड़ के नीचे कोई आदमी बैठा हुआ धीरे-धीरे रो रहा है।

"कौन हो भाई?"

वह आदमी कुछ नहीं बोला। धीरे-धीरे सुबकता रहा।

शंकर उसके पास बढ़ आया।

"कौन हो भाई?"

"का है, मालिक?"

"अरे फेंकू? रो क्यों रहे हो भाई?"

"उसने अपने फटे कुरते की बहोरी से आँखें पोंछते हुए भरे हुए स्वर से कहा—"कुछ नहीं मालिक!"

"हे फेंकू, देखो पहले तो यह मालिक-फालिक शब्द मुझसे मत बोलो, और बताओ तो सही क्या बात है?"

"ब. ब बात क्या बताऊँ बाबूजी! यह तो अपना करम है, लिख गया है माथे पर। इसे कौन मिटा सकता है? ज ··· जाने दीजिए बाबूजी!"

विनोद चिल्ला रहा था—"आओ यार, कहाँ-कहाँ फँस जाते हो? चलो।"

"तुम जाओ विनोद, तुम्हें जल्दी हो तो।"

"ओफ्फो यार, यही तो तुम्हारे साथ दिक्कत है।" कहता हुआ वह भी शंकर के पास आ गया।

रामायण-गायन में शबरी-प्रसंग चल रहा था।

शबरी देखि राम गृह आए
मुनि के बचन समुझि जिय भाए

फेंक हीं-हीं-हीं-हीं रोने लगा। "क्या बताऊँ, शंकर बाबू, आज घर से चिट्ठी आई है। माई को बहुत मारा है।"

"किसने?"

"गाँव के एक ठाकुर जमींदार ने।"

"क्यों मारा है?"

"बाबूजी, पहले मैं उनकी हरवाही करता था, उनका कुछ कर्जा हो गया था। उनके द्वारा दी जाने वाली तनखाह पूरी नहीं पड़ती थी। इसलिए उनके यहाँ से गल्ला-पताई लिया करता था। फिर बहिन की शादी पड़ गई। उनसे सौ रुपये कर्ज लिये। फिर तो सूद में ही मेरी नौकरी बीतने लगी। मैं एक दिन घर से यहाँ भाग आया और ठाकुर साहब को चिट्ठी लिखवा दी कि मैं यहाँ कमा-कमाकर उनका कर्ज चुका दूँगा। मेरी माई को परेसान मत करेंगे। लेकिन मेरे पास इतने रुपये कहाँ कि हर महीने उनके पैसे भेजता रहूँ। आखिर घर पर माई है, बीवी है, बच्चे हैं, उने लिए भी तो भेजना पड़ता है। इसलिए वे अक्सर मेरी माई और बीवी से बेगार कराते रहते हैं और अक्सर जमीन में से उजाड़ देने की धमकी देते रहते हैं। उन्हें कमी किस बात की है! घर पर खेती-बारी हैं और उनके दो बेटे बंका में कमाते हैं। वे खूब रुपये भेजते हैं लेकिन उन्हें सन्तोष नहीं। बंका के रुपयों से ही वे धनी हुए हैं और ज्यों-ज्यों धन बढ़ता गया है उनका जुलम बढ़ता गया है।

"माई ने चिट्ठी में लिखवाया है कि दस दिन पहले उनके यहाँ कीर्तन था। हाँ बाबू, ठाकुर साहब राम के बहुत बड़े भगत हैं। अकसर कथा-वार्ता कराते रहते हैं। सो कीर्तन था। माई से दिन भर बेगार करने को कहा। माई किसी और आदमी के यहाँ काम कर रही थी और बीवी मलेरिया में पड़ी थी। माँ बेगार पर नहीं गई। बेगार पर जाती तो शाम को खाती क्या? ठाकुर साहब बेगार कराकर खाने को भी नहीं देते। शाम को माई को पकड़वा मँगाया और उधर कीर्तन हो रहा था—हरे रामा हरे रामा, हरे कृष्णा हरे कृष्णा, इधर ठाकुर साहब गालियाँ दे-देकर माई को डंडे से सड़ाक-सड़ाक पीटने लगे। माँ रोते-रोते गिर पड़ी तो लोगों ने छुड़ाया और सबने मिलकर एक गाली दी—

'अरे ये साले छोटी जाति के लोग अपने को भगवान समझने लगे हैं"—चौपाई उभर रही थी—

प्रेम मगन मुख बचन न आवा
पुनि-पुनि पद सरोज शिर नावा
सादर जल ले चरन पखारे
पुनि सादर आसन बैठारे।
कन्द मूल फल सरस अति, दिये राम कर आन
प्रेम सहित प्रभु खायऊ, बारहिं बार बखान

"अरे ये भक्त हैं साले कि राक्षस हैं।" शंकर का मुँह क्रोध से विकृत हो गया। उसने अपने गाँव में अपनी ही पट्टीदारी में यह दृश्य कितनी बार तो देखा है। इच्छा तो होती है कि ऐसे सारे नर-राक्षसों को एक लाइन में खड़ा कर बम से उड़ा दिया जाए। इन लोगों ने जाति-पाँत, छूत-अछूत, जमींदार-मजूर का भेदभाव पैदा कर आदमी को कीड़े-मकोड़ों से बदतर समझ लिया है। न इनके दिलों में रहम है न प्यार। ये नरक के कीड़े साले खाली पैसा और जाति देखते हैं।

"बाबू हमारे करम में ही यह सब लिख गया है, कोई क्या करेगा? हम लोग नीच कुल में पैदा हुए हैं। अपढ़ हैं।"

केहि विधि अस्तुति करौं तुम्हारी
अधम जाति में जड़मति भारी
अधम ते अधम, अधम अति नारी
तिनमहँ मैं अति मन्द गँवारी।।

"नहीं फेंकू, अब यह सब नहीं चलेगा। अपने मन से यह छोटेपन का भाव निकाल फेंको। कोई जनम से छोटा-बड़ा नहीं होता। तुम नहीं, वे लोग नीच हैं जो तुम लोगों की जाति और ग़रीबी का नाजायज फ़ायदा उठाते हैं। लेकिन देखो, अब तुम लोगों के बच्चे सब बर्दाश्त नहीं करेंगे। वे आग लेकर पैदा हो रहे हैं। वे समझ रहे हैं कि यह छोटी जाति बड़ी जाति, अमीर-गरीब की खाई आदमी ने बनाई है, भगवान ने नहीं। भगवान की नज़र में सभी बराबर हैं।"

कह रघुपति सुनु भामिनि बाता
मानहुँ एक भक्ति कर नाता
जाति पाँति कुल धर्म बड़ाई
धन परिजन गुण गण चतुराई
भक्ति हीन न सोहहिं कैसे
विन जल वारिद देखिय जैसे

"ठाकुर साहब के कितने रुपये तुम्हारे ऊपर होंगे, फेंकूँ?"

"बाबूजी, लिए तो सिर्फ सौ रुपये थे, लेकिन सूद-दर-सूद जोड़कर न जाने कितने

रुपये हो गये होंगे! सौ से ऊपर तो मैं उन्हें भेज ही चुका हूँगा।"

शंकर मन में कुछ सोचने लगा, फिर उसे लगा कि यों अलग-अलग वह किस-किसके लिए सोचेगा? यहाँ एक फेंकू थोड़े ही है, अनन्त फेंकू हैं। सबकी आँखों में घर की एक गहरी अकथ व्यथा-कथा भरी है। लोग यहाँ भाग-भागकर आते ही हैं इसीलिए।

"अच्छा फेंकू, चिन्ता मत करो, देखा जाएगा।" कहकर शंकर वहाँ से भारी मन चल पड़ा। धीरे-धीरे रामायण मण्डली की ओर सरकने लगा।

"आइए मास्टरजी, आइए, आप भी शरीक हो जाइए?"

"हाँ, हाँ, आ रहा हूँ, आप लोग चालू रखिए।" फिर वह विनोद की ओर मुखातिब होकर बोला—"आओ, भाई, कुछ हो जाए।"

"अरे नहीं यार, छोड़ो रामायण-सामायण, चलो घूमते हैं, चाहे सिनेमा देखते हैं।"

"तो तुम जाओ।" कहकर शंकर झटके से मुड़ा और रामायण मण्डली में शरीक होकर चौपाई गाने लगा।

अनेक व्यक्तियों के भीतर के छोटे-छोटे राग और स्वर मिलकर एक हो गए थे और उनकी सामूहिक धारा में उनकी चिन्ताओं और परेशानियों से भरा दिन डूब रहा था।

शंकर रामायण गायन से लौटा तो काफी देर हो गई थी। कुछ पढ़ने लगा। दो बजे रात को सोया। कोई जल्दी नहीं है, कल इतवार है। लेकिन छः बजते-बजते बाहर नल पर शोर होने लगा। पहले तो उसने शोर की उपेक्षा करनी चाही, किन्तु जब शोर गाली-गलौज में बदल गया तब वह सो नहीं सका। आँख मलता हुआ बाहर निकला। बड़ी यातना है कि उसके कमरे के आगे ही म्युनिसपिलटी का नल है। प्राय: यह दृश्य उसे देखना पड़ता है। और अब तो यह दृश्य और बढ़ गया है। यह चाली एक गुजराती सेठ की है, लेकिन इसका किराया वसूलते हैं गोरख पहलवान। बल्कि ये ही मालिक हैं। इन्होंने इधर चाली के अहाते में पचासों झोंपड़ियाँ डलवा दी हैं, उनका किराया खुद लेते हैं। इन झोंपड़ियों के बस जाने के कारण पानी और संडास की मुसीबत और बढ़ गई है। लाइन लम्बी हो गई है। चाली वाली औरतें यह समझती हैं कि इस चाली की सुविधाएँ भोगने का अधिकार केवल उन्हीं को है, ये झोंपड़ीवालियाँ तो विदेशी हैं। और झोंपड़ीवाली सोचती हैं कि किराया वे भी दे रही हैं, पानी और संडास पर उनका भी उतना ही अधिकार है। बस, तू-तू-मैं-मैं होती रहती है। वैसे यह तकरार चालीवालियों में आपस में भी होती है लेकिन तब वह मात्र तकरार होती है, किन्तु चाली और झोंपड़ियों की तकरार वर्ग-संघर्ष बन जाती है।

शंकर आँख मलता हुआ नल के पास आ खड़ा हुआ और देखा, दो मल्ल स्त्रियाँ

एक-दूसरे से वाक्‌युद्ध कर रही हैं। बाकी स्त्रियाँ "हाँ-हाँ यह क्या कर रही हो?" कह रही हैं या उन्हें सहयोग दे रही हैं। वह इन दोनों को पहचानता है। एक है सुखदेव मिस्त्री की बीवी चन्दा। एक बाबूराम यादव की बीवी है असरफी। सुखदेव मिस्त्री हैं तो जवान पर मरियल-से आदमी हैं। बीवी पर वश नहीं चलता। बाबूराम यादव ने अधेड़पन में शादी की है, इसलिए हट्टे-कट्टे होते हुए भी बीवी के आगे गाय बने रहते हैं। बाबूराम यादव की बीवी बहुत पहले मर गई थी। अकेले थे इसलिए किसी और चाली में किसी के साथ रहते थे। कोई जोगाड़ लग गया तो एक बीवी उड़ा ले आये और अब समस्या मकान की हुई। गोरख पहलवान की शरण में गए। उन्होंने एक झोंपड़ी और डलवा दी। ये दोनों स्त्रियाँ अपनी जवानी में सुलगती रहती हैं, जिस-तिस से टकरा जाती हैं, आज अपने में टकरा गईं। चन्दा का कहना था कि मेरा नम्बर पहले था। इस हरजाई ने मेरा घड़ा हटाकर अपना घड़ा भर लिया। असरफी गरगरा रही थी—"यह पतुरिया अपना नम्बर लगाकर अपने यार से मिलने चली गई तो क्या मैं इसकी नौकरी लगी हूँ कि इसका घड़ा भरूँ?"

"पतुरिया होगी तू। बूढ़े मरद से कुछ नहीं होता तो पतुरिया ही न बनेगी। जब से मुहल्ले में आई है, सारे लौंडों के चाल-चलन बिगड़ते जा रहे हैं।"

"आ हा हा हा, अपने मरद को नहीं देखती, सींकिया पहलवान। तनिक भी अंकुस नहीं रखता इस हरजाई पर। जवानी की गरमी में गली-गली लौंडे खोजती फिरती है और जिस-तिस से टकराती रहती है।"

"ओ हो हो हो, बड़ी सती-सावित्री बनी हुई है। रात की पाली में मरद चला जाता है तो झोंपड़ी में यार लोगों की लाइन लग जाती है। कोई छूटा है इस चाली का तुमसे?"

"चुप हरामजादी।"

"तू चुप, हरामजादी।"

"कल से आना पानी भरने नल पर। यह नल हम लोगों का है, झोंपड़ी-वालों का नहीं।"

"नल तेरे बाप का है? हम लोग भी किराया देते हैं। मैं सौ बार पानी भरूँगी। देखूँ तो तू क्या कर लेती है। क्या तू इस चाली की महरानी लगी है?"

असरफी ने मुँह बिचकाया। घृणा की नज़रों से चन्दा को देखेती हुई बोली—"चलो चलते हैं, कौन मुँह लगे इस पतुरिया के।"

उसने घड़ा उठा लिया। चन्दा ने झपटकर घड़े पर लात मारी, घड़ा गिर गया। फिर असरफी ने चन्दा की बाल्टी फेंक दी। बाल्टी झनझनाती हुई दूर जा गिरी। फिर दोनों में गुत्थमगुत्थी हो गई, झोंटा-झोंटउवल होने लगी। अब सारी औरतें या तो छोड़ाने लगीं या दल बाँधकर लड़ने लगीं। शंकर को लगा कि देखते-देखते यह क्या हो गया। उसे अब चेत आया और डपटकर बोला, "क्या करती हैं आप लोग?" लेकिन इससे

आगे वह कर क्या सकता था? औरतों को पकड़कर छोड़ाए भी तो कैसे? धीरे-धीरे और पुरुषों की भीड़ जुट आई। यादव रात की ड्यूटी करके सोए थे। किसी ने जगाया, वे आँख मलते हुए आ गए। सुखदेव मिस्त्री भी आ गए। दोनों ने परस्पर कहासुनी शुरू की। शंकर ने उन्हें डाँटा—"अब आप लोग भी औरतों की तरह अपने में लड़ने लगे! घर में तो दोनों आदमी गाय बन जाते हो और यहाँ बहादुर बन गए हो। यह नहीं होता कि अपनी-अपनी औरतों को ले जाएँ और उन्हें वश में रखें। चाली को नरक बनाकर छोड़ेंगे आप लोग।" कुछ और लोगों ने डाँटा तब इन वीर पुरुषों का ज्ञान जागा। दोनों ने अपनी-अपनी औरतों को पकड़कर खींचा, नहीं-खिंचीं तो दो-दो हाथ लगाए। फिर और लोगों ने डाँटना शुरू किया कि कैसी लड़ाकू औरतें हैं। एक तो अपने में झगड़ा करती हुई मुहल्ले-भर के पुरुषों को गाली दे रही हैं, दूसरे मामूली-सी बात पर पूरे मुहल्ले का चैन हराम किए हुए हैं।

किसी तरह वे अपने पतियों द्वारा खिंचकर चली गईं। नल पर जो गहमागहमी थी वह एक टूटे सन्नाटे में बदल गई। शंकर ने आकर स्टोव जलाया, चाय का पानी रखा। ओह, कितनी बदसूरत सुबह हुई है! लेकिन क्या यह कोई नई बात है और क्या इस बदसूरत सुबह का यही एक रंग है? इसके अनेक रंग हैं, कभी कोई रंग खुलता है, कभी कोई रंग।

"शंकर भाई!"

"हाँ-हाँ, आओ, विनोद।"

"शंकर भाई!"

"हाँ-हाँ, आइए, पारस भाई।"

"कहो, कैसी रही?"

"क्या कैसी रही?"

"लो, आपके दरवाजे पर इतने रंगीन छींटे उड़ते रहे और आप पूछते हैं कि क्या कैसी रही!"

"तुम इसे रंगीन छींटे कहते हो?"

"और नहीं तो क्या? दो जवान अल्हड़ औरतें एक-दूसरे का राज़ बिखेरती हों और कपड़ों का ध्यान न रखकर एक-दूसरे से जूझ रही हों, तो रंगीनी नहीं खुलेगी तो और क्या खुलेगी?"

"विनोद, मुझे अफ़सोस होता है तुम जैसे लोगों की समझ पर। तुम पढ़े-लिखे हो, स्कूल में टीचर हो और समस्या को घटनाओं के रूप में देखते हो। कभी किसी प्रसंग को समस्या के रूप में देखकर उसकी गहराई में घुसने की कोशिश क्यों नहीं करते? जिसे तुम रंगीनी समझते हो वह अभावग्रस्त समाज की विवशता है।"

"अब तुम्हारा प्रवचन शुरू हो गया। यार, तुम तो सामान्य-सी बात में भी गहरे अर्थ ढूढ़ँने लगते हो और हँसी-खुशी के प्रसंगों में भी तुम समस्या ढूँढ़ लाते हो। हद है

यार तुम्हारी बोरियत की।"

शंकर ने आहत नज़रों से विनोद को देखा।

पारस मुँह लटकाए बैठे थे, जैसे उनका मुँह तीता हो गया हो। बोले, "क्या हो रहा है शंकर भाई? इन लड़ाकू औरतों ने जीना हराम कर दिया है। ये बेशर्म ससुरी सुख-चैन तो हराम करती ही हैं, अपने प्रदेश की नाक भी कटवाती हैं।"

"सो कैसे?"

"सो कैसे क्या? इन्हें देखकर गुजराती औरतें हँसती हैं और हमारी औरतों का मज़ाक उड़ाती हैं?"

"क्यों, वे नहीं लड़तीं क्या?"

"लड़ती हैं, लेकिन उनका तो अपना प्रदेश है न। उन्हें बदनाम करने वाला कौन है लेकिन हम लोग तो परदेसी हैं। हमें तो यहाँ सँभलकर रहना चाहिए। ये साली छोटी जाति की औरतें दिन-रात कचबच किये रहती हैं। किसी शुभ काम के लिए निकलो, झगड़ा करके अपशकुन कर देती हैं।"

"मुझे खुशी हुई कि आपको भी परदेस में अपने प्रदेश की इज़्ज़त की चिन्ता हो गई। कल तो आप कुछ और ही कह रहे थे। इसलिए असली बात बताइए न—क्या हुआ?" व्यंग्य से मुस्कराकर शंकर ने पूछा।

"हुआ क्या? अरे आपने कहा था कि आज सबसे एक-एक रुपया वसूल करो। आज वही करने वाला था कि इन सालियों ने सवेरे-सवेरे भैरवीराग शुरू कर दिया। अब इनके खेमों में झगड़े की ही चर्चा हो रही है और दोनों मर्दों ने औरतों को पीटा है, रोहा-रोहट मची हुई है। अब मैं इस माहौल में कैसे मागूँ?"

"अरे कुछ देर बाद यह सब शान्त हो जाएगा। आप दोहपर के बाद माँगिएगा।"

"हाँ, यह भी ठीक ही कह रहे हो। ··· लेकिन जो भी हो शंकर भाई, छोटी जाति की औरतों की रोज़-रोज़ की किचकिच ठीक नहीं है। ये गन्दी-गन्दी गालियाँ बकती हैं। इससे हमारे घरों की औरतों और बच्चों पर बुरा प्रभाव पड़ता है।"

"आपके घर की कौन-सी औरत और कौन-सा बच्चा है यहाँ?" हँसकर शंकर ने पूछा।

"अरे मेरे घर की नहीं हैं तो औरों के घरों की तो हैं न। एक ही बात हुई।"

"एक ही बात हुई? चलिए, यह भी अच्छा हुआ कि औरों की बात को भी आप अपनी ही बात समझते हैं। लेकिन जहाँ आपको सुविधा हाती है वहाँ तो आप औरों की बात को अपनी बात मान लेते हैं, जहाँ नहीं होती वहाँ नहीं मानते। है न? ··· लेकिन छोड़िए इन बातों को, आप यह बताइए कि इन्हें चुप कराने का कोई उपाय है?"

"हाँ है, सभी लोग मिलकर पंचायत करें और जहाँ ऐसे तत्त्व दिखाई पड़ें, उन्हें बाहर कर दिया जाए।" पारस ने कहा।

"कहाँ बाहर कीजिएगा? वे कहाँ जाएँगे?"

"जहाँ मन हो वहाँ जाएँ। यहाँ की गन्दगी तो साफ़ हो।"

"लेकिन लड़नेवाले एक-दो थोड़े ही न हैं, बारी-बारी से अनेक औरतें लड़ चुकी हैं और लड़ेंगी। इसके कारण से आप क्यों नहीं जूझते?"

"कौन-से कारण से?" विनोद ने पूछा।

"आप लोग जानते हैं कि इस चाली में पशुओं की तरह हमें ठूँस दिया जाता है। सैकड़ों घरों के बीच थोड़े-से नल हैं और थोड़े-से संडास हैं। इसके अलावा गोरख पहलवान ने अपनी कमाई के लिए चाली के अहाते में दसियों झोंपड़ियाँ डाल रखी हैं। लोग पैसे देते हैं और बदले में कोई सुविधा नहीं पाते। थोड़ी-सी सुविधाएँ, भोगनेवाले अनेक लोग। लड़ाई तो होगी ही। फिर आप लोग सेठ और गोरख पहलवान से क्यों नहीं लड़ते कि नल और संडास बढ़ाए जाएँ, और झोंपिड़याँ न डाली जाएँ।"

विनोद और पारस दोनों चुप हो गए। बगलें झाँकने लगे।

"बोलिए, है हिम्मत इनसे टकराने की? चलिए, पंचायत बुलाइए। मैं तैयार हूँ लड़ने के लिए यद्यपि मेरे नाम तो यह कमरा भी नहीं है।"

"तुम तो अपनी तर्कबुद्धि से क्या-से-क्या साबित कर देते हो। जब कभी मैं तुम्हारे पास तफ़रीह के मूड में आता हूँ, तुम मुझे भारी बना देते हो।"

"तफ़रीह मैं भी करना जानता हूँ विनोद और करता भी हूँ। मैं सन्त-संन्यासी नहीं हूँ, लेकिन किसी की मजबूरी से तफरीह करना मैं इन्सानियत और अपनी समझ का अपमान समझता हूँ। जो चन्दा और असरफी तुम्हें मनचली दिखाई दे रही हैं और जिनके फूहड़ झगड़े में तुम्हें रस मिलता अनुभव होता है, वे न जाने हमारी सामाजिक व्यवस्था के कितने पाटों में पिस रही होंगी। अगर इन दोनों के घरों में पानी के नल लगे हों तो इस तरह झगड़ने आयेंगी? उनके झगड़ों में मैल नहीं है, एक क्षणिक उत्तेजना है। वे क्षणिक उत्तेजना में अनेक बातें कल्पित कर लेती हैं और छींटने लगती हैं, किन्तु यह बताओ कि इन्हें बिना जाने हुए शरीफ और पढ़े-लिखे लोग जो अनेक गलत धारणाएँ बना लेते हैं और अपनी सभ्य भाषा में कहते फिरते हैं, वे क्या हैं? इतना ही नहीं, बल्कि वे उनके पूरे वर्ग के बारे में कुत्सित टिप्पणियाँ करने लगते हैं। उनकी धारणाएँ और कुत्सित टिप्पणियाँ स्थायी होती हैं। अब बताइए कि क्षणिक उत्तेजना में उगली गई कल्पित बातें पुरुष कुरूप हैं कि स्थायी ग़लत और कुत्सित धारणाएँ।"

बहुत गम्भीर भाव से पारस ने टिप्पणी कसी, "अरे, अभी आप मैं नये खून की गरमी है—छोटे-बड़े का भेद-भाव नहीं मानते। जब अनुभव होगा तब समझिएगा। वेद-शास्त्र का कहा झूठा थोड़े ही होता है।"

शंकर बहुत ज़ोर से ठठाकर हँसा और हँसता रहा।"

"क्यों, हँस क्यों रहे हो इस तरह?" विनोद ने पूछा।

"अरे भाई, इतने बड़े मज़ाक की बात कही गई है और मैं हँसूँ भी नहीं।" वह फिर हँसने लगा। उसे देखकर विनोद भी हँसने लगा। पारस कुछ देर तक दोनों को गुस्से से देखता रहा फिर धीरे-धीरे मुसकराया। उसे देखकर शंकर फिर ज़ोर से हँसा।

पारस मुस्कराने और चुप हो जाने का दण्ड भोगता रहा, फिर घबराकर उठा और कमरे के बाहर हो गया।

शंकर ने पारस को रोका नहीं, बल्कि उसकी हँसी और तेज़ हो गई।

धीरे-धीरे हँसी थमी तो विनोद ने पूछा—"अरे यार, इतनी हँसी तुम्हें एकाएक कैसे आ गई?"

"मत पूछो यार, जब पारस ने वेद-शास्त्र की बात की तो मुझे उसका मुँह सूअर की तरह दिखाई पड़ने लगा। सच कहता हूँ विनोद, न जाने ऐसा एकाएक क्यों हो गया। और मेरी ऐसी हँसी फूटी जो रुकने का नाम ही नहीं ले रही थी।"

"वह तो भाग गया तुम्हारी हँसी से।"

"हाँ, लेकिन अपनी दुर्गन्ध छोड़ गया है।"

"बड़ा मूर्ख है वह।"

"और क्या तुम उससे कम मूर्ख हो? दोनों की दिशाएँ अलग हैं किन्तु हो दोनों ही एक ही मूर्ख जाति के।"

फिर दोनों की हँसी फूट पड़ी। "चलो अच्छा हुआ तुम लोग आ गए, एक भारी-भारी सुबह हलकेपन में बदल गई।"

"अरे ये देखो, चाय का सारा पानी जल गया, विनोद।"

"अब छोड़ो, चलो कहीं बाहर चाय पीते हैं।"

"ठीक है।"

दोनों बाहर निकल गए।

दोनों घर से निकले तो विनोद ने कहा—"देखो यार, तुम कहीं रुक मत जाना। तुम्हारे साथ चलने में मुसीबत यही है कि चलते-चलते तुम कहीं रुक जाओगे, मुड़ जाओगे, और मुझे टा-टा बोल दोगे। तफ़रीह का सारा मज़ा ही बिगाड़ दोगे।"

"हूँ," शंकर ने कहा—"तब फिर मेरे साथ आते ही क्यों हो?"

"यही तो मुसीबत है मेरे यार, न जाने क्या है कि मैं तुम्हारे ही पास चला आता हूँ। हम लोगों के स्वभाव में इतना अन्तर है, किन्तु फिर भी मुझे तुम्हारे साथ ही सुकून मिलता है। लेकिन तुम मेरे साथ क्यों हो लेते हो? तुम ज़िन्दगी में हर वक्त एक गम्भीर अर्थ खोजनेवाले और मैं ज़िन्दगी को बहुत हलके-फुलके ढंग से लेने वाला आदमी। तुम मुझे कैसे बर्दाश्त कर लेते हो?"

"यह तो मैं भी नहीं समझता, विनोद! शायद इसलिए कि तुम मुझे आरपार दिखाई

पड़ते हो। तुम्हारे अपने एप्रोच में भी एक ईमानदारी है, यार! तुम ज़िन्दगी को शायद इसलिए हलके-फुलकेपन के साथ देखते हो कि तुम्हारे बचपन में संघर्ष नहीं रहा, सुख-सुविधाओं के साथ ज़िन्दगी बिताई होगी; लेकिन मुझे तो अपने बचपन से लेकर अब तक संघर्ष ही करना पड़ा है और मैंने ही नहीं, मेरे जवार के तमाम लोगों ने संघर्ष किया है। उन सबके चेहरों, उन सारी आँखों की पीड़ा मेरी पीड़ा बन गई है। अनेक लोगों की मजबूरियाँ कहीं मेरी मजबूरियों के साथ एक होकर मुझे हर वक़्त तोड़ती रहती हैं।"

उसने विनोद की ओर देखा। लगा—विनोद की आँखों में कुछ छायाएँ उभर आई हों। वह गम्भीर हो आया हो।

"क्या बात है, विनोद? तुम तो गम्भीर हो गए।"

विनोद को एक झटका लगा। एकाएक चौंक गया और बोला—"अरे नहीं यार, मैं यहाँ गम्भीर होने वाला हूँ। मैं सोचता हूँ कि इतने दुखी लोग हैं, मैं उनका कष्ट दूर तो कर नहीं सकता, अपने को क्यों परेशान करता रहूँ? जैसी ज़िन्दगी है उसे भोगो। वह जो कुछ देती है उसे लेकर मस्ती से जियो। और क्या?

"कहते तो ठीक हो भाई, किन्तु क्या आदमी इसलिए अपने प्रयासों से अलग हो जाए कि वह कुछ कर नहीं सकता? क्या हम लोगों से तटस्थ रहकर केवल अपने लिए ज़िन्दगी जी सकते हैं? हमें जो कुछ ज़िन्दगी से मिलता है, क्या हम नहीं सोचते कि इसमें और कोई भी भागीदार होता या यदि वह सुख हमें मिला है तो तमाम लोग वंचित क्यों हैं? क्यों न उनके लिए कुछ किया जाए? क्या हम अपने बाल-बच्चों के लिए दुख नहीं उठाते? क्या हम इसलिए उनके सुख-दुख से विरक्त होकर प्रयासहीन हो जाते हैं कि कुछ कर नहीं पा रहे हैं? यह तो आत्महत्या की स्थिति है भाई। यदि हम अपने परिवार के लिए बेचैन होते हैं तो क्या एक बड़े मानव-समुदाय के लिए नहीं हो सकते? और केवल सोचकर बेचैन होने न होने की बात नहीं है भाई, यदि कोई हो लेता है तो हो जाए, मैं तो नहीं हो पाता, वह बेचैनी शायद मेरी भीतरी मजबूरी है।"

"हूँ।" कहकर विनोद आगे देखने लगा।

दोनों 'सम्पत रेस्ट्राँ' में पहुँच गए।

"आइए, आइए शंकर बाबू, विनोद बाबू, बहुत दिनों बाद दर्शन हुए।" रेस्ट्राँ के मालिक सम्पत ने स्वागत किया।

"दर्शन देने के साथ-साथ पैसे देने पड़ते हैं सम्पत बाबू! पहले तो लोग दर्शन देने के पैसे लेते थे।" विनोद ने हँसते हुए कहा।

"ऐसी क्या बात है विनोद बाबू, रेस्ट्राँ आपका है, आपसे पैसे कौन माँगता है? आप दर्शन दिया करें, यही मेरे लिए बहुत है।"

'स्साला धूर्त।' मन-ही-मन शंकर और विनोद दोनों ने उसे गाली दी।

"आइए-आइए, बहुत-से लोगों ने बारी-बारी कहा।" दोनों जाकर एक खाली मेज़ के पास बैठ गए।

"क्या लेंगे साहब?" एक छोटा-सा बच्चा आकर बोला।

शंकर ने उसे देखा। अपना बचपन याद आ गया। बारह साल का बच्चा। एक गन्दा फटा नेकर, एक गन्दी फटी बनियान। अंगों पर मैल जमी हुई। बाल रूखे-सूखे।

"क्या लेंगे साहब।" उसने फिर दुहराया।

"अरे हाँ, चाय लाओ और क्या खाओगे शंकर भाई। "विनोद ने पूछा।

"भजिया मँगा लेते हैं।"

"हाँ, दो प्लेट भजिया लाओ।" वह लड़का चला गया।

"कितना गन्दा है यार! इसके हाथ का तो खाने का चित्त नहीं करता।" विनोद बोला।

"हाँ, है तो, मगर इसके सिवा वह हो क्या सकता है?"

"क्यों नहीं तो सकता है, पानी में ही सही, कपड़े कचार तो सकता है।"

"नहाने की इसे फुरसत जब मिलती है तब बारह बज जाते होंगे। ठण्डी रात में नहाएगा तो टें नहीं बोल जाएगा? और कपड़े भी कैसे धोए? क्या पहनकर कपड़े ध ोएगा? ये ही कपड़े इसके पास होंगे।"

विनोद चुप रहा। वह शायद किसी लड़की को देखने में खो गया था।

शंकर ने उसकी दृष्टि का पीछा करते हुए देखा—एक कोने में एक गुजराती लड़की एक लड़के के साथ बैठी चाय पी रही थी।

"क्या देख रहे हो, विनोद?"

वह अचकचा गया—"अरे कुछ नहीं। देखो उधर शास्त्री जी बैठे हुए हैं।"

शंकर ने घूमकर देखा—गंगाराम शास्त्री आमलेट खा रहे हैं और चाय पी रहे हैं। उनके साथ तीन आदमी और बैठे हुए हैं। शास्त्री चाय पीते-पीते आँख उठाकर उस लड़की की ओर देख लेते हैं।

"नेता हो गया है साला।" विनोद बोला, "कभी अकेले नहीं आता। हमेशा कुछ चमचे उसके साथ लगे होते हैं। लोगों का काम कराने का लालच देकर उनसे खाता-पीता रहता है।"

विनोद फिर उस लड़की की ओर देखने लगा।

"क्या देख रहे हो? शास्त्रीजी को? शास्त्रीजी तो उधर हैं।" शकंर मुसकराया।

"नहीं यार, उस लड़की को देख रहा हूँ। लगता है उसे कहीं देखा है।"

"देखा है तो क्या हो गया? रोज़ सैकड़ों लड़कियों को देखते होंगे।"

"अरे नहीं यार, इसे कुछ खास दृष्टि से देख रहा हूँ। लगता है इसे कई बार देखा है। शायद इसी रेस्ट्राँ में देखा हैं, शायद किसी और रेस्ट्राँ में देखा हो। इसके साथ कोई-न-कोई लड़का ज़रूर होता है। और जहाँ तक मुझे याद है, ये लड़के बदलते रहे हैं।"

"मान लो कि ऐसा ही है, तो तुम्हें क्या? इसका मतलब यह है विनोदजी कि आप खुद कहीं-न-कहीं जुड़े हैं इससे। इतना रस लेकर उसके रेस्ट्राओं में होने और उसके साथियों के बदलने की पहचान करना आख़िर आपकी अपनी भी तो पहचान कराता है। अरे मेरे प्यारे दोस्त, तुम्हें इस प्रदेश की वास्तविकता को देखने के लिए अपना नज़रिया बदलना होगा। यहाँ की लड़कियाँ बहुत अकुण्ठ भाव से लड़कों के साथ उठ-बैठ लेती हैं। कहीं कुछ नहीं होता। तुम नये आए हो न अभी, तुम्हें बहुत कुछ छोड़ना और जोड़ना है।" शंकर ठठाकर हँसा तो बहुत-से लोगों ने चौंककर उसकी ओर देखा। लड़का चाय के दो प्याले लेकर शंकर के टेबुल पर आ रहा था और एक बाबू उधर से जा रहे थे। वे शंकर की हँसी सुनकर एकाएक घूमे तो लड़के से टकरा गए और एक प्याला गिरकर चन्न से टूट गया। चाय छितरा गई और उसके कुछ छींटे उस बाबू के पैंट पर आ गिरे। लड़का भय से काँपने लगा। उस बाबू ने उसे एक गाली दी और मारने के लिए धमकी देने लगा।

तब तक चम्पत चौधरी अपने आसन से उठकर आ गया था और आव देखा न ताव लड़के को मारना शुरू कर दिया। लड़का हल-हल-हल-हल काँपने लगा।

"साला, रोज़ कोई-न-कोई प्याला तोड़ता है। अरे साले, तेरी तनखाह से काटना शुरू करूँ तो मर जाएगा। लेकिन तुझे अब निकालकर रहूँगा।"

"मेरा कोई कसूर नहीं सेठजी! मैं तो चाय लेकर सीधे शंकर बाबू को देने जा रहा था कि ये बाबू एकाएक घूम गए।" वह रोने लगा।

वह बाबू अपने पैंट पर पड़े चाय के छींटों को बार-बार रूमाल से पोंछता हुआ गाली देता रहा और सम्पत को धमकाता रहा कि इसकी धुलाई के पैसे तुमसे लूँगा। साला यह भी कोई रेस्ट्राँ है।

सम्पत अभी भी उस लड़के को पकड़कर गालियाँ दे रहा था और रह-रहकर धौल जमा दे रहा था।

शंकर ने विनोद की ओर देखा। शंकर विनोद की प्रतिक्रिया पढ़ना चाहता था। विनोद की आँखों में एक अप्रीतिकर भाव उग आया था। शंकर उठ खड़ा हुआ और सम्पत के सामने जाकर बोला—"क्यों जानवर की तरह इसे मार रहे हो सम्पत! इस गरीब का क्या कसूर है? यह भी किसी का बेटा है सम्पत!"

"इसने प्याला तोड़ दिया, शंकर बाबू! ऐसे तोड़ता रहा तो मेरा धन्धा हो चुका।"

"इसने नहीं तोड़ा है, उसने तोड़ा है जो बाबू बनकर इस बेकसूर लड़के को पिटवा रहा है।" शंकर ने उस लड़के की ओर इशारा करके कहा जो बेंच पर बैठकर अभी भी अपने पैंट पर रूमाल फेर रहा था।

"क्या कहा? मैंने तोड़ा है?" वह तनकर खड़ा हो गया।

"हाँ, तुमने तोड़ा है, तुम्हारे टकराने से टूटा है।"

"ऐ, देख ज़बान सँभालकर बोल। मैंने तेरे जैसे दादा बहुत देखे हैं।" उसने बहोरियाँ

थोड़ी चढ़ा लीं।

"नहीं, अभी तक नहीं देखे हैं, आज देख लोगे। शरम नहीं आती उस छोटे-से-ग़रीब बच्चे को पिटवाते हुए।"

"शरम तुम्हें आनी चाहिए कि जानवर की तरह हँसते हो रेस्ट्राँ में बैठकर। सच पूछो तो तुम ज़िम्मेदार हो प्याला टूटने के और लड़के को पिटवाने के।"

शंकर को ग़ुस्सा तो बहुत आया और इच्छा हुई कि कूदकर चढ़ बैठे इस वीभत्स आदमी पर, लेकिन वह नहीं चाहता था कि कोई काण्ड हो। इसलिए फिर ठठाकर हँसा और उससे पूछा—"कभी ज़िन्दगी में हँसे हो बन्धु! और देखो, जानवर नहीं हँसते, आदमी हँसते हैं। किसी जानवर को हँसते तुमने देखा है? जो नहीं हँसते वे जानवर होते हैं।"

आस-पास के लोग हँसने लगे। जो लोग शंकर को जानते थे, धीरे-धीरे उसके पास जुट आये। विनोद को गुस्सा चढ़ रहा था कि उछलकर इस सूअर पर चढ़ बैठे—किन्तु शंकर उसे आँखों-आँखों बरज रहा था।

"क्या बात है, शंकर भाई?" गंगाराम शास्त्री भी उठकर वहाँ आ गए।

"कुछ नहीं शास्त्रीजी, यह एक मच्छर पता नहीं कहाँ से आ गया और भनभनाने लगा था।"

शास्त्रीजी ने उस मच्छर की ओर नेताओं के-से अन्दाज़ में देखा और पूछा—"क्यों बे, तू कौन है?"

"जाने दीजिए शास्त्रीजी, कोई होगा। ऐसे-ऐसे शोहदे बहुत घूमा करते हैं गली-कूचों में। अपने धक्का मारकर प्याला तोड़ दिया और उस ग़रीब लड़के को पिटवाया।"

सम्पत ने फिर एक धौल दिया उस लड़के को। लड़का फिर किंकिया उठा।

"सम्पत सेठ, कभी तुम भी इसी तरह गाँव से आये थे। याद करो, तुम भी किसी के यहाँ काम करते थे। फिर एक छोटी-सी चाय की दुकान तुमने खोली थी। क्या-क्या करके अब तुम सेठ हो गए हो तो अपने वे दिन भूल गए! क्या इस लड़के का दर्द तुम्हें अपना दर्द नहीं मालूम होता?"

"आप भी किस आदमी को दर्द सिखाने लगे शंकर भाई! इसे खाली पैसे का दर्द होता होगा। ठीक है सम्पत सेठ, यह रहे तुम्हारे चाय के पैसे और यह रहे प्याले के पैसे। अब इस लड़के की मुसीबत मत बनो।"

सम्पत ने लड़के को छोड़ दिया और आदमी की तरह बोला—"यह कैसे होगा साहब, आप लोगों ने तो चाय भी नहीं पी। और प्याला टूटने के पैसे आपसे क्यों लूँ?"

"इसलिए कि प्याला टूटने का ज़िम्मेदार शंकर भाई का ठहाका है।"

"जा रे जा, अपना काम कर।" कहकर उसने लड़के को आगे ठेल दिया और गद्दी पर बैठ गया। उसके चेहरे पर एक रौनक आ गई थी फिर भी उसे छिपाकर बार-बार कह रहा था, "नहीं शंकर बाबू, ये पैसे मैं कैसे ले सकता हूँ?"

शंकर ने फिर ठहाका लगाया।

सम्पत घबराकर चुप हो गया।

और विनोद बोला—"फिर कोई प्याला तोड़वाने का विचार है क्या? चलो, चलें यहाँ से।"

वे दोनों वहाँ से चलने लगे तो सम्पत फिर बोला—"अरे शंकर बाबू, चाय तो पीते जाइए। मुझे शरमिन्दा मत कीजिए।"

"अरे पैसे रख लो सम्पत सेठ, पैसे बड़े काम की चीज़ हैं। शरमिन्दगी-वरमिन्दगी तो हवाई चीज़ है।"

दोनों वहाँ से चलने लगे तो उस बाबू की सीट के पास विनोद रुक गया।

"अरे रुक क्यों गए?" शंकर ने पीछे मुड़कर पूछा।

"अरे सलाम नहीं बोलोगे? शहर का राजा बैठा हुआ है।" फिर उससे मुख़ातिब होकर पूछा—"क्या नाम है राजा साहब, आपका?"

वह नहीं बोला। गुस्से से गुमसुम बैठा रहा।

"अरे बोलो न राजा साहब!"

"कभी बता दूँगा अपना नाम और काम भी। धीरज रखिए।" कहकर उसने विनोद को घूरा।

"अरे बाप रे, राजा साहब तो गुस्से में हैं। चलो शंकर भाई, ये तो धमकी दे रहे हैं। इनसे डरकर रहना चाहिए।"

शंकर फिर ठठाकर हँसा। और दोनों वहाँ से सरक आए।

"अब?" विनोद ने पूछा।

"अब क्या? आज की सुबह कौओरोर से शुरू हुई है। एक बार चाय का पानी जल गया, एक बार चाय ही गिर गई, आज चाय बदी नहीं है।"

"है क्यों नहीं सरकार, आप जब चाय पीने की जगह आदमी के आँसू पीने पर तुले हैं तब चाय कहाँ से मिलेगी? अच्छा चलो, देखो वह फुटपाथ पर चाय लिए बैठा है। उसी से चाय पी जाए।"

दोनों ने चाय की प्याली हाथ में ली ही थी कि देखा गंगाराम शास्त्री इधर को ही लपका हुआ आ रहा है। उसके साथ दो-तीन आदमी हैं। लम्बा-सा झोलदार खादी का लकदक कुरता और जाकेट, खद्दर की धोती, किश्तीनुमा सफेद गाँधी टोपी, मझोला कद, रंग साँवला, नाक नीचे से थोड़ी उठी हुई। बोलते हैं धीरे-धीरे एक मुस्कान के साथ।

"लगता है चाय फिर ख़राब हुई।" शंकर ने कहा—'साला इधर ही आ रहा है।"

"अब ख़राब की ऐसी की तैसी" कहकर विनोद चाय सुड़कने लगा। और दूसरी ओर मुँह फेर लिया। शंकर भी चाय पीने लगा।

गंगाराम पास आ गया तो इन दोनों ने उसे देखा। वह ठहर गया।

"शास्त्रीजी, आप बड़े आदमी हैं, फुटपाथ की चाय तो पिएँगे नहीं।" शास्त्रीजी मुस्कराए। मुँह में पान भरे थे, बोले—"नहीं भाई, मैं तो सर्वहारा आदमी हूँ, पीने में क्या लगा है लेकिन पान खा रहा हूँ। चाय तो सम्पत के यहाँ पी थी और आप लोग भी तो चाय पी रहे थे।"

"नहीं, हम लोगों ने वहाँ चाय नहीं पी।"

फिर ठहरकर कुछ अन्दाज़ में शास्त्री बोला, "अरे हाँ, वहाँ क्या हो गया था?"

"जो हुआ वह तो आपने देखा ही।"

"अरे हाँ, यह सम्पतवा साला नर राक्षस है, नारकीय कीट है। उस लड़के को मार रहा था न। लेकिन बन्धु, यह सब कुछ तो होता रहता है। कहाँ-कहाँ चाय छोड़िएगा? कहाँ-कहाँ खाना छोड़िएगा? इन्हीं विषमताओं में जीना है।"

"सत्य वचन शास्त्री जी महाराज," शंकर बोला। आप सिद्ध पुरुष हैं। सुख-दुख में समभाव से रह लेते हैं। हम लोग अभी ज्ञान नहीं प्राप्त कर सके हैं, इसलिए ये ग़लतियाँ हो जाती हैं।"

शास्त्रीजी ने बुरा नहीं माना। मुस्कराते रहे और पान थूककर चायवाले से बोले—"लाओ भाई, एक कप चाय इधर भी दो। मित्रों को अकेला कर देना अच्छा नहीं लगता।" फिर मुँह फेरकर अपने दोनों चमचों से पूछा—"आप लोग तो चाय नहीं पिएँगे?"

"नहीं-नहीं, शास्त्रीजी, आप पीजिए।" दोनों दाँत निपोरकर बोले।

"आप तो इस सम्पत को जानते होंगे शास्त्रीजी।" विनोद बोला।

"अरे मैं किसे नहीं जानता? अरे भाई, अपने लोगों में यही तो बुराई है कि चार पैसा गाँठ में आते ही औक़ात भूल जाते हैं। यह सम्पतिया उन्नाव के एक गाँव का तेली है। वहाँ से पिटकर आया था। यहाँ दर-दर भटक रहा था। मुझसे कहा कि कोई नौकरी दिला दीजिए। मैंने सलाह दी कि नौकरी-वौकरी क्या करेगा, चाय की एक छोटी-सी दुकान खोल ले। उसने दुकान खोल ली। दुकान क्या खोल ली जैसे यह चाय वाला है न, इसी तरह फुटपाथ पर बैठ गया। लेकिन साला निकला बड़ा चालू। एक-एक पैसा बटोरता गया। धीरे-धीरे अपने यहाँ के मज़दूरों को कर्ज़ देने लगा और सूद बटोरने लगा। बस हो गया साला सेठ।"

"यह तेली है, शास्त्रीजी? और आप शास्त्री होकर इसके यहाँ चाय पीते हैं?" विनोद ने मुस्कराकर पूछा।

"अरे भाई, यहाँ जितनी खाने-पीने की दुकानें हैं, क्या आप सबकी जाति जानते हैं और जाति पूछकर चाय पीते हैं? यह चायवाला किस जाति व कहाँ का है, आप जानते हैं?"

"ना, मैं तो नहीं जानता, लेकिन आप ज़रूर जानते होंगे। बताइए किस जाति का है यह?"

"अरे यह भी नाई-धोबी होगा।"

"नाई-धोबी आप होंगे।" वह चायवाला तनतनाकर खड़ा हो गया और क्रोध में उसकी विकृत हो गई शक्ल को देखकर शंकर एकाएक हँस पड़ा और उसने मुँह में चाय की जो घूँट भरी थी वह पच्च से बाहर आई और उसके कुछ छींटे शास्त्रीजी के धवल कुर्ते पर जा पड़े।

शास्त्रीजी ने आहत नेत्रों से अपने कुर्ते की ओर देखा और उधर शास्त्री के दोनों चमचों ने चायवाले को घूरकर कहा—अरे मूर्ख, तुझे बोलने की तमीज़ नहीं?"

"आप लोग मुझे तमीज़ सिखा रहे हैं? इन्हें तमीज़ नहीं सिखा रहे हैं जो बिना जाने-बूझे मुझे नाई-धोबी बना रहे हैं। मैं करकरा सरयूपारी ब्राह्मण हूँ।"

"तू कुछ भी है, बेच तो चाय ही रहा है जानता है तू किससे बात कर रहा है?"

"अरे होंगे कोई नेता-वेता। हमारे गाँव में भी ऐसे-ऐसे नेता बहुत आया करते थे। सभी नेता एक-से होते हैं भीख माँगने वाले। मैं भीख तो नहीं माँगता। मैं काम करता हूँ और पसीने की कमाई खाता हूँ।"

दोनों चमचों को गुस्सा आ गया और उन्होंने उसे पकड़ लिया और गाली देकर कहा— "अभी इस सड़क पर उठाकर फेंक देंगे।"

चायवाला बड़ी तेज़ी से साँप की तरह अपने को छुड़ाकर अलग हो गया और ललकारकर बोला—"ख़बरदार, मैं यह जलती हुई चाय तुम दोनों दलालों के सिर पर उड़ेल दूँगा।"

"छोड़ दो, जाने दो उसे।" शास्त्री ने चमचों से कहा। वे दोनों नक़ली आग्नेय नेत्रों से उसे घूरते हुए खड़े रहे।

तमाशा बनता जा रहा था, इक्के-दुक्के लोग खड़ा होने लगे थे। इसलिए शास्त्रीजी ने वहाँ से हट जाना ही ठीक समझा।

"अच्छा भाई, अनजाने में मुझसे ग़लती हो गई। छोड़ो, हटाओ इस बात को।"

"हाँ तो यों कहो न।" कहकर चायवाला शान्त हो गया।

शास्त्रीजी चाय के पैसे देने लगे तो शंकर ने रोक दिया—"नहीं-नहीं, आप जाइए, पैसे मैं दे दूँगा।"

शास्त्रीजी अपने चमचों के साथ चले गए। अब शंकर ठठाकर हँसा और हँसता रहा और विनोद भी हँसने लगा। चायवाला भी मुस्कराने लगा।

हँसी थमी तो शंकर ने कहा—"वाह पंडितजी, आप तो बहुत बहादुर हैं। खूब लगाया शास्त्रीजी को।"

"बहादुर क्या हैं बाबू? हाँ, जब कोई अपनी अस्मत पर चोट करता है तब गुस्सा आ जाता है। गाँव छूटा, जवार छूटा, नेताओं के कारण अपनी जायदाद छूटी। जीने-खाने के लिए परदेस में आकर मेहनत-मजूरी कर रहे हैं। अब ले-देकर जाति ही तो रह गई है। इस पर भी यह नेता चोट कर रहा है। बाबूजी, इन सबों को देखता

हूँ तो मेरा खून खौल जाता है।"

"पंडितजी, अब आज के जमाने में किसकी जाति रह गई है! जाति कर्मों से ही बनती है न। अब देखिए न, एक जाति का आदमी दूसरी जाति के आदमी का काम कर रहा है और होटलों में खाने-पीने से खान-पान का भी भेदभाव मिट गया है।"

"अरे नहीं बाबू, कर्मों से जाति थोड़े ही बनती है। जाति ईश्वर की बनाई हुई है। वह तो रहेगी।"

विनोद कुछ कड़वी बात कहने जा रहा था कि शंकर ने रोक दिया। शंकर विनोद के मूड में था और वह समझ गया था कि इस सीधे खरे आदमी से तर्क नहीं किया जा सकता। बोला—"आप कहाँ के हैं पंडितजी!"

"मैं गोरखपुर के एक गाँव का हूँ, बाबू।"

"लगता है, नेताओं ने आपको बहुत परेशान किया है।"

"अरे ई ससुरे पूरे देस को परेसान कर रहे हैं, मुझे किया तो क्या किया? मुझे तो तबाह करके ही छोड़ा। छोड़िए, अब उन बातों को कहने-सुनने से क्या फ़ायदा?"

"आप कहाँ रहते हैं?"

"सरसपुर की चाली में।"

"अच्छा तो कभी मिलूँगा आपसे।"

"चलो भाई चलो।" कहकर विनोद शंकर की बाँह पकड़कर खींच ले गया।

विनोद चला गया। शंकर ने अपने हाथ से कुछ बनाकर खाया। अपने कमरे में अकेले पड़ा-पड़ा किताब पढ़ने लगा। लेकिन मन नहीं लगा। बार-बार मन सोचता रहा—सबेरे से कितनी ही घटनाएँ घट गईं। ऐसी घटनाएँ रोज़ होती हैं, लेकिन कोई इन्हें घटना कहता है? मन्त्रियों को छींक भी आ जाए तो वह घटना बन जाती है। लेकिन ज़िन्दगी को भीतर तक तोड़ देने वाली घटनाएँ घटनाएँ नहीं होतीं। इन्हें कौन देखता है? कितना यातना-प्रद है रोज़-रोज़ महाभारत से गुज़रना और हार-जीत का फैसला न होना!

चाली के एक-एक कमरे में छः-छः सात-सात आदमी रहते हैं। बहुत कम लोग हैं जो एक कमरे में अकेले रहते हैं या अपने परिवार के साथ रहते हैं। छोटी-छोटी बातों को लेकर प्रायः तू-तू मैं-मैं हो जाती है, फिर भी एक आत्मीयता की गन्ध वातावरण में तैरती रहती है। अभी चन्दा और असरफी लड़ी हैं, कल चौपाल पर बैठी हुई गपशप करेंगी; लेकिन शहर का पढ़ा-लिखा शरीफ वर्ग तो केवल सभ्य अन्दाज़ में बात करता है। लगाव की गन्ध कहीं महसूस ही नहीं होती। मैं भी कितना अकेला हूँ। परिवार से दूर। परिवेश की विसंगतियों में मिसफिट। कालेज की दुनिया में कुछ खोजता हुआ अतृप्त। स्कूल के सहकर्मियों की व्यावसायिकता के बीच कला की

प्यास से बेचैन। ले-देकर विनोद है जो अपने अलग स्वभाव के बावजूद मेरे अकेलेपन को तोड़ता है उसे आये सालभर हुआ है मेरे ही स्कूल में टीचर है। वह कुछ ही महीने पहले मेरे निकट सम्पर्क में आया है इसलिए मैं उसके घर-द्वार या उसके अतीत के बारे में बहुत नहीं जानता लेकिन जितना जानता हूँ उतना बहुत प्रीतिकर है। वह मौजी है, कुछ रँगीली तबीयत का लगता है। कुछ भी हो, वह खुला है इससे अधिक उसके जीवन को जानकर क्या करूँगा? बहुत जानना बोझ बन जाता है और उस व्यक्ति के प्रति कुछ आग्रह पैदा कर देता है।

आज परिवार की बहुत याद आ रही है। दो साल के मास्टर दीपू! जब पिछली बार घर गया था तो घर के बाहर मिल गए थे—नंग-धड़ंग धूल में लिपटे हुए। साल-भर बाद घर गया था। पहचाना ही नहीं। मैं उसके पास खड़ा हो गया था। वह मुझे एक अजनबी समझकर विस्मय की दृष्टि से देखता रहा। किसी ने कहा—"दीपू है।" मैंने उसे गोदी में उठा लिया तो रो पड़ा था। कितनी बड़ी विडम्बना है कि बच्चा अपने बाप को अजनबी समझे। जब उसे चाकलेट दिया तो उसने एक क्षण देखा फिर फेंक दिया और गोद में छटपटाकर रोने लगा। लोगों ने इस दृश्य को देखा और हँस पड़े। मैं भी हँस पड़ा और उसे गोद से उतार दिया। लेकिन भीतर-भीतर एक अजीब शर्मिन्दगी का भाव उभरा। बच्चा गोद से मुक्त होकर भागा। थोड़ी दूर पर खड़ा होकर हैरान निगाहों से मुझे देखा। मैं उसे देखकर मुस्कराया और वह रोता हुआ अन्दर भाग गया।

कई दिन लग गए उससे हिलने-मिलने में। और जब वह हिलने-मिलने के करीब आया तो छुट्टियाँ खत्म हो गईं। चला आया। जाऊँगा तो फिर वही अजनबीपन। अजनबीपन का यह देशी मिज़ाज कितना अलग है उस विदेशी मिज़ाज से जो यहाँ के बुद्धिजीवियों और लेखकों के ड्राइंग रूम में गमले के फूल की तरह उगता है। कितना भयानक और ठोस है वह अजनबीपन जो अपने जाने-पहचाने संदर्भों में मूर्त होता है। इतने दिनों बाद घर गया। बच्चे को अजनबी लगा। पत्नी को देखने और आलिंगन में बाँधने की तड़प लिए बाहर बैठा रहा। लोग आए, गए। सबसे मिला लेकिन जिसकी तड़प थी उससे नहीं मिल सका। मिलने को तो मिला। लेकिन वह मिलना क्या? माँ, भाभी, भइया, बच्चों के बीच में उससे क्या मिलना हो सकता था! यों तो उसने खाना भी परसा, चाय भी पिलाई, किन्तु यह नहीं पूछ सका—'कहो कैसे रही?' न उससे पूछते बना—'कहिए कैसे रहे, कभी मेरी याद आई कि नहीं?' जब रात हुई तो समय थोड़ा अपना हुआ। वह तड़पकर छाती पर गिर पड़ी और जैसे मौन ही भाषा बन गई। वैसे भी भरे-भरे घर में भाषा मौन ही हो जाती है या एक फुसफुसाहट बनकर रह जाती है 'दीवारों के भी कान हैं' यह मुहावरा और कहीं फिट होता हो या न होता हो, यहाँ ज़रूर फिट होता है। शादी के इतने दिन हो गए, बच्चे हो गए, किन्तु अपने परिवार के बीच पत्नी के साथ मेरा यह अजनबीपन नहीं गया।

अजनबीपन और भी गाढ़ा हो जाता है मेरी सोच और नये परिवेश की वजह से। मैं पत्नी को पाना चाहता हूँ, केवल रात के सन्नाटे में डूबे कमरे में ही नहीं, बल्कि भरे-भरे कोलाहल के बीच सहयात्रा करके। कमरे में बन्द होकर गुपचुप बात कर लेना ही तो सहवास नहीं है, विराट प्रकृति, अनंत भूमि और विविध छवियों से स्पन्दित समय के बीच साथ-साथ घूमना, साथ-साथ आनन्द लेना, साथ-साथ हँसना और द्रवित होना ही प्यार की पूरी प्राप्ति है। यह सब मेरी ज़िन्दगी में कहाँ नसीब है! और पत्नी को कमरे से बाहर की दुनिया से जुड़ना कहाँ नसीब है! जब गाँव जाता हूँ तो इच्छा होती है कि मैं शाम को अपनी पत्नी को लेकर नदी के किनारे घूमने चला जाऊँ। चाँदनी रात में देर तक घूमता रहूँ। हम नदी में साथ-साथ नहाएँ। या बसन्त के दिनों में फूलों से लदे खेतों के बीच उसके साथ भटकूँ। लेकिन अपने के देहात में यह सब कहाँ संभव हो सकता है लोग शोहदा कहने लगेंगे और मेरी तो कम, मेरी पत्नी की चर्चा ज़्यादा ज़ोर पकड़ लेगी। काश, मैं उसे यहाँ ले आ पाता। पत्नी देहाती है तो क्या हुआ, सुन्दर है, गोरी है, यहाँ के वातावरण में खिल जाएगी। आख़िर अनेक लोग तो ले ही आए हैं अपने बीवी-बच्चे। मैं क्यों नहीं ले आ पाता? ··· नहीं, मैं इस तरह नहीं लाऊँगा। मैं तो किसी के क्वार्टर में एक कमरा शेयर करके रह रहा हूँ, बीवी-बच्चों को कहाँ रखूँगा? क्या मेरी बीवी नल पर खड़ी होकर असरफी के साथ गाली-गलौज करेगी? क्या मैं प्रेम की बेपर्दगी के लिए उसे यहाँ लाऊँगा? नहीं भाई, इस बेपर्दगी के सुख से वहाँ का पर्दे का दुख ही अच्छा है। जब कभी मैं एक अलग मकान ले पाने की स्थिति में होऊँगा तब देखा जाएगा। ···

एक अजीब ऐंठ के साथ वह यह सोच बन्द करना चाहता है।

छुम्मक छुम्मक ··· उसकी नज़र सामने आती है—एक बच्ची जा रही है, लाल-पीले कपड़े पहने हुए थे, उसके बाद और कई बच्चे सजे-धजे निकल आए हैं और उनके पीछे-पीछे कुछ औरतें और मर्द चल रहे हैं। औरतें सजी-धजी हैं। उनके जूड़ों में बेले के फूलों की वेणी सजी हुई हैं। हाँ, आज रविवार है न। तफरीह के लिए ये काँकरिया या सिनेमा या किसी आसपास के पार्क में जा रहे होंगे। ये सभी छोटे-मोटे काम करने वाले लोग हैं। ये औरतें घरों में चौका-बरतन करती हैं।

और यह कौन औरत है, तने हुए धनुष की तरह चली जा रही है। मांसल देह, उठे हुए नितम्ब, चाल में अकड़, जूड़े में फूल की वेणी, सस्ती नाइलोन की रंगीन साड़ी। उसने मुड़कर देखा, मुस्कराई। अरे, यह तो असरफी है। इसकी मुसकान में कितनी मोहकता है, चेहरे पर खूब गाढ़ा पाउडर पोत रखा है सबेरे इसके चेहरे पर चुड़ैल का-सा गुस्सा चिनचिना रहा था, इस समय पाउडर की पर्त में एक मादक हँसी बह रही है। कोरी आँखों में घर की ज़रूरतों से लदा चिड़चिड़ापन् था।

इस समय काजलमज्जित उत्सवोन्मुख आँखों में गृह-मुक्ति का उल्लास था। उत्सव कितना ज़रूरी होता है व्यक्तित्व के विकास के लिए। लेकिन हमारे यहाँ की औरतों

का जीवन एकरस चलता रहता है। घर की चहार-दीवारी में बन्द होकर वे चूल्हा-चक्की और भोजन बनाने की क्रिया में फँसकर जीवन काट देती हैं। मनबहलाव के लिए उनके पास क्या है? या तो घर में झगड़ा करेंगी या शाम को फ़ारिग होने की प्रक्रिया में दस घरों की औरतें आस-पास बैठकर बतियाएँगी और बाहर की दुनिया से थोड़ा अपने को जोड़ लेंगी। इसके लिए भी वीर मरदों की गालियाँ उन्हें सुननी पड़ती हैं।

"शंकर भाई!"

उसका ध्यान टूटा।

"आइए-आइए, मनोहर भइया।"

उसने देखा, मनोहर भइया के साथ एक बाईस-तेईस साल का लड़का भी है। उस लड़के ने बहुत दीनता और विनयपूर्वक शंकर को नमस्कार किया। शंकर ने नमस्कार का उत्तर देकर उसे ग़ौर से देखा—लगता है, अभी-अभी देहात से आया है। उसके कपड़े-लत्ते, बाल, हाव-भाव में एक अजीब सादगी और 'दीनता' दिखाई पड़ रही है, आँखों में एक धूसर भटकाव अँटा पड़ा है।

"यह कुछ ही दिन पहले गाँव से आया है। कमलेश नाम है इसका। एम.ए. पास है। मेरे ही गाँव का है। बहुत ग़रीब घर का है। पिता नहीं रहे। गाँव पर माँ है। उध र तो नौकरी का कोई जोगाड़ है नहीं, बुला लिया कि इधर कोई काम-धाम मिल जाएगा। अब तुम्हारे पास आया हूँ।"

"आप मेरे पास आए, यह आपकी कृपा है, लेकिन मेरे हाथ में कौन-सी नौकरी रखी है?"

"हाँ, तुम्हारे हाथ में नौकरी नहीं है यह तो जानता हूँ, लेकिन भइया, यह भी जानता हूँ कि तुम्हारा तमाम लोगों से सम्बन्ध है, किसी से कुछ कर कहीं इसे लगा सकते हो। बड़ा पुण्य होगा।"

"देखिए मनोहर भइया, आप मुझे ज़रूरत से ज़्यादा महत्त्व दे रहे हैं। मेरा तो ऐसा कटखना स्वभाव है कि दोस्त भी दुश्मन हो जाते हैं। मैं एक मामूली-सा अध्यापक हूँ, जितना कर सकता हूँ, उतना ही बोलता हूँ, नेताओं की तरह झूठे आश्वासन कैसे दे सकता हूँ?"

"देखो, यह एम.ए. पास है। सारी परीक्षाओं में इसे फर्स्ट क्लास मिला है बी.एड. भी है। किसी स्कूल में लग जाए तो बेड़ा पार हो जाए।"

"सो तो ठीक है भइया, लेकिन मैं किस स्कूल में लगवाऊँ?"

शंकर ने कमलेश की ओर देखा। उसके चेहरे की दीनता निराशा के दबाव से औरगाढ़ी होती जा रही थी। वह कुछ असुविधा भी महसूस कर रहा था।

"शंकर भाई, रूपलाल ने राष्ट्रभाषा विद्यालय खोला है न! उस स्कूल में पढ़ाने के लिए टीचर चाहिए ही। तुम कोशिश करके कमलेश को लगवा दो न।"

"आपका कहना यह है कि जो मैं कहूँगा, उसे पहलवान मान लेंगे।"

"अरे भाई, आखिर पहलवान तो नियुक्तियाँ नहीं न करेंगे। बुलाएँगे कुछ प्रोफ़ेसरों को। सुना है शर्मा साहब को बुलाएँगे। और शर्मा साहब के आप बहुत निकट हैं।"

"यह सब तो मुझे नहीं मालूम। आपको इतनी सारी जानकारी कहाँ से मिल गई?"

"पारस भाई कह रहे थे।"

"तो पारस से ही क्यों नहीं कहते? उनकी दुनिया बड़ी है, वे हर गली, हर मुहल्ले में ट्यूशन करते हैं। उनकी सबसे जान-पहचान है।" उसने हिकारत से शब्द उच्चारित किया— "पारस भइया!"

"अरे, पारस की दुनिया क्या है, मुझे मालूम है। वे खाली ट्यूशन कर सकते हैं। आपकी बात और है शंकर भाई, आप जिससे कहेंगे, वह ना नहीं करेगा।"

"इसलिए मैं किसी की सिफारिश नहीं करता, अपनी भी नहीं। जिस दिन से मैं यह धंधा शुरू कर दूँगा, उस दिन से मुझे भी कोई नहीं पूछेगा। देखते ही लोग समझ जाएँगे कि किसी की सिफ़ारिश करने आया है। शर्माजी मेरे पूज्य हैं, उनसे ज्ञान पाता हूँ, प्रेम पाता हूँ, उन पर किसी प्रकार का दबाव नहीं डाल सकता और यह विश्वास रखिए कि यदि कमलेश में योग्यता होगी तो वह डॉ. गौतम से उपेक्षित नहीं हो सकता। ज़रूर इसका चुनाव कर लेंगे।"

"फिर भी आप कह दें तो अच्छा ही रहेगा।"

"एक बात कहूँ मनोहर भइया! मैं प्राइमरी में पढ़ाता हूँ न। क्या मुझे इच्छा नहीं होती कि मैं भी हाई स्कूल में पढ़ाऊँ? और क्या आपके मन में भी यह बात नहीं आई कि शंकर खुद भी उम्मीदवार हो सकता है और कहना होगा तो गौतमजी से अपने लिए कहेगा?··· लेकिन नहीं, मैं उम्मीदवार इसीलिए नहीं हुआ कि गौतमजी को मेरे लिए रूपलाल पहलवान के नालायक लोगों से जूझना पड़ेगा। आप जानते ही हैं, एक्सपर्ट कमेटी में यदि गौतमजी रहेंगे—रहेंगे इसमें मुझे सन्देह है—तो रूपलाल पहलवान भी चेयरमैन की हैसियत से रहेगा और गवर्निंग बाडी (जिसे उसने बनाया होगा) के कुछ मेम्बर रहेंगे और ये सभी उन लोगों को नियुक्त करेंगे जो उनकी जान-पहचान के होंगे या रूपलाल पहलवान को साष्टांग करते होंगे। मैं यह स्थिति जानता हूँ इसलिए आवेदक नहीं बनूँगा और गौतमजी को भी एक्पर्ट बनने से मना करूँगा।"

"जैसी आपकी इच्छा। मैं तो बहुत उम्मीद लेकर आया था, लेकिन आप तो अफ़लातूनी झाड़ने लगे। चलो कमलेश, चलो। अपनी ओर के लोग अपने लोगों के कटे पर पेशाब भी नहीं कर सकते।"

"देखिए, लगा न सत्य आपको मिरचे की तरह! आपको तो अपना कुछ खोने का डर है नहीं, पहले ही खो-खा चुके हैं, लेकिन औरों को तो अपनी प्रतिष्ठा गँवाने का डर है न।" और उसने एक ज़ोर का ठहाका लगाया।

मनोहर भइया कमलेश का हाथ पकड़कर खींच ले गए।

"हा-हा-हा-हा दलाल साला। पारस भइया ने इन्हें भेजा है पारस भइया और मनोहर भैया क्या जोड़ी है! एक दिन-रात ट्यूशन करता है, एक दिन-रात दलाली करता है। गली-कूचे, पास-पड़ोस, शहर-गाँव, पता नहीं कहाँ-कहाँ का केस लेकर घूमता रहता है। कभी इम्तिहान के नम्बर बढ़वाएगा, कभी किसी को नौकरी दिलाने के लिए घुमाएगा, कभी कोटा-परमिट का ज़िम्मा लेगा, कभी शादी--ब्याह कराएगा, कभी मकान दिलाएगा, कभी त्योहरों का चन्दा इकट्ठा करेगा, कभी मन्दिर का चन्दा उगाहेगा। कभी कुछ, कभी कुछ।"

मनोहर की दिनचर्या उसके भीतर उतरा उठी। मिल में क्लर्क है यह लेकिन दलाली से हज़ारों रुपया कमा लेता है। रूपलाल पहलवान जो चाहेगा वह होगा ही और रूपलाल पहलवान का यह दलाल रहा है। लेकिन सुना है कि दलाली में यह रूपलाल से कुछ बेईमानी कर गया इसलिए पहलवान इस पर नाराज़ है इन दिनों, इसीलिए वह सीधे उनके पास नहीं गया। गौतमजी के सहारे काम निकालना चाहता है। इस आदमी को देखते ही आग लग जाती है। आज उसने बहुत ज़ब्त किया। वैसे यह न जाने कितनों के पास जाएगा। और यह लड़का या तो इसका कोई सगा-सम्बन्धी होगा या इससे भी कमीशन खाएगा।

लेकिन वह लड़का? एकाएक उस लड़के की हुलिया उसकी आँखों में आकर ठहर गई। कितना सीधा-सादा लड़का था। आँखों में देहात का ठेठ मटमैला सौन्दर्य, अपने अच्छे एकेडेमिक कैरियर के बावजूद अपने कुछ न होने का भाव। मनोहर की दलाली की प्रतिक्रिया में उसने उस लड़के की उपेक्षा कर दी। पता नहीं वह कौन है, क्या है, लेकिन इतना तो है ही कि वह ज़रूरतमन्द होनहार युवक है। उसके साथ वह सहानुभूतिपूर्ण व्यवहार तो कर सकता था। अपनी धरती, अपनी मिट्टी से लगाव की बात करते वह नहीं थकता, किन्तु जब मिट्टी इस लड़के के रूप में आई तो उसने उसको अनदेखा कर दिया। क्या यह उसका अहंकार नहीं है? अभी तो वह किसी के लिए कुछ कर सकने ही स्थिति में नहीं है, जिस दिन होगा तो क्या करेगा?

वह इसी पश्चात्ताप की मुद्रा में खोया बैठा था कि आवाज़ आई—

"भाई साहब!"

उसने सिर उठाया—"अरे कमलेश, आओ भाई आओ।"

कमलेश को स्वयं आश्चर्य हुआ कि थोड़ी देर पहले तो ये सज्जन ततैया की तरह काट रहे थे और अब इतने खुल गए हैं।

"आओ भाई, मैं तुम्हारे बारे में ही सोच रहा था। तुमसे कुछ बात ही नहीं हो पाई। सारी चर्चा मनोहर से ही होकर रह गई। और मनोहर को तुम नहीं जानते।"

"जानता हूँ भाई साहब, वे मेरे गाँव के ही हैं।"

"नहीं, तुम नहीं जानते। तुम्हारे जानना और क़िस्म का है।"

"नहीं, जिस क़िस्म का जानना आपके मन में है उसी रूप में जानता हूँ।" वह मुसकराया और उसकी भोली-भाली आँखों में एक बौद्धिक चमक उभर आई। शंकर भी ठठाकर हँसा और बोला—"दोस्त, चतुर हो। फिर उसके साथ क्यों आए?"

"मैं नहीं आया, वे खुद ही मेरे साथ आए। मेरे मामा मिल में चपरासी हैं। उन्हीं के यहाँ आया हूँ। जब से आया, लोगों ने आपसे मिलने को कहा—लोग आपकी तारीफ़ करते रहे। मेरे मन में तभी से आपसे मिलने की ललक उठती रही। नौकरी तो मुझे चाहिए लेकिन आपसे तो मैं उसी तरह मिलना चाहता रहा। मेरी भी पढ़ने-लिखने में रुचि है। कुछ कहानियाँ भी लिखी हैं। जब मैंने आपसे मिलने की इच्छा मामा से व्यक्त की तो मनोहरजी ने कहा, चलो, मैं तुम्हारे साथ चलता हूँ। लग गए साथ। तभी मैं समझ गया कि कुछ गड़बड़ी होगी।"

शंकर ने बहुत भावावेग में उसे छाती से लगा लिया। "तुमसे मिलकर बहुत खुशी हुई। दरअसल जब तुम यहाँ से चले गए थे तो मुझे बहुत अफ़सोस हो रहा था। तुमने लौटकर मुझे उबार लिया।"

"मुझे भी आप जैसा शुभचिन्तक और साथी पाकर बहुत प्रसन्नता हुई इस अजनबी शहर में जैसे एक सही सहारा मिल गया।"

"धुत्त, मैंने तुम्हें अभी कौन-सा सहारा दिया है और क्या देने लायक हूँ?"

"दोस्ती।" कहकर कमलेश मुस्कराया। शंकर भी मुस्कराया।

"घर में कौन-कौन हैं दोस्त?"

"बूढ़ी माँ, एक छोटा भाई और एक बहन।"

"और ··· "

"और कोई नहीं, दोस्त।"

"पिताजी?"

"चार-पाँच साल पहले मर गए और एक बड़ा भाई था, वह तपेदिक से पारसाल मर गया।"

शंकर ने देखा उसकी प्रसन्न आँखें गीली हो आईं, जीवन के अभाव के न जाने कौन-कौन-से स्तर चटक उठे थे। उसने क्या अनजाने उसके दर्द के पहलू को छेड़ दिया!

"अच्छा कमलेश, पहले चाय पीते हैं फिर बात करते हैं।"

उसने चाय का पानी चढ़ा दिया।

"नहीं-नहीं, भाई साहब, चाय-वाय रहने दीजिए। मैं चाय का आदी नहीं हूँ।"

"अरे भाई, चाय पीने में कोई हर्ज नहीं है। और चाय बन ही जाएगी इसका कोई भरोसा नहीं है। सबेरे से ही चाय आँख-मिचौनी खेल रही है और ठीक से चाय नहीं पी पाया। शायद तुम्हारे ही भाग्य से मुझे ठीक से चाय मिल जाए।"

दोनों हँसने लगे।

"हाँ, भाई, तुम कहाँ के रहनेवाले हो?"

"गोरखपुर का।"

"चलो पड़ोसी ही हो, मैं भी आज़मगढ़ का हूँ।"

"आपसे मिलकर बड़ी खुशी हुई, भाई साहब।"

"शुरू में सभी खुश होते हैं, बाद में नाखुश हो जाते हैं।"

"ऐसा क्यों होता है?"

"इसलिए कि मैं मीठी छुरी से काट नहीं करता, पत्थर दे मारता हूँ।"

दोनों हँसने लगे।

"देखो, अगर गौतमजी एक्सपर्ट हैं तो मैं उनसे तुम्हारे लिए ज़रूर कहूँगा। और वे प्रतिभाशालियों की क्द्र करते हैं। तुम प्रतिभाशाली लगते हो, इसीलिए उनसे कहूँगा भी। हाँ, यदि रूपलाल पहलवान की पहलवानी से निर्णय नहीं हुआ तो तुम ले लिये जाओगे, मुझे विश्वास है।"

"कभी उनसे मिलाइए न, और लोग भी उनकी तारीफ़ कर रहे थे।"

"मिलाऊँगा भाई, पहले तुम साँस तो ले लो। इतने सौ मील की दूरी पार करके अभी-अभी ही इस नगर में पहुँचे हो।"

"हाँ भाई साहब, अभी तो आप लोगों से बहुत कुछ सीखना है।"

"अरे, मुझसे क्या सीखोगे? तुम तो एम.ए. हो।"

"इससे क्या होता है? मैं तो देहात में ही रहा। वहीं के स्कूल-कालेज में अपनी पढ़ाई की। एम.ए. प्राइवेट किया। बी.एड. भी एक कस्बे के कालेज से किया। अभी तो बाहर की दुनिया का कुछ ज्ञान ही नहीं प्राप्त किया। शहर में आकर भौचक्का हूँ, लगता है अभी तक जीवन में जो कुछ सीखा वह कुछ नहीं था।

"नहीं दोस्त, अब तक जो कुछ सीखा है, असली सीखना वही है, वही तुम्हारी पूँजी है, वही हम सबकी पूँजी है। अब जो कुछ सीखागे, वह असली नहीं होगा। तुममें ताक़त होगी तो अब तक के सीखे हुए सत्य को नई परिस्थितियों में निखारोगे, विकसित करोगे और निरन्तर एक शक्ति अनुभव करते जाओगे। और तुम्हारे पास यदि भीतर की ताक़त नहीं होगी तो उस पूँजी को खो दोगे और एक नये प्रकार के असत्य की चमक से अविभूत होते चले जाओगे।"

"देखिए, मैंने कहा था न कि आपसे बहुत कुछ सीखना है।" वह मुस्कराया।

"अरे हाँ रे, मैं भी कैसा उल्लू का पट्ठा हूँ कि तुम्हें उपदेश देने लगा।" कहकर शंकर ठठाकर हँस पड़ा।

"पानी।"

"पानी पियोगे?"

"नहीं, पानी।" कहकर उसने खौलते हुए पानी की ओर इशारा किया।

"अरे हाँ, पानी। मैंने कहा था न कि आज भाग्य में चाय बदी नहीं है। तुमने इशारा

न किया होता तो पानी फिर जल गया होता।"

उसने चाय बनाकर एक कप कमलेश को दी, एक खुद पीने लगा। "वाह भाई कमलेश, सचमुच तुम्हारे भाग्य से इतनी बढ़िया चाय आज मिली।"

"मेरा भाग्य सचमुच आज खुला है, उसी की कृपा से मुझे आज आप जैसा दोस्त भी तो मिला।"

"धत्त! अरे हाँ, यहाँ तुम कहाँ रहते हो?"

"बताया न, मामा के यहाँ। मामा सारनपुर के एक मिल में चपरासी हैं। बहुत दिनों से यहाँ हैं। मिल की चाली में ही उन्हें एक छोटा-सा कमरा मिला हुआ है। उसी में वे अपने पूरे परिवार के साथ रहते हैं। खुद हैं, मामी हैं, उनके चार बच्चे हैं जिनमें तीन छोटी-बड़ी लड़कियाँ हैं और पाँचवाँ मैं शामिल हो गया हूँ।"

"और शादी तो नहीं हुई है?"

"नहीं भाई साहब, इसी ग़लती से बच गया। बच क्या गया, मेरी गरीबी ने बचा दिया। मेरी अफाट ग़रीबी के कारण कोई शादी करने ही नहीं आया, नहीं तो देहात में अब तक विवाहित हुए बिना बचा रह पाता!"

"घर पर खेत कितने हैं?"

वह फिर उदास हो गया। उसकी आँखों में फिर एक अफाट उदासी घिर आई। शंकर को लगा, फिर उसने कोई कमज़ोर नस छू दी है।

"अच्छा जाने दो और ··· "

"एक बीघा।" कहकर उसने शंकर की ओर देखा।

"एक बीघा?" शंकर मन में बुदबुदाया। और उसके मन में इसके पारिवारिक अभाव का भयानक रूप साकार हो उठा। हे भगवान! ये लोग कैसे जीते रहे होंगे? मज़दूर तो हैं नहीं कि दूसरों की ज़मीन में काम करते रहे होंगे।

"तुम्हारे पिताजी क्या करते थे?" लगा जैसे कमलेश रो देगा या चिल्लाकर कहेगा— 'शंकर साहब, आप बनते तो बहुत नेक हैं, लेकिन हैं बहुत कमीने इन्सान। मेरे अभावों का मज़ाक उड़ाते चले जा रहे हैं।' लेकिन बोला कुछ नहीं। शंकर को लगा कि वह सहानुभूति जताने के चक्कर में ग़लती-पर-ग़लती कर रहा है। क्या आवश्यकता थी सारी बात आज ही पूछने की?

"भीख माँगते थे।"

"ओह नो!" शंकर चिल्ला पड़ा। और इस उम्मीद में कमलेश की ओर देखा कि उसने मज़ाक किया हो। किन्तु कमलेश की आँखों में मज़ाक का भाव नहीं था, बल्कि एक दर्द-भरा आक्रोश था जैसे कह रहा हो: ठीक है, मेरे घर की जितनी सीवन उधेड़नी हो उधेड़ लो। पूछो, और पूछो। शंकर स्तब्ध रह गया। उससे कुछ कहते नहीं बन रहा था। एक सत्यवादी युवक उसके सामने खड़ा था—बिल्कुल सत्यकाम की तरह और वह उल्लू का पट्ठा अपनी बेवकूफ़ियों से उसके जीवन के

कटु सत्य की तहों को खोलता चला जा रहा है। एक कटु सत्य का मुँह बाघ के मुँह की तरह खुला है, जिसके सामने ये दोनों खड़े हैं।

क्या किया जाए?

"यार, तुम बहुत मज़ाकिया तबीयत के आदमी हो, मुझे ऐसे लोग अच्छे लगते हैं।"

"मैं मज़ाकिया तबीयत का हूँ कि नहीं यह तो नहीं जानता भाई, लेकिन मैंने मज़ाक नहीं किया है। ज़िन्दगी मेरे साथ और देश के अनेक लोगों के साथ मज़ाक करती है, उस मज़ाक को व्यक्त करना मज़ाक नहीं है, कटु असलियत है।"

बात टालने की ग़रज़ से शंकर ने पूछा—"कमलेश, अभी तक तो तुमने यहाँ कुछ देखा नहीं होगा।"

"हाँ, अभी तो चार-पाँच दिन पहले आया ही हूँ। कहीं कुछ ठिकाना लग जाए तो घूमा-फिरा भी जाए।"

"तो चलो, काँकरिया चलते हैं।"

"वह क्या है?"

"काँकरिया यहाँ का बहुत सुन्दर स्थान है। आज रविवार है, घूमने की गरज़ से बहुत-से लोग जाते हैं। अनेक चीज़ें देख सकते हो।"

"लेकिन मामा परेशान होंगे। सोचेंगे कि मैं कहीं खो गया।"

"चलो, उन्हें बताकर चलेंगे।"

पता नहीं क्या संकोच था कि कमलेश ने कहा—"फिर कभी चलेंगे, अभी तो आया ही हूँ।"

"नहीं, आज ही चलेंगे। मैं कल से ही बोर हो रहा हूँ। आज तुम मिल गए हो। इसी बहाने मैं भी ताज़ा हो लूँगा। देखो, तीन बज रहे हैं, हम लोग हद-से-हद पाँच तक पहुँच ही जाएँगे। चलो, पहले तुम्हारे मामा से कह दें।"

कमलेश जैसे बेमन से शंकर से खिंचता हुआ चल पड़ा।

सरसपुर मिल की चाली में शंकर पहुँचा तो जैसे आज उसे पहली बार देखा। वैसे तो वह स्वयं चालियों के बीच रहता है और इन चालियों को कितनी बार देखा है, किन्तु आज एक विशेष सन्दर्भ में इन्हें देख रहा है क्योंकि इनकी किसी एक कोठरी में कमलेश के मामा रहते हैं।

चाली क्या थी, दुर्गन्धशाला थी। चालियों के सामने एक गन्दी चौड़ी नाली बह रही थी जिस पर जगह-जगह बैठे हुए बच्चे फ़ारिग हो रहे थे। नाली के बजबजाते पानी में मल तैर रहा था। एक भयानक दुर्गन्ध उठ रही थी। पब्लिक पाखानों की दीवारों पर चिथड़े टँगे हुए हैं। कुछ सूख रहे हैं, कुछ पाखानों में आड़ करने के काम आते हैं। मक्खियाँ भिनभिना रही हैं, और पास में ही एक चाय की दूकान खोली हुई है जिसमें कुछ खाने-पीने की चीज़ें खुली हुई रखी हैं। एक सीधी रेखा में कुछ कमरे बने हुए हैं। कमरे क्या हैं, मिट्टी से ईंटें जोड़ दी गई हैं और उन पर टिन का छप्पर

रख दिया गया है। और उन कमरों के सामने एक पतला-सा बरामदा चला गया है।

"मामा जी!" एक कमरे के सामने कमलेश ने पुकारा।

शंकर ने देखा—उस कमरे के बाहर एक छोटी-सी लड़की सोई हुई है। उसके चेहरे पर मक्खियों का झोझ छाया हुआ है। वह सोए में ही रह-रहकर हाथ चला देती है। मक्खियाँ थोड़ा उड़ती हैं फिर बैठ जाती हैं।

कमरा खुला और एक अर्धनग्न-सी औरत एक अजनबी को देखकर झट-से किवाड़ की आड़ में खड़ी हो गई।

"आइए-आइए।" कमलेश कहे जा रहा था। वह सोच नहीं पा रहा था कि आइए-आइए के अलावा कहे क्या?

"नहीं भाई, बाहर ही ठीक है। भीतर गर्मी होगी।" वह सोच नहीं पा रहा था कि भीतर वह कैसे जाए? भीतर अर्धनग्न नारी, फर्श पर बाहर-अन्दर सोए बच्चे, बिखरा हुआ सामान।

तब तक एक अधेड़-से सज्जन आँख मलते हुए बाहर आए। एक गन्दा पायजामा और गन्दी फटी बनियान पहने थे। दाढ़ी के बाल कुछ बढ़े हुए थे जो खिचड़ी हो गए थे। आँखों में एक उनींदी उदासी भरी थी।

"ये मेरे मामाजी हैं, और मामाजी, ये शंकर भाई हैं।"

नमस्कार में दोनों ओर से हाथ उठ गए। 'आइए' कहकर मामा ने भीतर की ओर देखा। भीतर खट-पट, खट-पट की आवाज़ें हो रही थीं—शायद बिस्तरा ठीक किया जा रहा था, शायद बच्चों को बाँह पकड़-पकड़कर उठाया जा रहा था और वे कुनमुनाकर रो रहे थे।

"आइए न!" अब की बड़े विश्वास से मामा ने कहा।

"देखिए मामाजी, बैठना नहीं है, हम केवल आपको सूचित करने आए हैं कि हम काँकरिया जा रहे हैं। लौटने में देर हो तो चिन्ता न कीजिएगा।"

"अरे दो मिनट आइए न।" कहकर मामा अन्दर खींच ले गए और उन्हें कुर्सी पर बैठा दिया।

शंकर ने देखा, बच्चे कच्ची नींद से जगकर अचकचाई नज़र से उसे देख रहे थे। कमरे में एक खाट पड़ी थी। उस पर एक फटा गन्दा गद्दा बिछा था और पहनने के छोटे-बड़े कपड़े खूँटियों पर, खाट पर और बक्स पर फिंके पड़े थे। कमरे के एक कोने में ईंट से घेरकर बरतन धोने, नहाने आदि की व्यवस्था कर ली गई थी। छः प्राणी इस छोटे-से कमरे में रहते हैं। नहाते हैं, खाते हैं, सोते हैं, पढ़ते हैं, मेहमानों का स्वागत करते हैं। एक सीलन-भरी गन्ध आ रही थी।

एक लड़की अन्दर आई—सोलह-सत्रह साल की सुन्दर-सी लड़की। उसने एक अजनबी को बैठे देखा, नमस्ते किया।

"मेरी बड़ी लड़की है, दसवीं में पढ़ती है।" मामा ने कहा।

"अच्छा-अच्छा। क्या नाम है?"

"शोभा!"

"वाह, बहुत अच्छा नाम है।"

शोभा लजा गई।

"अच्छा कमलेश, अब चलो।"

"अरे शंकर बाबू, आप पहली बार आए हैं, चाय तो पी लें।"

"नहीं मामाजी, चाय पीकर ही चले थे। काँकरिया जाना है, आना है, देर हो जाएगी।"

"अरे नहीं, देर नहीं होगी। बनाने में थोड़ी देर भी होती, मैं सामने की दुकान से चाय मँगा दे रहा हूँ।"

"अरे नहीं-नहीं, मामाजी!"

"अरे नहीं क्या? जा रे शोभा, एक कप चाय लेती आ।"

शोभा चली गई और शंकर के सामने पाखाने के पास ही चाय की दुकान साकार हो उठी। पहले से ही उसका जी मिचलाने लगा। उसे इच्छा हुई कि पीने से मना कर दे, लेकिन इन भोले-भाले लोगों के साथ ऐसा सलूक करना क्या ठीक रहेगा? ये लोग तो इस तरह की गन्दगी को गन्दगी भी नहीं मानते होंगे। जब आदमी गन्दगी में जीने के लिए अभिशप्त हो तो गन्दगी से दोस्ती करनी ही पड़ती है, उसके लिए चारा भी क्या है? इस अभाव की जकड़बंदी में हिल-डुल पाना भी कठिन है, तब एक बहुत स्वच्छ ज़िन्दगी जीने की महत्वाकांक्षा आत्मपीड़न और आत्मघात की अनवरत प्रक्रिया के सिवा और क्या हो सकती है? इन स्थितियों के साथ हो लेना ही इनकी नियति है, लेकिन इस गन्दगी के ज़िम्मेदार कहीं हम लोग भी हैं। लापरवाही, अतिव्यस्तता और फूहड़पन हम लोगों के घरों के स्वभाव में आ गया है इन्हीं परिस्थितियों में इतनी ही जगह में एक गुजराती परिवार अपेक्षाकृत अधिक सफाई और व्यवस्था से रह लेगा। उसके घर में एक सिस्टम दिखाई पड़ेगा।

शोभा चाय लेकर आ गई।

"लो शंकर बाबू, पियो।"

"अरे अकेले? लो कमलेश, तुम भी लो।"

"नहीं भाई साहब, पीजिए न।"

"नहीं, अकेले पीने की आदत नहीं है, यद्यपि रहता अकेले ही हूँ।"

सब लोग हँसने लगे।

शंकर चलने लगा तो मामा ने बहुत दयनीय मुद्रा में कहा—"शंकर बाबू, आपकी चर्चा कई लोगों से कई बार सुनी है। कमलेश के लिए कुछ कीजिएगा तो बड़ी मेहरबानी होगी।"

"अरे मामा, मैं किस लायक हूँ, लेकिन मैं कोशिश करूँगा कि कमलेश का कुछ हो।"

"बड़ी मेहरबानी।" कहते-कहते उनकी आँखें भर आईं।

कमलेश काँकरिया घूमकर लौटा तो दस बज रहे थे। सब लोग सो गए थे, केवल मामी जाग रही थी उसके लिए। मामी और शोभा कमरे के अन्दर सोती है, बच्चे बरामदे में। सभी लोग ज़मीन पर दरी बिछाकर सोते हैं। केवल एक खाट है, उसे बाहर बिछाकर उस पर मामा सोते हैं। जब से वह आया है मामा ने वह खाट उसके लिए छोड़ दी है और इधर उनकी ड्यूटी रात की हो गई है इसलिए भी कोई समस्या नहीं रही। आज छुट्टी है, मामा भी घर पर ही सोए हैं।

वह खा-पीकर बाहर चारपाई पर सो गया। उसने कितना कहा था कि वह भी ज़मीन पर सो लेगा, मामी को खाट पर सोना चाहिए, लेकिन मामी नहीं मानी। इन लोगों का यह कहना भी ठीक ही है कि अन्दर तो ज़मीन पर सोया जा सकता है, बाहर बिना खाट के कैसे सोया जा सकता है! बरामदे में और बाहर अनेक लोग लदर-भदर सोए हुए हैं। पास की सड़क से बसें जा रही हैं, ट्रक जा रहे हैं, स्कूटर जा रहे हैं, मिलों से शोर उठा रहा है। लगता है पास ही कहीं भजन-कीर्तन हो रहा है। लाउडस्पीकर पर गाने गाए जा रहे हैं—फिल्मी तर्ज पर धार्मिक गाने। उसे नींद नहीं आ रही है। वह इतने शोर में सोने का आदी नहीं रहा है। यह तो एक विचित्र दुनिया है, शोर की दुनिया। शोर में सब कुछ डूबा हुआ है। विचित्र बात है कि एक ओर इतना शोर है दूसरी ओर उसमें डूबे हुए लोग एक-दूसरे के लिए उतने ही खामोश। इतनी भीड़ में भी किसी को नंगा होने का भय नहीं है, जैसे कोई किसी की ओर नहीं देखता। शंकर भाई कह रहे थे कि जिसने यह ख़याल किया कि दूसरे देख रहे हैं, वे क्या कहेंगे, वह महानगर में काम से गया। यहाँ यह सत्य पा लेना होता है कि कोई कुछ नहीं कर सकता। जो तुम्हें अच्छा लगे, करते जाओ।

उसने काँकरिया के कृत्रिम पर्वतीय कुंजों से गुज़रते हुए आलिंगनबद्ध जोड़े को देखा। कुछ विस्मय से ठिठका तो शंकर भाई ने खींचते हुए कहा था—"चलो चलो, ऐसे दृश्य और भी मिलेंगे। ठिठको नहीं, चलो, अचकचाओ नहीं, इसे सहजता से लो।" "शंकर भाई, इतनी भीड़ में भी ··· !" "हाँ" वे हँसे थे। "भीड़ ही उनके लिए पर्दा है। भीड़ में कोई किसी को ग़ौर से नहीं देखता, नहीं पहचानता, सभी सबके लिए अजनबी हैं।"

कितनी ख़ूबसूरत जगह है काँकरिया। इतनी सुन्दर जगह उसने ज़िन्दगी में पहली बार देखी है, उसे पहली बार लगा है कि कहीं इतनी समृद्धि है। बीच में स्वच्छ पानी की विशाल झील। झील के किनारे जैसे रंगों का प्रवाह उमड़ उठा हो। सुन्दर रंग-बिरंगे परिधानों में सजी हुई औरतें, बच्चे, पुरुष। औरतों के जूड़ों में फूलों की वेणियाँ तरह-तरह के मॉडल की कारें।

झील के चारों ओर आईने-सी चमकती सड़क, सड़क के किनारे कृत्रिम पहाड़ियाँ, पहाड़ियों पर उद्यान, बाल वाटिका, चिड़ियाघर। सब कुछ साफ़-सुथरा, सजा-धजा, व्यवस्थित। अपने यहाँ के शहरों में यह सफ़ाई कहाँ? ऐसे-ऐसे उद्यान कहाँ? शंकर भाई बता रहे थे कि सारे माली अपनी ओर के हैं। विचित्र है—कला अपनी ओर की और उपयोग यहाँ हो रहा है। उद्यानों में लदे हुए फूल और फूलों के बीच रमणियाँ··· सुगन्ध के झोंके··· अभी भी उसके प्राण में तरह-तरह की सुगन्ध कसी हुई है।

"ओफ़, यह क्या?" पाखाने की ओर से बदबू का भयानक भभका आया। रात-भर आता है। लगा, जैसे वह पहाड़ से खाई में गिर गया हो। मच्छर वैसे ही काटते हैं, दूसरे, बदबू का झोंका रह-रहकर उसकी नाक से टकराता है। सड़ा हुआ नाला, खुले हुए पाखाने, चारों ओर फैले हुए चिथड़े लत्ते, सीलन-भरी दीवारें, यह भी तो अहमदाबाद है। काँकरिया के अहमदाबाद और सरसपुर के अहमदाबाद में कितना फर्क है। शंकर भाई भी बहुत अजीब आदमी हैं। मैं काँकरिया देखकर कितना खुश था। उन्हें लगा—जैसे मैं एक स्वप्नलोक में पहुँच गया हूँ। उनसे मेरा सपना देखा नहीं गया। वे घुमाते-घुमाते मुझे काँकरिया से थोड़ी दूर खींच ले गए और ले जाकर एक गन्दे चौराहे पर खड़े हो गए। मैंने पूछा—"यहाँ क्यों आए?"

उन्होंने सामने के कुछ घरौंदों की ओर इशारा किया। मुझे बचपन में बनाए गए घरौंदों की याद आ गई। उन्हीं घरौंदों के ये बड़े रूप लग रहे थे। तीन-तीन हाथ ऊँची मिट्टी की दीवारें और उन पर छत के रूप में पड़े हुए टिन या बरसाती या चीथड़े।

"यह भी अहमदाबाद ही है दोस्त। यह काँकरिया का पिछवाड़ा है। इनमें भी आदमी रहते हैं। वे रेंगकर अन्दर पैठते हैं और रेंगकर बाहर आते हैं। लोग समझ लेते हैं कि शहर का अर्थ होता है समृद्धि। लेकिन ग़रीबी और तकलीफ़ के जितने स्तर पर शहर में हैं, उतने गाँव में नहीं। शहर की समृद्धि तो थोड़े-से लोगों के लिए है। ये मिलवाले, बड़े-बड़े व्यापारी, बड़े-बड़े नेता, बड़े-बड़े वकील, डाक्टर—शहर तो इन्हीं का है, बाकी लोग तो शहर के हैं, शहर के शिकंजे में पिसते हुए। शहर न जाने कितनी तरह से इन्हें नाच नचाता है। गाँव में कुछ खाते-पीते लोग हैं, कुछ अभावग्रस्त। यहाँ तो अभाव के न जाने कितने चेहरे हैं। देखो कमलेश, जहाँ मैं रहता हूँ वह नरक है, किन्तु जहाँ तुम्हारे मामा रहते हैं, उसे देखते हुए लगता है कि हम फिर भी ठीक हैं और इन झोंपड़ियों को देखकर लगता है कि तुम्हारे मामा जैसे लोग भी ठीक से रहते हैं। यहाँ अभाव पैसों का ही नहीं है, शुद्ध हवा, पानी और खुले वातावरण का भी है देहात का आदमी और कुछ नहीं तो खुला आकाश और खुली धरती तो पा लेता है, वह भूखे पेट सो सकता है किन्तु धुएँ और बदबू में कैद तो नहीं हो सकता।"

क्या यह भी दुनिया है? एक कमरे में पूरा परिवार और टट्टी, पेशाब के लिए लाइन लगाने की विडम्बना। चारों ओर उठते हुए धुएँ में छटपटाते प्राण, दुर्गन्ध का

भभका और आसपास सोए हुए लोगों की साँसों की टकराहट।

ख ख ख र अ अ ...

सिं सिं सिल्लअ ...

उसके दोनों ओर खर्राटों का संगीत उठ रहा है—विषम स्वरों में। वह उनके बीच सोने के लिए अभिशप्त है।

'पट्ट,' कोई मच्छड़ मारता है और एक भद्दी-सी गाली मच्छड़ के नाम चस्पाँ कर देता है।

'उहुहूँ, कोई बच्चा चिल्ला उठता है, शायद उसे भी मच्छड़ ने काटा है। फिर दूसरा चिल्ला उठता है, शायद भूखा है। फिर तीसरा चिल्ला उठता है एक तरह से चिल्लाहटों की एक लाइन बन जाती है। "चुप हरामज़ादे, सो।" पट्ट-पट्ट मारने की आवाज़ें आती हैं और थोड़ी देर में सब कुछ ज्यों का त्यों हो जाता है। फिर कुछ देर बाद कोई बच्चा चिल्ला उठता है। रात-भर यही क्रम चलता है और लोगों ने इसी में सो लेने और जी लेने की सहजता प्राप्त कर ली है, किन्तु उसे अजीब लगता है। वह तो चौंक-चौंककर जाग जाता है।

उसे बहुत आत्मग्लानि सताती है। वह मामा के ऊपर बोझ बन गया है। एक तो वैसे ही यहाँ की हालत खस्ता, दूसरे वह भी घुस आया। हे भगवान, जल्दी कुछ हो जाता तो मामा को मुक्ति मिलती। वह यहाँ रहे तो कैसे, और न रहे तो कैसे? आख़िर वह जाएगा कहाँ? गाँव? गाँव ही जाना होता तो यहाँ आता क्यों?

कैसे होगी माँ, कैसे होगी बहन? बहुत याद आती है गाँव की। वैसे गाँव में रखा ही क्या है एक बीघा खेत और एक टूटे-फूटे घर के सिवा? लेकिन फिर भी न जाने कितनी तहों में गाँव मेरे भीतर बसा है ज़िन्दगी के ये बाईस साल गाँव के हवा-पानी और मिट्टी की न जाने कितनी चुभन और सहलाब से बने हैं। 'सहलाब,' वह हँस पड़ा। सहलाब कहाँ से मिला उसे? उसके परिवार के शरीर में तो ग़रीबी के काँटे ही चुभते रहे। ग़रीबी के काँटे बहुत दुखदायी होते हैं, उनके कारण ही हवा भी, पानी भी, मिट्टी भी, मौसम भी और मानवीय सम्बन्ध भी काँटेदार हो उठते हैं। होश सँभालते ही उसे जिस शब्द का सामना करना पड़ा वह था भिखमंगा। गाँव के बड़े-बूढ़े और बच्चे सभी गुस्सा होने पर उसे भिखमंगे का बेटा या भिखमंगा कहा करते थे। स्कूल में भी उसे यही अपमान ढोलना पड़ता था। पिताजी, आपने यह क्या किया? क्यों मेरे ऊपर यह जलता हुआ शब्द दाग़ गए?

क्या करते पिताजी भी! एक बीघा खेत। विरासत में उन्हें इस एक बीघे खेत, कर्ज़ा और ग़रीबी के सिवा मिला क्या था? उन्हें पढ़ाया-लिखाया भी तो नहीं गया था। एक बीघे खेत की बिसात ही क्या! बाढ़ आई बह गया, सूखा पड़ा सूख गया या किसी चोर ने काट लिया तो हो गई छुट्टी। ब्राह्मण होने की वजह से किसी और के खेत में काम कर नहीं सकते थे तो बाहर जाकर कहीं मज़दूरी की होती। भीख माँगने से

तो कोई भी मज़दूरी कर लेना अच्छा ही रहा होता।

अब क्या अच्छा रहा होता, क्या बुरा रहा होता का फैसला करने से लाभ क्या? जो भी हो, पिताजी की याद बड़ी कचोटती है। वे शायद तराई में भीख माँगते थे। दो-दो महीना लगातार बाहर रहते थे। माँ लोगों से कहती थी—कमाने गए हैं या चेलान करने गए हैं या नताइत करने गए हैं। पिताजी जब भी लौटते थे, रात को ही लौटते थे। और जब लौटते थे तो उसके बाद के कुछ दिनों तक अच्छा भोजन मिलता था। गाँव के अच्छे-अच्छे घरों के बच्चे भात के लिए तरस जाते थे, लेकिन हम लोगों को कभी-कभी अच्छा भात खाने का सुख मिल जाता था। पिताजी बहुत सरल थे, कभी डाँटते नहीं थे। थोड़ी स्थूल काया, मझोला कद, चौड़ा माथा, भावुक आँखें, नम्र स्वभाव। नम्र इतने कि दब्बू कहा जा सकता है। सबसे डरते थे। कोई मुझे भिखमंगे का बेटा कहता और मैं उनसे लड़ने को कहता तो कहते— जाने दो बेटा, अपना काम करना चाहिए, किसी के कुछ कहने से क्या होता है?

कितना बड़ा काम किया पिताजी ने। काफी खाते-पीते घरों के लोग अपने बच्चों को थोड़ा-मोड़ा पढ़ाकर किसी छोटी-मोटी नौकरी में झोंक देना चाहते हैं तब पिताजी मुझे पढ़ने देते गए। मेरी भी रुचि पढ़ने में थी, तेज़ भी था, पढ़ता गया और अच्छे डिवीज़न में पास होता गया। कभी-कभी मैं सोचता हूँ कि पास का स्कूल और कालेज न होता तो क्या पढ़ पाता? और पास का भी क्या था? रोज़ तीन मील आता था, जाता था। अपने भीतर तड़प नहीं होती तो क्या रोज़-रोज़ यह दूरी तय करना सम्भव होता? माँ कभी-कभी कहती थी, अब छोड़ो, बेटा, कुछ करो-धरो, तुम्हारे पिताजी कब तक जूझेंगे अकेले। पिताजी बड़ी कोमलता से समझा देते कि नहीं, पढ़ने दो। मैं चाहता हूँ, लड़का पढ़-लिखकर बड़ा बने और इस घर का पाप काटे।

'पाप काटे।' मैं सुनता और सोचता पाप काटे? कौन-सा पाप किया है इस परिवार ने? बाद में समझने लगा कि ग़रीबी कम पाप है क्या? और उस ग़रीबी से लड़ने के लिए भीख माँगना भी कम पाप है क्या? पिताजी के इस शब्द से मेरे मन में उनके प्रति श्रद्धा बढ़ गई। वे और भिखारियों की तरह अपनी दयनीय स्थिति में लिप्त नहीं हो गए हैं, उसकी कुरूपता का पूरा बोझ उनके मन में है।

और मैं सोचता कि इस बोध वाले पिताजी जब भीख माँगते होंगे और लोग दुतकारते होंगे, तो उन पर क्या बीतती होगी? मैं अपने गाँव में भिखारियों को दुतकारा जाता देखता तो पिताजी का बिम्ब सामने खड़ा हो जाता और मैं एक खिन्नता, एक लज्जा-बोध और पीड़ा से भर जाता। इच्छा होती, इस बार पिताजी के आने पर उन्हें रोक लूँगा। एक बार उन्हें रोका भी तो निरुद्वेग भाव से बोले—"जब तू अफ़सर बन जायेगा तो छोड़ दूँगा।"

'अफ़सर?' हर पिता सोचता है कि उसका लड़का पढ़ रहा है तो अफ़सर बनेगा ही। जब कुछ नहीं बन पाता तो पिता उसी को लांछित करता है, उसे ही अयोग्य या

अभागा मानता है, लेकिन मेरे पिताजी तो अफ़सर बनने से पहले ही चले गए। उन्होंने भीख तो क्या छोड़ी, दुनिया ही छोड़कर चले गए।

उफ़, कैसी मौत थी। कमलेश की आँखें भर आईं। पिताजी बहुत याद आ रहे हैं। उसने चौंककर देखा—एक तेज़ लूक आकाश चीरता निकल गया। एक भयानक प्रकाश के बाद अँधेरा और गहरा तथा डरावना हो गया। पिताजी बहुत याद आ रहे हैं। कैसी लावारिस मौत थी! भीख माँगते-माँगते रास्ते में उन्हें हैज़ा हो गया। किसी बागीचे में लेट गए और देखते-देखते समाप्त हो गए। कैसी मौत जो अपने लोगों का साक्ष्य भी नहीं पा सकी। लाश को सियार-गिद्ध खा गए। आख़िर अनपहचानी लाश को कौन उठाए, कौन फूँके और कौन उसके घर पहुँचाए। शायद गाँव का कोई व्यक्ति इनका पता जानता था, हम लोग रोने-पीटने लगे और मैं कुछ लोगों को लेकर लाश ले आने के लिए तैयार होने लगा तो उस आदमी ने कहा कि बेकार है, अब वहाँ कुछ नहीं होगा।

—माँ तो बेहोश हो गई। छोटी बहन छाती पीटने लगी। छोटा भाई सबको देख-देखकर रो रहा था। मैं स्तब्ध हो गया था।

कितने भयानक दिन थे वे! उनकी याद से डर लगता है। क्रियाकर्म में घर में रहा-सहा अन्न चला गया। कर्ज़ा ऊपर से हो गया। मेरा इम्तहान पास था। इच्छा हुई, पढ़ाई छोड़कर कहीं कोई मज़दूरी कर लूँ। लेकिन हिम्मत की। दो महीने बाद ही बी. एड. का इम्तहान है, किसी तरह पढ़ाई की गाड़ी खींच ले चला। उस भयानक मन:स्थिति में इम्तहान दिया। उम्मीदर तो कुछ नहीं थी लेकिन सेकैंड डिवीज़न आ ही गया।

कैसे होगी माँ, कैसी होगी बहना, कैसे होगा भाई विमलेश? पिताजी को मरे डेढ़ साल हो गए। मैं बी.ए.एड. करने के बाद नौकरी के लिए कहाँ-कहाँ नहीं भटका? पता नहीं कैसे पा जाते हैं लोग नौकरी! नौकरी मेरे भाग्य में है ही नहीं। मामाजी ने बुलाया है कि यहाँ चले आओ, कुछ-न-कुछ यहाँ हो ही जाएगा। क्या हो जाएगा? नहीं कुछ होगा तो वह मिल में मज़दूरी कर लेगा। यहाँ कौन है देखने वाला। सुशीला विवाह योग्य हो रही है, विमलेश की पढ़ाई चलती रहनी चाहिए। पिताजी ने परिवार के लिए इतना सब कुछ किया। हे राम, अब सारी ज़िम्मेदारी मेरी ही तो होती है।

"वा वा वा क्या गाना गया है ···
जो मैं होती राजा, जो मैं होती ··· "

'कौन है यह इतनी रात को? शायद कोई रात की पहली पाली से छूटा हो। शराब पिए है क्या? इस ग़रीब चाली में भी लोग शराब पीते हैं क्या? क्या ये अभागे अपने बीवी-बच्चों का पेट काटकर शराब पीते हैं! कैसे-कैसे निर्दय लोग हैं!' कमलेश अभी सोच ही रहा था कि वह व्यक्ति एक दरवाज़े पर जाकर अटक गया और उसने खट्ट की आवाज़ सुनी जैसे दरवाज़ा बन्द किया गया हो।

"अरे रामकली—खोल दरवाज़ा।"

"नहीं खोलती—अभागे, तू आज फिर पीके आया है!"

"अरे मैंने कहाँ पी है, वो तो यारों ने थोड़ी-सी पिला दी। खोल-खोल, तू तो फिलम की हिरोइनों जैसी नखड़े करती है।"

"मैं नहीं खोलती—तू नरक का कीड़ा है, नाली में गिरकर बिलबिला।"

"अरे खोल बई, भूख लगी है।"

"भूख लगती तो तू पीता नहीं। अभागे, समझाकर हार गई कि बाल-बच्चों के पेट पर लात मत मार। पाता है दो सौ रुपल्ली। इसमें भरपेट खाना ही नहीं मिलता, ऊपर से यह बेसरम सराब पी आता है इसे समझाकर हार गई। इसने बार-बार बच्चों की कसमें खाईं, लेकिन हफ्ताभर भी नहीं बीतता है, आ जाता अपनी जात पर।"

"—अरे खोल बई, नहीं तो मैं किवाड़ तोड़ दूँगा।" और वह दरवाज़े पर ज़ोर-ज़ोर से लात मारने लगा। डरकर बाहर सोए हुए बच्चे जग गए और चिल्लाने लगे।

"अरे इस बहादुर साले ने हम लोगों का सोना हराम कर रखा है और इसकी औरत भी साली रात के समय ज़िद पकड़े हुए है नहीं खोलने की। दरवाज़ा पिटवा रही है यह चाली तो नरक हो गई है इनके मारे।" लोग बुदबुदा रहे थे। कोई अपनी जगह से उठा नहीं। लगता है लोग इसके आदी हो गए हैं।

"अरे अभागे, क्यों उत्पात मचा रहा है, लोग क्या कहेंगे?"

"साले लोग क्या कहेंगे? किसी साले का दिया खाता हूँ। खोल-खोल मेरी हीरोइन— जो मैं होती राजा बेला चमेलिया ··· लिपट रहती राजा तोरे बंगले पर ···" कमलेश को लगा कि वह नाच रहा है।

रामकली ने देखा कि तमाशा बढ़ता ही जा रहा है तो उसने दरवाज़ा खोल दिया और डपटकर कहा—"चुपचाप खाओ, और सो जाओ, तमाशा मत दिखाओ।"

लड़खड़ाती आवाज़ में रामबहादुर कुछ बोलता गया। न जाने अन्दर क्या कर रहा है, केवल उसकी बोली रह-रहकर सुनाई पड़ रही है। कुछ देर ऐसे ही चलता रहा, फिर कुछ उठा-पटक की आवाज़ आने लगी, धम्म-धम्म का स्वर उभरने लगा, फिर औरत के चिल्लाने की आवाज़ उठी। रामकली भागी हुई बाहर आई। बहादुर उसके पीछे-पीछे बाहर निकला– "कहाँ गई, कहाँ गई हरजाई? मरद के साथ सोने में हरामजादी को बुरा लगता है, साली कहीं और से तबियत भरती होगी। कौन है साली का यार, उसे काटकर फेंक दूँगा। कहाँ गई, कहाँ गई?"

रामकली कहीं अँधेरे में छिप गई थी और बहादुर बड़बड़ाए जा रहा था। एक आदमी ने सोते-सोते गाली दी—"अबे ओ शराबी साला, क्यों सबकी नींद हराम किए हुए है! अबे ओ बेसरम, कुछ तो सरम कर, यहाँ बहू-बेटियाँ रहती हैं, यह रण्डीखाना नहीं है।"

"कौन है बे, कौन है जो हमारे मामले में दखल दे रहा है मैं अपने घर में अपनी

बीवी के साथ जो करूँ तेरी क्यों छाती फटती है रे? बोल, कौन है तू? अरे सबकी बहू-बेटियाँ देखी हैं—हाँ-हाँ, सबकी इज्जत देखी है, भडुए कहीं के। चुपचाप लेटा रह।"

"क्या कमीना आदमी आ गया है इस चाली में!" लोग भुनभुनाते रहे। "साले को चीरकर रख देता लेकिन पलटू पहलवान का चमचा है न! उसी के बल पर कूदता है।"

कमलेश के लिए यह दृश्य बड़ा अजीब और नया था। देहात में उसने कुछ ताड़ीबानों को कुछ अंडबंड हरकतें करते देखा था, लेकिन आसपास के लोग इतनी ग़लत हरकतों पर इतने तटस्थ रहें या मात्र बड़बड़ाते रहें, यह उसके लिए नया था। उसकी इच्छा हो रही थी कि वह दख़ल दे, लेकिन वह यहाँ के लिए एकदम नया अपरिचित, कैसे बोले! ये लोग तो कुछ कर ही नहीं रहे थे।

बहादुर गालियाँ दिए जा रहा था, तब तक पता नहीं क्या हुआ कि वह चिंचियाने लगा। लगा कि कुछ आदमी उसे पटककर मार रहे हैं। वे गुर्रा रहे थे—"साला, नाक में दम कर दिया है। कब से सहे जा रहे हैं। चुपचाप जाकर लेट जा, नहीं तो बोटी-बोटी अलग कर देंगे।"

"मार डाला रे।" वह चिल्ला रहा था। रामकली अँधेरे में से निकल कर उसके पास आ गई और तड़पकर बोली—"तुम लोग कौन होते हो जी, मेरे मरद को मारने वाले? यह सराब अपने पैसे से पीता है, बदतमीजी अपनी बीवी से करता है, तुम लोग कौन हो मारने वाले?"

"तेरा मरद है तो ले जाकर अपने आँचल में डाल ले साले को, छुट्टे साँड की तरह क्यों छोड़े हुए है? शराब अपने पैसे से पीता है तो पिए, नींद तो सबकी हराम किए हुए है।"

अँधेरे में काफी लोग वहाँ इकट्ठे हो गए। बरामदे में लाइट जला दी गई। दो आदमी गुर्राते हुए बहादुर के सामने खड़े थे। वे अपरिचित थे। तभी तो उन्होंने बहादुर पर हाथ उठाने की जुर्रत की। इन्हें बहादुर की ताक़त का पता नहीं है।

बहादुर का नशा उतर चुका था। उसने उन दोनों आदमियों की ओर देखा। अपरिचित चेहरे। रुआब में आ गया। "कौन हो तुम लोग? मुझे जानते नहीं हो? मुझ पर हाथ उठाने की हिम्मत तुम लोगों की कैसे हुई? कल पलटू पहलवान से कहकर तुम लोगों को नदी में फेंकवा दूँगा।"

"ग़लती हो गई सरकार!" उनमें से एक ने कहा।

"ग़लती हो गई, भडुए कहीं के! पहले मेरे मरद को मारा, फिर कहता है ग़लती हो गई। क्यों, पहलवान का नाम सुनते ही हवा खिसक गई?"

"हाँ सरकार, माफी दी जाए।"

"तुम लोग हो कौन? किसके यहाँ आए हो? कहाँ से आए हो?"

"आए तो किसी के यहाँ नहीं, बस एकाएक आ गए। यहाँ से जा रहे थे कि आपका कीर्तन सुना, अच्छा लगा, रुक गए। लेकिन देखा कि आपका कीर्तन रुकने का नाम ही नहीं ले रहा है तो बस आपके क़रीब आ गए। और फिर जो हुआ वह आप जानते ही हैं।" उन दोनों में एक विनोदी लग रहा था—बोले जा रहा था।

"बदतमीज़ कहीं के, राह चलते उचक्के।" उसने चाली वालों को ललकार कर कहा कि 'आप लोग देखते क्या हो, इसे बाँध लो। रात के समय ये उचक्के दूसरों की चालियों में घुसकर न जाने क्या-क्या करने चले आते हैं।"

कुछ और लोगों की भी ग़ुस्सा आ गया और कहने लगे—"कौन हो जी तुम लोग? इस तरह रात-बेरात दूसरों की बस्ती में घुसकर मारपीट करते हो!"

"हम क्या करें भाई, यही हमारी रोज़ी-रोटी है। दूसरों के मुहल्लों में घूमना और उन पर निगरानी रखना ही मेरा काम है।"

"अच्छा-अच्छा, तो आप इस इलाके के थानेदार साहब हैं।" बहादुर ने व्यंग्य से कहा।

"आपकी या मेरी बदक़िस्मती से ऐसा ही है।"

"क्या?"

"हाँ!"

"अच्छा-अच्छा, थानेदार साहब, आप यहाँ रात-भर रुकिए, सवेरे पलटू उस्ताद आपकी ख़िदमत करेंगे।"

"हाँ, हाँ, उनकी ख़िदमत ज़रूर क़बूल करूँगा, लेकिन पहले आपकी ख़िदमत मुझे करनी चाहिए। कुछ तो कर चुका हूँ कुछ थाने पर करूँगा।" कहकर उसने सीटी बजाई और पाँच मिनट में ही दस सिपाही वहाँ हाज़िर हो गए और सलामी देकर उसके सामने खड़े हो गए।

देहाती पगड़ी बाँधे, देहाती कुर्ता पहने, दो काछ मारे हुए, हाथ में एक मामूली-सी लाठी लिए हुए यह आदमी दरोगा होगा, किसे मालूम था।

"चलिए हुज़ूर थाने चलिए वहीं सवेरे आपके उस्ताद पलटू भी आ जाएँगे, अभी तो कहीं वे शराब-वराब बनवा रहे होंगे या और कुछ कर रहे होंगे।" दरोगा मुस्कराए जा रहा था। भीड़ में एक बुदबुदाहट फैल गई थी—दरोगा—दरोगा, अरे भई यह कैसा दरोगा जो भेस बदलकर घूम रहा है! लगता है कोई नया-नया आया है, लगता तो अपनी ओर का है।

"छोड़ दीजिए सरकार।" रामकली मिन्नत करने लगी।

"क्यों, अब क्यों नहीं कहती कि मेरे मरद को पकड़ने वाली तुम कौन होते हो! मैं तो तुम्हारी ही दुर्दशा देखकर आया था और तुम इस बदमाश का पक्ष लेकर मुझी को भला-बुरा कहने लगी। यह कितनों की नींद हराम करता है।"

लोग भीतर-भीतर प्रसन्न हो रहे थे।

"हजूर माई-बाप हैं जो चाहे करें, लेकिन नींद हराम मैं ही तो नहीं करता, रात-भर जो लाउडस्पीकर पर फिल्मी गाने चलते हैं और भगत लोग भगवान के नाम पर रात-भर जो चिंचियाते हैं उससे लागों को नींद हराम नहीं होती? मैं तो कभी-कभी शराब पी लेता हूँ, ये लोग तो रोज़ शराब पिए रहते हैं।"

"हैं, साला बकवास करता है। दरोगाजी से बहस करता है?" एक सिपाही डपटा।

लेकिन दरोगा ने उस सिपाही को घुड़ककर रोक दिया और मन-ही-मन सोचने लगे कि यह ठीक कह रहा है। उसकी बात का कोई जवाब उसके पास नहीं है। फिर बोले—"भाई, दूसरों के ग़लत काम का उदाहरण देकर तुम अपने ग़लत काम को सही नहीं बना सकते। मैं उन्हें भी देखूँगा। अब तुम चुपचाप सो जाओ, फिर सबको सोने दो।"

"भगवान सुखी रखें हजूर को।" रामकली ने कृतज्ञ भाव से कहा।

थोड़ी देर में सब कुछ शान्त हो गया।

कमलेश को नींद लगी ही थी कि किसी की खाँसी की भयानक लहर ने उसे जगा दिया। यह खाँसी की आवाज़ तो वह जब से लेटा है तभी से आ रही थी, किन्तु अब तो यह भयानक हो गई थी। लगता है कि जैसे खाँसते-खाँसते इस आदमी के प्राण जा रहे हैं। साँसें टँग जा रही हैं।

"अरे यह न मरने में है, न जीने में है। खाँय-खाँय रात-भर लगाए रहता है।" पास में कोई सोते-सोते बुदबुदाया।

"क्या करे बेचारा, जवानी में ही तपेदिक चढ़ बैठा।" दूसरा आदमी बुदबुदाया।

फिर दोनों सोकर खर्राटे भरने लगे, लेकिन कमलेश की नींद फिर उचट गई।

तपेदिक का मरीज़—जवान आदमी। कितना भयानक नाम है तपेदिक! लेकिन सुना है अब यह भयानक नहीं रहा, इसकी अचूक दवाएँ बन गई हैं, लेकिन इसमें खाने को खूब चाहिए—गोश्त, दूध, फल। भरपेट रोटी तो मिलती नहीं, गोश्त, दूध, फल कहाँ से मिलेगा। ग़रीबी सबसे बड़ी तपेदिक है, देश का कितना बड़ा हिस्सा तपेदिक से ग्रस्त है। उसके बड़े भाई भी तो तपेदिक से ही मरे हैं—भरी जवानी में मरे हैं। खाँसते-खाँसते उनकी आँखें निकल आती थीं जैसे कसाई द्वारा काटे जाने पर बकरे की आँखें निकल आती हैं। बसंत भइया अपढ़ थे, केवल दर्जा चार पास थे, लेकिन उनका दिल कितना बड़ा था। वे चाहते थे कि कहीं उनकी नौकरी लग जाए तो पिताजी को घर पर बैठा दें। वे कहाँ-कहाँ नौकरी खोजते फिरे, कितनी तकलीफें सहीं, कभी-कभी कहीं टेंपरेरी नौकरी मिली तो बचा-बचाकर सारे पैसे घर को दे दिए, अपने लिए कुछ नहीं रखा। उन्हें धीरे-धीरे खाँसी आने लगी। खाँसी बढ़ती गई। देसी काढ़ा-वोढ़ा पीते गए। एक बार पिताजी उन्हें दिखाने के लिए शहर ले गए। वहाँ मालूम हुआ तपेदिक है।··· और होना क्या था, जो ग़रीबों का होता है, वही हुआ। भरी जवानी में भाई साहब चले गए।—फिर पिताजी चले गए। माँ यह सब बर्दाश्त

करके ज़िन्दा है लेकिन उसे देखने से डर लगता है। उसकी आँखों में ग़रीबी की सीलन के साथ-साथ जवान बेटे और पति के चले जाने का एक सहमा हुआ सदमा भरा रहता है। कभी-कभी वह भी खाँसती है। मुझे डर लगता है कि कहीं—लेकिन डर लगकर ही क्या होगा, ग़रीबी डर को कहाँ समझती है—माँ-माँ, तुम ज़िन्दा रहना मेरे लिए माँ, विमलेश के लिए माँ, सुशीला के लिए माँ। मैं कहीं नौकरी लगते ही सब कुछ सँभाल लूँगा माँ। ··· अगर कहीं नौकरी नहीं लगी तो ··· तो ··· क्या होगा?

उसकी आँखों में आँसू आ गए। खाँसी की लहर बढ़ती ही जा रही थी। लगता था, कोई उठ-उठकर पानी पिला रहा है—लीजिए, पानी पी लीजिए, दवा खा लीजिए। वह नारी-कंठ था, उसमें एक अजीब दर्द था। लगता है वह उसकी पत्नी है। हे भगवान्, उसके बच्चे भी होंगे। क्या होगा इन सबका? अच्छा हुआ था कि उसके भाई साहब अविवाहित थे।

खाँसी कुछ मद्धिम पड़ गई थी। उसने कोशिश की, नींद आ गई।

कमलेश सवेरे उठा तो देखा, रोज़ की तरह पाखाने के सामने लाइन लगी हुई है औरतों की भी, पुरुषों की भी। आगेवाले बार-बार चिल्ला रहे हैं—अरे निकलो भाई, निकलो भाई, अरे पेट में पत्थर जमा लिया है क्या? आगे-पीछे के कुछ लोग पेट की मरोड़ को सँभालते हुए छटपटा-से रहे हैं। कोई चिल्ला रहा है—अरे जब भी यह साला संडास में जाता है, जमकर बैठ जाता है, लगता है, साला पूजा करता है।

"हे—देखो, पूजा को पाखाने से मत जोड़ो। नाई जाति के आदमी—तुम क्या पूजा का महत्त्व समझो? मुँह में जो आता है बक देते हो।" एक चोटी वाले पंडित गिनगिनाकर बोले।

"अरे तुम बड़ी जाति के हो न। देखता हूँ तुम्हारी पूजा। पूजा करते रहते हो और पाद मारते रहते हो।"

लोग हँसने लगे। पंडितजी बिगड़ खड़े हुए—"हे बटोही, अंडबंड बके तो ठीक नहीं होगा। मल्लाह की जाति, मछली खा-खाकर सारी देह सड़ा डाली है। देह से बदबू आती रहती है। अरे मेरा पाद तुम्हारी साँस से ज़्यादा पवित्र है।"

"अरे बाभन देवता, अगर आपका सब कुछ पवित्र ही है तो यहाँ क्यों लाइन में खड़े हैं, कोठरी में ही सब कुछ कर लिया कीजिए। यहाँ तो लोग गन्दगी फेंकने आते हैं।"

"देखो बटोही ··· "

"अरे छोड़िए बहस, आगे बढ़िए, देखिए कोई संडास खाली हुआ है।"

"अरे भाई, पहले मुझे जाने दो, मेरे पेट में जोर की ऐंठन हो रही है।"

"तुम्हें कैसे जाने दें, घण्टे-भर से लाइन में खड़े हैं, मुझे जल्दी ड्यूटी पर भागना है।"

"अरे भाई, जाने दो इसे। ड्यूटी में थोड़ा लेट तो फिर भी चल जाएगा, लेकिन आप इस बेचारे की धोती में ही ··· ।" लोग हँसने लगे।

"अरे यह रोज़ बहाना करता है। मैं देखता रहता हूँ। मैं तो इसे आज नहीं जाने दूँगा।"

"जनेव कसम, आज मैं बहाना नहीं कर रहा हूँ।" फिर हँसी छा गई।

"लो पंडितजी महाराज, वह पंडित भी पाखाने की लाइन में खड़ा होकर जनेव की कसम खा रहा है। अब उससे भी लड़ो।" बटोही ने कहा।

"चुप रहो, बक-बक मत करो।" बाभन देवता ने कहा।

"लो, अब बक-बक हो गई। वाह रे ज़माना!"

पाखाने से थोड़ी ही दूर पर चाय की दूकान चालू हो गई थी। लोग वहाँ बैठकर चाय पी रहे थे।

कमलेश यह सब देखता रहा। उसे लाइन में खड़ा होने की हिम्मत नहीं हो रही थी। वह जब से आया है, यही दृश्य देख रहा है। वह थोड़ा कब्ज़ का मरीज़ है। जल्दी से निबटना उससे नहीं हो पाता। कोई बाहर इन्तज़ार कर रहा है, यह पता हो तो उसकी हालत ख़राब हो जाती है। लेकिन आज शंकर भाई ने बुलाया है। उनके साथ डॉ. गौतम के यहाँ जाना है। उसने तय किया कि निबटने का काम शंकर भाई के ही यहाँ पर होगा। उनकी चाली में हर घर में पाखाना है। उठ खड़ा हुआ। अब उसने एक दूसरा दृश्य देखा—चाली के सामने सटकर बहनेवाली नाली पर बच्चे यहाँ से वहाँ तक बैठे हुए हैं। किसी की नाक बह रही है, किसी की आँख में कीचड़ है। चेहरे पर मक्खियाँ भिनभिना रही हैं। कुछ बच्चे बरामदे में बैठे हुए बासी रोटी खा रहे हैं चाय के साथ। कुछ बड़े लोग भी बासी रोटी और चाय का नाश्ता कर रहे हैं।

"मामा, मैं शंकर भाई के यहाँ जा रहा हूँ।"

"अरे अभी ··· "

"मैं सब कुछ वहीं कर लूँगा। यहाँ देर हो जाएगी।"

शंकर और विनोद दोनों उसकी प्रतीक्षा कर रहे थे।

"ये विनोद हैं, कमलेश। अपने नाम के अनुरूप विनोद हैं फिर भी मेरे गहरे दोस्त हैं।"

तीनों चले। शंकर ने कमलेश को अपनी सायकिल पर बिठा लिया। विनोद ने कहा— "थक जाना तो कमलेश को मुझे दे देना।"

"अभी से थकने का नाम मत लो, विनोद! यात्रा अभी बहुत लम्बी है।"

"हाँ भाई है।" विनोद ने सोचा कि और कुछ कहूँगा तो इसका फिलास्फर जाग जाएगा।

"नमस्कार!"

"ओ हो, नमस्कार वर्माजी।" शंकर ने वर्माजी के स्कूटर के आगे अपनी सायकिल रोक दी।

"क्या हाल है, शंकरजी?"

"अरे शंकर का हाल तो ठीक ही रहता है, अपना हाल सुनाइए वर्माजी। लगता है यह स्कूटर नया लिया है?"

"हाँ भाई, ले लिया, इसके बिना बड़ी तकलीफ़ हो रही थी।"

"ठीक ही किया, ठीक ही किया। बहुत दिनों से आपके दर्शन नहीं हुए।"

"हाँ भाई, फ़ुरसत नहीं मिली। कभी आऊँगा। और सब ठीक है न?"

"आपकी दया है, वर्माजी।"

बड़ी विनम्रता से नमस्कार करके वर्माजी ने अपना स्कूटर स्टार्ट किया।

"ठेठ कायस्थ लगता है।" विनोद ने कहा।

"कायस्थ? कहाँ का कायस्थ? अरे यह तो वर्माजी हैं।" शंकर मुस्कराया।

"अरे तो वर्मा कायस्थ ही होते हैं न!"

"होते थे। अब तो कोई भी अपने नाम के साथ शर्मा, वर्मा और सिंह लगा लेता है। एक तरह से यह अच्छा ही हुआ। लेकिन यह समझ में नहीं आता कि जब जाति तोड़नी है तो नई जाति क्यों अपने से जोड़ ली जाए?"

"बात साफ है शंकर भाई, हर आदमी को ऊँचे उठने की इच्छा होती है। छोटी जातियाँ समझती हैं कि बड़ी जाति का पुछल्ला लगा लेने से सम्मान पा लेंगी, लेकिन मुझे लगता है कि इससे तो वे जातिवाद को बढ़ावा ही दे रही हैं। दरअसल उन्हें जातिसूचक शब्द न लगाकर जातिप्रथा के विरुद्ध विद्रोह करना चाहिए। पहली बार कमलेश बोला।

"तुम ठीक कहते हो। जातिसूचक पुछल्ले को काट फेंकना चाहिए और यह काम उन्हें शुरू करना चाहिए जिनके पुछल्ले उनके अपमान के सूचक हों।" शंकर बोला।

"यह सब तो ठीक है, लेकिन मेरी रुचि इसमें है कि वर्माजी की असली जाति क्या है?" विनोद बोला।

"अरे यार, तुम कभी गंभीर नहीं होंगे, हमेशा हलकी बात पर उतर आते हो।"

"अरे भाई, गंभीर होकर क्या मिल जाएगा? क्या गंभीर होकर सचमुच तुम इस समस्या को हल कर ले रहे हो? हाँ तो वर्माजी किस जाति के हैं?" शंकर मुस्कराया जैसे कह रहा हो—'तुम बहुत शैतान हो।' फिर धीरे से बोला—"लोहार है।"

"अरे यार, लोहार लगते नहीं हैं। लोहार में जो लोहे की तन्‌तनाहट होती है वह इनमें नहीं है। ये बेचारे तो बहुत विनम्र, शालीन और कोमल लगते हैं।"

"हाँ, सो तो है।" उदासीन मन से शंकर ने कहा।

"अरे, तुम इतने मरे मन से वर्माजी जी शालीनता को स्वीकार रहे हो जैसे वे हैं नहीं, कुछ और बात है क्या यार?"

"विनोद, अभी तुम्हें आए बहुत दिन नहीं हुए हैं। धीरे-धीरे तुम सब कुछ समझ लोगे। शालीनता भी कितनी भ्रामक होती है, वर्माजी इसके प्रमाण हैं।"

"अच्छा? क्या नाम है वर्माजी का और क्या करते हैं?"

"इनका नाम दिनेश वर्मा है। ये लेक्चरर हैं संस्कृत के।"

"किस कालेज में?"

"उसी में जिसमें गौतमजी पढ़ाते हैं।"

"अच्छा-अच्छा, डिलाइट कालेज में?"

"हाँ भाई, हाँ।"

"अरे कुछ बताओ यार इनके बारे में। तुम्हारी बात से लगता है कि ये कोई महापुरुष होंगे।"

"यह साबरमती है न?" कमलेश ने पूछा।

"अरे हाँ, यह साबरमती है। लो हम तो बातों-बातों में तुम्हें अहमदाबाद का भूगोल ही समझाना भूल गए। इतनी दूर चले आए, तुम्हें किसी जगह का नाम भी नहीं बताया। हाँ, यह साबरमती है। यह पुराने और नये अहमदाबाद का सेतु है।"

कमलेश मुग्ध भाव से देख रहा था—लम्बा-चौड़ा पुल, सबेरे की ठंडी स्वच्छ हवा का झोंका। पुल से गुज़रते हुए लोग। नीचे अत्यन्त क्षीण धारा में बहती हुई नदी। नदी के उस पार दमकती हुई नई बस्ती, नये डिज़ाइन के बंगले। लेकिन यह क्या? नदी के तट पर छोटी-छोटी अनंत गन्दी झोंपड़ियाँ! उसे लगा कि कहीं-कहीं तो कगार को गुफानुमा खोदकर ही घर बना लिया गया है। झोंपड़ियों के ऊपर टिन की टूटी-फूटी चादरें हैं या टाट के टुकड़े हैं, दरवाज़ों के रूप में भी टाट के टुकड़े लटका दिए गए हैं। नदी के चौड़े सूखे पाट पर फैली हुई रेत ही रेत और रेत के बोझ से लदे हुए गधे। विचित्र पहनावा है इन औरतों का जो गधों पर रेत का बोझ लाद रही हैं। यह पहनावा अपने यहाँ के नोना चमारों या थारुओं की औरतों के पहनावे से मिलता-जुलता है। उसे लगा कि यहीं कहीं साबरमती आश्रम होना चाहिए।

"क्यों भाई साहब, साबरमती आश्रम कहाँ है?"

"वो देखो, दूर दिखाई पड़ रहा है।"

उसने दूर देखने की कोशिश की, पर कहाँ दिखाई पड़ रहा है, पता नहीं चला। उधर चलेंगे, सोचकर चुप रह गया।

"साबरमती नदी को देखकर साबरमती आश्रम की याद आ गई, बन्धु?" विनोद ने पूछा।

"नहीं भाई, इन गन्दी गरीब झोंपिड़यों को देखकर याद आई है।"

"हाँ भाई, तो वर्माजी के बारे में कुछ बताइए।" विनोद ने कहा।

"अरे अब तुम रास्ते में किसी से साइकिल लड़वाओगे। कई बार तो बचा टकराते-टकराते।"

"अरे तो चलो कहीं बैठ जाएँ। चलो किसी दूकान पर बैठकर चाय पीते हैं और बातें करते हैं।"

"क्यों, क्लास नहीं अटेंड करनी है?"

"अरे गोली मार यार क्लास को। आज नोटूलाल की क्लास है। नोट लिखाएगा, लिखना होगा तो किसी से लिख लूँगा। वैसे उसके नोट में भी कुछ नहीं होता। पता नहीं किस ज़माने के नोट हैं, ये पुश्त-दर-पुश्त चले आ रहे हैं।"

"किसकी बात कर रहे हो?"

"अरे एक ही तो नोटूलाल है—सिन्हा।"

शंकर ठठाकर हँसा। आसपास के लोग चौंककर ताकने लगे। "अरे भाई बहुत-से नोटूलाल हैं, अभी तुम एक ही के पाले पड़े हो। फ़ाइनल में आओगे तो तुम्हें और भी मिलेंगे। और सबसे ऊँची चीज़ है देसाई।"

"हाँ यार, उसके बारे में भी सुना है। अभी तुम्हारी क्लास किसकी है?"

"वह भी एक नोटू की है, लेकिन कुछ बेहतर है और आदमी बहुत अच्छा है।"

"तो गोली मारो यार, इनकी क्लास अटेंड करने से बेहतर है वर्माजी के बारे में बात करना।"

"वर्माजी की कहानी में कुछ खास नहीं है विनोद! वर्माजी अकेले थोड़े ही हैं। यहाँ लोग आते हैं तो या तो पारस भइया की तरह अपने को पेर-पेरकर पैसा कमाते हैं और अपने दीन-हीन बने रहकर सारा पैसा घर भेज देते हैं या वर्माजी की तरह मां-बाप को भूलकर अपनी एक रंगीन दुनिया बना लेते हैं। अब देखो न, यह दिनेश वर्मा हमारी ही चाली में रहता था। इसके बाप मिल में मिस्त्री हैं। उन्होंने इसे लिखाया-पढ़ाया और जब यह लेक्चरर बन गया तब इस मोहल्ले में आता ही नहीं है। उसे इस बात से शर्म आती है कि वह एक मिस्त्री का बेटा है। वह स्वस्तिक सोसायटी में एक अच्छा-सा फ्लैट लेकर अपनी बीवी के साथ रहता है। विवाह भी अपनी मरज़ी से किया, किसी सिंधी लड़की से।"

"अच्छा-अच्छा, तब तो यार यह बड़ा गुरु आदमी है। इसकी चर्चा फिर कभी।"

"यहीं डिलाइट कालेज में है कमलेश।" एक भव्य इमारत के अहाते में प्रवेश करते हुए शंकर ने कहा।

कमलेश ने पहली बार किसी कालेज की इतनी शानदार बिल्डिंग देखी थी। इसकी शान में भी एक अद्‌भुत खुलापन था। तिमंज़िली इमारत इस ढंग से बनी है कि कहीं भी घिराव नहीं, कहीं भी अँधेरा नहीं, एकदम हवादार भवन। कालेज के सामने विविध फूलों और लताओं से भरा विस्तृत लान, गुलमुहर और अमलतास के किशोर वृक्षों की सुरुचिपूर्ण पंक्ति।

शंकर ने कालेज के पृष्ठभाग की ओर जाकर सायकिल रोक दी। "कमलेश, गौतमजी इसी कालेज में पढ़ाते हैं, एम.ए. सेण्टर इसकी बगल वाले कालेज 'वाणी महाविद्यालय' में है, गौतमजी वहाँ क्लास लेते हैं। वहाँ क्लास लेकर यहीं आएँगे। तुम इसी पार्क में घूमो-फिरो, हम दोनों क्लास में जा रहे हैं। उनके साथ लौटेंगे तो तुम्हारे

बारे में बात कर लेंगे।" शंकर ने कहा, फिर उसने विनोद से कहा—"यार तुम चलो, मैं थोड़ी देर के बाद आता हूँ, गौतमजी की क्लास शुरु होने में अभी आधे घण्टे की देर है।" फिर उसने कमलेश से कहा—"चलो, तब तक टहलते हैं।"

दोनों लॉन में टहलने लगे। शरद की हवा में थोड़ी-थोड़ी नमी आ गई थी। उसका स्पर्श सुखद लग रहा था। चारों ओर के फूलों की महक हवा में भरी थी।

"वह देखो, वह इस कालेज का खेल का मैदान है। कितना बड़ा है न।" कमलेश ने देखा—काफी विस्तृत मैदान, उसमें कुछ लड़के-लड़कियाँ टहल रहे थे, कुछ लड़के-लड़कियाँ उसके आसपास भी घूम रहे थे।

"एक अजीब खुशबू भरी है पूरे माहौल में। फूल ही फूल भरे हैं।"

"लेकिन यह सारी खुशबू इन फूलों की ही नहीं है। यह उधर से भी आ रही है।"

कमलेश ने अब ख़याल किया कि सामने थोड़ी दूर पर एक बिल्डिंग थी, उसके बरामदे में चलती-फिरती लड़कियाँ दिखाई पड़ रही थीं।

"यह लड़कियों का हॉस्टल है।"

"अच्छा! इतना अरक्षित!"

"अरक्षित से क्या तात्पर्य?"

"मेरा मतलब है कि इसके चारों ओर कोई घेरा नहीं है, यहाँ तो कोई भी जा सकता है।"

"हाँ-हाँ, जा सकता है, लेकिन इससे क्या?"

"इससे क्या? क्या इससे कुछ भी नहीं?"

"हाँ, कुछ भी नहीं। अरे लड़के जाते हैं, वहाँ के कॉमन रूम में अपने दोस्तों को बुलाकर बात करते हैं, उन्हें घूमने-फिरने को भी ले जाते हैं।"

"लेकिन भाई साहब ˙˙˙!"

"हाँ-हाँ, मैं समझ रहा हूँ तुम क्या कहना चाहते हो। पूरब से नये-नये आनेवाले हर आदमी को यह बात परेशान करती है। वह समझता है कि मुक्त भाव से लड़के-लड़कियाँ साथ-साथ घूमते हैं तो ज़रूर कोई ग़लत बात होती होगी।"

"तो क्या नहीं होती?"

"होती क्यों नहीं, लेकिन साथ-साथ न रहने से जितनी ग़लत बात होती है उतनी साथ-साथ रहने से नहीं होती। देखो, लड़की लड़के का या लड़का लड़की का साथ स्वभावतः चाहता है, यही स्वाभाविक है। जब यह साथ नहीं मिलता तो दोनों भीतर-भीतर तड़पते हैं इस साथ के लिए। छिप-छिपकर मिलते हैं और जब छिप-छिपकर मिलते हैं तो सहज सम्बन्ध बनाने के स्थान पर गोपन-क्रियाओं में रत हो जाते हैं या लड़के लड़कियों को देखकर हाय-हाय करते हैं, सीटी मारते हैं, अपनी छाती मलते हैं या लड़कियों का पीछा करते हुए बोली कसते रहते हैं। यहाँ चाहे गाँव हो चाहे शहर; लड़की-लड़के सहजभाव से मिलते हैं, वे परस्पर अजूबा नहीं होते,

एक-दूसरे के लिए अति परिचित होते हैं। यहाँ देखोगे—लड़के लड़कियों का पीछा नहीं करते, न बोली-ठोली ही कसते हैं। बाकी प्रेम ओम् तो चलता ही रहता है, चलना ही चाहिए।"

कमलेश ने देखा एक लड़की धीरे-धीरे टहलती हुई उसके सामने से गुज़र गई। वह फ्राक पहने थी, घुटनों तक उसकी मोटी-मोटी टाँगे दिखाई पड़ रही थीं और ऊपर उसके मोटे-मोटे वक्ष का ऊपरी हिस्सा काफी दूर तक खुला हुआ था। उसे लगा कि बड़ी बेपर्दगी है यहाँ की लड़कियों में। अपने यहाँ तो लड़कियाँ सलवार या साड़ी पहनती हैं और आँचल या दुपट्टे से उनका वक्ष ढका होता है; किन्तु जब से यहाँ आया है यह दृश्य देख रहा है।

"कितनी बेपर्दगी है भाई साहब यहाँ!" आख़िर उससे कहे बिना नहीं रहा गया।

"पहले मुझे भी लगता था, किन्तु अब तो ऐसा नहीं लगता। आँखें जो देखने की अभ्यस्त नहीं होती उसे देखते ही अजीब अनुभव करने लगती हैं, किन्तु जब देखते-देखते अभ्यस्त हो उठती हैं तो वही दृश्य सहज हो उठता है। अपने यहाँ भी जब औरतें उल्टा पल्ला लेकर नंगे सिर चलने लगीं तो परम्परावादियों में तूफ़ान आ गया लगा कि ये सारी की सारी औरतें पथभ्रष्ट हैं, किन्तु अब ऐसा कोई नहीं सोचता। माथा उघाड़कर चलना माथा ढककर चलने जैसा ही सहज हो गया। यहाँ के लोगों की आँखों में इतना उघड़ापन नंगापन नहीं है। उन्हें कुछ अनुभव ही नहीं होता होगा।"

"तो भी।"

"तो भी ओ भी कुछ नहीं। तुम अभी बहुत-सी बातों को देखकर अचकचाओगे, फिर धीरे-धीरे सहज हो जाओगे। दरअसल कमलेश, नंगापन नंगे शरीर में ही नहीं होता, ढके शरीर में भी होता है। नंगेपन में भीतर की पवित्रता दीप्त होकर उसे एक गरिमामय सौन्दर्य प्रदान कर देती है और उसी प्रकार भीतर की अपवित्रता या फूहड़न शरीर के ढकेपन को एक गन्दगी या कुरूपता से भर देता है और ··· और छोड़ो, देखो गौतमजी की क्लास का समय हो गया, चलता हूँ।"

शंकर चला गया। कमलेश टहलने लगा। कालेज खुल गया था, तमाम लड़के-लड़कियाँ आने लगे थे। उसने देखा—कारें चली आ रही हैं, कुछ लड़के-लड़कियाँ सायकिलों से चले आ रहे हैं, कुछ बसों से उतर रहे हैं। अजब-अजब भेष है इनका। लड़कियाँ तो सारी ही फ्राक पहने हैं, बहुत कम सलवार-कमीज या पैंट-बुश्शर्ट में हैं। सबके बालों में फूल गुंथे हैं, सभी एक-दूसरे से खुलकर बातें कर रहे हैं। सचमुच कोई कुण्ठा नहीं है। उसे बहुत ही अच्छा लग रहा है। लग रहा है जैसे चारों ओर चलते-फिरते खिले हुए उद्यान हों। वह इस गहमागहमी के बीच अपने दरिद्र वेशविन्यास के प्रति सजग हो उठा है, पाँव में टूटी हुई चप्पल, मामूली-सा कुर्ता और पायजामा। कोई उसकी ओर नज़र डालता है तो वह संकुचित हो उठता है, उसका वेशविन्यास उसे गड़ने लगता है। वह फूलों के बीच टहलता रहा। दरअसल किसी ने

उसकी ओर ध्यान नहीं दिया।

"हे, कौन हो तुम? इहाँ का घूम रहे हो? फूल-ऊल चोराने का मन है का?"

वह चौंक उठा। देखा—सामने एक आदमी हाथ में खुर्पी और बड़ी-सी कैंची लिए हुए खड़ा है। शायद माली है। इसकी बोली तो अपनी ओर की लग रही है।

"क्या मैं तुम्हें चोर-उचक्का लग रहा हूँ?" उसने साहस करके कहा।

"अरे त का चोर-उचक्कन को कोई सींग-पोंछ होत है? तू विदारथी तो हो नहीं, त इहाँ का कर रहे हो?"

"अरे मैं विद्यार्थी नहीं तो क्या लगता हूँ? मैं भी विद्यार्थी हूँ।"

"न न, तू विदारथी नहीं हो। हो तो किलास में जाओ, इहाँ का कर रहे हो? ऐसे ही लोग विदारथी बनके घूमते हैं अऊर फूल तोड़ि के भाग जाते हैं। चलो-चलो, निकलो इहाँ से, नाहि तो पकड़िके प्रिंसिपल साहब के पास ले चलूँगा।"

कमलेश ने बहुत आहत अनुभव किया। उसे इस बात से बहुत पीड़ा पहुँची कि ग़रीब ही ग़रीब का अपमान करता है। इतने लड़के-लड़कियाँ गए, किसी ने उसकी ओर देखा भी नहीं, किन्तु यह माली जो अपनी ओर का है, ग़रीब है, जो खुद मैला-कुचैला पहने हुए है, उसका अपमान कर रहा है, उसे चोर समझ रहा है। इसीलिए न कि वह कपड़े-लत्ते से ग़रीब दिखाई पड़ रहा है। अगर वह अच्छे कपड़े पहने होता, तो क्या उसकी हिम्मत होती! लगता है हर आदमी में बड़प्पन का एक अहंकार होता है, जहाँ अनुकूलता देखता है फूट पड़ता है और जो दूसरों से जितना अधिक आहत होता है, वह आहत करने के उतने ही मौक़े ढूँढ़ता रहता है। जहाँ अपने से कमज़ोर को देखता है, उस पर पिल पड़ता है। इसीलिए अफ़सरशाही में दूसरों से आहत होने वालों और दूसरों को आहत करने वालों की एक श्रृंखला होती है। छोटे-छोटे पुलिसवाले अफ़सरों से पीड़ित होते हैं तो ग़रीब आदमियों पर डंडे बरसाते हैं, हालाँकि वे उन्हीं के परिवारों से आते हैं। छोटे-छोटे दूकानदार अपने यहाँ काम करनेवाले ग़रीब लड़कों को ज़्यादा मारते-पीटते हैं, छोटी जातियों के लोग अपने से छोटी जातियों को ज़्यादा घृणा से देखते हैं। अब यह माली खुद मैला-कुचैला पहने हुए है किन्तु दूसरे साधारण कपड़ेवाले को चोर समझ रहा है। क्या वह खुद अपना अपमान नहीं कर रहा है?

"अरे खड़े काहे को हो? जात काहे नहीं हो?"

"काहे के जाईं, नाहीं जाब, ई कालेज क बागीचा है, कौनो तुहार बगीचा है? अपने ओर का आदमी हो के तू ऐसन व्यवहार करत हवा? हमार मामूली कपड़ा-लत्ता देखके तू बूझत हवा हम चोर हईं। तब त तुहूँ चोर भइलऽ। तुहार कपड़ा-लत्ता त अऊरो खराब बा।"

"अरे, तू तौ आपन बोली बोलत हवऽ हो। कहाँ क रहे वाला हवऊ?"

"गोरखपुर क।"

"गोरखपुर क? अरे, ओहीं क त हमहूँ हईं।"

"हाँ, हवऊ तब्बै न ऐसन व्यवहार करत हवऽ। हम एम.ए. पास हुईं।"

"अरे त ‥हिलहीं काहे न बतलवऽ बाबू! तू एम.ए. पास हव? त का इहाँ एफ. ए. करल आई हव?"

"नाहीं हो, इहाँ नोकरी खोजे आइल बाटीं। अपने इहाँ कहाँ नौकरी बा? एम.ए. कइले के बाद भी आदमी नोकरी खातिर ठोकर खात फिरैला। जब नाहीं मिलै लै त आदमी घर-दुआर छोड़िके परदेस में दिन काटै ला।"

कमलेश ने देखा, माली की आँखें भर आई थीं।

"क्यों, क्या हुआ?"

"कुछ नाहीं बाबू।" कहते हुए उसने खुर्दरी हथेली से आँखें पोंछ लीं।

"अरे, कुछ तो?"

"नाहीं, कुछ नाहीं बाबू! घर का याद आ गइल हवै। तुहरिए खान हमरो एक ठो बेटा बा, इन्टरैंस में पढ़त बा। सोचत हुईं, उहो पढ़ि के का करि? भटकबे न करी। सोचलीं कि हमार जिनगी त घास-फूस काटत बीती गइल, लइकवा त पढ़ि-लिख के कुछु बनि जा। पेट काटि-काटि के पैसा भेजेलीं। मेहरारू अ लइकन के देखले दू-दू, तीन-तीन साल बीत जाला। सबके इहाँ बुलाईं त कैसे काम चली। ऐही से बनवास भोगत बाटीं।"

कमलेश की भी आँखें भीग आईं।

"क्यों बाबू, तुहऊ के घर का याद आ गइल?"

"हाँ भाई, अभी नया-नया आया हूँ न।"

"कमलेश!"

कमलेश ने देखा, शंकर भाई उसे पुकार रहे हैं।

"अच्छा भाई, चलूँ।"

"अच्छा बाबू, एहर अइहऽत दर्शन दीहऽ।"

"और फिर तुमने चोर-उचक्का समझ लिया तो?" उसने मज़ाक के स्वर में कहा। लेकिन उसे देखकर हैरानी हुई कि माली हँसा नहीं, उसके चेहरे पर पीड़ा का भाव उभर आया।

"चलो, गौतमजी आ गए हैं, उनसे बातचीत कर ली जाय।"

"चलिए।"

गौतमजी स्टाफ रूम में चले गए। स्टाफ रूम लगभग खाली ही था।

कमलेश के साथ शंकर उनके सामने जा खड़ा हुआ। कमलेश ने देखा—चालीस साल के आसपास का एक व्यक्ति, खादी की धोती, कुर्ता, जैकेट, लम्बी दुहरी काया, आँखों में एक सहज प्रसन्नता।

"कहो भाई शंकर, क्या हाल है?"

"ठीक है, सर!"

"अरे बैठो भी।"

"ठीक है, सर!" कहते हुए शंकर कुर्सी पर बैठ गया और कमलेश से भी बैठने का इशारा किया।

"सर, बात यह है कि ये मेरे मित्र हैं कमलेश! गोरखपुर से आए हैं। आपसे इनका कुछ काम था।"

"हाँ कहिए, क्या कर सकता हूँ आपके लिए?" उन्होंने कमलेश की ओर मुख़ातिब होकर कहा। कमलेश ने शंकर की ओर देखा।

"सर, ये कुछ दिन पहले ही अहमदाबाद आए हैं। दरअसल ये बहुत अभावग्रस्त हैं। बहुत मेधावी हैं ये एम.ए., बी.एड. हैं, थ्रो आउट फर्स्ट क्लास हैं, बहुत अच्छी कहानियाँ भी लिखते हैं।"

"यह तो इनका परिचय हुआ, लेकिन मुझे इनके लिए करना क्या है?"

"सर, बात ऐसी है कि ··· आपको ज्ञात है न कि हम लोगों के एरिया में हिन्दी मीडियम से एक स्कूल खुला है—राष्ट्रभाषा उच्चतर माध्यमिक विद्यालय।"

"हाँ-हाँ, वही रूपलाल पहलवान वाला न?"

"हाँ सर, आपको मालूम है?"

"हाँ, मालूम है, अभी कल ही तो रूपलाल आए थे।"

"हाँ सर, वही, स्कूल इसी साल खुला है। कुछ नियुक्तियाँ हो चुकी हैं, कुछ होनेवाली हैं।"

"हाँ, मुझे मालूम है।"

"सर, कमलेश ने भी अप्लाई किया है।"

"तो?"

"तो सर, इनकी नियुक्ति हो जाय तो बहुत अच्छा रहे। बहुत ज़रूरतमन्द हैं। इनकी हालत बयान नहीं की जा सकी, सर!"

"तो?"

"तो सर, आप एक्सपर्ट बनकर जाने वाले हैं। तो इनका ··· ये बहुत योग्य हैं, सर!"

कुछ देर तक इस 'तो' का एक बनावटी तनाव देकर गौतमजी मुस्कराए। वातावरण में तना हुआ कसाव ढीला हो गया।

"भाई, रूपलाल पहलवान मुझसे कई बार कह चुके, लेकिन उस पहलवानी ढंग के नियुक्ति-विधान में शरीक होने की मेरी इच्छा नहीं हो रही है। अभी तक मैंने उन्हें कोई निश्चयात्मक उत्तर नहीं दिया था, किन्तु अब दे दूँगा।"

"क्या दे देंगे सर?"

"वही, जो तुम चाहते हो।"

"धन्यवाद, सर!"

कालेज से निकलकर शंकर ने पूछा—"घण्टा-भर तो काफ़ी बोर हुए होंगे।"

"नहीं भाई, बोर तो नहीं हुआ। वह माली मिल गया था न। वह भी मेरे ही ज़िले का है।"

"अच्छा-अच्छा वह रामपलट। मजेदार आदमी है।"

"हाँ, पहले तो उसने मुझे फूल चोर समझकर डाँटा फिर जब जाना कि मैं उसके जिले का हूँ तो मोह से भर आया। मुझे भी उसे देखकर जाने कैसा-कैसा लगा। लगा कि उससे लिपट जाऊँ, उससे घर-द्वार की बात पूछता रहूँ। एक अजीब गृह-ममता भर आई मुझमें।"

"क्षेत्रीयता भी एक अजब चीज है भाई! अपने क्षेत्र का आदमी वही काम करता है तो ठीक लगता है, दूसरे क्षेत्र का आदमी करता है तो ग़लत लगता है। यह एक भयानक दोष है जो समाज में व्याप्त है ही, अब राजनीति की लड़ाई का मुख्य आधार बनता जा रहा है। राष्ट्रीय एकता का नारा लगानेवाले क्षेत्रीयता के संस्कार से तिल-भर भी नहीं हट पाते और उनकी राष्ट्रीयता की लड़ाई क्षेत्रीयता के मोर्चे से होती है।"

कमलेश गम्भीर बना रहा।

"क्यों, तुम मेरी बात से सहमत नहीं?"

"नहीं, सहमत-असहमत का प्रश्न ही नहीं उठता, क्योंकि आपने क्षेत्रीयता का सन्दर्भ ही बदल दिया। मैं उसे मानवीय रागात्मकता के सन्दर्भ में ले रहा हूँ। सहज रूप में ले रहा हूँ। अब देखिए न, आपने मुझे देखते ही अपना लिया। क्यों? इसलिए न कि मेरे चेहरे में कहीं आपको अपनी गँवई गन्ध मिली, कहीं अपनी ज़मीन की आहट मिली। मैं समझता हूँ कि आदमी की ज़िन्दगी किसी-न-किसी क्षेत्र में बनती है, आकार ग्रहण करती है, वहाँ से न जाने कितने रागात्मक सूत्रों से जुड़ती है। जब आदमी अपने क्षेत्र से अलग होता है तो वह क्षेत्र उसके राग को पुकारता है, बेचैन करता है, यादों में आकर सताता है और जब उस क्षेत्र का कोई आदमी परदेस में दिखाई पड़ता है तो उससे अजीब बन्धुत्व भाव पैदा हो जाता है, लगता है वह अपने क्षेत्र से ही मिल रहा है। अब इससे आप संकीर्णता कहें या भावुकता, यह अपनी जगह पर है।"

शंकर खड़ा हो गया और ग़ौर से उसे देखने लगा। "चलो कहीं चाय पीते हैं। बहुत थक गया हूँ।" कुछ देर बाद बोला—

"तुम बहुत समझदार हो, कमलेश और बहुत कलात्मक संवेदना के भी। मुझे तुम्हारा साथ पाकर बहुत अच्छा लग रहा है।"

"मैं क्या हूँ भाई साहब, आप मुझे खामखाह लज्जित कर रहे हैं। अरे मैं तो अपने अनुभव के सहारे कुछ कह रहा हूँ। जब से आया हूँ, यही अनुभव कर रहा हूँ। एक अनुभव और कर रहा हूँ भाई साहब, वह यह कि बाहर आकर आदमी छोटे-बड़े का

भेदभाव भूल जाता है। परदेस में अपने यहाँ के नाई, धोबी, माली आदि भी अपने बन्धु लगने लगते हैं। हम अपने गाँवों में जिनसे सीधे मुँह बात नहीं करते, परदेस में उन्हीं के साथ मिल-बैठकर सुख-दुख की बातें करने की इच्छा होती है।"

"हाँ, ठीक कह रहे हो कमलेश!" शंकर ने गम्भीर होते हुए कहा।

चाय आ गई थी। दोनों सुड़कने लगे।

तड़ ··· दोनों चौंके।

"साला कामचोर, वह बाबू कब से चाय के लिए बैठे हैं और तू दू ठो प्याला-प्लेट धोने में दू दिन लगा रहा है। पहले तो छोटे लोग किकियाते आएँगे कि मेरा बेटवा आवारा घूम रहा है, बेकार घूम रहा है, किसी काम पर लगा दीजिए, अउर जब दू पइसा पाने लगते हैं तब साले नवाबजादे बन जाते हैं।" दुकानदार एक छोटे-से नौकर को चाँटा लगाकर बक रहा था। फिर उसने उसकी पीठ पर एक मुक्का मारकर ढकेला—"जा साले, जल्दी से ये सारे जूठे बरतन धो ले आ, नहीं तो उठाकर सड़क पर फेंक दूँगा। आप बैठिए बाबू!"

चाय में देर की शिकायत करके उठता हुआ बाबू लड़के की मार से सन्तुष्ट होकर बैठ गया। बुदबुदाया—"हाँ, जब तक ये साले पिटते नहीं हैं, तब तक काम नहीं करते।"

"कुछ देख रहे हो, कमलेश?"

"हाँ, देख तो रहा हूँ।"

"तुम अभी जो कह रहे थे यह उसका दूसरा पहलू है। ये मालिक और नौकर दोनों ही पूरब के हैं। हो सकता है एक ही गाँव के हों या एक ही जवार के हों और जिस बाबू के लिए उसने पीटा है, वह मराठी है।"

"तो?"

"तो यह कि तुम जिस छोटे-बड़े की भेदभावहीनता की बात कर रहे थे वह शुरू-शुरू में होती है। जब कोई आदमी नया-नया घर से आता है तो उसे घर का मोह लगता है और अपनी ओर का जो भी आदमी मिलता है, उससे अपनापन महसूस करने लगता है, लेकिन ज्यों-ज्यों उसकी दुनिया बड़ी होने लगती है, घर का मोह कम होने लगता है और नई जगह के लोगों से हेलमेल होने लगता है, त्यों-त्यों उसका वर्ग-बोध और जाति-बोध जागने लगता है। तब वह अपने यहाँ के नाइयों और धोबियों की जमात में बैठने के बदले अपने-अपने वर्ग और जाति की जमात में हिलना-मिलना पसन्द करने लगता है। आदमी का वर्ग-बोध जाति-बोध से भी प्रबल होता है, क्योंकि उसका आधार पैसा होता है और पैसा आज के सम्बन्धों और मूल्यों के मूल में आ गया है।"

"हूँ।" कमलेश चुपचाप सुनता रहा।

"वैसे जाति का बोध शहर में आकर फण नहीं फुफकारता, भीतर-भीतर रहता तो

ज़रूर है, किन्तु वर्ग-बोध फण फुफकारता रहता है। अब देखो, यह सेठ जिस बच्चे को मार रहा था वह बच्चा हो सकता है उसी की जाति का हो, लेकिन उसके वर्ग का नहीं है।"

"तो आपकी दृष्टि में क्षेत्रीयता का बोध एक अवांछित बोध है जो आदमी को भ्रष्ट करता है। मैं इसे एक सहज रागात्मक बोध के रूप में ले रहा हूँ। हो सकता है यह नये-नये प्रवासी के मन में पैदा होता हो, लेकिन होता तो है और अभी आपने कहा कि कुछ दिन बाद आदमी अपने यहाँ के लोगों की चेतना भूलकर किसी भी क्षेत्र के सवर्गीय आदमी से सम्बन्ध जोड़ लेता है, लेकिन मैं समझता हूँ कि सवर्गीयों में यदि कुछ लोग अपने क्षेत्र के हों, कुछ दूसरे क्षेत्र के हों, तो व्यक्ति अपने क्षेत्र के लोगों से ज़्यादा निकटता अनुभव करता होगा।"

"कोई ज़रूरी नहीं। हो सकता है दूसरे क्षेत्र के लोग किसी भी कारण से उसके अधिक निकट आ गए हों, उसे उनसे अधिक प्यार मिला हो, या उसका स्वार्थ सधता हो।"

"यह तो एक विशेष बात हुई, मैं सामान्य बात की चर्चा कर रहा हूँ। और मुझे पूरे मन से यह लगता है कि क्षेत्रीयता में एक उद्दाम रागात्मक शक्ति होती है, यह मरती नहीं है बल्कि समय बीतने के साथ और तेज़ होती है। मैंने पाकिस्तान के कवियों की कुछ कविताएँ इधर हिन्दी की पत्रिकाओं में पढ़ी हैं। क्या तड़प है उनमें अपने छूटे हुए भारतीय क्षेत्रों की! जैसे समय की दिशा लाँघकर उनका मन हाहाकार कर उठा हो अपने बीते हुए समय से मिलने के लिए। मैंने एक पिक्चर देखी थी—पूरब-पच्छिम। कितने सालों से लन्दन में रहनेवाला एक भारतीय बाबुल 'मोरा नइहर छूटा जाय' सुनकर रोने लगता है। उसका नइहर उसे पुकारने लगता है।"

"तुम्हारी बात अपनी जगह सही है। मैं यह कह रहा हूँ कि क्षेत्रीयता का मोह व्यक्ति के विश्वास में बाधक होता है। उसे राष्ट्रीय या अन्तर्राष्ट्रीय नहीं बनने देता। आप एक प्रकार की सुविधा अपने क्षेत्रीय आदमी को तो दे देते हैं, दूसरे क्षेत्र के आदमी को नहीं देते। यह क्या हुआ कि आप गुजरात में दस वर्षों से रह रहे हैं, यहाँ के हवा-पानी में पल रहे हैं, यहाँ के लोगों के साथ रहकर उनकी सभ्यता-संस्कृति के बीच जी रहे हैं और आप इनसे कुछ न सीखकर अपनी क्षेत्रीयता का दम्भ लिए घूम रहे हैं। तमाम क्षेत्रों की सभ्यताओं और संस्कृतियों की टकराहट से ही मानव-समाज का वास्तविक विकास होता है। सबसे अपना दामन बचाकर क्षेत्रीय बने रहने से व्यक्ति सीमित हो जाता है। तुम देख लो, अपने यहाँ के तमाम पढ़े-लिखे लोग वर्षों से गुजरात में रह रहे हैं, किन्तु ज्यों-की-त्यों धरि दीनी चदरिया।"

"भाई साहब, लगता है हम लोग एक ही विषय को दो अलग-अलग दिशाओं में खींच रहे हैं। आप जो कह रहे हैं उससे मेरा विरोध नहीं है किन्तु मैं क्षेत्रीयता के दूसरे पहलू, जो अधिक स्वाभाविक है और मानवीय भी, पर बल दे रहा हूँ, आप उसके

विकृत और अमानवीय पहलू पर बल दे रहे हैं। बात यह है कि · · · ।"

"अरे तुम लोग यहाँ मर रहे हो और मैं कालेज में खोजते-खोजते परेशान हो गया। हद है, तुम मुझे छोड़कर भाग क्यों आए?" एकाएक विनोद आ टपका था।

"अरे रे, मैं तो कमलेश की चिन्ता करने में तुम्हें साथ लेना ही भूल गया। और कमलेश जो साथ हुआ तो हम बहस में उलझ गए। माफ़ करना दोस्त!"

"अभी से यह हाल है? अभी जुम्मा-जुम्मा बीस घण्टा पहले कमलेश से यारी हुई और इतने दिन के पुराने साथी विनोद को तुम भूल ही गए! अच्छा तो मैं चला।"

"अरे नहीं यार, लो मैं कान पकड़ता हूँ, अपनी गलती के लिए। बैठो चाय पियो।"

"हाँ-हाँ, खूब चाय पियो। मालूम है कितने बजे हैं?"

"अरे बाप रे, दस बज गए? दस बजे तो स्कूल पहुँचना चाहिए था। चलो-चलो भागो।" कहकर फट से शंकर ने पैसे चुकाए और बाहर निकलकर सायकिल सँभाल ली।

कमलेश को लगा, विनोद नाराज़ है और नाराज़गी का कारण वही है। कुछ संकुचित-सा हो गया था।

"आओ कमलेश, बैठो!" विनोद की आवाज़ से कमलेश चौंका।

विनोद की ओर उसने देखा वह मुस्करा रहा था—एक मीठी प्यार-भरी मुस्कराहट।

"हाँ, आओ, इधर से मैं तुम्हें ले चलूँगा। विनोद ने कहा। कमलेश भी मुस्कराकर उसकी सायकिल पर बैठ गया।

डाक्टर गौतम टहलते हुए आफ़िस की ओर गए तब देखा कि दिनेश वर्मा आफ़िस के क्लर्कों के साथ बैठे हुए कुछ फ़ाइल निबटा रहे हैं।

"नमस्ते, सर!" वर्माजी उठ खड़े हुए।

"नमस्ते भाई, नमस्ते!"

"आइए, सर!"

गौतमजी ने अब देखा कि वर्माजी के साथ अंग्रेज़ी के नये लेक्चरर मिस्टर जोसफ़ और इकॉनामिक्स के नये लेक्चरर मिस्टर पंचाल भी है। ये दोनों भी इसी कालेज के छात्र रहे हैं।

"आप लोग कुछ ज़रूरी काम कर रहे हैं, कीजिए। मैं कुछ ग़ैर ज़रूरी काम निबटा लूँ तब तक।" कहकर डाक्टर गौतम पुस्कालय में चले गए और पुस्तकें उलट-पुलटकर देखने लगे। बहुत अच्छी लायब्रेरी है इस कालेज की, किन्तु हिन्दी सेक्शन उतना समृद्ध नहीं है। प्रिंसिपल बहुत मुश्किल से कुछ रुपये स्वीकृत करते हैं, वह भी विशेषतया पाठ्यपुस्तकों के लिए। बी.ए. के छात्रों के लिए कुछ पाठ्यपुस्तकों के सिवा और चाहिए ही क्या? पहले यहाँ आई.ए. में हिन्दी अनिवार्य थी, अब त्रिवर्षीय बी.ए. कोर्स

की निर्माण-प्रक्रिया में हिन्दी हटा दी गई। अब बी.ए. प्रथम वर्ष में थोड़े-से छात्र वैकल्पिक हिन्दी लेते हैं। प्रिंसिपल ने पहला काम यह किया कि अनिवार्य हिन्दी के हटते ही हिन्दी ऑनर्स की क्लास ख़त्म कर दी। उसके विभाग में पाँच आदमी थे। दो पहले ही नौकरी छोड़कर कहीं और चले गए थे। उनकी जगह दो नये लोगों को रखा था, उन्हें इस वर्ष निकाल दिया गया। अब डेढ़ बचे हैं— वे और आधे वर्माजी। वर्माजी आधे संस्कृत के लेक्चरर हैं और आधे हिन्दी के।

बहुत उदासी भर गई है मन में। मिस्टर सक्सेना को तो वह दूसरे कालेज से खींचकर लाया था। वे बेचारे दूसरे कालेज में पन्द्रह वर्षों से जमे हुए थे। तब इस कालेज को उनकी बहुत ज़रूरत थी। तब प्रिंसिपल को क्या मालूम था कि नये कोर्स में हिन्दी निकाल दी जाएगी। मिस्टर सक्सेना के लगने के दो महीने बाद ही नये कोर्स का फैसला हो गया और प्रिंसिपल को मिस्टर सक्सेना की नियुक्ति गड़ने लगी। वे उनमें तरह-तरह के दोष निकालने लगे।

सक्सेना को जब त्याग-पत्र देने के लिए संदेश भेजा गया तब वे बीमार थे। वह भी वहीं बैठा था। पी.एन. पत्र लेकर पहुँचा था। पत्र भी उसने ही पढ़ा था और उसके चेहरे का रंग देखकर सक्सेना घबरा गया था।

"क्या है, क्या है?" उसने चौंककर पूछा। उसकी पत्नी भी वहीं बैठी थी। बच्चे बाहर खेल रहे थे।

"कुछ नहीं, कुछ नहीं।" कहते हुए गौतम ने पत्र को लिफ़ाफ़े में बन्द कर दिया, लेकिन उसकी आँखों का विषाद तो बन्द नहीं हुआ होगा, इसलिए सक्सेना ने पूछा—"आखिर आप बोलते क्यों नहीं? लाइए ख़त मुझे दीजिए।" सक्सेना ने बुखार में ही पत्र पढ़ा और काँपने लगा—जैसे मलेरिया ने एकाएक हमला कर दिया हो। उसका मुँह लाल हो आया।

"क्या हुआ? आप लोग मुझे कुछ बताते क्यों नहीं?" उसकी पत्नी उत्तेजना में काँपने लगी।

"तुम जाओ।" गौतम ने पी.एन. को विदा कर दिया।

सक्सेना की पत्नी को रोना आ गया। बोली—"भाई साहब, बताइए न कि क्या हुआ?"

"मिसेज़ सक्सेना, बहुत बुरा हुआ। प्रिंसिपल इन्हें कालेज से निकालना चाहते हैं।"

"हुँह, मुझे नौकरी से निकालेंगे? मैं टाँग नहीं तोड़ दूँगा। इसको जरूरत थी तो मुझे हर शर्त पर लेने को तैयार हुआ। हमारे कालेज ने छुट्टी नहीं दी तो मैंने त्याग-पत्र दे दिया। चलते वक़्त मेरे प्रिंसिपल ने कहा था—'सक्सेना, तुम गलती कर रहे हो।' तब मैं हँसा था, लेकिन अब लग रहा है कि मैंने गलती की।" उत्तेजना से उसकी आँखों में आँसू छलछला आए।

मिसेज़ सक्सेना का चेहरा देखकर भय लगने लगा था। उन्होंने चारपाई के पाये पर

अपना सिर टिका दिया था और शून्य में सुन्न आँखों से देख रही थीं। छोटी बच्ची खेलकर आई थी। वह यह दृश्य देखकर कुछ अचकचा गई थी। वह भोली-भाली बड़ी-बड़ी आँखों से सारे दृश्य को देख रही थी और समझ नहीं पा रही थी कि वातावरण में इतनी खामोशी क्यों है।

गौतम सोच रहे थे—कल ये लोग कहाँ जाएँगे? ये मासूम प्यारे-प्यारे बच्चे, जो आँखों में एक सपना पाले चहक रहे हैं, कल कहाँ जाएँगे? वे पूछेंगे कि यह सब कैसे हो गया, किस अपराध का फल है? तो कौन उत्तर देगा, क्या उत्तर देगा? क्या इतना पढ़-लिख लेने के बाद भी प्रिंसिपल इन्सानियत के दो शब्द नहीं पढ़ सका? क्या अपना मनमानी फ़ैसला लेते समय उसके सामने अकारण ही सड़क पर फेंक दिए परिवार का चित्र नहीं उभरा? क्या उसकी आँखों में बच्चों की कातर आँखें नहीं उभरीं? आख़िर उसके भी बाल-बच्चे हैं, उसकी भी बीवी है। अनुभव से गुज़रा हुआ आदमी भी इतना अनुभव-सुन्न हो सकता है?

"माँ, बोलो न, तुम्हें क्या हो गया है?" बच्ची ने माँ का मुँह अपने छोटे-छोटे हाथों में भरकर अपनी ओर फेर लिया था। माँ की आँखें बच्ची की आँखों में डूबी कुछ पल निहारती रहीं फिर फफककर रो पड़ीं।

गौतम से अधिक बर्दाश्त नहीं हुआ। वह उठना चाहता था, लेकिन ऐसी हालत में इन्हें छोड़ना भी अमानवीय लग रहा था।

"मैं ही ज़िम्मेदार हूँ इस परिवार के उजड़ने का। आप अच्छे-भले नौकरी कर रहे थे, मैं ही बुला लाया।"

"नहीं डाक्टर गौतम, आप नहीं मैं स्वयं ज़िम्मेदार हूँ। मैंने खुद आपसे आग्रह किया था। मुझे कहाँ मालूम था कि मैं कसाईखाने में जा रहा हूँ। आप नहीं, मेरी महत्वाकांक्षा ही ज़िम्मेदार है। आपको मेरी सौगन्ध है, आप अपने को छोटना न करें। मैं सेल्फ मेड मैन हूँ। मैं चपरासी से उठकर लेक्चरर बना हूँ। मैं टूटूँगा नहीं। नौकरी छूट गई तो छूटे।"

"नहीं, ऐसे नहीं छूटेगी। मैं देखता हूँ कि कैसे छूटती है।" कहकर वह तैश में उठा और चला आया। वह जानता था कि कुछ कर नहीं पाएगा, फिर भी बहुत कोशिश की। प्रिंसिपल से कुछ कहा-सुनी भी हो गई, लेकिन अन्जाम कुछ नहीं निकला। इतना विनीत, इतना शिष्टाचारी व्यक्ति अपने निर्णय में इतना ठण्डा निकलेगा इसका अहसास उसे पहली बार हुआ।

मन बड़ा उदास-उदास-सा रहता है। समय में एक अद्भुत-सी गन्ध होती है। उसे लगता है कि लोग उससे कतराने लगे हैं। वह दूसरे कालेज-वालों के सामने छोटा हो गया है। किसी भी कालेज ने हिन्दी आनर्स नहीं तोड़ा है। जो लोग अब तक उसे सम्मान देते रहे हैं वे या तो उसके प्रति विरक्त हो रहे हैं या उसके प्रति दया का भाव रखने लगे हैं। उसे हवाओं में एक उजाड़पन का अहसास होता है। कालेज के मित्रों

ने समझाया कि आप पर कोई आँच आनेवाली नहीं है, हिन्दी का एक आदमी चाहिए ही, लेकिन उसे विश्वास नहीं होता। बी.ए. आनर्स तोड़ने के पीछे राज़ क्या है? यह कालेज इतना समृद्ध है कि आर्थिक कारण को आधार मानने की कल्पना ही नहीं की जा सकती है। कारण स्वयं हिन्दी है। हिन्दी जब तक इनके लिए गौरव बन सकती थी तब तक उसके सम्मान में बहुत कुछ किया। जब वह हटा दी गई, तब उससे इनका क्या वास्ता? अंग्रेज़ी को हिन्दी से भला प्रीति कैसे हो सकती है! और तब भला प्रिंसिपल को यह कैसे सहन हो सकता है कि हिन्दी का आदमी सबसे अधिक तनख्वाह पाने-वालों में से एक हो! अब क्या है? केवल बी.ए. प्रथम वर्ष में हिन्दी वैकल्पिक लेने वाले दस-पाँच छात्रों का एक छोटा-सा समूह। इतना अपमान! इस अपमान के बीच वह कैसे जी पाएगा, उसे छोड़ना ही पड़ेगा। शायद पी.के. यही चाहता है। उसे अभी से बाहर कोई जगह तलाशनी ही चाहिए।

वह निकलकर बाहर आया। कक्षाएँ शुरू हो गई थीं। उसने देखा— पी.के. एक कमरे के जंगले के चुपचाप खड़ा होकर अन्दर की ओर देख रहा है। शायद कोई नया टीचर पढ़ा रहा है, उसे देख रहा है या छात्रों का अनुशासन देख रहा है। पी.के. वहाँ से आगे सरक आया सामने डॉ. गौतम पड़े।

"हैलो, डाक्टर गौतम!"

"हलो सर, गुड मॉर्निंग,

"गुड मॉर्निंग,गुड मॉर्निंग, हाऊ आर यू?"

"फाइन।"

"हैव यू नो क्लास?"

"आई हैव, बट आफ़्टर दिस पीरियड।"

"ओ. के.!" वह आगे बढ़ गया। क्या अकड़ है चाल में! पूरा व्यक्तित्व जैसे अकड़ की लय से ही बना हुआ हो। हमेशा वेस्ट कोट और टाई में कसा हुआ लम्बा छरहरा शरीर– मौसम चाहे कोई भी हो। सुनहले फ्रेमवाला चश्मा। चश्मे के अन्दर से चमकती आँखें। आँखों में चीते की सी सावधानता। चौड़ा माथा, चमकती हुई गंजी खोपड़ी। बोलने के लहजे में विदेशी ऐंठ। ये हैं प्रिंसिपल पी.के.। वे कहीं से भी भारतीय न लगें, इसकी पूरी कोशिश में वे अपने को आधा खपा डालते हैं। परेशानी यह है कि वे विदेशी हैं नहीं, और स्वदेशी लगना नहीं चाहते। वे नहीं चाहते कि भारत के किसी प्रदेश की, किसी भाषा की, किसी जाति की पहचान उनसे जुड़ी रहे इसलिए वे अपने को केवल पी.के. कहते हैं। पी. के. से पूरा नाम क्या बनता है यह भी किसी को नहीं मालूम। ये कहाँ से आए हैं यह भी नहीं मालूम। ये तो इतना ही जनवाते हैं कि सीधे इग्लैंड से आए हैं।

इनके प्यार में कितनी क्रूर स्निग्धता है! यह प्यार धीरे-धीरे किसी जीवित आदमी के कन्धे पर मुस्कराकर हाथ रखता है और उसी मुस्कराहट के साथ उसकी गर्दन को

कस देता है और उस व्यक्ति के मूर्छित होकर गिर जाने पर भी मुस्कराता रहता है। इस कालेज में कितने लोगों का यह हश्र हो चुका है। अब उसकी बारी है, वह छोटी-छोटी बातों को लेकर उसके विरुद्ध केस तैयार करने लगा है। आज पूछता है, क्लास नहीं है क्या? अभी कुछ दिन पहले वह जुकाम से परेशान हो गया था। कैजुएल छुट्टी ले ली। जोसफ ने पी.के. से कह दिया कि डा. गौतम को तो मैंने शहर में घूमते हुए देखा है। पी.के. को बिगड़ने का एक मौका मिल गया। उसने स्टाफ़ के लोगों से शिकायत की ताकि ज़रूरत पड़ने पर सनद रहे। स्टाफ़ में उसके समकक्ष के कुछ लोग बहुत भले हैं, उसे बहुत प्यार से करते हैं और उसके प्रति पी.के. के बढ़ते हुए दुर्भाव को समझ रहे हैं। गुज़राती के प्रो. यशोधर भाई सीधे कालेज से उसके घर आए। पूछा—"आपकी तबीयत कैसी है?"

"बहुत भारी है।"

"तो शहर में घूमने क्यों गए थे?"

"मैं तो सुबह से घर से बाहर निकला ही नहीं। क्यों क्या बात है?"

"बड़ा कमीना है जोसफ। उसने प्रिंसिपल से कह दिया कि आपको शहर में घूमते हुए देखा है।"

"यह सब मेरे विरुद्ध केस बनाया जा रहा है, यशोधर भाई।"

"ऐस, वी. नो, वी नो। और अगर कोई शहर में गया भी, तो ऐसी कौन-सी मुसीबत आ गई बाबा! आदमी दवा लेने भी तो जा सकता है।"

"जा सकता है, किन्तु मैं तो गया ही नहीं। मैं तो बेहद परेशान हूँ।"

"बहुत अजीब व्यवहार करता है यह पी.के.। अपने को ख़ुदा समझता है। वह टेरर फैलाकर अनुशासन कायम करना चाहता है। ओ. के. आप आराम कीजिए।"

यशोधर भाई के चले जाने के बाद उसने स्कूटर किया और सीधे कालेज पहुँचा। प्रिंसिपल अपने आफ़िस में ही थे। जाते ही सवाल किया—"किसने मुझे देखा है शहर में घूमते हुए, बुलाइए उसको।"

"डॉ. गौतम, मेरे लिए परेशानी यह है कि मैं आपका बहुत विश्वास करता हूँ और उतना ही विश्वास उस व्यक्ति का करता हूँ जिसने कहा है। मैं समझ नहीं पा रहा कि किसकी बात को ग़लत समझूँ।"

"सर, अगर ईश्वर भी मेरे सामने आकर कहे कि तुम घर से बाहर निकले थे, तो मैं उसे भी चुनौती देकर कहूँगा कि तुम झूठे हो, आदमी की तो बिसात ही क्या! आप देख रहे हैं न मेरी हालत?"

"ओ.के. डॉ. गौतम, गो एण्ड टेक रेस्ट।"

वह चला तो आया लेकिन मन-आश्वस्त नहीं हुआ। एक आशंका से भर गया कि यह सब जानबूझकर उसके विरुद्ध निर्मित किया जा रहा है। प्रिंसिपल तो कर ही रहे हैं, जोसफ भी इसमें शामिल है और जोसफ क्यों शामिल है, यह सोचते ही वर्मा की

विनयशील मूर्ति सामने खड़ी हो जाती।

प्रिंसिपल ने उस दिन उसके सत्य की आँच के आगे अपनी ग़लती भीतर-भीतर अनुभाव ज़रूर की, किन्तु बाद में किसी से कहा कि डॉ. गौतम कभी-कभी ज़रूरत से ज़्यादा तुर्श हो जाते हैं।

डॉ. गौतम यह सब सोचते हुए स्टाफ़ रूम में पहुँचे तो स्टाफ रूम गहमागहमी से भरा हुआ था। अभिवादन का आदान-प्रदान करते हुए वे एक खाली कुर्सी पर जा बैठ गए। सभी लोग तरह-तरह की वार्ता में निमग्न थे—कोई शेयर की बात कर रहा था, कोई युनिवर्सिटी पालिटिक्स की। कोई-कोई जोक सुना रहा था, कोई किसी नेता की नकल कर रहा था। कोई विद्यार्थियों की अनुशासनहीनता पर आँसू बहा रहा था, कोई किसी के सेक्स स्कैंडल का क़िस्सा सुना रहा था। कोई तनख्वाह बढ़ने की सम्भावना पर बहस कर रहा था। कुछ छात्राएँ भी थीं जो अपने-अपने गुरुओं से किसी कठिनाई को लेकर चिपकी थीं। वे किसी कोने में बैठे हुए उन्हें समझा रहे थे। वह चुपचाप बैठा था। उसे वैसे भी बहुत बहस करने में रुचि नहीं है, दूसरे, बहस के जो मुद्दे चल रहे थे उनके प्रति उसकी जानकारी भी बहुत नगण्य है। और इधर तो वह महसूस कर रहा था कि वह एक उजाड़ में रख दिया गया है। एक ख़ामोशी बाहर भी है, एक ख़ामोशी भीतर भी। उसे लगता कि जैसे सबको मालूम है कि वह निकाला जाने वाला है। यह माहौल उसे उजाड़-सा लगने लगा है। भीतर की उदासी बाहर के इस उजाड़ से जुड़कर उसे एक विचित्र संसार में भटका रही है।

अँगरेज़ी के व्याख्याता डॉ. हकीम एक कोने में बैठे हुए चुपचाप कुछ पढ़ रहे थे। उनकी बग़ल में अँगरेज़ी के ही एक रंगरूट व्याख्याता मिस्टर दारूवाला अँगरेजी के एम.ए. की छात्रा मिस वासवानी के साथ मुक्त चिटचैट कर रहे थे। मिस वासवानी ने भी इसी कालेज से बी.ए. किया था और यहाँ की बहुत प्रख्यात तथा अँगरेज़ी के प्राध्यापकों की प्रिय छात्रा रही हैं। मिस वासवानी को देखकर कहा जा सकता है कि वे नारी-मुक्ति की साक्षात प्रतिमा हैं और नारी-मुक्ति निर्वध अँगरेज़ी ज्ञान की कृपा के बिना नहीं हो सकती। वे सबसे हाथ मिलाती हैं, अँगरेज़ी छोड़ और कुछ बोलती नहीं। उनकी मांसल मंझोली गोरी काया का घुटनों के नीचे का भाग खुला ही रहता है और देखनेवालों में सनसनी पैदा करता है। उनके वक्ष का तीन-चौथाई खुला भाग अपनी मांसलता में आँखों को चिपका लेता है, बाँहें भी पूरी खुली रहती हैं। चलती हैं तो भारी-भारी पृष्ठ भाग में एक लय लहराती है अर्थात् वे मन की मुक्ति तन की मुक्ति के बिना अर्थहीन मानती है। उनके रामांस की अनेक कहानियाँ प्रचलित हैं, किंतु वे इन कहानियों को तमग़े की तरह पहनकर गौरवान्वित भाव से घूमती हैं और दुनिया की आलोचनाओं को ठेंगे पर रखती हैं। इनकी लहरदार मुक्त हंसी आसपास जलतरंग-सी बिखर जाती है।

डॉ. हकीम पढ़ते-पढ़ते उठ खड़े हुए और अँगरेज़ी की बाअदब बामुलाहिज़ा वाली

चाल से चलकर उसके पास आए और अँगरेज़ी की अदा से पूछा—"डॉ. गौतम, हू वाज़ विद्यापति?"

डॉ. गौतम ने देखा कि उसकी बग़ल में कोई कुर्सी ख़ाली नहीं है और जहाँ से डा. हकीम उठकर आए हैं वहाँ कुछ कुर्सियाँ खाली पड़ी हैं।

"चलिए, वहीं चलते हैं।" कहकर वह खड़ा हो गया और डॉ. हकीम की कुर्सी के पास जाकर बैठ गया।

"हाँ, आप विद्यापति के बारे में पूछ रहे थे। ये मैथिली के बहुत बड़े कवि थे। इन्हें मैथिल कोकिल कहा जाता है। बाई द वे आप किस सन्दर्भ में यह बात जानना चाहते हैं?"

"रवीन्द्रनाथ टैगोर का एक निबंध है, उसे आज पढ़ाना है। उस निबंध में उन्होंने विद्यापति का ज़िक्र किया है—इन द मंथ आफ अगस्त ··· "

"हाँ-हाँ, विरहिनी नायिका के संदर्भ में है ···· मास भादर ··· "

"थैंक्यू डॉ. गौतम, रियली आई ऐम वेरी थैंकफ़ूल टु यू।"

"अरे डॉ. हकीम, इसमें इतना थैंकफ़ूल होने की क्या बात है?"

डॉ. हकीम कुछ कहने को ही थे कि मिस वासवानी ने कुछ मुस्कराते हुए एक ख़ास सरकास्टिग अदा से कहा—"विद्यापति? कैसे-कैसे कवि हिन्दी में हुए हैं!"

मिस्टर दारूवाला भभाकर हँसने लगे। डॉ. गौतम ने मिस वासवानी की ओर देखा, देखने में एक भारीपन था। मिस वासवानी ने भी कनखियों से डॉ. गौतम को देखा।

"क्या बात है मिस पद्मा वासवानीजी, 'हिन्दी में कैसे-कैसे कवि हैं' से आपका क्या मतलब? मुझे जानने की इच्छा हो रही है।"

"पद्मा वासवानी को उम्मीद नहीं थी कि इस तरह उनसे सवाल पूछा जाएगा। यद्यपि हिन्दी की क्लास में गौतमजी ने उनसे बहुत सवाल पूछे हैं। लेकिन जब सवाल पूछ ही लिया गया तो पद्मा जैसी मुक्ति-सिद्ध लड़की को इसका उत्तर देने में कोई संकोच नहीं हुआ।

"सर, हिन्दी में शेक्यपियर, मिल्टन, होमर, वायरन, शैले आदि जैसे कवि क्यों नहीं पैदा होते? इतने पिद्दे-पिद्दे कवि तो हैं हिन्दी में।"

"तो क्या अंग्रेज़ी में कबीरदास, तुलसीदास, सूरदास, बिहारी आदि पैदा हुए हैं? संस्कृत के महाकवियों की बात अभी नहीं पूछ रहा हूँ।"

"अरे सर, कहाँ अँगरेज़ी के कवि और कहाँ हिन्दी के कवि? इन्हें पढ़ने में मज़ा ही नहीं आता। सारे इंडियन पोयट्स क़द में बहुत छोटे हैं।"

डॉ. गौतम का स्वाभिमान चोट खा गया। वे प्रतिवाद बहुत कम करते हैं, किन्तु कभी-कभी करते हैं तो बहुत तुर्श हो उठते हैं।

"मिस वासवानी, यदि आपकी बात मान भी ली जाय तो भी यह कहा जा सकता है कि अपनी भाषा और अपने साहित्य का स्वाद और ही होता है, वही हमारा अपना स्वाद है। दूसरे, अमीर घरों में बहुत अच्छा खाना बनता है और नौकर-चाकर जो जूठन

खाते हैं, वह जूठन भी एक औसत दर्जे के घर में बननेवाले खाने से ज़्यादा बढ़िया होती है, लेकिन क्या आप कह सकती हैं कि जूठी पूड़ी, खीर, हलवा आदि का स्वाद अपने घर में बननेवाले ताज़े रोटी-दाल-सब्ज़ी से अधिक बेहतर होता है? मिस पद्मा, जूठन के स्वाद का जो गौरव लेता है उसे क्या कहा जाय, मैं नहीं समझ पाता। दुर्भाय से हमारे देश में जूठन खाकर मस्त रहनेवालों की एक लम्बी जमात है।"

एक अजीब झनझनाहट-भरा सन्नाटा आसपास छा गया। डॉ. हकीम पढ़ना छोड़कर चश्मे की आड़ से देखने लगे। पद्मा का मुँह रुआँसा हो गया। दारूवाला का मुँह तीता हो गया। आसपास के लोग भी विविध भावों से इधर देखले लगे।

दारूवाला ने कुछ तिक्त स्वर में कहा—"डॉ. गौतम, आपको इस तरह दूसरों का अपमान करने का अधिकार नहीं है।"

"और दूसरों को हमारे पूरे देश, भाषा और साहित्य का अपमान करने का अधि कार है। क्यों मिस्टर दारूवाला?"

टन-टन-टन-टन ··· घण्टा घनघना उठा और डॉ. गौतम उठकर क्लास में चले गए।

डा. गौतम क्लास में से आए तो रिसेज़ हो चुका था। सभी लोग चाय पी रहे थे। थोड़ी देर में प्रिंसिपल पी.के. भी आ गए। सभी लोगों ने उठकर उनका स्वागत किया। पी.के. बैठ गए और चिटचैट शुरू कर दी। खुशामदियों में उन्हें खुश करने की होड़ मच गई। पी.के. अपने बिट और वक्तृत्व का प्रभाव जमाने का कोई भी अवसर नहीं छोड़ना चाहते— चिटचैट के अवसर पर भी। वैसे तो पी.के. बहुत गम्भीर चेहरा बनाए रहते हैं किन्तु चिटचैट के अवसर पर खुँलकर हँसते भी हैं और हँसी-हँसी में सबको ताड़ते भी रहते हैं।

कुछ देर तक हँसने-हँसाने के बाद पी.के. ने डॉ. गौतम की ओर देखा और अपनी नज़र उन पर टिका दी। "हूँ ··· डॉ. गौतम इज़ ए रीयल इण्डियन। ही इज़ प्राउड आफ़ हिज़ लैंग्वेज ऐंड लिटरेचर। दैट्स गुड, वेरी गुड।"

"थैंक यू सर फ़ार योर दिस काइंड आवज़र्वेशन।"

"अरे भाई, हम लोग तो जूठन खाता है।" दारूवाला खिलखिलाकर हँस पड़ा। कुछ लोग हँसे, कुछ लोग मुस्कराए, कुछ लोग डॉ. गौतम की ओर देखकर गम्भीर बने रहे।

सबको मालूम हो गया कि बात पी.के. तक पहुँचा दी गई। या तो शूपर्णखा की तरह पद्मा अपनी नाक कटने का दर्द लेकर इनके पास गई होगी या दारूवाला या जोसफ उनके कान में चुबा आए होंगे। डॉ. गौतम के शुभचिन्तकों को अहसास हो गया कि यह अच्छा नहीं हुआ। डॉ. गौतम तो इस ख़तरे से अवगत थे ही। एक तरह से वे इन ख़तरों से अवगत होकर उनके प्रति ढीठ बनते जा रहे थे। ठीक है, यह तो होना ही है।

"आल राइट, जेंटिलमेन, थैंक फ़ार योर स्वीट कम्पनी।" कहकर पी.के. एकाएक उठे और अपने आफ़िस में चले गए। गौतम को लगा कि वे आज—केवल उसे

कोंचने के लिए ही आए थे।

कुछ देर बाद चपरासी एक कागज़ लेकर आया। वह कागज़ आनेवाली त्रैमासिक परीक्षा का ड्यूटी-शीट था। चपरासी कागज़ लेकर संबद्ध लोगों को दिखा रहा था और उनसे हस्ताक्षर करा रहा था। लोग इनविज़िलेशन की अपनी-अपनी तिथियाँ नोट कर हस्ताक्षर कर रहे थे। इस कालेज का नियम रहा है कि सारे विभागों के अध्यक्षों को सुपरिण्टेण्डेण्ट बनाया जाता है। यशोधर भाई ने कागज़ पढ़कर डॉ. गौतम की ओर देखा। उस देखने में एक अजीब वेदना थी। डॉ. गौतम समझ नहीं सके कि क्या बात है। चपरासी सबसे हस्ताक्षर कराकर लौट गया। गौतम के पास नहीं आया। लोगों ने कनखियों से गौतम को देखा। दो-चार की आँखों में एक रुकी हुई हँसी थी, बाकी सारे लोग (जिन्होंने कागज़ को ग़ौर से देखा था) कुछ न कुछ असुविधा महसूस करने लगे थे—जैसे कह रहे हों—यह क्या हुआ? यह क्या हो रहा है? लेकिन खुलकर कहा किसी ने कुछ नहीं। यशोधर भाई की ओर उसने देखा। उनका मुँह वेदना से आरक्त हो गया था।

डॉ. गौतम घर लौटने लगे तो जान-बूझकर दूसरों का साथ बचा गए। उनकी मनः स्थिति ऐसी थी कि किसी से बोलने-चालने की इच्छा उन्हें नहीं हो रही थी। वे अकेले में डूब जाना चाहते थे। इच्छा हो रही थी कि वे अपने को किसी एकान्त में फैंक दें और विपर्यस्त पड़े रहें। वे रास्ते में पड़नेवाले एक छोटे-से गार्डन में बैठ गए। घण्टा-भर बैठे रहे, लेकिन कहाँ है वह एकान्त? आखिर घर तो जाना ही है। घर को तो उन्हें झेलना ही है।

"डॉ. गौतम!" एक मरी-सी आवाज़ पीछे से आई।

गौतम ने मुड़कर देखा—यशोधर भाई थे।

"आइए, यशोधर भाई।"

यशोधर भाई का चेहरा उतरा हुआ था। कोई किसी से नहीं बोला। दोनों साथ चलते रहे।

"आपने भी देर कर दी, कहाँ अटक गए थे?"

"वैसे ही ज़रा गार्डन में बैठ गया था। आप कहाँ अटक गए थे?"

"वैसे ही ज़रा।" लगता था कि वे कोई बात कहना चाहते हैं, कह नहीं पा रहे हैं।

फिर दोनों मौन भाव से चलते रहे।

"पी.के. गुजराती लोगों के कंधे पर रखकर बन्दूक चला रहा है।"

यशोधर भाई फिर बोले—

"कहता है कि 'गुजराती के लोगों ने हिन्दी के साथ दुर्व्यवहार किया है हमने तो हिन्दी के प्रेम के कारण ही ऑनर्स क्लास शुरू कराई थी। गुजराती के विद्वानों ने हिन्दी को सब जगह से निकालकर एक छोटी-सी वैकल्पिक जगह दे दी। मैं क्या

करूँ? मुझे संस्था को जवाब देना होता है। मैं एक माइनर और एक गैर ज़रूरी विषय को संस्था के ऊपर बोझ कैसे बना सकता हूँ? ये बातें मुझसे पूछने के स्थान पर गुजराती के विद्वानों और शिक्षाशास्त्रियों से पूछिए कि उन्होंने ऐसा क्यों किया।'

"लेकिन और भी तो कुछ माइनर विषय हैं··· ।" किसी ने दबी ज़बान से पूछा।

"हाँ हैं, और वे रहेंगे, लेकिन वे बोझ नहीं हैं क्योंकि उनमें एक-एक लेक्चरर शुरू से ही है और उनकी तनख्वाह भारी नहीं है और वे अपने को लेक्चरर के अतिरिक्त भी संस्था के लिए सार्थक सिद्ध करने की कोशिश करते हैं। और डॉ. गौतम केवल स्कालर हैं, वे संस्था के लिए अन्य किंसी भी प्रकार से उपयोगी नहीं है।"

"लोगों ने पहले से ही जो एक आंशका थी वह चरितार्थ होती नज़र आई। वह आगे बोला—"और सच पूछिए तो डॉ. गौतम को किसी हिन्दी प्रदेश के कालेज या युनिवर्सिटी से जुड़ जाना चाहिए। वे स्कालर हैं। यह स्थान उनके लिए छोटा पड़ता है।"

"हाँ, जब मैं बार-बार के आग्रहों से बुलाकर लाया गया था, तब यह जगह मेरे लिए छोटी नहीं थी। कितना ऊँचा है यह पी.के.। ··· कब कही उसने ये सारी बातें?" गौतम ने पूछा।

"आज ही। हम लोग यानी सारे अध्यक्ष छुट्टी होने के बाद उसी के पास गए थे। आपको परीक्षा की ड्यूटी नहीं दी गई, उसे सबने मार्क किया और सबको बुरा लगा। सब लोग मिलकर उससे मिलने गए थे। उम्मीद थी कि शायद वह रास्ते पर आ जाय, किन्तु वह तो बहुत खेलाड़ी है।"

"मैं वह सार्थकता कहाँ से लाऊँ यशोधर भाई जो वर्माजी, जोसफ साहब, दारूवाला साहब और बहुत-से साहब लेकर आए हैं। कोई विदूषक हैं, कोई चगलखोर है, कोई चापलूस है, कोई चन्दा उगाहता है, कोई नाटक कराता है। तरह-तरह से ये प्रिंसिपल की नज़रों में समाए रहते हैं और मैं? मैं तो बिना काम के किसी से बात भी नहीं कर सकता। मेरी तो युनिवर्सिटी के किसी अधिकारी से जान-पहचान भी नहीं है, न हो पाएगी। आख़िर, बिना काम के किसी से मैं क्यों मिलूँ, कैसे मिलूँ? सचमुच मैं निकम्मा हूँ। पी.के. ठीक कहता है कि मुझे पढ़ाने के सिवा और कुछ नहीं आता। मैं नालायक हूँ, झेंपू हूँ, इस दुनिया में जीने के लायक नहीं हूँ, अकेलेपन की गुफ़ा में छिपकर रहनेवाला हूँ, मेरे साथ वह जो कर रहा है, ठीक ही कर रहा है। ठीक ही कर रहा है यशोधर भाई, आप लोगों के प्रति मैं बहुत कृतज्ञ हूँ कि आप लोगों ने मुझे इतना स्नेह दिया मेरे दुःख को अपना दुःख बनाया, लेकिन हर आदमी को अपनी नियति झेलनी पड़ती है। मैं झेलूँगा। आप लोग अब मेरे लिए उसके पास न जाएँ। मैं समझ गया हूँ कि किसी के कहने से कुछ नहीं होगा।"

यशोधर भाई का चेहरा व्यथा से और बोझिल हो आया। बोले—"डॉ. गौतम, आप क्या हैं, यह हम लोग जानते हैं। आपको कोई न कोई जगह मिल ही जाएगी, इससे

बेहतर मिल जायगी जो आपके रचना-धर्म के विकास के लिए ज़्यादा अनुकूल रहेगी, किंतु हम लोग आपको खो देंगे। आपको खो देने की तकलीफ़ एक बड़ी तकलीफ़ है डॉ. गौतम। यह तकलीफ़ मेरी निजी गहरी तकलीफ़ तो है ही, कालेज से और गुजरात से एक सही आदमी के चले जाने की भी बहुत बड़ी तकलीफ़ है।"

"सही आदमी!" डॉ. गौतम मुसकराए—"मैं सही आदमी हूँ? मुझे लगता है कि मैं सही आदमी नहीं हूँ, इसीलिए मैं अपने विश्वविद्यालय में जगह नहीं पा सका और दूर-दराज के इस कालेज में आया तो यहाँ भी नहीं रुक सका, आख़िर मुझमें कोई बुनियादी खोट तो है ही। लगता है मैं लोगों की सहानुभूति तो बटोर सकता हूँ किन्तु किसी की छाती पर चढ़कर उससे अपना अधिकार नहीं ले सकता। और अपना अधिकार भी क्या है इस दुनिया में?"

यशोधर भाई चुपचाप चलते रहे। बोले—"डॉ. गौतम, हमें इस बात की तकलीफ़ ही नहीं शर्मिन्दगी भी होगी कि गुजरात आपको रोक नहीं सका। मैं गुजरात ही नहीं, गुजराती की ओर से अपराध-बोध से पीड़ित हूँ। गुजराती भाषा के लोगों ने हिन्दी के साथ छेड़छाड़ की, इसका परिणाम आपको भोगना पड़ा।"

"यशोधर भाई, गुजरात या गुजराती की ओर से आप क्यों अपने को पीड़ित कर रहे हैं? गुजरात ने मुझे इतना प्यार दिया है कि वह मुझे अपना दूसरा घर लगने लगा है। मुझे भी यहाँ की ज़मीन अपनी ज़मीन लगने लगी है। गुजराती के विद्वानों और साहित्यकारों से मुझे गहरा प्यार और स्नेह मिला है। तकलीफ़ तो मुझे इसी बात की होगी कि इतने आत्मीय वातावरण को मुझे छोड़ना पड़ेगा, किन्तु इस छोड़ने और छूटने के पीछे गुजरात और गुजराती नहीं, अँग्रेज़ी मानसिकता के लोगों की स्वार्थता और दुष्टता है। आखिर और कालेजों में तो हिन्दीवाले बने ही हुए हैं।"

"अच्छा फिर मिलेंगे।" कहकर यशोधर भाई अपने घर की ओर के रास्ते पर मुड़ गए।

"आउजो।" कहकर डॉ. गौतम आगे बढ़ गए।

डॉ. गौतम घर में पहुँचे तो देखा उनका छोटा लड़का सुनील लड़कों के साथ खेल रहा है। वह फर्राटे से गुजराती बोलता है। बच्चों की दुनिया आपसी मेल-मुहब्बत के सिवा कुछ नहीं जानती। वे जहाँ पैदा होते हैं, वहाँ की ज़मीन को अपनी ज़मीन मान लेते हैं, वहाँ की भाषा को सहज ही अपना लेते हैं। वे जहाँ आँख खोलते हैं, जहाँ से दुनिया की पहली पहचान प्राप्त करते हैं, उसी को अपना घर अपना संसार मान लेते हैं, किन्तु बड़े लोग उन्हें बोध कराते रहते हैं कि नहीं, तुम कोई और हो, कहीं और के हो या इसके विपरीत वहाँ के स्थानीय लोग यह समझते हैं कि ये कहीं और के हैं कोई, और हैं। सब कुछ होने के बावजूद एक पतली-सी दीवार बीच में बनी

होती है। बच्चे ज्यों-ज्यों बड़े होते हैं, उन्हें इस दीवार का बोध प्राप्त होता चलता है। अभी बच्चे को पता नहीं है कि वह अगुजराती है और न उसके साथ के बच्चों को मालूम है कि इस बच्चे से कहीं अलग जाति के हैं, किन्तु उसे या उसकी पत्नी को या ऐसे ही तमाम लोगों को यही अनुभव प्राप्त होता हो ऐसा नहीं है। उसे हमेशा यह चेतना रहती है कि वह उत्तर भारतीय है, उसका अपना गाँव है, अपना शहर है, अपनी भाषा है, अपने लोग हैं। इसी प्रकार यहाँ के लोगों में भी यह चेतना रहती है कि वे उससे भिन्न हैं, दोनों के बीच एक अदृश्य दूरी है, वह भइया जाति का आदमी है।

भइया—यह शब्द भी कैसा एक गाली बन गया है यहाँ। उसके यहाँ का इतना प्यारा शब्द यहाँ कितना अपमानसूचक बन गया है! इस दूरी का उत्तरदायी कौन है? स्वयं उसके यहाँ के लोग या यहाँ वालों की क्षेत्रीयता का एक श्रेष्ठतामूलक आग्रह? दोनों ही हैं, कुछ भी हो, यहाँ इस अलगाव के बावजूद एक अद्भुत सौमनस्य है, एक अद्भुत लचीलापन है।

वह घर पहुँचा तो देखा—बरामदे में मुहल्ले की अनेक औरतें मिलकर पापड़ बना रही हैं। वह जाकर चुपचाप ड्राइंग रूप में लेट गया। पत्नी आई। पूछा—"खाना लगाऊँ?"

"अभी थोड़ा आराम करने दो।"

"क्यों, तबीयत ठीक नहीं है क्या?"

"ठीक तो है।"

"नहीं, कुछ ढीले-ढीले लग रहे हैं।"

"नहीं, ऐसा कुछ नहीं, आज पीरियड ज़्यादा थे, थकन लग आई है।"

"अच्छा तो जब खाने की इच्छा हो तो बुला लीजिएगा।"

"ठीक है, ठीक है।"

सुषमा चली गई। पापड़ का आटा कूटने की धम्म-धम्म की आवाज़ें आती रहीं। सुषमा बेन, सुषमा बेन की पुकार होती रही और सुषमा कभी यह चीज़ कभी वह चीज़ लाती रही। यह गुजरात की ख़ास संस्कृति है। पड़ोसीपन यहाँ की निधि है। एक-दूसरे के सुख-दुःख में शरीक होने की एक गहरी चेतना यहाँ के मुहल्लों में एक परिपाटी बन गई है।

डॉ. गौतम जूता निकालकर वैसे ही बिस्तर पर लेट गए। थोड़ी देर बाद सुषमा आई तो उसने जगाया—"अरे यह क्या? न खाया, न पिया, ऐसे ही लेट गए! क्या बात है, कुछ बताते क्यों नहीं?"

"अरे कुछ नहीं, भूख नहीं है और थक गया हूँ?"

"देखिए, मनु भाई आए हुए हैं।"

"यहीं बुला लो।"

बुलाने की ज़रूरत नहीं पड़ी। मनु भाई स्वयं आ गए। वे इस घर के अंतरंग हैं।

"नमस्ते, सर!"

"नमस्ते, मनु भाई, आइए।"

"अभी तक आपने कुछ खाया-पिया नहीं? क्यों?"

"यों ही, कुछ थक-सा गया था। थकान ने भूख ही मार दी थी।"

"बड़ा धूर्त है।"

"कौन?"

"यही प्रिंसिपल। मुझे यशोधर भाई से सब कुछ मालूम हो गया है।"

डॉ. गौतम ने सुषमा की ओर देखा। वह प्रश्नसूचक नेत्रों से देख रही थी।

"क्या हुआ मनु भाई? कुछ आप ही बताइए। यह तो गुमसुम बैठे हुए हैं।"

"कोई नई बात नहीं सुषमा बेन, यह तो इस प्रिंसिपल की पुरानी हरकत है। हम सभी इसके शिकार हो चुके हैं। अब सर को शिकार बना रहा है। एक न एक बहाना खोज रहा है सर को हटाने का।"

"लेकिन हुआ क्या?" सुषमा कुछ चीखने के से स्वर में बोली।

"हुआ कुछ नहीं सुषमा, बस प्रिंसिपल कुछ उदासीनता दिखा रहा है, उसका यह मतलब थोड़े है कि ··· ।"

"इसका मतलब चाहे जो भी हो सर, लेकिन हम लोग यह होने नहीं देंगे, जमकर लड़ेंगे।"

गौतम मुस्कराए। उनके उदास चेहरे पर यह मुस्कराहट अजीब-सी लगी। "खाना लाओ, कुछ खा ही लें। बिना खाए लड़ाई कैसे होगी।" गौतम बोले।

एक हँसी एकाएक फूटी और जमी हुई उदासी एकाएक थरथराकर जगह-जगह दरक गई।

"नहीं, मैं सही कह रहा हूँ सर, हम लोग आपके साथ यह व्यवहार बर्दाश्त नहीं करेंगे।"

"मनु भाई, आप मेरे लिए बहुत कुछ करेंगे यह मुझे मालूम है और कितना कर सकेंगे यह भी मालूम है, किन्तु मेरे लिए यह क्या कम बड़ी निधि है कि आप जैसे लोग मेरे आस-पास हैं! मैंने कभी व्यवस्था को पसंद नहीं किया, इसलिए वह कभी भी मन से मेरे पक्ष में नहीं रही लेकिन उसकी तकलीफ़ मुझे नहीं है, मनु भाई! मुझे इस बात का संतोष है कि मुझे कुछ बहुत अच्छे लोग मिले या मुझे बहुत अच्छे लोगों का सहारा मिला। कुछ दोस्त मिले, कुछ छात्र मिले, जिनका गहरा प्यार जीवन यात्रा का संबल है। गुजरात में मुझे जो मिला है वह अपूर्व है, मनु भाई!"

मनु भाई चुप रहे। लगा जैसे भीतर तक वे द्रवित हो उठे हैं।

"सर, किसी प्रदेश से निष्कासित होने की भूमिका पर खड़ा होकर भी कोई व्यक्ति उस प्रदेश के प्रति इतना प्यार रखता हो तो उसे क्या कहा जाय? मुझे तो आपकी यह भावना शर्मिन्दा कर रही है।"

"जो दूसरों के किए गए कुकृत्यों के कारण अपने को शर्मिन्दा अनुभव करता हो, उसे क्या कहा जाय, मनु भाई?"

"उसे आपका शिष्य कहा जाय।" और दोनों ठठाकर हँस पड़े।

"चलिए ठीक है—

"अन्धे अन्धा ठेलिया, दोऊ कूप परंत।" डॉ. गौतम हँसे परन्तु मनु भाई चुप रहे।

सुषमा चाय लेकर आ गई। "चाय पियो मनु भाई और इन बातों को। हर आदमी को अपनी नियति झेलनी पड़ती है और उस नियति के निर्माण में स्वयं उसका कहीं भी हाथ होता है।" कहकर डॉ. गौतम ठठाकर हँस पड़े।

"यही तो मैं समझ नहीं पाता कि जो नियति आप पर लादी जा रही है, उसके निर्माण में आपका क्या हाथ है। नहीं सर, नहीं, उस नियति अमानवीय तत्त्वों का षड्यंत्र है। यह षड्यंत्र आकस्मिक नहीं, हर व्यवस्था का अंग है। भले लोग इसके शिकार होते हैं। इसके विरुद्ध लड़ना चाहिए।"

"छोड़ो मनु भाई, कोई और बात करो। लड़ाई करने कोर्ट में जाएँगे? अगर जीत भी गए तो काम तो उन्हीं लोगों के साथ करना पड़ेगा। काम करने का मज़ा क्या रहेगा? हो सकता है इस धक्के में भी कोई अपनापन निहित हो।"

मनु भाई फिर चुप रहे। बोले—"ठीक है सर, आपके लिए जगह के लिए कमी नहीं पड़ेगी। मुझे विश्वास है यह धक्का आपको किसी बेहतर जगह पर ही ले जाएगा, लेकिन धक्का मारनेवाला तो यह सोचकर धक्का नहीं मार रहा है। उसे भी धक्का लगना ही चाहिए।"

"नहीं, मनु भाई, जिस जगह से मैंने इतना प्यार पाया है, वहाँ मैं मोरचा खोलकर विदा नहीं हूँगा। विदा होते समय प्यार और अपनेपन की मधुर स्मृतियाँ ही साथ रहें यही अच्छा होगा।"

"नहीं सर, आप लाख चाहेंगे, यहाँ का यह कटु प्रसंग आपके मन में उभरेगा ही और यहाँ के प्रति एक तिक्तता भर ही देगा।"

"नहीं, मनु भाई, मेरे लिए मनु भाई पी.के. से बड़े हैं और मुझे इस बात का गर्व है कि इस भूमि पर मुझे कई मनु भाई मिले हैं और उनका प्यार पी.के. जन्य कटुता को सोख लेगा।"

मनु भाई की आँखें भर आईं और लाख कोशिश करने पर भी आँसू गालों पर ढुलक ही आए।

"पापाजी, पापाजी!" कहता हुआ सुनील आ पहुँचा।

"पापाजी, आज बड़ा मज़ा आया।"

"क्या हुआ, बहुत खुश नज़र आ रहे हो?"

"हमारी टीम आज लगातार जीती। बड़ा दादा बनता है जसू। मैंने उसे कई बार दबोचा। हमारी टीम ने आज मुझे कप्तान बना दिया।"

"क्या खेल रहे थे?"

"कबड्डी।"

"अच्छा-अच्छा, शाबाश! अब जाओ खाओ-पियो।"

"अरे अभी सुनिए तो।"

"हाँ-हाँ, कहो।"

"मेरे कई साथी हैं, वे लगातार जसू से हारते रहे हैं और उससे डरते भी रहे हैं। आज उन्होंने मुझे कन्धे पर उठा लिया और कहा, तुम हमारे नेता रहोगे।"

"ठीक है तो रहो नेता।"

"बात तो सुनिए।"

"कहो।"

"वे फिर उदास हो गए। बोले—'लेकिन सुनील भाई, हम तो थोड़े दिनों में अपने मकान में चले जाएँगे। अपरा सोसायटी में हमारे मकान बन रहे हैं।' वे कह रहे थे कि तुम अपने पापा से कहो कि वे भी इस सोसायटी में ज़मीन लेकर मकान बनवा लें।" गौतम ने मनु भाई की ओर देखा, मनु ने गौतम की ओर।

"पापा, आप तो कह रहे थे कि आप ज़मीन लेकर मकान बनवाने वाले हैं। तो ले लीजिए न अपरा सोसायटी में। कब तक किराये के मकान में रहेंगे? रोज़-रोज़ की झाँय-झाँय अच्छी नहीं लगती है।"

सुनील की बड़े-बूढ़ों जैसी बात पर दोनों मुस्करा पड़े।

"बोलिए न पापा!"

"हाँ-हाँ, भाई, ज़रा सोचने तो दो और अब तुम जाओ, खाओ, पियो और पढ़ो।"

सुनील चला गया तो दोनों ने फिर एक-दूसरे को देखा। इस दृष्टि-विनिमय में एक गहरा मौन दर्द कसा हुआ था। गौतम सोचने लगे—'ठीक ही तो कह रहा है सुनील। वह भी अपने कालेज के लोगों के साथ अलका सोसायटी में ज़मीन लेने वाला था। पैसे नहीं थे, इसलिए रुक गया था। लेकिन सोच रहा था कि कुछ प्रबन्ध करके ज़मीन ले ले और एक मकान बनवा ले। अब कहाँ जाना है गुजरात छोड़कर।' कभी-कभी सोचता—'लेकिन क्या वह रिटायर्ड होकर गुजरात में रहेगा? अपना गाँव, अपना शहर-प्रदेश छोड़कर क्या हमेशा के लिए गुजरात में बस सकता है? लेकिन हर्ज क्या है? वह बसे या न बसे, बच्चे तो बस सकते हैं। वह यहाँ घर बनाएगा।"

"क्या सोचने लगे, सर?"

"अरे, कुछ नहीं। सोच रहा हूँ कि बच्चे कभी-कभी किस तरह बड़ों के सामने एक सवाल बन जाते हैं।"

"और जवाब भी।"

"हाँ, यह भी है।"

"अच्छा, सर, मैं चलता हूँ, फिर आऊँगा।"

मनु भाई चले गए तो डॉ. गौतम ने उठकर कपड़े बदले। फिर इतमिनान से खाट पर पसर गए।

मनु भाई यानी मनु पटेल। गाँव से आया हुआ एक निखालिस मन का लड़का। किसान की निश्छल अक्खड़ता, खेतों का रस, पेड़ों की उदारता, फसलों की हरीतिमा की गहराई और नदी का वेग इसके व्यक्तित्व में है। जब यह कालेज में आया तो निपट गाँव का शर्मीला लड़का था। दो काछ वाली धोती, खादी का कुर्ता और टोपी पहनता था। सबसे अलग सकुचाया-सकुचाया-सा बैठता था। कुछ लोग उसकी इस काठियावाड़ी-सी वेश-भूषा पर हँसते थे। कुछ उसके संकोचीपन के कारण उसकी उपेक्षा करते थे, किन्तु उसमें एक अद्‌भुत आत्मविश्वास था। लगता था, जैसे वह सबकी प्रतिक्रियाओं से बेख़बर होकर क्लास में शिक्षक की बात सुनता था और कभी-कभी कुछ कापी पर नोट कर कर लेता था। डॉ. गौतम उसे देखते थे तो पता नहीं क्यों मन ही मन उसकी ओर खिंचने लगते थे। शायद देहातीपन ही दोनों के बीच सूत्र बन रहा था। एक दिन मनु पटेल उसके घर पहुँच गया। बैठा रहा। गौतम ने उससे देर तक बातें कीं, घर-दुआर का हाल-चाल पूछा। उसकी रुचि पूछा तो मालूम हुआ कि गुजराती में कविता लिखता है।

"आप गुजराती में कविता लिखते हैं तो हिन्दी से बी.ए., एम.ए. करने क्यों जा रहे हैं?"

"गुजराती मेरी आत्माभिव्यक्ति है और हिन्दी मेरा आत्मविस्तार है।"

गौतम को बड़ी प्रसन्नता हुई।

"आपकी कविताएँ पढ़ी हैं, सर!"

"कहाँ?"

"पत्रिकाओं में। मैं पत्रिकाएँ पढ़ता हूँ।"

गौतम की आँखें चमक उठीं। 'तो यह बी.ए. का देहाती छात्र पत्रिकाएँ पढ़ता है।' उसे उसमें एक प्रतिभाशाली छात्र नज़र आया।

"मनु भाई, आपको जितना जानता हूँ उससे विश्वास नहीं होता।"

"किस बात का, सर?"

"प्रो. मेहता कह रहे थे कि आप उनकी क्लास में बदतमीज़ी करते हैं।"

"वे ठीक कहते हैं, सर।"

डॉ. गौतम ने अविश्वास भाव से मनु भाई को देखा। देखा, उसके चेहरे पर व्यंग्य था आक्रोश का भाव नहीं था, एक सहज गंभीरता थी।

"लेकिन, सर, जिसे वे बदतमीज़ी कहते हैं वह बदतमीज़ी नहीं है। वे क्लास में नोट लिखाते हैं। मैं नहीं लिखता हूँ। वे कहने लगे—तुम नोट क्यों नहीं लिखते? मैंने कहा— इस नोट में करने लायक कोई चीज़ मुझे अनुभव नहीं होती। इस पर वे चिढ़ गए और मुझे न जाने क्या-क्या कहा। मैं चुप रहा। सर, जो चीज़ पसन्द नहीं आती,

उसे ऊपरी मन से अच्छा नहीं कह पाता और जो चीज़ पसन्द आती हैं, उसे पूरे मन से स्वीकारता हूँ।"

"इससे तुम्हारा अहित हो सकता है, मनु भाई।"

"तो क्या हुआ, सर! मैं दुहरी ज़िन्दगी नहीं जी सकता।"

कुछ देर बाद मनु भाई चले गए और डॉ. गौतम सोच रहे थे कि यह सच्चा लड़का दुनिया के फ़रेबी लोगों के बीच कैसे चल पाएगा, कैसे जी पाएगा? तुम्हें मेरा आशीर्वाद है, मनु। तुम अपनी इस अल्हड़ सच्चाई के रास्ते पर चलते रहो और सलामत रहो।

और तब से कितनी घटनाएँ घटीं। मनु भाई ने अपनी बेलाग-लपेट बातों से कितनों को नाराज़ किया। अपनी प्रतिभा से बी.ए. में टॉप किया और दूसरों की मत्सरी प्रतिभा से एम.ए. में थर्ड आते-आते बचे। लोग मुझसे मनु की शिकायतें करते, उसकी बदतमीज़ी के दास्तान गढ़गढ़ के सुनाते, लेकिन मुझे इस लड़के में हमेशा एक इन्सान तथा एक प्रतिभावान सच्चा कलाकार दिखाई पड़ता। उसकी जिस अक्खड़ साफ़गोई से लोग परेशान हो उठते, उसमें मुझे बाजरे की रोटी का-सा मिठास मिलता।

"चाय लीजिए, हुजूर।"

देखा, सुषमा चाय लिए खड़ी थी। वह उठकर दूसरे कमरे में सुषमा के पास नहीं जा रहा था। डर रहा था कि सुषमा दुखी होगी। लेकिन वह तो चाय लिए खड़ी हँस रही थी।

"सुषमा, तुम परेशान नहीं हो?"

"किस बात से?"

"इस बात से कि मेरी नौकरी ख़तरे में है।"

"मैं तो आपके साथ तब से हूँ जब आप कुछ नहीं थे, केवल विद्यार्थी थे, और अभाव के वे दिन हँस-हँसकर गुज़ारे थे। अब तो आप बहुत कुछ हैं। यहाँ से छूटेंगे कहीं और लगेंगे। बेहतर लगेंगे।"

"मुझे तो घबराहट हो रही है, सुषमा! तुम कहती हो मैं बहुत कुछ हूँ, लेकिन मैं क्या हूँ?"

"आप हमेशा अपने को छोटा कर देखते हैं। यहाँ तो लोग छोटी-छोटी उपलब्धियों पर सीना तानकर चलते हैं और एक आप हैं कि इतना कुछ करने के बाद भी ऐसे लगते हैं कि जैसे कुछ हो ही नहीं। क्या यह पी.के. आपका भाग्य-विधाता है? उसने अपनी गर्ज़ से आपको बुलाया था, फिर कोई बुलाएगा। मैं तो यह महसूस करती हूँ कि पी.के. आपके बॉस के रूप में बहुत छोटा पड़ता है, किसी बड़ी संस्था में ही आपकी शक्ति विकास पाएगी।"

गौतम पत्नी की इस ऊर्जा-भरी वाणी से ताज़ा हो उठा। लगा जैसे गुनगुने जल में नहाकर निकला हो और अंग-अंग से थकावट बह गई हो। वह उठ खड़ा हुआ। सुषमा

की ओर देखकर मुस्कराया।

"सुषमा, तुम वास्तव में मेरी शक्ति हो। न जाने तुमने मुझे कितनी बार सहारा दिया है, गिरते हुए मेरे मनोबल को तुमने थाम लिया है। पी.के. की ऐसी की तैसी! अब कहीं और प्रयत्न करता हूँ।" उसने पुकारा—"सुनील–सुनील!"

"हाँ पापा, यहीं आइए, मैं ज़रूरी काम कर रहा हूँ।"

"अच्छा सर, आया।" उसने देखा सुनील साहब कागज़ पर पेंसिल से कुछ बना रहे हैं। वह जाकर उसके पास खड़ा हो गया।

सुनील ने उत्साहित होकर कहा—"बन गया—बन गया अपना मकान।"

"मकान!"

"हाँ पापा, यह रहा शरद भइया का कमरा, यह रहा मेरा कमरा, यह रहा रसोईघर और यह रहा मेरे दोस्तों का कमरा, यानी जहाँ मैं अपने दोस्तों से खेलूँगा और बातचीत करूँगा। ठीक है न पापा?"

"हाँ, भाई, एकदम ठीक है, लेकिन मेरा कमरा कहाँ है?"

"हाँ–हाँ, आपका कमरा! अरे वह भी तो होना ही चाहिए था, अरे मैं भूल गया। ··· अरे हाँ पापा, वैसे तो यह सारा मकान ही आपका है, आपको अलग कमरे की क्या ज़रूरत?"

"सही है, बेटा।"

"लेकिन आप कहते हैं तो आपके लिए एक कमरा बना ही देता हूँ।" उसने पेंसिल लेकर अपने कमरे के पास चौकोर लकीर खींच दी। "लीजिए, यह रहा आपका कमरा। एक कमरे में आपका और मम्मी का काम चल जाएगा न, पप्पा?"

"हाँ, भाई, बहुत है, बहुत है।" डॉ. गौतम को एक चोट–सी लगी। क्या अजीब संयोग है कि वह जाने की तैयारी में हैं और यह लड़का यहाँ मकान बनाने का सपना देख रहा है और मकान भी बनाया तो उसके लिए कमरा ही नहीं बना! क्या यह किस अदृश्य संकेत का सूचक है या नई पीढ़ी की मानसिकता अनजाने ही व्यक्त हुई है? पिता का सारा घर है, किन्तु उसके उस घर में अपनी कोई निजी जगह नहीं। रहने को घर नहीं है, सारा जहाँ हमारा, वे थोड़ा उदास हुए फिर बोल पड़े—

"वाह, भाई सुनील, वाह–वाह! तुम तो बहुत बड़े कलाकार हो, लेकिन अब यह सब छोड़ो, चलो खेलें।"

"अरे, खेलकर तो आया हूँ, मुझे काम करने दीजिए, मेरे काम में दख़ल मत दिया कीजिए। ··· और आपके साथ क्या खेलना, आप तो बड़े हैं।"

"हाँ, भाई हाँ, तुम काम करो, मैं तो फ़ालतू आदमी ठहरा, मैं तो चलता हूँ।"

"अरे–रे–रे, आप तो नाराज़ हो गए। आपको फ़ालतू किसने कहा। आप बहुत जल्दी नाराज़ हो जाते हैं। अच्छा चलिए, अपने कमरे में बैठिए, मैं अभी काम निपटाकर आता हूँ तो खेलूँगा आपके साथ।"

सुषमा खिलखिला उठी—"अरे, बड़ा शरारती है रे तू। कैसा बड़े-बूढ़ों की सी बात करता है।"

गौतम भी हँस पड़े। बोले—"अच्छा सुषमा, मैं ज़रा घूम आऊँ।" वे घर से बाहर निकल गए।

गौतम घर से बाहर निकले तो सोच नहीं पाए कहाँ जाएँ। सुनील के साथ बातचीत करके वे ताज़ा हो गए थे, लेकिन सुनील का घर बनाना उनके भीतर फिर एक दर्द उभार गया था।

"दुष्ट कहीं का!"

शंकर ने चौंककर देखा—विनोद है।

"कौन दुष्ट है, भाई?"

"अरे, यही आपके पारस भाई साहब।"

"क्या हुआ?"

"हुआ क्या, पंचायत करने गए थे।"

"कहाँ?"

"हमारे पड़ोस में।"

"कैसी पंचायत?"

"एक पाण्डेजी हैं। रेलवे में क्लर्क हैं। उनका छोटा भाई है जो स्कूल में पढ़ाता है और इतिहास से एम.ए. कर रहा है।"

"तो इसमें पंचायत की कौन-सी बात हो गई?"

"लीजिए बात ही नहीं हुई! अरे पाण्डेजी को यही शिकायत थी कि भाई एम.ए. क्यों कर रहा है स्कूल में पढ़ाए। ट्यूशन करे और पैसे बचा-बचाकर घर भेजे, पढ़ाई में बेकार रुपये बरबाद हो रहे हैं। अब एक नई शिकायत हो गई। वह यह कि भाई किसी गुजराती लड़की से प्रेम करने लगा है और कह रहा है उससे शादी भी करेगा।"

"हाँ, समस्या तो गम्भीर है।"

"पाण्डेजी ··· ।"

"अरे क्या पाण्डेजी-पाण्डेजी लगाए हुए हो, रामप्रसाद पाण्डे चिरन्तन न?"

"हाँ-हाँ, वही-वही। आप उन्हें जानते हैं?"

"हाँ भाई, उन्हें कौन नहीं जानता? वे हमारे प्रदेश के गौरव हैं। चिरन्तनजी साहित्यकार भी हैं। वैसे वे रेलवे में क्लर्क हैं, किन्तु वे कई शिक्षा-संस्थाओं से संबद्ध हैं। अपने यहाँ के, गुजरात के, राजस्थान के अनेक सम्पन्न और शिक्षित लोगों से उनके अच्छे सम्बन्ध हैं। खद्दर की वेश-भूषा में उनका सौम्य रूप और अधिक सौम्य लगता है। सबके साथ उनका व्यवहार बहुत शिष्ट है। अपने परिवार, सम्बन्ध और

जर-जवार में लोगों के प्रति उनके मन में गहरा प्रतिपालन का भाव है। उन्होंने यहाँ उत्तर भारतीयों का सम्मान बढ़ाया है।"

"हे भगवान!" विनोद ने माथा ठोंक लिया।

"क्यों क्या हुआ, भाई?"

"आप इतने अहमक़ और बुद्धू क़िस्म के इन्सान होंगे, मुझे पता नहीं था।"

शंकर उत्तेजित हो उठा—"तुम इस तरह की अनाप-शनाप बात क्यों करते हो? मेरी दृष्टि में तो वे बहुत सम्मानित व्यक्ति हैं।"

"यही तो रोना है। अरे वह व्यक्ति बहुत हिपोक्रेट लगता है, यदि हिपोक्रेट नहीं है तो उल्लू है। मुझे तो लगता है कि एक शुद्ध उल्लू ने खादी का वस्त्र धारण कर लिया है जिसके यहाँ पंच बनकर पारस भइया जाएँ, आप उसके स्तर पर पता लगा सकते हैं?"

"नहीं, तुम उन्हें ठीक से नहीं जानते।"

"आप नहीं जानते, शंकर भाई; वे तो पड़ोस में हैं, रोज़ ही उनका असली रूप देखता हूँ।"

"क्या देखते हो?"

"देखता हूँ कि ये सन्त महोदय बाहर तो अहिंसावादी रूप धारण किए घूमते हैं, घर में भयानक हिंसावादी हैं, बच्चों को दबोचकर मारते हैं और मारने के बाद भी उनके चेहरे पर कोई उत्तेजना नहीं आती। वही अहिंसक चेहरा बनाए रहते हैं। क्रूरता की इतनी बड़ी साधना मैंने नहीं देखी। परम मक्खीचूस हैं। आय-व्यय के छोटे-छोटे हिसाब पर पत्नी को पीट देते हैं, किन्तु पीटने के बाद भी वही निर्विकार चेहरा।"

"और यह सब तुम्हारे सामने होता है?"

"हाँ-हाँ, मेरे सामने होता है। हिपोक्रेट आख़िर अपने घर में अपने को कहाँ तक छिपाएगा? मेरे और उनके घर में एक दीवार का ही तो फ़ासला है, सब सुनाई पड़ता है और कई बार तो मैं उनके घर बैठा रहा हूँ तब भी ये दृश्य घटित हुए हैं। और जो बाक़ी बचता है उसे उनका भाई कैलाश कह देता है।"

"तो कैलाश घर की बात आपसे करते रहते हैं और आप उन्हें बहुत लायक मानते हैं!"

"हद है, वह मेरा दोस्त हो गया है। जब कभी उदास होता है और मैं कोंच-कोंच उससे उदासी का कारण पूछता हूँ तो बताता है। कहीं तो भार हलका करना ही पड़ता है। आप अपनी बात मुझसे नहीं कहते?"

"मैं आपसे अपने घर की शिकायत करता हूँ क्या?"

"पड़ोस की तो करते हैं!"

"लेकिन पड़ोस घर तो नहीं है।"

"किन्तु यदि घर ही आदमी के लिए पड़ोस बन जाए तो?"

"अच्छा भाई, सुना आज तेरी कुंडलिनी जाग्रत है, आज मैं तुझसे नहीं जीतूँगा। बोल क्या हुआ?"

"हुआ यह कि कैलाश गुजराती लड़की से प्रेम करता है। यह बात चिरंतनजी के लिए वज्रपात के समान है। उनके घर में खलबली मच गई है। पति-पत्नी कैलाश को गलियाँ दे रहे हैं। चिंरतनजी को यह भी शिकायत है कि कैलाश इधर गाँव भेजने के लिए पैसे नहीं दे रहा है, न जाने पैसे क्या कर रहा है? चिंरतनजी बहुत कोंचते रहे हैं कैलाश को। कैलाश चुपचाप उनकी बात बर्दाश्त करता रहा है। किन्तु परसों तो हद हो गई। परसों चिरंतनजी ने गाली दी कि 'तुम घर के लिए तो पहले ही मर चुके थे, अब अपने लिए भी मर गए।"

'सो कैसे?' कैलाश ने पूछा।

'आत्मा मर जाए तो आदमी अपने लिए भी मर जाता है।'

'लेकिन भारतीय दर्शन में आत्मा तो अमर है।' उसने मुस्कराकर कहा।

'बको मत। मुझे दर्शन मत सिखाओ। मरने का मतलब है तुम वासना के कीड़े बन गए हो और वासना के आवेग में आकर घर को, बड़ों को और खुद अपने को भूल गए हो।'

'भाई साहब! बस अपनी ज़बान बन्द ही रखिए, बहुत हो गया। अगर मेरी ज़बान खुल गई तो बहुत कुछ कह देगी।' कैलाश तड़पा।

'क्या कह देगी? तुम मेरी कौन-सी बात कह दोगे? वासना के दास नहीं हो? जब-जब मैंने शादी की बात चलाई, तुम टाल गए। अब अपने घर, जाति, प्रदेश का ख़याल किए बिना एक दूसरे प्रदेश और जाति की लड़की के पीछे पड़े हो! तुम्हें शरम नहीं आती? कितने पतित हो गए हो तुम?'

'भाई साहब, आप दुनिया की नज़रों को धोखा देते आए हैं, लेकिन घर में आप हमेशा नंगे हो जाते हैं। आपको लोग बहुत सन्त, सौम्य और उदार समझते हैं, किन्तु घर के लोग जानते हैं कि आप क्या हैं। बच्चों को पीटते हैं, भाभी को भी पीटते हैं, मुझे भी पीटते रहे हैं, अब आप मेरा अपमान करके अधिक पीट रहे हैं। आपकी दृष्टि में किसी व्यक्ति की निजी सत्ता का कोई महत्व ही नहीं है। और सुन लीजिए, यदि तीन-तीन शादियाँ करके आप वासना के दास नहीं हुए, तो मैं कैसे दास कहा जा सकता हूँ? मैंने तो अभी शादी ही नहीं की और शादी भी करने का विचार है तो उससे जिसे मैं प्यार करता हूँ। मैं एक अदद कोई भी औरत घर में डालकर उससे पशुवत् सम्बन्ध जोड़कर तृप्त नहीं होना चाहता वरन् मैं प्रदेश और जाति की सीमाओं से परे जाकर किसी स्त्री को उसकी पूरी अस्मिता के साथ स्वीकार करना चाहता हूँ।'

'छीः-छीः, कैसी बात कर रहे हो, कैलाश बाबू! जानते हो ये कितने सम्मानित व्यक्ति हैं? गाँव-जवार में इनकी कितनी इज्ज़त है? यहाँ से पैसे भेज-भेजकर गाँव-घर की प्रतिष्ठा बढ़ाई है, कितनों की सहायता की है, कितनों की नौकरी लगाई

है, तुम्हें पढ़ाया-लिखाया है और अहमदाबाद में भी अपने यहाँ के लोगों का सम्मान बढ़ाया है। तुम इन्हें इतना कुछ कह गए, तुम्हें शरम आनी चाहिए। ··· छी:-छी:, कैसी बुरी बात है, शादी और अन्तर्जातीय प्रेम को तुम एक दरजा दे रहे हो! अरे मरद कई शादियाँ कर सकता है, यह तो शास्त्र-सम्मत है, इसमें बुराई क्या है! छी:-छी: बड़े भाई के साथ ऐसा सलूक नहीं करना चाहिए।' पारसनाथजी इतना बड़ा लेक्चर झाड़ गए। हाँ, वे वहीं उपस्थित थे। शायद चिंरतनजी ने उन्हें पंचायत के ख़याल से ही बुलाया था और वे अपने बोलने का मौका ढूँढ़ रहे थे।

'पारस भइया, आप पंचायत करने आए हैं न! आप जैसा पंच ही भाई साहब को इस मौक़े के लिए चाहिए था। लेकिन आप जैसे पंच से यह मामला नहीं सुलझने का। आप दूसरों के लिए बैल की तरह जुतने के सिवा इस दुनिया में कुछ नहीं कर सके। आप तो अपने बीवी-बच्चों को दूसरों की दया पर छोड़कर कमाऊ पूत बने रहने का सुख और प्रेम लूटते रहना चाहते हैं और समझते हैं यही ज़िन्दगी है, यही ज़िन्दगी का आदर्श है। सबको इसी लाइन पर चलना चाहिए। आप अपना ट्यूशन-वूशन देखिए, हम जैसे लोगों की बातें आपकी समझ में नहीं आएँगी। और देखिए, मैं किसी के रहम की भीख पर नहीं पला हूँ। बचपन से ही मैं ट्यूशन करके पढ़ता रहा हूँ और अपना ख़र्चा स्वयं चलाता रहा हूँ। जब से नौकरी लगी है, कुछ जेब-खर्च और पढ़ाई-खर्च निकालकर भाई साहब को दे देता रहा हूँ। पर जो पैसा ये भेजते हैं उनमें मेरे पैसे भी हैं, पारस भइया।'

"अरे यह सब ठीक है, कैलाश बाबू, लेकिन यह प्रेम-व्रेम का क्या चक्कर लगा बैठे? साफ-सुथरे ढंग से शादी करके बीवी लाते, इन आवारा छोकरियों के चक्कर में क्या पड़ गए! पता नहीं प्रेम करने वाली ये लड़कियाँ कितने घाट का पानी पिए रहती हैं। एक ख़ानदानी घर के लड़के होकर तुम इस तरह एक बाज़ारू लड़की के पीछे लार चुआ रहे हो।"

"शटअप। आप बहुत अहमक़ आदमी हैं। आप नये समाज में बैठने के लायक नहीं है।' कैलाश चिल्लाया और खट से घर के बाहर हो गया। फिर मुड़कर आया और कहा— "भाई साहब, इससे पहले कि आप मुझ जैसे बदतमीज़, आवारा को कहें कि घर से निकल जाओ, मैं स्वयं ही निकल जाता हूँ और कहीं और छाया खोज लूँगा।'

'कहीं और क्यों, वह रबारिन तो है ही।'

कैलाश हँसा और निकल गया।

'बदतमीज़, बेशर्म, कृतघ्न, लंपट ···।' देर तक चिंरतनजी बड़बड़ाते रहे और पारसजी से उनके अपमान के लिए क्षमा माँगते रहे।"

शंकर ठठाकर हँसा। "अरे भाई, तो पारस भइया का कौन-सा नया रहस्य तुमने उद्घाटित कर दिया?"

"रहस्य तो बन रहा है अभी, जिस दिन उद्घाटित होगा उस दिन पारस भइया की

रही-सही हड्डी-पसली भी चूर-चूर हो जाएगी।"

"वह क्या है भाई?"

"आज जब मैं आ रहा था तो देखा—पारस भइया उस पेड़ की आड़ में खड़े होकर कुछ देख रहे हैं। मेरी समझ में नहीं आया कि ये पेड़ के पीछे क्यों खड़े हैं? मैं चुपचाप उनसे थोड़ी दूर पर खड़ा हो गया। वे जिधर देख रहे थे उधर मैंने देखा। देखा, वह औरत ··· अरे क्या नाम है उस औरत का जो उस दिन लड़ रही थी—हाँ असरफी ··· असरफी नहा रही थी। उसने खाट की आड़ कर रखी थी, लेकिन जिध र पारस खड़े थे उधर से काफ़ी साफ़ दीख रहा था—उसके भीगे हुए अस्त-व्यस्त वस्त्र।

"यहाँ कैसे खड़े हैं पारस भइया?" मैंने पूछा। वे अचकचा गए। झटके से मुड़े तो देखा उनकी लार चू रही थी और चेहरा पिघलकर बह रहा था।

"अच्छा-अच्छा, खड़े रहिए, शायद कोई चिड़िया खोज रहे हैं डालों पर। खोजिए-खोजिए, मिल जाएगी कभी-न-कभी।'

"वे खिसियानी-सी हँसी हँसकर रह गए।

"यही पारस भइया हैं जो कल कैलाश को यौन पवित्रता का पाठ पढ़ा रहे थे। साला गन्दा आदमी। उस दिन कह रहा था न कि बड़ी गन्दी औरत है यह। वह गन्दी औरत इसकी इच्छाओं में बस गई है। यह कभी रात-बिरात उसके यहाँ पहुँचेगा और ··· "

"नहीं-नहीं, विनोद, पारस लार चुवा सकते हैं, पास जाने की हिम्मत नहीं कर सकते।"

"हिम्मत क्यों नहीं कर सकते? जब औरत की पुकार ख़ून में उठती है तब आदमी में बहुत हिम्मत आ जाती है और पारसजी उस संस्कार के आदमी हैं कि छोटी जातियों की औरतें बड़ी वो होती हैं, उन्हें आसानी से पाया जा सकता है और छिपकर उनसे कुछ कर लेने में यौन नैतिकता का कुछ नहीं बिगड़ता।"

"ठीक कह रहे हो विनोद! अपने राम भी तो सदियों से अकेले हैं और पता नहीं कब मुझमें भी हिम्मत आ जाए।"

"अरे नहीं यार, तुम्हें थोड़े कह रहा हूँ, और अकेला तो मैं भी हूँ।"

"तुम्हारा अकेलापन कितना सुन्दर है, विनोद! तुम अविवाहित हो इसलिए स्वच्छंद हो। जब तुम्हें औरत की पुकार मालूम पड़ेगी तब तुम शादी कर लोगे। यहाँ तो पुकार मालूम पड़ने पर भी कुछ नहीं कर सकते। पत्नी होकर भी नहीं है और नहीं होकर भी है। दोस्त, इस द्वंद्व को ढोने के सिवा शंकर और कुछ नहीं कर सकता।"

"नहीं कर सकते तो नहीं कर सकते। यह तो नहीं है न कि बाहर लोगों को यौन नैतिकता का पाठ पढ़ाते हो और स्वयं छिप-छिपकर औरतों पर लार चुआते हो।"

"क्यों नहीं है, क्या तुमने मुझे देखा है? तुम्हें कैसे मालूम है कि असरफी मुझे अच्छी नहीं लगती या उसे देखकर मुझे कुछ नहीं होता।"

"ऐ अ अ ··· !" चौंकने के भाव से विनोद शंकर के चेहरे पर नज़र गड़ाकर देखने लगा।

"हाँ यार, मुझे भी अच्छी लगती है।"

"तो तुम भी पारस की तरह छिप-छिपकर उसे देखते हो?"

"नहीं, छिप-छिपकर नहीं देखता, खुलकर देखता हूँ। वह जब नल पर पानी भरने आती है तो मैं उससे हाल-चाल पूछता हूँ। वह भी हाल-चाल पूछती है।"

"बस।"

"हाँ, बस।"

"तो इसमें अच्छा लगने की कौन-सी बात है?"

"क्यों नहीं है। इस चाली के तमाम लोग यही समझते हैं कि वह बहुत ख़राब औरत है, वह चालू औरत है। लेकिन मुझे वह ऐसी नहीं लगती। न जाने क्यों!"

"और वही साले चालू समझकर उसे पाना भी चाहते हैं। पारसनाथजी उन्हीं में से एक हैं न।"

"हाँ, ठीक कह रहे हो। अच्छा यह तो बताओ कि कैलाश के प्रेम-प्रसंग का माजरा क्या है?"

विनोद मुस्कराया—"हूँ, बहुत रस लेने लगे हो प्रेम-प्रसंगों में! शंकर भाई, तुम भी एक प्रेम कर जाओ।"

"धत्त साला, प्रेम करने के लिए अपनी बीवी नहीं है क्या? प्रेम ही करना होगा तो उसे बुला लूँगा। अरे तुम लोग छुट्टे हो, करो प्रेम-व्रेम।"

"नहीं यार, जो मज़ा प्रेमिका से मिलने में है, वह बीवी से मिलने में कहाँ?"

"आख़िर प्रेमिका भी तो बीवी बनती है। तब?"

"ज़रूरी नहीं कि वह बीवी बने ही।"

"तो भी बार-बार के संपर्क से वह बीवी जैसी ही हो जाती है। तब क्या मज़ा बरक़रार रखने के लिए प्रेमिकाएँ बदलती रहनी चाहिए? यह तो आदमी नहीं हुआ, पशु हो गया। यदि प्रेम कहीं गहरा भावात्मक लगाव नहीं पैदा कर सका तो वह प्रेम है कि क्या है? और बन्धु, यदि प्रेम की वास्तविक परिणति एक गहरे पारस्परिक लगाव और संवेदन में है, तो बीवी से बढ़कर कोई और प्रेमिका नहीं हो सकती।"

"और बीवी चुड़ैल निकल जाए तो?"

"यह और बात है। प्रेम-विवाह के बाद भी बीवी चुड़ैल निकल जाती है। और मेरा मानना है कि चुड़ैल बीवियाँ कम होती हैं, राक्षस पति ज़्यादा होते हैं। उन्हें चुड़ैल बनाने का बहुत कुछ श्रेय उन्हीं को होता है। और चुड़ैलपन का रूप घर-गृहस्थी की झंझटों में ही उभरता है। पुरुष तो बाहर चाहे जो करे, बीवियों को घर में पिसते रहना पड़ता है। नून तेल-लकड़ी की सौ-सौ दिक्कतों में उसका मिज़ाज चिड़चिड़ा होने लगता है। पुरुष ऊपर से हुकुम चलाता है, जूते और डंडे चलाता है, वक़्त-बेवक़्त

उसके ऊपर मेहमान लाकर लाद देता है। बीवी यह सब भी सह ले अगर पति उसको विश्वास दे सके। बीवी प्यार का विश्वास पाकर बहुत कुछ सह लेती है प्यारे! आखिर प्रेम करने वाले को भी खाने-पीने के लिए घर ही आना पड़ता है। बीवी को जब मालूम हो कि यह खाता-पीता तो है घर पर और प्रेम कहीं और करता है, तब वह असंतुलित हो जाती है।"

"लेकिन भाई···।"

"अरे छोड़ो यार, हम लोग भी कौन-सी बहस ले बैठे, अभी तुम कहोगे कि लगे उपदेश झाड़ने।"

"अरे हाँ, यार, यह कहना तो मैं भूल ही गया था।"

दोनों ठठाकर हँस पड़े।

"अरे भाई, कमलेश की नौकरी का क्या बन रहा है?" विनोद ने पूछा।

"ठीक ही लग रहा है। डॉ. गौतम से तो उस दिन कह ही दिया है। वे तो अपनी ओर से करेंगे ही। रूपलाल पहलवान से भी कह दिया गया है।"

"रूपलाल से किसने कहा है?"

"वही कमलेश को लेकर जो मनोहर भइया आए थे।"

"जिसे तुम दलाल बता रहे थे?"

"हाँ, वही।"

"लेकिन यार, उससे यह काम होगा?"

"होगा क्यों नहीं। आज सारा काम दलालों के ज़रिए ही होता है।"

"सुना है गंगाराम शास्त्री प्रिंसिपल होने के लिए बहुत ज़ोर मार रहा है।"

"हाँ, सुना मैंने भी है।"

"लेकिन यार, सुना है उसके सर्टिफ़िकेट जाली हैं, वह कैसे हो जाएगा?"

"जहाँ राजनीति का बल हो वहाँ सर्टिफ़िकेट की क्या बिसात है, प्यारे?"

"तो भी यार।"

"कुछ नहीं यार, सब हो जाता है। मालूम है, रूपलाल पहलवान के मालिक पोपट भाई सत्तादल के हैं और उनसे सत्तादल के सबसे चालू नेता डाहा भाई की बड़ी यारी है। गंगाराम डाहा भाई का चमचा है। वहाँ से यह प्रिंसिपल होगा।"

"बड़े चक्कर हैं, यार। लगता है सुखी जीवन जीने का यही सही रास्ता है, दोस्त। क्यों हम लोग पढ़ने-लिखने में जान खपा रहे हैं? किसी का चमचा बन जाओ फिर मौज करो।"

"बात तो तुम सही कह रहे हो। अगर सुखी और सफल जीवन जीना है तो यही करना चाहिए, लेकिन भाई, सुखी और सफल जीवन से अलग भी एक जीवन है। उसकी अपनी यातना है यार, उसकी अपनी अलग तृप्ति है। असली तृप्ति है।"

"वह क्या?"

"सुखिया सब संसार है, खाए अरु सोए
दुखिया दास कबीर है, जागे अरु रोए

जागने का सुख प्यारे।"

"अच्छा, जागने का सुख।"

"हाँ, जागने का सुख, लेकिन जागना आसान तो नहीं है न भाई, वह रुलाता है। औरों के लिए रुलाता है, लेकिन जागकर औरों के लिए बेचैन रहने की ज़िन्दगी कितनी बड़ी और कितनी तृप्तिदायक है इसे हम-तुम नहीं समझ सकते, इसे वही समझता है, जो जागता और रोता है।"

"लेकिन भाई, जागते तो चमचे भी हैं। वे हमेशा जागते रहते हैं कि कब किस आदमी को पकड़ा जाए और कब छोड़ा जाए।"

"हाँ, यह तो है।" दोनों हँस पड़े।

"मगर और भी तो उम्मीदवार होंगे। क्या वे उसके जाली सर्टिफ़िकेट की बात नहीं उठाएँगे?"

"हाँ, हैं क्यों नहीं? मधुकरजी भी हैं।"

"ये कौन है?"

"ये भी एक हाई स्कूल में टीचर हैं और सोशलिस्ट पार्टी के नेता हैं।"

"अच्छा, ये कैसे हैं?"

"इनके सर्टिफ़िकेट सही हैं और ये बेहतर हैं। मगर हैं आख़िर नेता ही।"

"तो ये तो गंगाराम के सर्टिफ़िकेट का रहस्य खोलेंगे ही।"

"जरूर खोलेंगे, कोर्ट में चैलेंज भी कर सकते हैं। मगर भाई, जाको राखें साइयाँ मार सके ना कोई।"

"साइयाँ?"

"हाँ, सरकारी नेता लोग आजकल के साईं है न।"

"शंकर भाई हो!" किसी ने पुकारा।

"आ गया।"

"आइए, पारस भइया, आइए। क्या ख़बर लाए हैं?"

"अरे ख़बर क्या है, बस ऐसे ही। सब ठीक है।"

"सुना है आप लोग गंगाराम शास्त्री को प्रिंसिपल बना रहे हैं।"

"धत साला धूर्त। वह प्रिंसिपल बनेगा?"

"क्यों, धूर्त है तो प्रिंसिपल नहीं बन सकता! बल्कि तभी तो उसके चांस ज़्यादा हैं।"

"तब तो वह इस स्कूल का बेड़ा ही ग़र्क कर देगा।"

"क्यों पारस भाई, ऐसी क्या बात है?"

"अरे, वह साला तो विलासी है।"

विनोद कुछ कहने वाला था कि शंकर ने उसे संकेतों से मना कर दिया।

"विलासी है? अरे, वह तो देखने में ब्रह्मचारी लगता है।"

"लगता है आप इस दुनिया में नहीं रहते। न जाने क्या-क्या घटनाएँ घट जाती हैं और आपको पता ही नहीं चलता।"

"हाँ, यह तो है, लेकिन हुआ क्या?"

"अरे, एक विधवा गुजरातिन है, उसके घर इसका आना-जाना शुरू हुआ है। बल्कि यों कहिए कि आना-जाना तो कब से है, इधर मालूम हुआ है।"

"तो विधवा के घर आने-जाने से क्या हो गया? आप भी अजब हैं, पारस भइया।"

"मैं अजब हूँ कि तुम अजब हो जो बात नहीं समझते, सबको अपने जैसा ही चरित्रवान समझ लेते हो। अरे, वह साला उस विधवा से फँसा हुआ है।"

"अरे, पारस भइया, लोग वैसे ही उड़ा दिया करते हैं।"

"यह लो, इनकी सुनो। चारों ओर डंका बज रहा है और ये कहते हैं कि वैसे ही उड़ा दिया होगा।"

"अरे भाई, आप तो जानते ही हैं कि किसी भी प्रकार का चुनाव होता है तो लोग उम्मीदवारों के ख़िलाफ कीचड़ उछालते हैं। उनके सम्बन्ध में अनेक अश्लील कहानियाँ गढ़ ली जाती हैं।"

"नहीं, यह बात पहले से ही आउट है।"

"होगी, किन्तु प्रचार तो अब हो रहा है न! वैसे गंगाराम है बड़ा लायक आदमी। वह प्रिंसिपली अच्छी तरह से कर सकता है।"

"ख़ाक कर सकता है। साला स्कूल को भी रंडीख़ाना बना देगा।"

विनोद फिर कुछ कहने को हुआ कि शंकर ने उसे इशारों से बरज दिया।

"जो विधवा को नहीं छोड़ता वह ··· ।"

"क्या विधवा-विधवा लगाए हुए हैं, आख़िर हुआ क्या?"

"वही तो मैं बताना चाहता था भोलेनाथ। रतनपोल में एक मैना बेन नाम की अधेड़ विधवा रहती है। पैंतालीस साल की होगी। उसका पति कांग्रेस का नेता था। वह मर गया। वह पैंतीस साल में ही विधवा हो गई। उसकी दो बेटियाँ हैं। मैना के पति से डाहाभाई की दोस्ती थी। ··· डाहा भाई तो ठहरे व्यस्त आदमी, वे कभी-कभी गंगाराम शास्त्री को मैना बेन के यहाँ भेज देते थे हाल-चाल लेने या अन्य किसी काम से। बस इसी में पट्ठे ने भिड़ा लिया। सालों से अतृप्त जीवन जीती विधवा इस जैसे पट्ठे के जाल में फँस गई। विधवा मालदार है। विधवा भी खुश है, ये भी खुश हैं। ये ज़्यादा खुश हैं क्योंकि वहाँ से माल पाते भी हैं और माल उड़ाते भी हैं।"

"विधवा बहुत सुन्दर है क्या, पारसजी?"

"भाई, मैंने देखा तो नहीं है किन्तु सुना है—बहुत सुन्दर है। मांसल गोरी देह। खाने-पीने से स्वास्थ्य लाल है। ऐसा लगता है जैसे तपता हुआ सोना हो।"

"तब तो यार है कमाल की चीज़।" विनोद बोला।

"अरे तो कमाल का मतलब यह तो नहीं कि आप किसी के घर डाका डालें। और साहब चलो यह भी सही, लेकिन लंपटता की हद तो देखिए, उसकी बेटी पर भी हाथ साफ़ करने लगे। विधवा ने देख लिया और बेटी को तो पीटा ही, इनकी भी लानत-मलामत की। साला जहाँ देखो राल टपकाता फिरता है।"

"पारसजी, राल!"

"क्या?" शंकर चौंककर बोला।

"हाँ, पारसजी के ओठों से राल टपक रही है।"

"देखो शंकर, तुम्हारा यह दोस्त मुझे अच्छा नहीं लगता। हर जगह मुझे ज़लील करने पर तुला होता है।"

"अरे, पहले राल तो पोंछ लीजिए।" कहकर विनोद मुस्कराया।

"चुप रहो, क्या बकते हो? छोटे-बड़े का लिहाज रखना चाहिए।" शंकर ने डाँटने का अभिनय किया।

"शंकर बाबू!" एक ज़नानी आवाज़ से सभी चौंके। तब तक असरफी सामने आ गई। उसने पारस को देखते ही ऐसे मुँह बनाया जैसे उसकी नाक में दुर्गन्ध समा गई हो और जाने को मुड़ी हो शंकर ने आवाज़ दी—"क्या बात है असरफी?"

"कुछ नहीं।"

"तो फिर आई क्यों थी? कहो न क्या बात है?"

उसने फिर एक बार पारस की ओर देखा और सकुचाते हुए कहा—"एक चिट्ठी बाँचनी थी। घर से आई है।"

"तो चिट्ठी बाँचनेवाला कोई और नहीं मिला! किसी बच्चे से बँचवा लिया होता।" पारस ने कहा।

जब तक शंकर कुछ कहे, असरफी बोल पड़ी—"क्यों, यहाँ बँचवाने आ गई तो क्या आफ़त आ गई? और मैं यह जानती कि तुम यहाँ हो तो नहीं आती।" कहकर वह चिट्ठी लिए मुड़ गई।

"अरे ला असरफी, चिट्ठी बाँच दूँ।" शंकर ने पुकारकर कहा। लेकिन वह चली गई। "आप भी अजब हैं, पारस भइया!"

"मैं क्या अजब हूँ, तुम अजब हो। तुम जानते नहीं ये जवान छुट्टा औरतें हैं। अपने मरदों के वश में नहीं हैं। ये शरीफ़ों के ऊपर डोरे डालती घूमती हैं, ताकि इन्हें पैसे भी मिलें और इनकी हवस भी पूरी हो। तुम अकेले आदमी हो, बदनाम हो जाओगे। मैं नहीं चाहता कि तुम्हारे ऊपर कोई कीचड़ उछाले। अरे, यह कोई प्रेम-पत्र होगा। तुम इस झमेले में क्यों पड़ते हो? मैं तुम्हें बहुत स्नेह करता हूँ, छोटे भाई की तरह।"

"धन्यवाद, पारस भइया, इस आत्मीयता के लिए, लेकिन हर औरत को चरित्रहीन मान लेने से कैसे काम चलेगा! वह इस मोहल्ले में रहती है, अपने ओर की है, उसे किसी से भी कोई काम पड़ सकता है। अब वह चिट्ठी बँचवाने आ गई तो क्या

मुसीबत हो गई!"

"अरे भाई, यह सब तो बहाना है। वह हेल-मेल बढ़ाना चाहती है। उसके मरद से तो कुछ होता नहीं होगा। यह बहाने से शिकार खोजती फिरती है।"

"तभी आप पेड़ की आड़ में छिपकर उसे नहाते हुए देख रहे थे!" विनोद ने चिकोटी काटी।

"कौन देख रहा था?"

"आप।"

"झूठ बोल रहे हो!" पारस तैश में आ गए।

"अरे जाने दो भाई। छोड़ो यह सब झमेला। अरे भाई, सुन्दर जवान औरत किसे नहीं अच्छी लगती। पारस भइया ठहरे आदर्श पुरुष। सीधे-सीधे नहीं देख सकते तो छिपकर देख लिया। क्या हो गया?" कहकर शंकर गम्भीर हो गया, किन्तु विनोद हँसने लगा।

"देखो शंकर, ठीक नहीं होगा। अब तुम भी मेरा मज़ाक उड़ाने लगे! मैं जा रहा हूँ; लेकिन इस विषकन्या से सावधान रहना। इसके यहाँ आवारे जुटते हैं।" कहकर पारस झटके से चले गए।

अब दोनों खुलकर हँसे और देर तक हँसते रहे।

"यह अजीब उल्लू आदमी है!" हँसी थमने पर विनोद ने कहा।

"हाँ है, लेकिन उसकी बात में सार भी है, बन्धु।"

"क्या सार है? हर औरत इसके दिमाग़ में कुलटा है।"

"देखो, सवाल उसी का नहीं है, तमाम लोगों की मानसिकता का है। यह तो मात्र उनके प्रतिनिधि के रूप में सावधान कर रहा है। यह न भी बोले तो लोग बोलेंगे। मान लो कि असरफी मेरे घर आना-जाना शुरू कर दे, तो लोग इससे क्या-क्या नहीं कहना शुरू कर देंगे?"

"लेकिन लोग तो किसी भी औरत के बारे में कहना शुरू कर देते हैं चाहे वह असरफी हो, चाहे दूसरी, चाहे अपने सम्बन्धी के घर की ही औरतें हों। तो क्या कोई आना-जाना छोड़ देता है! मारो गोली सालों को।"

"भाई, बात तो ठीक कह रहे हो, लेकिन गोली कैसे मारी जा सकती है? जीना तो इन्हीं के बीच होता है। फिर भी मैं किसी से मिलने या मिलने की कुण्ठा नहीं पालता। पहले तो लोग किसी पर बदचलनी का अपने आप आरोप कर देते हैं, फिर उससे बचने की सलाह देते हैं फिर स्वयं छिपकर उसका उपभोग करना चाहते हैं।" शंकर बोला।

"अरे ख़ासकर जब कोई औरत सुन्दर हो, मांसल हो, छोटी जाति और औकात की हो।"

"ठीक कह रहे हो। असरफी मादक ज़रूर है, खुली और मुँहफट भी है, किन्तु

उसके बदचलन होने का कोई प्रमाण आज तक नहीं मिला। वह एक अधेड़ की दूसरी पत्नी है, क्या इसी से वह मान ली गई कि · · · ?"

"अरे, यह कैसा शोर है?"

"शोर तो असरफी के घर की ओर से ही आ रहा है।"

दोनों ने झाँककर देखा तो असरफी के घर के आगे भीड़ दिखाई पड़ी।

"क्या बात है, असरफी रो रही है?"

उधर से चन्दा आती हुई दिखाई पड़ी।

"क्या बात है चन्दा, असरफी रो क्यों रही है?"

मटककर बोली—"पता नहीं। उसके मरद ने मारा होगा। साली हरजाई, सैन मटक्का मारती घूमती है। हुँह, अपने को क्या!"

"हाँ-हाँ, तेरे को तो बस आग लगाने से मतलब। बिना जाने-सुने सब के ऊपर कीचड़ उछालती घूमती है। उस बेचारी की माँ मर गई है, अभी-अभी चिट्ठी बँचवाई है उसने, और तू है कि बिना जाने-सुने उसे गाली दे रही है।" उधर से आती हुई एक वृद्धा औरत चन्दा से टकरा गई।

"हे देख बुढ़िया, मुझसे मत टकरा। जैसे खुद है वैसी ही सबको समझती है। असरफी की माँ मर गई है। मर गई है तो जा तू भी मर जा।"

"अरे कुछ तो लाज-शरम रखा कर खसमखानी। जवानी सब पर आती है, लेकिन उसे आँचल से ढककर चला जाता है। हवा में उसे उड़ाती बिखेरती चलेगी तो कैसे चलेगा रे! जरा छोटे-बड़े का लिहाज रखा कर। तुझे जाकर उसे सन्तोष देना चाहिए था और उलटे तू बेबात उड़ाती घूम रही है।" कहकर बुढ़िया ने इन दोनों की ओर देखा। बोली—"क्या करम है बेटा!" इस लड़की का भी!"

"आओ दादी, अन्दर बैठो, बताओ न क्या हुआ?"

"अरे बेटा, क्या बताऊं, कोई किस्सा-कहानी तो है नहीं; यह तो एक औरत का दरद है।" कहती हुई शंकर के कमरे के सामने बरामदे में आ गई।

विनोद ने चन्दा को घूरकर देखा, चन्दा मुस्कराई, एक हलकी-सी मुरकी ली और चली गई।

"गन्दी औरत!" विनोद मुँह में बुदबुदाया।

"हाँ, बैठो दादी।" कहते हुए शंकर ने एक मोढ़ा रख दिया।

"बेटा, यह लड़की मेरे जवार की है, मेरे घर आती-जाती है, मुझे इसका सारा हाल मालूम है।"

"चाय पियोगी, दादी?"

"नहीं बचवा, बेचारी की माँ मर गई है, मुझे चाय अच्छी नहीं लगेगी। ऊपर-ऊपर कितनी खुशदिल है, कितनी मुँहजोर है हवा के झोंके की तरह, लेकिन भीतर-भीतर कितनी दुखी है, कितनी टूटी हुई है यह! अरे, यह लड़की खाते-पीते घर की थी।

इसके बाप के पास पन्द्रह-बीस बीघे की अच्छी खेती थी, लेकिन जब मति मारी जाती है, तब भगवान भी नहीं बचा पता। असरफी की माँ बहुत सुन्दर थी। असरफी तो उसके आगे कुछ नहीं है। गाँव के जमींदार की निगाह उस पर लगी हुई थी। उसने असरफी के बाप से यारी की। उसे शराब की लत डाल दी। खूब गहरी लत डाल दी। शराब के पैसे कहाँ से आएँ? जमींदार के यहाँ उसके खेत रेहन चढ़ने लगे। असरफी की माँ सिर पीटकर रह गई। पति से लड़ती-झगड़ती, पिटती, लोहूलुहान होती, असरफी के जीवन का वास्ता देती, किन्तु जमींदार का जाल बहुत मजबूती से बाप को कसे हुए था। ज़मींदार उसके घर अनाज-पताई भेजता रहता, ताकि उसे अपनी कमियों का पता न चले। जब लगभग सारे खेत रेहन चढ़ गए तो जमींदार से अनाज-पताई देना बन्द कर दिया। तब जाकर इसके बाप को होश आया। जमींदार बोला— 'अब एक ही रास्ता है राउत! तुम और तुम्हारी बीवी हमारे खेतों में काम करो।'

"अरे बेचारा! कितने कमीने होते हैं जमींदार!" विनोद बुदबुदाया।

"उसके बाद इसकी माँ ने रो-धोकर जमींदार के यहाँ काम करना शुरू किया। असरफी पन्द्रह साल की हो गई थी। इसी उमर में उस पर जवानी फटी पड़ रही थी। जमींदार की एक आँख इसकी माँ पर थी, एक आँख इस पर। जमींदार ने इसकी माँ को लालच दिया कि तुम्हारे सारे खेत वापस कर दिए जाएँगे। बस तुम हाँ कर दो। वह नहीं मानी। एक दिन— उसने देखा—असरफी उसे किसी काम से खोजती हुई आई और जमींदार ने एक एकान्त में उसे घेर लिया। वह डरी हुई हिरनी की तरह काँप रही थी। तब तक उसकी माँ आ गई। 'माई' कहती हुई असरफी माँ की ओर दौड़ी और उसकी छाती पर भहराकर गिर पड़ी। 'राक्षस कहीं के!' माँ ने जमींदार की ओर देखा। वह हँस पड़ा, हँसता रहा। फिर बोला—'कोई बात नहीं, आज नहीं फिर कभी सही। तुम माँ-बेटी दोनों ही बहुत सुन्दर हो। मैं दोनों का शुभचिन्तक हूँ।"

"बहुत नीच है।" विनोद बुदबुदाया।

"अरे, वह क्या अकेले नीच है! भरे पड़े हैं ऐसे।" शंकर ने कहा।

"इसके बाद तो इसकी माई घबरा उठी। उसकी जो हालत होगी देखी जाएगी, लेकिन अगर बेटी को कुछ हो गया तो क्या होगा? उन्हीं दिनों बाबूराम उस गाँव में गया हुआ था। उसकी ससुराल थी उसी गाँव में। उसकी पहली बीवी मर चुकी थी। वह फिर शादी करना चाहता था। उसके ससुरालवालों ने असरफी की माई से दो-एक बार कहा था, किन्तु उसने गाली देकर भगा दिया था—'शरम नहीं आती? इस पैंतालिस बरस के खूसट के साथ अपनी पन्द्रह साल की लड़की बाँध दूँ!"

"लेकिन अब जमींदार के डरसे उसने फैसला कर लिया कि लड़की की शादी कर देनी चाहिए। और बाबूराम याद को लड़की देना तय कर लिया। लेन-देन के सवाल से भी छुट्टी मिली। चट मँगनी पट शादी हो गई। पहले तो बाबूराम अकेले रहता था,

उसकी पहली बीवी गाँव पर रहती थी और यह दूसरे चाल में आठ-दस लोगों के साथ एक कमरे में रहता था, लेकिन असरफी को गाँव पर नहीं छोड़ सकता है न।"

"क्यों?" मुसकराकर विनोद ने पूछा।

"अरे, अब मुझसे पूछते हो क्यों? क्या इतना भी नहीं जानते कि अधेड़ आदमी अपनी नई बीवी को लेकर कितना सक्की होता है, वह भी जब असरफी जैसी सुन्दर बीवी हो? दो साल उसे घर पर छोड़ा था, लेकिन उससे यह अलगाव सहा नहीं गया और पता नहीं उसके मन में कितने-कितने सन्देह उठे होंगे। वह उसे घर कैसे छोड़ सकता है? सो बाबूराम को अलग मकान चाहिए था और गोरख पहलवान की मेहरबनी से एक नई झोंपड़ी पड़ गई, मकान मिल गया बाबूराम यादव को। रह रहे हैं।"

"और इसकी माँ?"

"हाँ, मत पूछो, उसने कैसे-कैसे अपने ये दिन काटे होंगे! जमींदार की जहरीली आँखों से वह कैसे बची होगी, बची होगी कि नहीं! क्या खाती रही होगी, क्या पीती रही होगी! उसके आगे-पीछे कोई नहीं रहा। यही एक लड़की थी सो यहाँ चली आई। असरफी ने बाबूराम से कई बार झगड़ा किया कि माई को कुछ भेज दिया करो, लेकिन बाबूराम ने गाली देकर उसे चुप कर दिया। एक बार मुश्किल से उसने कुछ रुपये भेजवाए तो उसकी माई ने लौटा दिया और चिट्ठी दी कि क्या अब दामाद के पैसे पर ही जीने के दिन रह गए हैं? उससे तो अच्छा है कि भगवान मुझे उठा ले। भगवान ने उठा लिया। पता नहीं बेचारी मरी है कि मारी गई है।"

"दादी, ग़रीब के मरने और मारे जाने में कोई फ़र्क नहीं होता। उसे चाहे ग़रीबी मारती है चाहे जमींदार या महाजन या और कोई मारता है। दरअसल वह मारा ही जाता है।"

"माई रे, अरे कहाँ गई रे मुझे छोड़कर!" असरफी छाती पीट-पीटकर चिल्ला रही थी।

"चलो विनोद, ज़रा चलते हैं।"

"अरे, ई देखो मुझ करमजली का। मैं घर जा रही थी कि बाबूराम को बुलाने के लिए बुढ़ऊ को मिल में भेजूँ, और यहाँ बैठकर कहानी सुनाने लगी!"

कहकर बुढ़िया जल्दी-जल्दी घर की ओर भागी।

ये दोनों असरफी के झोंपड़े के सामने गए। उसके वस्त्र अस्त-व्यस्त हो गए थे। बाल खुले हुए थे। कुछ औरतें उसे पकड़े हुए थीं। कुछ लोगों की नज़र उसके खुले हुए अंगों पर थी।

"चलो यहाँ से यार, देखा नहीं जाता।" विनोद बोला।

"अरे भाई, तुम लोग इसे झोंपड़े के अन्दर ले जाओ और धीरज दो। यहाँ बाहर तमाशा लगाने से क्या मतलब?"

कहकर शंकर विनोद की ओर मुड़ा—"चलो।"

आज कमलेश का इण्टरव्यू हो गया। डॉ. गौतम ने उसकी बहुत मदद की। उससे अच्छे सवाल पूछे। लेकिन पता नहीं क्या हो? शंकर भाई भी आए थे। शायद वे गौतम साहब के पास गए हों और कुछ समाचार लाएँ। वैसे गौतम साहब ने तो किया ही होगा, लेकिन पहलवानों का स्कूल किसी विद्वान की बात मानेगा, इसकी कोई गारण्टी नहीं है। शंकर भाई यही कह रहे थे। अगर कुछ नहीं हुआ तो क्या होगा? माँ का पत्र आया था। कितनी उम्मीदें लगी होंगी उन लोगों को। एक लड़का मिला था रहमान। बड़ा प्यारा लड़का। बहुत तेज़ लड़का। उसके पिता मिल में दरबान हैं। रहमान गोरखपुर से इण्टर करके आया था, यहाँ बी. ए. किया। कसाई की चाल में रहता है। थोड़ी देर में उससे यारी हो गई। शंकर भाई उसे पहले से जानते हैं। वे उसकी तारीफ़ कर रहे थे। बता रहा था कि उसका घर कहीं पास में ही है।

"कमलेश बाबू, आओ खाना खा लो।"

"अरे, चिन्ता करने से क्या होगा? मेरा मन कहता है कि तुम्हारी नौकरी लग गई होगी। आओ थोड़ा खा लो।"

"नहीं मामी, दोस्तों के साथ काफ़ी कुछ खा लिया था। भूख बिलकुल नहीं है।"

"खा लो न, भइया।"

"नहीं शोभा, मैं कोई झूठ बोलूँगा, तुम लोग खा लो।"

फिर सब कुछ शान्त हो गया।

"मामी, मैं ज़रा घूमने जा रहा हूँ, हाँ, कोई आए तो पार्क में भेज देना।"

उसे उम्मीद थी कि शायद शंकर भाई आएँ।

"अच्छा।"

कमलेश घर से निकलकर पार्क की ओर चला। चलता गया।

आठ बजे थे। शरद पूनम नज़दीक आ रही है। कमलेश ने देखा—गुजराती घरों के आगे अल्पना पूरी गई थी। बड़े सलीके से पूरी गई थी। एक घर के सामने कुछ स्त्रियाँ एकत्र हो रही थीं। सबके जूड़ों में फूलों के गजरे लिपटे थे। बहुत सलीके से वे अच्छी साड़ियाँ पहने हुए थीं। सबके चेहरे खुशी से धुले हुए लग रहे थे। शायद किसी नृत्य की तैयारी में हैं। हाँ, सुना है ये गर्वा नृत्य करती हैं। और आगे बढ़ा तो देखा कि एक स्थान पर नृत्य शुरू हो गया था। अनेक स्त्रियाँ एक सामूहिक लय में उठती-गिरती वर्तुलाकार चक्कर काट रही थीं। जो भी आ रहा था उसमें शामिल हो जा रहा था। पुरुष भी शामिल हो रहे थे। वह एक जगह खड़ा होकर देखने लगा। गीत का कोई बोल उठ रहा है—'खम्मा म्हारा नन्दजी नो लाल बसिया काहे को बगाड़ो।' अर्थ थोड़ा-बहुत पकड़ में आ रहा है। यह भाषा हिन्दी के बहुत करीब लगती है हो खम्मा

म्हारा ··· ।

कुछ देर बाद वह वहाँ से आगे बढ़ गया और पार्क के एक बेंच पर आकर बैठ गया। पार्क की एक भीनी-भीनी गन्ध उसकी साँसों में भरने लगी। हवा में शारदीय गन्ध व्याप गई थी। सामने एक हरसिंगार का पेड़ था जो अपने सौरभ की फुहार छोड़ रहा था। कितनी प्यारी ऋतु होती है शरद की! एक ओर वह पीछे बरसात के भयानक और दलदली समय को छोड़ देती है, दूसरी ओर वसंत तक का हरा-भरा समय उसके आगे फैला होता है। यह ऋतु जैसे एक प्रसन्न गीत की टेक है। तभी तो पूर्वजों ने इस ऋतु में अनेक छोटे-बड़े सुन्दर त्योहारों के दिये जला दिए थे। एक ओर प्रकृति अपनी सुगन्ध फेंकती है, दूसरी ओर किसान प्लावन में से उभरी हुई धरती का हृदय खोलकर उसमें जीवन बोते हैं, तीसरी ओर पर्वों, त्योहारों के गीत छोटी-बड़ी लौ-दीप्तियों की तरह जगमगा उठते हैं। कितनी प्यारी है यह ऋतु! कृष्ण को भी रासलीला करने के लिए यही ऋतु अनुकूल लगी थी। उसे एकाएक लगा कि हो न हो यह गर्वा उस रासलीला का ही एक रूप हो। पूछूँगा किसी से। जो भी हो, उसे यह नृत्य बहुत अच्छा लग रहा था। चारों ओर से बाजों और गीतों के स्वर उठ रहे थे।

उसे एक बात बहुत अच्छी लगी कि इस नृत्य में सभी तरह के लोग शामिल होते हैं। स्त्री-पुरुष, छोटे-बड़े, अमीर-ग़रीब का भेदभाव नहीं होता। एक तरह से यह गुजरात का जातीय नृत्य है। एकाएक उसका ध्यान अपने प्रदेश पर चला गया। अपने यहाँ ऐसा क्यों नहीं है? अपने यहाँ कहारों के, धोबियों के, हरिजनों के, अहीरों के तो नृत्य हैं, बड़ी कहानेवाली जातियों के नृत्य क्यों नहीं है? बड़ी कहानेवाली जातियाँ तो नृत्य को बहुत छोटा और गन्दा कार्य मानती हैं। नृत्य करनेवाला व्यक्ति अपयश का शिकार हो जाता है उसे लोग नचनियाँ कहने लगते हैं, स्त्रियाँ भी नृत्य नहीं सीख सकतीं। नृत्यांगनाओं को लोग वेश्या मानने लगते हैं। कितनी जड़ मान्यताएँ हैं! कोई भी आदमी हो, क्या उल्लास के अवसर पर उसे गाने और नाचने का मन नहीं करता? वह बाहर-बाहर न भी नाचता हो, भीतर-भीतर तो नाचता ही है। कभी-कभी उसे स्वयं लगता है कि लोक-लाज तोड़कर नाचने लगे। लेकिन कहाँ नाच पाता है! वर्जना मन को कितना तोड़ती है! इसीलिए उत्तर भारत में शायद होली में इतनी धूम मचती है। होली की हुड़दंग क लिए सामाजिक रूप से छूट मिली हुई है। साल-भर तक वर्जनाओं में बँधा हुआ मन का घोड़ा होली के दिन छूट पा जाता है और वह बेतहाशा दौड़ने लगता है। उस दिन नाचो भी। हालाँकि संस्कारबद्ध होने के कारण लोग नाचते नहीं हैं, गाओ भी, अश्लील हरकतें भी करो, किसी भी औरत पर कबीर गाओ, किसी के ऊपर गोबर और कीचड़ भी फेंक दो, सब ठीक है। यह उद्दाम मस्ती भीतर को साल भर तक अनेक रूढ़ि-ग्रस्त नैतिक वर्जनाओं में बाँधकर रखने की ही प्रतिक्रिया है। मस्ती को लगातार सहज रूप में उभारने का रास्ता मिलता रहे तो एक दिन वह

इतनी उद्दाम नहीं हो सकती। अपेक्षाकृत कम वर्जनाओं वाले प्रदेशों में शायद इसीलिए होली इतने उद्दाम रूप में नहीं मनाई जाती।

"कमलेश!"

"आओ शंकर भाई, मैं यहाँ हूँ।"

"हाँ, मामा ने बताया कि तुम यहाँ हो।"

"हाँ, अच्छा नहीं लगता तो यहाँ चला आया। यहाँ आकर मन काफ़ी धुल गया। गर्वा नृत्य और उसके गीतों ने मन में एक ताज़गी भर दी। शरद का वातावरण कितना प्यारा लगता है!"

"हाँ, सो तो है ही।"

फिर दोनों चुप रहे। कमलेश का ध्यान धीरे-धीरे अपनी नौकरी पर लौट आया, लेकिन डर के मारे कुछ बोल नहीं रहा था।

"कमलेश!" गम्भीर मुद्रा में शंकर बोला। कमलेश के होश उड़ गए। पता नहीं कौन-सा समाचार लाए हों।

"डॉक्टर गौतम ने तुम्हारी बहुत मदद की है और लड़-झगड़कर तुम्हें नियुक्त करा दिया है, लेकिन पहलवान रूपलाल का जो रूख़ रहा उसे देखते हुए कुछ भी कहना कठिन हो रहा है।"

कमलेश के चेहरे पर सुख-दुख की रेखाएँ बनीं और मिटीं।

"बात यह है कि कमलेश, दो पहलवानों ने उत्तर भारत की जनता को बाँट लिया है। बुलन्दशहरी रूपलाल ने पश्चिमी जनता को सँभाला है और आजमगढ़ी पहलवान गोरख ने पूर्वी जनता को सँभाला है। तुम पूरब के हो इसलिए रूपलाल तुम्हें स्वभावतः गोरख का आदमी समझकर अपने यहाँ से काटने का कोई उपाय करेगा और पश्चिम के किसी आदमी को लगाएगा। वह इण्टरव्यू के बाद लगातार अपने यहाँ के एक 'डफ़र' के लिए लड़ता रहा, किन्तु डाक्टर गौतम के सामने वह उसकी लियाक़त की तरफ़दारी नहीं कर सका।"

"तो क्या वह मुझे नियुक्ति-पत्र ही नहीं भेजेगा?"

"नहीं, ऐसा तो नहीं करेगा। नियुक्ति-पत्र तो भेजेगा, लेकिन बाद में कोई दाँव-पेच लगाएगा।"

कमलेश उदास हो गया।

"ओ हो, मैं भी कैसा उल्लू का पट्ठा हूँ कि एक खुशखबरी के समय तुम्हें उदास कर बैठा! दरअसल मैं भी साला इडियट हूँ जो हर समय सही बात कहने का ठीका लिए घूमता हूँ।"

"नहीं भाई साहब, सही बात तो कहनी ही चाहिए, आपने ठीक ही किया।"

"लेकिन सही बात तो यह भी है न कि फ़िलहाल तुमहारी नियुक्ति हो गई है। हो सकता है तुम अपने काम से रूपलाल को प्रसन्न कर लो। और कहीं पैर जम जाने

पर कुछ और भी तो कर सकते हो। मुझे पूरा इतिहास बयान करने की क्या ज़रूरत थी?"

"हाँ भाई साहब, आप ठीक कहते हैं कि मुझे खुश होना चाहिए। इसके अलावा मैं कर ही क्या सकता हूँ!"

लेकिन वह खुश नहीं हुआ।

"कमलेश, तुम गर्वा गाते और नाचते हुए जिन स्त्री-पुरुषों को देख आए हो और कई दिन तक देखोगे, उनमें से बहुतों के अपने-अपने अपार कष्ट हैं। दिन को अनेक अभावों से जूझते हुए ये लोग रात को सामूहिक उल्लास की रंगत में डूब जाते हैं। वे अपनी सीमा में प्राप्त अच्छे-से-अच्छे कपड़े पहनकर खुश होकर नाचने-गाने का प्रयत्न करते हैं। यह गर्वा ऋतु दस-पन्द्रह दिनों की ही होती है, किन्तु उसे अस्थायी समझकर अभावग्रस्त लोग इसकी छुवन से फूटने वाले उल्लास की उपेक्षा नहीं करते। तुम्हें तो फिर भी कुछ महीनों की खुशी मिल रही है मैंने कहा न कि यह तो रूपलाल पहलवान को देखते हुए मैंने केवल आशंका व्यक्त की है। हो सकता है तुम्हारी यह खुशी स्थायी हो जाए।"

कमलेश हँसने लगा। बोला—"मैं भी कैसा मूर्ख हूँ कि मुझ दरिद्र की झोली में इतनी बड़ी खुशी गिरी है और मैं दुनिया-भर की खुशी न पाने का मलाल लेकर मुँह लटकाए बैठा हूँ। इस अहमक़पन में आपको धन्यवाद तक नहीं दिया।"

"नहीं-नहीं, धन्यवाद अपने पास ही रखो। चलो तुम्हें चाय पिलाता हूँ। मामी बता रही थीं कि तुम बिना खाए-पीए चले आए।"

"भूख नहीं थी, क्या करता?"

"हाँ भाई, भूख काहे को लगती। इन्टरव्यू में इतना खा-पी जो आए थे। रूपलाल ने तो खाने-पीने का भी इन्तज़ाम किया था न।"

दोनों हँसने लगे।

"भाई, तब नहीं तो अब कर दिया न।" कमलेश मुस्कराकर बोला।

"हाँ, ऐसे ही प्रसन्न रहा कर मेरे यार! कुछ-न-कुछ तो होगा ही। आदमी को अपनी भुजाओं पर विश्वास रखना चाहिए। यहाँ बहुत-से छोटे-बड़े धन्धे हैं। आदमी मिहनती हो तो भूखों नहीं मर सकता।"

दोनों लौटने लगे तो गर्वा चारों ओर ज़ोम पर आ गया था। शरद के स्पर्श से वातावरण नम और हलका हो गया था। "कितनी अच्छी लगती है यह ऋतु!"

"हाँ भाई, मुझे भी बहुत प्यारी लगती है।"

दोनों जाकर एक रेस्त्राँ में बैठ गए। एक लड़का आया।

"हाँ, साब शूँ जोइए।"

"ऐसा करो बेटे, दो प्याली चाय लाओ और एक प्लेट फाफड़ा लाओ।"

"नहीं भाई साहब, मुझे बस चाय ही चाहिए।"

"तुम जाओ, ले आओ, रुक क्यों गए!" लड़का चला गया। वह फटी हुई नेकर और फटी हुई हाफ पैंट पहने था। कमलेश उसे देखता रहा और उदास हो गया। वह लड़का चाय लेकर आया तो उसकी आँखों में झांका और उसका कलेजा धक्क से रह गया।

"पियो, कहाँ खो गए?"

"अरे हाँ!" वह फ़ाफड़ा खा-खाकर चाय सिप करने लगा।

"अरे, तुम्हें फिर क्या हो गया? कुछ बोलते क्यों नहीं?" कहकर शंकर ने कमलेश के चेहरे पर नज़र गड़ा दी। "अरे, तुम्हारी आँखों में आँसू?"

"कुछ नहीं भाई साहब, ज़रा घर की याद आ गई। यह चायवाला लड़का है न, वह मेरे छोटे भाई विमलेश की तरह लगता है। वही आँखें, वही क़द, उसी तरह के फटे कपड़े ··· । मुझसे खाया नहीं जा रहा है शंकर भाई। लगता है विमेलश ने भी इस लड़के की तरह अभी तक खाया नहीं होगा। देखिए न इस लड़के को, कितनी छोटी जान और सबको खिला-पिलाकर अन्त में छूटा छिटका पाएगा।"

शंकर ने उस लड़के को ग़ौर से देखा। फिर सम्पतलाल के रेस्ट्राँ में मार खाए बच्चे की याद आ गई। फिर न जाने कितने ऐसे बच्चों की याद आ गई। लगा कि ये सारे बच्चे सिमटते-सिमटते उसी बच्चे में समा गए हैं। वह कहीं खो गया।

"आपको क्या हो गया, शंकर भाई?"

"ऐं!" वह चौंका। "नहीं, कुछ नहीं, ज़रा मुझे भी अपने परिवार की याद आ गई थी।" दोनों ने एक-दूसरे की आँखों में देखा—भीगी हुई थीं।

"कमलेश भइया, चलो, किस-किस लड़के को देखोगे। इस देश में यहाँ से वहाँ तक इनकी क़तार लगी हुई है। ये न होंगे तो पैसेवालों का वैभव कहाँ खड़ा होगा? नेता किस पर रहम के भाषण झाड़कर अपना नेतृत्व बनाए रखेंगे और कवि कलाकार किसके बारे में लिख-लिखकर जनवादी कहाएँगें?"

"लेकिन भइया, मैं इन्हें नहीं, मैं तो अपने भाई को देख रहा हूँ और आप भी तो।"

"यही तो बात है भाई, आप इनमें अपने भाई की शकल देख रहे हैं लेकिन आप इनके लिए कुछ कर नहीं सकते। जो लोग इनके लिए कुछ कर सकते हैं वे इन्हें कीड़ा-मकोड़ा समझते हैं। यदि ये इन्हें भाई समझ सकते तो यह समस्या ही हल हो जाती। लेकिन ऐसा ये क्यों समझें? तब इनके वैभव, इनके अहं, इनके नेतृत्व का क्या होगा?"

दोनों बाहर आए तो रात ज़्यादा भीग चुकी थी और गर्वे का उल्लास और बढ़ गया था।

"अच्छा भाई कमलेश, चलें, फिर भेंट होगी।"

"अच्छा भाई साहब, नमस्कार!"

कमलेश घर आया तो ग्यारह बज रहे थे। मामा रात की ड्यूटी पर चले गए थे।

हाँ, कल से उनकी ड्यूटी बदल गई है। मामी जाग रही थीं। बच्चे सो गए थे। मामी परेशान-सी थीं। देखते ही घबराकर बोलीं—"बहुत देर कर दी। मेरा तो जी घबराने लगा था। न जाने क्या हुआ कि अब तक नहीं आए!"

"इस तरह घबराने से काम नहीं चलेगा, मामी! मुझे क्या होगा? ग़रीब की जान बड़ी थेंथर होती है, मामी! उसे आसानी से कुछ नहीं होता। आप मेरे लिए इतनी परेशान न रहा करें, आपकी परेशानियाँ पहले भी कुछ कम थीं क्या?"

"अच्छा अब सो जाओ।"

कहकर वे जहाँ की तहाँ खड़ी रहीं। उसकी नौकरी के बारे में पूछना चाहकर भी कुछ पूछ नहीं रही थीं। डर रही थीं—पता नहीं क्या हुआ हो?

वे जाने लगीं तो कमलेश ने पुकारा—"मामी, शंकर बाबू कह रहे थे कि भगवान ने चाहा तो सब ठीक ही होगा। उम्मीद काफी है।"

"भगवान का शुक्र है बेटा!" कहकर वे कुछ देर खड़ी रहीं। फिर सोने चली गईं।

कमलेश जब खाट पर लेटा तो खुशी और ग़म की रेखाएँ एक-दूसरे को काटती हुई उसके भीतर अनुभवों का एक जाल बुनने लगीं। वह सोचने लगा कि माँ के लिए, विमलेश के लिए, सुशीला के लिए क्या-क्या करेगा? उसका मन उत्साह से भर जाता। लेकिन अगर कुछ नहीं हुआ तो ··· तो ··· तो फिर उसके आगे अदृश्य अन्धकार का जंगल फैलता चला जाता। उत्साह फ़टे हुए गुब्बारे की तरह धीरे-धीरे कहीं गिर जाता। ··· तब वह घरवालों को क्या लिखेगा? ··· नहीं, उसे निराश नहीं होना चाहिए। आख़िर इतने लोग इस शहर में हैं, कुछ-न-कुछ तो करते ही हैं। आखिर वह मास्टरी की टेक पकड़े क्यों बैठा है? वह कुछ और भी तो कर सकता है—लारी खींच सकता है, मूँगफली बेच सकता है, सब्ज़ी की दूकान लगा सकता है। और ·· और भी बहुत से काम हैं और हाँ ट्यूशन कर सकता है। अरे अब तक ट्यूशन की क्यों नहीं याद आई? शंकर से कहूँगा कि कुछ ट्यूशन ही दिला दें। कुछ तो काम चलेगा। उसका मन एक उत्साह से भर गया। चलो सो जाएँ।

नींद लगी ही थी टूट गई। फिर वही खाँसी का अटूट सिलसिला पास की किसी खाट से उठा। यह तो रोज़ उठता है। यह तो जैसे इस मुहल्ले के जीवन की केन्द्रीय लय है, कोई बच्चा खाँस रहा है, औरत खाँस रही है, बूढ़े खाँस रहे हैं, जवान खाँस रहे हैं और खाँसी की अनेक छोटी-बड़ी लयें तपेदिक की बड़ी लय में समा जाती हैं। यह बेचारा न मरने में है न जीने में। और इसकी औरत का क्या हाल होगा जो एक मरते हुए आदमी के जीवित शव की छाँह में जी रही है, जो पति के मरने की पीड़ा तो झेल ही रही है उसके जाने के बाद बाल-बच्चों का क्या होगा इस यातना से भी गुज़र रही है, जो पति का निश्चित अन्त जानकर भी उसे जिलाने का भ्रम पाले हुए है।

लोग बुदबुदाते हैं, सो जाते हैं, रोज़ का यह क्रम बन गया है। ग़रीबी स्वयं में

तपेदिक है और लगता है देश का एक बड़ा भाग तपेदिक से ग्रस्त हैं। तपेदिक से अधिक खूँखार है ग़रीबी। तपेदिक तो एक सीमा के बाद जान लेकर छुट्टी कर देती है, किन्तु ग़रीबी तो न जाने कितने दिनों तक, बल्कि जनम-भर तड़पाती है और छुट्टी नहीं देती। इसकी लपेट में कोई व्यक्ति नहीं, पूरा का पूरा कुटुम्ब ही नहीं कुटुम्बों की परम्परा ग्रस्त रहती है। तपेदिक तो व्यक्ति की जान ले लेती है, किन्तु ग़रीबी तो पूरे कुटुम्ब को छोटा बनाती है, अपमानित करती है, उसमें हीनता की ग्रन्थि बनाती है।

उसे अपने परिवार की न जाने कितनी त्रासद घटनाएँ याद पड़ रही हैं। भइया तपेदिक से मर गए। वे अपनी ग़रीबी के कारण कितने दब्बू और सहनशील हो गए थे। कोई कुछ कह देता तो चुप रह जाते। लोग भिखमंगा और भिखमंगा का बेटा भी कहते। वह तो तिलमिला उठता, किन्तु भइया हँसकर सह लेते। कहते—"किस-किससे झगड़ा करोगे! ग़रीब आदमी अपने को सहेजकर रहे, यही उचित है भाई!"

"नहीं हम ग़रीब हैं तो क्या किसी साले का दिया खाते हैं? मुझसे तो यह सब सहन नहीं होगा, भइया!" वह कहता।

"नहीं भाई, सहन करना पड़ेगा। किसी से लड़ाई होगी तो कोई मदद को नहीं आएगा।"

इतने सहनशील भइया आख़िर उस दिन ताव खा ही गए। एक पट्टीदार का बुजुर्ग अपना आम का बाग रखा रहा था। उसके पेड़ से एक आम गिरा। भइया का जी नहीं माना। उन्होंने दौड़कर उठा लिया। बुजुर्ग ने डाँटा—"क्यों आम उठा रहे हो? सीधे से रख दो।" भइया समाजवाद के मूड में आ गए। उन्होंने कहा, "क्यों आम रख दूँ। आपका मुँह आम खाने लायक है मेरा मुँह नहीं!"

"अरे इस भिखमंगे को तो देखो। मेरा ही आम चुरा रहा है और मुझसे ही पद-पुरान कर रहा है। अरे भाई, आम खाने का इतना मन है तो बगीचा लगवा लो।"

"भिखमंगे होंगे आप? आपके घर कभी भीख माँगने गया हूँ क्या? कभी किसी भिखारी को भीख दी भी है? एक आम उठा लिया तो छाती फटने लगी।" कहकर उन्होंने आम बुजुर्ग की ओर फेंक दिया। तब तक बुजुर्ग की खास पट्टीदारी के दो जवान आदमी आ गए। उन्हें देखते ही बुजुर्ग रोने लगे।

"क्या हुआ बाबा, क्या हुआ?" दोनों एक साथ चीखे।

"देखो न, यह भिखमंगा मेरा आम भी चुरा रहा है और गाली भी दे रहा है।"

"क्यों बे साले भिखमंगे!" कहकर दोनों आदमी भइया पर पिल पड़े और उन्हें जूतों से मारने लगे। उन्हें मार खाते देखकर वह चीखने लगा। उधर से आते-जाते कुछ लोग दौड़े और छुड़ाया, तब तक भइया काफी पिट चुके थे। छुड़ानेवालों ने भइया को छुड़ाकर भी उन्हें ही गाली दी। आख़िर उन्होंने ग़रीब होकर एक बुजुर्ग से ज़बान लड़ाने की हिम्मत की थी।

इसके अतिरिक्त भइया को किसी से ज़बान लड़ाते नहीं देखा। लेकिन इस एक

घटना ने उसे बहुत आहत कर दिया। जब यह घटना याद पड़ती है, लगता है उसी के सिर पर जूते बज रहे हैं। वह अपमान से काँप जाता है और इतना गुस्सा उभनता है कि उसका वश चलता तो उन दोनों आदमियों को गोली मार देता। किन्तु फिर यह गुस्सा उसी को जलाता है, खाता है और घबरा कर वह दृश्य भूल जाना चाहता है। मगर क्या-क्या भूले? अपमान-भरे दृश्यों की एक शृंखला ही उसका जीवन है। वह अपने जीवन को कहाँ तक भूलेगा?

कोई कुछ न कहे तो भी ग़रीबी अपने आप में कम अपमान है क्या?

माँ-बाप अपने को अपमानित समझते हैं कि वे अपने भूखे बच्चों को दो रोटी नहीं दे सकते। उन्हीं के सामने उनके छोटे-छोटे बच्चे आँखों में भूख का अफाट सन्नाटा भरे हुए चुपचाप देखते रहते हैं। माँ-बाप की असहायता पर उनका मौन कितना बड़ा व्यंग्य बन जाता है। जवान बेटे अपनी माँ या बाप या छोटे-छोटे भाई-बहनों की दुर्दशा या अपमान देखकर भी निरुपाय-से चुप रह जाते हैं, उनका खौलता हुआ खून अपने आप ठंडा हो जाता है। यह उनके जीवन की अस्मिता का कितना बड़ा अपमान है?

उसका जीवन कितना बड़ा अपमान बन गया है स्वयं अपने लिए। पिताजी ने भीख माँगकर उसे पढ़ाया और वह पढ़-लिखकर घर के लिए कुछ भी नहीं कर पा रहा है। इस घर के हर प्राणी ने कुछ न कुछ दिया है। पिताजी अपमानित होकर भीख माँगते रहे। भइया भी कभी-कभी उनका साथ देते रहे और फसल के समय में पट्टीदारों के यहाँ फसल की कटाई-दँवाई करते रहे। माँ भी पट्टीदारों के यहाँ कुटाई-पिसाई कर लेती थी। कुल मिलाकर घर ठीक ही था। सबके सम्मिलित प्रयासों से घर ठीक चल रहा था। लेकिन अब? अब तो उसकी ज़िम्मेवारी है न। क्या वह चाहता है कि उसकी बहन दूसरों के घरों में कुटाई-पिसाई करे? क्या भाई दूसरों के खेतों में काम करे? क्या माँ इस वृद्धावस्था में भी दूसरों के यहाँ मजूरी करे? पिता और भाई ने अपढ़ होकर भी घर सँभाले रखा और उसे पढ़ाया-लिखाया और वह एम.ए. करके भी घर के लिए निकम्मा साबित हुआ। ··· शंकर भाई कह रहे हैं कि उसकी नियुक्ति हो गई है, लेकिन उसे विश्वास नहीं होता। उसे लगता है कि इतना बड़ा सौभाग्य उसके फटे दामन में समा ही नहीं सकता। आएगा भी तो गिर जाएगा। ··· नहीं, उसे इतना निराशावादी नहीं होना चाहिए। इतनी बड़ी निराशा लेकर ज़िन्दगी कैसे चलेगी? वह लड़ेगा, ज़िन्दगी के लिए लड़ेगा, इस तरह उदास रहने से रात नहीं कटती और दिन भी भारी हो जाता है। उसने कल ही एक कविता पढ़ी थी—"इन अँधेरी घाटियों में मीत कोई गीत गाएँ, सिर झुका चुपचाप चलने से डगर कटती नहीं है।" यह कविता बार-बार याद आने लगी। उसे लगा वह अकेला नहीं है, उस जैसे न जाने कितने लोग अँधेरी घाटियों से गुज़रे हैं और जीवन का यह सत्य पाया है कि उदास चुपचाप चलने से अँधेरी घाटियों की यात्रा और भारी हो उठती है। गाओ, गाओ, गाने से भी यह रास्ता कटेगा।

दूसरे दिन शाम को कमलेश शंकर के यहाँ पहुँचा तो शंकर घर पर नहीं मिला। पड़ोसी ने बताया कि बाज़ार गए हैं, अभी आएँगे। आइए बैठिए।

"नहीं, नहीं, तब तक मैं भी घूमघाम आता हूँ। आएँ तो कहिएगा कि कमलेश आया था।"

"ठीक है, ठीक है।"

कमलेश ने सोचा, ज़रा शंकर भाई के मोहल्ले का चक्कर ही लगा लिया जाए। उसने तफ़रीह के मूड में घूमना शुरू किया। उसने यह तो पहले ही जान लिया था कि यह उस मोहल्ले से बेहतर मोहल्ला है जिसमें मामा रहते हैं, किन्तु आज ज़रा गौर से इसे देख रहा था। उसे लगा कि इस मोहल्ले में भी दो मोहल्ले हैं। एक महोल्ला पक्की चालियों में रहता है, दूसरा चालियों के बाहर। यानी इस आहते में पक्की चालियों के अलावा टिन की दीवारें खड़ी करके उन पर टिन की ही छतें डाल दी गई हैं और कमरे तैयार कर दिए गए हैं। देखने से लगता है कि पक्की चालियों में कुछ ऊँचे तबके के लोग रहते हैं और टिन की चालियों में छोटे तबके के नाई, धोबी, चौकीदार आदि ··· । इनमें औरतें नहीं दिखाई पड़ रही हैं, बस किसी-किसी कमरे में ही है। लगता है, एक-एक कमरे में कई-कई लोग रहते हैं। वे बाहर चूल्हा या अहरा सुलगाए हुए हैं। चारों ओर धुआँ कस गया है। खाँसी की लहर उठ रही है, आँखों से पानी गिर रहा है। कमलेश को भी खाँसी आ गई और आँखें कड़वाने लगीं। वह वहाँ से जल्दी-जल्दी चलकर दूसरी दिशा को सरक गया।

उधर एक बड़ी-सी गड़ही थी जिसके चारों ओर नरकुल के घने जंगल उग आए थे और काफ़ी दूर-दूर तक छोटे-छोटे पेड़ बिखरे हुए थे। शाम काफ़ी गहरा गई थी। चाँदनी रात थी, तो भी वहाँ काफी अँधेरा और सन्नाटा था। कई औरतें वहाँ बैठी हुई थीं। वह समझ गया और पीछे लौट आया। हवा का तेज़ झोंका आया और बदबू के झोंके से उसकी नाक फटने लगी। उफ, यह क्या है? लेकिन अच्छा ही है, म्युनिसपिलटी द्वारा बनवाए गए सार्वजनिक खुले संडासों की अपेक्षा प्रकृतिप्रदत्त संडास अच्छे ही हैं। यहाँ लाइन तो नहीं लगानी पड़ती। अजी ग़रीबों के लिए अच्छा क्या, बुरा क्या? उनके लिए कोई चुनाव होता है क्या? अरे जो मिल जाय, भोगना ही पड़ता है।

वह एक घनी झाड़ी की आड़ में पेशाब करने बैठ गया। उसने देखा एक औरत गड़ही की ओर से निकलकर आ रही थी। उधर से कोई आदमी आ रहा था। दोनों से थोड़ी दूर पर टकरा गए।

"चन्दा!" वह आदमी फुसफुसाया।

"क्या है, पंडित?"

"इतनी रात गए कहाँ घूम रही है?"

"घूम नहीं रही हूँ, पंडित। उधर गई थी।" कहकर उसने लोटा उस मरद के सामने

कर दिया।

"छि: छि:, यह क्या कर रही है? हटा लोटा मेरे सामने से।"

"अरे पंडित, लोटे से इतनी चिढ़ थी तो इधर क्या करने आए?"

"अरे, इधर से रास्ता नहीं है क्या? क्या रास्ते पर न चलूँ?"

"तो जाओ रास्ते पर। चन्दा-चन्दा क्या लगा रखा है?"

"अरे मैं तो जा ही रहा था, तू ही टकरा गई।"

"अच्छा टकरा गई तो जा बाबा, अपने रास्ते जा।" वह आगे बढ़ी।

"चन्दा!"

"क्या है अ अ ··· ?"

"देख, तू मेरा ख्याल नहीं करती!"

"देखो पंडित, तुम इस तरह रास्ते पर मेरा नाम लेकर अनाप-सनाप बात मत किया करो।"

"हाँ, तू ठीक ही कहती है, मगर यहाँ सुनसान में कौन हमारी बात सुनता है?"

"अरे सुना नहीं, दीवारों के भी कान होते हैं?"

"हाँ, सुना है। अब तू मेरी बात टालने के लिए इधर-उधर की बात करने लगी।"

"कौन-सी बात तुम कह रहे हो?"

"अरे तू नहीं समझेगी। देख कुछ मेरा भी ख्याल किया कर। मेरा मतलब समझ रही है न?"

"अच्छा वो बात है। देखो तुम एकदम मूँजी आदमी हो। पइसा-वोइसा तो खर्च करते नहीं हो, इसक करने की सूझी है।"

"अरे पइसा भी खर्च करेंगे। तू कहेगी तो वो भी करेंगे, लेकिन कभी-कभी मेरे ऊपर मेहरबानी कर दिया कर। देख मैं मेहरी लइका छोड़कर परदेस में पड़ा रहता हूँ आखिर ··· ।"

"अरे पंडित, पहले साबुन से ठीक से कपड़ा तो साफ कर लिया करो, तुम्हारे कपड़ों से बदबू आ रही है।"

"अरे पगली, यह बदबू गड़ही से आ रही है।"

"नहीं, इतनी तेज बदबू गड़ही की नहीं हो सकती।" कहकर वह आगे बढ़ गई। धीरे-धीरे पंडित नाम का प्राणी भी वहाँ से सरक गया।

कमलेश को बैठे-बैठे काफ़ी देर हो चुकी थी। परेशान था कि क्या करे। उसे हँसी भी आ रही थी। आख़िर यह बला टली तो उठकर शंकर भाई की ओर चला।

सोचता रहा—चन्दा! कौन है चन्दा? और कौन है यह पंडित? आवाज़ कुछ-कुछ पहचानी-सी लगती है। है तो इसी मोहल्ले का।

वह धीरे-धीरे शंकर के यहाँ पहुँच गया। शंकर उसका इन्तज़ार ही कर रहा था।

"आओ भाई, कहाँ चले गए थे?"

"ऐसे घूमते-घामते उधर निकल गया था।"

"मेरा ख्याल है, तुम्हें दो-तीन दिन में नियुक्ति-पत्र मिल जाएगा।"

"यह तो बहुत अच्छी बात होगी।"

"हाँ, गंगाराम प्रिंसिपल नहीं बन सका। बहुत जाल बिछाया था।"

"तो?"

"तो क्या, अच्छा ही हुआ। वह बहुत ग़लत आदमी है। सुना है रूपलाल ने प्रिंसिपल पद के लिए बुलंदशहर से किसी को बुला लिया है। वह वहाँ के स्कूल में टीचर था।"

"तो?"

"तो क्या। वह रूपलाल के शहर का है, उसका कोई सम्बन्धी भी हो सकता है। वह कैसा आदमी है यह तो पता नहीं, किन्तु इतना तो कहा ही जा सकता है कि वह गंगाराम से ज़्यादा बुरा सिद्ध नहीं होगा।"

"आप यह कैसे कह सकते हैं?"

"ऐसे कि गंगाराम एक तो क्वालिफ़ाइड नहीं है, दूसरे नेता का चमचा नेता है, तीसरे लंपट है। चौथे धोखेबाज है। पाँचवें वह गोरख पहलवान का ख़ास आदमी है। प्रिंसिपली करता रूपलाल के स्कूल में और सलाह लेता गोरख पहलवान से। रूपलाल और गोरख दोनों पहलवानों में छत्तीस का सम्बन्ध है। बस इसी में स्कूल तबाह हो जाता।"

"समझा।"

"वैसे मधुकर प्रिंसिपल हो गए होते तो ठीक रहा होता। वह आदमी नेता ज़रूर है लेकिन ठीक आदमी है। लेकिन उसे कैसे बनाया जा सकता था, वह सोशलिस्ट पार्टी का नेता है।"

"वैसे क्या यह अच्छा नहीं है कि कोई नेता प्रिंसिपल न हो?"

"बिलकुल ठीक कह रहे हो। नेता एकेडेमिक इन्टरेस्ट का हो ही नहीं सकता। उसका हर निर्णय राजनीतिक होता है और वह स्कूल या कालेज या युनिवर्सिटी में पढ़े-लिखों की जगह अनपढ़ चमचों को भर देता है। जहाँ पढ़ाई के नाम पर राजनीति होती है, वहाँ प्रतिभाशाली छात्रों की जगह लोफ़र पैदा किये जाते हैं।"

"ठीक कह रहे हैं।"

"और उसे संस्था में काम करने की फ़ुरसत ही कहाँ मिलती है। अब देखो डाहा भाई पहले एक कालेज में लेक्चरर थे। वे सत्ता पार्टी के कार्यकर्ता तब भी थे, लेकिन पढ़ने-पढ़ाने से उनका लगाव बना हुआ था। अब वे सिटी स्तर के महामन्त्री हो गए हैं और उसी बल पर प्रिंसिपल हो गए, लेकिन प्रिंसिपली करने का समय उन्हें कहाँ मिलता है! पढ़ना-पढ़ाना तो ख़ैर ख़त्म हो ही गया, प्रशासन भी चौपट हो रहा है, क्योंकि उनकी सारी तैयारी मन्त्री, मुख्यमंत्री और केन्द्रीय मन्त्री बनने के लिए चल

रही है।"

"लेकिन भाई साहब, ये स्कूल या कालेज में किसी पद पर रहें या न रहें, इनका दबाव तो बराबर बना रहता है। आखिर, स्कूल का ट्रस्टी कोई पैसेवाला ही होता है और पैसेवाले को अपने पैसे के बचाव के लिए नेताओं से जुड़ना ही पड़ता है। विशेषतया वे रूलिंग पार्टी के आदमी होते हैं। उन्हें चन्दा देते हैं, वोट दिलाते हैं और उनके मन के मुताबिक अपने यहाँ नियुक्तियाँ करते-कराते हैं और इस तरह उनको खुश रखकर अपना पैसा और शोषण-क्रम विकसित करते रहते हैं। दोनों को दोनों की ज़रूरत होती है। इसलिए चाहे गंगाराम शास्त्री या मधुकरजी प्रिंसिपल न हुए हों, किन्तु रूपलाल पर डाहा भाई के दबाव को कैसे टाला जा सकता है?"

"हाँ, तुम ठीक कह रहे हो, लेकिन फिर भी सीधे और परोक्ष दबाव में अन्तर तो होता ही है। डाहा भाई हर समय हर व्यक्ति के लिए या हर चीज़ के लिए दबाव डालने थोड़े ही आएँगे। किंतु अगर गंगाराम शास्त्री हो गया होता तो स्कूल को बेच खाता।"

"आखिर ये गंगाराम शास्त्री हैं क्या बला जो आपको इतना परेशान किए हुए हैं?"

शंकर ठठाकर हँसा–

"अरे भाई मुझे क्यों परेशान करेंगे, मेरा वे क्या बिगाड़ लेंगे! मेरे साथ तो बेचारे बहुत अदब से पेश आते हैं। अरे कमलेश, यह शंकर नाम का जो जीव है न, वह थोड़ा-बहुत खुदाई खिदमतगारी का मारा हुआ है। एक दिन उसी में बरबाद भी होगा। होगा तब होगा फ़िलहाल तो वह सही-सलामत है, इसीलिए वह दूसरों की परेशानी सोचकर हैरान हो जाता है। गंगाराम के जाने से स्कूल चौपट होता, शंकर की परेशानी यह है।"

"वह तो ठीक है, लेकिन ये हैं क्या शय? ज़रा यह तो बताइए।"

"तो तुम आज शास्त्रीजी पर बुरी तरह फ़िदा हो, उनकी जन्मकुण्डली खोलवाना ही चाहते हो तो सुनो—शास्त्रीजी जौनपुर के रहनेवाले हैं। वैसे वे कहाँ के हैं कहाँ के नहीं हैं, इसका भी ठीक ज्ञान किसी को नहीं है और इससे क्या फ़र्क पड़ता है कि वे कहाँ के हैं, क्योंकि उन पर कहीं का होने का कोई असर नहीं है। वे घर बसाया-उजाड़ा करते हैं। वैसे सुना है उनकी दो बीवियाँ हैं। एक बीवी गाँव पर है, एक साथ रहती है। अब पारस भइया बता रहे थे कि एक विधवा की बेटी पर हाथ साफ़ कर रहे थे जो विधवा ने देख लिया और उन्हें घर से निकाल दिया, लेकिन मुझे पूरा-पूरा डर है कि विधवा की वह लड़की उनसे फँस चुकी होगी और वे उसे हथियाकर ही मानेंगे।"

"बहुत ऊँची हस्ती है गंगारामजी!" कमलेश ने कहा।

"अरे अभी तुमने उनकी ऊँचाई देखी कहाँ हैं और किसी ने कहाँ देखी है, अभी तो उनकी जवानी है देखिए आगे क्या-क्या करते हैं? वे शिक्षक हैं, नेता हैं, यानी नेता

के चमचे हैं, प्रिंसिपल होना चाहते हैं, अकूत सम्पत्ति चाहते हैं और मूल्य, नैतिकता आदि के लफड़े से बहुत दूर हो चुके हैं, इसलिए वे अपनी ज़िन्दगी में जो भी कमाल चाहें कर सकते हैं। अब यहाँ आए हो तो प्रतीक्षा करो।"

"फिर भी उनके पिछले इतिहास के बारे में कुछ और बताइए।"

शंकर मुस्कराया। "आज बहुत जिज्ञासु मुद्रा में बैठे हो। तो सुनो वत्स, यदि किसी के बारे में बहुत विस्तार और गहराई से जानना हो तो पारस भइया का शिष्यत्व ग्रहण करो।"

"ये कौन हैं?"

"वाह वा, यदि तुमने इन्हें नहीं जाना तो क्या जाना? ये भी एक ही चीज़ हैं। लेकिन लगता है कि शास्त्रीजी से पहले पारस भइया का इतिहास जानना ज़रूरी हो गया है।"

"पारस भइया को फिर जान लूँगा, पहले आप शास्त्रीजी की ही बात बताएँ। पता नहीं वे कब टकरा जाएँ, इसलिए उन्हें जान लेना ज़रूरी है।"

"हाँ, तो अब तक के उनके जो चमत्कार हैं उनमें से कुछ ख़ास-ख़ास के बारे में जान लो, आगे की भगवान जानें। हाँ, तो ये श्रीमान् एक मिडिल स्कूल में टीचर हैं, लेकिन नेता हैं इसलिए स्कूल में पढ़ाते-वोढ़ाते कम हैं और किसी हेडमास्टर की मज़ाल भी नहीं कि इन्हें रोके-टोके। डीलडौल वाले आदमी हैं, दर्शनीय-से। खादी का झोलदार कुर्ता और धोती पहनते हैं, टोपी लगाते हैं, एकदम कोई बड़े नेता लगते हैं। घर से फटीचर अवस्था में आए थे, लेकिन होनहार आदमी को आगे बढ़ने से कौन रोक सकता है! उन्होंने बतायां कि वे बी.ए. हैं। शिक्षा विभाग के एक अफ़सर से सम्बन्ध बना लिया। उसने इन्हें नौकरी दिला दी। फिर उसकी लड़की रमा को फाँस लिया और बाप की मर्ज़ी के विरुद्ध उस से शादी कर ली— कोर्ट में। ये यहीं रम गए और भूल गए कि ये किसी गाँव से आए हैं। गाँव के नाम से इन्हें शर्म महसूस होने लगी। शायद शुरू में इन्होंने घर पत्र लिख दिया था कि एक स्कूल में इनकी नौकरी लग गई है। जब कई वर्ष बीत गए और इन्होंने गाँव पर न चिट्ठी भेजी, न रुपये-पैसे तो एक दिन इनकी बीवी अपने देवर प्रसाद को साथ लेकर अहमदाबाद पहुँच आई और स्कूल के पते पर पहुँचकर घर का पता लगाया। देखा ये एक आलीशान फ्लैट में रह रहे हैं और एक औरत भी घर में विराजमान है। जिस समय वह पहुँची, ये घर में नहीं थे। उसे विश्वास ही नहीं हुआ कि वह सही जगह पहुँची है।

"कहिए, आप लोग किससे मिलना चाहते हैं?"

"श्री गंगाराम शास्त्री से। वे यहीं रहते हैं?"

"वे तो घर पर नहीं हैं। शाम तक आएँगे। आप लोगों को क्या काम है?"

वे दोनों कुछ नहीं बोले।

"आप लोग शाम को आइएगा, तब भेंट होगी।"

व दोनों एक-दूसरे का मुँह देखने लगे।

"आप कौन हैं?" देवर ने पूछा।

"यह भी कोई पूछने की बात है? मैं उनकी धर्मपत्नी हूँ।"

"हाय दइया!" उनकी पहली पत्नी चीखी और गिरकर बेहोश हो गई।

"भाभीजी, भाभीजी," वह लड़का चिल्लाया और झकझोरकर जगाने लगा।

"यह क्या तमाशा है, भाई! तुम लोगों को यह तमाशा करने की और कोई जगह नहीं मिली?" उस औरत ने तिक्तता से कहा।

"देवीजी, हम तमाशा नहीं कर रहे हैं, हमारा तमाशा बन गया है। अब सोचिए तो इनका क्या होगा! ··· भाभीजी, भाभीजी, होश में आइए।" वह रुआँसा हो गया।

"आखिर आप लोग हैं कौन? यहाँ कैसे आ गए?"

"देवीजी, यह मेरी भाभीजी हैं! यहाँ ये अपने घर आई हैं।"

"क्या?" वह औरत ज़ोर से चीखी।

"हाँ देवीजी, शास्त्रीजी मेरे बड़े भाई हैं और ये मेरी भाभी हैं।"

"ओह, नो, यह कैसे हो सकता है? उन्होंने तो बताया था कि वे अविवाहित हैं। चीट, धोखेबाज, आने दो शाम को।"

वह कुछ देर तक बड़बड़ाती रही, उसे सूझ नहीं रहा था कि क्या करे? फिर एकाएक उसके भीतर कोई ज्ञान कौंधा। बोली—"लेकिन क्या सबूत है कि यह उनकी पत्नी है और तुम उनके भाई हो?"

"हम सबूत क्या दें? सबूत तो भाई साहब ही देंगे।"

"मगर वे तो आएँगे शाम तक!"

"तो हम लोग कहाँ भागे जा रहे हैं?"

"तो क्या शाम तक तुम लोग यहीं रहोगे?"

"और कहाँ जाएँगे?"

"नहीं, यह नहीं होगा। पता नहीं तुम लोग कौन हो, तुम लोगों की रखवाली कौन करेगा? बहुत-से देहाती रिश्ता बनाकर आते हैं और चोरी करके चले जाते हैं?"

"देवीजी, आपको सारी दुनिया चोर ही दिखाई पड़ती है! भाभी की सूरत तो देखिए। इस गऊ जैसी औरत के मासूम करुण चेहरे में आपको चोर का चेहरा दिखाई पड़ता है! इतनी बड़ी चोरी इनकी हो गई और आपके द्वारा हो गई, ये कुछ नहीं कह रही हैं और आप इन्हें और मुझे चोर समझ रही हैं!" रमा ने एक नज़र उस देहाती औरत की ओर देखा, उसका चेहरा सुन्न हो गया था। वह नीचे नज़र झुकाए स्तब्ध बैठी थी।

रमा ने झटके से नज़रें फेर लीं, लगा कि वह विक्षिप्त हो गई है। शास्त्रीजी को गाली देने लगी—"चीट, धोखेबाज, कमीना, कुत्ता, झूठ बोलकर शादी कर ली!"

"बहनजी!" बहुत करुण कण्ठ से वह देहाती औरत बोली—"उन्हें गाली मत दीजिए, आखिर वे हमारे देवता हैं।"

"देवता? तुम उसे देवता कहती हो? देवता ऐसे ही होते हैं? तुम देहाती औरतों का भी दिमाग़ कहाँ होता है?"

वह चुप हो गई फिर झटके से बोली—"ठीक है, आप लोग शाम को आइएगा, अभी जाइए।"

"कहाँ जाएँ हम लोग? बड़ी मुश्किल से तो इस ठिकाने पर पहुँचे हैं। अब आखिर अपना ठिकाना छोड़कर हम लोग कहाँ जाएँ?"

"कहीं भी जाइए। मैं आप लोगों को नहीं जानती और बिना जान-पहचान के अपने घर में नहीं रख सकती। ऐसे नाटक प्रायः होते रहते हैं।"

"नाटक? नाटक कर रहे हैं हम लोग? यह मेरे भइया का घर है, इसे छोड़कर हम कहीं नहीं जाएँगे।"

"तो पुलिस को फोन करती हूँ।"

"कीजिए।" भाई तैश में आ गया।

"देवरजी, काहे को ज़िद कर रहे हैं, जब अपना सब कुछ खो गया तो इस घर में रहें या बाहर, क्या फरक पड़ता है?"

"हे राम!" कहकर वह उठी और घर के बाहर हो ली।

रमा ने फटाक से किवाड़ बन्द कर लिया।

देवर-भाभी दोनों मकान के सामने के एक पेड़ के नीचे आकर पड़ गए। देवकर आसपास की दुकानों से कुछ खाने-पीने की चीज़ें ले आया। भाभी ने कुछ छुआ नहीं, स्तब्ध-सी बैठी रही।

आठ बजे से आसपास एक स्कूटर के रुकने की आवाज़ आई, प्रसाद चौकन्ना हुआ। शास्त्रीजी अहाते के अन्दर घुसे तो प्रसाद ने बढ़कर उन्हें प्रणाम किया।

"अरे प्रसाद, तुम कब आए?"

"ग़नीमत है भाई साहब, आपने पहचान तो लिया।"

"अरे ऐसी बहकी-बहकी बातें क्यों कर रहे हो? आओ अन्दर चलो।"

"मैं अकला नहीं हूँ, भाई साहब!"

"तो और कौन है?"

तब तक रमा ने कमरे का दरवाज़ा खोलकर बाहर की रोशनी का स्विच दबा दिया। रोशनी का सैलाब-सा लहरा उठा और प्रसाद ने भाभी की ओर इशारा करते हुए कहा—"वह भी हैं।"

शास्त्रीजी ने एक बार उस देहाती औरत की ओर देखा, एक बार रमा की ओर। देहाती औरत वेदना की मूर्ति बनी-सी कुछ दूर पर खड़ी थी और दूसरी ओर रमा क्रोध की आग में जलती हुई-सी तिलमिला रही थी।

"पहचाना नहीं भाई साहब आपने भाभी को?" प्रसाद ने पूछा।

शास्त्रीजी थोड़ा अचकचाए···

"अरे हाँ-हाँ, पहचाना क्यों नहीं, लेकिन तुम लोग बाहर क्यों पड़े हो, अन्दर चलो।"

"अन्दर तो थे, लेकिन शायद हमारी शकल चोर-उचक्कों जैसी लगती है, इसलिए उन देवीजी ने हमें बाहर निकाल दिया। हमने भी सोचा, जब भाई साहब पर हमारा कोई अधिकार नहीं रहा, तो उनके घर पर ही क्या अधिकार हैं!"

"तुमने इन्हें बाहर क्यों निकाल दिया?" आगे बढ़ते हुए शास्त्रीजी ने रमा से पूछा।

"यू चीट, धोखेबाज, तो यह बात सही है? मैं तो समझती थी कि ये दोनों नाटक कर रहे हैं, लेकिन असल में नाटक तुम कर रहे हो।"

"अरे, चलो-चलो, अन्दर चलो। बाहर नाटक करने की कोई ज़रूरत नहीं है।" वह सबको अन्दर खींच ले गया।

रमा चीखती-चिल्लाती रही, झटकती-पटकती रही, देहाती स्त्री कसाई के आगे बँधी गाय की तरह कातर आँखों से देखती रही। प्रसाद भी अमर्ष से भरा रहा। कभी-कभी बोल देता था, लेकिन शास्त्री पर किसी का प्रभाव नहीं पड़ा। वह सुनता रहा और प्रायः चुप रहा।

और तीन-चार घंटे बाद बोला—"अब?"

"अब का क्या मतलब?" रमा चीखी।

"अब का मतलब यह है कि तुम लोग चाहते क्या हो? मैंने जो किया वह किया, वह वापस तो हो नहीं सकता, इसलिए इस पर लीपा-पोती करने या बहस करने से कोई फ़ायदा नहीं। तुम लोग चाहते क्या हो यह बताओ।"

"लोग क्या चाहते हैं, इसका क्या महत्त्व रह गया है। लोगों से पूछकर तो आपने यह सब कुछ किया नहीं है। सवाल यह है कि आप क्या चाहते हैं।" प्रसाद ने कहा।

"मेरा चाहना क्या है! मैंने दोनों से शादी की है। दोनों मेरी बीवियाँ हैं, मैं चाहता हूँ कि दोनों साथ रहें।"

"नहीं, यह नहीं होगा। मैं यहाँ से चली जाऊँगी। मैं सौत के साथ नहीं रहूँगी।" रमा चीख पड़ी।

"जैसी तुम्हारी इच्छा!" निरुद्वेग भाव से शास्त्री बोला।

"क्या?" रमा चीखी। "यू चीट, तुम मुझे घर से निकालना चाहते हो!"

"मैंने तो निकलने के लिए नहीं कहा।"

"ओह गाड, कैसे आदमी से पाला पड़ा है," रमा ने गुस्से में पाँव पटका और जाकर खाट पर भहरा पड़ी और अहकने लगी।

देहाती बहू उठी, धीरे-धीरे रमा की ओर गई। उसकी पीठ पर हाथ रखा। उसके आँसू सूख गए थे। चेहरे पर एक निर्णयात्मक भाव आ गया था। बोली—"उठो, तुम मेरी छोटी बहन हो। रोओ मत।"

"हाँ-हाँ, रोओ मत।" तुम मेरी छोटी बहन हो! मेरी सौत बनकर साथ रहो, बड़ी

बहन, बड़ी सौत दोनों का दबदबा झेलो। यही न!"

"नहीं, यह नहीं। तुम अकेली रहोगी इस घर में। मैं लौट रही हूँ। मैं भी सौत के साथ नहीं रह सकती। तुम्हें छोटी बहन मान लूँगी तो भी तुम रहोगी सौत ही न! सौत को झेलना इतना आसान होता है क्या? लेकिन तुम मेरी सौत बनी इसमें तुम्हारा क्या कसूर! तुम्हें भी धोखे में रखा गया।"

रमा उठकर बैठ गई और एक दूसरी दृष्टि से उसे देखने लगी।

"हाँ, मैं कल चली जाऊँगी। तुम सुख से रहना और घर सँभालना।"

"ठीक है तुम घर वापस लौटना चाहती हो तो लौट जाओ, मैं यहाँ से खरचा-पताई भेजता रहूँगा।" शास्त्री बोला।

"आप के खरचे-पताई की ज़रूरत नहीं और आप भेजेंगे भी नहीं। भेजना होता तो इस तरह मुझे भुला नहीं बैठते। मुझे ही नहीं, पूरे घर को भूल बैठे। आप की कमाई ईमान की कमाई नहीं लगती। ईमान की कमाई में इतनी बरक्कत नहीं होती और यदि आप चाहें भी तो मैं आपकी इस कमाई के भोग में शरीक नहीं होऊँगी। घर के लोग हैं, मुझे बहुत मानते हैं; ग़रीब हुए तो क्या हुआ, उनके पास खुला हुआ दिल है। उनके साथ रोते-गाते ज़िन्दगी झेल लूँगी।"

शास्त्री चुप रहा। प्रसाद हिकारत से शास्त्री की ओर देखता रहा। रमा भावुक हो आई। वह देहाती बहू से लिपट गई। रोते-रोते बोली—"माफ़ कीजिएगा दीदी, मैं आपको समझ नहीं सकी। मैं आपके आगे अपने को कितनी छोटी अनुभव कर रही हूँ। अब तो मेरी यही प्रार्थना है कि आप यहाँ रह जाइए। मैं आपकी छाया में सुख ही अनुभव करूँगी—ईर्ष्या-द्वेष नहीं।"

"नहीं, यह नहीं होगा बहन! तुम रह लोगी, लेकिन मैं नहीं रह पाऊँगी। मैंने इतना बड़ा दिल नहीं पाया है कि मैं दूसरों द्वारा अपने अधिकार का भोग देखकर चुप और शांत बनी बैठी रहूँगी। हाँ, यह बात ज़रूर कहूँगी कि तुम्हारा पति अब बहुत बड़ा आदमी हो गया है। गाँव में था तो छोटी आदमी था, खाता-पीता एक नेक इन्सान। उसके साथ मैंने ग़रीबी के वे दिन भी बहुत हँसी-खुशी के साथ गुज़ारे थे। अब यह बड़ा आदमी हो गया है, इसका कुछ भी विश्वास नहीं। यह कुछ भी कर सकता है। इसलिए अपने अधिकार को सहेजे रहना। भगवान न करे कि तुम्हारी हालत भी मेरी जैसी हो जाय।"

शास्त्री ठठाकर हँस पड़ा। प्रसाद ने गुस्से से उसे देखा। रमा चौंकी, किन्तु देहाती बहू निर्लिप्त-सी बैठी रही। दूसरे दिन प्रसाद उसे लेकर अपने जवार के एक आदमी के यहां चला गया। दो-चार दिन रहा। फिर भाभी को लेकर गाँव चला गया।

"वाह, शास्त्रीजी बहुत महान् व्यक्ति हैं।" कमलेश बोला। "लेकिन वहाँ की ये सारी घटनाएँ लोगों को मालूम कैसे हुईं?"

"प्रसाद ने अपने जवार के उस आदमी को सुनाया। वहाँ से बात फूटी ओर लोगों

की जुबानी अलग-अलग संस्करण बन कर फैलती गई।"

"वाह, शास्त्रीजी तो महान् व्यक्ति हैं!"

"अरे इतनी महानता कोई महानता नहीं है, कमलेश! इतनी महानता तो प्रायः लोग कर लेते हैं और ख़ासकर वे जिनकी शादियाँ बचपन में हो जाती हैं और जो घर पर बाल-बच्चों को छोड़ अकेले शहर में आ बसते हैं और शहर में आते ही उसकी रंगीनी में रंग जाते हैं। शास्त्रीजी की महानता तो अभी आगे है। यह बता ही चुका हूँ कि किसी सम्पन्न विधवा से रासलीला कर रहे थे और उसकी जवान बेटी पर भी हाथ साफ़ करना चाहते थे। पता नहीं वह मामला किस रूप में है! पारस भइया तो कहते हैं कि उस विधवा को अपनी बेटी के साथ उनके सम्बन्ध मालूम हो गए, उसने उन्हें निकाल दिया, लेकिन भगवान जाने क्या असलियत है।"

"हाँ तो ऐसे शास्त्रीजी स्कूल के प्रिंसिपल बनेंगे। बनेंगे तो न जाने क्या-क्या गुल खिलाएँगे!"

"खिलाएँगे ही।"

"और कुछ बताइए।"

घड़ी में टाइम देखकर शंकर बोला-

"कुछ पता है कितने बज रहे हैं! दस। घर लौटोगे कि शास्त्री-कथा में ही सोओगे?"

"अरे बाप रे, दस बज गए! चलता हूँ।" कहकर कमलेश उठा और बाहर निकल गया। फिर मुड़कर बोला—"भाई साहब, कल सुबह ही आ जाऊँगा। छुट्टी है, ज़रा चलेंगे गौतम साहब के यहाँ।"

शंकर ने कुछ खाया। खाकर टहलने निकला। यों ही ज़रा आसपास। अब सर्दी शुरू हो गई है—हलकी-हलकी। लेकिन अच्छी लगती है। धुआँ-मिश्रित हलका-हलका कुहरा पेड़ों के ऊपर छाया था। उसकी नज़र असरफी के घर की ओर उठ गई। झोपड़ी में एक दिया टिमटिमा रहा था। आज फिर चन्दा उससे टकरा गई थी। लाइन का मामला ही ऐसा है कि टकराहट हो ही जाती है। चन्दा बहुत मनबढ़ है भी। असरफी से वह अकसर टकरा जाती है। न जाने उससे कौन-सी टकराहट अनुभव करती है। असरफी भी नहले पर दहला जमाती है, लेकिन वह शुरू नहीं करती, वह भीतर से नेक औरत लगती है। उसे बहुत अच्छी लगती है। उसकी इच्छा हुई कि चले असरफी से बात करे। उसका पति तो रात की पाली में काम करने गया होगा। अकेली होगी। नहीं, नहीं जाना चाहिए, न जाने वह क्या सोचे। उसे असरफी से बात करना अच्छा लगता है। वह कभी-कभी उसके पास अपना हर्ज-गर्ज लेकर आती है, वह अपना काम करके चली जाती है उसकी इच्छा होती है कहे—"बैठो असरफी, कुछ और बातें करें।" लेकिन नहीं कहता। पारस भइया कई बार कह चुके कि इस आवारा औरत का तुम्हारे यहाँ आना-जाना ठीक नहीं है, लोग बदनाम कर देंगे।

पारस भइया ··· वह हँसा। एक ही चीज़ है। औरतों के लिए लार टपकाते घूमेंगे और औरत जाति की निन्दा करने से कभी भी नहीं चूकेंगे। हर औरत उन्हें छिनाल की नज़र आती है।

शंकर चलते-चलते चौंक गया—अरे, यह कौन है जो पेड़ के नीचे गुड़ीमुड़ी-सा बैठा है!

"कौन हो भाई?"

"मैं हूँ फेंकू।"

"फेंकू, क्या बात है भाई? यहाँ क्यों बैठे हो?"

"ऐसे ही ज़रा सुस्ता रहा हूँ, शंकर बाबू!"

"अरे, अब तो घर के पास आ गए हो, वहीं जाकर सुस्ताते।"

फेंकू चुप रहा।

"क्या बात है भाई?"

"घर कहाँ है शंकर बाबू! अरे एक कमरे में भेड़-बकरे की तरह दस आदमी रहते हैं। गोरख पहलवान का वह गुंडा राजू रोज-रोज किराया बढ़ाता रहता है, बेगार कराता रहता है और धमकी देता रहता है कि ऐंड़-बेंड़ किया तो निकाल देंगे। बीस रुपये तो पहले से ही देता रहा, अब उसने किराया तीस रुपये कर दिए। मैंने कहा कि मुझसे इतने पैसे नहीं दिए जाएँगे, तो उसने मेरा सामान बाहर फेंक दिया। सामान है ही कितना? दो-चार अरतन-बरतन और टुटही सन्दूक। ले जाकर कहीं और रख आया हूँ। जब तक कहीं और जगह नहीं मिलती है, पेड़ के नीचे ही सो लूँगा।"

"चलो मेरे बरामदे में सो लेना। यहाँ ठंड में कैसे सोओगे?" फेंकू के मना करने पर भी शंकर उसे अपने यहाँ पकड़ ले आया।

"कुछ खाया-पिया तो होगा नहीं! लो और कुछ तो नहीं है हाँ, डबलरोटी के कुछ टुकड़े हैं। अभी चाय बनाकर देता हूँ।

"नहीं-नहीं शंकर बाबू, कुछ खा-पी लिया है। आप फिकर न करें।"

"अरे फिकर की क्या बात है? लो खा लो।"

फेंकू ने अपनी खुरदरी अँगुलियों से आँख में छलछला आए आँसू पोंछे और पाव रोटी चबाने लगा। फिर चाय पी ली।

"आप देवता हैं शंकर बाबू, भगवान आपको सुखी रखे!"

"देवता!" शंकर हँसा। "अरे मैं देवता कहाँ से हो गया फेंकू, मुझे आदमी ही बना रहने दो।"

"शंकर बाबू जो दूसरों का दुःख-दरद समझता है वही देवता है जो नहीं समझता वही राक्षस है।"

"अरे, तुम तो रात की पाली में जाते हो न? आज नहीं गए?"

"नहीं, आज नहीं गया। हिम्मत नहीं पड़ी।"

"वैसे दिन की पाली अच्छी रहती है।"

"हाँ, अच्छी तो रहती है, लेकिन मैं तो मानता हूँ कि हमेशा रात की ही पाली पड़ती रहे।"

"क्यों?"

"दिन में भी कुछ काम हो जाता है।"

"अरे हाँ, सुना था कि तुम दिन में साग-भाजी भी बेचते हो।"

"हाँ बाबू, बेचता हूँ।"

"तो सोते कब हो?"

"सोना अपने नसीब में कहाँ? अरे इतना बड़ा दिन होता है दो-चार घण्टा कहीं सो ही लेता हूँ।"

शंकर ख़ामोशी के साथ फेंकू की ओर देखता रहा।

"साग-भाजी बेचता हूँ। कभी-कभी बनते हुए मकानों में ईंट-गारा ढोने की मजूरी भी कर लेता हूँ।"

"ऐसा क्यों करतो हो, ऐसे कैसे जी पाओगे? देखो, न तुम कितने थके हुए लग रहे हो। तुम्हारी आँखें बुझी-बुझी-सी लगती हैं। देह में ख़ून नहीं रह गया है।"

"यह काम करने की वजह से नहीं हुआ है बाबू! यह और ही बात है।"

"वह कौन-सी बात हुई? क्या कोई भूत-प्रेत पीछे लगा है जो खून चूस रहा है?"

"हाँ बाबू, यहाँ से लेकर गाँव तक भूत लगे हैं। अपने गाँव के उस जमींदार का किस्सा सुनाया था जो थोड़ा कर्जा देकर हमें फाँसे हुए था। मेरे घरवालों से बेगार कराता था। उन्हें मारता-पीटता था। धीरे-धीरे कर्ज उतारने की बात सोची थी लेकिन लगता था कि जब तक कर्ज का एक पैसा भी मेरे पास बाकी रहेगा, वह जालिम जमींदार सताता रहेगा। इसलिए सम्पत सेठ से तीन सौ रुपये लिए और ठाकुर साहब का कर्जा चुका दिया, लेकिन कर्जा तो कर्जा होता है, वह चाहे ठाकुर साहब का हो, चाहे सम्पत सेठ का हो, क्या फ़र्क पड़ता है? सम्पत के पैसों का सूद ही इतना पड़ जाएगा कि उसे ही चुकाते ज़िन्दगी बीत जाएगी, मूल कहाँ से चुकाऊँगा? फिर क्या बचाऊँगा? खुद क्या खाऊँगा, घर क्या भेजूँगा? इसलिए बाबू कुछ और काम करना ही होगा। इसीलिए दिन को जो भी काम मिल जाता है, कर लेता हूँ।"

"हूँ!" शंकर बोला।

"अभी कहाँ से आ रहे हो?"

"खून देकर।"

"ख़ून देकर?"

"हाँ बाबू, अब मैंने अस्पताल में अपना ख़ून बेचना शुरू किया है। महीना-भर में आज दूसरी बार खून दिया है।"

"लेकिन तुम्हारी देह में तो ख़ून है ही नहीं!"

"बाबूजी, खून तो जाना ही है चाहे अस्पताल को दूँ चाहे सम्पत को। अस्पताल में खून देने के अच्छे पैसे मिल जाते हैं उसे सम्पत को चुका देता हूँ। न दूँ तो मेरी छाती फाड़कर खून पी जाएगा और कुछ मिलेगा भी नहीं।"

"लेकिन इतनी रात को किस अस्पताल में ख़ून देने गए थे?"

"ख़ून तो दिन को ही दे दिया था, लेकिन उसके बाद मुझसे कोई काम हुआ नहीं, पार्क में लेटा रहा।"

"हूँ।"

"मैं तो वहीं लेटा रहता, लेकिन पुलिसवाले भगा देते हैं, पीठ पर डंडा अलग से जमाते हैं। इसीलिए वहाँ से उठा और धीरे-धीरे इधर चला आया।"

"घर से कोई चिट्ठी-पत्री आई थी?"

"आती ही रहती है बाबू! छोटा भाई पढ़ रहा है। चाहता हूँ कि पढ़-लिख कर आदमी बने और उस नरक की ज़िन्दगी में न पड़े जिसमें मैं पड़ा हूँ। स्कूल घर से दूर पड़ता है। इसलिए वहीं रुककर पढ़ता है। उसके लिए खाने को तो चाहिए, ढंग के कपड़े-लत्ते भी तो चाहिए। माँ और बीवी दोनों मजूरी करती हैं, लेकिन मजूरी भी बारहों महीने कहाँ मिलती है? सूखा, पाला, बाढ़ कितने दुश्मन तो हैं खेतों के। जब खेत ही नहीं जिएँगे तो मजूर कहाँ से जिएगा? करने को काम कहाँ मिलता है? बीमारी अलग से सताती रहती है। इसलिए उन्हें भी तो खाने को चाहिए। छोटे-छोटे दो बच्चे हैं, उनकी मुसीबत अलग है।"

"उन्हें भी यहीं क्यों नहीं बुला लेते?"

"बुला तो लूँ लेकिन रहेंगे कहाँ? वहाँ कम-से-कम अपना घर तो है, खुला हवा-पानी तो है और एक बीघा ज़मीन भी है यहाँ जब मेरे ही रहने के लिए जगह नहीं तो उन्हें कहाँ मिलेगी?"

शंकर कह तो गया लेकिन उसे लगा कि ग़लत कह गया। आखिर वह अपना पविार क्यों नहीं बुला लेता? इसलिए बोला—"हाँ, ठीक कह रहे हो फेंकू, वहाँ चाहे जैसा भी हो, अपना कहा जा सकने वाला एक घर तो है, जाना-पहचाना जर-जवार, नदी-नाले तो है।"

फेंकू ऊँघने लगा था।

"सो जाओ फेंकू, कल फिर पहाड़-सा दिन उठाना है। लोग रात को कोसते हैं, लेकिन वही तो है जो माँ की तरह गोद में भरकर सारी थकान हर लेती है और प्रकाश, स्फूर्ति, ताजगी का देवता एक दिन बोझ बनकर गरीबों के कंधे पर सवार हो जाता है।"

फेंकू एक टाट बिछाकर बरामदे में एक किनारे लेट गया। शंकर को नींद नहीं थी। वह लेटा-लेटा सोच रहा था कि क्यों तमाम लोगों की तकलीफ़ें उसे परेशान कर जाती हैं? उसे इन बातों से मुक्त होना चाहिए नहीं तो ज़िन्दा रहना कठिन हो जाएगा।

कभी-कभी सोचता है, आखिर उस ज़िन्दा रहने से ही क्या फ़ायदा जिसके कवच के नीचे बाहर की कोई तकलीफ़ प्रवेश ही न कर पाती हो। ऐसी ज़िन्दगी सुख से लदी-फदी होकर भी क्या जीने लायक मानी जा सकती है?

वह हँसा और अपने को सम्बोधित करते हुए बड़बड़ाया—"अब तुम आ गए न अपनी जात पर। हर बात का हर वक़्त दार्शनिकीकरण करने लगते हो। बेवकूफ कहीं के।"

दार्शनिकीकरण न किया जाय तो क्या मात्र स्थितियों के बीच जीते हुए, मात्र उनकी अच्छी-बुरी प्रतिक्रियाएँ झेलते रहा जाय? दार्शनिकीकरण स्थितियों के ऊहा-पोह के बीच जीने का एक बुनियादी आधार देता है। चलो यही सही, यार अब सो जाओ। उसने सोने की कोशिश की लेकिन फेंकू की कराह से उसका ध्यान भंग हुआ। फेंकू सोते में कराह रहा था। उसे लगा कि उसका पूरा जवार, पूरा प्रदेश कराह रहा है। घर से दूर पड़ा हुआ प्रदेश कराह रहा है। वहाँ से भाग-भागकर मजबूर लोग यहाँ आते हैं तो वहाँ से उन्हें ताड़ित करनेवाले तत्त्व भी साथ चले आते हैं। वहाँ ज़मींदार मजदूर, सवर्ण-अवर्ण की जो टकराहट होती है, रूप बदलकर यहाँ भी आ जाती है। फेंकू वहाँ ज़मींदार के चंगुल में था, यहाँ सम्पत के चंगुल में है। वहाँ झोपड़े में था, यहाँ भी झोपड़े में है। वहाँ भी हरिजन था, यहाँ भी हरिजन है।

उसे याद आने लगा—आज स्कूल में एक सहकर्मी ने एक हरिजन लड़के को मारते हुए गाली दी कि भंगी-संगी, चमार-सियार पढ़ने चले आते हैं। साले पढ़कर लाट गवन्नर होंगे भाग साले, कल से पढ़ने मत आना।

सहकर्मी के माथे पर लाल टीका दमक रहा था। उनका जनेऊ कुरते के नीचे से झाँक रहा था।

लड़का मार खाते-खाते क्लास के बाहर भाग आया था और ज़ोर-ज़ोर से चीख रहा था और मास्टर बाहर बरामदे में ही उसे गाली दे रहे थे। अतः आसपास के कुछ टीचर भी अपनी कक्षाओं से बाहर आ गए थे। फिर रिसेज हो गया।

मास्टर हँसते हुए स्टाफ रूम में आए और सफ़ाई देने के तौर पर बात छेड़ दी कि इन गन्दे हरिजन लड़कों से आजिज़ आ गया हूँ। इन्हें कुछ भी आता-जाता नहीं। समझा-बुझाकर हार जाओ लेकिन ये कुछ समझते ही नहीं और सरकार है कि इन्हें आरक्षण के तहत बड़े-बड़े ओहदों पर बैठा देती है।"

मैं चुप रहा। मैं कुछ बोलूँ उससे पहले विनोद बोल उठा—"लेकिन साहब, कमज़ोर तो बहुत-से लड़के होते हैं उनमें ब्राह्मणों, क्षत्रियों और वैश्यों के भी बच्चे होते हैं।"

"हाँ होते हैं। तो?"

"तो क्या उन्हें भी पीटते हुए हम गाली देते हैं कि भाग बाभन साला या क्षत्रिय साला या ··· या ··· ?"

"तुम कहना क्या चाहते हो?"

"यही कि इन्हें इनकी कमज़ोरी पर और लड़कों की तरह मारने-पीटने का हमें अधिकार तो है, लेकिन उनकी जाति को लेकर गाली देने का भी क्या हमें अधिकार है?"

"तुम मुझे अधिकार का बोध सिखाने आए हो? कल के छोकरे मुझे पाठ पढ़ा रहे हो?"

"देखिए, आप अब दूसरी गाली दे रहे हैं पहले यह मान लिया कि छोटी जाति के लोग छोटे होते हैं, फिर यह मान रहे हैं कि नये लोग सहज ही पुराने लोगों से छोटे होते हैं और उन्हें कुछ भी कहने या पुराने लोगों से बहस का कोई अधिकार नहीं है।"

"नहीं, यह बात नहीं, किन्तु नये लोगों में बुजुर्गों से बातचीत करने का सलीका तो होना ही चाहिए। यह सलीका ही ग़ायब होता जा रहा है।"

"सलीका 'वन वे' नहीं होता, पंडितजी! पुराने लोगों को भी नये लोगों से व्यवहार का तरीका जानना चाहिए। सहज ही किसी पर किसी का अधिकार नहीं होता, उसे अपने व्यवहार से अर्जित करना होता है। पोंगा पंडित लोग समझते हैं कि ब्राह्मण और बुजुर्ग होने के कारण वे सहज ही पूज्य हैं और उन्हें औरों का अपमान और उपेक्षा करने का जन्मजात अधिकार है।"

"अब तो मुझे पोंगा पंडित कहते हो?" तैश में पेडितजी बोले।

"कह तो नहीं रहा हूँ मगर आप हैं ज़रूर। आपको पता होना चाहिए कि हरिजन बालक को भंगी-संगी, चमार कहकर गाली देना कानूनी जुर्म है। इस पर पुलिस केस हो सकता है और आप जेल जा सकते हैं।"

"देखो विनोद, तुम हद से बाहर जा रहे हो। ठीक नहीं होगा।" मैंने हलके से विनोद को डाँटा—"जाने दो विनोद, क्यों बात बढ़ा रहे हो।"

"आप भी भाई साहब क्या बात कर रहे हैं? बात मैं बढ़ा रहा हूँ कि ये महाराज?"

"देखा शंकर बाबू, तुम्हारा दोस्त अब तुम्हारा भी अपमान कर रहा है।"

"नहीं पंडितजी, मेरा अपमान नहीं होगा, आप निश्चिंत रहिए। मेरा मान-अपमान इतना कमज़ोर नहीं है जो बातचीत से हिल जाय। और बात तो यह ठीक ही कह रहा है। आप को इस तरह बच्चों का जातिगत अपमान नहीं करना चाहिए और आपने उसे गाली देते हुए धुआँधार पीटा भी। इसलिए न कि वह एक ग़रीब हरिजन बाप का बेटा है? वह कुछ कर नहीं सकता?" मैं बोला।

"अजीब मुसीबत है। ये दोनों दोस्त तो दुनिया भर की खुदाई खिदमतगारी का ठेका लिए फिरते हैं। जहाँ देखो वहीं अपनी नाक घुसेड़ देते हैं।" पण्डितजी के इस रिमार्क पर लोग हँस पड़े। मुझे लोगों की हँसी पर अजीब वितृष्णा हुई। लोग तमाशाई बने रहते हैं न, मानवीय सरोकार के किसी भी मामले में गहराई से संपृक्त होने की

कोशिश नहीं करते। मैंने एक बार घूरकर लोगों को देखा। उनके चेहरे पर मज़ा लेने की सी चिपचिपी हँसी चिपकी हुई थी।

"इतने लोगों में से किसी को बुरा नहीं लगा, तुम्हीं लोगों को क्यों मिरची लग गई?"

"इन लोगों की ये लोग जानें मगर हमें इसलिए लगी कि हमारी चमड़ी में संवेदनशीलता है। और पण्डितजी हमें नहीं मालूम कि आप लोगों को लगाने के लिए जेब में मिरची लिए घूमते हैं।" मैं बोला।

"अरे ये तो खुद एक बड़ा-सा मरचा हैं, बस लोगों को लगने के लिए ही पैदा हुए हैं।" विनोद बोला। एक ज़ोर का ठहाका लगा और पण्डितजी रूआँसे हो गए।

"मैं हेडमास्टर साहब के पास जाकर शिकायत करता हूँ।" कहते हुए पण्डितजी उठ गये।

"और मैं लड़के को लेकर थाने जा रहा हूँ।" कहकर विनोद भी उठ गया। मैं भी उसके साथ हो लिया।

हम उस बच्चे को खोजने लगे। वह दिखाई पड़ गया। लड़के यहाँ-वहाँ छिटके हुए खाना खा रहे थे, पानी पी रहे थे, लेकिन वह हरिजन लड़का दीवार के एक कोने से सटा अहक-अहककर रो रहा था। हमें देखते ही भयभीत हो गया। लगता था, जैसे मास्टर नाम का हर आदमी उसके लिए डरावना बन गया हो।

विनोद ने उसका हाथ पकड़कर उठाया तो चिल्ला पड़ा—"नहीं मासटीजी, मुझे मत मारिए, मुझे मत मारिए।"

मेरी आँखों में आँसू छलक आए। विनोद ने पुचकारकर कहा—"नहीं बेटे, मैं तुझे मारने नहीं आया हूँ। मैं तुम्हारे घाव देखने आया हूँ।" कहकर विनोद ने उसकी कमीज़ ऊपर उठा दी। देखा—पीठ चोट के निशानों से गुंथी हुई है।

और लड़के घिर आए। धीरे-धीरे बोलने लगे—"बेचारे को बहुत मारा है पण्डितजी ने।"

"अरे रोज़ ही तो मारते हैं। कभी इसको, कभी उसको।"

"क्यों बेटे, कुछ खाया-वाया?" वह लड़का सहानुभूति पाकर और अहकने लगा।

"अरे मास्टरजी, यह बेचारा तो बहुत ग़रीब है। कभी भी दोपहर को कुछ नहीं खाता। कोई कुछ देना चाहता है तो लेता भी नहीं।"

"तुम चलो, पुलिस केस करता हूँ। पण्डितजी ने चमार कहकर तुम्हें गाली दी है और बेरहमी से मारा है। चलो थाने चलते हैं। पण्डितजी को आटे-दाल का भाव मालूम हो जाएगा।"

"नहीं ई··· मास्टरजी यह सब मत कीजिए।" वह हाथ जोड़कर दयनीयता से घिघिया उठा।

"क्यों?"

"हम बहुत ग़रीब हैं, मास्टरजी।"

और वह वहीं फिर धम्म से बैठ गया।

"अरे डरो मत, हम तुम्हारे साथ हैं।"

"नहीं मास्टरजी, हम ग़रीब हैं।" वह बार-बार यही कहता रहा। हम लौटकर स्टाफ़ रूम में चले आए। पण्डितजी भी लौट आए थे। संभवतः हेडमास्टर साहब के पास यह बात पहुँच गई थी और उन्होंने पण्डितजी को डाँटकर वापस कर दिया था।

मौन की एक गुर्राहट दोनों पक्षों के बीच तनी रही।

मुझे याद आया—एक दिन मैं एक गली से गुज़र रहा था। उस दिन छुट्टी पर था, कहीं जा रहा था। दूसरी दिशा से उसी लड़के की माँ इसे खदेड़-खदेड़कर सटहे से पीट रही थी। यह चिंचिया रहा था।

यह दृश्य देखकर मुझसे रहा नहीं गया। उसे डाँटते हुए कहा—"क्यों पीटती हो बच्चे को इस बेरहमी से?" बच्चा मुझे देखते ही ज़ोर से भागा और लापता हो गया। माँ थम गई— "क्या बताऊँ बाबूजी, इसे बहुत समझाया, पढ़ता ही नहीं। स्कूल जाने के नाम से घबराता है। समझाकर हार गई। अरे बाबूजी, सोचा कि हमने तो सिर पर मैला ढो-ढोकर नरक की ज़िन्दगी बिताई ही है, बच्चा तो पढ़-लिखकर आदमी बन जाए, लेकिन यह बदजात कुछ सुनता ही नहीं, तुला हुआ है सिर पर मैला ढोने को। ···" कहते-कहते वह रो पड़ी और आगे सरक गई। मैं मर्माहत रह गया। आज उस बच्चे की पिटाई देखकर समझ में आया कि वह स्कूल के नाम से क्यों भागता है? क्या हम मास्टर लोग अनन्त ज़िन्दगियों को विद्या से भयभीत कर देने के ज़िम्मेवार नहीं हैं?

बारह बजे का सायरन चीख उठा। ओह, सो जाना चाहिए। बहुत देर हो गई। कोई बात नहीं ··· । कल छुट्टी का दिन है।

शंकर ने सोचा था, थोड़ी फ़ुरसत से उठेगा छुट्टी का दिन है कि फिर सवेरे-सवेरे कौआरोर हुआ। चन्दा असरफी से लड़ रही थी। दोनों के वस्त्र अस्त-व्यस्त हो रहे थे।

चन्दा बेशर्मी से गुर्राती हुई कह रही थी—"हरजाई, कसबिन एक न एक बहाना लेकर टकरा जाती है।"

"टकराती तो तू है। न जाने मैंने तेरा क्या बिगाड़ा है कि कोई-न-कोई खुरपेच लेकर शुरू हो जाती है। लगता है रात-भर मरद से नाराज रहती है और सबेरा होते-होते सारी भड़ास दूसरों पर निकालती है।"

"अरे जा-जा छिनाल कहीं की। दोष मुझे देती है। खुद ही रात-भर बूढ़े मरद को कोंचती है। उससे कुछ होता नहीं तो सारी आग लिए मुझसे टकरा जाती है।"

"अरे चन्दा, मेरा बूढ़ा तेरे मरियल जवान से अभी बहुत पाठा है। एक दिन उसके

साथ सोकर तो देख, तेरा एक भी अंग दुरुस्त नहीं रहेगा।"

सारी औरतें हँसने लगीं।

शंकर ने आगे बढ़कर तैश में कहा—"भाई, तुम लोग रोज़-रोज़ यहाँ क्या तमाशा लगाए रहती हो? कुछ तो ख्याल करो—बाल-बच्चेदार लोग यहाँ रहते हैं।"

"क्या है भाई साहब?" शंकर ने देखा कमलेश है। उसके साथ कोई एक अनजाना-सा लड़का है।

"अरे इन सबों के मारे तो चारों ओर गन्दगी फैल रही है। इनकी गालियों और गन्दे झगड़ों से ही इस मोहल्ले का दिन शुरू होता है और न जाने हमारे बच्चों पर इसका क्या असर होगा?" पारस भइया ने कुछ क्रोध तथा कुछ उपहास में फबती कसी।

"अरे पण्डित, तुम्हें क्या चिन्ता है? तुम्हारे बाल-बच्चे यहाँ कहाँ हैं कि फिकर हो रही है?" चन्दा ने एक विचित्र मुद्रा में पारस को जवाब दिया और कुछ लोग हँसने लगे।

धीरे-धीरे काफ़ी लोग जुट आए थे। सबके सामने पारस को चन्दा का यह जवाब अपमानजनक लगा। उन्होंने डपटकर कहा—"ऐ चन्दा, यह मज़ाक का समय नहीं है। मेरे अपने बाल-बच्चे यहाँ नहीं हैं तो क्या हुआ और लोगों के तो हैं क्या ये मेरे बाल-बच्चे नहीं हैं?"

"हैं, क्यों नहीं? ऐसे बाँके जवान तो हैं आप कि मोहल्ले-भर के बाल-बच्चे आपके हो जाएँ।" कहकर चन्दा मुस्कराई। लोग हँसने लगे।

"ठीक है, आप लोग हँसिए, चढ़ाइए इन्हें सिर पर। अपने को क्या? मैं तो चलता हूँ।" कहकर पारस वहाँ से सरक गए। उन्हें चन्दा से बहुत डर लग रहा था, ससुरी पता नहीं क्या कह दे!

कमलेश सोच रहा था कि पण्डित और चन्दा का संवाद उसने कहीं सुना है अरे हाँ, कल ही तो सुना है रात की मुठभेड़ में। तो कल क्या यही जोड़ी थी? वाह रे पण्डित, तू तो खूब मोहल्ले की सफ़ाई का ध्यान रख रहा है।

लोग अब एकाएक तैश में आ गए—"नहीं, रोज़-रोज़ के इस झगड़े को ख़त्म करना ही चाहिए। बुलाओ दोनों के मरदों को। कहो कि अपनी बीवियों को बस में रखो, नहीं तो मोहल्ला छोड़ दो।"

"अरे वाह रे मोहल्ला छोड़ानेवालों! हम क्या किसी के मकान में रहते हैं?" चन्दा ऐंठकर बोली।

"बड़ी अजीब औरत है!" कमलेश सोचता रहा।

"इन्हें इस मोहल्ले से निकालना ही होगा। चलो चलते हैं, गोरख पहलवान से शिकायत करते हैं। इस तरह कब तक चलेगा।" एक व्यक्ति बोला।

"अरे जा-जा, बड़े आए गोरख पहलवान से सिकायत करने वाले। जाओ, देख लो सिकायत करके।" चन्दा ऐंठकर बोली।

"वह देखो गोरख पहलवान का पट्ठा राजूसिंह इधर ही आ रहा है। चलो अच्छे मौके से आया।" राजू नाम से यह लम्बा-चौड़ा हट्टा-कट्टा व्यक्ति हाथ में लाठी लिए नल के पास आ पहुँचा। उसने नल के पास आकर लाठी का हूरा ज़ोर से ज़मीन पर दे मारा।

"अच्छे आए राजू पहलवान।"

"क्यों, क्या बात है?" उसने अपनी पहलवानी मुद्रा में पूछा।

"बात क्या है? आप लोगों ने इस अहाते में इन लोगों को बसाकर हम लोगों के लिए मुसीबत खड़ी कर दी है। ये औरतें रोज़ लड़ती हैं और फूहड़-फूहड़ गालियाँ बकती हैं।"

"मैं नहीं गाली बकती हूँ।" असरफी ने कहा।

"आ-हा-हा ··· ये तो फुससुंघी रानी है। इनके मुँह से तो फूल झरता है। अरे यही कमीनी रोज किसी-न-किसी बात पर मुझसे टकरा जाती है और मुझे भी कुछ-न-कुछ बोलना पड़ता है।"

"हूँ।" की मुद्रा में राजू पहलवान सिर हिलाता रहा और कभी चन्दा की, कभी असरफी की उघड़ी छातियों पर नज़र गड़ाता रहा।

हम यह नहीं जानते कि तुम लोगों में से कौन पहले शुरू करता है, लेकिन झगड़ा रोज़ होता है और हमारी बहू-बेटियों को शरमिन्दगी झेलनी पड़ती है। तुम लोग कहीं और जाकर लड़ो और खाली करो यह मोहल्ला।"

"अच्छा तो किससे-किससे यह मोहल्ला खाली कराइएगा बाबूजी! पहले आपसे ही यह शुरुआत की जाय। आप रोज अपनी बीवी पर घण्टों चिल्लाते हैं और पीटते हैं। वह बेचारी घर में रो-रोकर जान देती है और पास-पड़ोस की नींद हराम होती है। आप में और हम में फरक यह है कि हम लोग दिन को लड़ते हैं और बाहर लड़ते हैं आप लोग रात को लड़ते हैं और घर के भीतर लड़ते हैं। हम किसी की नींद तो खराब नहीं करते।" चन्दा बोली।

"और वो ठाकुर साहब हैं, आए दिन बाप-बेटे लड़ते हैं। पूरा मोहल्ला देखता है और कभी नहीं कहता कि मोहल्ला खाली करो।" असरफी बोली।

"और वो चौधरी साहब हैं जो शराब पीकर आते हैं और आते ही अपने पूरे घर को सिर पर उठा लेते हैं, उन्हें कोई कुछ नहीं कहता।" चन्दा बोली।

"और वो जो तानसेन के चाचा मुंशीजी हैं वे आधी-रात तक गदहे की तरह रेंकते हैं और गन्दे-गन्दे गीत गाते रहते हैं, उन्हें कोई कुछ नहीं कहता।" असरफी बोली।

"और वो जो ··· ।"

"और वो जो ··· ।"

"चोऽप हरामज़ादी।" एकाएक राजू तड़पा और सब लोग चौंक गए। साली सटर-सटर जबान चलाए जा रही है।" उसने असरफी की ओर मुँह करके कहा—"मैंने

तुम्हारे बारे में बहुत सुन रखा है एक तो कई महीने से किराया नहीं दिया, दूसरे मोहल्ले-भर से झगड़ा करती है। कहाँ है तेरा बूढ़ा खसम? बुला उसे और चल मकान खाली कर दे।"

लोग मज़ा लेने के भाव से हँसने लगे। शंकर और कमलेश ख़ामोश रहे। शंकर सोचता रहा ··· ।

"झगड़ा शुरू करती है चन्दा और यह निकालने आया है असरफी को।" कमलेश ने उसकी ओर देखा और कुछ कहना चाहा। शंकर ने हाथ दबाकर रोक दिया।

"वो तो ड्यूटी पर गए हैं और किराया तो खाली एक महीने का बाकी है। माई मर गई उसी में कुछ भेजना-भाजना पड़ गया।"

"मैं कुछ नहीं जानता, चलो अपना सामान निकालो, नहीं तो सड़क पर फेंक दूँगा।"

"अरे भाई, एकाएक इस तरह किसी को बेघर नहीं किया जाता। उसका मरद ड्यूटी पर गया है, आएगा तो कहेगी और अगर आप खाली ही कराना चाहते हैं तो पहले ये लोग नये घर का इन्तज़ाम कर लेंगे तब न छोड़ेंगे। और मुझे तो इन्हें निकालने की कोई वजह दिखाई नहीं पड़ती। किराया देने में एकाध महीने की देर-सवेर हो ही जाती है।"

"आप चुप रहिए शंकर बाबू, आप हर आदमी के मामले में टाँग अड़ा देते हैं।"

"राजूसिंह, इस तरह टाँग अड़ाता चलता तो टाँग कब की टूट चुकी होती। अरे टाँग वह अड़ाए जिसकी टाँग लोहे की बनी हुई हो, जैसे आप लोगों की है आप आ गए न सवेरे-सवेरे इस मोहल्ले के एक झगड़े में टाँग अड़ाने।" शंकर बोला।

"देखिए, आप बकवास मत कीजिए शंकर महाराज, आप जैसे नेताओं को ठीक करना मुझे आता है।"

कुछ लोग मज़ा लेने लगे और कुछ लोग शंकर के अपमान से तिलमिलाने लगे।

"अरे बेटे, तुम्हें आदमी देखकर बात करनी चाहिए। शंकर एक पढ़ा-लिखा अच्छा लड़का है। वह सबके काम आता है उससे इस तरह तो बात न करो।" एक बुजुर्ग-से सज्जन बोले।

"चुप रहो ऐ बुड्ढे! मुझे तमीज मत सिखाओ।"

शंकर को गुस्सा आ गया। उसे लगा कि अब उछलकर राजू नाम के जानवर पर टूट पड़ेगा। उस बुजुर्ग ने शंकर को देखा और हँसकर आँखों ही आँखों से कुछ करने से मना किया।

राजू फिर असरफी की ओर मुड़ा, "अपने खसम को बुला और घर खाली कर, नहीं तो सामान फेंकता हूँ। चल ··· " वह ज़ोर से तड़पा।

असरफी सकते में आ गई थी। वह रुआँसी हो गई। तमाशबीन लोग मज़ा लेने लगे। दो-चार आदमी ऐसे थे जो अलग-अलग सोच रहे थे कि क्या किया जाय?

शंकर सोच रहा था कि झगड़ा दोनों करती हैं, लेकिन यह जानवर असरफी पर ही क्यों अपना गुस्सा बरसा रहा है? जरूर कोई और बात है।

राजू फिर तड़पा—"निकालता तो मैं दोनों को, लेकिन चन्दा के यहाँ का किराया समय पर आ जाता है, इसलिए अभी तुझी को निकाल रहा हूँ।"

असरफी सोच रही थी कि चन्दा हरामज़ादी ने ही लगाया-बुझाया होगा। और इस सालल का क्या? यह छिनाल तो मरद से ज़्यादा खुद कमा लेती होगी। कितने यार हैं इसके। और उसकी इच्छा हुई कि कुछ दिन पहले राजू उसके पास जिस मन्शा से आया था और उसने उसे खदेड़ दिया था उसे भरी सभा में कह दे, लेकिन लोग पतियाएँगे नहीं, उलटे हँसी उड़ाएँगे।

"चल हरामज़ादी, चल खाली कर।" राजू ने लाठी के हूरे से असरफी को धक्का देकर कहा।"

"नहीं खाली करेगी, जो करना हो कर लो, यह कोई इन्सानियत हुई!" लोगों ने देखा चन्दा झपटकर बीच में आ गई थी। उसने असरफी का हाथ पकड़कर अपनी ओर खींच लिया।

राजू थोड़ी देर के लिए स्तब्ध रह गया।

"वाह, यह भी कोई बात हुई। लड़ती हैं हम दोनों, छाती फटती हैं औरों की। कौन नहीं लड़ता है? सभी लड़ते हैं अपने घरों में, कोई किसी को निकाल देता है?" वह चुप हो गई। फिर बोली—"आप लोगों को बड़ा अच्छा लगा कि मोहल्ले की एक औरत को एक बाहर का आदमी इस तरह बे-इज्जत कर रहा है और तब, जब कि उसका मरद घर पर नहीं है।"

"अरे तुम लोग औरत हो कहाँ? तुम लोग तो चुड़ैल हो।" राजू बोला और लोग बेशरमी से हँस पड़े।

चन्दा ने लोगों को एक बार जलती आँखों से देखा। बोली—"थुह, अगर आपके घर की किसी औरत की इस तरह बे-इज्जती होती तो यह हँसी गायब हो गई होती। हम छोटी जाति की हैं न। हम लोग तो आप लोगों के मनबहलाव का सामान हैं।"

शंकर की आँखों में खुशी की लहर फैल गई थी। लोग धीरे-धीरे दुम दबाकर घरों की ओर सरक गए।

"जा-जा राजूसिंह, अगर तुम्हें किराये के बहाने इसे निकालना है तो इसका किराया मैं चुका दूँगी।"

"अजीब जाति है साली इन औरतों की। समझ में नहीं आती।" बड़बड़ाते हुए राजू ने लाठी का हूरा जमीन पर पटका और एक बार शंकर की मुस्कराती आँखों को हिक़ारत से देखा और चल पड़ा।

"राजूसिंह, कल आपसे गोरख बाबा के यहाँ ही भेंट होगी। वहीं फैसला होगा।" शंकर ने पुकारकर कहा।

असरफी कुछ देर गुमसुम खड़ी रही, फिर सिसकती हुई चन्दा की छाती पर भहरा पड़ी।

चन्दा उसके सिर पर हाथ फेरती रही, मानो वह उसकी बड़ी बहन हो—"रोओ मत, हम लोगों ने झगड़े किए हैं तो प्यार भी तो कर सकती हैं।"

"शाबाश चन्दा!" खुशी से छलकती आँखों से शंकर ने कहा।

"क्या शाबाश शंकर बाबू! मुझे तो अजीब तकलीफ हो रही है यह देखकर कि लोग औरत की इज्जत का तमाशा देखते हैं और आपको क्या हो गया था शंकर बाबू!"

शंकर मर्माहत रह गया। बोला—"मुझे वही हो गया था जो तुम्हें हुआ। मैं खूनखराबे के डर से उलझने से बच रहा था। देखा नहीं, राजू कितनी बदतमीजी पर उतर आया था। आज मैंने कुछ बड़ा कांड होने के डर से अपने को सँभाले रखा, लेकिन आखिर में अपने को नहीं सँभाल पाया, किन्तु जब तक मैं कुछ करूँ तुम कूद पड़ी। यह अच्छा ही हुआ, बहुत अच्छा हुआ कि ख़ूनख़राबा होने से बच गया और तुम दोनों का झगड़ा प्यार में पलट गया।"

"वाह-वाह, आप भी अजीब हैं शंकर बाबू! हम झगड़ा नहीं करेंगे? झगड़ा नहीं करेंगे तो खाना कैसे पचेगा? वाह-वाह, वो तो करेंगे ही।" और उसने झगड़ा करने के टोन में असरफी को ढकेलते हुए कहा—"चल हट हरजाई, बड़ी आई लाड़ जताने वाली, जा अपने घर जा।"

शंकर हँसने लगा। असरफी ने एक बार शंकर की ओर खामोश निगाहों से देखा और घर की ओर चल पड़ी।

"अजीब तमाशा है यह तो!" कमलेश बोला।

"चलो अच्छा हुआ: इस बहाने एक अच्छा काम हुआ कि दोनों एक हो गईं।"

"क्या एक हो गई? अरे कभी कुत्ते की दुम भी सीधी होती है? कल से फिर लड़ेंगी। छोटी जाति का कहीं संस्कार बदलता है!" पारस एकाएक आ धमके थे।

"ये पारस पण्डित हैं, ये कमलेश हैं" शंकर ने परिचय कराया।

"और ये रहमान हैं।" कमलेश ने साथ वाले लड़के का परिचय दिया।

"ये कौन हैं, कहाँ से आए हैं, यहाँ कैसे आए हैं?" पारस पूछ गए।

कमलेश को अजीब लगा। शंकर को इसका अभ्यास पड़ गया था। बात टालने के लिए कहा—"तो आप संस्कार की बात कह रहे थे।"

"हाँ, कह रहा था कि अच्छा रहा होता कि दोनों को या इनमें से एक को मोहल्ले से निकाल दिया गया होता।"

"और किसी ने इन्हें निकलवाने की कोशिश की और खास कर असरफी को। न जाने किसने यह किया था।"

"किसी ने किया हो, उसने अच्छा ही किया था। मोहल्ले की गंध साफ़ हो तो क्या

अच्छा नहीं लगेगा?"

"गन्ध?"

"हाँ, क्या ये दोनों कोई धन्धा करती हों।"

"धन्धा?"

"हाँ-हाँ, धन्धा।"

कमलेश को यह आदमी एक ही भेंट में असह्य हो गया। बोला—"पारसजी ठीक कह रहे हैं। मैंने भी देखा है।"

"क्या देखा है?"

"कल रात आप देर से आए थे। मैं टहलता हुआ उधर तालाब की ओर चला गया था। अँधेरे में बैठा पेशाब कर रहा था कि एक मर्द और औरत में प्रेम--संवाद चलने लगा। औरत मर्द को पण्डित कह रही थी और मर्द औरत को चन्दा कह रहा था।"

"अरे कहीं यही पण्डित तो नहीं थे। इस मोहल्ले में पण्डित तो यही हैं।" हँसते हुए शंकर ने पारस की ओर देखा। पारस का चेहरा फक पड़ गया था।

"अब मैं यह तो नहीं कह सकता कि कौन पण्डित थे, लेकिन इन्हीं की तरह पाजामा-कुर्ता वे भी पहने हुए थे।" कमलेश बोला।

"अरे होंगे। पाजामा-कुर्ता पहननेवाले बहुत-से पण्डित हैं आसपास के मोहल्लों में। अपने पारस भइया तो परम सात्विक व्यक्ति हैं, एकदम ब्रह्मचारी।" शंकर बोला।

"अच्छा शंकर, चलता हूँ, एक काम याद आ गया।"

"हाँ-हाँ जाइए, आज छुट्टी के दिन अनेक लटके हुए काम निबटाने पड़ते हैं।"

पारस चला गया तो शंकर बड़बड़ाया—"लगता है इसी ने राजू को बुलाया था।"

"और कल रात चन्दा के साथ भी यही था।"

"क्या कर रहा था?"

"चन्दा के आगे गिड़गिड़ा रहा था। वह इसे झिड़क रही थी।"

"यह पण्डित अजब सड़ियल आदमी है। पैसा एक नहीं खर्चेगा और चाहेगा आशनाई करना। अच्छा छोड़ो यह काण्ड, अपनी कहो।"

"हाँ ये रहमान हैं, हिन्दी में अच्छी कविताएँ लिखते हैं। आपसे मिलाने लाया हूँ। आप स्वयं कवि हैं। इन्हें यहाँ के साहित्यकारों की दुनिया से परिचित कराइए। मुझे इनमें बड़ी प्रतिभा दिखाई पड़ रही है।"

"यहाँ कब आए?"

"एक हफ्ता हुआ।" रहमान ने संकोच से कहा।

"यहाँ कहाँ ठहरे हैं?"

वह चुप रहा।

"क्यों भाई, कहाँ ठहरे हो?" शंकर ने फिर पूछा।

"ये ठहरे हैं कस्साई की चाल में। इसीलिए बताने में शर्म महसूस कर रहे हैं।"

"क्यों?"

"कह रहे थे कि मुसलमानों के रहने की जगह का यह नाम किसने दे दिया और क्यों दे दिया? क्या सारे मुसलमान कसाई होते हैं? मुझे तो इस मोहल्ले का नाम बताने में शर्म महसूस हो रही है।"

"दरअसल रहमान भाई, गरीबों के मुहल्लों को कोई नाम दे दो, क्या फ़र्क पड़ता है। गरीब लोगों को बसने के लिए कोई चुनाव थोड़े करना पड़ता है। जहाँ सस्ती जगह या मकान मिला उसमें सामने की कोशिश करते हैं। कुछ कसाई पहले यहाँ रहते रहे होंगे, एरिया उपेक्षित रहा होगा, धीरे-धीरे गरीब मुसलमान वहाँ बसने लगे होंगे, बस गई कक्साई चाल।"

"पता नहीं क्यों मुझे अजीब लगता है यह नाम बताना। कसाई नाम से ही मुझे दहशत होती है।"

"कवि हो न। लेकिन इसे आप एक रूढ़ नाम समझकर इसके अर्थ को भूल जाओ। लोग भी इसे रूढ़ नाम के ही रूप में लेते हैं।" शंकर ने कहा। फिर पूछा—

"क्या करते हैं?"

"अभी तो कुछ नहीं करता। यू.पी. से इंटर पास किया है। अब्बा यहाँ मिल में चपरासी हैं, वे चाहते हैं। मैं पढ़ूँ, लेकिन घर की गरीबी देखकर पढ़ने की हिम्मत नहीं होती। सोचता हूँ कोई छोटी-मोटी नौकरी कर लूँ ताकि अब्बा का बोझ हलका हो।"

"हूँ।"

"वे अकेले कमाने वाले हैं। गाँव पर बड़ा परिवार है। छोटी-मोटी खेती है। माँ कपड़े सिलकर कुछ काम चलाती हैं, लेकिन बीमार रहती हैं। एक बड़े भाई हैं, अनपढ़। वे खेत देखते हैं और दूसरों के यहाँ मजूरी भी कर लेते हैं। मुझसे छोटी तीन बहनें हैं, दो भाई हैं। अब्बा पेट काट-काटकर रुपये भेजते हैं। भला मैं पढ़ता रहूँ और वे पिसते रहें, यह कैसे हो सकता है?"

"परसों रहमान के पिताजी इन्हें लेकर मामा के यहाँ आये थे। इन्हें मुझसे मिलाने। मामा और वे दोनों एक ही मिल के हैं। दोस्त हैं। वे मुझसे कहने लगे—इसे समझाओ बेटा, यह आगे पढ़े। मैं तो हूँ ही घर देखने वाला। यह अभी से क्यों इसमें पिसना चाहता है?"

"छोड़िए भाई साहब इस सवाल को। यह साल तो गया, अब अगले साल न नाम लिखाने की समस्या आएगी। तब देखा जाएगा।" बात टालने के लिए रहमान ने कहा।

"हाँ, लेकिन निर्णय तो करना पड़ेगा कि नौकरी या पढ़ाई।" कमलेश ने कहा।

"चलने को तो दोनों चल सकते हैं। कोई छोटी-मोटी नौकरी हो तो पढ़ाई चल जाए।"

"छोड़िए भाई साहब, फिर देखा जायगा। जब अगले साल नाम लिखाना है तो इस बीच कोई नौकरी मिल जाएगी तो कर लूँगा।"

"इतनी जल्दी कौन-सी नौकरी मिलेगी? देखो न, कमलेश कब से झख मार रहा

है, अभी नहीं मिली।"

"कमलेशजी को टीचरी चाहिए। मैं तो झल्ली उठाने का भी काम कर लूँगा, किसी दुकान पर भी नौकरी कर लूँगा।"

"अच्छा भाई छोड़ो यह सब। कुछ कविताएँ तो सुनाओ।"

"आप सुनाइए न। मैं देहात का एक अनाड़ी कवि क्या सुनाऊँगा?"

लेकिन शंकर ने ज़िद की और वह सुनाने लगा। शंकर की ज़िद पर उसने कई कविताएँ सुनाईं। शंकर अभिभूत-सा सुनता रहा। कविताएँ सुनाकर रहमान संकोच से नीचे देखने लगा।

"शाबाश रहमान! तू तो बहुत असरदार कवि है। क्या कहने!"

"क्या भाई साहब, ये कुछ कच्चे बोल हैं। जो आया लिख मारा। इनमें क्या है।"

"हाँ भाई, ये कच्चे बोल हैं। इनमें अपनी कच्ची मिट्टी की आत्मा का दर्द साकार हो उठा है। काश, तुम्हारी प्रतिभा को अवसर मिल पाता!"

रहमान संकोच में गड़ा जा रहा था। कमलेश प्रसन्न था। शंकर किसी सोच में डूबा आ रहा था।

तुम्हें कभी गौतम साहब से मिलाऊँगा, वे तुम्हारी सही पहचान कर सकेंगे। चलो आज ही चलते हैं।

जब ये तीनों निकलने को हुए तो विनोद भी आ गया।

"क्यों, रात को नींद नहीं आती? सबेरा हुआ नहीं कि घर से निकल पड़े।" शंकर ने कहा।

"वही तो मैं भी पूछता हूँ आप भद्र जनों से। एक नहीं तीन-तीन आदमी अपने-अपने घर छोड़कर इतना सबेरे पंछी की तरह उड़ने को तैयार हो गए।"

"अरे हाँ, ये रहमान हैं। अभी हफ्ता-भर पहले यू.पी. से आए हैं। ये बहुत अच्छे कविता हैं।"

"कवि हैं या शायर?"

"क्यों, दोनों में क्या फ़र्क है?"

"क्यों, फ़र्क क्यों नहीं हैं, एक हिन्दी का है, एक उर्दू का।"

"तो तुमने इन्हें मुसलमान जानकर यह प्रश्न किया है न?"

"हाँ, सो तो है।"

"यानी तुम भी भाषा को धर्म या मज़हब से जोड़ते हो?"

"सो कैसे?"

"ऐसे कि यदि किसी हिन्दू के कवि होने की बात सुनी होती तो तुम यह सन्देहात्मक प्रश्न नहीं पूछते कि कवि हैं या शायर। ये मुसलमान हैं न, इसलिए तुम्हें

शंका हुई कि मुसलमान होकर हिन्दी का कवि कैसे?"

"देख भाई शंकर, तू फिर शुरू हो गया न! अपन को इतनी मगज़मारी नहीं आती। मैंने यों ही सरल भाव से पूछ लिया और तू दार्शनिक की दुम लगा मीन-मेख निकालने।"

सब लोग हँसने लगे।

लेकिन कमलेश ने बात आगे बढ़ाई—"विनोद भाई की जिज्ञासा कुछ असहज तो नहीं। हर धर्म के साथ कोई-न-कोई भाषा जोड़ दी गई है। हर धर्म के ठेकेदार भाषा को धर्म के जुए में जोत रहे हैं और राजनीतिक प्रदेशों को भाषा-विवाद का अखाड़ा बनाए हुए हैं। यह गलत है, लेकिन माहौल ऐसा है कि एक हिन्दू के शायर होने पर, एक मुसलमान के कवि होने पर या एक प्रदेश के व्यक्ति का दूसरे प्रदेश की भाषा में साहित्य लिखने पर एकाएक आश्चर्य ही होता है।"

"हाँ होता तो है, लेकिन विनोद जैसे खुले विचारों के व्यक्ति को आश्चर्य नहीं होना चाहिए।"

"आदाबअर्ज़! शुक्रिया, इस इज़्ज़त अफज़ाई के लिए।" विनोद झुक-झुककर सलाम करने लगा। सभी हँसने लगे।

"उल्लू का पट्ठा!" एकाएक विनोद बोला।

"हैं, यह क्या बकवास कर रहे हो? किसे कह रहे हो?"

"वो देखो जा रहा है।"

"लोगों ने देखा, पारस भइया थे।"

"क्यों क्या हुआ? उन्हें क्यों गाली दे रहे हो?"

"ऐसे ही, इसे गाली देना अच्छा लगता है।"

फिर एक हँसी की लहर दौड़ी।

"अरे हम लोग क्या कम उल्लू के पट्ठे हैं कि हिहिहिहि हँसे जा रहे हैं, न चाय न नाश्ता ··· आप लोग जा कहाँ रहे हैं?" विनोद बोला।

"डॉ. गौतम के यहाँ? लेकिन जाने से पहले आपको चाय ज़रूर पिलाएँगे। हम लोग तो पी चुके हैं।" कहकर शंकर ने विनोद से ही कहा—"ज़रा स्टोव तो जलाइए"

"धत्त तेरी की। स्टोव की ऐसी की तैसी। छुट्टी में भी साली स्टोव से लड़ाई। चलिए दुकान पर चलते हैं। हुजूर की जेब में अगर कुछ नहीं है तो मैं चाय पिलाऊँगा।" विनोद बोला।

"यार, आज तू कुछ ज़्यादा ही उल्लू के मूड में है। चल चलते हैं दुकान तक। फिर तुझसे छुट्टी लेते हैं।"

"क्यों, डॉ. गौतम के यहाँ से नहीं चल सकता?"

"हूँ, चलके क्या करेगा? वहाँ कुछ समझदारी की बात होगी—कुछ साहित्य की बात होगी। तू बैठा-बैठा क्या करेगा?"

"मैं देखूँगा कि डॉ. गौतम के सामने तू किस तरह पूँछ हिलाता है। बाहर-बाहर बहुत तीसमारखाँ बनता है न। तुझे अपनी पोल खुल जाने का डर लगा हुआ है न! ले मैं नहीं जाता।"

सब हँसने लगे। रहमान अजीब अजनबीपन से यह सब कुछ देख रहा था और सहमा-सहमा हँस रहा था।

"अच्छा चल यार, तू भी गौतम साहब को अपना थोबड़ा दिखा आ।"

"चल यार, उस फुटपाथ वाले पण्डित की चाय पीते हैं।" विनोद ने कहा।

"कौन पण्डित?"

"भूल गए? अरे जिसने गंगाराम शास्त्री को ललकार दिया था।"

"हाँ-हाँ चलो, उसकी चाय अच्छी होती है।"

वहाँ पहुँचे तो देखा कि वह नहीं था। "अरे गया कहाँ? अभी आया नहीं होगा।"

विनोद ने सामने की एक दुकानवाले से पूछा तो मालूम पड़ा कि पुलिस उसे पकड़ ले गई है।

"क्यों भला?"

"अरे वह बड़ा गुस्सैल था। एक दो पुलिसवालों ने चाय पी। उसने पैसे माँगे तो पुलिसवाले हँसने लगे और कहा—'नये आए हो क्या?"

"मैं नया होऊँ या पुराना, आपको इससे क्या मतलब? आप पैसे दीजिए और जाइए।"

"अरे तुझे मालूम है कि तू फुटपाथ पर दुकान चला रहा है? यह गैरकानूनी है। कल कमेटी वाले आएँगे और तेरे यह सारे अरतन-बरतन उठा ले जाएँगे।"

"कल की बात कल की है, आज की बात यह है कि तुम लोगों ने चाय पी है, बिस्कुट खाए हैं, पैसे दो।"

"अरे कैसा नीच माणस है। बड़े-बड़े दुकानदार तो माँगने की हिम्मत नहीं रखते और यह काँय-काँय किए हुए है।" वे चलने लगे।

"अरे नीच होगा तेरा बाप, मैं गोरखपुर का करकरा ब्राह्मण हूँ। और पैसे देकर जा।" उसने लपककर एक सिपाही को पकड़ लिया। अरे साहब उस दुबले-पतले आदमी ने ऐसा दबोचा, ऐसा दबोचा कि सिपाही-राम की आफ़त आ गई। दूसरा सकते में आ गया। संयोग से कहीं से कुछ और सिपाही आ गए। सबने मिलकर उसे पीटना शुरू किया। उसने जलती चाय एक सिपाही के पाँव पर उड़ेल दी। साहब, गेहुँवन साँप की तरह तनतना-तनतनाकर निकल जाता था। आखिर सब उसे मारते-पीटते ले गए। पता नहीं किस हालत में है?"

"था बहुत बहादुर।" एक ने रिमार्क दिया।

"पागल था साला! भला पुलिसवालों से उलझा जाता है! दो कप चाय ही तो पी थी। कौन-सी सम्पदा चली गई!"

"दो कप चाय की बात नहीं है श्रीमान्, सिद्धान्त का सवाल था। आखिर चाय पीकर सिपाही पैसे क्यों नहीं देते?" शंकर बोला।

"सिद्धान्त? सिद्धान्त क्या होता है साहब?"

"अरे भाई, तुम अपनी दुकान चलाओ, तुम सिद्धान्त-उद्धान्त की बात नहीं समझोगे।" कहकर विनोद चल पड़ा। सभी लोग वहाँ से सरक आए।

"यार, उस पण्डित का पता नहीं क्या हाल होगा? कहाँ होगा?" शंकर बड़बड़ाया।

"देख भाई, अब अगला वाक्य यह मत कहना कि चलो उसका पता लगाया जाए।" विनोद बोला।

"अरे वाह, तुम्हें कैसे मालूम हो गया? कहने वाला तो मैं यही था।"

"तो तुम जाओ कोतवाली और मैं चला कमलेश और रहमान के साथ किसी कैंटीन में चाय पीने।"

"अरे रे, मैं भी चलता हूँ भाई, मैं जानता हूँ कि पण्डित का पता भी तुम्हीं लगाओगे। यार विनोद, कब से तुम्हारे भीतर एक बात मार्क कर रहा हूँ—तुम बाहर-बाहर जिस-जिस चीज़ से भागते हो, भीतर-भीतर उसी से संयुक्त हो जाते हो।"

"नहीं-नहीं, ऐसा कुछ नहीं है, यह तुम्हारा भ्रम है।" कहकर विनोद जल्दी-जल्दी चलने लगा और आगे वाले कैंटीन के बाहर बिछी बेंच पर बैठ गया। शंकर भी वहाँ पहुँचकर बैठ गया।

"नमस्ते, शंकर बाबू!"

शंकर ने दूसरी बेंच पर बैठे व्यक्ति को देखा—"अरे, नमस्ते-नमस्ते वर्माजी! कहिए कैसे हैं?"

"बस ज़िन्दगी की गाड़ी चल रही है चूँ-चूँ करती हुई।"

सभी लोगों इस व्यक्ति को देखा—दीन-हीन, मैली-कुचैली आकृति, चेहरे पर कटी-फटी उदासी, आँखों में सूनापन। बैठा-बैठा चाय सुड़क रहा था।

"क्यों, इधर बीमार थे क्या? बहुत थके-थके-से दिखाई पड़ रहे हैं।"

"ज़िन्दगी ही बीमार है। जिसका जवान बेटा नालायक निकल जाए, वह स्वस्थ रह सकता है क्या?"

"नालायक? आप किसे नालायक कह रहे हैं वर्माजी? आपका लड़का तो लेक्चरर है, इतना कमाता है, बड़े-बड़े लोगों की सोहबत में उठता-बैठता है, कालेज के लोग उससे खुश रहते हैं और आप कहते हैं कि नालायक है!"

"अरे ऊ ससुरा लेक्चरर नहीं मुख्यमन्त्री बन जाए, लेकिन वह रहेगा नालायक ही। आप जानते हैं कि मैंने पेट काट-काटकर उसे पढ़ाया-लिखाया। वह इन्हीं चालियों में पल-पुसकर बड़ा हुआ। अब उसे अपने घर आने में शरम लगती है। मैंने कहा—'मेरे साथ रहो, बुढ़ापे का एक सहारा मिल जाएगा, लेकिन उसे यहाँ रहना तो दूर आना

भी पसन्द नहीं है। बताइए, वह तीन सौ रुपये किराये के दे रहा है, वही अगर हमें दे देता तो हमें कितना बड़ा सहारा मिल जाता! एक दिन मैंने बहुत डाँटा तो झल्लाकर बोला—'अब मेरी सोसाइटी बड़े लोगों की है। इस गन्दे मोहल्ले में रहूँगा तो वे लोग क्या सोचेंगे, यहाँ कैसे मिलने आएँगे?"

"हम सभी गन्दे लोग हैं। तुम्हारी माँ गन्दी, तुम्हारा बाप गन्दा है, तुम्हारे प्रदेश के ये तमाम इन्सान गन्दे हैं। एक तू ही बड़ा आदमी निकला है, क्यों?"

"बहस छोड़िए पिताजी और बात को समझने की कोशिश कीजिए। मैं आपको नहीं मोहल्ले को गन्दा कह रहा हूँ।"

"एक ही बात है बेटे! जिस गन्दगी में पल-पुसकर तू बड़ा हुआ, तू उसे इतनी जल्दी भूल जाएगा, मुझे पता नहीं था। मुझे तो आज सन्देह होने लगा है कि तू मेरा खून भी है कि नहीं।"

"क्या वाहियात बात बकते रहते हैं आप!' कहकर झटके से चला गया। तब से इधर आया ही नहीं। सोचा था कि लायक होकर भाई-बहनों का सहारा बनेगा, लेकिन सबको भूल गया।"

"उनकी तो शादी भी हो गई।"

"हाँ, इससे और उसका दिमाग खराब हो गया है। आबकारी इन्स्पेक्टर की बेटी उसे मिल गई है धनी घर की बेटी है, वह भला इस मोहल्ले को क्या पहचानेगी? उसने उसका दिमाग और खराब कर दिया है। बीवी सुन्दर है, उसे तमाशा बनाकर सभा-सोसाइटी में घुमाता फिरता है।"

"वर्माजी, आप बेकार दुखी हो रहे हैं। आदमी जब आगे बढ़ता है तो अपनी सोसाइटी का ख्याल उसे करना ही पड़ता है। आपके पुत्र ऐसा कुछ नहीं कर रहे हैं जो और लोग नहीं करते। वे लेक्चरर हैं, उनसे मिलने-जुलने बड़े लोग आते हैं, अच्छे घरों के छात्र-छात्राएँ आते हैं, क्या उनका अपना कोई रुतबा नहीं है? वे इस गन्दी चाली की गन्दी कोठरी में लोगों से मिलेंगे-जुलेंगे क्या? और यहाँ से कालेज छः मील पड़ता है। वहाँ से रोज़ आने-जाने में कितना वक्त और शक्ति बरबाद होगी।"

वर्माजी हँसे—"वाह शंकर बाबू, आप भी मुझे पढ़ाने लगे। अरे ऊ ससुरा आपसे बड़ा है क्या? आप लेक्चरर नहीं हैं तो क्या? आपकी इज्जत-सम्मान का वह मुक़ाबला कर सकता है? आप अपना परिवार गाँव पर छोड़कर यहाँ क्यों रहते हैं? इसीलिए न कि चार पैसा बचे और माँ-बाप के पास भेज दिए जाएँ। आप भी तो रोज़ पढ़ने वहीं जाते हैं। उसके पास तो स्कूटर है। अपने घर के प्रेम से, बाहर के लोगों के बीच खोखली इज्जत बड़ी होती है क्या?" कहते-कहते वर्माजी रोने लगे। फिर बोले—"मैं रिटायर हो गया हूँ। अपने पास बचा क्या है? उधर वह छैला बना घूमता है, इस बुढ़ौती में अब अपना पुश्तैनी काम चला रहा हूँ, लेकिन अब हाथ कहाँ चलता है? देह अशक्त हो गई है और ज़िन्दगी-भर मिल में दूसरा काम किया, इसकी आदत

कहाँ बनी?"

चाय आ गई थी। चारों चाय पीने लगे। शंकर ने कहा—"वर्माजी, चाय पीजिए।"

"आपके सामने ही तो पी रहा था। शुक्रिया।" वे उठे, चल दिए।

"किसकी बात हो रही थी भाई?" विनोद बोला।

"तुम्हें याद होगा, उस दिन ··· स्कूटर पर रास्ते में एक वर्माजी मिले थे। दिनेश वर्मा।"

"कब यार?"

"अरे जिस दिन शंकर भाई प्रोफेसर गौतम से मिलाने ले गए थे और आपने कहा था— कोई ऊँची चीज है, सुनाओ इनकी कहानी।" कमलेश बोला।

"इक्जैक्टली।"

"हाँ-हाँ, याद आया। अच्छा तो वो वर्माजी हैं, बहुत सौम्य, शान्त और हँसमुख चेहरे वाले वर्माजी।"

"हाँ-हाँ, वही।"

"यार, देखने में तो ऐसा नहीं लगता।"

"कैसा नहीं लगता?"

"जैसा उसके पिताजी बता रहे थे।"

"कभी-कभी आकृति बहुत धोखा देती है, दोस्त! लेकिन एक बात बताओ विनोद कि दिनेश के पिताजी की सारी शिकायत क्या वाजिब मानी जाएगी?"

"हाँ, क्यों नहीं?" कमलेश बोला।

"भाई, एक बात सोचो कमलेश कल तुम्हारी नौकरी लग जाती है। तुम टीचर कहलाओगे। तुम्हारा अपना एक नया परिवेश बनेगा। क्या तुम्हारे भीतर कोई बदलाव नहीं आएगा?" शंकर बोला।"

"अरे आएगा तो क्या इस तरह आएगा कि यह अपने माँ-बाप को भूल जाएगा, सुख-दुख में उनका साथ छोड़ देगा?" विनोद झपट पड़ा।

"वो बात अलग है विनोद, किन्तु यह भी तो है कि घरवाले चाहते हैं कि कमानेवाला मकान, कपड़े, लत्ते, सफाई-धुलाई, चाय-काफी पर इतना खर्च न करे, पैसे बचाकर इन्हें दे। उसकी सोसायटी चाहे जैसी हो, वह उसी तरह रहे जिस तरह रहता आया है। एक अच्छे कालेज में पढ़ानेवाला दिनेश क्या इन गन्दी चालियों में रहे? देश-विदेश के कितने छात्र कालेज में पढ़ते हैं, दिनेश से मिलने आते हैं, क्या चाली में उनसे मिलेगा?"

"चाली में रहकर सबसे मिलने की हिम्मत चाहिए। यह वही कर सकता है जो हीनग्रंथि का शिकार न हो। जो अपने भीतर भरा होता है न, वह बाहर हीनताओं का ख्याल नहीं करता। यह नकली दिखावा क्या माँ-बाप के दर्द से बढ़कर है? आखिर माँ-बाप भी तो शान-शौकत कर सकते थे, लेकिन नहीं, उन्होंने पेट काटकर, किसी

भी प्रकार के वस्त्र पहनकर इन्हें या हमें पढ़ाया-लिखाया, इस काबिल बनाया कि हम बड़ी सोसायटी में घुल-मिल सकें। आखिर और भी तो माँ-बाप हैं जिन्होंने अपने बच्चों को पढ़ाने-लिखाने के स्थान पर शुरू से ही नौकरी में झोंक दिया। कहाँ गई बड़ी सोसायटी?" कमलेश बोल गया।

"तो तुम चाहते हो कि क्या सभी लोग पारस भइया हो जाएँ। योग्य पुत्र तो वे ही हैं जो घृणित ज़िन्दगी जीते हुए अपने को घरवालों के लिए पैसे कमाने की मशीन बनाए हुए हैं।"

"नहीं, हम चाहते हैं सभी लोग शंकर भाई की तरह हों जो अपने लिए और समाज के लिए एक सम्मानपूर्ण ज़िन्दगी जीते हुए परिवार और समाज सबसे जुड़े हुए हैं।"

"ओह नहीं!" ऐसा मत कहो कमलेश, मुझे बीच में मत लाओ। तुमने मुझे अभी समझा ही कितना है! तुमने अभी मेरी तकलीफ और मजबूरियाँ देखी ही कितनी हैं!" शंकर एकाएक गम्भीर हो गया।

"अच्छा छोड़ो यार दिनेश-काण्ड को। मेरा यार ग़मग़ीन हो गया।" विनोद ने मज़ाक किया।"

कुछ देर तक सभी साइकल पर मौन-मौन चलते रहे। पूरे दृश्य में रहमान मूक दर्शक की तरह चल रहा था। उसके भीतर न जाने कितने उतार-चढ़ाव आ रहे थे। हर आदमी अपने को दिनेश की स्थिति में डालकर सोच रहा था।

डॉक्टर गौतम के यहाँ पहुँचे तो ग्यारह बज रहे थे। वहीं मनु भाई मिल गए। वे सुषमाजी से बात कर रहे थे। ये लोग पहुँचे तो मनु भाई ने स्वागत किया। ये लोग बैठे तो मनु भाई ने कहा—"सर से मिलने आए हैं?"

"हाँ।" शंकर ने कहा।

"वे तो नहीं हैं।"

"नहीं हैं?"

"हाँ, बाहर गाँव गए हैं।"

"कहाँ?"

"जलगाँव।"

"कोई भाषण-वाषण है क्या?"

"हाँ, कुछ ऐसा ही समझिए।" मनु भाई गोलमोल उत्तर दे गए।

"नहीं, वे इण्टरव्यू के लिए गए हैं।" सुषमा ने बहुत ठण्डे स्वर में कहा।

"अच्छा तो इण्टरव्यू लेने गए हैं।"

"लेने नहीं, देने गए हैं।"

"क्या?" शंकर चीख-सा उठा और सभी लोग कुछ चकित-से लगे।

"अच्छा आप लोग बात कीजिए, मैं चाय-पानी का इन्तज़ाम करती हूँ।"

"अरे भाभीजी, सुनिए तो, हम लोगों ने अभी-अभी चाय पी है।" लेकिन सुषमा

अन्दर चली गई।

"आना तो आज ही चाहिए, शायद आ रहे हों। गाड़ी तो अब तक आ चुकी होगी।"

"जलगाँव क्यों गए सर? यहाँ तो रीडरशिप होगी नहीं। लेक्चररशिप ही होगी। लेक्चररशिप के लिए क्यों गए?"

शंकर परेशान हो रहा था।

"तो आपको कुछ नहीं मालूम?"

"कौन-सी चीज़?"

"यही कि डिलाइट कालेज वाले सर को परेशान कर रहे हैं।"

"नहीं, मुझे तो कुछ नहीं मालूम। मगर क्यों?"

धीरे-धीरे मनु भाई शंकर को बहुत कुछ बता गए और फिर बोले—"शंकर भाई, सर आपको बहुत प्यार करते हैं, आपकी प्रतिभा के प्रति वे बहुत आश्वस्त हैं इसलिए मैंने सच्चाई आपके सामने खोल देनी उचित समझी।"

"लेकिन मैं इस बात को झेल नहीं पा रहा हूँ। मैं तो स्तब्ध हूँ और सोच रहा हूँ आखिर किया क्या जाए? मुझे तो लगता है कि यह सम्भव ही नहीं है, आखिर सर जैसे लोगों से इस कालेज की प्रतिष्ठा है, उन्हें यह प्रिन्सिपल क्यों निकालेगा?"

"प्रतिष्ठा से पहले पैसा है शंकर भाई, आज का हर प्रिन्सिपल प्राय: बनिया होता है, वह कालेज के पैसे की बचत पहले देखता है प्रतिष्ठा बाद में। इसलिए वे लोग निकाल दिए जाते हैं जो केवल स्कॉलर हैं। वे लोग रखे जाते हैं जो छोटे पद पर हैं। वे कालेज की तरह-तरह से सेवा करते हैं। सक्सेना साहब को निकाल दिया गया। उनका क्या कसूर था? अब सर के पीछे पड़े हैं। इन्हें भी निकाल देंगे। बचेंगे दिनेश वर्मा उन्हें कोई नहीं निकालेगा।" मनु भाई बोलते-बोलते तिक्त हो गए।

"दिनेश वर्मा!" विनोद भुनभुनाया।

"वही दिनेश वर्मा?" कमलेश ने शंकर से पूछा।

"हाँ, वही-वही ··· ।"

"क्या वही? मनु भाई बोले।

"वही में बहुत कुछ छिपा है मनु भाई! दिनेश शर्मा वही हैं।"

मनु भाई ठठाकर हँस पड़े, औरों के भी चेहरों पर मुस्कान तैर गई।

"लेकिन सर को दुख देकर इस पी.के. को क्या मिला?" शंकर बोला।

"नहीं शंकर भाई, पी. के. उन्हें दुख नहीं दे रहा है। हमें दे रहा है सर तो कहीं भी चले जाएँगे, लेकिन सोचिए तो उनके जाने से हम लोग कितना सूनापन अनुभव करेंगे।"

शंकर रुआँसा हो गया। उसका गला रुँध गया। घर से इतनी दूर ··· साथ पिता नहीं, माँ नहीं, बड़े भाई नहीं, पत्नी नहीं, बच्चे नहीं, कितना अकेला है वह। इतने बड़े समाज में भी वह अकेलापन अनुभव करता है—चारों ओर लूट-खसोट की आपाधापी,

इसमें वह अपने को एडजस्ट नहीं कर पाता। सर एक ऐसे आधार मिले थे जहाँ आकर वह आश्वस्ति अनुभव करता था, जहाँ प्यार और आत्मीयता पाता था, जहाँ उसकी प्यासी आत्मा को कुछ राहत मिलती थी। अब यह आधार भी छिन जाएगा?

"लीजिए चाय पीजिए!" सुषमा ट्रे में चाय और नमकीन लेकर हाज़िर थी। शंकर ने सुषमाजी के चेहरे पर कुछ पढ़ने की कोशिश की, कुछ पढ़ नहीं पाया क्योंकि वहाँ चिन्ता या परेशानी की कोई रेखा भी नहीं थी।

"अरे आप सभी इतने गम्भीर क्यों बैठे हैं? क्या मनु ने कोई कविता सुना दी है?" सुषमा बोली।

इस पर एक ठहाका लगा। तब तक झटके से सुनील आया और एक मुट्ठा नमकीन लेकर मुँह मुं ठूँस लिया।

"अरे-अरे, ये क्या करते हो? कुछ तहज़ीब सीखो। इतने बड़े हुए और तहज़ीब नहीं आई!"

"मम्मी, भूख लगी थी, भूख तहज़ीब से नहीं जाती।" और वह अन्दर चला गया। सब लोग हँसने लगे।

"बहुत शैतान है यह!" सुषमा ने कहा।

"मुझे ऐसे बच्चे बहुत अच्छे लगते हैं।"

"अरे इसमें अच्छा लगने की कौन-सी बात है! इतना बड़ा हुआ और इसे यह नहीं मालूम कि मेहमान बैठे चाय पी रहे हैं और आकर एक गपक्का मार गया। लोग यही न सोचेंगे कि भुक्खड़ है, इसे खाने को कुछ नहीं मिलता है।"

"पहली बात तो यह है भाभीजी कि सुनील हम सबको पहचानता है। वह जानता है कि हम सब घर के लोग हैं, मेहमान कोई नहीं है। दूसरी बात यह कि मुझे भी बनावटी तहज़ीब से बहुत नफ़रत है। भूख पहले है तहज़ीब बाद में। मैं इसे बहुत बुरा मानता हूँ कि बच्चा दबा-दबा-सा बैठा रहे, सामने पड़ी चीज़ पर आँख गड़ाए भीतर-ही भीतर राल टपकाता रहे। ऐसे ही बच्चे तहज़ीब के नकली दबाव के भीतर रिसते-घुटते ग्रंथिमय व्यक्तित्व बन जाते हैं। मुझे तो अच्छा लगा कि भूख लगी है, सामने खाने की चीज़ है, झपट्टा मारा और काम चालू!"

"तो फिर एक झपट्टा और मारूँ क्या?" घर के अन्दर से बाहर आता हुआ सुनील बोला। लोग हँस पड़े।

"मार यार, एक झपट्टा और मार और एक झपट्टा ज़रा पी.के. पर मार दे।"

"पी.के? यह कोई मिठाई है क्या?"

"हाँ यार, विदेशी मिठाई है।"

"कहाँ है, चलो अभी चलते हैं।"

एक ठहाका लगा और सुनील चुप रहा। पूछा—"अरे भाई, इसमें हँसने की कौन-सी बात है?"

"विदेशी मिठाई खाने के लिए विदेश जाना पड़ेगा।"

"नहीं भाई, यह अपने वश का नहीं। मुझे तो अहमदाबाद ही अच्छा लगता है। यहाँ अपने कितने दोस्त हैं, यह कच्ची सड़क है और वह साबरमती नदी है और अपना ताधड़ंगपन है। कितनी मस्ती आती है नंगे बदन हवा में घूमने में और कच्ची सड़क में पाँव धँसाकर चलने में और नदी किनारे रेत पर दौड़ने में! ना बाबा ना, मैं विदेश नहीं जाऊँगा, सुना है वहाँ लोग तहज़ीब ही खाते-पीते हैं और ओढ़ते-बिछाते हैं।"

"तुम्हें कैसे मालूम?"

"अरे हमारी एक टीचर ईसाई है न, बहुत टिपटाप रहती है और हम लोगों के कपड़े-लत्ते देख-देखकर डाँटती रहती है कि तुम लोग असभ्य हो। वह विदेश में रही हैं, बार-बार वहाँ की सभ्यता का बखान करती हैं। वे ज्यों-ज्यों बखान करती हैं मुझे विदेश से चिढ़ होती है। मैं तो अहमदाबाद में ही रहूँगा, कहीं नहीं जाऊँगा।" तब तक बाहर से किसी ने मुँह से सीटी बजाई।

"अरे आया पोपट।" कहकर वह सर्र से निकल गया।

"देखा इसको। कितना शैतान है!"

"भाभीजी, इसे डाँटा मत कीजिए, यह मुझे बहुत प्यारा लगता है।"

"तो आप समझते हैं कि यह सुषमा बहन को कम प्यारा है! ये इसे अपने सारे बच्चों में सबसे अधिक प्यार करती हैं। तहज़ीब के नकली दबाव का सुषमा बहन पर आपको कोई असर दिखाई पड़ता है क्या?"

अब शंकर को लगा कि उसे तहज़ीब पर लेक्चर नहीं देना चाहिए था। उसने कहा– सॉरी भाभीजी, आप तहज़ीब और ज़िन्दगी का अर्थ मुझसे बेहतर समझती हैं, मुझे आपके सामने तहज़ीब पर लेक्चर नहीं देना चाहिए था।"

"अरे छोड़िए इन सब बातों को। आपके साथ जो लोग हैं उनसे तो परिचय कराया ही नहीं।"

"अरे हाँ, बातों-बातों में मैं भूल ही गया।" फिर उनसे अपने तीनों साथियों का परिचय कराया। और यह भी कहा कि सर की ही कृपा से कमलेश की नौकरी लगनेवाली है।"

"चलिए यह तो बहुत अच्छी बात हुई।" मनु भाई बोले।

रहमान का परिचय पाकर मनु भाई गमगीन हो गए। कमलेश और रहमान दो प्रतिभाशाली दरिद्र छात्र उनके सामने थे। कमलेश का एक ठिकाना लगने की उम्मीद से उसके प्रति दर्द हलका था, किन्तु रहमान जैसे होनहार छात्र का क्या होगा? फिर बोला—"रहमान भाई, कुछ कविताएँ सुनाइए।

सकुचाते-सकुचाते उसने दो-एक कविताएँ सुनाईं।

"वाह, क्या बात है?" मनु भाई बोले और सोचने लगे कि इस सामान्य दीन-हीन आकृति में प्रभु ने कितना समृद्ध अन्तर दिया है। इस समृद्धि की रक्षा और विकास

होना चाहिए।

"रहमान भाई, आपके पिताजी पढ़ाना चाहते हैं और आप नौकरी करना चाहते हैं। दोनों की मजबूरियों का अजीब दर्द है। मैं चाहता हूँ आप दोनों करें। आप जैसे प्रतिभाशाली लोग दोनों काम कर सकते हैं। करेंगे?"

रहमान की आँखें खिल गईं।

"एक प्रकाशक से मेरी अच्छी जान-पहचान है। उन्हें एक आदमी की ज़रूरत है। आपके लिए उनसे कहूँगा। हाँ, आप नये-नये आए हैं, गुजराती सीख लीजिए।"

"सीख लूँगा, सर!"

"मैं सर नहीं हूँ, मनु भाई हूँ। मुझे इसी नाम से पुकारिएगा।"

"जी सर!"

"फिर आपने सर का फन्दा डाला न। इस फन्दे में बड़ी घुटन है।" बाहर आटोरिक्शा की आवाज़ आई।

"लगता आ गए सर।"

मनु भाई के सर कहने पर लोग मुस्कराए। मनु भाई ने समझ लिया।

"वे वाकई सर हैं, उन्हें सर ही कहिएगा रहमान भाई! उन्हें गौतम भाई मत कहने लगिएगा।"

एक ठहाका पड़ा। और सभी लोग बाहर की ओर चल पड़े।

डा. गौतम अपनी अटैची उठाकर आटोरिक्शा से नीचे आए। शंकर ने लपककर अटैची ले ली। दूर से भागा-भागा धूल-धूसरित सुनील आया और डॉ. गौतम से लिपट गया। गौतम ने उसे गोद में उठा लिया।

"कहाँ थे बौड़म दास! देह में धूल ही धूल भर रखी है।"

"अरे धूल का काम कर रहा हूँ तो धूल नहीं चन्दन भरूँगा क्या?"

"धूल का काम? कौन-सा काम?"

"अरे आप तो जानते हैं कि हम लोग ज़मीन लेनेवाले हैं। मैं अपने साथियों के साथ मकान का डिज़ाइन बना रहा था। रोज़ बनाता हूँ और लगता है कि बात बनी नहीं। कोई न कोई साथी उसमें नुक्स निकाल ही देता है। आज तो एक से लड़ाई ही हो गई। बस हम दोनों लड़ पड़े और एक-दूसरे को धूल में लोटा-लोटाकर रगड़ने लगे।"

"अरे, यह तुम क्या करते हो? चोट तो नहीं आई? अभी उसके घर वाले लड़ने आते ही होंगे।"

"हुँह, आते होंगे! अरे हम लोग लड़कर फिर एक हो गए। दोस्ती में तो यह सब होता ही है। वैसे वह बहुत अच्छा लड़का है।"

"ठीक है, ठीक है, आप आजकल मकान ही बना रहे हैं, पढ़ते-लिखते नहीं हैं।"

"अरे पढ़ता क्यों नहीं हूँ। पढ़ता भी हूँ और छुट्टी के दिन खेलता भी हूँ, मकान

भी बनाता हूँ। खाली पढ़ने से क्या होता है?"

"हाँ-हाँ, चलो-चलो, नहा-धोकर पढ़ने बैठो।"

"कुछ लाए हैं?"

"नहीं।"

"तब क्या आना!" कहता हुआ वह फिर भाग गया।

"शैतान कहीं का।" सभी लोग हँस रहे थे।

"आप लोग बैठिए, मैं अभी आता हूँ।" कहकर डॉ. गौतम नहाने चले गए।

वे नहाकर हँसते हुए निकले तो लोग समझ नहीं पाए कि इस हँसी का क्या अर्थ है! किसी को कुछ पूछने की हिम्मत नहीं हो रही थी।

"हाँ, आप लोग कौन हैं?"

शंकर ने अपने साथियों का परिचय कराया।

"सर, आपसे मिलने की बहुत इच्छा थी।" विनोद बोला। रहमान मुँह बाए ताक रहा था।

गौतम बोले–"मुझे आप लोगों से मिलकर बहुत प्रसन्नता हुई।" शंकर, तुम्हारी पढ़ाई-लिखाई कैसी चल रही है?"

"ठीक चल रही है, सर! लेकिन संतोष नहीं हो रहा है। जहाँ रहता हूँ वहाँ कोई न कोई बखेड़ा मचा ही करता है।"

"गरीबी का माहौल है शंकर! लोग छोटी-छोटी बातों पर उलझते हैं, अपनी असुविधाओं के कारण दूसरों से टकराते हैं, अपनी सहजता के कारण ऐसा व्यवहार करते हैं जो सभ्य समाज में निन्दनीय माना जाता है, लेकिन सभ्य समाज जो सभ्य और मौन आँखों से क्रूर व्यवहार करता है, वह बहुत ही भयानक होता है। और यह व्यवहार अपने स्वार्थ के लिए कम और अहंकार या पर-प्रताड़न के लिए ज़्यादा होता है। स्वार्थवश किया गया व्यवहार तो समझ में आता है, लेकिन इस व्यवहार को क्या कहिएगा?"

"इस व्यवहार को पी.के. वाद कहा जाएगा।" मनु भाई ने कहा। लोग उदास हो गए।

"क्या बात है? आप लोग एकाएक उदास क्यों हो गए?"

"सर, आप हमें छोड़कर चले जाएँगे, यह कल्पना ही बड़ी भयकारी लग रही है।"

"घबराओ नहीं, जाना इतना आसान नहीं है। मैं जहाँ गया था, वहाँ हुआ नहीं।"

लोग और उदास हो गए। लेकिन गौतम हँसते हुए बोले–

"जानते हो, वहाँ कैसे-कैसे एक्सपर्ट थे—एक वकील साहब थे, एक व्यापारी थे (जो चेयरमैन थे) एक दर्जा चार पास एम.एल.ए. थे और प्रिंसिपल थे जो फिज़िक्स के प्राध्यापक हैं।"

"विचित्र एक्सपर्ट कमेटी थी!" मनु भाई बोले।

"मेरी पुस्तकें देखते ही व्यापारी साहब ने पूछा—'ये किताबें आप ही की हैं?"

"हाँ।"

"इतनी किताबें आपने लिखी हैं?"

"हाँ।"

"क्या है इन किताबों में? गांधीजी की जीवनी है क्या इनमें?' एम.एल.ए. ने पूछा।"

"नहीं।"

"तब क्या लिखते हैं आप?"

"मैं साहित्य लिखता हूँ।"

"वह क्या होता है?"

"प्रिन्सिपल शायद वातावरण के फूहड़पन को भाँप गए। बोले 'डॉ. गौतम, आप बहुत अधिक क्वालिफाइड हैं। दरअसल हमारे यहाँ असिस्टेंट लेक्चरर की जगह है। आप इसे स्वीकार नहीं करेंगे। स्वीकार करने की इच्छा हो तो बताएँ।"

"आपने जगह तो लेक्चरर की निकाली थी। इसलिए मैं आया। क्या मज़ा मिलता है आप लोगों को दूसरे को हैरान करने में?" इतने पढ़े-लिखे और उच्च पदस्थ होकर भी आप लोग इतना क्रूर और मिथ्या व्यवहार करते हैं! कहकर मैं उठ आया। मन बहुत तीता हो गया था लेकिन धीरे-धीरे अपने को समझा लिया।

"मैं होता तो साले की छाती पर चढ़ जाता।" शंकर गुस्से में आ गया था।

"नहीं भाई, दुनिया बड़ी जटिल है, छाती पर चढ़ने से कुछ नहीं होगा। हर आदमी कहीं न कहीं मजबूर होता है। उस प्रिन्सिपल ने जो कुछ किया अपनी इच्छा से नहीं कार्यकारिणी की इच्छा से किया होगा। शायद वह भी मन में दुखी होगा।"

"हाँ, पी.के. भी दुखी होगा, सर! आप तो सबको अपने जैसा समझ लेते हैं।" मनु भाई बोले।

"हो सकता है पी.के. भी कहीं न कहीं मजबूर हो। आखिर आदमी को इतनी सपाटता से हम क्यों देखें?"

"सर!"

"छोड़ो इस प्रसंग को, और हाँ पी.के. साहब का प्रसंग आप लोग और कहीं मत लाइए। अभी कुछ स्पष्ट नहीं है, इसे हम अपनी ओर से स्पष्ट क्यों करें? अरे हाँ, तुम्हारी नौकरी का क्या हुआ कमलेश?"

"सर, सुना है हो तो गया है, किन्तु अभी नियुक्ति-पत्र नहीं मिला है।"

"होने को तो उसी दिन हो गया था। अब तक तो तुम्हें ज्वाइन कर लेना चाहिए था। लगता है पहलवान साहब रोड़ा अटका रहे हैं। वे किसी और में इन्टरेस्टेड हैं।"

"हाँ सर, पूरब-पच्छिम का सवाल पैदा हो गया है न।"

"कितना बड़ा दुर्भाग्य है कि हम आदमी को भूगोल के हिसाब से बाँट लेते हैं।

मैं पहलवान से पूछता हूँ, आज ही पूछता हूँ कि क्या हुआ?"

"आप चिन्ता न करें, सर! हो ही जाएगा कहीं न कहीं।" कमलेश संकोच से बोला।

"नहीं, जिस फैसले में मेरी भागीदारी है उसकी चिन्ता करना मेरा नैतिक दायित्व होता है। मैं पूछूँगा उनसे। और वे नहीं बोलते तो बात आगे बढ़ाऊँगा।"

"कुछ खाना-पीना होगा कि मात्र यात्रा-विवरण ही सुनाइएगा!" सुषमाजी मुस्कराती हुई खड़ी थीं।

"अरे हाँ सर, हम लोग भी कैसे अंधे हैं कि आप थके-मादे आ रहे हैं, और हम लोग आपको घेरकर बैठे हुए हैं!" कहते हुए सभी उठ गए।

"अच्छा, फिर आइएगा।" मुस्कराते हुए गौतम कह रहे थे, किन्तु जानेवालों के चेहरे उदास थे।

मनु भाई की सहायता से रहमान एन.बी. प्रकाशन में काम करने लगा। कमलेश ने भी स्कूल ज्वाइन कर लिया। शंकर अपनी पढ़ाई में व्यस्त हो गया और उसे आश्वस्ति मिली कि कमलेश और रहमान दोनों कहीं न कहीं लग गए। इस तरह दो महीने बीत गए। एक दिन शाम को कमलेश आया, वह बहुत उदास था। "क्या बात है कमलेश?" शंकर बोला।

"बात क्या है भाई साहब, बस दो पहलवानों के चक्कर में तो पत्ता साफ समझिए। मैं स्कूल में गोरख पहलवान का आदमी समझा जाता हूँ। इसलिए पहले तो मुझे लिया ही नहीं जा रहा था, अब किसी न किसी बहाने निकाला जाने वाला हूँ।"

"यह आशंका तो हम लोगों को पहले भी थी। फिर भी कोई नई बात हुई क्या?"

"हाँ, कल रूपलाल पहलवान ने मुझे बुलाकर कहा—'अच्छा हो, आप अपना इन्तज़ाम कहीं और कर लें।"

"क्यों साहब!" मैंने पूछा।

"क्यों क्या, आप राजनीति करते हैं। आप काम करते हैं हमारे यहाँ और सलाह करते हैं गोरख पहलवान से।"

"लेकिन मैं तो साहब उनके यहाँ कभी गया भी नहीं। मैंने उन्हें देखा भी नहीं है।"

"आप तो कहेंगे ही, लेकिन हमारी जानकारी के सोर्स भी कमज़ोर नहीं। आप गोरख पहलवान के यहाँ जाएँ चाहे न जाएँ, मंडली तो वही है।"

"नहीं साहेब, यह बात सही नहीं है।"

"अब हमसे बहस मत कीजिए। कल शाम को आकर अपने बाकी पैसे ले लीजिएगा और कहीं और की शोभा बढ़ाइएगा।"

"मैं चुपचाप चला आया, लेकिन आज ··· "

"लेकिन आज क्या?"

"कुछ नहीं, कुछ नहीं भाई साहब।" कहते-कहते कमलेश का मुँह तमतमा आया।

कमलेश चलने लगा तो शंकर ने कहा—"चलो, मैं भी तुम्हारे साथ चलता हूँ।"

कमलेश कुछ नहीं बोला। दोनों साथ चल पड़े। दोनों ही खामोश थे। रूपलाल के बंगले के सामने दोनों रुके। "तो यह है रूपलाल की कोठी। कोठीवालों की चालियों का किराया वसूल करते-करते कोठीवाला बन गया। सरऊ स्कूल खोलकर शिक्षा-शास्त्री भी बन गए। यहाँ के नेताओं के लिए लठैती करते-करते नेता भी बन गए। लेकिन पहलवान साहब को शराफ़त, विवेक और सदाचार कहाँ से प्राप्त हो!" शंकर बड़बड़ाया।

दोनों आगे बढ़े तो देखा बरामदे में दो-तीन पहलवाननुमा सफेदपोश व्यक्ति टहल रहे थे। इन दोनों को देखते ही उनकी निगाहों में भयभीत करनेवाली वक्रता आ गई और उन्होंने अपनी मूँछों पर हाथ फेरा। शंकर भभाकर हँस पड़ा। टहलते-टहलते वे तीनों रुक गए और एक ने पूछा—"क्यों हँस रहे हैं?"

"अरे भाई, हँसी किसी से पूछकर थोड़े आती है उसे, आना होता है तो आ जाती है। जैसे हाथ अपने आप मूँछों पर चले जाते हैं, वैसे हँसी अपने आप चली आती है। अरे भाई, रूपलालजी हैं?" शंकर बोला।

"रूपलालजी क्या होता है? इतने बड़े आदमी को नाम लेकर बुलाते हो! उन्हें लाल साहब कहते हैं।"

"अच्छा भाई, मुझे पता नहीं था। अब बताइए, लाल साहब जी हैं?"

"हाँ हैं, आप लोग इस कमरे में बैठिए। अभी आपको बुलाऊँगा।" कहकर एक अंदर चला गया।

दोनों ड्राइंगरूम में गए तो देखा वहाँ प्रिन्सिपल, कैशियर और दो-तीन और मोटे-मोटे लोग बैठे हुए थे।

सबको नमस्कार कर कमलेश और शंकर बैठ गए।

थोड़ी देर बाद रूपलाल आए। सभी लोग खड़े हो गए।

'बैठिए-बैठिए' कहकर रूपलाल बैठ गए। शंकर उन्हें देखे जा रहा था और लगता था कि हँस पड़ेगा। साला शिक्षा-शास्त्री बना हुआ है! शुतुरमुर्ग की तरह बूढ़ी देह, ऊपर से टोपी, चेहरे पर उल्लूपने की पूरी छाप!

"हाँ तो कमलेशजी, आपको मैंने आज बुलाया था कि आप अपना हिसाब ले जाएँ और कल से कहीं और इंतज़ाम कर लें।" कहकर उन्होंने कैशियर की तरफ इशारा किया। कैशियर ने एक लिफ़ाफ़ा लाकर कमलेश के पास रख दिया और कहा–"यह रही आपकी इस महीने की तनखाह।"

कमलेश ने लिफ़ाफ़ा लिया नहीं तो कैशियर ने उसकी बगल में रख दिया।

"मगर ऐसी क्या बात हुई लाल साहब कि दो महीने बाद ही कमलेश की छुट्टी की जा रही है?"

"आप कौन हैं?" साथ के तीन पहलवाननुमा व्यक्तियों में से एक ने पूछा।

"मैं शंकर हूँ, और आप कौन हैं?"

"मैं कोई भी हूँ, आपको तो बुलाया नहीं गया है, जिसे बुलाया गया है उसे बात करने दीजिए।"

"यही तो मैं भी जानना चाहता हूँ कि लाल साहब स्कूल के मालिक हैं, ये प्रिन्सिपल हैं, और ये कैशियर हैं। आप कौन हैं इस बैठक में शामिल होने वाले?"

वह व्यक्ति बुरी तरह फँसा और झल्ला पड़ा, लेकिन रूपलाल ने उसे बोलने से मना कर दिया और बोला—"प्रिन्सिपल साहब, आप अपनी बात कहिए।"

प्रिन्सिपल ने गला साफ किया, बोले—"बात यह है जी कि कमलेश साहब से क्लास कण्ट्रोल नहीं होती। लड़के शिकायत करते हैं कि ये ठीक पढ़ाते नहीं। इन्हें विषय का गियान नहीं है।"

शंकर ने देखा कमलेश का चेहरा कुछ गुस्से से, कुछ दुःख से तमतमा आया था। उसने कमलेश के हाथ को हाथ से दबाकर रोकते हुए पूछा—"और कोई शिकायत?"

"और ये इस स्कूल के विरोधी लोगों के यहाँ दरबार करके स्कूल के खिलाफ़ राजनीति खेलते हैं।" स्वयं रूपलाल ने कहा।

"जहाँ तक मुझे ज्ञात है प्रिन्सिपल साहब, कमलेशजी आपके स्कूल में सबसे अधिक प्रबुद्ध टीचर हैं और इनकी अभिव्यक्ति भी इतनी साफ है कि ये विद्यार्थियों को निश्चय ही संतुष्ट करते होंगे। और जहाँ तक सवाल राजनीति का है, यह भी गलत है। इतना सीधा और शिक्षा-साहित्य से इतनी गहराई से जुड़ा हुआ व्यक्ति राजनीति नहीं करता, लाल साहब! आपका यह आरोप भी बेबुनियाद है। कमलेश को कुछ फ़ुरसत मिलती है तो मेरे ही यहाँ आते हैं और हम लोग कभी-कभी डॉ॰ गौतम के यहाँ चले जाते हैं। न मैं स्कूल का विरोधी हूँ, न डॉ॰ गौतम।"

"अरे नहीं साहब, और भी लोग हैं। सारे पुरबिहों के मालिक गोरख पहलवान हैं। यह क्यों भूल जाते हैं?" पहलवाननुमा व्यक्ति ने कहा।

"देखिये, यह दुर्भाग्य है कि कुछ पहलवानों के बीच पूरब और पश्चिम को बाँट दिया गया है। लेकिन कोई भी स्वाभिमानी और विद्याभिमानी व्यक्ति पहलवानों की जी-हजूरी नहीं करता है। आखिर पहलवान पहलवान होता है, उसकी ऊँचाई होती ही कितनी है?"

"आप बहाने से हमारे मालिक पर छींटाकशी कर रहे हैं। इसका फल अच्छा नहीं होगा।" तमतमाकर एक पहलवाननुमा आदमी बोला।

"फल तो यों ही अच्छा भी नहीं हो रहा है। एक शरीफ, विद्वान आदमी को लांछित करके आप लोग निकाल दे रहे हैं, इससे बुरा फल और क्या हो सकता है।"

"तो आप समझते हैं कि हम लोग झूठे लांछन लगा रहे हैं?" प्रिन्सिपल बोले।

कमलेश के चेहरे पर एक सात्विक क्रोध उभर आया था। शंकर के बोलने से पहले ही वह बोल उठा—"मिस्टर प्रिन्सिपल, मैं आपको चैलेंज करता हूँ कि जिस

जगह, जब चाहें आप किसी भी विषय में मुझसे स्पर्धा कर सकते हैं। दो मिनट भी आप मेरे सामने टिक नहीं सकते। शब्दों का शुद्ध उच्चारण तो कर नहीं सकते, बच्चों को संतुष्ट करने की बात करने चले हैं। पूरा स्कूल जानता है कि बच्चे मेरे पढ़ाने की तारीफ़ करते हैं और आप हैं कि · · · ।"

"और यह क्या है?" कहकर प्रिन्सिपल ने अपनी जेब से एक कागज निकाला। उस पर दस-पन्द्रह विद्यार्थियों के हस्ताक्षर के साथ कमलेश की टीचिंग के विरुद्ध शिकायत थी।

"वे आपके खरीदे हुए छात्र हैं, जैसे आप इन लाल साहब के खरीदे हुए प्रिन्सिपल हैं। इतने पढ़े-लिखे व्यक्ति होकर छोटे-से स्वार्थ की खातिर एक अपढ़ पहलवान की खुशामद करते हुए अपने समानधर्मा के प्रति षड्यन्त्र करते हुए तुम्हें शरम नहीं आती! धिक्कार है!" कहकर कमलेश खड़ा हो गया।

"देखो लड़के, ठीक नहीं होगा।" रूपलाल जी बोले।

"अब तुम मेरा क्या कर लोगे? पेट पर लात तो मार ही दी, जब क्या बिगाड़ने लायक हो तुम?"

मूँछे ऐंठते हुए वे तीनों पहलवाननुमा व्यक्ति खड़े हो गए और बाँह चढ़ाते हुए आगे बढ़े।

"ऐ मुच्छड़ो, मुझे इतना असहाय मत समझो। गोरख पहलवान के पचास आदमी बाहर सड़क पर घूम रहे हैं। वे तुम्हारी बदतमीज़ी के इन्तज़ार में हैं। इशारा पाते ही अभी तुम लोगों को लाठियों पर टाँग लेंगे।" कमलेश बोला। शंकर भी खड़ा हो गया।

"बैठ जाओ।" डरकर रूपलाल ने अपने पहलवानों को डाँटा। वे तीनों गुर्राते हुए बैठ गए। उनकी आँखों में भी भय समा गया था।

झटके से कमलेश और शंकर कमरे के बाहर हो गए और बाहर के दोनों पहलवानों को घूरते हुए चले गए। जाते-जाते शंकर ने अपनी सफाचट मूँछों पर हाथ फेरा और मुस्करा पड़ा। पहलवान गुस्से से देखता रह गया।

दोनों सड़क पर आए। बस पकड़ी। बस में बैठे तो दोनों चुप रहे जैसे प्रकृतिस्थ हो रहे हों। स्टैण्ड पर उतरकर दोनों ने एक-दूसरे की ओर देखा—जैसे पूछ रहे हों, 'अब?'

"चलो कुछ देर पार्क में बैठते हैं।" कमलेश शंकर के साथ चुपचाप चलता गया और बेंच पर बैठ गया।

"आत तुम एकदम गुस्से में आ गए। तुम्हारे इस रूप की कल्पना मैंने नहीं की थी।" शंकर बोला।

"मैंने भी कहाँ की थी? न जाने कौन-सी चोट खाकर भीतर से उबल पड़ा। कोई बुरा किया क्या?"

"नहीं, बहुत अच्छा लगा मुझे। आखिर कीड़े-मकोड़े की तरह कुचलकर मरने के

लिए हम थोड़े बने हैं। कुचले जाने पर तेज़ कीड़े-मकोड़े भी डंक मारते हैं, हम तो पढ़े-लिखे लोग हैं। साले ये भी समझेंगे कि किसी के पाले पड़े थे।"

कमलेश चुप रहा। न जाने कहाँ खो गया था।

"कमलेश!" कुछ देर बाद शंकर ने पुकारा।

"हाँ-आँ-आँ।" जैसे सोते से जागा।

"भाई, मैं तुम्हारा दर्द जानता हूँ लेकिन करूँ क्या? फिर भी ज़िन्दगी इतनी कमज़ोर नहीं है, वह अपने लिए कोई न कोई रास्ता खोज ही लेगी। निराश मत होओ।"

कमलेश कुछ नहीं बोला। उसने अपना सिर शंकर के कन्धे से टिका दिया और धीरे-धीरे हवसने लगा।

"कुछ नहीं भाई, तब तक एकाध ट्यूशन तो कर ही लो। पारस भाई से कहा जाएगा, दिला देंगे।"

"नहीं, पारस भाई से मत कहिए।"

"मैं समझता हूँ तुम्हारी बात, मगर इस परदेस में भले-बुरे का इस तरह ऐकान्तिक वारा-न्यारा करके नहीं चला जा सकता। हर आदमी का कोई-न-कोई अच्छा पहलू होता ही है भाई! पारस भइया और कुछ नहीं तो ट्यूशन तो दिला ही सकते हैं। वे ट्यूशन के सम्राट हैं और इस समय तुम्हें ट्यूशन चाहिए ही।"

"अच्छा देखा जाएगा, चलिए चला जाय। शीत पड़ने लगी है।"

"चलो। कल फिर मिलेंगे।" कहकर शंकर भी उठ पड़ा।

कमलेश थके पाँव अपनी चाली की ओर चल पड़ा। हलका-हलका कुहरा पड़ रहा था। गलियों में सन्नाटा फैल रहा था, उनसे होता हुआ वह धीरे-धीरे सरक रहा था। रास्ते में कहीं-कहीं दुबककर लेटे हुए कुत्ते कुनमुना उठते थे। भीतर और बाहर के ठंडे सन्नाटे के बीच निर्जीव-सा चलता हुआ कमलेश अपनी चाली में पहुँचा तो नौ बज रहे थे। बच्चे खा-पीकर सो गए थे। शोभा पढ़ रही थी। मामा काम पर चले गए थे। मामी जी ज़मीन पर लेटी थीं।

शोभा धीरे-धीरे उठी और रसोई की ओर जाने लगी।

"रहने दे शोभा, भूख नहीं है।"

शोभा जाते-जाते खड़ी हो गई और अकबकाकर कमलेश की ओर देखा। तब तक मामी बोल पड़ीं—"क्यों भूख क्यों नहीं है? बीमार हो क्या या किसी पार्टी-वार्टी में से आ रहे हो?"

"नहीं मामी, ऐसा कुछ नहीं है। बस यों ही भूख नहीं है।"

"जा शोभा, तू खाना ले आ। ऐसे कैसे चलेगा? जब होता है तब कह देते हो भूख नहीं है।"

"सही कह रहा हूँ मामी, भूख नहीं है।"

"तू कुछ थका-थका-सा उदास-उदास-सा दिखाई दे रहा है। क्या बात है?"

"कुछ नहीं मामी! रास्ते में एक घटना देख ली थी। मन भिन्ना गया।"

"अरे तू कहाँ-कहाँ, कब-कब उदास होगा? घटनाएँ तो घटती ही रहती हैं—घर में, बाहर। अपना घर उदास करने के लिए कम है क्या कि बाहर से उदास हो आता है।"

खाना लेकर शोभा खड़ी थी। कमलेश ने देखा। जाकर झट से हाथ धो आया और उसके हाथ से थाली लेकर नीचे ही खाने बैठ गया।

"जा बहन, तू पढ़।" शोभा से बोला। शोभा धीरे-धीरे अपने टेबुल के पास पहुँच गई। पढ़ने लगी।

"क्या करेगी पढ़कर! मैं तो इसे पढ़ाने के पक्ष में नहीं थी, लेकिन इसके बाबू नहीं मानते। अरे सात पास कर लिया था, बहुत है, लेकिन इसके बाबू कहते हैं कि बी.ए. कराएँगे।"

कमलेश के खाते-खाते शोभा की ओर देखा। शोभा ने भी कनखियों से कमलेश को देखा। शोभा की आँखों की खामोश उदासी कमलेश को चीर गई।

"मामा ठीक तो कहते हैं—शोभा बी.ए. कर लेगी तो अपने पाँव पर खड़ी हो जाएगी। अब लड़कियों को भी पुरुषों की मरज़ी पर ज़िन्दगी जीने के लिए छोड़ नहीं देना चाहिए।"

"क्या पाँव पर खड़ी होगी बचवा? इतना पढ़-लिखकर अपने पाँव पर खड़े होने की तुम्हें कितनी मुसीबत उठानी पड़ी! कौन पूछता है गरीबों को! और नहीं तो पढ़-लिख लेने के बाद ऊँची शादी और ऊँचे दहेज का भूत खड़ा हो जाएगा।"

कमलेश खाते-खाते रुक गया। मामी ने उसकी दुखती रग पर उँगली रख दी थी। मामी को मालूम हो कि मेरे पाँव मुश्किल से जहाँ खड़े हुए थे वह ज़मीन भी खिसक गई, तो उनका क्या हाल होगा? और शोभा की पढ़ाई का क्या होगा?"

"तुम्हारे मामा की तनखाह ही क्या है! किसी तरह रोटी चल पाती है। बच्चों की फीस माफ़ है, सो तो ठीक है लेकिन, किताब-कागज़ वगैरह का खर्चा लगा ही रहता है। इस साल इसकी दसवीं है। इसके बाद इसे नहीं पढ़ने दूँगी।"

"अरे अभी इसे दसवीं तो करने दीजिए, मामी! बाद की बाद में देखी जाएगी।"

"हाँ, दसवीं भी पास कर ले, बाप चाहे खटते-खटते टूट ही जाए।"

"मामी, आज तुम कुछ उखड़ी-उखड़ी लग रही हो। शोभा की पढ़ाई ने आज तुम्हें कुछ ज़्यादा ही परेशान कर रखा है?"

"क्यों न करे? अब देखो सौ रुपये इसके इम्तिहान की फीस दाखले के लिए चाहिए। कहाँ से आए, तुम्हारे मामा आज डबल पाली खटने गए हैं। कहते रहे कि एक आदमी दस दिन के लिए छुट्टी पर गया है, उसकी एवज़ी में भी काम करेंगे। यानी दस दिन, दस रात ये काम ही करते रहेंगे। मैंने कुछ कहा तो बोले कि शोभा के भाग्य से यह एवज़ी मिल गई है। शोभा की फ़ीस का इन्तज़ाम भगवान ने कर दिया है।"

"मामी, एक बात कहूँ?"

"हाँ, कहो।"

"शोभा को पढ़ने दीजिए। मेरे पास कुछ रुपये आ गए हैं उनसे शोभा की फ़ीस चुका दीजिए।"

"ये लो, अरे भइया, तुम कौन कमा रहे हो? अभी तो मुश्किल से नौकरी लगी है। घर पर इतने लोग तुम्हारे पैसे के इन्तजार में होंगे। अरे हाँ, तुम्हारी एक चिट्ठी आई है।" वे उठीं और आले में से चिट्ठी निकाल लाईं।

"लो। देखो कहाँ से आई है?"

"लगता है घर की चिट्ठी है।" कहकर उसने लिफ़ाफ़ा फाड़ दिया। पढ़ता रहा। मामी और शोभा उसके चेहरे पर चढ़ते-उतरते भाव पढ़ती रहीं।

"सब ठीक तो है?" चिट्ठी समाप्त होने पर मामी ने पूछा।

"हाँ मामी, सब ठीक ही है। माँ की खाँसी बढ़ गई है, पैसे माँगे हैं। घर में खाने को नहीं है। कपड़े-लत्ते फट गए हैं और विमलेश बीमार चल रहा है।"

"अरे भईया, तो जो पैसे तुम शोभा की फ़ीस के लिए देने को कह रहे थे, उसे घर भेज दो।"

शोभा पढ़ते-पढ़ते कमलेश को देखने लगी थी, फिर किताब में आँखें धँसा लीं।

कमलेश सोचने लगा—मामी कितनी उदार हैं! कई महीने से वह यहाँ पड़ा हुआ है, कुछ भी तो नहीं किया इस परिवार के लिए। पिछले महीने की तनखाह पर मामा के आग्रह से उसने अपने लिए एक रजाई बनवा ली थी। इन लोगों के पास है क्या? मामी के कपड़ों में कई-कई पेबन्द लगे हुए हैं। शोभा एक मामूली से कपड़े का सलवार और हवाई चप्पल पहनकर स्कूल जाती है। दोनों बच्चों के नेकर भी बहुत घटिया कपड़े के बने हैं और उनमें भी कई-कई जोड़ हैं। जाड़े की रात में मामा पाली पर जाते हैं तो उनके पास पूरी बाँह का स्वेटर भी नहीं है। कई-कई दिन तक दाढ़ी नहीं बनाते हैं। लेकिन कितने धैर्यवान हैं! मामी तो कभी-कभी बच्चों पर झल्लाती है, उन्हें पीट भी देती है, लेकिन मामा तो जैसे स्वयं धैर्य हों। जब वह कुछ करने लायक हुआ तो उसकी नौकरी ही छूट गई।

"मामी, कुछ घर भी भेज दूँगा और शोभा की फ़ीस" भी चुका दूँगा। आप मामा को दोनों पाली काम करने से रोकिए। दोनों पाली काम करने के लिए अच्छी खुराक भी तो चाहिए।

"रोकूँ तो, लेकिन क्या वे रूकेंगे? लेकिन तुम रुपया घर भेज दो भइया! आखिर तुम्हारी तनखाह ही कितनी मिली होगी।"

"नहीं मामी, पैसे ज्यादा मिले हैं, एक महीने का बोनस समझिए।"

"बोनस स्कूल में भी मिलता है क्या, भइया?"

"हाँ-मामी, कभी-कभी मिल जाता है।"

मामी निरुत्तर हो गईं। वे सो गईं।

"तू भी सो जा शोभा! काफी रात हो गई।" शोभा ने धीरे से लालटेन बुझाई और चुपचाप माँ की बगल में लेट गई।

कमलेश बरामदे में पड़ी खाट पर लेटा। मामी ने कितनी बार कहा कि जाड़ा आ गया है अन्दर लेटा करो, लेकिन अन्दर की जगह की कमी को देखते हुए उसने हमेशा यही तर्क दिया कि "नहीं मामी, मुझे ठण्डक कम लगती है और अपने यहाँ की तुलना में यहाँ ठण्ड कुछ भी नहीं है और अपने पास तो रजाई भी है।"

कमलेश बरामदे में आकर लेट गया। क्या करे वह? कहाँ जाए? जब मामा-मामी सुनेंगे कि उसकी नौकरी छूट गई है, तब उन पर क्या बीतेगी?

खोंय-खोंय-खोंय, वही खाँसी। रोज़-रोज़ वही खाँसी। अब तो वह अभ्यस्त हो गया है। माँ को भी खाँसी बढ़ती जा रही है। वह ऐसा नालायक निकला कि पढ़-लिखकर भी घर के लिए कुछ नहीं कर सका।

सोचते-सोचते उसे नींद आ गई। एकाएक खांसी वाले घर से उठी रोने की एक समवेत चीख से उसकी नींद टूट गई। वह हड़बड़ाकर उठ बैठा। चीख फैलती गई। बरामदों में सोए लोग जाग पड़े। उसने मामी को जगाया। मामी के साथ उस घर की ओर गया। पुरुष की लाश पड़ी थी और औरत और बच्चे उसे घेरकर जार-बेजार रो रहे थे। जाड़े की भारी सर्द रात के सन्नाटे में उठता हुआ क्रंदन कितना भयावना लग रहा था! लोग परिवार को समझा-बुझा रहे थे। कुछ देर बाद वह लौट आया और खाट पर यों ही पसर गया। खाँसी ··· तपेदिक और माँ ··· ! वह काँप उठा। माँ की खाँसी उसके भीतर उठने लगी और लगा कि पड़ोस में उसकी माँ की ही लाश पड़ी है। "नहीं-ईं-ईं" वह चीख पड़ा। लौटती हुई मामी चौंक पड़ीं—"क्या हुआ भइया?"

"कुछ नहीं मामी!" वह शरमा गया।

जैसे-तैसे रात बीती। उसके मामा भी आ गए। मामा का चेहरा थकन से बुझा हुआ था। मृत्यु का समाचार सुनते ही उस घर की ओर चले गए। वह भी उनके साथ हो लिया। मृतक व्यक्ति भरत के घर में उसकी औरत और बच्चों के सिवा कोई नहीं था। बच्चों में भी तीन छोटी-छोटी बेटियाँ थीं और चौदह-पंद्रह साल का लड़का प्रेम था। लड़का अभी आठवीं में पढ़ता है। 'अब क्या होगा इस परिवार का?' वह सोच रहा था। 'जानेवाले को क्या? समस्या तो रह जाने वालों की होती है। कितना अनन्त दर्द है संसार में। एक तू ही नहीं है कमलेश, तुझसे भी बदतर हालत में लोग हैं, उनकी ओर भी तो देख!' सोचता-सोचता कमलेश लौट आया। उसके अपने दर्द से बड़ा इस परिवार का दर्द बन गया। वह भी शव-यात्रा में जाने लगा तो मामा ने पूछा—"क्यों, तुम स्कूल नहीं जाओगे? तुम रहने दो, मैं तो हूँ ही।"

उसके भीतर ज़ोर से एक हूक उठी। बोला—"आज छुट्टी ले लूँगा।"

"नहीं, छुट्टी-वुट्टी नहीं लेनी है; मैं तो हूँ ही, तुम क्या करोगे? तुम स्कूल जाओ।"

वह क्या कहता? तैयार होकर स्कूल के समय पर घर से निकल गया।

कहाँ जाए? शंकर भाई तो स्कूल चले गए होंगे। विनोद भी। विनोद का तो घर भी नहीं देखा है। वह यहाँ-वहाँ यों ही घूमता रहा। कभी किसी पार्क में बैठा, कभी बाजार में घूमा, कभी सड़क पर ही टहलता रहा। भूख लग आई तो एक रेस्त्राँ में जाकर बैठ गया। कुछ खाया-पीया, फिर निकलकर सड़क पर आ गया। उसकी आँखों के आगे चिमनियाँ ही चिमनियाँ ··· धुआँ फेंकती अनन्त चिमनियाँ ··· । चिमनियों का नगर जहाँ हज़ारों लोगों की रोज़ी-रोटी चलती है वहाँ वह बेसहारा, बेरोज़गार घूम रहा है। क्यों ··· क्यों आखिर क्यों? क्या उसकी किस्मत खोटी है? वह सोचते-सोचते सिन्धी मार्केट में आ गया। सुना है, ये सारे लोग रिफ्यूजी हैं। देश के विभाजन के समय ये और पंजाबी लोग उजड़ी हुई, जली हुई, लुटी हुई किस्मत लेकर आए थे और उनके हाथों ने फिर उनकी किस्मत को सँवार दिया। हाँ, ये हाथ बड़ी चीज़ हैं। हम पढ़े-लिखे लोग हाथ का भरोसा नहीं करते, केवल दिमाग का भरोसा करते हैं, इसीलिए मारे-मारे फिरते हैं। पढ़-लिखकर क्या वह असहाय होने के लिए अभिशप्त है? ऐसी पढ़ाई से क्या लाभ जो जीवन को बेबसी की दिशा में ढकेल दे? उसने अपने हाथ उठाकर देखे। क्या ये किसी से कमजोर हैं? आखिर ये किसान के हाथ हैं, इनमें गाँव की मिट्टी की ताकत है। ठीक है, वह इन्हीं का भरोसा करेगा। वह कल से या तो सब्ज़ी की लारी लगाएगा या आटोरिक्शा सीखेगा। उसके भीतर एक अजीब स्फूर्ति का अनुभव हुआ। उसने अपने आप को धिक्कारा—उसे पहले क्यों नहीं सूझा। लेकिन लोग क्या कहेंगे? 'लोग क्या कहेंगे?' क्या लोगों से वह पूछने जाएगा? लोग होते हैं कौन कहने वाले? हम पूरबवाले लोगों के कहने का ख्याल बहुत करते हैं और अपने असली हित-अहित का कम। इसीलिए तो हम आर्थिक मामलों में पिछड़े हुए हैं। कमलेश बहुत उत्फुल्लता अनुभव कर रहा था। शाम हो गई थी, वह शंकर के घर की ओर चल पड़ा।

वह पहुँचा तो घर पर शंकर नहीं था। क्या करे? क्या घर लौट चले? लेकिन अभी से जाकर क्या करेगा। उसने एक नया फैसला लिया है, उसके बारे में शंकर भाई से बात करनी है। वही सही राय दे सकेंगे। उनसे मिलकर ही जाना ठीक होगा। तब तक कहीं घूम आते हैं। वह मुड़ा ही था कि देखा—एक नेतानुमा व्यक्ति उसके पीछे से आकर पूछ बैठे–"शंकर बाबू यहीं रहते हैं न?"

उसने कहा—"हाँ रहते तो हैं, लेकिन अभी हैं नहीं।"

"आप बता सकते हैं कि कब तक आएँगे और कहाँ गए हैं?"

"मुझे खुद पता नहीं, मैं भी तो उन्हीं से मिलने आया था। मेरा ख्याल है कि थोड़ी देर में आ जाएँगे?"

"ठीक है, तबतक मैं कहीं और हो आता हूँ। आपसे मिलें तो कहें कि गंगाराम शास्त्री आए थे, घण्टा-भर बाद आएँगे।"

"जी हाँ, मैं कह दूँगा।"

शास्त्रीजी अपना झोलदार खादी परिधान लहराते चले गए।

"तो ये हैं स्वनाम धन्य श्रीमान गंगाराम शास्त्रीजी। देखने में तो बहुत भद्र और सुदर्शन लगते हैं।" वह भी जाकर पास के एक पार्क में बैठ गया। जल्दी ही ठण्ड लगने लगी। सोचा—लौटकर देख ले। शंकर भाई आए हों तो ठीक, नहीं तो घर चले, कल मिल लेगा। बिजली के प्रकाश के बावजूद यहाँ-वहाँ पेड़ों के नीचे अँधेरा ठहरा हुआ था। बीच में एक खाली मैदान पड़ता है, उसमें काफी पेड़ हैं, एक तरह से वह छोटा-सा बाग ही है। रात को उधर से आने में कुछ डर भी लगता है। कमलेश चला जा रहा था कि बगल के एक पेड़ के नीचे एक छाया देखकर डर गया। कोई भूत-वूत तो नहीं है! वह ठहरा। ठहरकर फिर आगे बढ़ा। उसने देखा—वह छाया गुदड़ी-कथड़ी का एक ढेर लग रही थी। वह जल्दी-जल्दी पाँव बढ़ाता हुआ आगे बढ़ा तो छाया ने विचित्र ढंग से खाँसना शुरू किया। कमलेश, लुदुकिया चाल से वह मैदान पार कर आया। फिर राहत की साँस ली।

लौटकर आया तो शंकर आ गया था।

"अरे भाई, मैं तो तुम्हारे ही इन्तज़ार में था, कहाँ रहे?"

"मैं तो कुछ देर पहले आया था, आप नहीं मिले।"

"मैं तो तुम्हें खोजता हुआ स्कूल से सीधे तुम्हारे घर चला गया था। यार, तुम हाँफ क्यों रहे हो?"

उसने रास्ते का किस्सा बयान कर दिया।

शंकर ज़ोर से हँसा—"अरे भाई वह तो फेंकू है।"

"मगर वहाँ क्यों है?"

"फिर कहाँ जाए? उसे चाली से निकाल दिया गया, इसलिए कि वह बढ़ा हुआ भाड़ा नहीं दे सकता था। मैंने उससे कहा–मेरे बरामदे में सो जाया करो, लेकिन उसे यह गवारा नहीं हुआ। गरीब है न, दूसरों को तकलीफ देना बेशर्मी समझता है। जाड़े में फुटपाथ पर सो नहीं सकता, पार्क में सोए तो पुलिस पकड़ ले। वह सुनसान जगह उसे ठीक लगी है। अपनी गुदड़ी-कथरी लेकर वहीं डेरा जमा दिया है। जो पैसा-रुपया कमाता है, वह मेरे यहाँ जमा कर देता है, फिर उसे डर किस बात का?"

"कौन है यह?"

शंकर ने फेंकू की कहानी सुनाई तो कमलेश का मन और भारी हो आया। "कितनी बड़ी दुनिया है अभिशप्तों की भाई साहब! हम अपने घावों को ही बहुत बड़ा घाव मान लेते हैं, लेकिन जब आसपास देखते हैं तो लगता है कि हमारा घाव घाव ही नहीं है।"

"मुझे तो लगता है कमलेश कि अपने आसपास देखना ही अपने को देखना है। दार्शनिकों ने बार-बार अपने भीतर अपने को देखने की बात कही है, मुझे तो लगता है कि अपने से बाहर देखने से अपना दर्द कम होता है और दर्द, दर्द को देखना ही अपने को देखना है। वह दर्द ही हमें व्यक्ति से समाज बनाता है और वह दर्द ही अन्याय के विरुद्ध आग पैदा करता है।"

"आप ठीक कहते हैं, मैं अपने आसपास दर्द के अनुभव से लगातार अपनी व्यक्तिगत हीनता से मुक्त हो रहा हूँ। इच्छा होती है कि मैं इनके लिए कुछ कर पाता।"

एक चुप्पी-सी रही।

"मैं एक खुशखबरी लाया हूँ, भाई साहब!"

"अच्छा! मैं भी एक खुशखबरी लाया हूँ, पहले तुम कहो।"

"नहीं, पहले आप कहिए।"

"नहीं, पहले तुमने उसका नाम लिया है इसका पहला हक तुम्हारा बनता है।"

"तो सुनिए, मैंने एक सत्य पा लिया है-हाथ का सत्य।"

"मैं समझा नहीं!"

"मैं किसी की दया का पात्र न बनकर अपने हाथ का भरोसा करूँगा। मेरे पास जो रुपये हैं न, उनसे मैं एक हाथ लारी खरीदूँगा और उस पर सब्जी बेचूँगा या कल से आटोरिक्शा चलाना सीखूँगा। अब तक यह काम किया होता तो स्वावलम्बी बन चुका होता और अपनी दयनीय मानसिकता से मुक्त हो चुका होता। ··· " कमलेश हँसने लगा, किन्तु शंकर गम्भीर रहा, लगा जैसे रो देगा।

"क्यों भाई साहब, यह प्रस्ताव पसन्द नहीं आया?"

"हाँ-हाँ बहुत पसन्द आया, लेकिन एक प्रस्ताव और है। श्री गंगाराम शास्त्री एक स्कूल खोल रहे हैं। वे एक प्रिन्सिपल की तलाश में हैं। जब कल सुना कि तुम राष्ट्रभाषा स्कूल से अलग हो गए तो एकाएक उनके दिमाग में कौंधा कि तुम्हें क्यों न प्रिंसिपल बना दिया जाए।"

"वे खुद क्यों नहीं बनते हैं?"

"वे नहीं बन सकते। वे क्वालिफाइड नहीं हैं। वैसे असली प्रिंसिपल तो वे ही रहेंगे, लेकिन पेपर पर प्रिंसिपल कोई दूसरा होना चाहिए जो क्वालिफाइड हो।"

"तो वे राष्ट्रभाषा स्कूल की प्रिंसिपली के लिए क्यों हाथ-पाँव मार रहे थे?"

"हाँ, मार रहे थे लेकिन वही उन्हें मालूम हो गया कि वे किसी भी तरह प्रिंसिपल नहीं हो सकते। और वह स्कूल तो दूसरे का था, यह स्कूल तो इनका अपना है न। इसे तो कायदे-कानून के साथ चलाना चाहेंगे।"

"तो?"

"तो क्या, वे आज तुमसे मिलने आने वाले हैं। मैं इसीलिए तो तुम्हें लेने तुम्हारे

घर गया था।"

"अच्छा तो वे इसीलिए आए थे।"

"आए थे क्या?"

"हाँ, आए थे। कह गए हैं कि अभी आएँगे। मगर आप लोग तो कहते थे कि वह महाधूर्त है। इस महाधूर्त के साथ काम करना ठीक होगा क्या?"

"हाँ, वह महाधूर्त है, इसलिए स्कूल चला लेगा। बात रही तुम्हारे साथ उसके सम्बन्धों की, सो मैं समझता हूँ उसे तुम्हारी आवश्यकता बनी रहेगी, जब तक उसे कोई और विकल्प नहीं मिल जाता। फिलहाल तुम खाली हो, उसका प्रस्ताव स्वीकार कर लेने में क्या हर्ज है?"

"जैसा आप ठीक समझें।"

कुछ देर तक दोनों चुप रहे, तब तक गंगाराम शास्त्री आ धमके।

"आइए शास्त्रीजी! देखिये ये कमलेश जी हैं।"

"अरे, इनसे तो अभी मुलाकात हुई थी। मुझे क्या मालूम था कि यही कमलेश हैं नहीं तो इनके साथ बैठकर ढेर सारी बातें की होतीं।"

"मुझे भी कहाँ मालूम था कि आप मुझे खोज रहे हैं!"

"भाई कमलेश, मैंने तुम्हारे बारे में सुना तो बहुत दुःख हुआ। अरे यह रूपलाल साला बड़ा हरामी है। साला चाली का पैसा वसूलते-वसूलते शिक्षा शास्त्री बन बैठा। जैसे वह सेठों और नेताओं का चमचा है वैसे ही वह शिक्षक नहीं, चमचा चाहता है। वह तुम्हारा मोल क्या समझे। खैर, कोई बात नहीं, मैंने भी साल भर में उसका स्कूल नहीं तोड़ा तो मेरा नाम गंगाराम शास्त्री नहीं। बस मुझे तुम्हारे जैसे योग्य प्रिंसिपल का साथ चाहिए।"

"तो क्या आप वह स्कूल तोड़ने के लिए कमलेश का सहयोग चाहते हैं?" शंकर बोला।

"नहीं भाई शंकर, आप समझे नहीं। कमलेश जैसे योग्य शिक्षक हमें मिल जाएँगे तो यह स्कूल चमकेगा कि नहीं? और जब चमकेगा तो वहाँ के छात्र यहाँ आना चाहेंगे कि नहीं? वहाँ योग्य शिक्षक हैं ही कहाँ? वहाँ तो सब चमचे हैं।"

"अच्छा तो यह मतलब था आपका?"

"हाँ और क्या? मैं तो बीरबल की तरह छोटी रेखा के सामने बड़ी रेखना खींचना चाहता हूँ।"

"ठीक है, ठीक है, क्या नाम रखा है स्कूल का?"

"सोचा है—'पीपुल्स हाई स्कूल'।"

"हाँ ठीक तो है। कमलेश को तनखाह क्या देंगे?"

"अरे भाई, कमलेश तो औरों को तनखाह देंगे, वे तो मालिक रहेंगे स्कूल के।"

"शास्त्रीजी, गोल-मोल बात मत कीजिए, मुझे राजनीति की भाषा नहीं आती।"

"अरे शंकर बाबू, गोल-मोल बात नहीं कर रहा हूँ, सही कह रहा हूँ। फिलहाल तो स्कूल चलाने की बात है, जो आमदनी होगी फिलहाल उसमें सबका काम चलेगा। जब स्कूल चल निकलेगा तो सबको स्टैण्डर्ड तनखाह मिलेगी।"

कमलेश का चेहरा उतरा हुआ था। गंगाराम ने इसे मार्क किया। हँसकर बोले—"कमलेश जी, चिन्ता की बात नहीं है, स्कूल जल्दी ही चल निकलेगा। आपकी योग्यता और मेरे प्रयत्नों से स्कूल बहुत जल्द अपने पैरों पर खड़ा हो जायेगा। गंगाराम शास्त्री की ताकत का अन्दाज़ा आपको होना चाहिए।"

"सो तो है शास्त्रीजी! आपकी ताकत का पूरा अन्दाज़ा हमें है, आप जो चाहें कर सकते हैं।" मुस्कराकर शंकर बोला। गंगाराम भी मुसकराए, फिर ठठाकर हँस पड़े।

"अच्छा मैं चलता हूँ। कल इन्हें लेकर स्कूल में आइए, कल से ही काम शुरू करते हैं।"

"ओ.के. शास्त्रीजी!"

शास्त्रीजी झोल मारते चले गए।

"लेकिन स्कूल है कहाँ, भाई साहब?"

"शास्त्री के घर पर।"

"घर पर?" कमलेश ने आश्चर्य से पूछा।

"हाँ, इनका घर देखोगे तो चकित हो जाओगे। घर क्या है महल है।"

"महल! उनके पास महल कहाँ से आ गया?"

"इसकी भी एक कहानी है। सुनोगे?"

"अब जब इस महापुरुष से जुड़ रहा हूँ तो सुनना तो पड़ेगा ही।"

"काफी लम्बे अहाते में वह एक सेठ की कोठी है। सेठ कलकत्ते में रहता है। यहाँ बस एक चौकीदार रहता था। यह जालिया सेठ की एक जाली चिट्ठी लेकर चौकीदार के पास आया। चिट्ठी में लिखा था कि ये मेरे रिश्तेदार हैं, इन्हें कुछ दिन ठहरने के लिए कोठी खोल देना।

"चौकीदार ने कोठी खोल दी। धीरे-धीरे इसने उस कोठी में बच्चों का एक स्कूल खोल दिया। अपने एक मित्र से होमियोपैथी का दवाखाना खोलवा दिया। सर्वेण्ट क्वार्टर्स में कुछ गुण्डे बसा दिए। चौकीदार को भगा दिया। चौकीदार ने सेठ को लिखा। सेठ आए। मुकदमेबाजी हुई। इसमें काफी समय लग गया। सेठ भी ऊब गया। उसे शास्त्री के गुण्डों से डर लगा। कुछ नेताओं की शह गंगाराम को है इसका भी उसे पता चला। सोचा, कौन पड़े इस झंझट में। कौन अहमदाबाद आना है, खाली ही तो पड़ी होती है यह। वह ऊबकर केस छोड़ बैठा।"

"इतनी बड़ी जायदाद वह छोड़ बैठा?"

"करता क्या? कलकत्ते में उसका करोड़ों का कारोबार है उसके लिए क्या फर्क पड़ता है। अब गंगाराम उसी बड़े बंगले के एक हिस्से में रहते हैं। कुछ किराये पर

दे रखे हैं। अहाते में कई छोटे-छोटे कमरे बनवा रखे हैं अब उन्हीं में स्कूल चलायेंगे।"

"बाप रे, इतना जाली आदमी है! और आप इसके साथ काम करने को कहते हैं!"

"नहीं कमलेश, मैं तुम्हें इसके साथ जोड़ नहीं रहा हूँ, किसी बेहतर विकल्प तक तुम्हें यहाँ समय काटने के लिए प्रेरित कर रहा हूँ। कुछ दिन देखने में क्या हर्ज है?"

"ठीक है, जब कोई बेहतर विकल्प नहीं है तो यहीं सही।"

कमलेश लौटने लगा तो उसमें वह उत्साह नहीं रह गया था जो हाथ से काम लेने के निर्णय से उत्पन्न हुआ था, लेकिन एक आश्वस्ति उसे सुख दे रही थी कि अब मामा-मामी से नौकरी छूटने की बात नहीं कहनी पड़ेगी। नौकरी छूटने की बात सुनकर वे कितने दुखी होते! अब कह देगा कि उसने स्कूल बदल दिया है। शास्त्रीजी का चरित्र-बिम्ब बार-बार उसके सामने साकार हो उठता। उसे उसके साथ जुड़ना प्रीतिकर और लाभकर नहीं लग रहा था, किंतु वह कर ही क्या सकता था। कुछ दिन तक आज़मा लेने में हर्ज ही क्या है? हाथ तो अपने हैं ही, ये कहाँ जायेंगे!

मोहल्ले में आया तो फिर उसके सन्नाटे ने उसे ग्रस लिया। लोग लाश को फूँक-फाँककर तो कभी के लौट आए होंगे। उसने चलते-चलते मृतक के घर की ओर देखा। अब वहाँ से चीखने-चिल्लाने की आवाज नहीं आ रही थी, लेकिन लगा कि वह पूरा मकान धीरे-धीरे हबस रहा है जैसे आग की लपट समाप्त हो जाने के बाद आग धीरे-धीरे सुलगती रहती है।

मामा का घर भी काफी खामोश था। मामा पाली पर जा चुके थे। बच्चे सो गए थे।

कमलेश जाकर कमरे में बैठ गया। उसने उदास आँखों से इधर-उधर देखा। लगा कि खाना नहीं बना है।

"क्यों भइया, कहाँ रहे? बड़ी देर कर दी!"

"हाँ मामी, शंकर भाई के यहाँ कई लोग आ गए थे, बल्कि वहीं खाना-वाना भी खा लिया।"

"अच्छा किया भइया, आज तो हम लोगों का चूल्हा ही नहीं जला, बच्चों को तो कुछ बाज़ार से लाकर खिला दिया।"

"आप लोगों ने कुछ खाया नहीं, मामी?"

"अरे, कैसी बात करते हो भइया! पड़ोस में मौत हुई तो उस दिन चूल्हा कैसे जल सकता है?"

दोनों चुप रहे।

"बहुत बुरा हुआ, भइया! अब बीवी-बच्चों का क्या होगा? कहाँ जाएँगे वे?"

"क्यों मामी, ये गाँव नहीं लौट सकते?"

"अरे गाँव में रखा है भइया? थोड़े-बहुत खेत-वेत हैं। लेकिन अब ये गाँव लौटेंगे तो वहाँ के भाई-भतीजे लोग इन्हें चैन से रहने देंगे? यहाँ तो फिर भी मर-मजूरी

करके गुज़र-बसर कर सकते हैं। गाँव में क्या करेंगे? अरे गाँव में ही गुज़र-बसर हो जाती तो यहाँ क्यों आते? यहाँ गुज़र-बसर के लिए ही तो आते हैं, कोई धन्ना सेठ बनने थोड़े आते हैं।"

"ठीक कहती हो मामी, लेकिन कुछ लोग धन्ना सेठ भी बन जाते हैं।"

"बन जाते होंगे भइया, हराम की कमाई से। मेहनत की कमाई तो देख ही रहे हो अपने मामा की। इतने दिनों से खून-पसीना एक कर रहे हैं और परिवार की फटेहाली को सी नहीं सके।"

"मामी, कुछ खाने का मन हो तो बाज़ार से कुछ लाऊँ?"

"नहीं भइया, अब कल ही देखा जाएगा।"

"पता नहीं उनके घर के बच्चों ने कुछ खाया या नहीं।"

"छोटी बच्ची को तो बुलाकर कुछ खिला-पिला दिया था, बाकी बड़े बच्चों ने कुछ लेने से इन्कार कर दिया। अब सो जाओ भइया, तुम भी दिन-भर के थके-मादे हो।"

कमलेश बरामदे में जाकर अपनी खाट पर लेट गया। सोचता रहा कि ये मामा-मामी न जाने किस धातु के बने हैं? खुद अपनी फटेहाली से परेशान लेकिन औरों के लिए कितना कुछ कर गुज़रने का उत्साह। कहाँ से आती है यह शक्ति, कहाँ से आती है यह पीड़ा? स्वयं अपने भीतर से—करुणा और इन्सानियत से भरे अपने ही भीतर से।

कमलेश सो नहीं पा रहा था। रह-रहकर निगाहें मृतक के घर की ओर उठ जाती थीं। एक भयानक सूनापन उसके आगे टहलता हुआ दिखाई पड़ता था। आज वह खाँसी की आवाज़ नहीं सुनाई दे रही थी जिसे रोज़-रोज़ सुनने का वह अभ्यस्त हो गया था। लेकिन वह आवाज आज बुरी तरह उसके भीतर ही उठ रही थी। वह माँ की खाँसी की आवाज थी। उसे लग रहा था कि उसके गाँव से लेकर यहाँ तक माँ की खाँसी की एक लय बन गई है। पता नहीं कैसे होगी माँ? हाँ, आज कुछ रुपये तो घर भेजे हैं, लेकिन उनसे क्या होगा? कितने सारे बोझ तो हैं परिवार पर, ये रुपये कितना कुछ कर पाएँगे? अब तो यह सहारा भी नहीं रहा। पता नहीं यह शास्त्री क्या करेगा? सोचा था, मेहनत-मजूरी करके कुछ उपार्जित करूँगा, लेकिन यह शस्त्रिया भद्रा बनकर कूद पड़ा।

सोचते-सोचते न जाने उसे कब नींद आ गई। एकाएक जग पड़ा। उस घर से रोने की एक लम्बी मर्मभेदी चीख रात के सन्नाटे को फाड़ती हुई उठ रही थी। मोहल्ले के कुत्ते पुऊँ··· की लम्बी लय में रो उठे। आदमी खामोश सोते रहे। कमलेश क्या करे? उसे फिर अपनी माँ याद आने लगी थी।

"न रो बाई, न रो, भगवान पर किसका बस चलता है!" यह आवाज़ उस पियक्कड़ की है। कमलेश अब सबकी आवाज़ें पहचानने लगा है। आज इस

पियक्कड़ ने पी नहीं है। उसकी वाणी में शराब की अभद्र लड़खड़ाहट नहीं, दर्द की इन्सानी लड़खड़ाहट है।

"न रो बाई, न रो।"

दूसरे दिन कमलेश शास्त्रीजी के मकान पर गया। सचमुच वह हैरान रह गया। मकान क्या था पूरा महल था। शास्त्री ने कमलेश का स्वागत किया। उसे अच्छे ढंग से नाश्ता-वास्ता कराया। फिर एक कमरे में ले गया और कहा कि यही प्रिंसिपल का कमरा रहेगा। फिर उसने तीन-चार कमरे दिखाए और कहा कि इन्हीं में कक्षाएँ लगेंगी।

"लेकिन छात्र कहाँ हैं?"

"छात्र हैं और हो जाएँगे। बात यह है कमलेश, यह तो नवम्बर का महीना है न। इस समय छात्र कहाँ मिलेंगे? हाँ, फिलहाल हम कोचिंग क्लासेज़ चलाएँगे।"

"यह क्या होती है।"

"अरे भाई, जो लड़के प्राइवेट इम्तिहान देना चाहते हैं गुजरात से या गुजरात के बाहर के बोर्डों से, उन्हें कोचिंग की बड़ी ज़रूरत होती है। कुछ नौकरीपेशे वाले होते हैं, कुछ काम-काजी औरतें होती हैं, ये रेगुलर रूप से स्कूल ज्वाइन नहीं कर पाते, ये कोचिंग क्लास में आते हैं। साथ ही स्कूलों में नियमित पढ़ने वाले तेज़ और कमज़ोर छात्र आते हैं। तेज़ आते हैं अपना डिवीज़न बनाने के लिए और कमज़ोर आते हैं पास होने के लिए। बस, इस साल कोचिंग क्लास चलाकर धाक जमा लेते हैं, फिर अगले साल से नियमित हाई स्कूल चलाएँगे।"

"मैं कुछ नहीं जानता इस सबके बारे में। आप जैसा कहेंगे करूंगा। लेकिन कोचिंग क्लास की प्रिंसिपली के लिए क्वालिफिकेशन की क्या ज़रूरत थी, आप खुद ही प्रिंसिपल बन गए होते।"

"अरे भाई, मैं क्वालिफाइड भी हूँ। मैं तो अपने को मुक्त रखना चाहता हूँ, व्यवस्था सँभालने के लिए। प्रिंसिपली करूँगा तो स्कूल के लिए दौड़-धूप कौन करेगा? आप प्रिंसिपल होने के साथ-साथ विद्वान शिक्षक भी हैं। मुझे क्लास लेने की फुरसत कहाँ मिलेगी। हाँ, इस तरह पढ़ाइए कि स्कूल की धाक जम जाए और विद्यार्थी और जगहों से भागे-भागे आएँ।"

"मगर और टीचर कहाँ हैं?"

"आ जाएँगे, दो-एक और आपके साथ हो लेंगे, फिर जून से बाकायदा स्टाफ की नियुक्ति होगी।"

"ठीक है आप जैसा चाहें करें।"

"और हाँ, क्लासें दो शिफ्टों में चलेंगी—घरेलू महिलाओं के लिए दिन में यानी

दोपहर के बाद और नौकरीपेशा वालों तथा अन्य स्कूलों से आनेवालों के लिए शाम को।"

"शाम को?"

"हाँ, इसमें हर्ज ही क्या है? यह महानगर तो रात-भर सक्रिय रहता है। यहाँ पूरी रात कभी होती ही नहीं।"

"हाँ, यह तो है। तो आज अभी क्या करना है?"

"मैंने विज्ञापन तो दे दिया है, किन्तु विज्ञापन के भरोसे बात नहीं बनेगी। हम लोगों को खुद ही छात्र बटोरने के लिए घूमना पड़ेगा। मेरा ख़्याल है कि आठ-दस दिन में हम लोग स्कूल स्टार्ट कर देंगे। इन आठ-दस दिनों में सुबह से शाम तक घूम-घूमकर छात्र बटोरने चाहिए।"

"लेकिन, मेरा तो कुछ खास परिचय है नहीं इस शहर में।"

"अरे, आप मेरे साथ घूमेंगे और अपने यहाँ की या शंकर बाबू की चाली में कुछ लड़के तो आप तैयार ही कर सकते हैं।"

"मैं कह नहीं सकता। देखूंगा।"

"अच्छा तो चलिए, श्रीगणेश क़रते हैं।"

"चलिए।"

दिनभर घूम-फिरकर जब वह शाम को शंकर के यहाँ लौटा तो शंकर को बहुत उदास पाया।

"क्या बात है, शंकर भाई?"

"कहाँ, कहीं कुछ भी तो नहीं।"

"कुछ तो है।"

"पहले अपनी बताओ कैसी रही आज़?" शंकर ने हँसने का प्रयत्न करते हुए पूछा।

"मैंने ज्वाइन कर लिया है। सब ठीक-ठाक है। लेकिन अपनी बताइए, कुछ है जो आप छिपा रहे हैं।"

"कुछ नहीं, भाई साहब की चिट्ठी आई है।"

"हूँ।" कमलेश ने ऐसे कहा जैसे वह सब कुछ समझ गया हो।

"क्या हूँ?"

"हूँ, यह कि घर से चिट्ठी आई है और घर की चिट्ठी में जो लिखा होगा वह मालूम ही है। पैसे माँगे गए होंगे।"

"सो तो ठीक है कमलेश, लेकिन बात इतनी ही नहीं है। पैसे तो मेरे पास जो बचते हैं भेज देता हूँ, पैसे भेजने के लिए अपने को ज़लील और परेशान नहीं करता, लेकिन इस बार ऐसी समस्या है कि मैं सोच नहीं पा रहा कि क्या करूँ।"

"कुछ बताइए भी तो?"

"भाई साहब ने लिखा है कि माँ की तबियत बहुत खराब चल रही है, वहाँ के आसपास के डाक्टरों की समझ में कुछ नहीं आ रहा है कि क्या बीमारी है। वे सलाह दे रहे हैं कि शहरी अस्पताल में दवा कराई जाय। भाई साहब का कहना है कि माँ को लेकर बनारस या इलाहाबाद कौन ठहरेगा। तुम तो शहर में ही हो, माँ को अपने पास बुला लो और वहीं दवा कराओ।"

"तब?"

"तब क्या, मैं माँ को यहाँ लाकर कहाँ रखूँगा? एक यही छोटा-सा कमरा, अगर इसमें माँ की खाट बिछ गई तो फिर क्या होगा? मेरी पढ़ाई-लिखाई, दोस्तों का आना-जाना सब खत्म हो जाएगा।"

"तो मना कर दीजिए।"

"तुम नहीं समझते कमलेश, कि मेरी माँ मेरे लिए क्या है। दोनों भाइयों ने माँ की बीमारी की चिन्ता से मुक्त हो जाने के लिए उसे मेरे ऊपर ठेल देने की जो साज़िश की है वह इसीलिए कि वे जानते हैं कि मैं माँ को परेशान नहीं देख सकता। माँ मेरा जीवन है कमलेश, और उसी के भरोसे मैं अपने बीवी बच्चों को घर पर छोड़कर निश्चिंत कुछ कर पा रहा हूँ।" कहकर शंकर ने कमलेश की ओर देखा।

"अरे, तुम्हें क्या हो गया? तुम क्यों रो रहे हो?"

आँसू पोंछते हुए कमलेश ने कहा—"कुछ नहीं शंकर भइया, बस माँ की याद आ गई थी।"

"हाँ भाई, माँ न हो तो आदमी के अभाग्य का क्या कहना और यदि माँ हो और दुर्दशा भोग रही हो तो आदमी की पीड़ा का हिसाब नहीं। हम लोग कितने सौभाग्यशाली और कितने अभागे हैं!"

"क्या बात है शंकर, क्या हो रहा है? पारसजी थे।"

"आइए-आइए, पारस भैया!" बेमन से शंकर ने कहा।

"आया, भाई ज़रा चाय पिलाओ।"

"हाँ-हाँ लगता है सीधे कहीं बाहर से आ रहे हैं? क्या बात है, बहुत थके से लगते हैं?"

"हाँ, तन से कम, मन से ज़्यादा थक गया हूँ।"

"ऐसी क्या बात हो गई?"

"भाई, जब अपने यहाँ का कोई आदमी ग़लत काम करता है तो मन पर चोट लगती है, लगता है हम सभी बदनाम हो रहे हैं।"

"आज फिर कुछ हुआ क्या?"

"फिर कुछ नहीं, वही जो हो रहा था, वह होकर रहा।"

"अच्छा!"

"हाँ, कैसलवा ने किसी की बात नहीं मानी, आख़िर उस गुजराती लड़की से मंदिर

में विवाह कर ही लिया।"

"फिर?"

"फिर क्या, चिरंतन जी घायल-से पड़े हैं। उन्हें विश्वास था कि कुछ भी हो, कैलाश एक दिन सही रास्ते पर ज़रूर आ जाएगा और वे अपने तमाम शुभचिन्तकों के द्वारा कैलाश को समझवाते रहे।"

"तो ठीक तो है, सही रास्ते पर तो वह आ ही गया।"

"तुम मज़ाक मत करो शंकर बाबू, यह एक नैतिक मामला है। जिसे इससे जूझना पड़ता है वही इसकी चोट महसूस करता है। चिरंतनजी को जाकर देखो कैसे मूर्च्छित पड़े हैं। कह रहे हैं—"मैं घर-जवार में कौन-सा मुँह दिखाऊँगा? लोग कहेंगे कि औरों के घरों को सँभालने वाले, तुम अपने ही घर को बिगड़ने से नहीं रोक सके। मेरे मुँह पर तो कालिख पुत गई है।'"

"तो उनकी असली चिन्ता अपने मुँह की है, कैलाश के मुँह की नहीं है।"

"और सबसे शर्मनाक बात तो यह है कि चिरंतनजी के इतने सारे शुभचिन्तक तमाशा देखते रहे और इस एक छोटी-सी घटना को घटित होने से नहीं रोक सके।"

"सचमुच यह विचित्र बात है।"

"और उससे भी शर्मनाक बात यह कि तुम्हारे दोस्त विनोद ने अपनी पड़ोसी की इज़्ज़त की पीठ में छुरा मारा है। इसी ने कैलाश को उकसाया, और अपने साथियों के साथ मन्दिर में विवाह के समय उपस्थित रहा।"

"लेकिन मैं भी तो उसका मित्र हूँ, कम्बख्त ने मुझे क्यों नहीं बुलाया?"

"अरे अच्छा हुआ तुम्हें नहीं बुलाया, तुम एक शरीफ़ आदमी हो।"

"इस प्रशंसा के लिए धन्यवाद।"

"अरे, उसके दोस्तों की कमी थोड़े ही है, ऐसे लाखैरा लोगों के ही दोस्त अधिक होते हैं एक-से-एक लाखैरा···।"

"कमलेश को कोफ्त हो रही थी। इस आदमी के साथ उसे कोफ्त ही होती है। वह अब तक चुप रहा, लेकिन जब विनोद को भला-बुरा कहा जाने लगा तो चिढ़ गया। बोला—"

"माफ कीजिएगा पारसनाथ जी, विनोदजी एक बहुत अच्छे खुले हुए और रहमदिल इन्सान हैं। उनके बारे में आपकी राय केवल आपकी राय है। वे जो हैं साफ़ दिखाई देते हैं। वे अपनी नीचता, मैल और लम्पटता को नैतिकता के बड़े-बड़े शब्दों से ढकने वाले ढोंगी नहीं हैं। उन्होंने अच्छा किया जो कैलाश का साथ दिया।"

"पारसनाथ ने मुँह सिकोड़कर कमलेश की ओर देखा, लगा जैसे मनों हिकारत उस पर उड़ेल देंगे। बोले—"मैंने कहा न, विनोद के दोस्त भी वैसे ही हैं।"

शंकर तमतमा गया। कमलेश भी हाँफने लगा। शंकर से पहले ही कमलेश बोल उठा—"हमें गर्व है विनोद के दोस्त होने का। उसने एक नेक काम किया है। मैंने

बहुत-से नैतिकतावादियों को भीतर से बरसाते हुए अनुभव किया है। वे दोस्तों में चरित्र और सदाचार की बात करेंगे और रात के अकेले में, सन्नाटे में, किसी एकान्त मार्ग में, किसी कामवाली से प्रेम की भिक्षा माँगेगे।"

पारसनाथ ने कमलेश की ओर घूरकर देखा और लगा कुछ कहना चाहते हैं। शंकर समझ गया कि कमलेश उस रात वाली वह घटना अब सीधे कह देगा इसलिए बात को नया मोड़ दे दिया—

"अच्छा भाई साहब, एक बात समझ में नहीं आई कि मन्दिर में शादी क्यों हुई? क्या लड़की के घरवाले भी इस शादी के विरुद्ध थे? यदि थे तो फिर यह सब कुछ लड़का-लड़की के चाहने भर से कैसे हो गया?"

"अरे लड़की वाले क्यों नहीं चाहेंगे, भाई! वे साले तो दरिद्र हैं। बाप बस-ड्राइवर है, उसके पाँच लड़कियाँ हैं। उसे इस तरह के लड़के मिल जाएँ तो उसका तो बेड़ा पार हो गया। उसने तो अपनी लड़की को और उकसा दिया होगा कैलाश को फाँसने के लिए।"

"है किस जाति की?"

"है तो ब्राह्मण की। यही गनीमत है।"

"चलिए, आपकी दृष्टि में कुछ तो गनीमत हुई।"

"अरे छोड़ो शंकर बाबू गनीमत को। खाली जाति लेकर चाटनी है क्या? क्या उत्तरभारती ब्राह्मण समाज में लड़कियाँ नहीं थीं? एक-से-एक अच्छे घरों से रिश्ता आ रहा था, तीस-चालीस हज़ार दहेज मिल रहा था, लेकिन इस लौंडे ने सर्वनाश कर दिया। चिरंतनजी ने इतने कष्ट से इस लौंडे को पढ़ाया-लिखाया, लेकिन पढ़-लिखकर यह उन्हीं से फिरंट हो गया। दो पैसे की आमदनी का जुगाड़ हुआ तो उसे भी खा गया। चिरंतनजी पर क्या बीतती होगी?"

हो हो हो हो ··· शंकर हँसने लगा।

"अरे इस तरह हँस क्यों रहे हो, शंकर?"

"तो पारस भइया, आपके चिरंतनजी का असली दर्द दहेज न पाने का है।" वह फिर हँसने लगा। कमलेश भी हँसने लगा।

पारस ने कमलेश की ओर क्रोध और घृणा से देखकर कहा "क्या हँसते हो—खी खी खी खी? कोई मसखरी हो रही है क्या?"

"तो और क्या हो रही है? दहेज के दर्द से मरने वाला व्यक्ति अपने को नैतिकवादी कहे और अपने असली दर्द को कोई और नाम दे, यह मसखरी नहीं है तो और क्या है?"

"दहेज मसखरी है? रुपया किसी को काटता है? फिर रहे हो न मारे-मारे पैसे की तलाश में? ज़िन्दगी फटीचर हो गई है पैसे के अभाव में।"

"पारसजी!" कमलेश तमतमा आया था। "मैं नौकरी खोज रहा हूँ, जहाँ मिहनत

क़रके पैसा उपार्जित करूँगा, पैसे के लिए डाका नहीं डालूँगा, जेब नहीं कतरूँगा, चमचागीरी नहीं करूँगा, दलाली नहीं करूँगा और अपने मुख्य काम की उपेक्षा कर दिन-रात ट्यूशनें नहीं पढ़ाता घूमूँगा।"

"तो दहेज डाका डालना है?"

"बिलकुल डाका डालना है और वह भी एक सामाजिक नैतिकता का जामा पहनकर। डाकू डाका डालता है तो डाकू कहलाता है, लोग उससे अपने बचाव की भी सोचते हैं, लेकिन जब लड़का या लड़के का बाप लड़की के बाप की जीवन-भर की पूँजी पर डाका डालता है तब दामाद या समधी कहलाता है और लड़की का बाप या भाई बरबाद होते हुए भी प्रतिरोध नहीं कर पाता बल्कि और लुटता चला जाता है। कितना विवेकवान है कैलाश कि उसने नैतिकता के नीचे लालच से गंधाते चिरंतनजी के मुँह पर जूता दे मारा और बिना कुछ लिए-दिए उस लड़की से शादी कर ली जिसे प्यार करता रहा। ··· "

"प्यार करता है! वासना के कीड़े हैं ये कि क्लास में जिन छात्राओं को पढ़ाते हैं, उन्हीं से रासलीला करने लगते हैं। गुरु और शिष्या के इस लंपट सम्बन्ध को आप प्यार कहते हैं? बहुत देखे हैं मैंने प्यार-वार। देखिए कितने दिन चलती है यह शादी। ऐसे प्यार की शादियाँ आज होती हैं कल टूट जाती हैं।"

"ना-ना पारस भइया, बेचारे कैलाश को बद्दुआ मत दीजिए। अरे कुछ भी हो, आपके मित्र का भाई है, आपका सम्बन्धी भी लगता है, उसे आशीष दीजिए और गुस्से को थूक दीजिए। दुनिया में भला-बुरा चलता ही रहता है।" शंकर ने बात को खत्म करने की गर्ज से कहा।

"अरे मुझे क्या? जो जैसा करेगा वैसा भरेगा? वह अपना कुछ लगता है तभी तो तकलीफ़ हो रही है, नहीं तो किसे किसकी पड़ी है। लेकिन शंकर, अपने दोस्त विनोद को समझा दो कि वह इन दोनों भाइयों के बीच मूसरचंद न बने। पता नहीं क्या बात है कि तुम तो इतने समझदार और सभ्य आदमी हो, लेकिन तुम्हारे सारे के सारे दोस्त ततैया हैं, वे खाली डंक मार सकते हैं, कुछ दे नहीं सकते।" कहकर पारस ने कमलेश की ओर कनखियों से देखा।

कमलेश कुछ कहे इससे पूर्व शंकर बोल उठा—"ततैया का भी एक नियम होता है पारस भइया! उनके पास डंक ज़रूर होता है, लेकिन वे घूम-घूमकर डंक नहीं मारते। उन्हें जो छेड़ता है उन्हीं को डंक मारते हैं।" फिर वह भभाकर हँस पड़ा। कमलेश भी मुस्कुराया।

पारस तिलमिला गये और कुछ कहना चाहते रहे कि शंकर बोल पड़ा—

"कमलेश, रात काफ़ी हो गई है, ठंड भी बढ़ गई है, अब तुम जाओ।"

"अरे हाँ भाई साहब, नौ बज रहे हैं। लेकिन अब तो रोज़ स्कूल में ही नौ-दस बज जाएँगे।" कमलेश ने कहा और जाने के लिए तैयार हो गया।

"चलो ज़रा पान भी खा आऊँ।" कहकर शंकर भी उठ पड़ा।

"अच्छा भाई, मैं भी चलता हूँ।" कहकर पारस उठे और अपने क्वार्टर की ओर चल पड़े।

कुछ दूर जाने के बाद शंकर ने कहा—"तुमसे कुछ बात भी नहीं हो पाई, कि बीच में यह टपक पड़ा। जब देखो तब टपक पड़ता है।"

"यह तो अजीब आदमी है, बल्कि यह आदमी भी नहीं है, केवल अजीब है। यह तो निरा बदबू का भभका है।"

"नहीं कमलेश, यह अपने जवार में बहुत लायक माना जाता है; इसी के संदर्भ में तो मैं निहायत निकम्मा, निठल्ला और अर्थहीन व्यक्ति माना जाता हूँ। यहाँ भी यह चिरंतनजी के मण्डल में बहुत आदर्शवादी, कर्मठ और सभ्य व्यक्ति माना जाता है। तपस्वी है यह। दिन-रात तप करके जो पुण्य अर्जित करता है उसे स्वयं नहीं भोगता है, घरवालों को भेज देता है, और जानते ही हो इसका तप है ट्यूशन। तपस्वी की तरह अपने तप के मामले में कहीं भावुक नहीं होता, अत्यन्त कठोर है यानि किसी से एक पैसा नहीं छोड़ता। और तप के पैसे को सूद पर चढ़ाकर उसका विस्तार करता रहता है। लोग यही समझते हैं कि यह सबके काम आने वाला व्यक्ति है।"

"वाह रे, अजीबलाल!"

"अरे वाह कमलेश, तुमने खूब नाम रखा। आज से इसे अजीबलाल ही कहा जाय और इसके सामने ही अजीबलाल की बात की जाएगी। यह समझेगा भी नहीं और इसकी खिंचाई भी हो जाया करेगी।"

"दोनों ज़ोर से हँसे, पानवाला चौंककर देखने लगा।"

दोनों अलग होने लगे तो शंकर ने कहा—"अरे हाँ, हो सकता है मैं दो-चार दिन में गाँव जाऊँ, माँ को लाने के लिए। पता नहीं, क्या हाल है उसका।" शंकर की आवाज़ फिर भारी हो आई थी और कमलेश चला तो उसे भी माँ की याद आने लगी थी।

2

आज शिवरात्रि की छुट्टी थी। कमलेश पार्क में जा बैठा था। सोच रहा था—होली का दिन करीब आ गया। पहली बार होली के माहौल में गाँव से दूर था। उसे गाँव बहुत याद आ रहा था। अपने यहाँ होली का दिन नहीं होता, होली का मौसम होता है—पूरा महीना-डेढ़ महीना होली का मौसम। सरसों फूली नहीं कि फागुनी रंगत हवा में तैरने लगती है और धीरे-धीरे फूलों का रंग गाढ़ा होने लगता है। जाड़ा अपने उत्कर्ष पर आकर उतरने लगता है और एक खुशबूदार ऊष्मा धूप के भीतर से फूटने लगती है। फागुन आता है तो धरती पागल-सी हो उठती है, उसके अंग-अंग को फोड़कर

कोई-न-कोई फूल उभर आता है, वह फूलमयी हो उठती है। कंगाली में भी आदमी मस्ती से भर जाते हैं। उसे याद है, खेतों में काम करती मजदूरनें कीचड़ फेंक-फेंककर रेलगाड़ियों पर मारती हैं, एक-दूसरे को छेड़ती हैं। आदमी आदमी को खदेड़ लेते हैं धूल-कीचड़ लेकर। सारे अभाव और दुख-दरद के भीतर से उठता हुआ उनका फागुन न जाने उनको भीतर-भीतर कितना भर देता है—शंकर है फागुन। नहीं, वह शंकर ही नहीं, विष्णु और ब्रह्मा भी है। धूल उड़ाता अवधूत शंकर फागुन, सौंदर्य बिखेरता विष्णु फागुन, नई-नई रचना करता ब्रह्मा फागुन।

उस फागुन से आज दूर है वह। वैसे इन चालियों में रहने वाला उत्तर भारतीय समाज अपने फागुन को भूला नहीं है। वह देखता है, किसी का फटा-पुराना कुर्ता रंग से सराबोर है, कोई भौजी यहाँ भी छिपकर किसी देवर पर पानी फेंक दे रही है और खा-पी चुकने के बाद ज़रो कहीं न कहीं ढोल-झाल लेकर कुछ लोग बैठ जाते हैं। मुख्यतया वे अपनी ओर के नाई, धोबी, हरिजन यानी पिछड़ी जातियों के लोग होते हैं। कभी-कभी मध्यवर्गीय लोग भी होते हैं। लेकिन, वह फागुन को चिमनियों के धुओं के बीच देखने का आदी नहीं है। ये गन्दी-गन्दी, संकरी-संकरी गलियाँ, आसपास गन्दगी का ढेर बहाती हुई सड़ी नालियाँ और चिमनियों का शोर तथा धुएँ के कसैले बादल—इनके बीच फागुन अजीब ही लगता है। लगता है उसका भी दम घुट रहा है।

मन होता है होली में गाँव हो आए। जी बहुत उदास हो रहा है। मन खेतों को खोज रहा है, बाग-बगीचों को खोज रहा है, माँ की आँखों को खोज रहा है, भाई-बहनों के प्यारमय साहचर्य के लिए तड़प रहा है। यहाँ फागुन की एक ही निशानी दिखाई दे रही है—समाने पोर-पोर जलता हुआ वह सेमल का पेड़। वह अपने यहाँ की दहकती हुई सेमल बनी के बीच छोड़ आ रहा है।

हाँ, घर जाने का बहुत मन हो रहा है, लेकिन जाए कैसे? किराये भर को पैसे कहाँ हैं? उसे दो महीने हो गए शास्त्रीजी के स्कूल में प्रिंसिपली करते हुए। अभी मिला क्या? जब भी कुछ माँगो, शास्त्रीजी कहते हैं—अरे भाई, स्कूल आपका ही है, आप ही इसके मालिक हैं। जो फीस-फास आ रही है, उसी में से औरों को दीजिए और खुद भी काम चलाइए। फीस का आधा हिस्सा तो शास्त्रीजी अपने पास रख लेते हैं, स्कूल के मेन्टेनेन्स के नाम पर, आधी में पहले औरों को देना पड़ता है, कुछ बचता है तो अपने काम आता है, नहीं तो वह भी नहीं। दो महीने में उसे कुछ पचास रुपये मिले। उसे बहुत कमीनापन मालूम पड़ता है मामा की भलमनसाहत का मुफ्त भोग करते हुए। मामा कुछ भी लेने से मना करते हैं और कहते हैं, पैसे घर भेज दिया करो, लेकिन वह यह सब कैसे सह सकता है? ठीक है, पैसा हो तो मामा को सीधे नहीं देगा किसी और तरीके से दे देगा, बच्चों के कपड़े हैं, फीस-फास है और बहुत-सी बातें हैं। उसने राष्ट्रभाषा स्कूल से जो पैसे आए थे उसमें से शोभा की इम्तिहान की

फीस दी थी और छोटे बच्चों के कुछ कपड़े भी ला दिए थे। मामा-मामी ने बहुत मना किया लेकिन, आखिर उसका कोई फर्ज होता है कि नहीं। और फर्ज तो एक ऊपरी चीज़ है, उससे बड़ा दर्द होता है। मामा-मामी अपने अभावों से तार-तार होते हुए भी उसके प्रति एक गहरा दर्द अनुभव करते हैं और वह गाँव पर बैठे हुए भी अपने घर के अभिशप्त लोगों की वेदना ढोता हुआ मामा-मामी के प्रति दर्द से तड़प उठता है। उसकी इच्छा होती है काश, वह इनके लिए कुछ कर पाता!

दो महीने से कुछ नहीं कर पाया। मामा पूछते हैं—"घर कुछ भेजा बेटे!" मामी भी यही पूछती है। वह चाहता तो झूठ बोल देता, लेकिन ऐसे सीधे लोगों से सात्विक झूठ भी बोलने की हिम्मत नहीं होती, और एक बात यह भी तो है कि यदि कह दे कि हाँ भेज दिए पैसे, तो वह अपने ही भीतर उठते हुए प्रश्न का क्या उत्तर देगा कि घर तो पैसे भेज दिए, लेकिन मामा के परिवार के लिए क्या दिया? इसलिए बात को टालते-टालते भी कल उसने सही बात बता दी।

मामा माथा थामकर बैठ गए। "अरे अब स्कूल वाले भी व्यापारी हो गए हैं भइया! और ये पहलवान और दरबान लोग जब स्कूल चलाएँगे तो उनसे और क्या उम्मीद होगी, भाई! मैं तो बहुत खुश था कि तुम्हारी नौकरी लग गई, अब बहन के कष्ट कट जाएँगे, लेकिन ऊपरवाला जो चाहे करे।"

"नहीं मामा, आप निराश न हों, यह नौकरी भी ठीक ही है। बस स्कूल चल गया तो उस स्कूल को मात दे देगा। हाँ, दो-चार महीने नियमित रूप से वेतन मिलने में कठिनाई होगी।"

"मैं निराश नहीं होता बेटे, निराश होता तो कब का खतम हो गया होता। मैं तो ऊपर वाले पर विश्वास करता हूँ, वह जो चाहता है करता है, फिर हम निराश क्यों हों?"

"ठीक है मामा, निराश होना तो अपने को ही मारना होता है। आप आशीर्वाद दें कि मैं भी कभी निराश न होऊँ और आपकी कर्मठता का कुछ अंश पा सकूँ।"

"अपने पास आशीर्वाद के सिवा है ही क्या बेटे! तुम लोग फलो-फूलो, मन तो सोते-जागते यही असीसता रहता है।"

"आपके पास बहुत कुछ है मामा! जो इन्सानियत आपमें है, मामी है, वह अपने को बहुत बड़ा सम्पन्न कहनेवालों में दुर्लभ है। उसी का कुछ हिस्सा मिल जाय तो बहुत कुछ मिल जाय।"

"कोई चीज़ माँगने से थोड़े ही न मिलती है कमलेश, भला-बुरा सब कुछ तो खुद ही कमाना पड़ता है।"

"हाँ मामा, आप ठीक कहते हैं।"

"अच्छा भाई चलें मिल की ओर, टाइम हो गया है।" वे उठकर चले गए थे।

उसने अपने भीतर से निकलकर बाहर देखा—रंग-बिरंगे फूल खिले हुए थे। लगता

था पार्क के ऊपर पसरे हुए आकाश के टुकड़े पर रंग-बिरंगी पच्चीकारी कर दी गई हो। धूप कुछ तेज़ हो गई थी, लेकिन पेड़ की छाँह में बैठकर पार्क को देखना अभी भी एक बहुत सुखद अनुभव था। हँसते-चहचहाते लोग, गाते-चहचहाते पंछी, हँसते-चहचहाते फूल, रंगीन दुपट्टा लहराती हवा, कितना कुछ था यहाँ और वह अपने अकेलेपन में खोया हुआ था। वह आस-पास के परिवेश को देखने लगा, उसे थोड़ी राहत मिली। उसने अपने को धिक्कारा कि क्या वह ऐसे सुन्दर स्थल पर अपने में खोने के लिए आया था? खोने के लिए अपना कमरा, अपनी खाट तो है। यह तो लोकस्थल है जहाँ आकर लोग अपने सन्नाटे, अपने अकेलेपन को भूलना चाहते हैं। दुनिया में वही एक तो मुसीबत का मारा नहीं है। ये हँसते-चहचहाते लोग बहुत सुखी दिखाई दे रहे हैं, किन्तु यदि उनकी व्यक्तिगत ज़िन्दगियों में झाँककर देखा जाय तो न जाने कितनी उदास छायाएँ दिखाई पड़ेंगी? वे उन छायाओं को घर छोड़ आए हैं और यहाँ ऐसे घूम रहे हैं जैसे उनसा सुखी कोई नहीं। ठीक तो है, ज़िन्दगी जीने का, उसे सह्य और सुन्दर बनाने का यही तो तरीका है। मन पर हमेशा बोझ लेकर क्यों घूमा जाय? जो होगा, सो तो होगा ही, जो हम कर सकते हैं उसे क्यों न करें, हम अपना सुख क्यों छोटा करें?

उसका मन हलका हो उठा और उठकर टहलने लगा। एक कोयल बोल रही थी, वह धीरे-धीरे उसका स्वर दुहराने लगा। वह एक बहुत गदबदे बच्चे की ओर देखकर कुछ देर उसमें खो गया। कुछ किशोरियाँ रंगीन फ्राक पहने हवा के हलके झोंकों की तरह उड़ रही थीं, उनकी आभा वह अपनी खुली आँखों में भरने लगा।

वह अब पेड़ की छाँह में बैठने की जगह पार्क में घूमने लगा। काफी देर घूम चुका तो बैठ गया और सोचा, अब क्या करे? शंकर भाई तो गाँव गए हुए हैं, अभी आए नहीं। उनके बिना बड़ा सूना लगता है। विनोदजी दूर रहते हैं। काफी दिनों से उनसे भी भेंट नहीं हुई। शंकर भाई के यहाँ ही उनकी भी भेंट हो जाती थी। कहाँ जाया जाए? एकाएक रहमान उसकी स्मृति में कौंधा। अरे हाँ, रहमान के यहाँ जाया जाय। कसाई की चाल पास में है भी। और हो सकता है आज प्रकाशक के यहाँ भी छुट्टी हो, शायद वह मिल जाय।

पार्क में से निकला, जाकर स्टैंड पर खड़ा हो गया। शायद पास ही कहीं शिवमन्दिर होगा। झुण्ड की झुण्ड औरतें पूजा करने जा रही हैं। कुछ तो चुपचाप जा रही हैं, कुछ गाती हुई जा रही हैं। अपने ओर की हैं न, चौताल गा रही हैं—पूजह शिव को बहुभांती

आजु शिवराती—

चिमनी और व्यवसाय के इस नगर में वह या उस जैसे बहुत-से लोग अपनी जड़ों से कटने से बच गए हैं, अजनबी होने से बच गए हैं तो इसी कारण कि ये पर्व-त्यौहार बीच-बीच में आते हैं और प्रकृति से और समूह-राग से जोड़ जाते हैं।

वह जहाँ रहता है, वह गन्दा है, दरिद्र है, अनाधुनिक है, किन्तु लगता है उसकी जड़ें अपनी मूल भूमि से जुड़ी हुई हैं, अपने अंचल की जीवनधारा वहाँ अभी भी बह ही है, आदमी घर से दूर रोजी-रोटी की तलाश में भटकता हुआ भी किसी जंगल में खो नहीं गया है, उसके भीतर अपना घर बाकी है– मिट्टी का घर, अपने मौसम का घर, पर्व-त्यौहारों का घर, अपने खेतों और खलिहानों का घर ··· । यही तो आदमी की अपनी पहचान है, इस पहचान की खोकर वह कहाँ रहेगा? सामने से मिस्टर वर्मा अपने स्कूटर पर जाते हुए दिखाई पड़े और उसे अजीब लगा कि उसने सवाल किया क़ि अपनी पहचान खोकर रहेगा क्या और उत्तर में मिस्टर वर्मा दिखाई पड़ गए।

लेकिन मिस्टर वर्मा अकेले हैं क्या? पूरा देश ही मिस्टर वर्मा हो रहा है। शहरी लोग तो आधुनिक और सार्वदेशिक होने के चक्कर में आदमी की जगह एक फार्मूला बनते ही जा रहे हैं, किन्तु विडम्बना यह है कि गाँव की मिट्टी-कीचड़, धूप-पानी के भीतर से प्रस्फुटित होकर आने वाले गाँव के अधिकांश लोग भी फार्मूला बनते जा रहे हैं। गाँव छोड़ देने के बाद ये नहीं चाहते कि उनके शरीर पर कीचड़-मिट्टी का कोई निशान रह जाए। उनकी आँखों में से अपनी धरती की ठोस व्यथा और संघर्ष सघन क़साव झड़ता जाता है और उगने लगती है एक बनावटी बौद्धिक भंगिमा। वे भी आधुनिकता की निर्जीव भीड़ में यन्त्र-मानव की तरह चलने लगते हैं। लेखक हुए तो वैसा ही लिखने लगते हैं, नेता हुए तो ··· उनकी तो बात ही छोड़ो।

'वर्माजी!' वह मुस्कराया, लेकिन फिर न जाने क्या हुआ कि उसे लगा कि उसे अभी इस बात पर हँसना नहीं चाहिए। कौन जाने एक वर्मा उसके भीतर भी छिपा हो। अभी वह है ही क्या? अभी तो वह मुहताज है, इस गन्दी चाली में रहने के लिए अभिशप्त है, अभी उसकी कौन-सी परीक्षा हुई कि वह कह सके कि वह पास हो गया है। क्या सुविधाएँ मिल जाने पर वह गाँव से आए इन गन्दे अभागे लोगों से वैसा लगाव अनुभव करता रहेगा जैसा फिलहाल कर रहा है? अभी तो ···

"अरे आगे बढ़िए बस पर चढ़ना हो तो।" किसी ने उसे ढकेला।

"ओह, बस आ गई!" उसका ध्यान टूट गया।

बस से उतरकर वह कसाई की चाल में घुसा। वह यहाँ पहली बार आया था। कसाई नाम से ही उसके भीतर इस चाल की खास तस्वीर बनी हुई थी। लगता था जैसे चारों ओर कसाई ही कसाई होंगे। उसने अपने गाँव के बाजार में खसी काटने वाले कसाइयों को देखा था—चौखाने के तहमद पहने; हाथ में गड़ासा-छुरा लिए, आँखों में एक निर्विकार लाली ··· वे पास के बकरे को लात से दबाकर उसकी गर्दन रेतते थे तो छटपटाते बकरे की आँखें निकल आती थीं और कटा हुआ सिर कुछ देर तक छटपटाता रहता था, देखकर दिल दहल जाता था; लेकिन कसाई बकरे को काटकर ग्राहक से बड़ी मुलामियत से कहता था—"हाँ, मालिक कितना तौल दूँ?" उसके खूनी व्यक्तित्व में से फटती हुई व्यापारिक मधुरता कितनी घिनौनी लगती थी;

लेकिन यह विडम्बना भी देखी जा सकती थी कि वह तो अपने पेट में दो रोटी पहुँचाने के लिए यह जघन्य काम करता था और बाबू साहब, मुंशीजी, पण्डितजी, मौलवी साहब और न जाने कितने जी लोग शरीफ बने हुए स्वाद से रोटी हलक से नीचे उतारने के लिए गोश्त खरीदते थे। पाप कसाई करता था और उसका सुख दूसरे लोग भोगते थे। फिर भी कसाई, कसाई ही था—हाथ में बड़ा-सा छुरा लिए हुए एक आतंककारी व्यक्तित्व।

कसाई की चाल में घुसते ही उसे लगा था कि गली-गली में, घर-घर में उसी तरह के लोग मिलेंगे; लेकिन वह ज्यों-ज्यों घुसता गया, उसका भ्रम टूटता गया। सब कुछ तो जाना-पहचाना-सा लगता था। वही गन्दगी, वही गरीबी, वैसे ही गरीब मकान, वैसी ही दुकानें, वैसे ही गरीब चेहरे, वैसी ही उदास-उदास सी आँखें वही सब कुछ जो अपनी चाली में या उस जैसी अनेक चालियों में देखता आया है। हाँ, यहाँ वे मात्रा में अधिक हैं। गन्दगी के ढेर चारों ओर लगे थे, कुट-कुट-कुट-कुट मुर्गियाँ प्रायः हर घर के सामने भाग रही थीं। गन्दी कथड़ी-गूदड़ी प्रायः हर घर के सामने पसरी हुई थी, हर गली से प्याज-लहसुन और मछली-मांस की गंध आ रही थी। यहाँ-वहाँ दुकानों के समूह में मांस-मछली की दुकानें ज़्यादा थीं और उनसे भयानक दुर्गंध फूट रही थी। कटे हुए बकरों के लोथड़े लटके हुए थे। इस दुर्गन्ध में बहती हुई गन्दी नालियों की दुर्गन्ध शामिल हो रही थी।

काफी बड़ा मोहल्ला है। उसने सोचा था, सौ-पचास घर होंगे, आसानी से रहमान को ढूँढ़ लेगा, लेकिन यह संभव नहीं था। उसे रहमान का मकान नम्बर याद था, इसलिए आश्वस्त हुआ। वह ज्यों-ज्यों लोगों के बीच से गुज़रता गया, अपना इलाका याद आता गया। ये सारे के सारे लोग तो अपनी ही ओर के हैं—बिहार या पूर्वी यू. पी. के मुसलमान। वही पहनावा, वही बोली, वही अरतन-बरतन, चेहरे पर वही पूर्वी झलक—कसाई जैसी चीज़ नहीं दिखाई पड़ रही। क्या गरीबी का ही नाम कसाई है? हाँ, गरीबी ही कसाई है और इसी अर्थ में इसे कसाई की चाल कहा जा सकता है। चलते-चलते वह धक्क से रह गया। एक औरत उसके सामने से गुजरी। उसने उसे देखा और उसे लगा कि सामने माँ आ गई है—वही आँखें, वही चेहरा, वही उदासी और उसकी उदासी के भीतर वही खूबसूरती।

"अम्माँ?" उसने पुकारा।

वह औरत ठिठक गई।

"हमको बुलाया है, भइया?"

"हाँ, अम्माँ!" वह उस औरत को देखने लगा। वह भी ठिठककर खड़ी हो गई। देखते-देखते कमलेश की आँखें भीग गईं।

"क्या बात है, भइया?"

"तुम्हें देखकर मुझे अपनी माँ याद आ गई।"

"कहाँ के हो, भइया?"

"गोरखपुर का।"

"तभी।"

"तभी क्या, अम्माँ?"

"जमीन-जमीन को पुकारती है न, भइया!"

"नहीं अम्मा! माँ जमीन, धर्म, मजहब सबसे परे होती है। वह माँ होती है। पता नहीं कब, कहाँ और किस चेहरे में दिखाई पड़ जाय।"

"कौन है रे, सलमा? किससे बात कर रही है?" भीतर से बुजुर्ग आवाज़ ने पूछा।

"मेरा एक बेटा आया है।"

"बेटा? अरे तेरा बेटा कहाँ से आ गया, रे? उसे तो ऊपर गए बहुत दिन हो गए।"

"ऊपर?"

"हाँ, बेटे!"

उसने देखा–सलमा की आँखें भर आई थीं।

"अरे कहाँ है रे तेरा बेटा?" कहता हुआ मर्द भीतर से निकल आया। उसने आँखों पर हाथ रखकर देखा, पहचानने की कोशिश की।

"कहाँ से आए हो, बेटा?"

"यहीं से चाचा, सरसपुर की चाल से।"

"अच्छा-अच्छा, अन्दर आओ।"

थोड़ी देर ठिठका हुआ इस बुजुर्गवार को देखता रहा। बिखरे हुए बाल, खिचड़ी दाढ़ी, आँखों में एक तरल उदासी।

"मेरा नाम महमूद है बेटे, तुम्हारा नाम क्या है?"

"कमलेश।"

"इधर कैसे आए, बेटे?"

"बात यह है चाचा, कि इधर मेरा एक दोस्त रहता है, उसी का घर खोज रहा हूँ।"

"क्या नाम है उसका?"

"रहमान।"

"रहमान? वही जो शायरी-वायरी करता है?"

"हाँ चाचा।"

"तो समझो तुम उसके घर में ही हो।"

"अच्छा तो क्या आप रहमान के अब्बा हैं?" कमलेश ने उत्साह से पूछा।

"नहीं बेटे, मैं उसका मौसा हूँ, वह तीन-चार घर बाद ही रहता है। तुम यहाँ बैठो, मैं उसे बुलवाता हूँ।"

कमलेश ने सलमा की ओर देखा, वह कमलेश की ओर ही देख रही थी उसकी आँखों में डबडबाहट थी।

"क्या बात है, अम्मी?"

"मेरा बेटा जिन्दा रहा होता, तो तुम्हारे जैसा ही हुआ होता भइया! आज तुमने अम्मी कहा तो लगा, मेरा बेटा ही पुकार रहा है।"

"अब तुम क्या रामकहानी लेकर बैठ गईं। जाओ, ज़रा रहमान को बुला लाओ।"

"नहीं-नहीं चाचा, मैं खुद ही चला जाऊँगा, बस पता भर बता दीजिए।"

"अरे बेटे चले जाना, मगर कुछ देर मेरे साथ भी तो बैठो। मेरे साथ तो कोई बैठता ही नहीं। हाँ, कौन बैठे इस खूसट बूढ़े के साथ?"

"नहीं चाचा, आपको खूसट कौन कह सकता है! आपकी आँखों से तो मुहब्बत का नूर बरस रहा है।"

"अरे बेटा, जिसका इकलौता बेटा खुदा को प्यारा हो गया हो, उसकी आँखों से क्या नूर बरसेगा? और भला लोग क्यों मेरे यहाँ आएँगे-जाएँगे?"

कमलेश कुछ कहने ही वाला था कि सामने के मैदान में महमूद चाचा ने खाट बिछा दी। "इसी पर बैठो बेटा! भीतर तो बिठाने लायक कोई जगह भी नहीं है। खुदा की मेहरबानी है कि ऐसा क्वार्टर मिला है जिसके बाहर खुला मैदान है और यह पेड़ है। कुछ खुली हवा मिल जाती है और मेहमानों को बैठाने को जगह मिल जाती है, नहीं तो देखो न, गन्दी-गन्दी गलियों में जो मकान हैं उनके लोग सड़ रहे हैं, न भीतर हवा, न बाहर हवा। सामने से गन्दी बजबजाती नालियाँ बहती रहती हैं। कीड़े-मकोड़ों से बदतर ज़िन्दगी हो गई है।"

कमलेश खाट पर बैठ गया था और महमूद चाचा बोलते जा रहे थे—"लेकिन कोई क्या करे? गाँव में खुली हवा तो मिलती है लेकिन खाना नहीं मिलता, यहाँ खाना तो मिल जाता है खुली हवा नहीं मिलती। ज़िन्दगी के लिए दोनों ज़रूरी हैं, लेकिन खाना तो पहली ज़रूरत है न। लोग बन्द हवा में आकर सड़ते रहते हैं। हवा और खाना के बीच उनकी ज़िन्दगी कहीं की नहीं हो पाती। उनका मन भाग-भागकर गाँव की ओर जाता है और शरीर भाग-भागकर शहर की ओर आता है।"

"अरे कमलेश भाई!" कहता हुआ रहमान झपटा और आकर कमलेश से लिपट गया।

"देखो तुमने कभी मुझे बुलाया नहीं, लेकिन मैं आ गया न।"

एकाएक रहमान का चेहरा बुझ गया। बोला—"क्या बुलाता कमलेश भाई? देख रहे हैं न यहाँ की आबोहवा। आपको अन्दर बैठाया तक नहीं जा सकता। मौसा का घर तो इस मैदान के पास है, पेड़ की छाँह में बैठने की गुंजाइश हो गई, मेरे यहाँ तो यह सुविधा भी नहीं है।"

कमलेश ने रहमान को अपने पास बैठाते हुए कहा—"रहमान, तुम तो ऐसी बात कर रहे हो, जैसे मैं यहाँ किसी आलीशन बँगले में रहता हूँ। अरे, तुमने तो हमारी चाली देखी है, वहाँ कौन-सी अधिक सुविधा है यहाँ से?"

"फिर भी वहाँ से यहाँ की बराबरी नहीं हो सकती, और वहाँ सफाई भी तो है।"

"अरे खाक है। अच्छा छोड़ो तकल्लुफ की बातों को। चलो कहीं घूम आएँ। मैं तो डरते-डरते आया था कि तुम मिलो या न मिलो।"

"अरे अब आए हो बेटा तो थोड़ा बैठो, हम लोगों का भी थोड़ा जी बहले।"

महमूद चाचा दो-एक खाटें और उठा लाए। दो-एक पड़ोसी और आ गए। लोग खाट पर बैठ गए। सलमा चाची ज़मीन पर ही बैठ गईं। उनके साथ दो-एक और औरतें बैठ गईं।

कमलेश को अजीब लगने लगा। लगा–वह कोई महत्त्वपूर्ण व्यक्ति है, जिसे सुनने के लिए लोग घिर आए हैं।

"क्या करते हो, बेटा?"

"मौसा, ये एक स्कूल में पढ़ाते हैं। वह स्कूल शास्त्रीजी का है। अरे वही गंगाराम शास्त्रीजी, जो यहाँ के बड़े-बड़े नेताओं के दोस्त हैं!" रहमान ने जड़ दिया।

कमलेश ने रहमान की ओर नाराज़ निगाहों से देखा। रहमान मुस्करा रहा था।

"अच्छा बेटे, तब तो तुम बहुत बड़े आदमी हो!"

"चाचा, मैं एक अदना-सा स्कूल मास्टर हूँ, एक गरीब चाली में रहता हूँ, आप लोगों के बीच का हूँ, यही मेरी पहचान है। इससे ज़्यादा कुछ नहीं। अपना बच्चा समझकर ही मुझसे बातचीत कीजिए, कोई नेता समझकर नहीं।"

"अरे बेटे, बात तो अपनों से ही हो सकती है, नेता लोग कहाँ गरीबों की बात सुनते हैं? सुनते तो क्या हम लोग इसी हाल में होते?"

"चाचा, ज़रा पानी नहीं पिलाइएगा, प्यास लगी है।"

"बेटे, मैं भी कब से यह बात सोच रहा था, लेकिन मन में बड़ा संकोच था कि तुम हमारे यहाँ पानी पिओगे कि नहीं। और आज तो शिवरात भी है न बेटे! हिन्दू लोग बरत रखते हैं, इसीलिए पानी के लिए नहीं पूछ रहा था। और फिर तुम तो बाभन हो।"

"चाचा, वह तो ठीक है, लेकिन जब परदेश के लिए निकले हैं न, तो सारी बभनई घर छोड़ आए हैं। क्या पानी, हवा और जमीन भी बँटी हुई है चाचा? क्या उस पर हिन्दू-मुसलमान और ईसाई की मुहर लगी हुई है?"

"लगी तो नहीं हुई है बेटा, लेकिन लोग मारने की कोशिश तो करते रहते हैं न।"

"उन्हें करने दीजिए, मुझे तो पानी पिलवाइए।"

रहमान मुस्कराया और उठकर पानी लेने अन्दर चला गया।

"बेटे, कुछ खाओगे? मेरा मतलब है ··· "

"चाचा, आपका मतलब समझता हूँ, दरअसल मुझे कहीं खाने-पीने में एतराज नहीं है, लेकिन मैंने सुबह ही खा-पी लिया था। घर के और लोग तो व्रत हैं, बस मैं ही नाकारा हूँ जो बिना खाए मानता नहीं हूँ। सो मामी से कुछ बनवाकर खा लिया।"

"क्यों बेटे, यहाँ तुम्हारे कौन-कौन हैं?" सलमा ने पूछा।

"अम्माँ, मैं यहाँ मामा-मामी के साथ रहता हूँ। मेरी माँ, बहन, भाई तो गाँव पर हैं।"

"क्या नाम है तुम्हारे मामा का बेटा?"

"रामसहाय पांडे।"

"अरे बेटे, हम दोनों तो एक ही मिल में काम करते हैं।"

"अच्छा, यह तो बहुत अच्छा है।"

"बहुत नेक बन्दे हैं पांडेजी!"

"हाँ चाचा, बहुत अच्छे हैं मामा-मामी।"

"खुदा उन्हें सलामत रखे, उनकी आँखों में रहम का ख़जाना भरा है बेटे। वे सबकी मदद करते हैं। वे नेकी करने में जाति-पाँत, मज़हब और इलाका नहीं देखते।"

"लेकिन, वे क्या कर सकते हैं चाचा? बेचारे गरीबी में पिस रहे हैं, उनके पास देने के लिए है क्या चाचा?"

"बेटे, देने के लिए लखपती नहीं होना पड़ता, देने के लिए दिल की दौलत चाहिए। लखपती लाखों में से दो पैसा नहीं निकाल पाता, लेकिन दिलवाला आधी रोटी में से भी एक टुकड़ा अपने साथी को दे देता है।"

मामा की चर्चा से कमलेश की आँखें भर आईं।

"बहुत-से हिन्दू हमें अछूत समझते हैं, बहुत-से भेद-भाव रखते हैं, लेकिन पांडेजी सबको समान समझते हैं।"

"सभी लोग एक-से नहीं होते मौसा। क्या मुसलमानों में ऐसे नहीं हैं जो हिन्दुओं को नीची निगाह से देखते हैं?"

उधर से कोई आता हुआ दिखाई पड़ा। महमूद उसे देखने लगा। और लोग भी देखने लगे। वह धीरे-धीरे पास आया। कमलेश ने देखा—चौखाने का तहमद, लम्बा-सा रंगीन कुर्ता, खुली छाती पर लटकता ताबीज, गले में बंधा रूमाल, हाथ में बँधा रूमाल, आँखों में सुरमा, बड़े-बड़े बाल ··· ।

"आदाबअर्ज़ है महमूद चाचा, आदाबअर्ज़ है चाची जान!" वह थोड़ा ठिठक गया। फिर बोला—"महफिल चल रही है? अरे, यह चूज़ा कौन है, कहाँ से पकड़ लाए।"

"चूज़ा? तुम चूज़ा किसे कह रहे हो?"

"अरे, वह क्या है जिसे घेरकर तुम लोग बैठे हुए हो।" उसने कमलेश की ओर संकेत किया।

"अमाँ कासिम मियाँ, कुछ तो लिहाज़ किया करो मेहमानों का! ये हमारे अज़ीज़ मेहमान हैं। तुम इनकी नहीं, हमारी, हम सबकी तौहीन कर रहे हो।

"मेहमान, अब हिन्दू तुम्हारे मेहमान होने लगे हैं! करो मियाँ करो मेहमाननवाज़ी। जब मेहमान घर में घुसकर मारेंगे, तब मालूम होगा।" और वह ठहाका लगाता चला गया।

रहमान का मुँह तमतमा गया—दाँत भींचकर बुदबुदाया—"उल्लू का पट्ठा!"

"माफ करना बेटे, मेरे ही घर में तुम्हारा अपमान हुआ और मैं खामोश रहा।" महमूद मियाँ भारी गले से बोले।

"मौसा, क्या गोरख के पट्ठों और इस उल्लू के पट्ठे में कोई फ़र्क है?" रहमान तिलमिलाकर बोला।

"नहीं बेटा, कोई फ़र्क नहीं है, लेकिन तुम ख़ामोश रहो, जानते नहीं, ये ज़ालिम सुनेंगे तो आनन-फानन में कुछ कर गुज़रेंगे। आदमी और बकरे काटने में इन्हें कोई फ़र्क नहीं महसूस होता।"

"ये साले, मज़हब के ठेकेदार बने घूमते हैं।" रहमान की तिलमिलाहट अभी ज्यों-की-त्यों थी।

"कैसा ठेकेदार, अरे ये किसी के साथी नहीं होते। ये अपने साथी होते हैं। ये धनी मुसलमानों के छुरे-कांटे हैं। ये नेताओं और अमीरों के इशारों पर नाचते हैं। यह तो नहीं होगा कि चाल की गंदगी और गरीबी दूर करने के लिए अपनी ताकत दिखायें, बस मज़हब की रखवाली करेंगे। मज़हब को ये समझते भी हैं? मज़हब के नाम पर खून-खराबा करके अपनी दरिंदगी की प्यास बुझाते हैं। कभी गरीब मुसलमानों के लिए इन सबों ने या इनके आकाओं ने कुछ किया है?" महमूद मियाँ बोलते जा रहे थे।

कमलेश ने सलमा की ओर देखा, उसका चेहरा उदास हो आया था। वैसा ही लग रही था जैसा उदास होने पर माँ का चेहरा लगता है।

"अम्मी! क्या सोच रही हो?" कमलेश ने कहा।

वह और उदास हो आई।

"चाचा, मैं आपके यहाँ बैठा हूँ, और आप लोगों के प्यार-मुहब्बत में डूबा हुआ हूँ। अब बाहर से गन्दी हवा का कोई झोंका आकर हम लोगों के ऊपर धूल उड़ेल जाये तो आप तो उसके जिम्मेवार नहीं हुए। आप क्यों मन उदास करते हैं? और रहमान, चाचा ठीक कहते हैं, ऐसे लोगों से बचकर ही रहना पड़ेगा। इन लोगों के मुँह लगने से कोई फायदा नहीं होगा, नुकसान ज़रूर हो जाएगा। तुम अभी बहुत कच्चे हो, जल्दी उबाल में मत आ जाया करो, तुम्हें बहुत-से नेक काम दुनिया में करने हैं।"

"वा रे मेरे बुजुर्गवार, मैं तो बहुत कच्चा हूँ और आप बहुत पक्के हैं। आदाबअर्ज़ है दादा जान!" रहमान बोला।

हँसी का एक फौव्वारा फूटा और सब कुछ प्रकृतिस्थ हो गया।

"जीते रहो मेरे बेटे, तुमने हमारा बोझ हल्का कर दिया!" कहकर महमूद चाचा ने झलमलाती आँखों से कमलेश की ओर देखा।

"अच्छा चाचा जान, इज़ाज़त दीजिए, चलूँ इस रहमान के साथ। अभी तो इससे कोई बात ही नहीं हुई।" उठकर खड़ा हो गया।

"अच्छा बेटे चलो, खुदा सलामत रखे।"

"आया करना बेटे, तुम्हें देखकर लगा कि अपना बेटा ही आ गया है।"

कमलेश चलने-चलने को होकर ठिठककर खड़ा हो गया।

"चाचा जान, यह बेटे वाली बात क्या है?"

"जाने दो बेटे, अब जो गई सो गई, उसको लेकर सिर पीटने से क्या होगा?"

"नहीं चाचा, कुछ तो बोलिए, मेरा जी भारी हो रहा है।"

"अब क्या बताएँ बेटा—मैं तो जवानी के दिनों से ही अहमदाबाद में हूँ। मेरे माँ-बाप के साथ सलमा गाँव पर रहती थी। तब मैं भी मिल की एक चाली में एक कमरे में आठ-दस लोगों के साथ रहता था। जो कुछ बचता था घर भेज देता था। थोड़ी खेती-बारी थी। काम चल जाता था। अब तुम समझ ही सकते हो बरखुरदार, कि जवानी के दिनों में मियाँ-बीवी साथ न रहें तो कितनी उदासी उन्हें घेरती है, लेकिन फिर भी दिन ठीक ही कट रहे थे। एक बेटा हुआ। सभी लोग बहुत खुश थे।"

कमलेश ने सलमा की ओर देखा। वे सिर झुकाए बैठी थीं।

"बैठ जाओ, बरखुरदार!"

कमलेश फिर बैठ गया।

"न जाने कभी-कभी क्या हो जाता है कि खुदा एकाएक नाराज़ लगने लगता है। हमारे साथ भी ऐसा ही हुआ। अब्बा मर गए, सालभर बाद अम्मी जान मर गईं, चार साल का बेटा लिए सलमा अकेली रह गई।"

वे थोड़ा रुके, एक गहरी साँस ली, फिर बोले—"अब सलमा को गाँव पर छोड़ना बहुत तकलीफदेह था। लेकिन करता क्या? सलमा को लाता भी कैसे? कहाँ रखता? उन दिनों मेरी नौकरी भी टेम्परेरी थी। किसी तरह आठ-दस लोगों के साथ एक कमरे में गुज़र-बसर करता था, उसे और बच्चे को कहाँ लाकर रखता? आख़िर गाँव में एक छोटा-सा घर तो था, अपनी थोड़ी खेती-बारी भी थी। यहाँ तो अभी नौकरी का ही ठिकाना नहीं था।"

"माफ़ करना चाचा, आप इतने दिनों से नौकरी कर रहे थे तो टेम्परेरी क्यों बने हुए थे?"

"अरे बेटा, लगता है तुम्हारे मामा ने तुम्हें कुछ बताया नहीं है। हम दोनों साथ ही मिल में आए थे, बल्कि यों कहो कि दोनों उस मिल में ही टकराए थे। वहीं जान-पहचान हुई और दोनों एक-सी मुसीबत से गुजर रहे थे। इसलिए एक-दूसरे के लिए बहुत हमदर्द भी थे। एक-दूसरे को समझते थे और अलग-अलग रो लेते थे।"

"दरअसल, मामा अपने को बहुत बाँधे रहते हैं। वे नहीं चाहते कि उनका दुख-दर्द उनके बच्चों पर लद जाय।"

"हाँ बेटे, वह है बहुत गमखोर। मुझे भी समझाया करता था—'महमूद, नाउम्मीद मत हो, सब ठीक हो जाएगा।' मैं अपने आँसू पी जाता और हँसकर रामसहाय की ओर देखता। कोई मजदूर छुट्टी पर जाता तो हम लोग बदली पर काम करने के लिए दौड़-धूप करते, लेकिन वह भी नहीं मिलता। दरअसल, प्रतिनिधि लोग बदली पास देते हैं और उसके लिए चार-पाँच सौ रुपये लेते हैं। न मेरे पास पैसे थे, न रामसहाय के पास। हम बिना पैसे के दौड़ लगा रहे थे। कुछ लोगों की मेहरबानी हुई, रामसहाय को बदली पर काम मिल गया। वह हिन्दू था इसलिए उसे मिल गया, लेकिन वह दूसरों के लिए हिन्दू भले रहा हो, मेरे लिए तो मेरा भाई था। वह अपनी नौकरी से उतना खुश नहीं था जितना मेरी बेकारी से दुखी। और किसी न किसी बहाने मेरी मदद करने की कोशिश करता था। दोनों बदली के काम पर गिरते रहते, चलते रहे। लगते रहे, छूटते रहे, फिर लगते रहे। एसे ही कई साल बीत गए। मिलवाले लम्बी बदली पर रखते नहीं। वे 240 दिन से ज़्यादा काम एक सिलसिले में नहीं करवाते। कुछ दिनों के लिए नौकरी तोड़ देते हैं, फिर लगाते हैं।"

"ऐसा क्यों, चाचा?"

"ऐसा इसलिए कि साल-भर काम करने पर फण्ड कटेगा। साल भर होने नहीं पाएगा तो फण्ड कहाँ से कटेगा? हम लोग तो खैर बदली पर थे, कुछ लोग तो, बल्कि काफी लोग तो ज़िन्दगी भर इसी तरह नौकरी करने पर मज़बूर किए जाते हैं और जब रिटायर होते हैं तो उनके पास कुछ नहीं होता। खाली हाथ लौट जाते हैं, जहाँ से आए होते हैं।"

"बहुत अजीब दस्तूर है यह तो।"

"खैर, मैं और तुम्हारे मामा इस माने में खुशकिस्मत हैं कि हम परमानेण्ट नौकरी में लग ही गए। लेकिन तब जबकि सलमा गाँव पर अकेली पड़ गई थी, मैं बदली की नौकरी के भँवर जाल में पड़ा था। पता ही नहीं चलता था कि नौकरी रहेगी कि जाएगी। भला सलमा को किस बूते पर अपने पास बुलाता?" कमलेश ने रहमान की ओर देखा। वह भी बहुत तन्मयता से यह सब कुछ सुन रहा था। महमूद चाचा की आँखें भर आईं।

"तब चाचा?"

"तब क्या बेटे, मैं सलमा को बुला नहीं सकता था, खुद वहाँ जा नहीं सकता था। इसी बीच लड़का बीमार पड़ गया। गाँव के हकीम ने देहाती दवाएँ दीं। कहते हैं गलत दवाएँ दीं और लड़के को टाइफाइड हो गया। हकीमजी फिर भी जूझते रहे। गाँववालों ने सलाह दी कि जान बचानी हो तो इसे शहर के अस्पताल में ले जाओ। सलमा ने मुझे तार दिया। जब तक पहुँचा लड़का खतम हो चुका था।"

कमलेश को सिसकने की आवाज आई। देखा–सलमा रो रही है।

"अम्मी!" उसने धीरे से पुकारा। सलमा ने अपने आँसू पोंछे और अपने को

संभालने की कोशिश करने लगी।

एक लम्बी खामोशी के बाद कमलेश ने सकुचते-सकुचते कुछ पूछना चाहा, लेकिन वह 'फिर' कहके अटक गया।

"फिर खुदा की मर्जी बेटे! फिर एक लड़की आई। वह भी तो खुदा की देन है बेटे! अब वही हमारी बेटी है, वही बेटा है।" फिर सलमा की ओर मुखातिब होकर पूछा—"रजिया कहाँ है?"

"वह मेरे यहाँ है, मौसा! मुझसे पढ़ने गई थी।"

"पढ़ती है?"

"हाँ कमलेश, दसवीं का इम्तिहान दे रही है। तेज़ लड़की है।"

"कहाँ पढ़ती है?"

"हिन्दी हाई स्कूल में।"

"लेकिन, वहाँ तो उर्दू नहीं पढ़ाई जाती।"

"क्यों, उर्दू पढ़ना ज़रूरी है क्या? मैंने कहाँ उर्दू पढ़ी है!"

"मैंने समझा...।"

"आपने समझा कि मुसलमान है तो उसे उर्दू पढ़नी ही चाहिए। क्यों भला? पढ़ाई का मकसद तो ज्ञान से है, किसी विशेष भाषा से नहीं।"

"लेकिन, ज्ञान तो किसी भाषा के अध्ययन से ही मिलता है।"

"हाँ मिलता है, इसलिए वह भाषा पढ़ो जो अपने देश के एक बड़े वर्ग की भाषा है, जो भाषा हमें देश के एक बड़े समूह से जोड़ती हो, जिसे पढ़ने से अपना भी हित होता हो और जनता का भी।" हम मुसलमान हैं तो क्या उर्दू पेट में लेकर आए हैं? उर्दू को मुसलमानों से या मुसलमानों को उर्दू से जोड़ना बहुत बड़ी संकीर्णता का द्योतक है। यदि हिन्दी हमारे जन-सामान्य की भाषा है, तो क्या हम उस जन-सामान्य के हिस्से नहीं है? हमारे घरों में बच्चे वैसी ही हिन्दी क्यों न पढ़ें, सीखें जैसे और घरों के बच्चे पढ़ते-सीखते हैं।"

"रहमान ठीक कह रहा है, कमलेश!" महमूद चाचा संजीदगी से बोले।

कमलेश मुस्कराए जा रहा था।

"तुम इस तरह मुस्करा क्यों रहे हो? क्या मेरी बात गलत समझकर उस पर व्यंग्य कर रहे हो?"

"नहीं, मैं प्रसन्नता से मुस्करा रहा हूँ। यह बात मैंने कही होती तो उसमें हिन्दूपन की बू आती। तुम कह रहे हो अच्छा लग रहा है—इसलिए कि यह सही बात है।"

"लो रजिया भी आ रही है।" रहमान बोला।

वह आते ही रहमान पर बिगड़ उठी—"अजीब हैं आप भी भाई जान, मैं वहाँ पढ़ने के लिए बैठी हूँ, और आप यहाँ बैठकबाजी कर रहे हैं।"

"बेटी, यह देखो तुम्हारे एक दूसरे भाई साहब आए हुए हैं। इन्होंने ही रहमान को

बुलाया था।"

रजिया ने कमलेश की ओर अब गौर किया और दाँत तले अँगुली दबाकर बोली–"हाय अल्ला!" और वह भीतर की ओर भागी।

सब लोग हँस पड़े।

"अरे भागती कहाँ है रे पगली, भाई जान को सलाम भी नहीं किया!" वह जाते-जाते मुड़ गई और झुककर कहा—"आदाब भाई जान!"

"आदाब बहना!" कमलेश ने भी झुककर सलाम करने की मुद्रा में कहा।

मामूली सलवार-पाजामा में यह स्वस्थ लड़की कितनी प्यारी लग रही थी। उसके चेहरे पर मासूमियत की एक आभा थी, आवाज़ में संगीत की-सी लरज थी। आँखों में लज्जा की तरलता थी। कमलेश मन ही मन सोच रहा था कि महमूद चाचा ने कहीं से भी इस लड़की को टिपिकल मुसलमान बनाने की कोशिश नहीं की है। ये खुद भी तो टिपिकल मुसलमान नहीं लगते। गाँव से आए हुए इस मामूली पढ़े-लिखे इन्सान में अपने समय और देश की कितनी व्याप्ति है, वह मज़हब के दकियानूस दायरे में अपने को बन्द करने से इन्कार करने वाली इन्सानियत का एक छोटा-सा अहसास मालूम पड़ता है।

महमूद चाचा दूर कुछ देखने लगे थे। लगा—जैसे कहीं खो गए हों।

"क्या है चाचा?"

"देखा, हम लोगों के शुरू के दिनों को देखना हो तो उस आदमी को देखो।" कहकर महमूद चाचा ने अपनी ओर आते हुए एक आदमी की ओर इशारा किया।

"हिदायत मियाँ!" रहमान बुदबुदाया।

"हाँ, हिदायत मियाँ।"

तब तक हिदायत मियाँ पास आ गए। कमलेश ने देखा—एक मैला-कुचैला आदमी पास आकर खड़ा हो गया। कपड़े गन्दे तो थे ही, तार-तार हो गए थे। देह पर मैल की पर्तें जमा थीं। चेहरे पर बेपनाह उदासी जमी थी।

"सलाम चाचा!" उसने बहुत मरी हुई आवाज़ में आदाब किया।

"सलाम बेटे, कहो कैसे हो?"

"आपकी दुआ है चाचा!" और वह ठठाकर हँस पड़ा। फिर बोला, "महफ़िल जमी है!"

"नहीं भाई, एक मेहमान आए हुए हैं, उन्हीं से बात कर रहे हैं।"

"बहुत अच्छा, बहुत अच्छा। चलता हूँ, फिर आऊँगा।"

"कोई काम था, बेटे?"

वह रुका, कुछ सोचा फिर बोला—"फिर आऊँगा।" और डगमगाता हुआ चला गया।

महमूद चाचा की आँखें बेहद उदास हो आईं। बोले—"बेचारा किसी गर्ज से आया

होगा। पता नहीं, सुबह से चाय भी नसीब हुई कि नहीं। कुछ दिन बदली पर काम किया था, फिर कई महीने से बेकार है।"

"अच्छा चाचा, फिर आऊँगा। अब इजाज़त दीजिए!"

"अच्छा बेटे, खुदा सलामत रखे!"

"अच्छा अम्मी, फिर आऊँगा!"

सलमा कुछ नहीं बोली। बढ़कर उसके सिर पर हाथ फेरा और उसे देखती रही।

कमलेश की इच्छा हुई कि रजिया को पुकारकर कहे–'अच्छा बहना, चला।' लेकिन संकोचवश नहीं कह सका, लेकिन चलते-चलते कमरे की ओर देखा तो वहाँ रजिया खड़ी थी और रहस्यमयी आँखों से उसे देख रही थी।

"कैसी बीत रही है, रहमान?" चलते-चलते कमलेश ने पूछा।

"ठीक बीत रही है। आप तो ठीक-ठाक हैं न?"

"हाँ, ठीक ठाक ही हैं। अब कहाँ चलना है?"

"अरे अब आए हैं तो मेरे यहाँ तक चलिए, गोकि वह जगह चलने लायक तो नहीं है।"

"यह बात किससे कह रहे हो भाई? उस कमलेश से जो गरीबी की गोद में पैदा हुआ, पला और उसी में शरण मिली है।"

"तो भी क्या? ठीक है।"

दोनों एक तंग गली में घुसे। उसके आगे एक नाली बह रही थी, जिसके किनारे यहाँ-वहाँ बच्चे टट्टी कर रहे थे और जिसमें मल-मूत्र के साथ प्याज़ के छिलके और गोश्त की हड्डियों के टुकड़े, मछली के छिलके आदि बजबजा रहे थे। बदबू का भभका उठ रहा था। एक कमरे के भीतर घुसते हुए रहमान ने कहा—"यहीं रहते हैं हम, हम माने मैं और मेरे अब्बा।"

"कहाँ हैं वे?"

"कहीं गए होंगे।"

इस कमरे को देखकर लगा कि उसके मामा बहुत अच्छी जगह रहते हैं। कमरा क्या था, सात-आठ फीट लम्बा और इतना ही चौड़ा एक कमरा। इसी में खाना बनाना, इसी में सोना, इसी में नहाना, इसी में पढ़ना लिखना, इसी में मेहमानों की खातिरदारी करना।

"चलिए, कमलेश भाई, यहाँ क्या बैठना, बाहर कहीं चाय पीते हैं।"

कमलेश अपनी पूरी इन्सानियत के जोश के बावजूद यह नहीं कह सका कि नहीं यार, यहीं बैठते हैं। वह झट से निकल आया। उस गली से बाहर आकर थोड़ी राहत की साँस ली।

"इसी नरक में रहते हैं हम लोग। कभी-कभी गाँव बहुत याद आता है, कमलेश भाई! वह खुली-खुली धरती, खुला-खुला आसमान, खुली-खुली हवा, चारों ओर

प्रकृति का असीम वैभव ··· ।"

"छोड़ो भाई ये सब बातें, कुछ तो ऐसी मजबूरी है जिससे हम वह खुलापन छोड़कर इस बन्द दुनिया में आ पहुँचे हैं और सारी यातनाओं के बावजूद इसे छोड़ना नहीं चाहते।"

छू-छू गाड़ी, छू-छू गाड़ी, छू-छू गाड़ी ···

कमलेश ने चौंककर बगल से आती इस आवाज़ की ओर देखा। एक अधनंगा गन्दा आदमी इस तरफ ही आवाज़ करता हुआ रेलगाड़ी की तरह दौड़ रहा था।

"पागल हो गया बेचारा।" रहमान ने कहा।

"सलाम साहब!" पास आकर वह कमलेश से बोला।

"सलाम साहब सलाम।"

"लाहौर जा रहे हैं?"

कमलेश अचकचाया। वह सोच नहीं पाया कि क्या कहे?

"हाँ-हाँ लाहौर जा रहे हैं।" रहमान बोला।

"बहुत अच्छा हुआ साहब कि आप मिल गए। अबदुल्ला से कह दीजिएगा कि मैं जल्दी ही आऊँगा, गाड़ी का टिकट अभी मिला नहीं है मिलते ही आ जाऊँगा।" और वहसी-ई-ई ··· छुक-छुक गाड़ी, छुक-छुक-गाड़ी, छू-छू गाड़ी, छू ऊ-ऊ ··· करता हुआ आगे बढ़ गया।

"क्या बात है रहमान?"

"सुना है इसका बेटा पाकिस्तान चला गया। इसने बहुत समझाया कि मत जाओ, लेकिन वह मुसलिम लीगियों के दल में था। माँ-बाप से भी ज़िद की कि तुम भी चलो। बाप जान यानी कि शकूर राष्ट्रवादी मुसलमान थे, नहीं गए। बहुत दिन तक बाप-बेटे में तनाव रहा। दोनों ओर से पत्र-व्यवहार नहीं हुआ। शकूर मियाँ एक मिल में दरबान थे। बस, किसी तरह अपना पेट पालते थे। न जाने भीतर-भीतर क्या दबाव महसूस करते रहे कि उनका व्यवहार डगमगाने लगा। रात को ड्यूटी देते-देते गायब हो जाते या सो जाते। आखिर वे कई बार की चेतावनी के बाद नौकरी से निकाल दिए गए।"

"उधर लाहौर से किसी ने चिट्ठी लिखी कि अब्दुल्ला बहुत बीमार है। अबदुल्ला की माँ ने शकूरमियाँ से कहा, 'चलो बच्चे को देख आएँ।' अबदुल्ला ने निराश आँखों से पत्नी को देखा, जैसे कह रहे हों—'कैसे चला जा सकता है।' पत्नी ने कहा—'कहीं से कर्ज माँगो मियाँ, बेटे की ज़िन्दगी का सवाल है।' शकूरमियाँ ने अपने नीम पागलपन में ही उत्तर दिया—'कर्ज़? कौन देगा कर्ज़ मुझ बेकार आदमी को?"

"तुम बेकार हो तो क्या हुआ, मैं नहीं न बेकार हूँ। मैं सिलाई-कढ़ाई करके सबका कर्ज़ चुका दूँगी।"

"शकूर मियाँ ने कोशिश की, मगर कौन कर्ज़ देता? फिर बीसा और पासपोर्ट का सवाल था। इसी में कई दिन बीत गए। उधर से फिर चिट्ठी आई कि अबदुल्ला मर गया।"

"फिर?"

"फिर आपके सामने है। शकूरमियाँ रोज़ लाहौर जाते हैं।"

"कितने-कितने दुःख हैं आदमी के रहमान! इन सारे दुःखों के प्रति आदमी संवेदनशील हो जाय तो पागल हो जाय।"

"हाँ, लेकिन ये दुःख आदमी को यह अहसास भी तो कराते हैं कि भाई दुखी तुम्हीं नहीं हो, और लोग भी हैं। और आदमी औरों की देखा-देखी जी लेता है।"

काँय-काँय

टें-अँऊँ-टें-अँऊँ

भीं-भीं पी-ऊँ-पी-ऊँ

चीलों, कौओं और कुत्तों की लड़ाई की आवाज के साथ एक अजब किस्म की दुर्गन्ध का तेज भभका आया।

"क्या है भाई?"

"यह पेड़ों की कतार देख रहे हैं न! उसके पार एक बहुत बड़ा गड्ढा है, उसमें शहर के मरे जानवर फेंके जाते हैं। चील, कौए, गिद्ध, कुत्ते शव को नोंच-नोंचकर खाते रहते हैं और आपस में लड़ते हैं। अब म्युनिसिपैलिटी ने कूड़े-कचरे से इस गड्ढे को पाटना शुरू किया है। उस कूड़े-कचरे की अपनी गन्ध होती है। कुल मिलाकर एक महादुर्गन्ध की रचना हो रही है।"

चलते-चलते वे एक रेस्त्राँ में पहुँचे। वह मुसलमानी रेस्त्राँ था। उसका मालिक मुसलमानी टोपी लगाए लखनवी कुर्ता और पाजामा पहने दुकान की गद्दी पर बैठा था। चेहरे पर चेचक के दाग थे और आँखों में गाढ़ा सुरमा था। चार-पाँच मैले-कुचैले लड़के खाने-पीने का सामान सर्व कर रहे थे। बहुत तेज़ में फिल्मी संगीत बज रहा था। मक्खियाँ भिनभिना रही थीं और लड़के पानी के गिलास लाते समय उनमें अपनी गन्दी उँगलियाँ डुबोए हुए थे। मेज़ आदि भी ठीक से साफ नहीं किए जाते थे।

ये दोनों जाकर बैठ गए।

"क्या चाहिए साहब?" एक लड़के ने आकर पूछा।

"दो चाय।" कमलेश ने कहा।

"कुछ खाइए भी तो।"

"नहीं, कुछ नहीं खाऊँगा।" दरअसल वहाँ की गन्दगी देखकर कमलेश को कुछ खाने की इच्छा नहीं हो रही थी। जब आ गए थे तो चाय पीना तो ज़रूरी हो गया था।

"नहीं, ऐसे कैसे होगा, आप पहली बार हमारे यहाँ आए, घर पर तो कुछ खिला-पिला नहीं सका, यहाँ तो कुछ खाना ही पड़ेगा।"

"नहीं भाई रहमान, मैं कुछ नहीं खाऊँगा।" कमलेश का ब्राह्मण संस्कार बार-बार यह अनुभव कर रहा था कि यहाँ कुछ खाया तो उल्टी हो जायेगी।

"अच्छा तो भाई, दो कप चाय ही ले आओ।"

लड़का चला गया।

कमलेश ने देखा-एक से एक गरीब चेहरे यहाँ-वहाँ बैठे हुए थे और चाय सुड़क रहे थे, कोई-कोई कुछ खा भी रहे थे।

"साला कासिम, यहाँ भी आ धमका।" रहमान बुदबुदाया। कमलेश ने देखा कि कासिम के साथ छः-सात आदमी और थे जो उसी की तरह की हुलिया बनाने की कोशिश में लगे मालूम पड़ते थे।

रेस्त्राँ में भी मक्खियों की भनभनाहट की तरह एक भनभनाहट फैल गई-"कासिम आ रहा है, कासिम आ रहा है।"

रेस्त्राँ के मालिक ने बहुत विद्रूप चेहरा बनाकर देखा।

कोई सीट खाली नहीं थी। साथियों सहित अन्दर आकर कासिम ने चारों ओर देखा-कोई सीट खाली नहीं। उसे बहुत बुरा लगा कि वह आया है, कोई सीट खाली नहीं कर रहा है।

"असगर मियाँ!" उसने गुस्से से पुकारा।

"हाँ, उस्ताद!" रेस्त्राँ के मालिक ने जवाब दिया।

"अरे उस्ताद के बच्चे, कोई सीट-वीट खाली कराओगे कि खड़े ही रहें?"

"उस्ताद, अभी दो मिनट में खाली हुई जा रही है।"

"दो मिनट में? अरे जाहिल, तब तक हम ऐसे ही खड़े रहेंगे?" कहता हुआ वह एक बेंच की ओर बढ़ा और जाकर वहाँ खड़ा हो गया।

उस बेंच के दोनों ओर कुछ निहायत गरीब किस्म के युवक चाय पी रहे थे। उन्होंने आतंकित आँखों से कासिम को देखा तो लेकिन उठे नहीं।

कासिम को यह और भी बुरा लगा। उसने एक लड़के की गर्दन पकड़ ली और एक चपत उसके गाल पर जड़ते हुए बाहर खींच लिया। "साले चाय पी रहे हैं घण्टा-भर से।" उस बेंच के पास बैठे हुए सारे लड़के उठे और भड़भड़ाकर भागे।

कासिम ठठाकर हँस पड़ा और उसने अपने साथियों से कहा—"आओ बैठो!"

सभी आकर बैठ गए। पूरे रेस्त्राँ में एक हलकी हलचल तो मची, लेकिन कोई कुछ बोला नहीं। असगर का चेहरा रुआँसा हो गया। उसकी आँखों से इन खलीफाओं के प्रति अजीब वितृष्णा बरस रही थी। लेकिन चुपचाप देखता रहा। एक मिनट ऐसे ही बीत गया।

"ऐ लड़के!" उसने एक नौकर को बुलाया।

"हाँ उस्ताद!"

"उस्ताद के बच्चे साले, मुझे यहाँ आए कितनी देर हो गई? तुम यहाँ पूछने क्यों

नहीं आए?" उसकी पीठ पर एक हाथ पड़ा और वह ऐं करके ऐंठकर रह गया। फिर रोते-रोते कहा—"क्या लाऊँ उस्ताद?"

"इन सबके लिए चाय और आमलेट डबल-रोटी लाओ।"

"अण्डा तो खतम हो गया है उस्ताद!"

"ए असगर मियाँ, रेस्टोरेण्ट चलाते हो कि भिखारी की दुकान? अण्डा खतम हो गया है तो कहीं से मँगवाओ, हम तो आमलेट खाएँगे।"

"अभी मँगाता हूँ उस्ताद! अरे रियसता, ज़रा भाग के अण्डे वाली दुकान पर जा और एक दर्जन अण्डे लेता आ।"

कमलेश और रहमान यह दृश्य देखते रहे। "बड़ा अजीब है यह!" कमलेश फुसफुसाया।

"यही इसका काम है। कभी इस रेस्त्राँ में, कभी उस रेस्त्राँ में घूम-घूमकर खाता है।" रहमान बुदबुदाया।

खा-पीकर कासिम उठा और साथियों सहित बाहर चला गया।

उनके जाते ही असगर मियाँ ने माथा ठोंका और लगा जैसे जैसे रो देंगे।

"इन्होंने पैसे नहीं दिए?" कमलेश धीरे-धीरे से बोला।

"पैसे देकर खाएँगे, तो खलीफा कैसे कहलाएँगे?" रहमान बोला।

पूरे रेस्त्राँ में फिर एक हलकी-हलकी बजबजाहट फैल गई। लगता था सभी लोग इन खलीफाओं के खिलाफ कुछ कहना चाहते थे—लेकिन कहने से डर रहे थे। इसलिए बुदबुदा रहे थे।

कमलेश और रहमान रेस्त्राँ से बाहर निकले, दोनों का मन तीता हो गया था।

"देखो आपने, इन खलीफाओं को! लोग समझते हैं कि ये लोग खाली मज़हबी हैं—यानी मुसलमानों की रक्षा के लिए हिन्दुओं से लड़ाई करने वाले, लेकिन ये लोग मज़हबी जानवर हैं। ये किसी की रक्षा करने के लिए नहीं, अपनी गुंडई सलामत रखने के लिए खलीफा बने हुए हैं। आखिर इस रेस्त्राँ के लोग मुसलमान ही थे न, इन लोगों को पीड़ित करने के सिवाय इन्होंने और क्या किया?"

"हाँ, ठीक कह रहे हो।" कमलेश को रूपलाल और गोरख पहलवान के पट्ठे याद आ रहे थे।

"जब इनके मन में कीड़े काटेंगे तो किसी न किसी बहाने मज़हबी लड़ाई शुरू करा देंगे, और फिर सारे गरीब मुसलमान और हिन्दू मारे जाएँगे। ये साले तो मौज करेंगे।"

"नहीं भाई, खलीफाओं के ऊपर भी खलीफा है—राजनीतिक खलीफा, जो इन्हें उकसाते हैं, और पनाह देते हैं। ऊपर वाले खलीफाओं के कारण ही इन्हें पुलिस और कानून से भी डर नहीं लगता। समाज के लोग चाहें तो इकट्ठा होकर इन्हें ठीक कर दें, लेकिन वे इकट्ठे कहाँ होते हैं? एक दिन इकट्ठे होंगे, बाकी दिन तो

अलग-अलग ही रहेंगे। और ये गुण्डे तो हमेशा गिरोह में ही रहते हैं और कभी भी किसी का चाहे जो कर सकते हैं। पुलिस और कानून की ओर से तो निश्चिंत होते ही हैं।"

चलते-चलते फिर गन्दगी का भभका नाक से टकराया। और उन्हें लगा कि यह भभका और खलीफा दोनों पर्याय होकर उनसे टकरा रहे हैं।

मोहल्ले के बाहर आकर कमलेश ने कहा—"अच्छा रहमान, चलें। कभी मेरी ओर भी आओ। शंकर भाई के यहाँ लोगों से भेंट हो जाती थी, लेकिन उन्हें गए कितने दिन हो गए। पता नहीं, कब आएँगे!"

"अरे हाँ, कल आपके पारस भइया मिल गए थे। वे बता रहे थे कि शंकर रविवार को आ रहे हैं।"

"इसी रविवार को?"

"हाँ, इसी रविवार को!"

"बहुत अच्छा! रविवार को दोपहर बाद उधर आ जाओ, मैं भी पहुँचूँगा।"

कमलेश कसाई की चाल से निकला तो घर नहीं गया। घर जाकर करेगा क्या? वह चाहता रहा डॉ. गौतम की ओर जाना, लेकिन अकेले जाने में संकोच हो रहा था। डॉ. गौतम से इतनी निकटता नहीं है कि अकेले वहाँ जाय। जाकर क्या बात करेगा? शंकर भाई के साथ ही जाएगा। मनु भाई की याद आई। इस आदमी से मिलना बहुत सुखद ही है, लेकिन उसका पता नहीं मालूम। उसे अफ़सोस हुआ कि अब तक वह मनु भाई से क्यों नहीं मिला? फिर कहाँ जाए? वह कहीं नहीं गया, बस यों ही घूमता रहा। उसने देखा सामने एक पिक्चर लगी हुई है। उसे पिक्चर देखने का मन हो आया। जेब टटोली, पैसे थे। चलो देख ही लें, कब तक दरिद्रता के नाम पर सभी इच्छाएँ मारते रहेंगे। निचले दर्जे का टिकट लेकर बैठ गया। पिक्चर थी—'गंगा मइया तोहे पियरी चढ़इबों'। पिक्चर जो भी रही हो लेकिन कई महीने से अपने गाँव से बिछुड़े कमलेश के मन में पिक्चर में दिखाया हुआ गाँव हहराकर टूट पड़ा। हल लिए हड्डियों का ढाँचा किसान, गरीबी से ग्रस्त गाँव, अवांछित अधेड़ के साथ बाँधी जाती हुई गाय-सी कन्या, प्रेमी का बिछोह और मुहम्मद रफी का गीत—'सोनवाँ के पिंजड़ा में बन्द भइल हाय राम, चिरई क जियवा उदास।' उसे बुरी तरह अपनी माँ याद आ रही थी। बहन सुशीला याद आ रही थी। अवांछित अधेड़ दुहाजू-तिहाजू पुरुषों के साथ बाँधी जाती हुई कितनी गरीब लड़कियाँ याद आ रही थीं। फटी-फटी आँखें, झुर्रियों-भरी पीठ और मायूस चेहरे याद आ रहे थे।

पिक्चर देखकर निकला तो वह भारी हो आया था। अपनी ज़मीन का सारा दर्द उस पर जैसे लद गया था, लेकिन एक तृप्ति भी अनुभव कर रहा था। लगता था, जैसे

घर हो आया हो। मामा के यहाँ पहुँचा तो आठ बज रहे थे। देखा—मामा के यहाँ कुछ अजनबी-से लोग बैठे थे।

"अरे कमलेश बेटे, तुमने इतनी देर कहाँ लगा दी? देखो न ये मेहमान लोग आए हैं।" मामा बोले।

"मामा, मुझे पहले बताया गया होता तो मैं यहीं रहता। मैं तो ऐसे ही घूम-फिर रहा था।"

उसने मेहमानों को गौर से देखा—एक सज्जन साठ साल के रहे होंगे एक चालीस के आसपास के। और एक मनोहर भइया थे।

वह कुछ समझ नहीं पाया।

"मामा, ये लोग कहाँ से पधारे हैं?"

"अरे बेटा, यहीं से। दरअसल ये लोग मेरे दोस्त हैं। आज छुट्टी थी। मैंने कहा—आ जाइए। थोड़ी गपशप रहेगी।" मामा ने लापरवाही दिखाते हुए कहा। कमलेश ने देखा कि इनके आगे फलों के प्लेट रखे हुए हैं। उसे नहीं लगा कि ये दोस्त हैं और ऐसे ही आए हैं। वह अन्दर गया तो देखा मामी भी ठीक-ठाक कपड़े पहने थीं और शोभा भी अच्छे कपड़ों में थी। शोभा उसे देखते ही शरमा गई।

"क्या बात है, मामी?"

"कुछ तो नहीं भइया! बस ऐसे ही। तुम्हारे मामा के कुछ खास दोस्त आए हैं।"

मेहमान चले गए तो कमलेश ने फिर पूछा–"मामा, ये कौन लोग थे? और एकाएक कैसे आ गए?"

"बेटा, कुछ दिन पहले मनोहर ने बताया था कि उसने शोभा के लायक एक घर-वर देखा है। अच्छा हो आप यह सम्बन्ध कर लें। पहले तो मैंने टाला कि शोभा पढ़ रही है और अभी दान-दक्षिणा देने के लिए मेरे पास कुछ खास नहीं है। लेकिन उसने बार-बार मुझे समझाया कि शोभा इस साल दसवीं पास कर लेगी, इससे आगे पढ़ाकर करोगे क्या? और दान-दक्षिणा की चिन्ता न करो, वे लोग बहुत पैसे वाले हैं और दान-दक्षिणा लेने में उनका विश्वास नहीं है। ऐसे मौके बार-बार नहीं आते।"

"लेकिन मामा, पैसे वाले तो और भी दान-दक्षिणा माँगते हैं। ये सज्जन इतने उदार कैसे हो गए?"

"मामा की आँखें नीची हो गईं, लगा जैसे कुछ कहना चाहकर भी कह नहीं पा रहे हैं।"

"क्या बात है, मामा?"

"बेटे, बात यह है कि लड़का दुहाजू है इसलिए वे लोग पैसा नहीं, एक अच्छी लड़की चाहते हैं। मनोहर ने कल ही बताया—कई लोग चढ़ा-ऊपरी कर रहे हैं, लेकिन मैंने आपके यहाँ के लिए उन्हें बहुत कुछ राजी कर रखा है। शिवरात्रि के शुभ मुहूर्त पर उन्हें यों ही एक दोस्त के रूप में बुला लीजिए। किसी को कुछ मत बताइए।

हाँ, बहाने से शोभा को ज़रा ठीक-ठाक कपड़े पहनवा दीजिएगा। वे लोग देख लेंगे। शोभा पसन्द आ गई तो बात पक्की ही समझिए।"

"मामी को भी नहीं मालूम था?"

"इसे बताए बिना कैसे काम चल सकता है भाई!"

"अच्छा तो ये लोग लड़के के चाचा-ताऊ या बड़े भाई होंगे?"

"हाँ, मुझे भी मालूम नहीं, एक तो लड़के के पिता थे दूसरे उसके बड़े भाई होंगे।"

मनोहर भइया उन लोगों को छोड़कर लौट आए थे। बोले—"बधाई हो रामसहाय मामा! शोभा के भाग खुल गए, उन लोगों को रिश्ता पसन्द आ गया। बस जल्दी से इसे निबटा डालिए।"

"सो तो ठीक है मनोहर, लेकिन ये लोग साथ में लड़के को क्यों नहीं लाए? लड़का देखे बिना हम कैसे शादी मंजूर कर लें?"

"कमाल करते हैं मामाजी आप भी! अरे लड़का ही तो था वह। अपने बाप के साथ वह और कौन था?"

"लड़का? वह चालीस साल का खूँसट लड़का था? वाह मनोहर भइया, आपने शोभा के लिए अच्छा वर तलाशा!" कमलेश बोला।

मामी झल्लाईं—"आग लगे ऐसे रिश्ते को। तुमने शोभा के लिए वर खोजा है या बाप?"

"मनोहर, हम गरीब जरूरी हैं लेकिन गिरे हुए नहीं हैं। शोभा को हम चाहे और कुछ न दे सकें, लेकिन प्यार देने में कमी नहीं की है। हम शोभा को कूड़े पर नहीं फेंक सकते, मनोहर! मुझे पहले मालूम होता तो इन्हें बुलाता ही नहीं।" मामा बोले।

"रामसहाय मामा, आप लोग ज़्यादा भावुक हो रहे हैं। मैंने तो आपसे पहले कहा था कि लड़का दुहाजू है। दुहाजू न होता तो गरीब घर में शादी करता! दुहाजू हुआ तो क्या हुआ, मरद की कोई उमर देखी जाती है? वह तो साठ साल तक जवान रहता है और इतना धन-दौलत है उनके पास, आखिर वह सब शोभा का ही होगा न। किसी गरीब घर में ब्याह दी जाएगी और भूखों मरेगी तो क्या पति की जवानी लेकर चाटेगी।" मनोहर भइया बहुत निस्संग भाव से लेक्चर झाड़ गए और फिर हँसने लगे।

"हाँ, तुमने दुहाजू कहा था, लेकिन कहा था उमर यही तीस-बत्तीस के आस-पास होगी।"

"हाँ, तो यही है। इतनी ही उमर होगी उसकी।"

"मनोहर भइया, यह चालीस से कम का नहीं है।"

"नहीं कमलेश! बात यह है कि वह सुख-सुविधाओं में पला है न, इसलिए अपनी उमर से बड़ा दीखता है।"

"सुख-सुविधा में पला आदमी तो बड़ी उमर में भी जवान दीखता है, मनोहर भइया! आप उलटी बात कह रहे हैं।"

"नहीं, कभी-कभी सुख इतनी चर्बी चढ़ा देता है कि उलटा भी हो जाता है, कमलेश!"

"अच्छा, यह बताइए, उसके बच्चे हैं।? कितने हैं?" कमलेश ने प्रश्न किया।

"बच्चे।" मनोहर हँसा जैसे हँसी में ही उस सवाल को पी जाने का प्रयत्न कर रहा हो। "अरे भाई, दुहाजू है तो बच्चे भी हो सकते हैं। मुझे ठीक मालूम नहीं, बच्चे हैं कि नहीं। और हैं तो कितने हैं। अरे होंगे भी तो कितने होंगे—एक या दो। इससे क्या फर्क पड़ता है?"

"आपको कुछ नहीं मालूम और सब कुछ मालूम है। आप बात को गोल-मोल रूप में मत महिए मनोहर भइया! यह एक लड़की की ज़िन्दगी का सवाल है। यदि आपको सारी बातें नहीं मालूम तो बीच में नहीं पड़ना चाहिए था।"

"कमाल है कमलेश, मैं तो मामा के हित की बात कर रहा था और तुम लोग उलटे मुझी पर पिल पड़े। अरे भाई, मेरी नज़र सीधी देखती है, बहुत अगल-बगल नहीं देखती। मैं इतना ही जानता हूँ कि वह सम्पन्न घर है, लड़का ठीक-ठाक है, शोभा सुखी रहेगी। अब ये सारे सवाल कि लड़के की उमर तीस साल है कि चालीस साल और उसके बच्चे हैं कि नहीं, हैं तो कितने, उसकी छानबीन में मैं पड़ा नहीं और न पड़ना चाहता हूँ। बहुत नुक्ताचीनी से काम बिगड़ जाता है। काम पर सीधी नज़र रखो, बस काम बन जाता है।" फिर वे हँसने लगे।

मामा कुछ बोल नहीं पा रहे थे। मामी रह-रहकर बीच में झल्ला पड़ती थीं। कमलेश को ताव आ रहा था कि पूछे—"दलाली में कितने रुपये मिले हैं" किन्तु नहीं पूछ पा रहा था। आखिर यह मामला मामा का है, उन्हीं को निर्णय करना है। वह चुपके से कमरे की ओर सरक गया। देखा–शोभा का चेहरा उतरा हुआ था जैसे किसी ने एकबारगी उसके चेहरे से खून खींच लिया हो।

"अच्छा मामा, आप लोग सोच लीजिए, कल-परसों तक मुझे बता दीजिएगा!" वह फिर हँसा और चला गया।

मामा-मामी भी अन्दर आ गए, घर में जैसे एक मातम छा गया हो।

"क्या बात है मामा? इसमें दुखी होने की कौन-सी बात हो गई? अरे मनोहर भइया जो काम करेंगे, वह इससे ऊँचा होगा क्या? बस एक प्रस्ताव वे ले आए, आपने इन्कार कर दिया, बात खत्म हो गई। मामी, कुछ खाने-पीने को दो।" कहकर कमलेश ने पटना रेडियो लगा दिया:

एहसने बौराहे बर के गौरा नहीं वियहब
बरु गौरा रहिहें कुवाँरि
हो डेराला जियरा ···

गीत एकाएक उठा और जी धक्क से रह गया। गीत का प्रसंग अभी-अभी घटित हुआ था इसलिए गीत एक गीत न रहकर सबका निजी दर्द बन गया। सभी एक-दूसरे की ओर देखने लगे। मामी हबस पड़ीं और झपटकर शोभा को गोद में भर लिया। शोभा का रुका हुआ आवेग फूट पड़ा। मामा एक अपराधी की भाँति खड़े थे। उन्होंने

अपनी खुरदरी अँगुलियों से अपने आँसू पोंछते हुए कहा—

"नहीं बेटे, रोओ मत, हम गरीब ज़रूर हैं, लेकिन बेटी नहीं बेच सकते। यह सब कुछ मेरे अनजाने में हुआ है। मैं अपनी फूल-सी बेटी किसी बूढ़ ठेल के हवाले नहीं करूँगा।"

"मामी, आप तो ऐसे परेशान हो रही हैं जैसे सचमुच शोभा की शादी उस खूँसट से हो गई। अरे, रिश्ते तासे अनेक आयेंगे, स्वीकार करना न करना हमारे हाथ में है न।"

"हाँ भइया, ठीक कहते हो!" आँसू पोंछकर मामी बोलीं। "मुझे रोना इस बात पर आ रहा है कि लोग गरीब की बेटी को क्या समझ लेते हैं। फाड़ में रुपये बाँधकर जैसे गाय-भैंस खरीदने निकलते हैं वैसे ही गरीब की लड़की खरीदने निकलते हैं और तुम्हारे मामा को क्या सूझी कि दुहाजू जानते हुए भी उसे लड़की देखने को बुलाया।"

"अरे शोभा की माँ, तुम औरतों का दिमाग कुछ और ही तरह से चलता है। दुहाजू क्या बुरा है अगर वह नई उमर का हो, अच्छा हो और उसके बाल-बच्चे न हों।"

"हाँ-हाँ लगता है तुम पहले ही से दुहाजू से विवाह करने का फैसला किए बैठे हो! लेकिन मेरी भी सुन लो कि शोभा का विवाह दुहाजू-पुहाजू से नहीं होगा।"

"अच्छा बाबा, नहीं होगा।" कहते-कहते मामा झल्ला पड़े। "ई मनोहरा ने मेरे घर में एक अच्छी मुसीबत खड़ी कर दी।"

कमलेश मज़ाक के मूड में आ गया। सोचा, शायद इससे वातावरण का तनाव कुछ कम हो। बोला—"मामी, अरे इतनी दुखी क्यों होती हो? शंकरजी बाहर से कुछ थे, भीतर से कुछ थे। गौरा की माँ डर तो गईं, लेकिन जब शंकर का भीतरी सौन्दर्य फूटा तो वे कितनी प्रसन्न हो गईं। हो सकता है अपने ये शंकरजी भले चालीस के खबीस दिखते हों, लेकिन भीतर से बहुत सुन्दर हों और हमारी गौरा के भाग्य खुल जाएँ।"

"अरे आग लगे इस शंकर को भईया! कहाँ ऊ शंकर, कहाँ ई शंकर। वे देवता थे, रूप बदलते थे, इसका बैल जैसा रूप तो अपना असली रूप है।"

सबको हँसी आ गई। शोभा भी हँसने लगी।

बाहर ढोलक-झाल की आवाज आई। "अच्छा आज चौताल होगा।" मामा बुदबुदाए।

"अच्छा, यह तो बहुत अच्छा है। अपने यहाँ के फागुन के दिनों की याद आ गई मामा! वहाँ तो फागुन-भर कभी यहाँ, कभी वहाँ फाग के गीत उड़ते ही रहते थे। आज यहाँ पहली बार फाग का गीत सुनने को मिलेगा।"

"यहाँ के लोग भी गाना तो चाहते हैं, लेकिन कोई ड्यूटी पर से आ रहा, कोई जा रहा है, किसी को सुबह जाना है, सब इकट्ठे नहीं हो पाते। आज छुट्टी है न, सभी एकसाथ मिल पाते हैं।"

चौताल की कड़ी उठ गई थी किसी ने बड़े जोरदार स्वर में यह पंक्ति उठा दी थी—

पूजहु शिव को बहु भाँती
आज शिवराती

"मामाजी. चलेंगे सुनने?"

"तुम जाओ बेटे, मैं थक गया हूँ।"

कमलेश कमरे में से निकलकर सामने के मैदान में आया। पेड़ के नीचे पाल बिछी थी। अनेक छोटे-बड़े लोग एकत्र थे। सबकी धूसर आँखों में एक चमक थी। कमलेश भी शामिल हो गया और गाने लगा। एक चौताल खतम होने पर हँसी-मज़ाक होता था, फिर दूसरा चौताल शुरू होता था। फागुन की रात गहराती गई और सामूहिक गान में वातावरण की दरारें भरती गईं—बाहर से भीतर तक।

गाना थमा तो एक दूसरा शोर सुनाई पड़ा। बहादुर की पत्नी रामकली चिंचिया रही थी और बहादुर उसे पटककर पीट रहा था।

"यह साला त्यौहार के दिन भी अपनी कारगुजारी से बाज नहीं आता।" कोई भुनभुनाया।

रामकली की चिल्लाने की आवाज़ और तेज़ हो गई और बहादुर उसे धुनता हुआ शराबी लहजे में दहाड़ रहा था—"चिल्लाओ साली और चिल्लाओ, देखें कौन साला आता है तुम्हें छुड़ाने।"

दहशत के मारे बच्चों की घिग्घी बँध गई थी।

कुछ लोगों से नहीं रहा गया, गाना-वाना छोड़कर उधर को बढ़े! कुछ लोगों ने मना किया, "मत जाओ भाई, मियाँ-बीवी का मामला है।" फिर भी कुछ लोग आए बढ़े, उनमें कमलेश भी था।

इन लोगों ने देखा कि बहादुर रामकली की छाती पर चढ़ा हुआ है, उसके बाल खींच-खींचकर उसे पीट रहा है और वह अपने को छुड़ाने के लिए उसे पीछे ढकेल रही है। वह लगभग नंगी हो चुकी है।

इन लोगों को पास आते देखा तो गाली देकर बोला–"यहाँ तमाशा लगा है क्या, कि यहाँ लड्डू लेने आए हो?"

"तमाशा तो तुमने लगा रखा है। आज त्यौहार के दिन भी तुमने अपनी औरत को नहीं बख्शा।" लोगों ने देखा—रामसहाय हैं।

"हे रामसहाय पाण्डे, जाओ यह उपदेश अपने घर देना, यह हमारे घर का मामला है।"

"नहीं, यह तुम्हारे घर का मामला नहीं है, पूरी चाली का मामला है। पूरी इन्सानियत का मामला है। इस औरत ने भी तुम्हें पाने के लिए शिवरात के कितने व्रत रखे होंगे। उसी व्रत का बदला चुका रहे हो? छोड़ दो।"

"तुम लोग भागो, नहीं तो एक-एक की जान ले लूँगा।" कहकर उसने पास की चप्पल उठाई और रामसहाय पर फेंक मारी। चप्पल रामसहाय के हाथ पर लगी—चप्प।

इस बीच रामकली अपने को छुड़ाकर उठ खड़ी हुई और कपड़े ठीक करती हुई भीड़ में जाकर खड़ी हो गई।

कमलेश को बहुत गुस्सा लगा, वह चीखा—"शराबी, कमीने, तूने मेरे मामा को चप्पल मारी?"

"कौन है रे? कौन गाली दे रहा है? अरे, तू मुझे गाली दे रहा है?" कहकर वह कमलेश की ओर बढ़ा, तब तक दो-तीन आदमियों ने उसे पकड़ लिया।

"मारो हरामी को, मारो इस शराबी के पिल्ले को, इस नरक के कीड़े को। अब तक तो मैं इसके लिए लड़ती रही, अब नहीं सहा जाता।" कहती हुई रामकली एक डंडा उठा लाई और धुआँधार पीटने लगी बहादुर को। चिल्लाती रही—पकड़े रहो पंचो, इस हरामी को छोड़ना मत। आज इसे मैं छोड़ूँगी नहीं। और वह पीटती रही। लोग मना करते रहे, बहादुर लोगों के शिकंजे में से छूटने के लिए छटपटाता रहा और रामकली मौका देख-देखकर उसे लगाती रही। "हरामी ने रामसहाय बाबा जैसे देवता आदमी पर चप्पल चलाई है। उन्होंने इसकी नौकरी लगाई, गाढ़े समय में मदद की, लेकिन इस कमीने को कोई लिहाज नहीं। मुझे मारता तो मारता, इस देवता को क्यों मारा?"

"नहीं रामकली, छोड़ दो! मेरे लिए इसे मत मारो। यह तो खुद मरा हुआ है।" रामसहाय ने कहा।

इसे पुलिस में दे दो, साला जेल काटे, मैं सँभाल लूँगी बच्चों को। यह नहीं रहेगा तो बच्चे ज़्यादा ठीक ढंग से सँभलेंगे। सारी तनखाह शराब में उड़ा डालता है। मेरे सारे गहने भी बेच डाले। घर के भीतर बच्चे उपास पर उपास करते हैं और यह खस्सी की कलेजी खाता है, शराब पीता है। बच्चों का पेट पालने के लिए इधर मैंने मेहनत-मजूरी शुरू की, तो कहता है कि तू घूम-घूमकर रंडीगीरी करती है। रंडी भी बनाता है और उसी रंडीगीरी के पैसे पाने के लिए लार टपकाता है, मांगता है, छीन लेता है।"

कमलेश को रामकली का यह रूप बहुत अच्छा लग रहा था। डंडे की हर चोट पर मन ही मन कहता था और मार, और मार साले को। इन लोगों ने औरत को मारते-पीटते रहने को अपना जन्मसिद्ध अधिकार समझ लिया है।

बहादुर कुछ मार खाकर और कुछ शराब के गहरे नशे के कारण गिर पड़ा और अस्फुट स्वर में बड़बड़ाता रहा—"मैं तम्हें जान से मार डालूँगा रामकली, और कल पहलवान से कहकर पूरे मोहल्लेवालों को पिटवाऊँगा।"

"आने दो अपने पहलवान के पट्ठे को, उसको भी समझती हूँ। उसी हरामी के पिल्ले ने इसे शराब की लत डाली है। पहले तो उसने इसे दोस्ती में मुफ्त की शराब पिलाई, फिर जब इसे लत पड़ गई तो इसके पैसे से शराब पीने लगा।"

"उसी के बल पर तो यह उछलता-कूदता है, उसी के डर के मारे इससे कोई

उलझता नहीं।" किसी ने कहा।

"अरे कुछ नहीं, यह खाली गीदड़ भभकी देता है। कभी पहलवान आया है इसकी ओर से, किसी से लड़ने? ऐसे-ऐसे कीड़े मकोड़ों के लिए वह सबसे उलझता फिरेगा? यह तो ऐसे लोगों का इस्तेमाल करता है। मैं इसका सारा भेद जानती हूँ न।" रामकली ने कहा और हाथ का डंडा फेंक दिया।

"लेकिन तुम भी तो इसकी ओर से मोहल्लेवालों से लड़ने लगती थीं। याद है न उस दिन की, जब तुम पुलिसवालों से उलझ गई थीं।"

"क्या करती, आखिर यह मेरा मरद है न! मारता रहा, पीटता रहा, शराब में सब कुछ उड़ा देता रहा, मैं बरदाश्त करती रही, लेकिन जब बच्चों को भूख से बचाने के लिए मैंने कुछ काम करना शुरू किया तो इसने मुझे रंडी कहना शुरू किया और बच्चों के लिए जुटाए गए मेरे पैसों को छीनने लगा तो मुझसे बरदाश्त नहीं हुआ। अब मैं इसे नहीं सह सकती। बच्चों को लेकर कहीं और रह लूँगी और यह मुझे पीटेगा तो या तो जान दे दूँगी या ले लूँगी। इसने मुझे समझ क्या रखा है? छोटी बच्ची निमोनिया में पड़ी है। उसकी दवा के लिए कुछ पैसे रखे थे। उसे यह छीन रहा था। इसे शराब के आगे अपनी बच्ची की जान की भी चिन्ता नहीं है। पैसे नहीं पाया तो गाली देता चला गया और न जाने कहाँ से शराब पीकर आया तो मुझे मारने लगा। है कोई ऐसा कसाई बाप? कहता है, लड़की ही है न, मर जाएगी तो क्या हो जाएगा?"

वह हाँफने लगी थी।

"आप लोगों ने बड़ी मेहरबानी की कि मेरी तकलीफ़ में मेरे साथ आए, लेकिन अब आप लोग जाइए, इसे देख लूँगी अब।"

"माँ-माँ!" कहता हुआ उसका पाँच साल का सहमा-सहमा बच्चा धीरे-धीरे उसके पास आकर खड़ा हो गया था। उसके तन पर एक फटी गन्दी कमीज थी। रामकली ने उसे झटके से गोद में उठा लिया और फफककर रो पड़ी।

"माँ, तुम्हें बापू ने बहुत मारा है! क्यों मारते हैं तुम्हें?" कहकर बच्चा रामकली की आँखों को पोंछने लगा।

रामकली और ज़ोर से रो पड़ी।

"माँ, जब बापू तुम्हें मार रहे थे तो मुझे बहुत गुस्सा आ रहा था। मैं सोच रहा था कि अगर मैं बड़ा होता तो बापू को उठाकर फेंक देता; लेकिन माँ, जब तुम बापू को मारने लगीं तो मुझे लगा कि मैं ही उन्हें मार रहा हूं।"

"नहीं बेटे, ऐसा नहीं कहते। वे तुम्हारे बापू हैं।" कहती हुई वह बच्चे को गोदी में कसे अन्दर दौड़ गई। धीरे-धीरे लोग छँट गए। थोड़ी देर बाद वह बाहर निकली और बहादुर को उठाने लगी—"चल अभागे, अन्दर चल, तू मुझे कितना-कितना सताता है। आज तूने मुझे भी हाथ उठाने पर मजबूर कर दिया।"

उसे किसी तरह खींच-खींचकर अन्दर ले गई और धड़ से किवाड़ बन्द कर लिया। चौताल-मंडली भंग हो चुकी थी। सभी लोग धीरे-धीरे अपने कमरों में चले गए। शिवरात के दिन का अन्त यों होगा किसी को क्या खबर थी।

शिव-पार्वती के सुहाग की रात न जाने कितने घरों और कितने हृदयों पर अभाग्य की रात बनकर छाई थी। शोभा को नींद नहीं आ रही थी। उसकी आँखों में पिता की उमर का वह मोटा आदमी दहशत बनकर समा गया था। आखिर इस आदमी को उसे देखने के लिए बुलाया ही क्यों गया था? पिताजी ने यह क्या किया? लेकिन पिताजी ··· इसके आगे वह सोच नहीं पाती। बस पिताजी का उदास-उदास, गरीबी से टूटा हुआ चेहरा सामने आ जाता। पिताजी ने अपने घर में लड़कियों को भार तो नहीं समझा बल्कि उन्हें लड़कों की तरह ही प्यार देते हैं, पढ़ाते हैं; लेकिन ग़रीबी तो एक बोझ है न! वही लड़कियों को भी बोझ बना देती है। पिताजी के न चाहने पर भी हम कब बोझ बन जाएँगे और उस बोझ को टालने के लिए किस अनचाहे आदमी का हाथ हमारी ओर बढ़ जाएगा, कौन कह सकता है! शोभा की आँखों में रह-रहकर विवाह का एक सुगंधित सपना आता था और वह थोड़ी ही देर में एक भयानक वास्तविकता में बदल जाता था। एक हँसता-खिलखिलाता खूबसूरत, युवक उस मोटे अधेड़ में बदल जाता था। आत तो यह बला टल गई, लेकिन ग़रीबी में पिसता हुआ उसके घर का नसीब क्या सचमुच इस बला से मुक्ति दिला पाएगा? देखी-सुनी न जाने कितनी घटनाएँ उसकी स्मृति में तैर गई ··· बूढ़ों और अधेड़ों के साथ ब्याही जाती युवतियाँ ··· !

कमलेश और उसके मामा बाहर बरामदे में पास-पास सोए थे।

"मामा, यह रामबहादुर कितना कमीना आदमी है। भला, इस तरह कोई औरत को मारता है?"

मामा भी शायद यही सोच रहे थे।

"हाँ बेटे, कमीना तो है, लेकिन था नहीं। परिस्थितियाँ कब किसे कमीना बना देंगी, कोई नहीं जानता।"

"मामा, परिस्थितियाँ ही सब कुछ नहीं होतीं, कुछ अपनी ताक़त भी तो होती है। कुछ लोग परिस्थितियों में बह जाते हैं, कुछ उनसे जूझते हैं। एक ही परिस्थिति में कोई उसका दास बन जाता है, कोई उससे लड़कर उसका स्वामी। आखिर आप भी तो कम भयानक परिस्थितियों से नहीं गुज़रे हैं।"

"अरे तो कौन मैं उनका स्वामी हो गया! स्वामी हो गया होता तो आज अपनी बेटी के लिए अधेड़ वर घर पर बुलाता?"

"उसे छोड़िए मामाजी, यह तो आपसे अनजाने हुआ है।"

"नहीं कमलेश, वह एकदम मेरे अनजाने हुआ है, ऐसा नहीं कहा जा सकता। आखिर मुझे इतना तो मालूम था कि लड़का दुहाजू है। क्या सामान्य परिस्थिति में हम अपनी लड़की का विवाह दुहाजू से करना चाहेंगे कमलेश! यह अपनी परिस्थिति ही

है न, जो हमारे निर्णयों पर चढ़ बैठती है।"

दोनों के बीच एक चुप्पी छा गई।

"और तुम रामबहादुर की बात कर रहे थे न, वह शुरू में बहुत अच्छा आदमी था। वह घर से भागकर आया था। वह मेरे एक दोस्त के गाँव का है वे इसे लेकर मेरे पास आए थे। मेरी औकात ही क्या थी, लेकिन जब से मैं नौकरी में आया, साहब लोगों की मुझ पर मेहरबानी बनी रही। शायद मेरी सिधाई के कारण। कह-सुनकर उसे अपने मिल में दरबान लगवा दिया। हट्टा-कट्टा जवान था, मिडिल पास है, ईमानदारी से काम करने लगा। गोरख पहलवान का पट्ठा राजू भी उसी मिल में दरबान था, था क्या है। दरबानी तो बस नाममात्र को है, उसके और बहुत-से धन्धे हैं। गोरख पहलवान का अखाड़ा है, उसमें बीसियों पहलवान लड़ते-भिड़ते हैं और उनकी एक सेना-सी बन गई है और वे लोग जो चाहते हैं करते हैं। गोरख पहलवान रूपलाल की तरह ही नेताओं के चहेते हैं। नेता लोग उनके पाँव छूते हैं और उनकी सेना से चुनाव से लेकर विरोधियों को साफ करने तक काम लेते हैं। राजू पहलवान ने रामबहादुर को फाँसना शुरू किया, सब्जबाग दिखाना शुरू किया। रामबहादुर अपने गाँव के आदमी के ही पास रहता था। वहाँ पहले से ही कमरे में आठ आदमी थे। अब वह नौवाँ हो गया था। एक दिन मैंने उससे पूछा था—'क्यों भाई रामबहादुर, तुम्हारी शादी-वादी हो चुकी है कि नहीं?' बोला—'वह तो बचपन में ही हो गई थी। मेरी बीवी बहुत भली और खूबसूरत है। चाहता हूँ उसे ले आऊँ, लेकिन लाकर कहाँ रखूँगा?'

"अरे, तुम्हारे लिए क्या मुश्किल है! राजू पहलवान से कहो—कोई इन्तजाम कर देंगे। उन लोगों के तो हजार हाथ हैं।' मैंने सुझाव दिया।

"हाँ, मैंने बात की है और वे ताक में हैं कि कोई जगह खाली हो तो मुझे दिला दें।"

"लेकिन अलग से क्वार्टर लेकर रह पाओगे? महँगा पड़ेगा।'

"किसी को साथ रख लेंगे। देखा जाएगा, पहले क्वार्टर तो मिले।'

"एक मजबूर मर गया अपने पीछे परिवार छोड़कर। बस रामबहादुर की बन आई। परिवार गाँव लौट गया और रामबहादूर को राजू ने वह क्वार्टर दिला दिया।"

मामा कुछ देर के लिए चुप हो गए, फिर बोले—"राजू रामबहादुर के यहाँ आने-जाने लगा। रामबहादुर तो उसका दोस्त ही था, उसे क्या शिकायत हो सकती थी। लेकिन उसकी बीवी को राजू की निगाह अच्छी नहीं लगती थी।"

"रामबहादुर ने क्वार्टर तो ले लिया, लेकिन क्वार्टर और परिवार का खर्चा इतना था कि तनखाह में काम ही नहीं चलता था। गाँव से पैसे की माँग आती थी सो अलग। बाप से लड़-झगड़कर अपनी बीवी लाया था इसलिए बाप पहिले से ही नाराज बैठा था, पैसा न पाकर और भी नाराज़ हो गया।"

"रामबहादुर अपने बूढ़े बाप का आदर करता था, लेकिन अपनी बीवी को भी बहुत

चाहता था, इसलिए बाप के मना करने पर भी बीवी को लाया था, लेकिन बाप के लिए भी कुछ करना चाहता था और न कर पाने की स्थिति में उदास रहने लगा।"

"राजू ने पहले उसकी मदद की, यानी कुछ रुपये मदद के तौर पर दिये फिर कहा– 'यार, दुनिया में तकलीफ़ें तो लगी ही रहती हैं, किस-किस के बोझ से मरोगे! छोड़ो यह उदासी और ग़म, उसे खतम करने का एक ही रास्ता है—शराब!"

"नहीं-नहीं, यह सब मुझसे नहीं होगा। यह बहुत गन्दी चीज़ है।"

"अबे पी साले, बड़ा आया है धर्मात्मा बनने। देख तो, इसे पीने के बाद कैसे जन्नत दिखाई पड़ती है।"

"अरे नहीं, एक बार लत पड़ती है तो घर उजाड़ देती है। मैं तो वैसे ही ग़रीबी की मार से लहूलुहान हो रहा हूँ, शराब पीने की लत पड़ गई तो पैसे कहाँ से आएँगे?"

"अबे साले, राजू के रहते तुम्हें पैसे की चिन्ता क्यों? क्या तू अपने बाप के पैसे से पिएगा? राजू के रहते तुम्हें चिन्ता नहीं करनी पड़ेगी।'

"डर के मारे रामबहादुर को पीनी पड़ गई। उसे कड़वी तो लगी, लेकिन कुछ देर के लिए वह अपना ग़म भूल गया।

"बाप ने पैसे माँगे थे। लिखा था—'घर में उपवास हो रहा है और तू वहाँ बीवी के साथ गुलछर्रे उड़ा रहा है।' रामबहादुर ने तनखाह का आधा घर भेज दिया। बीवी ने कहा—'अब यहाँ कैसे काम चलेगा? देख रहे हो इसी महीने में तुम बाप बनने वाले हो, पैसे कहाँ से आएँगे?"

"इस बात को लेकर मियाँ-बीवी में काफी कहा-सुनी हुई। बीवी ने भी काफी ज़हर उगले, रामबहादुर ने उसकी पिटाई कर दी—शायद पहली बार पिटाई की थी। और फिर परेशान होकर लौटा तो गहरे नशे में था।"

"कुछ समय पहले राजू ने रामबहादुर की गैरहाज़िरी में रामकली से छेड़छाड़ की थी। उसने रामबहादुर के ऊपर अपने सारे अहसानों का बखान कर रामकली को बहुत-से प्रलोभन दिए थे और लंपटता करनी चाही थी, लेकिन रामकली ने हँसुवा उठाकर गुस्से से कहा था–'इसी से काट दूँगी हरामजादे! मेरे घर को रंडीखाना समझ रखा है क्या? मेरा मरद बाँका जवान है, तू तो उसके पैरों की धूल भी नहीं है।"

"राजू को आगे बढ़ने की हिम्मत नहीं पड़ी। रामकली भी बहुत हृष्ट-पुष्ट औरत थी और जब औरत अपनी पूरी ताकत से तन जाये तो उसे छेड़ पाना आसान नहीं होता। लेकिन जाते-जाते राजू कह गया—'मैंने ही तेरा घर बनाया है, मैं ही इसे उजाड़ूँगा। साली, तू किस गुमान में है।"

"और सचमुच उसने उजाड़ दिया। उसने बहाने से रामबहादुर को खूब पिलाना शुरू किया और जब खूब गहरी लत पड़ गयी तो छोड़ दिया—'जा साला, अब तू अपनी तनखाह से पी।' और सालों से रामबहादुर अपनी तनखाह से पी रहा है और

पिला भी रहा है। घर पैसा भेजना बन्द हो गया। पैसे भेजने तो बन्द ही कर दिए थे, पिता की नाराज़गी पर अण्ड-बण्ड चिट्ठियाँ भी भेजनी शुरू कर दीं। माँ तो पहले ही मर चुकी थी, पिता भी एक दिन गम में ज़हर खाकर मर गए कुछ निराश्रित बच्चों को छोड़कर। रामबहादुर ने इसका भी दोष बीवी को ही दिया और खूब शराब पीकर उसे उस दिन बहुत पीटा। और तभी से यह सिलसिला चल रहा है।"

"आप तो मामा, उसके बारे में सभी कुछ जानते हैं।"

"हाँ बेटा, उन दिनों रामबहादुर मेरे बहुत करीब था और सारी बातें खुद बता जाया करता था, फिर शिकायत के तौर पर उसकी बीवी बहुत सारी बातें बता जाया करती थी।"

"मामा, आपके कैसा लगा जब रामकली ने रामबहादुर को आज पीटा?"

"अच्छा ही लगा। लेकिन ··· "

"लेकिन क्या?"

"लेकिन यही कि इस पिटाई से हो सकता है रामबहादुर कुछ सँभले। उसे महसूस हो कि औरत पिटती जाने वाली एक बेजान चीज़ नहीं है, वह पीट भी सकती है, और हो सकता है वह इस अपमान से और भी भयानक रूप धारण कर ले।"

"चाहे जो हो, मुझे तो बहुत अच्छा लगा, मामाजी! मध्यवर्ग की रोती-कलपती और डरी हुई औरतों की अपेक्षा रामकली का यह तेजस्वी रूप मुझे राहत दे गया। मामाजी, ऐसे तो न जाने कितने लोग होंगे, लेकिन आज एक आदमी की मुझे बुरी तरह याद आ रही है।"

"किसकी?"

"आप नहीं जानते होंगे। स्वस्तिक सोसायटी में अलीगढ़ के एक मिस्टर गोयल रहते हैं। वे बैंक में कोई ऑफीसर हैं।"

"तुम कैसे जानते हो?"

"मैंने उन्हें देखा है, लेकिन सीधे उनके बारे में नहीं जानता। उनके पड़ोस का एक लड़का है जो शंकर भाई के साथ पढ़ता है, उसने शंकर भाई से बताया होगा। एक दिन उत्तर भारतीय समाज के एक साहित्यिक जलसे में मैं गया हुआ था। जलसे के आयोजक ने अतिथियों का स्वागत करते हुए कहा—'यह बहुत गर्व का विषय है कि उत्तर भारतीय समाज में हर तरह के, हर रुचि और हर पेशे के लोग सम्मिलित हैं। इनके माध्यम से हम सामाजिक और सांस्कृतिक विकास की दिशाएँ खोज सकते हैं।' उन्होंने जिन बड़े-बड़े लोगों का परिचय दिया, उनमें गोयल साहब मुझे सबसे अधिक प्रभावशाली लगे। सम्भ्रान्त चेहरा, सम्भ्रान्त वेशभूषा, मोहक मुसकान, बड़ी-बड़ी आँखें। गोयल साहब विशेष अतिथि की हैसियत से बोले भी—सधी हुई मीठी भाषा में।"

"रास्ते में मैंने शंकर भाई से उनके प्रभावशाली व्यक्तित्व का बखान किया तो वे बहुत ज़ोर से हँसे।"

"क्या बात है?"

"बात कुछ नहीं, वे वाकई बड़े आदमी हैं। उनके पास कार है, वे अफ़सर हैं, बहुत अच्छे-अच्छे कपड़े पहनते हैं, उनके पास बीस जोड़ी जूते हैं और न जाने क्या-क्या है उनके पास।"

"मुझे लगा कि शंकर भाई कुछ असहज ढंग से बात कर रहे हैं। मैंने उनकी ओर जिज्ञासा से देखा—वे मुसकरा पड़े।"

खर्र-खर्र-खर्र ··· "अरे, मामाजी तो सो रहे हैं और मैं कब से बकवास किए जा रहा हूँ! धत्तेरी की! चलो कमलेश पण्डित, तुम भी सो जाओ।" वह अपने को समेटकर सोने की कोशिश करने लगा, लेकिन उसके अनजाने उसका मन फिर उसी सूत्र को पकड़ कर बैठा—

"जो कुछ चमकता दिखाई पड़ता है, सोना नहीं होता कमलेश। यह गोयल तो पीतल से भी गया गुज़रा है, बल्कि टूटा हुआ काँच है जो अपने परिवार वालों को क्षण-क्षण चुभता रहता है और उन्हें लहूलुहान करता रहता है।" शंकर भाई ने कहा था।

"क्या बात है भाई साहब?" के भाव से मैं ताकता रहा और वे बताते गए—

"इसके घर जाकर देखो—इसके बच्चे रबर की चप्पलें पहनते हैं, बिना इस्त्री किए हुए कपड़े पहनकर स्कूल जाते हैं, इसकी पत्नी हमेशा डरी और सहमी रहती है और एक-एक पैसे के लिए पति की मुखापेक्षी बनी रहती है। ये हज़रत आफ़िस से निकलकर क्लब में जाते हैं, अपनी प्रेमिकाओं के साथ रंगरेलियाँ मनाते हैं, पीते हैं, धुत होकर काफी रात गए लौटते हैं। मजाल है कि घर में कोई उन्हें टोक दे।"

"पत्नी कुछ नहीं कहती?"

"क्या कहेगी? मामूली पढ़ी-लिखी है, सोचती है कि कुछ कहा-सुनी करूँगी तो घर से निकाल देंगे, फिर कहाँ जाऊँगी, रोटी के लाले पड़ जाएँगे।"

"अजीब, अजीब लोग हैं।"

"और कभी-कभी तो प्रेमिकाओं को घर पर भी लाते हैं और पत्नी से उनका सेवा-सत्कार करवाते हैं। पत्नी कलेजे पर पत्थर रखकर पति का आदेश मानती रहती है और प्रमिकाएँ हँसती-खिलखिलाती रहती हैं। बच्चे भी निरीहभाव से सब कुछ देखते रहते हैं। जनाब बच्चों से कभी हँसते-बोलते नहीं, एक क्रूर ठंडेपन से भरी वाणी में उनसे कभी-कभी कुछ पूछ लेते हैं। इसलिए बच्चे भी हमेशा डरे-डरे रहते हैं।"

तब कितनी वितृष्णा हुई थी गोयल साहब की उस अभिजात मुसकान, व्यवहार और वाणी से। लगा इसके अन्दर एक बदबू छिपी हुई है।

"भाई साहब कहते हैं कि आदमी शराब किसी मजबूरी में पीना शुरू करता है, यानी ग़म ग़लत करने के लिए?"

"यह भी एक फलसफा बन गया है, कमलेश! एक ग़रीब आदमी अपनी भूख या अभाव का ग़म दो आने की ताड़ी या ठर्रे से ग़लत करने की कोशिश करता है, लेकिन साधन-सम्पन्नों के लिए तो यह आधुनिकता के शौक के रूप में आता है। शराब पीना भी अब स्टेटस-सिंबल बन गया है। ये लोग ग़म ग़लत करने के लिए नहीं, उत्तेजना ग्रहण करने के लिए पीते हैं।"

"सो तो ठीक है, लेकिन क्या आपको ऐसा नहीं लगता कि गोयल साहब इसीलिए पीते हैं कि वे क्लब जाते हैं और क्लब इसलिए जाना शुरू किया होगा कि घर में कोई रंगीनी नहीं, उनकी अपढ़-सी सीधी सादी बीवी एक अदद औरत के सिवाय और कुछ नहीं, जिसकी चाह एक पुरुष करता है।"

शंकर हँसे थे। बोले—"भाई, मध्यवर्ग में यदि बीवी रंगीन निकल जाय तो मुसीबत, सीधी निकल जाय तो मसीबत। सुना है न, हमारे वर्ग के लोग रंगीन औरतों से इश्क तो लड़ाते हैं, किन्तु शादी नहीं करना चाहते। शादी तो सात्विक पतिव्रता स्त्री से ही करना चाहते हैं जब घर में पत्नी आती है भाई, तो उसका यह काम तो नहीं होता कि हमेशा सज-सँवरकर पति से रोमांस लड़ाने में जुटी रहे। उसका एक दायित्व होता है, विशेषकर जब उसे संतान हो जाती है। दरअसल, हमारे वर्ग के अनेक लोग यह चाहते हैं कि पातिव्रत का निर्वाह करने के लिए एक बीवी घर में हो और बाहर कुछ रंगीन उच्छृंखल प्रेमिकाएँ हों।"

"इसी मृग-मरीचिका में उनकी ज़िन्दगी कट जाती है।"

"हाँ, मृग-मरीचिका ही होती है। उन्हें कहीं चैन नहीं मिलता। जिन्हें वे प्रेमिकाएँ समझते हैं, वे अपना उल्लू सीधा करने वाली वे नौकरीपेशा लड़कियाँ होती हैं जो या तो बॉस को खुश रखकर तरक्की चाहती हैं या अपने घर के अभावों से ऊबी हुई सुख-सुविधाएँ चाहती हैं। जहाँ उनका काम निकला अँगूठा दिखा देती हैं और प्रेमी महोदय घर और बाहर दोनों से टूटे हुए एक खाली-खाली ज़िन्दगी बिताते हैं।"

रामकली और श्रीमती गोयल दोनों एक-दूसरे को काटती हुई उसके भीतर से गुजरने लगीं। रामकली ने एक दिन रामबहादुर का बचाव भी किया था, आज जी-भरकर पीटा। श्रीमती गोयल का न पति मारता है न वे पति को मार सकती हैं, वे पति की उदासीनता की ठंडी आँच में जलती रहती हैं। रामकली असहाय नहीं है, वह पति को छोड़ सकती है या उसके साथ रहते हुए लोगों के बरतन माँजकर, सब्ज़ी बेचकर या अन्य सारे शारीरिक श्रम करके अपनी जीविका चला सकती है, किन्तु श्रीमती गोयल, वे केवल पति के आसरे जी सकती हैं, इसलिए बेचारी हैं। रामबहादुर की दरिन्दगी में भी एक लगाव है और गोयल साहब की शराफ़त में भी एक दरिन्दगी है, कटाव है। श्रीमती गोयल पढ़ी-लिखी होतीं तो इतनी असहाय तो नहीं न होतीं। कहीं कुछ काम कर सकती थीं, स्वनिर्भरता प्राप्त कर सकती थीं। आजकल औरतों के लिए शिक्षा और नौकरी बहुत ज़रूरी हो गई है—अस्मिता और अस्तित्व दोनों की

रक्षा के लिए।

शिक्षा और नौकरी ··· वह हँसा। शिक्षा और नौकरी का रिश्ता इतना सहज रह गया है क्या कमलेश? इतना सहज होता तो इतनी शिक्षा प्राप्त कर तुम घर से अहमदाबाद तक स्कूल मास्टरी के लिए नहीं भटकते। अपनी स्थिति की घुसपैठ से उसका मन तीता हो गया।

जागते रहो ···

उसने अनुभव किया कि चारों ओर की आहटें सो गईं। न जाने कितनी रात गई और वह अभी तक जाग रहा है। उसे भी सो जाना चाहिए ··· ।

दूसरे दिन दोपहर को कमलेश शंकर के यहाँ पहुँचा तो उसे जानकर खुशी हुई कि शंकर आ गए थे और रहमान भी वहाँ था। लेकिन यह क्या, शंकर के बाल छिले हुए क्यों हैं? शंकर के चेहरे पर एक उदासी थी। वाणी में भी वह उत्साह नहीं था। इसके जाने पर बहुत ठंडे मन से कहा था—"आओ-आओ कमलेश!"

कमलेश सवालिया निगाहों से वातावरण को घूरता रहा तथा रह-रहकर शंकर के सिर को देखता रहा।

"मेरे बालों को देख रहे हो न कमलेश!" शंकर बोला–"ये माँ के साथ चले गए।"

"क्या माँ ··· ?"

"हाँ कमलेश, वह चली गई, हमेशा के लिए चली गई।" शंकर का गला भर्रा आया, आँखों में आँसू छलछला आए।

कमलेश की आँखें भी गीली हो आईं। उेस लगा कि शंकर की माँ नहीं, उसी की माँ ··· !

"मैं कितना अभागा हूँ, मैं माँ के लिए कुछ नहीं कर सका। मैं साहित्य-सेवा और समाज-सेवा करता रहा, अपनी उन्नति के सपने देखता हुआ अपने को अकेला बनाए रखा। माँ मेरे बीवी-बच्चों का बोझ उठाए चलती रही और मैं अपने दायित्व से भागने के लिए बड़े-बड़े ऊँचे-ऊँचे तर्क ढूँढ़ता रहा। मैं ढोंगी हूँ, कायर हूँ।"

वह सुबकने लगा। कमलेश भी सुबकने लगा, उसे अपनी माँ की याद आ रही थी।

"नहीं शंकर भाई, इस तरह अपने को मत कोसिए। आप ही टूट जाएँगे, तो हम लोगों का क्या होगा?" रहमान समझाने के भाव से बोला लेकिन उसका गला भी रूंध गया।

"हाँ ठीक कहते हो रहमान?" आँसू पोंछते हुए शंकर बोला—"मुझे टूटना नहीं चाहिए, यानी टूटकर भी टूटा हुआ दिखना नहीं चाहिए, क्योंकि लोग शंकर को एक मज़बूत, सदाचारी, परोपकारी, आदमी मानते हैं। आखिर क्यों मानते हैं, इसलिए न कि

मैं भीतर-भीतर कमज़ोर और स्वार्थी होकर भी मज़बूत और परोपकारी होने का ढोंग निभाता हूँ। इससे दूसरों को बल मिलता है, जीने की इच्छा बनी रहती है।"

"ऐसा क्यों कहते हैं शंकर भाई? आप आज आत्मधिक्कार के आवेश में क्यों आ गए हैं?" कमलेश बोला।

"मैं हूँ ही किस लायक? शहर में माँ की दवा हुई होती, तो वह नहीं मरी होती। वह तो पहले ही मेरे बीवी-बच्चों के लिए परिवार से लड़ती-लड़ती टूट चुकी थी। आखिर इस सबका ज़िम्मेदार कौन है? मैं ही हूँ न। मैं क्यों नहीं बाल-बच्चों के साथ अपनी माँ को अपने साथ रख सका?"

"लेकिन कोई कैसे रख सकता है?" कमलेश ने कहा।

"क्यों नहीं रख सकता? आखिर इतने लोग अपने परिवार के साथ रहते हैं कि नहीं? इतने सारे लोग न तो धन्ना सेठ हैं, न बड़े अफसर! ये लोग भी स्कूलों में मास्टर हैं या मिल में छोटे-छोटे कर्मचारी हैं या छोटे-मोटे दुकानदार हैं। मैं इनसे कमज़ोर था? लेकिन, मैं नहीं रख सका, क्योंकि मुझे यहाँ निश्चिंत होकर पढ़ना-लिखना था, एम.ए. पीएच.डी. करना था, प्रोफेसर बनना था, समाज में सम्मानित पुरुष बनना था, मुझे अपना विशेष इमेज़ बनाना था और यह भी चिन्ता थी कि गाँव पर की खेतीबारी भी सुरक्षित रहे। अगर बाल-बच्चे यहाँ आ गए तो न मैं बड़ा आदमी बन पाऊँगा और न खेतीबारी सुरक्षित रह पाएगी।"

"शंकर भाई, माँ के मरने के बाद आप बहुत दुखी हैं, इसलिए आप अपने को प्रताड़ित करने पर तुल गए हैं। शांत हो जाइए।"

"नहीं भाई, मैं सही बात कह रहा हूँ। यदि चाहता तो परिवार को ला सकता। तनखाह में गुजारा नहीं चलता, तो ट्यूशन करता, पढ़ाई-लिखाई छोड़कर कुछ और धंधे करता! इतना बड़ा शहर है, इतने तरह के काम हैं, लोग करते ही हैं न! एक काम से किसी का काम थोड़े ही चलता है, कई-कई काम करके लोग जेब भरते रहते हैं। सौ दो सौ रुपए बचाकर आदमी सूद पर ही उठाना शुरू कर दे तो कुछ दिनों में मालामाल हो जाए। लानत है ऐसी ज़िन्दगी को जो अपने बाल-बच्चों की चिन्ता न कर अपनी ही तरक्की की फिक्र में बिछी रहे।"

कमलेश और रहमान दोनों ने अब बोलना बेकार समझा। उन्हें लगा कि शंकर भाई इस समय बहुत दुख में बोल रहे हैं, बोल लेने दिया जाए।

"तुम लोग सोच रहे होंगे—शंकर आवेश में बोल रहा है, लेकिन नहीं, मेरे भीतर से सच्चाई की तकलीफ बोल रही है। मैं इधर एम.ए. करने में लगा हूँ, उधर बेटा आवारा निकल गया और बच्चे भी पढ़ने-लिखने में मन नहीं लगाते हैं। किसे उनकी चिन्ता है। मेरी माँ और उनकी माँ का दबाव ही कितना हो सकता है और भाई क्यों चिन्ता करने लगे। बच्चे मेरे साथ होते तो क्या उन्हें पढ़ाई-लिखाई की सही लाइन नहीं मिल सकी होती?"

"लेकिन भाई साहब, यह कोई बात नहीं हुई देहात में भी बहुत-से अनाथ और अभावग्रस्त बच्चे बिना किसी सहारे के पढ़-लिखकर पंडित बन जाते हैं और शहर में अपने सुविधासंपन्न और पंडित माँ-बापों की छाया में भी निकम्मे और आवारा निकल जाते हैं" रहमान बोला।

"निकलने को निकल जाएँ, लेकिन कोई यह तो नहीं कहेगा कि लड़का माँ-बाप की लापरवाही से निकम्मा निकला। आदमी जब अपना फर्ज़ निभाता है तो परिणाम के प्रतिकूल होने पर भी उसे एक आत्मसंतोष होता है कि उसने अपना दायित्व निभाया है, उसे जो करना था, कर लिया है, लेकिन जहाँ ऐसा नहीं होता, वहाँ उसकी आत्मा धिक्कारती है कि तुम्हारी उपेक्षा से ऐसा हुआ है।"

"बहुत अच्छे, बहुत अच्छे शंकर महोदय! दुख बहुतों पर पड़ते देखा है, लेकिन दुख से इतनी ज्ञान-दृष्टि खुलते बहुत कम देखा है।" कहते हुए विनोद ने प्रवेश किया।

"विनोद जी, शंकर भाई की माँ ··· "

"सुन चुका हूँ और दरवाज़े के पास काफी देर से खड़ा होकर इसकी बकवास भी सुन रहा हूँ।" विनोद बोला।

शंकर ने आहत नेत्रों से विनोद की ओर देखा और बोला—"तो मैं बकवास कर रहा हूँ?"

"तो और क्या कर रहे हो? घर में आते ही राँड़ की तरह विलाप करने लगे।"

दोस्त जिस पर बीतती है, वही जानता है। तुम सम्पन्न घर के हो न! गाँव पर तुम्हारी अच्छी ज़मींदारी है, सम्पन्न माँ-बाप हैं, अभी तक विवाह नहीं किया है, घर कुछ भेजना नहीं पड़ता है, जो पाते हो उसका निश्चिन्त भोग करते हो, तुम्हें हम जैसे लोगों की वेदना कैसे अनुभव हो?"

"वो सब ठीक है, लेकिन रोने-झींकने से कुछ बनता-बिगड़ता नहीं दोस्त! तुम अपने को इतना धिक्कार रहे हो उसकी कोई वजह नहीं है। तुम कह रहे हो कि तुमने अपने को बड़ा बनाने के स्वार्थ से घर वालों की उपेक्षा की। मैं कहता हूँ कि तुम्हारे जैसे लोग अगर समाज में न बनें तो समाज जाएगा कहाँ? बीवी-बच्चों की परवरिश में तो अनंत लोग जुटे हुए हैं, अनंत लोग ट्यूशन करके या और धन्धे करके घर भर रहे हैं, लेकिन उनकी सार्थकता क्या है? वे पशुओं से अलग कहाँ हैं? तुम जो बन रहे हो दोस्त, वह केवल अपने लिए नहीं, बहुतों के लिए। तुम्हारा बनना समाज का बनना है। ऐसे लोग न हों तो समाज खाते-पीते लोगों का जमघट बन जाए और समाज के लिए जो बनता है उसे अपने निजी दायरे का मोह छोड़ना ही पड़ता है।"

"विनोद, मैं तो वैसे ही दुखी हूँ, मेरा मज़ाक मत उड़ाओ। मैं क्या बन गया? कौन-सा समाज मुझसे बन गया? अलबत्ता, अपना परिवार बिगड़ गया।"

"बनना एक दिन में नहीं होता और न बम-विस्फोट की तरह समाज पर उसके

प्रभाव का धमाका होता है। करुणाशील, परदुखकातर व्यक्ति की छोटी-छोटी ज्योतियाँ हल्की-हल्की फुहार की तरह झरती हैं और चुपचाप अपने जलते हुए आसपास को भीतर तक भिगो जाती हैं। नकली विश्व-सेवियों की तरह उनकी आवाज़ पूरी मानवता के उद्धार का डंका नहीं पीटती। सहज कर्म ही उनकी आवाज़ होता है जो बोलता नहीं, चुपचाप आस-पास के घाव को अपने स्पर्श से भर देता है। तुम्हारे भीतर हमने वही ज्योति, वही आवाज़ देखी है दोस्त, तुम अपने को इतना छोटा करके मत देखो।"

कमलेश और रहमान दोनों प्रसन्न और चकित दृष्टि से विनोद को देख रहे थे। प्रसन्न थे कि शंकर भाई के अवसाद और आत्मधिक्कार की प्रगाढ़ चट्टान को उसने दरका दिया था और चकित थे कि दुनियादारी की बात करने वाला यह शुद्ध गद्यात्मक व्यक्ति इतनी काव्यात्मक और दार्शनिक भाषा में कैसे बोल रहा है।

शंकर चुप था और वह भी विनोद के इस रूप का अनुभव पहली बार कर रहा था। उसके फक्कड़ाना अंदाज़ का अनुभव तो उसे था, लेकिन उसकी इस वैचारिक गम्भीरता का अनुभव नहीं था।

एक सन्नाटा पसरा था। लगता था, जैसे भीतर ही भीतर कहीं मन:स्थितियों की मौन टकराहट चल रही थी।

"ऐसा करो शंकर, तुम भी पारसनाथ जी बन जाओ और चलो हम लोग तुम्हारे लिए नाइयों, धोबियों, मोचियों आदि से चंदा वसूल करते हैं और तुम्हारे घर मनीआर्डर कर देते हैं। बन जाओ पारसनाथ जी।"

"अरे भाई, मेरा नाम क्यों जपा जा रहा है।" कहते हुए पारसजी उपस्थित हो गए।

"देखिए थिंक आफ ··· ।"

सभी लोग एकाएक ठठाकर हँस पड़े, किंतु पारस कुछ समझ नहीं पाए और पूछने लगे, "अरे भाई, तुमने अँगरेज़ी में ऐसा क्या कह दिया कि ठहाका पड़ गया! ज़रूर मुझे गाली दी होगी।"

फिर एक ठहाका पड़ा। शंकर भी इन आकस्मिक ठहाकों के वेग को रोक न सका और हँसता रहा।

"हाँ, यह हुई न कोई बात। पारस भइया न रहें तो दुनिया ही मनहूस बन जाए। आए कि महफ़िल में रौनक आ गई।" विनोद ने चिकोटी काटी।

फिर हँसी पड़ी।

"कमाल है, शंकर की माँ मर गई है और तुम लोग जशन मना रहे हो! अरे मैं तो अभी लौटा तो सुना शंकर आ गए हैं, और उनकी माताजी का स्वर्गवास हो गया है। दौड़ा-दौड़ा आया तो देखता हूँ, तुम लोग हँसी-खुशी मना रहे हो। क्या ज़माना आ गया है? लोगों को भले-बुरे का, सुकर्म-कुकर्म का ज्ञान ही नहीं रह गया है।" पारस ने विनोद की ओर हिक़ारत से देखा।

"आप सही कह रहे हैं पारस भइया! शंकर भाई जब से गाँव से लौटे हैं, इसी

अफसोस में मरे जा रहे हैं कि उन्होंने अपने परिवार की उपेक्षा की। वे अपने को तभी से धिक्कार रहे हैं कि उन्होंने पारस भइया को अपना आदर्श क्यों नहीं बनाया? क्यों नहीं अपने परिवार के लिए अपनी रातों और दिनों को दूहा। और मैं भी उन्हें यही समझा रहा था कि तुम्हें पारस भइया की तरह आदर्श ज़िन्दगी जीनी चाहिए और उन्हें सुझाव दे रहा था कि तुरंत घर कुछ पैसे भेज दो। नौकरी पेशे वालों के पास तो इस समय पैसे होंगे नहीं, नाई, धोबी, मोची आदि से चन्दा या उधार लेकर घर मनीआर्डर कर दो। इन्हें समझा ही रहा था कि आप आ गए। बस!"

पारस की समझ में नहीं आ रहा था कि उनकी प्रशंसा हो रही है या निन्दा। वे हँसें कि रोयें। अतः वे चुप रहे।

"बैठ जाइए पारस भइया! आप मिलते हैं तो हम लोगों का बड़ा ज्ञानवर्धन होता है। कुछ सुनाइए। तब तक मैं चाय बनाता हूँ। अरे भाई शंकर, कुछ है सामान-वामान? तुम तो बहुत दिनों पर आ रहे हो, कुछ चीज़ें छोड़ गए थे कि सब कुछ सफाचट्ट करके ही गए थे?" विनोद बोला।

"सब कुछ तो होगा, दूध नहीं होगा।"

"अरे रहमान, झट से दुकान से दूध लेते आओ। ज़रा पारस भइया को अपने हाथ से चाय पिलाऊँ। ये भी क्या याद करेंगे!" उसने जेब से एक रुपया निकालकर रहमान की ओर बढ़ाया।

"अरे कमलेश को भेज दो न।"

"क्यों?" विनोद ने चौंककर पूछा।

पारस अचकचा गए, लेकिन तुरंत संभलकर बोले—"अरे कमलेश ने यहाँ की दुकानें देखी हैं, रहमान इस मोहल्ले के लिए नया है, भटक जाएगा।" रहमान खड़ा हो गया था। विनोद ने डपटकर कहा—"जाओ न, खड़े मुँह क्या देख रहे हो?"

रहमान खट्टे मन से चला गया। विनोद ने शंकर ही ओर देखा। शंकर की आँखें मुस्करा रही थीं।

"हाँ पारस भइया, आपको शायद रहमान के हाथ का दूध अपवित्र लगा है, इसीलिए कमलेश को भेज रहे थे।"

"अरे नहीं-नहीं, ऐसी बात नहीं है। लेकिन यदि यह बात हो भी तो क्या अनुचित है?"

"कुछ अनुचित नहीं है। एक इन्सान को दूसरे इन्सान को अस्पृश्य समझने का पैदाइशी हक कोई बुरी चीज़ नहीं है। और छूने न छूने, पवित्र और अपवित्र न होने का भी मामला सुविधा पर है। लोग होटलों में खाते-पीते हैं। और न खाते-पीते हों तो कम से कम चाय तो लेते ही हैं। क्या वे लोग जानते हैं कि उन्हें चाय देनेवाला कौन है और जिस प्याले में वे पी रहे हैं उसे कितने लोग, किस-किस जाति और मज़हब के लोग अपने होंठों से लगा चुके हैं? नहीं जानते हैं और जानना भी नहीं

चाहते, लेकिन जब अपने घर पर होते हैं और विशेषतया जब अपने गाँव पर जाते हैं तब उनका सारा पवित्रताबोध जाग पड़ता है, उनकी छुआछूत की चेतना सावधान हो जाती है। आखिर इस ढोंग का मतलब क्या है?" विनोद बोला।

"अरे भाई, तुम तो ज़्यादा ही बौखला गए। पारस भइया का मतलब यह नहीं था वह कुछ और कहना चाहते थे।" शंकर ने इस अप्रिय प्रसंग को दूसरा मोड़ देने की कोशिश की। वह मन में बौखलाया तो कि यह अहम जब भी मिलता है कोई न कोई बखेड़ा खड़ा कर देता है, लेकिन वह चाहता रहा कि इतने दिनों बाद भेंट हुई है तो वातावरण सामान्य बना रहे और वह इस बीच घटित कुछ महत्त्वपूर्ण बातें जान सके और पारस से अधिक कारगर ज़रिया और क्या हो सकता है।

पारस भी अपनी भूल समझ बैठा था। दरअसल, उसके संस्कारवश वह बात सहज ही उसके मुँह से निकल गई थी। नहीं तो वह जानता नहीं क्या कि वह होटलों में जो चाय पीता है वह न जाने किन-किन जातियों द्वारा बनाई जाती है और उसके आसपास किन-किन जातियों के लोग बैठे होते हैं। इसलिए उसने शंकर की हाँ में हाँ मिलाते हुए कहा—"हाँ भाई, मेरा मतलब सचमुच यह नहीं था। मैं तो रहमान को नया आदमी जानकर असुविधा से बचाना चाहता था।"

"आपका मतलब नहीं था तो अपने को कौन कुत्ता काटे है कि मैं वह मतलब निकालूँ। लीजिए, रहमान आ गया और चाय हाज़िर है।" विनोद बोला।

फिर उसने रहमान से दूध लेते हुए कहा—"शाबाश रहमान, तुम इस महानगर के महा मोहल्ले में भटके नहीं, संजीवनी की तरह दूध ले ही आए और अब। देखो, मैं सुषेण वैद्य की तरह लोगों की मूर्छा दूर करता हूँ। पहले आप लीजिए पारस भइया! हाँ अब आप उठा लीजिए अपने-अपने प्याले और गिलास। मैं सबका नौकर थोड़े न लगा हूँ। मैं तो बस पारस भइया का सेवक हूँ।"

फिर ज़ोरों का ठहाका पड़ा, वातावरण एकदम प्रसन्न हो उठा। पारस की हँसी भी पहली बार भीतर से बाहर तक साफ झलकने लगी।

"तुम्हारा क्या हाल है कमलेश?" शंकर ने पूछा। अब तक के परिदृश्य में कमलेश सबसे अधिक खामोश चीज़ रहा। शंकर को महसूस हुआ कि वह मूर्खतावश अपना ही पचड़ा ले बैठा था और दोस्तों के बारे में कुछ पूछा ही नहीं।

"ठीक है भाई साहब, फिलहाल तो ठीक चल रहा है, देखें कब तक चलता है?"

"क्यों पैसे-वैसे मिल रहे हैं?"

"बस, कभी-कभी दस-पाँच रुपए मिल जाते हैं, तनखाह जैसी चीज़ अभी नहीं बनी। कहते हैं अगले साल से स्कूल नियमित ढर्रे पर आएगा, तब पैसे भी नियमित रूप से मिलेंगे। फिलहाल तो सेवा-भाव से स्कूल को जमाना है।"

"अरे स्कूल के जमने के पहले टीचर खुद उखड़ गए तो? यह तो कोई बात नहीं हुई। वैसे स्कूल को जमाने का काम गंगाराम शास्त्री का है और लोग तो अच्छे

अध्यापन से ही उसे जमायेंगे और शिक्षकों को पैसे नहीं मिलेंगे तो वे अपने अध्यापन से जमायेंगे कैसे?"

"जमा चुके गंगाराम।" पारस भइया मुस्कराए। "अरे वह तो मिनिस्टर बनने के चक्कर में है?"

"अच्छा!" विनोद बोला।

"हाँ, वह डाहा भाई का मशहूर चमचा है न, वह कोशिश कर रहा है कि इस चुनाव में उसे टिकट मिल जाय। डाहा भाई सत्ता पार्टी की प्रदेश कमेटी के अध्यक्ष हैं। आप लोग जानते ही हैं कि डाहा भाई की दिल्ली में गहरी पैठ है। वे जिसे चाहें टिकट दिला सकते हैं। वे इस बार खुद भी चुनाव में उठेंगे और चाहेंगे कि उनके सारे चमचों को टिकट मिल जाए ताकि वे उनकी सहायता से मुख्यमंत्री बन जाएँ।"

"वाह पारस भइया, आप तो सचमुच बहुत ज्ञानी पुरुष हैं। न जाने कहाँ-कहाँ की खबरें रखते हैं।" विनोद ने छेड़ा।

"अरे ज्ञानी-वानी कुछ नहीं विनोद, दस लोगों के साथ उठता-बैठता हूँ तो तरह-तरह की बातें पकड़ में आती रहती हैं। और सबसे अधिक चहल-पहल तो गोरख पहलवान के यहाँ रहती है।"

"तो आप वहाँ भी खूब जाते हैं?"

"हाँ, जाता हूँ। अरे भाई हम लोग परदेस में ठहरे, कोई मर मुसीबत आए तो बचाव करने वाले लोग होने चाहिए न। गोरख बाबा के पास सभी तरह की ताकत है, लाठी की भी ताकत है और राजनीति की भी। मैं तो इसे बुद्धिमानी समझता हूँ और तुम लोगों से भी कहूँ कि यह बुद्धिमानी करो कि अपनी ओर के जितने भी प्रभावशाली आदमी हैं उनसे सम्बन्ध बनाए रखो, मुसीबत के समय वे ही काम आएँगे, खून पानी से गाढ़ा होता है, सुना है न।"

"हाँ, सुना तो है।" विनोद ने कहा।

"तो खाली सुनने से काम नहीं चलने का, ज़रा यह हा-हा ही-ही कम करो और बेकार की उछलकूद, दौड़-धूप छोड़कर कुछ खास-खास जगहों पर जाया करो, तब न दुनिया का अन्दाज़ मिलता है।"

"अच्छा, अब यह सब काम तो बाद में शुरू करेंगे, पहले आप बताइए कि चुनाव कब होने वाला है?"

"चुनाव जल्दी ही होने वाला है, क्योंकि नेता लोग गोरख बाबा के यहाँ खूब आने लगे हैं। और उस ज्योतिषी बाबा की भी आजकल चटकी हुई है जो तालाब के किनारे डेरा डाले पड़ा हुआ था।"

"कौन है वह?"

"अरे क्या पता उसका? कहते हैं, कलकत्ते का कोई जौहरी था, व्यवसाय में दिवाला पिटा तो साधू हो गया। वह ज्योतिष भी जानता है। तालाब के किनारे आकर

डेरा डाल दिया। छोटे-छोटे भक्त पैदा हो गए, फिर धीरे-धीरे यह बात फैलती गई कि वह बाबा जो बता देता हे, वह सच हो जाता है। मुसीबत के मारे लोग वहाँ जाने लगे।"

"और फिर नेता लोग भी?"

"हाँ भाई, चुनाव के दिनों में उनसे ज़्यादा मुसीबत का मारा और कौन होता है।"

"मुसीबत की ही बात नहीं, ये सबसे कमज़ोर भी होते हैं। ये सभी अस्थायी नौकरी पर होते हैं न। हर पाँच साल बाद जनता इनकी नौकरी बहाल करती है या इन्हें बरखास्त करती है। नौकरी में लग भी गए और मंत्री हो गए तो इन्हें दिल्ली से लेकर अपने राज्य तक के आकाओं की इच्छा-अनिच्छा को झेलना पड़ता है। हरदम खटका लगा होता है कि अब न दिल्ली से उनके खिलाफ कोई फरमान आ जाय या राज्य का मुख्यमंत्री ही कुछ कर बैठे। इसलिए ये हमेशा देवी-देवता मनाया करते हैं। तांत्रिकों और ज्योतिषियों से अपने ग्रह शान्त कराया करते हैं। कितने बेचारे हैं ये!" कमलेश बोला।

"हाँ, लेकिन ये बेचारे ही तो जनता को बेचारी बनाए हुए हैं। जो जितना डरा होता है वह उतना ही अधिक अहित करता है दूसरों का।" विनोद तल्खी से बोला।

"तो आपको लगता है कि चुनाव जल्दी होने वाला है?"

"हाँ, मुझे तो बिलकुल लगता है। गोरख बाबा ने भी अपने पट्ठों से एक दिन हँसकर कहा—"सावधान हो जाओ। चुनाव के बादल मँडरा रहे हैं।"

"तो इसमें सावधान होने की कौन-सी बात है?" रहमान ने पूछा।

"अरे, तो क्या चुनाव ऐसे ही हो जायेगा? न जाने कितने खेल करने पड़ते हैं। और खेल तो ये ही लोग करेंगे न। नेता तो खाली खेल कराते हैं।"

"फिर कोई अनर्थ होगा, चुनाव में आगे-पीछे या चुनाव के समय पर।" शंकर ने आहत स्वर में कहा।

"क्यों?"

"इसलिए कि महँगाई, ग़रीबी, बेकारी, भ्रष्टाचार और न जाने कितनी समस्याओं का जाल बिछा हुआ है। सरकार एक का भी समाधान नहीं कर सकी। जनता बौखलाई हुई है। सरकार का सबसे बड़ा बल होता है हरिजन और अल्पमत समाज। यानी मुसलमान, ईसाई आदि। उन्हें वह किसी-न-किसी बहाने खुश रखती है। या तो उन्हें खरीदती है या कोई उपद्रव कराकर यह सिद्ध करना चाहती है कि केवल हमारी पार्टी की सरकार द्वारा ही तुम्हारी सुरक्षा सम्भव है।" शंकर के स्वर में दर्द उभर आया था।

"अच्छा छोड़ो यार, कहीं चलें, आज पारस भइया को भी साथ ले चलें। आज तो इन्होंने बहुत काम की बातें बताईं।"

"अरे नहीं भाई, मेरे पास बेकार घूमने-फिरने की फुरसत नहीं है। आज चिरंतनजी के यहाँ जाना है। उनके यहाँ कथा है।"

"किस खुशी में?"

"क्यों, बगल में रहते हो और पड़ोसी के यहाँ की कोई खोज-खबर नहीं रखते?"

"अरे पारस भइया, खोज-खबर रखने लायक पड़ोसी हो तो रखी जाए। जब तक कैलाश वहाँ था, खोज-खबर रखता था। जब से वह चला गया, तब से मेरा वहाँ से कोई सम्बन्ध ही नहीं रहा।"

"यही तो बात है। उस लंपट कैलाश से तो तुम्हारा सम्बन्ध था, लेकिन देवता सरीखे चिरन्तनजी से तुम्हारा कोई वास्ता ही नहीं।"

"अब अपनी-अपनी रुचि है पारसनाथ जी! देखिए, मैं लंपट हूँ इसलिए लंपट से संबंध था, आप देवता हैं इसलिए देवता से सम्बन्ध रखते हैं।"

"अरे भाई, लेकिन कथा हो किस खुशी में रही है?" बात को नया मोड़ देने की गर्ज से शंकर ने पूछा।

"अरे उन्हें पुत्र-रत्न प्राप्त हुआ है। उसका निकासन है आज। चिरन्तनजी परदेश में भी धर्मकर्म का पूरा निर्वाह करते हैं।"

"अच्छा तो चिरन्तरनजी आठवीं सन्तान के बाप बन गए।" शंकर बोला।

"अभी तो और के बनेंगे। अभी तो उनकी तीसरी पत्नी की यह तीसरी सन्तान है। देवता हैं न। शादी करने, सन्तान पैदा करने और राष्ट्रीयता का चेहरा बनाए घूमने के सिवा उन्हें काम ही क्या है? धूर्त! छोटे भाई को प्रेम-विवाह के लिए लांछित करके घर से निकाल दिया और खुद शादी पर शादी किए गया और सन्तानों का कारखाना खोले हुए है।" बोलते-बोलते विनोद की आँखों में हिकारत उभर आई।

"अरे, क्या बकवास कर रहे हो? जिस आदमी को पूरा शहर मानता हो और जो खुद सबके सुख-दुःख में काम आता हो, उसके लिए तुम ऐसी भद्दी ज़बान का इस्तेमाल कर रहे हो?"

विनोद कुछ बोलने वाला ही था कि शंकर ने इशारे से मना कर दिया और कहा-"अरे विनोद, तुम घूमने चलने की बात कर रहे थे न?"

"अरे हाँ यार, मैं तो पारस भइया की बातों के रस में इतना डूबा कि दीन-दुनिया को ही भूल गया। दरअसल आज पारस भइया ने हम लोगों का बहुत ज्ञानवर्धन किया।"

"अरे, जाओ-जाओ, मैं सब समझता हूँ।"

विनोद की आँखों में शरारत चमकने लगी। उसके होठों पर एक हल्की-सी हँसी लहर गई। लगा वह कुछ करने वाला है। उसने कहा-"पारस भइया, आपने देश-दुनिया की तो बहुत-सी बातें बताईं, शंकर भाई बहुत दिनों बाद घर से लौटे हैं, कुछ अपने मोहल्ले के समाचार तो दीजिए।"

"मतलब?"

"मतलब असरफी कैसी है, चन्दा कैसी है?"

"क्या मैं असरफी और चन्दा का दलाल हूँ? तुम वाहियात बातें मुझसे पूछते रहते हो।"

"दलाल? दलाल तो रंडियों के होते हैं पारस भइया!"

"तो ये क्या ससुरी रंडियों से कम हैं?"

"अच्छा, तो लगता है आपका पाला पड़ा है इनसे। शंकर भाई की अनुपस्थिति में ये औरतें कुछ ज़्यादा ही बिगड़ैल हो गईं, और लगता है आपको ज़्यादा ही सींग मार दीं।"

"शंकर, अब मैं चलता हूँ, अब तुम्हारा साथी फिर बदतमीज़ी पर उतर आया है।" कहकर पारसनाथ जी झटके से उठे और बाहर हो लिए।

"अरे-अरे रुकिए तो पारस भइया, अरे-अरे कहाँ चले?" विनोद चिल्लाने लगा।

एक सम्मिलित ठहाका उठा और विनोद दाँत पीसकर बड़बड़ाया—"स्साला धूर्त, ढोंगी!"

"लेकिन आप जो भी कहें विनोद जी, पारसनाथ जी खबरों के भण्डार हैं। इनसे खबरें निकालकर बाकी चीज़ों की उपेक्षा कर देनी चाहिए।" कमलेश ने कहा।

"मगर ख़बरें कितनी सही हैं कितनी ग़लत, इसका क्या पता?" रहमान बोला।

"नहीं, खबरें इनकी सही होती हैं। ये ख़बरों के बीच रहते हैं।" शंकर ने मुस्कराकर कहा।

"अब?" जिज्ञासा से विनोद ने पूछा।

रहमान ने कहा—"अब क्या? मैं सोचता हूँ शंकर भाई थके-थके आए हैं आराम करें। हम लोगों ने इनके आते-आते ही इन्हें घेर लिया।"

"हाँ, ठीक कह रहे हो।"

शंकर ने कहा—"नहीं यार, तुम लोग आ गए तो मन कुछ ठीक हो गया। कितने दिन हो गए थे तुम लोगों से बिछड़े।"

"तुम समझदार हो कि हमारा एहसान मान गए। मैं भी यही सोच रहा था।" विनोद का स्वर उछला।

"अच्छा यार, क्या हाल हैं गौतम सर के?"

"पता नहीं यार, मैं तो कभी उधर गया नहीं, शायद ये लोग भी उधर नहीं गए होंगे।"

"हाँ, मैं भी नहीं गया। दरअसल, आपके साथ जाने में ठीक रहता है, अकेले जाने में संकोच लगता है।" कमलेश बोला।

"मेरा भी मन कई बार हुआ, लेकिन संकोच के मारे नहीं जा सका।" रहमान ने कहा।

"मेरा मन बहुत उचट रहा है दोस्तो! घर की स्थितियाँ तो मुझे तोड़ ही रही हैं, ऐसा लगता है कि डॉ॰ गौतम के स्नेह से भी वंचित होना पड़ेगा और सामाजिक-राजनीतिक

माहौल भी कुछ अच्छा नहीं दीख रहा है। इस बीच न जाने डॉ॰ गौतम के साथ क्या घटित हुआ हो, सोच-सोचकर मन घबरा रहा है।"

"बबुआ, शंकर बबुआ! आप आ गए?" कोई आवाज़ कमरे के बाहर काँपी।

"हाँ भाई, आ गया हूँ, आ जाओ।"

उस आदमी ने भीतर झाँका। शंकर डर गया। चेहरे पर खिचड़ी दाढ़ी बुरी तरह बढ़ी हुई थी, आँखों की खोह में अथाह वेदना भरी थी।

शंकर ने दो पल उसे देखा फिर बोल उठा—"अरे फेंकू तुम, अरे अन्दर आ जाओ।"

फेंकू धप्प से दरवाजे पर बैठ गया।

"कैसे हो फेंकू?"

"ठीक हूँ शंकर बाबू! सुना है आपकी माताजी गुज़र गईं। बहुत तकलीफ हुई सुनकर।"

"अब मौत पर किसका ज़ोर चल सकता है फेंकू!" कहकर शंकर चुप हो गया। उसे लगा कि बहुत बोलेगा तो फिर रो देगा। जब से वह आया है तब से मोहल्ले के बहुत-से लोग आए और मातमपुरसी कर गए, लेकिन शंकर ने उन्हें धन्यवाद देकर लौटा दिया, उनकी सहानुभूति ने उसके भीतर को तनिक भी छुआ नहीं, लेकिन मित्रों को देखते ही उसके भीतर जमा हुआ दर्द पिघलकर बह गया। मित्रों की कोशिश से जी बहला तो फेंकू आ गया। उसके रोम-रोम से जैसे दर्द फूट रहा था और उसने फिर उसके दर्द को छू दिया। वह नहीं चाहता था कि उसके आँसू फिर बहें और मित्रों को फिर एक बार कोई और काण्ड छेड़कर उसका जी बहलाने की कोशिश करनी पड़े। इसलिए उसने बात को फेंकू की ओर मोड़ना चाहा।

"कैसे हो फेंकू? अपनी कहो। माँ का जो होना था सो हो गया।"

"ठीक हूँ शंकर बाबू। आपके पास रुपये रखे थे। आप चले गए। घर से चिट्ठी आई है कि कुछ रुपये भेज दो, बच्चा बीमार हो गया है। मैं आया तो मालूम हुआ कि आप घर से अभी आए नहीं हैं।"

"अरे, यह तो बहुत बुरा हुआ। मुझे भी ध्यान नहीं रहा कि चलते समय तुम्हें रुपये दे दूँ। और मुझे भी यह अन्दाज़ नहीं रहा कि मुझे इतने दिन तक गाँव पर रुक जाना पड़ेगा।"

"अच्छा हुआ आपने नहीं दिया। मैं कहाँ रखता? किसी और को दे देता तो वापस नहीं होता और अपने पास रखता, तो कोई चुरा लेता। कैसे लोग हैं कि मुझे पेड़ के नीचे भी नहीं रहने देते।"

"क्यों क्या हुआ?"

"मैंने सोचा कि तनखाह के कुछ रुपयों के साथ बाहरी कमाई के रुपये घर भेज दूँगा। पन्द्रह दिन में तीस रुपये इकट्ठे किए। रखता कहाँ, अपनी धोती में ही गठिया

लेता था। एक रात को कोई आकर काट ले गया। सवेरे उठकर कटी हुई धोती देखी। बेटे की दवाई के तीस रुपये।"··· उसकी आँखों का अंधकार अधिक सघन हो उठा। आवाज़ में काँपता हुआ दर्द गहरा हो उठा।

"आज तो इतवार है, कल बैंक से रुपये निकालकर तुम्हें दे दूँगा, या पता बता दो, मैं ही मनीआर्डर कर दूँगा।"

फेंकू टिहाकर रो उठा।

"अरे क्या हुआ?" शंकर ने अचकचाकर पूछा।

जब रो लिया तो अहकते हुए कहा—"अब कौन जल्दी है बाबू, वह तो चला गया।"

"क्या?" सबने चौंककर पूछा। कुछ देर के भारी सन्नाटे के बाद शंकर बोला—"मैं बहुत अपराधी महसूस कर रहा हूँ फेंकू, मेरे कारण तुम्हारे लड़के की मौत हुई। अगर तुमने वक्त से पैसे भेज दिए होते, तो बच्चे की अच्छी दवा मिल गई होती, अच्छा खुराक मिल गया होता।"

"नहीं बाबू, दवा-ववा तो एक बहम है। अरे जिसे ग़रीबी मार देगी उसे कौन बचाएगा? ग़रीबों को दवा नहीं अन्न चाहिए। दवा दे भी दीजिए तो क्या होगा, जब ठीक से खाने को अन्न ही नहीं मिलेगा। आपके पास मेरे पैसे बचे रहे तो घर के लोगों को कुछ दिन तक अन्न तो मिल जाएगा। शंकर बाबू, आप दुखी मत होइए। कुछ रुपये तनखाह से भेज दिए थे, कल कुछ और भेज दीजिए खरचा पताई के लिए।"

"सुनो फेंकू, तुम एक बार घर क्यों नहीं हो आते?"

"क्या करूँ शंकर बाबू, मन तो बहुत होता है कितने दिन हो गए गाँव छोड़े हुए तिस पर बेटा मर गया। बहुत चाहता हूँ एक बार हो आऊँ, लेकिन आने-जाने में जितना खरचा होगा, उतने में करजे की दो किस्तें चुका दूँगा। यहाँ न रहने पर कमाई भी मारी जाएगी। वहाँ से लौटने के लिए फिर किसी ज़मींदार से कर्जा लेना पड़ेगा जो तीन का तेरह बनाएगा। वहाँ जाकर क्या मिलेगा बाबू? दो-चार दिन माई और मेहरीलइका के साथ रहूँ तो अच्छा लगेगा, लेकिन जब भुखमरी पड़ेगी तो सभी चाहेंगे कि मैं लौट आऊँ, मैं भी यही चाहूँगा।"

किसी से कुछ बोला नहीं गया। सभी को अपने-अपने घर याद आ रहे थे।

"अच्छा शंकर बबुआ, अब चलता हूँ।"

"अभी उस पेड़ के नीचे ही रहते हो?"

"हाँ, रहना क्या? एक चादर बिछाकर सो जाना है। दो-चार अरतन-बरतन हैं, असरफी के यहाँ रखता हूँ, जिस दिन खाना बनाने की तबियत होती है ले जाता हूँ, वैसे तो सतुवा, भूजा पर ही काट देता हूँ।"

वह चला गया। सबके चेहरे स्तब्ध थे।

"क्या दुनिया बनाई है ईश्वर नाम के जन्तु ने! कभी-कभी तो इच्छा होती है कि

आग लगा दी जाय इस दुनिया में। इसके होने के मानी क्या हैं? क्या कीड़े-मकोड़ों की तरह ग़रीबी और अपमान में बिलबिलाते हुए जीने का कोई अर्थ है? क्यों रहे यह दुनिया? क्या हम सब चन्द सिरफिरे शैतान ऊँचे लोगों के हाथ में खेलते रहने के लिए ज़िन्दगी जी रहे हैं? वह कौन-सी सत्ता है जो इतनी घृणित, असन्तुलित और क्रूर दुनिया की रचयिता है? हमें यहाँ पैदा करने और इस तरह की ज़िन्दगी देने के पीछे उसका कौन-सा मकसद है? नानसेंस, बेहूदा ··· !"

विनोद के इस कथन पर शंकर उसे अवाक होकर देखने लगा।

"विनोद, यार तुम इतने समझदार हो, भीतर-भीतर इतने विद्रोही हो, इसका पता मुझे नहीं था। तुम तो आधुनिक चिन्तकों की भाषा में बोल रहे हो, तुम तो अस्तित्ववाद और मार्क्सवाद दोनों का स्वर उठा गए।"

"सुनो, मैंने न मार्क्सवाद पढ़ा है न अस्तित्ववाद, मैं नहीं जानता कि मेरे कथन में ये दर्शन बोल रहे हैं कि नहीं। मैंने अपने भीतर का अनुभव और दर्द व्यक्त किया है बन्धु! मैं बहुत कम पढ़ा-लिखा आदमी हूँ, इसलिए मेरे कथन में इतने बड़े-बड़े दर्शन मत ढूँढ़ो।"

"नहीं यार, दर्शन कोई हवाई हौआ थोड़े ही होता है, वह भी मनुष्य के भीतर के ताप से ही पैदा होता है। जहाँ ऐसा नहीं होता, वहाँ वह जीवन के बीच नहीं होता, उसके ऊपर होता है। इस विषम और बेहूदा समाज को तोड़-फोड़कर एक सम समाज की रचना करना ही तो मार्क्सवाद की फिलॉसफी है। इसके बिना दूसरा कोई रास्ता नहीं है भाई। यह मैं भी सोचता रहा हूँ, तुम भी सोचने लगे हो, कमलेश भी सोचता होगा, रहमान भी सोचता होगा और अभाव तथा अपमान की भयानक मार खाने वाले सारे सचेत लोग यही सोचते होंगे। देखो न, गुजरात के सुख-सुविधा सम्पन्न वातावरण में मार्क्सवाद की आहट नहीं सुनाई पड़ेगी, लेकिन अपने यहाँ की ज़मीन मार्क्सवाद की पीड़ा की ज़मीन है।"

"हाँ यार, तुम ठीक कहते हो। मैं पहले अनुभव करता था अब सोचने भी लगा हूँ।"

गोरी बैठि उचारे सगुनवाँ,
पिया कब अइहें भवनवाँ

कोई गाता हुआ निकल गया। उसके फटे गंदे कुरते पर रंगों की पच्चीकारी की गई थी।

चारों ने आपस में देखा, कोई बोला नहीं किन्तु सभी को लगा कि बसन्त का दर्द सामने से गुज़र गया है। लगा कि जैसे सारा बिहार, पूर्वी उत्तर प्रदेश परदेशी है और घर में बैठी हुई बिरहिनियाँ अपने पतियों की प्रतीक्षा में बिछी हुई हैं। वे साल-भर न आए हों, लेकिन फागुन में तो जरूर आयेंगे।

"फागुन में कितनी कशिश है। है न! यह महीना घर की ओर कितना खींचता है। है न!" शंकर बोला।

"खींचता तो है, लेकिन कुछ लोग तो फागुन में घर से अहमदाबाद की ओर खिंचे चले आते हैं।" विनोद ने शंकर पर व्यंग्य किया।

"यह भी कितनी बड़ी मजबूरी है विनोद भाई की आदमी फागुन में घर छोड़कर बाहर चला आवे। नौकरी की मजबूरी की रस्सी कम मजबूत होती है क्या? देखिए इस मौसम में घर जाने का मेरा बड़ा मन हुआ, लेकिन नहीं जा पाया। शंकर भाई गए, मजबूरियों में फँसकर पूस-माघ के दिन गाँव पर काटे, लेकिन फुरसत मिलते ही आधे फागुन में यहाँ चले आए। पन्द्रह-बीस दिन फागुन के नाम पर क्यों बरबाद किए जाएँ?" कमलेश का स्वर था।

"एक बात और है कमलेश, अब गाँव में होली की वह बात रही भी नहीं। राजनीति और व्यावसायिक वृत्ति ने लोगों की सहज मस्ती छीन ली है और चारों ओर एक नीरस वातावरण और भय तथा संदेह का जाल बिछा दिया है। न वह रागरंग रहा, न सौहार्द रहा, न मस्ती रही, न रंगों और पानी की बौछार रही, न सम्मति बटोरने की चहल-पहल रही। अब बस दूर से गाँव की होली जितनी अच्छी लगती है उतनी पास से नहीं।" शंकर बोला।

विनोद कहीं खो गया था और उसकी आँखों में एक डरावनी हलचल-सी उग आई थी।

"अरे, तुम्हें क्या हो गया विनोद?" विनोद चौंका और झटके से आँखों की हलचल को फेंकते हुए प्रकृतिस्थ हो गया। हँसकर बोला—"मुझे क्या हो गया, कहीं कुछ तो नहीं।"

"परदेस में रहने वाले हर उत्तर भारतीय के मन में एक फागुन रहता है, होली की एक तस्वीर रहती है, वह उसकी तड़प अनुभव करता है इसलिए वह बाहर ज़्यादा मस्ती से होली खेल लेता है। अब यही देखो, यहाँ की होली ज़्यादा अच्छी होती है, गाँव की बनिस्बत। उत्तर के लोग यहाँ बहुत संख्या में एक साथ रहते हैं इसलिए होली की मस्ती दिखाई पड़ती है।"

"आप ठीक कह रहे हैं शंकर भाई! मैं तो इसी साल गाँव से आया हूँ। लेकिन बावजूद इसके कि मेरे मन में गृह-ममता भरी हुई है, यह देख रहा हूँ कि यहाँ ज़्यादा मस्ती है। लगता है गृह-ममता के साथ जुड़े हुए परदेसी लोग अपने तर-त्यौहारों, रीति-रिवाजों आदि के प्रति ज़्यादा लगाव अनुभव करते हैं।"

"सही बात है कमलेश! मोरिशस और फिजी के भारत मूल के भी लोग भारतीय रीति-रिवाजों और सांस्कृतिक परंपराओं के प्रति अधिक तड़प अनुभव करते हैं और जब वे भारत आते हैं तो उनका मोह-भंग होता है।" शंकर बोला।

"अरे यार, हम लोग तो फागुन को जीने की जगह फागुन पर बहस करने लगे। कोई प्रोग्राम बनाओ न, ताकि हम लोग बहस करने के स्थान पर फागुन को कहीं पकड़ लें और कुछ देर उसके साथ हो लें।" विनोद बोला।

"अरे भाई, प्रोग्राम बनाकर फागुन को थोड़े जिया जा सकता है। वह तो चारों ओर फैला हुआ है, कहीं से पकड़ लो, कभी भी उसके साथ हो लो।" शंकर हँसकर बोला।

"अरे यार, फिर हम बहस पर आ गए। अच्छा छोड़ो यार, आज तो चलते हैं, कल मिलेंगे। आओ भाई चलें।" कहकर विनोद, कमलेश और रहमान की बाँह पकड़े बाहर चला गया।

दूसरे दिन शाम को शंकर डॉ॰ गौतम के घर गया। डॉ॰ गौतम घर पर ही थे।

उसे देखते ही वे बोले—"अरे बहुत दिन बाद आए, गाँव चले गए थे न! माँ बीमार थी!"

"हाँ सर, गया तो था एकाध सप्ताह के लिए मगर झंझटें इतनी बढ़ीं कि ढाई महीने लग गए।"

"मुझे बहुत दुख हुआ शंकर, तुम्हारी माँ के दिवंगत होने का समाचार जानकर।"

"आपसे किसने कहा सर?"

"तुम्हारे बालों ने।"

"हाँ सर, मेरा तो आधार ही टूट गया। माँ ही मेरे परिवार का सहारा थी। अब तो बीवी-बच्चों को वहाँ छोड़ना कठिन होगा।"

"क्यों और लोग तो हैं न।"

"हाँ हैं, लेकिन किस काम के? मैं यहाँ से कमा-कमाकर ख़जाना भेज नहीं पाता, पढ़ाई-लिखाई के काम में लगा रहता हूँ इसलिए भाई लोग नाराज़ रहते हैं और मेरे परिवार को बोझ समझते हैं। यह नहीं समझते कि खेतों में मेरा भी हिस्सा है और मैं अपने खेतों का अनाज बँटाने तो जाता नहीं। वहाँ पत्नी और दो बच्चे भर हैं तिस पर भी गाहे-बगाहे पैसे भेजता ही रहता हूँ।"

"और पिताजी?"

"वे हैं, वे बहुत भले हैं, उनकी कुछ चलती नहीं। माँ दबंग थी, इसलिए भाइयों से लड़-झगड़कर मेरे परिवार की देखभाल कर लेती थी।"

"बीबीजी, कपड़े।"

डॉ. शर्मा ने देखा—धोबी था। अच्छी बुश्शर्ट, पैंट पहने हुए, ढंग से बाल सँवारे हुए। बाहर सायकिल पर और कपड़े रखे हुए थे।

धोबी चला गया तो डॉ. गौतम ने कहा—"कितना है अपने यहाँ फर्क के और यहाँ के धोबी में! अपने यहाँ का धोबी गदहे पर कपड़े लादे चलेगा और तन पर फटा-पुराना कपड़ा होगा। और यहाँ के धोबी को देखिए। धोबी ही क्यों, हर जगह यह अन्तर दिखाई पड़ेगा।"

"हाँ सर, यह तो है, किन्तु · · · ।"

"किन्तु-विन्तु कुछ नहीं, यह वही समस्या है जिसमें तुम फँसे हुए हो और उधर के तमाम लोग फँसे हुए हैं। यहाँ चाहे उच्च वर्ग के लोग हों, चाहे मध्यवर्ग के, चाहे निम्नवर्ग के, शीघ्र स्वावलंबी बनना चाहते हैं। वे न तो दूसरों के सहारे रहना चाहते हैं और न दूसरों को सहारा देते हैं। इसलिए कमाते हैं और अच्छी तरह रहते हैं। अपने यहाँ पीड़ा ही यही है कि एक आदमी कमाएगा तो दस आदमी उसके सहारे जीना चाहेंगे। हमारे यहाँ विशेषतया निम्न मध्यवर्ग और निम्नवर्ग में माता-पिता, भाई-बहिन, ताऊ-ताई आदि के प्रति इतना गहरा लगाव अनुभव किया जाता है कि लोग अपने को निचोड़-निचोड़कर घर पैसे भेजते रहते हैं।"

"लेकिन सर, कहीं तो घर उन पैसों से अपने गहरे अभाव को काटता है, कहीं मौज-मस्ती, शान-शौकत बढ़ाने में उन पैसों का उपयोग करता है।"

"हाँ, तुम ठीक कह रहे हो। बहुत से लोग जवार में अपनी शान, रुतबा और समृद्धि दिखाना चाहते हैं। यह नहीं जानते कि उनका साधन बनने वाला व्यक्ति परदेस में कैसे टूट रहा है।"

"अब मैं तो टूट ही गया सर! माँ मरी, उधर चकबन्दी शुरू हो गई तो भाइयों ने कहा—"तुम्हें रुकना पड़ेगा।" चकबन्दी में पता नहीं कौन-से दाँव-पेच निकल आएँ, तुम रहोगे तो ठीक रहेगा। मैंने समझाया कि मेरी पढ़ाई का हर्ज़ा होगा, मेरी नौकरी का सवाल है, लेकिन वे लोग नहीं माने। कहा-"हम तुम्हारे नौकर थोड़े ही हैं, तुम्हें अपने खेतों की चिन्ता हो तो रुको, नहीं तो तुम जानो तुम्हारा काम जाने।' और सचमुच चकबन्दी में कई-कई पेच आए, मैं फँसता ही चला गया और ढाई महीने इसी में निकल गए। अब मैं क्या करूँ?"

"अभी महीने भर का समय है, मिहनत करके तैयारी कर लो। उदास मत होओ।"

"सर, महीने-भर में मैं क्या कर पाऊँगा? सोचा था—अच्छा डिवीजन आ जाएगा, किसी कालेज में लग जाऊँगा, लेकिन · · · ?"

"लेकिन-वेकिन कुछ नहीं, तुम प्रबुद्ध छात्र हो, जमकर मिहनत कर लोगे तो काम बन जाएगा।"

"क्या मिहनत करेंगे सर, अब तो चिन्ता बीवी-बच्चों की लगी है। अब कोई कमरा-वमरा ढूँढ़ना है जहाँ उन्हें ले आ सकूँ, अब उन्हें घर पर नहीं छोड़ा जा सकता।"

"फिर भी परीक्षा तो दे ही देना।"

"देखूँगा सर, थर्ड क्लास पास होने से तो अच्छा है इम्तहान न देना।"

थोड़ी देर मौन पसरा रहा। शंकर डॉ॰ गौतम के बारे में पूछना चाहता रहा लेकिन कैसे पूछे!

"मनु भाई कैसे हैं सर!"

"अरे उसे क्या हो सकता है वह तो दुनिया को नचा दे।"

दोनों हँसे।

"अब देखो, कितना पागल है? कहता है कि पी.के. के ख़िलाफ मुकदमा करेगा। कभी कहता है—जनमत एकत्र कर विद्रोह करेगा। कभी कहता है अख़बारों में लिखेगा। वह कहता है हम लोग आपको जाने नहीं देंगे। एक पी.के. के मारे सारे गुजरात की बदनामी हो यह असह्य है।"

"मनु भाई, कितने सही आदमी हैं सर, कितने सीधे और सच्चे तरीके से सोचते हैं!"

"हाँ सोचते तो हैं, लेकिन यह बताओ यदि मुकदमे से जीत गया या लोगों के विरोध करने से मैं यहाँ रोक लिया गया तो क्या पी.के. और उनके लोगों के साथ काम करना अच्छा लगेगा? क्या सम्भव नहीं है कि पी.के. अवसर निकाल-निकालकर या तो मेरा अपमान करेगा या उदासीनता दिखायेगा? काम करने का मज़ा रहेगा क्या?"

"हाँ सर, आपके लिए तो नहीं रहेगा, लेकिन ऐसे भी लोग होते हैं जो तरह-तरह से व्यवस्था को ही परेशान करते रहते हैं। एक बार जीत लेने के बाद वे व्यवस्था को बहाने से धमकाते रहते हैं कि फिर कुछ करोगे तो फिर देख लेंगे।"

"हाँ, यह भी सम्भव है, लेकिन वे लोग और कुछ नहीं कर सकते। मेरा मतलब है कि वे शान्ति से पठन-पाठन नहीं कर सकते। वे राजनीति में उतर आते हैं और यदि मुझमें ये गुण होते तो पी.के. की हिम्मत ही नहीं होती मुझे छेड़ने की। अपना-अपना ढ़ंग होता है शंकर! मैं सही-ग़लत का सवाल नहीं उठा रहा हूँ, स्वभाव की बात कह रहा हूँ। अपने स्वभाव के विरुद्ध जाकर आदमी कृतकृत्यता अनुभव नहीं करता।"

"सर, हम लोग बहुत सूनापन अनुभव कर रहे हैं।"

"लेकिन, अभी जा कहाँ रहा हूँ? अभी तो कोई दूसरा ठिकाना लगा नहीं। कई जगह इण्टरव्यू दे आया, मामूली-मामूली कॉलेजों में गया, लेकिन किसी ने मुझे अपने लायक नहीं पाया। अभी तो पी.के. के यहाँ ही दिन काटने हैं चाहे जैसे कटें।

डॉ. गौतम हँसने लगे, लेकिन शंकर उदास रहा।

"सुषमा!" डॉ. गौतम ने पुकारा। सुषमा हाथ में आटा पोते आयी—

"अरे, आप हैं। कब से आए हैं?"

"अरे, बहुत देर से आया है और चाय की जगह उदासी पी रहा है, ज़रा इसे चाय-वाय तो पिलाओ।"

"नहीं-नहीं भाभी जी! इच्छा नहीं है।"

सुषमा मुस्कराकर चली गई।

"सुनील मास्टर कहाँ हैं सर?"

"कहीं खेल रहे होंगे, आते ही होंगे।"

"वो देखिए धीरे-धीरे आ रहे हैं। क्या बात है, आज धीरे-धीरे क्यों आ रहे हैं?"
सुनील सीधे डा. गौतम के पास आया। उसका मुँह उतरा हआ था।

"क्या बात है बेटे?"

"पापा, क्या हम लोग अहमदाबाद से कहीं और जा रहे हैं? क्यों जा रहे हैं, कहाँ जा रहे हैं?"

"बेटा, कहीं तो नहीं जा रहे हैं। तुमसे किसने कहा?"

"लड़कों ने।"

"लड़कों ने?"

"हाँ, लड़को ने। एक लड़के के बाप यूनिवर्सिटी में क्लर्क हैं। उसी ने सबको बताया और सभी मुझसे पूछने लगे।"

"नहीं, नहीं बेटे!"

"नहीं-नहीं क्या, सभी अपने-अपने मकान के नक्शे बना रहे थे और अपनी-अपनी डींगें हाँक रहे थे। मैंने कहा—सबसे बढ़िया नक्शा मेरे मकान का है और मैंने धूल में नक्शा बनाकर दिखा दिया। इस पर कहा-सुनी हो गई। सारे लड़के एक ओर हो गये और मैं अकेला पड़ गया। तब उसी लड़के ने सबको बताया कि 'अरे यह नक्शा बनाकर ही क्या करेगा, इसका मकान बनने वाला थोड़े ही है।"

"क्यों?" सारे लड़के चौंके।

"इसलिए कि इसके पापा को कॉलेज से निकाला जा रहा है। अब ये सब यहाँ से जाएँगे।"

"सब लड़के खुश हो गए। मुझे इच्छा हुई कि इस लड़के को पटक-कर पीटूँ और मैं आगे बढ़ा भी, लेकिन लड़कों ने पकड़ लिया और वह लड़का भाग गया। फिर लड़के उदास हो गए। कहने लगे—"यार, यह तो बहुत बुरा हुआ। अपना इतना अच्छा साथी सुनील हमें छोड़कर चला जाएगा। नहीं यार, यह अच्छा नहीं होगा।" मेरी उदासी देखकर सभी मेरे पास घिर आए और कहने लगे—'नहीं यार सुनील, वह साला तो झुट्ठा है। वह और उसका बाप दोनों झुट्ठे हैं। साले का नक्शा खराब था न, इसलिए तुम्हें तंग करने के लिए कह दिया। यदि ऐसा होता तो क्या तुम्हारे पापा ने तुम्हें न बताया होता।"

"और मैं खेल छोड़कर चला आया पापा, आपसे पूछने।"

"नहीं बेटे, जाओ खेलो, ऐसी कोई बात नहीं और अगर गए तो क्या हो गया। एक शहर से दूसरे शहर तक आना-जाना तो लगा ही रहता है। दोस्त भी बनते और छूटते रहते हैं। अब मुझे ही देखो, पैदा हुआ गाँव में, गाँव के दोस्तों के साथ खेला। वे छूटे। फिर स्कूल में, फिर विश्वविद्यालय में नये-नये मित्र बने। वे भी छूटे। अहमदाबाद में नये मित्र बने। वे भी एक दिन छूट जायेंगे, फिर नये मित्र बनेंगे। बेटे, यह सब तो होता रहता है, जाओ खेलो-कूदो।"

लेकिन सुनील खेलने नहीं गया, अन्दर चला गया।

गौतम भारी हो आए। शंकर भी सन्नाटे में डूबा रहा। दस मिनट ऐसे ही बीत गए। अन्दर जाकर माँ से न जाने क्या-क्या पूछता रहा। सुषमा चाय लेकर आई तो गौतम ने पूछा—"क्या कह रहा था!"

"पूछ रहा था—'सबका अपना-अपना घर है, हमारा कोई घर नहीं है। क्या?"

"मैंने कहा—'क्यों नहीं? गाँव है, वहाँ तुम्हारा अपना मकान है, खेत हैं।"

"हम कभी वहाँ गए क्यों नहीं?"

"गए तो थे तुम्हें लेकर। तब तुम छोटे थे। बकरियों के पीछे पड़ गए थे। तुमने सूअर को देखकर कहा था—हाथी के बच्चे हैं। तुम्हारे दादा तब जीवित थे। तुम्हें कंधे पर लेकर गाँव घुमाते थे और तुम हुम-हुम करते झूमते रहते थे।"

"हाँ, मुझे याद नहीं है। फिर क्यों नहीं चलते?"

"चलेंगे। तुम्हारे दादा-दादी रहे नहीं, अब तुम किसके कंधे पर चढ़कर हुम-हुम करोगे?"

"अब मैं कंधे पर चढ़ने लायक थोड़े न हूँ। अब तो मैं बड़ा हो गया। मुझे अपने मकान में रहने की बहुत इच्छा होती है। सभी लड़कों की तरह मेरा भी मकान हो, उसमें मेरा एक कमरा हो, जिसमें मेरे खेलने-कूदने, पढ़ने-लिखने के सामान हों।"

"होगा बेटे, तुम्हारा अपना मकान भी होगा। गाँव भी चलेंगे।"

"यहाँ से पापा को क्यों भगाया जा रहा है माँ? पापा तो ठीक कुछ बताते ही नहीं।"

"भगाया नहीं जा रहा है बेटे! अरे नौकरी की ज़िन्दगी में यहाँ से वहाँ और वहाँ से यहाँ जाना ही पड़ता है। देखो न, हम लोगों का घर कितनी दूर है यहाँ से, और तुम्हारे पापा कई-कई जगह नौकरी करते यहाँ पहुँचे हैं, फिर यहाँ से कहीं और भी जा सकते हैं, लेकिन अभी तो नहीं जा रहे हैं, तुम क्यों परेशान हुए जा रहे हो! जाओ खेलो या पढ़ने बैठ जाओ।"

"फिर?" गौतम ने पूछा।

"वह उदास मन से उधर से निकल गया है। शायद खेलने ही गया हो। उसे हम लोगों की बातों से संतोष नहीं हुआ। उसे लग रहा है कि हम लोग कुछ छिपा रहे हैं।"

चाय पीकर शंकर उठ खड़ा हुआ–"अच्छा सर, चलते हैं, कल से क्लास में आऊँगा। जैसा भी बन पड़ेगा, देखूँगा।"

"ठीक है चलो।"

शंकर निकलकर मोहल्ले के बाहर वाले मैदान में आ गया। उस मैदान में एक मन्दिर है। माइक से धर्म-प्रवचन हो रहा था, सैकड़ों की संख्या में मर्द और औरतें विशेषतया औरतें एकत्र थीं। प्रवचन हिन्दी में हो रहा था। पुजारी अपने उच्चारण से बिहार या पूर्वी उत्तर प्रदेश के लग रहे थे। भाषा की कोई समस्या नहीं थी। धर्म-प्राण

जनता को यह शिकायत नहीं थी कि भाषा उसकी समझ में नहीं आ रही है या यह उनकी भाषा नहीं है। तुलसी के मानस की चौपाइयाँ भी चल रही थीं और जनता मुग्ध-भाव से सब कुछ ग्रहण कर रही थी।

शंकर सोचने लगा—'धर्म की दुनिया भी कितनी विचित्र है—न यहाँ नौकरी जाने का ख़तरा है, न भाषा का संकट है। न जाने कितने अपढ़ या कम पढ़े-लिखे लोग साधु-संन्यासी का बाना पहनकर मन्दिर में या किसी चौराहे पर बैठ जाते हैं और धर्म-प्राण जनता की धर्म भावना का लाभ उठाते हैं। क्यों न यही ढोंग ओढ़ लिया जाए?' वह सड़क के किनारे खड़ा होकर मन्दिर की भीड़ को देखता रहा और प्रवचन के आघात सहता रहा।

किसी ने पीछे से कंधे पर हाथ रख दिया।

शंकर ने चौंककर देखा—मनु भाई थे।

"आपका मार्क्सवाद मन्दिर की ओर झुक रहा है क्या?" मनु भाई ने छेड़ा।

"हाँ, सोच रहा था—मार्क्स ने अर्थ की जो समस्या उठायी है उसका समाधान मन्दिर में बहुत आसानी से हो जाता है।"

दोनों बहुत ज़ोर से हँसे।

"सर के यहाँ से आ रहे हैं क्या?"

"हाँ।"

"हैं?"

"हाँ, लेकिन ··· !"

"लेकिन क्या?"

"लेकिन यह कि उनके पास जाकर बहुत सन्नाटा ग्रस लेता है। वैसे दोनों प्राणी अपने दर्द और अपमान को पीकर सहज और प्रसन्न दीखने की कोशिश करते हैं, लेकिन इसीलिए सन्नाटा और बढ़ जाता है। किसी दर्द को पीकर हँसने से भीतर जो खामोशी रहती है वह कितनी त्रासद होती है, मनु भाई!"

"हाँ, होती तो है लेकिन किया क्या जाए? सबका अपना-अपना स्वभाव होता है और उस स्वभाव की अपनी नियति होती है। गौतम सर न लड़ रहे हैं, न लड़ने दे रहे हैं। मैं तो चाहता हूँ कि उनके सारे शिष्य एक बार पी.के. से टकरा जाएँ।"

"टकराएँगे?"

"हाँ, सोचता तो हूँ टकराएँगे। आख़िर उन्होंने इतने शिष्य निर्मित किए हैं, क्या उन शिष्यों के मन में इस अन्याय के विरुद्ध आग नहीं उठती होगी।"

"पता नहीं। उनके बहुत-से मित्र भी तो हैं। सुना है आजकल मित्र लोग इनसे मिलने से कतराते हैं और ये बहुत सूना अनुभव करते हैं।"

"हाँ, ठीक कह रहे हैं आप! कल तक कॉलेज में, कालेज के बाहर, घर पर सर के आसपास जो गहमागहमी थी वह खामोश हो गयी है। लोग चलते-फिरते मुझसे

पूछ लेते हैं—'कैसे हैं डॉ. गौतम!' और उन पर तरस खाते हुए कहते हैं कि, 'अच्छा नहीं किया पी.के. ने। कहीं और उनकी नौकरी लगी?' मैं सबका भाव समझता हूँ और कह देता हूँ–'आप उनकी चिन्ता मत कीजिए, वे योग्य हैं, उन्हें नौकरी का अकाल नहीं पड़ेगा।"

"हाँ, ये तो है!" कहते हुए लोग चले जाते हैं।

"आइए मनु भाई, पार्क में बैठते हैं थोड़ा।"

"चलिए!"

पास में ही एक छोटा-सा पार्क था। वह वसन्त के स्वागत में मतवाला हो उठा था। छोटे-छोटे रंग-बिरंगे फूलों से उसकी छोटी-सी दुनिया चहक और महक रही थी।

"मैं तो ढाई महीने बाद गाँव से आया। पता नहीं चला कि उस बीच क्या-क्या हुआ।"

"अरे हाँ, यह क्या हुआ?" मनु भाई ने शंकर के बालों की ओर इशारा करते हुए कहा।

"मेरी माँ नहीं रही।"

"ओह! यह तो दुखद समाचार है!"

"वह तो है मनु भाई, लेकिन डॉ. गौतम का समाचार क्या कम दुखद है। मेरी माँ को मौत ने खाया जिस पर किसी का वश नहीं, लेकिन पी.के. कोई मौत तो नहीं, फिर भी मौत से भयानक है। घर जाने से पूर्व इसका संकेत मिला था, लेकिन उसके बाद क्या हुआ, मुझे पता नहीं।"

"हुआ कुछ नहीं! हुआ तो यही कि प्रिंसिपल चाहता है कि डॉ. गौतम जल्दी से जल्दी यहाँ से जाएँ। उसने उनकी तनखाह आधी कर दी है, फिर भी उसे चैन नहीं है। इधर डॉ. गौतम छोटी-से-छोटी जगह इटरव्यू के लिए जा रहे हैं, वे इस अपमानजनक स्थिति से नजात पाना चाहते हैं। स्टाफ में काफी लोग उनके प्रशंसक और मित्र हैं। दबी ज़बान से और एकान्त में पी.के. की अमानवीय हरकत के ख़िलाफ बोलते हैं, लेकिन पी.के. के डिक्टेटरशिप के विरुद्ध जमकर मोरचा लेने की स्थिति अभी कालेज में नहीं आई है। प्राध्यापकों का कोई संघ नहीं है जो किसी प्राध्यापक के प्रति होने वाले अत्याचार के विरुद्ध लड़ाई लड़े। वैसे पी.के. को यह अधिकार नहीं है कि वह किसी की तनखाह आधी कर दे। कोर्ट से इसके विरुद्ध स्टे आर्डर लिया जा सकता है। लेकिन सर कुछ करना ही नहीं चाहते। वे इस अपमानजनक स्थिति में रहना ही नहीं चाहते। किसी अनुकूल स्थिति की प्राप्ति के लिए प्रयत्नशील हैं, किन्तु पी.के. को लगता है कि कितना बड़ा बोझ उसकी छाती पर रखा हुआ है—जल्दी से उठे।"

"बहुत असुन्दर व्यक्ति है यह।"

"और प्रदर्शित करता है कि वह बहुत न्यायप्रिय, सत्यवादी और ईमानदार व्यक्ति

है। जब इसे गर्ज थी तो तीन इंक्रीमेंट देकर उन्हें बुलाया था। वे तो पहले यहाँ के सर्वोदय कालेज में आए थे। डिलाइट कालेज के हिन्दी विभाग के अध्यक्ष मिस्टर बंसीलाल किसी सरकारी नौकरी में चुने जाकर चले गए तो पी.के. ने बहुत स्रोतों से सर पर दबाव डलवाया कि वे उनके यहाँ आ जाएँ। वे आए, उनका बहुत स्वागत हुआ। पी.के. उनकी प्रशंसा करते नहीं अघाते थे, लेकिन जब हिन्दी अनिवार्य विषय नहीं रही और पी.के. को लगा कि एक वैकल्पिक विषय के व्यक्ति को क्यों इतनी बड़ी तनखाह दी जाए तब उन्हें सर के दोष ही दोष दिखाई पड़ने लगे। उनकी हर गतिविधि की आलोचना करने लगे। और स्वामी का रुख देख कर बहुत से प्राध्यापक भी उनके ख़िलाफ शिकायत लगाने लगे। मैं इस कालेज का ही छात्र रहा, मैंने बी.ए. में प्रथम श्रेणी प्राप्त कर कालेज की प्रतिष्ठा बढ़ाई। प्रिंसिपल ने पार्ट टाइम लेक्चरर रखकर मेरी प्रतिष्ठा बढ़ाई, लेकिन उसके द्वारा दी गई प्रतिष्ठा मुझसे सँभली नहीं, क्योंकि मैंने कभी भी उसे सम्मान की दृष्टि से नहीं देखा, उसके सामने मैं धनुष की तरह मुड़ा नहीं और जो भी सही समझा मैं बोला। परिणाम यह हुआ कि सर के बहुत समर्थन के बावजूद इसने तीन महीने बाद ही मुझे चलता कर दिया।"

मनु भाई चुप हो गए लेकिन लगा कि उनकी खामोशी में एक आग उभर आई है।

"उसने सर से मेरे बारे में तमाम शिकायतें शुरू कीं। सर मुझे जानते हैं, वे अपने ढंग से उसकी सारी बातों का प्रतिवाद करते रहे और अब वही नीति इसने सर के विरुद्ध अपनाई है। इसे अब सर में बुराई ही बुराई नज़र आती है। मैं सर के समीप हूँ, उनकी एक बुराई यह भी है।"

और वह मिस बासवानी वाला किस्सा भी तो है।

"हाँ, वो भी एक ही चीज़ है। स्टाफ में हिन्दी कवियों को लेकर सर से टकराई थीं यह तो आपने सुना ही होगा। वे पी.के. की चहेती हैं। उनके रूप में घुसी रहती है। यह दुर्भाग्यपूर्ण ही कहा जाएगा कि उनसे डॉ. गौतम की टकराहट हो गई। वैसे जो होना था वह तो होता ही लेकिन उससे स्थिति को और उत्तेजना मिल गई। पी.के. के पौरुष को चुनौती मिल गई। अतः जो काम कुछ देर में होना था वह जल्दी-जल्दी होने लगा। मिस बासवानी बहुत दिलफेंक चीज़ हैं। स्टाफ में कई नवयुवक, प्राध्यापक उनके दीवाने हैं और वे सबको उलझाए रहती हैं। सिगरेट पीती हैं, अच्छी अंगरेजी बोलती हैं, कभी-कभी गुजराती (जो उनकी मातृभाषा है) और हिन्दी ओठ बिगाड़कर बोलती हैं और उनके चेहेते गुजराती और हिन्दी के मज़ाक पर मुग्ध होकर हँस पड़ते हैं। वे मेरी क्लासफेलो थीं। मैंने स्पेशल हिन्दी ली थी उन्होंने स्पेशल अंगरेज़ी। वे उसी समय से बड़ी रौनक चीज़ थीं और अब तो पार्ट टाइम लेक्चरर लग गई हैं, उनकी रौनक बढ़ गई है। मैं निकाल दिया गया और उनकी तरक्की होगी।"

"बहुत ऊँची हस्ती हैं कभी मैं भी देखना चाहता हूँ।"

"तो आप भी उनके चाहकों में शरीक होना चाहते हैं?"

एक ठहाका पड़ा और मनु भाई फिर शुरू हो गए—

"एक दिन वे यूनिवर्सिटी लान में टकरा गईं—'हेलो।"

"हेलो।"

"सुना है आप गुजराती के उपन्यासकार हो रहे हैं।"

"क्यों कोई खराब काम है?"

"अरे नहीं, खराब नहीं, बेकार का काम है?"

"क्यों?"

"अंगरेज़ी के उपन्यासकारों ने इतने महान्-महान् उपन्यास लिखे हैं, उनके आगे आप लोगों का लेखन बेकार ही लगता है। न आपकी भाषा में जान है, न आपके लेखकों में कोई दम है। आप भी उनमें शरीक हो जाएँगे। यानी एक नम्बर और बढ़ जाएगा। उन्होंने जैसे बड़ी ऊँचाई से कोई ज्ञान फेंका हो।"

"मैंने कहा–'जाने दीजिए ये सब बातें। ये सब आपकी समझ में नहीं आएँगी। आप बताइए आपका नम्बर कितना बढ़ा।"

"मेरा नम्बर क्या?"

"यानी आपको चाहने वाले या आप द्वारा चाहे जाने वाले आशिकों का नम्बर?"

"व्हाट स्टुपिड?"

"अब तो आपको चाहिए कि अपने इश्क का दायरा अन्तर्राष्ट्रीय कर लें। भारतीय आशिक नी कोई आशिक होता है। वह कमबख्त स्टाफ में आपसे अंगरेज़ी में भले बात कर लेता हो, अपने घर में और अपने पड़ोसियों से गुजराती में या मराठी में, या हिन्दी में या अन्य किसी भारतीय भाषा में बात करता है। आपके तो आशिक ऐसे होने चाहिए जो अंगरेज़ी के सिवा कुछ जानते ही न हों। आपसे इश्क भी अंगरेजी में करें, आपका सपना भी अंगरेज़ी में देखें, आपको पानी और पान भी अंगरेजी में दे, उनका सिर भी अंगरेज़ी में दुखे, उनका पेट भी अंगरेज़ी में ही गड़े और उनके आँसू और हँसी भी अंगरेज़ी में ही हों। और हाँ, अपनी देसी माँ और बाप को अंगरेजी में बदल डालो। सुना है वे लोग अभी भी पूजा-पाठ करते हैं और साबरमती का पानी पीते हैं।"

"ओह नो, तुम यह सब क्या बकवास कर रहे हो मिस्टर मनू! तुम नहीं समझते कि तुम कितनी बेहूदा हरकत कर रहे हो।"

"मैडम वासवानी, अगर मैं चाहूँ तो आपको डपटकर शटअप कह सकता हूँ, लेकिन नहीं कर रहा हूँ क्योंकि मुझे आपके लिपस्टिक रँगे होंठों से फिसलते अंगरेजी के और बिगाड़कर बोले गए हिन्दी के शब्द बहुत अच्छे लगते हैं। और सच मानिए, जब मैं किसी खूबसूरत महिला को सिगरेट पीते देखता हूँ तो मुझे उसका रूप बहुत उत्तेजक और अच्छा लगता है बल्कि इश्क फूटने लगता है। क्या आप मेरी खातिर एक सिगरेट पीकर दिखाएँगी?"

"रियली?"

"सच मैडम।"

"लेकिन मेरा उत्तेजक रूप देखने के लिए तुम जैसा मरियल देसी लेखक ही बचा है।"

"सारी मैडम, मैंने अपनी हैसियत से ज़्यादा इच्छा कर ली, मुझे जानना चाहिए था कि आप पी.के. की धरोहर हैं। उनके अलावा जोसफ हैं, खान हैं। हाँ, और कौन-कौन हैं बताइए तो ज़रा।"

"मिस वासवानी रुआँसी हो गईं और फिर एक गुस्सा उगलकर बोलीं—'बास्टर्ड, आई विल सी यू।" और झमककर चलने लगीं।

मैंने कहा—"सुनिए मैडम, आप जिसके भरोसे यह सब कह रही हैं, वह मुझे पहले ही देख चुका है। उससे कहिए कि उसने मुझे कालेज से तो निकाल ही दिया है, अहमदाबाद से भी और हो सके तो गुजरात से भी निकाल दे।' और मैं ठठाकर हँस पड़ा था। मुझे लगा था कि मैं मिस वासवानी पर नहीं, पी.के. पर चोट कर रहा हूँ।"

"आपको मिस वासवानी से इस तरह के सम्वाद करते हुए संकोच नहीं हुआ? आप तो बहुत सभ्य और सुसंस्कृत व्यक्ति हैं।"

"आपने मुझे सभ्य और सुसंस्कृत कहा, इसके लिए आभारी हूँ। यदि मेरे जैसा सभ्य (जैसा कि आपने कहा है) व्यक्ति मिस वासवानी से इस तरह की बात कर सकता है तो इसके दो ही कारण हो सकते हैं—या तो मेरी सभ्यता ने मेरा साथ छोड़ दिया हो या मिस वासवानी में औरत के वे गुण नहीं हैं जो पुरुष को, और वह भी सभ्य पुरुष को सभ्य बनाए रखते हैं।"

"मच कैन बी सेड आन द बोथ साइड्स।" कहकर शंकर हँसा।

"लग रहा है आप भी उनके चाहकों में नाम लिखाने का फैसला कर चुके हैं। उसकी शुरुआत अंगरेजी बोलने से कर रहे हैं।"

दोनों जी खोलकर हँसे।

"लेकिन मुझे मिस वासवानी से ऐसा सलूक नहीं करना चाहिए था। मेरा क्या बिगड़ेगा, हाँ इसका असर सर पर ज़रूर पड़ेगा।"

"क्या पड़ेगा?"

"वैसे क्या पड़ेगा, जो निर्णय लेना था पी.के. ले ही चुका है और लगभग बोलचाल भी बन्द है। अब यही हो सकता है कि उनकी आधी तनखाह ही बन्द करके कहे-कल से जाइए जहाँ जाना हो।"

"तब आपने ऐसा व्यवहार क्यों किया?"

"अरे, सामने आई स्थिति से निबटने के लिए इतना आगे-पीछे कैसे सोचा जा सकता है। मुझे अफसोस है।"

"कोई अफसोस नहीं मनु भाई! मुझे तो लगता है आपने मिस वासवानी और पी.के. पर जो ज़हर की छींटाकशी की है, उसके पीछे कारण आपका अपमान नहीं, सर का अपमान था। आपके अवचेतन में सर के प्रति पी.के. और मिस वासवानी का अपमानपूर्ण व्यवहार ही तकलीफ और गुस्सा बनकर बैठा है, उसे आपने अपने बहाने से निकाला है। यह अच्छा ही हुआ। इतने आत्मीयों और अपने कहे जाने वाले लोगों के बीच बेगाने बनते चले जाने वाले सर के मन में आप यह अहसास जगा रहे हैं कि अभी अपने लोग हैं, अभी आत्मीयता जीवित है। वे यहाँ से जाएँगे तो वे यह समृद्धि लेकर जाएँगे यह कम बात नहीं।"

"रहमान कैसा चल रहा है?" बात मोड़ने की गर्ज़ से मनु भाई ने पूछा।

"ठीक है, अभी कल ही भेंट हुई थी।"

"और कमलेश? यही नाम है न उन भाई का जो किसी स्कूल में नौकरी करने जा रहे थे।"

"वह भी ठीक है। वहाँ से हटा दिया गया, अब एक-दूसरे प्राइवेट स्कूल में है। सुखी नहीं है।"

"ईमानदार और होनहार लोग सुखी नहीं हो सकते, शंकर भाई! सुखी होने के लिए अब न जाने क्या-क्या बनना पड़ता है।"

"अब आप क्या कर रहे हैं?"

"अभी तो बेकार हूँ। उम्मीद है कहीं लग ही जाऊँगा। मेरा तो गाँव पास में है, अपनी खेती-बारी है। मेरे खाने-पीने की कोई समस्या नहीं है। भाई साहब खेती-बारी कराते हैं और मेरे हिस्से का अनाज या पैसे खुद ही मुझे दे देते हैं। लेकिन आप लोगों की समस्या इसकी उलटी है। है न?"

"हाँ, बिल्कुल उलटी है। यही तो तकलीफ का मूल कारण है। जब तक बेकार रहो, कोई सहारा नहीं और जहाँ नौकरी लगी, घर से माँग पर माँग आनी शुरू होती है।"

"अच्छा शंकर भाई, चला जाय। आप तो घर जाएँगे मैं ज़रा सर की ओर होता आऊँ।"

होली आ गई। वैसे होली की रंगत एक सप्ताह से दिखाई पड़ने लगती है। जो उत्तर भारतीयों के मोहल्ले हैं वहाँ तो वह कुछ अपने असली उन्माद में लक्षित होती है; किन्तु जो गुजराती मोहल्ले हैं और विशेषतया संभ्रान्तों के मोहल्ले, वहाँ केवल बच्चों में दिखाई पड़ती है। बच्चे अभी संभ्रान्त नहीं हुए रहते, उनमें ऊर्जा और खुली मस्ती रहती है, इसलिए अपने बड़ों की उदासीनता के बावजूद छोटी-छोटी पिचकारियों से आने-जाने वालों पर छिप-छिपकर रंग ही डाल देते हैं। हाँ, रबारियों में फागुन या

होली का वही रंग दिखाई पड़ता है जो उत्तर भारतीयों में दिखाई पड़ता है।

डॉ. गौतम का मन उदास है। उन्हें लगता है कि इस होली में उनके लिए एक व्यंग्य है, अपमान है, सन्नाटा है। हर साल इस समय तक उनके पास काफी लोग आ चुके होते थे। पड़ोस से, आसपास के मोहल्लों से उत्तर भारतीय प्राध्यापक और गुजरात के प्राध्यापक तो उनके यहाँ जुटते ही थे, रखियाल, बापू नगर आदि से भी अनेक उत्तर भारतीय वहाँ से खेलते-खालते उनके यहाँ पहुँच जाते थे। सुनील तो होली खेलने निकल गया है। सुषमा व्यंजन बनाने में व्यस्त है और वे ड्राइंग रूम में अबीर गुलाल और जलपान के सामान रखे हुए आने वालों का इन्तजार कर रहे हैं। नौ बज गए, अभी तक कोई नहीं आया। तो क्या तर-त्यौहारों का सम्बन्ध भी अधिकार से ही होता है? जब तक वे अधिकार में थे—कैसे-कैसे, कितने-कितने लोग आठ बजे से ही पहुँचना शुरू कर देते थे और अब?

हमने ऊपर से कितने लवादे ओढ़ रखे हैं। इन लवादों के नीचे हमारा आदिम राग अपनी अभिव्यक्ति के अवसर चाहता है। उसे अवसर नहीं मिलता तो हम संभ्रान्त से दीखने वाले अनेक माध्यमों से अपनी विकृतियाँ व्यक्त करते हैं और व्यक्तिगत रूप से करते हैं। होली हमारे आदिम राग की स्वस्थ सहज सामाजिक अभिव्यक्ति है। हम सामाजिक उपहास, लज्जा या अपने आभिजात्य के संकोच से चाहते हुए भी सार्वजनिक रूप से नाच-गा नहीं पाते, सामान्य मनुष्य की तरह अपने को खोलकर रख नहीं पाते। होली हमें यह अवसर देती है। यदि हम सचमुच जीवित हैं, तो हमारे ऊँच-नीच, छोटे-बड़े की सारी दीवारों को तोड़कर फिर से सबके बीच ला खड़ा करता है और कुछ देर के लिए अपने मन के सहज मानवीय आवेग पर लदी वर्जना के दबावों को झटक्कर फेंक देता है।

उन्हें याद है—उस साल मैं अपने कई मित्रों के साथ होली खेलने निकला तो एक बहुत नफ़ीस गुजराती मित्र के यहाँ जा पहुँचा। पहले तो उन्होंने नफ़ासत के साथ थोड़ा अबीर-गुलाल लग।ने की छूट दी, लेकिन धीरे-धीरे उन पर ऐसा रंग चढ़ा कि फिर रंग में सराबोर हो गए और दूसरों को सराबोर करने लगे। काफी देर तक रंगों का उपद्रव चलता रहा और फिर वे हमारे साथ हो लिए और हम लोग एक दूसरे सीधे-सादे गांधीवादी मित्र के यहाँ पहुँचे। वे स्वच्छ धुले और होली से निर्लिप्त बैठे थे। हमें देखते ही वे हो-हो-हो करके हँसने लगे और जब हमारी लपेट में आ गए तो उनकी सारी गांधीवादी सादगी रंग की मस्ती में आ गई और उन्होंने हमें ही नहीं, अपने मकान के तमाम गुजराती परिवारों को लपेट लिया। बहुत देर तक रंग-वर्षा होती रही। खेल-खालकर थक जाने के बाद उन्होंने अभिभूत होकर कहा—'वाह भाई, मज़ा आ गया।' उस मकान के अनेक लड़के-लड़कियाँ भी परम तृप्ति अनुभव कर रहे थे। वे मित्र जब भी मिलते हैं, उस प्रसंग की याद करते हैं। उसी दिन शाम को हम लोग किसी काम से विश्वविद्यालय के कुलपति से मिलने गए। उन्होंने हम लोगों

पर होली के रंगों का गहरा प्रभाव देखा, बोले—'उत्तर प्रदेशी लोग तो होली में पागल हो जाते है। क्या है जो उन्हें इतना अविवेकी बना देता है?' वे कुलपति थे, उनकी बात का हम लोग क्या प्रतिवाद करते, अपने काम से जो गए थे। लेकिन मन ने कहा–होली मरियल किस्म के सिद्धांतवादियों के लिए नहीं है। एक गुजराती मित्र, जो हमारे साथ होली में शामिल थे, बोले—'छगन भाई, एक बार आप होली में शामिल होकर तो देखिए तो मालूम पड़ेगा कि उसका मजा क्या है।'

छगन भाई ने उन्हें आश्चर्य, गुस्से और उपहास की मिली-जुली दृष्टि से देखा। और इस कल्पना से कि यदि छगन भाई होली के रंग में भीग जाएँ तो कैसे लगेंगे, हँसी आ गई।

आज कोई नहीं आया। शायद लोगों को यह बोध हो कि मैं नौकरी के दुख के मारे होली नहीं खेलूँगा। या लगता हो कि अब यह आदमी मेरे काम का नहीं रहा। मनु भाई और ऐसे ही कुछ अतरंग लोग आएँगे लेकिन शाम को, हाँ! शंकर आदि का झुण्ड आएगा बारह बजे के आसपास। आखिर उन्हें वहाँ भी तो देखना होता है। शंकर की माँ मरी है शायद वह न भी आए।

शंकर अपने कमरे में बैठा है। माँ की याद आ रही है। याद माँ पर से सरकती-सरकती पत्नी और बच्चों पर टिक जाती है। क्या उससे अपने परिवार के साथ होली खेलना नसीब नहीं है? बहुत कम होलियाँ गुज़री होंगी जब वह अपने परिवार के साथ रहा होगा, नहीं तो वही अकेले-अकेले। इस साल तो वह भी नहीं। कल होली जली थी। वहाँ वह था। कल से ही धमा-चौकड़ी मची है। अभावों से पिटे हुए चेहरों पर होली दो-एक दिन के लिए रंग उभार जाती है। उदास आँखों में कुछ सुरूर घोल जाती है। रात होली जलने के बाद कई घण्टे तक चौताल की मस्ती रही। ब्राह्मण, क्षत्रिय, वैश्य और शूद्र सभी जातियों के लोग एकसाथ बैठे थे और झूम-झूमकर हुलास के साथ चौताल गा रहे थे। पारस भइया तक गा रहे थे। पूरा मोहल्ला शायद इसी दिन एकसाथ दिखाई पड़ता है।

कल शाम फेंकू आया था। उसके फटे-पुराने गंदे कपड़े पर किसी ने रंग फेंक दिया था। रंग कपड़ों से होकर उसके शरीर तक चला गया था। उसके कपड़ों और शरीर पर रंगों की पच्चीकारी देखकर अजीब दर्द उभरा था। पता नहीं वह कैसा लग रहा था। कुछ पैसे माँगने आया था कल होली है न, कुछ ठीक-ठाक खाएगा-पीएगा।

"होटल में खाओगे?"

"नहीं, असरफी ने अपने यहाँ खाने का नेवता दिया है।"

"तब पैसे, रुपये क्या करोगे?"

"बाजार से कोई बढ़िया चीज मैं खुद लेता जाऊँगा।"

उसके बाद असरफी उसके पास आई थी। उसके कपड़ों पर भी रंग के छींटे थे जो उसके मांसल शरीर पर अच्छे लगते थे। उसके घर से लौटने के बाद चन्दा के

साथ असरफी आकर शोक व्यक्त कर गई थी। उसके बाद कल दूसरी बार आई थी। कुछ देर बैठी रही, फिर संकोच से बोली—'शंकर बाबू, एक बात कहने आई थी, लेकिन संकोच हो रहा है।'

"कहो-कहो, संकोच की क्या बात है?"

"मैं चाहती थी कि आप कल मेरे यहाँ खाना खाते, लेकिन ··· "

"लेकिन क्या?"

"आप ऊँची जाति के हैं और मैं ··· "

"तो क्या हुआ?"

"तो आप मेरे यहाँ खाना खाएँगे? सच? उसकी वाणी में उत्साह था और आँखों में एक चमक।"

"खा सकता हूँ लेकिन खाऊँगा नहीं।"

"क्यों?"

"इसलिए कि मैं होली नहीं मना रहा हूँ। माँ मरी है न।"

"माँ, तो मेरी भी मरी है शंकर बाबू, लेकिन मैं तो मना रही हूँ।"

"तुम मना रही हो?"

"हाँ, माँ मेरी मरी है, मेरे मरद की नहीं न?"

"तो क्या हुआ?"

"मरद की खुशी क्यों कम करूँ? माँ को मरना था मर गई। अब जो लोग जिन्दा हैं उनकी खुशी का ख्याल करूँ कि जो मर गया है उसका ग़म मनाऊँ?"

"ग़म मनाया नहीं जाता असरफी वह अपने आप होता है। जो बहुत प्यारा होता है, उसके न होने का ग़म खुशी के मौक़ों पर अपने आप सालने लगता है। मेरी माँ मेरे लिए बहुत कुछ थी, असरफी, आज उसकी बहुत याद आ रही है।"

"मेरी माँ भी मेरे लिए कम नहीं थी शंकर बाबू! आप तो यहाँ अकेले हैं, मुझे तो अपने मरद और उसके दोस्तों की खुशी में शामिल होना ही होगा।"

"हाँ, यह तो है।"

"तो आप कल मेरे यहाँ खाना खायेंगे न! खाना खाने में क्या लगा है। कहीं न कहीं खाना तो खाएँगे ही?"

"ठीक है, कल देखूँगा असरफी। आज अभी कुछ फैसला नहीं कर पा रहा हूँ।"

और आज वह चाय पीकर चुपचाप बैठा है। घर की याद आ रही है। पास-पड़ोस के लोगों को मालूम है कि माँ के मरने के कारण शंकर होली नहीं मना रहा है, इसलिए उसे कोई छेड़ नहीं रहा है। होली का हुड़दंग मचा हुआ है। लोग अपने-अपने यहाँ की होली के गीत गा रहे हैं और ललकारकर एक-दूसरे को खदेड़ रहे हैं। वह चुपचाप यह दृश्य देख रहा है। कई लोगों ने पारस भइया को टाँग लिया है और नारा लगा रहे हैं 'उड़ा ले चलो पंछी है।' पारस ऊपर ही ऊपर छटपटा रहे हैं।

पारस ने संघर्ष करके अपने को छुड़ा लिया और भागे। तब तक चन्दा ने कीचड़ लेकर मारा—छपाक। एक ठहाका पड़ा। शंकर भी हँस पड़ा।

"अरे पारस जी, देखते क्या हो, हो जाओ शुरू। रोज़ तो छिप-छिपकर मिलते हो, आज दिन में ही मिल लो।" किसी लड़के ने मज़ाक किया।

"तो तुम्हीं मिल लो न, आ जाओ ताव हो तो।" कहकर चन्दा ने उस लौंडे को कीचड़ लेकर खदेड़ दिया, वह इधर-उधर भागने लगा।

"स्साला डरपोक, मिलने आया है!" कहकर चन्दा रुक गई और किसी और ने छेड़ दिया तो उसके पीछे दौड़ पड़ी।

लोग पारस को उकसा रहे थे और चन्दा उन्हें मुस्कराकर देख रही थी। तब तक लोग सुखदेव मिस्त्री को टाँगे हुए आए और चन्दा के आगे डाल दिया।

कुछ युवक चिल्लाए—"अरे सुखदेव मिस्त्री, सँभालो अपनी पुरुवा हवा को, न जाने कितनों को उड़ाए लिए जा रही है।"

"अरे ई का सँभालेंगे। सँभालते तो बीबी पुरुवा हवा नहीं बन जाती।" किसी ने भीड़ में से उछाला।

"कौन है रे स्साला, ज़रा सामने आकर तो बोल।"

"बुरा न मानो होली है।"

सुखदेव मिस्त्री अपनी मरियल देह पर होली का दबंग प्रभाव सँभाल नहीं पा रहे थे। वे रंग से तर-बतर होकर धीरे-धीरे काँप रहे थे।

"अरे सुखदेव मिस्त्री, काँप क्यों रहे हो, तुम्हारे पास तो आग की इतनी बड़ी अँगीठी है ताप लो न!" ठहाका पड़ा। सुखदेव दाँत निपोरकर हँसने लगे और चन्दा लड़कियों के झुण्ड की ओर बढ़ गई।

"होली है भाई होली है।" कहता हुआ विनोद आया और शंकर के मुँह पर अबीर मल दिया। विनोद रंग में सराबोर था, उसका मुँह लाल, काले, पीले रंगों के पर्त दर पर्त लेप से पहचान में नहीं आ रहा था। उसे देखकर शंकर ने पहले यही समझा कि कोई होगा, लेकिन जब एकाएक विनोद शंकर पर पिल पड़ा तो वह चिल्ला पड़ा-"अरे नहीं भाई विनोद, मैं इस साल होली नहीं मना रहा हूँ।"

"अरे भकुआ, होली भी कोई मनाने की चीज़ है, वह तो अपने आप मनती है! वह आती है तो क्या किसी से पूछकर आती है? वह तो आती है तो बस आती है, हाड़-हाड़ खुद ही चिटककर फूल बन जाता है।"

"भई माँ मरी है न, इसलिए।"

"माँ मरी है तो क्या न मनाने से वापस आ जाएगी? अजीब हो यार, कभी तो तुम बहुत नये बन जाते हो, कभी एकदम रूढ़िवादी दिखाई पड़ने लगते हो। बीमारी, मौत, गरीबी आदि के ग़मों से मुक्त करने के लिए तो होली आती है। वह खुद भी तो एक ऋतु की मौत से फूटती है, पुराने जर्जर शीत ग्रस्त मौसम पर ही उसकी अलमस्त

दुनिया खड़ी होती है। उधर हज़ारों-लाखों पत्ते झरझराकर गिरते हैं, इधर नये-नये पत्तों की लाल-लाल दुनिया उगने लगती है। माँ के मरने के ग़म का इलाज है होली, लेकिन तुम तो सामने लहराते इस अपार अथाह जीवन के बीच अतीत का एक उदास टुकड़ा थामे मुँह लटकाए बैठे हो!"

"छोड़ो यार, सभी कुछ तर्क से ही प्रमाणित नहीं होता।" शंकर बोला।

"तर्क से नहीं, ज़िन्दगी से प्रमाणित कर रहा हूँ।"

शंकर कुछ सोच में पड़ गया, असरफी की कल की बात उसके भीतर उभर आई। विनोद की बात उससे टकराने लगी। क्या वह सचमुच ही रूढ़ि से ग्रस्त नहीं है? क्या वह आँख मूँदकर इस परंपरा का पालन नहीं कर रहा है कि यदि घर में किसी की मौत हो जाय तो साल-भर तक कोई त्योहार नहीं मनाना चाहिए? एक अपढ़ औरत और एक सैलानी स्वभाव के अगम्भीर माने जाने वाले दोस्त ने जिस सत्य को सहज ही देख लिया उसे देखने में उसे इतनी कठिनाई क्यों हुई? क्या सचमुच उसके भीतर एक घोर परम्परावादी आदमी नहीं बैठा हुआ है?

रहमान के साथ कमलेश आ गया और आते ही 'होली है' कहते हुए शंकर की ओर झपटा।

"शू-ऊ-ऊ · · · ।" विनोद ने ओठ पर उँगली रखकर दोनों को मना किया।

दोनों ठिठक गए।

"आज शंकर साहबजी होली न खेलने के मूड में हैं। ये मातम मना रहे हैं।"

"अरे हाँ यार, हमें तो याद ही नहीं रहा कि शंकर भाई की माताजी का देहान्त हुआ है।"

"होली है।" कहते हुए शंकर उठ खड़ा हुआ और विनोद के हाथ का गुलाल छीनकर उसी के मुँह पर मलने लगा।

"अरे यह क्या हुआ भाई? एकाएक यह क्या हुआ?"

"तेरा सिर हुआ। उल्लू, घण्टा-भर से उपदेश पिला रहा है, ताने मार रहा है और पूछता है, एकाएक यह क्या हुआ!"

फिर तो सभी एक-दूसरे पर झपट पड़े और गुलाल और रंग से एक-दूसरे के चेहरे को लाल करने लगे। फिर हल्ला करते हुए बाहर निकल पड़े और मोहल्ले में फिर एक बार हुड़दंग की लहर आ गई। जवान लड़के इस चौकड़ी के साथ जुड़ गए। कुछ लोगों ने टिप्पणी भी की—"देखो, इस शंकरवा की माँ मरी है और यह होली खेल रहा है।" असरफी भी कुछ औरतों के साथ होली खेलने निकली थी। उसने शंकर को देखा, मुस्करा पड़ी। शंकर ने भी उसे देखा, आँखों-आँखों में मुस्कराया। असरफी का मन हुआ कि शंकर को गुलाल मले, लेकिन हिम्मत नहीं हुई। उसने पास से ही कीचड़ उठाकर विनोद की ओर फेंका और विनोद ने शंकर की ओर देखकर कहा—"उस्ताद, कुछ हो जाय।" और गुलाल लेकर असरफी की ओर बढ़ा। असरफी

ने भागने का अभिनय किया, किन्तु शीघ्र ही विनोद की पकड़ में आ गई और इनकार के भाव से हाथ-पाँव-सिर झटकारती रही। शंकर भी वहाँ पहुँच गया। विनोद से छूटकर वह शंकर पर पिल पड़ी।

लिफ़ाफ़े में से रंग निकालकर उसके चेहरे को रगड़ दिया।

शंकर मुक्त हुआ तो अपने रुमाल से गुलाल साफ़ करने लगा। असरफी इस तरह भागी मानो शंकर उसे पकड़ने वाला हो, लेकिन शंकर अपनी जगह से हिला नहीं तो उसने भागना रोक लिया। थोड़ी दूर जाकर उसने मासूम आँखों से शंकर को देखा और फिर थोड़ा और नज़दीक आकर कहा—"शंकर बाबू, खाने पर आपकी राह देखूँगी।"

"हाँ-हाँ, आऊँगा।"

"क्या बात है? के भाव से मुस्कराते हुए विनोद ने देखा।"

शंकर मुस्कराया—"कल होली के खाने की दावत देने आई थी, मैंने मना कर दिया था। अब जब मातम का बाँध टूट ही गया तो यह भी सही।"

बहुत खेल-खाल लेने के बाद दोस्तों ने कहा—"अच्छा भाई, चला जाए।"

"ठीक है यार, शाम को गौतम साहब के यहाँ चलना है न?"

"हाँ-हाँ, क्यों नहीं?"

"हम सभी लोग शाम को चार बजे ला गार्डेन में मिल जाएँ।"

"ठीक है।"

रहमान ने लौटकर अपने मोहल्ले में प्रवेश ही किया था कि कासिम खाँ अपने साथियों सहित आता हुआ टकरा गया। उसने घूरकर रहमान को देखा—एक मुसलमान होली के रंग में सराबोर! वह ठिठक गया।

"अरे, यह चूजा कौन है रे?"

"उस्ताद, आपको याद नहीं है? अरे यह जुम्मन मियाँ का बेटा है।"

"अच्छा। ऐ चूजे सुन!" उसने रहमान से कहा।

रहमान को इस आदमी से नफ़रत थी। चाहा कि आगे सरक जाए, लेकिन एक दहशत ने उसे रोक लिया।

"हाँ, कहिए।"

"चूजे, तुम्हें होली खेलने का बड़ा शौक चर्राया था। हिन्दू बन रहे हो?"

"होली खेलने से कोई हिन्दू बन जाता है? हिन्दू भी तो हमारे त्योहारों में शरीक होते हैं, तो क्या वे मुसलमान बन जाते हैं?"

"अरे इस चूजे की यह हिम्मत कि मुझसे ज़बान लड़ाए! ऐ चूजे, देख तू अभी बच्चा है, बहुत ज़बान मत लड़ा और अपनी जाति पर रहा कर, नहीं तो ये हिन्दू ही तुझे उबालकर खा जाएँगे। साला कहता है, होली खेलने से क्या हो गया? मुसलमान होकर होली खेलता है?"

रहमान एक बार तो डर गया था, लेकिन उसके भीतर न जाने कहाँ से हिम्मत आ

गई। बोला—"उस्ताद, होली किसी मज़हब का रंग नहीं है, यह इन्सानियत का रंग है। बड़ा मज़ा आता है इस रंग में सराबोर होने में। आप भी एक बार खेलकर देखिए न।" कहकर वह हँसा और धीरे-धीरे घर की ओर बढ़ गया। "छि:, गन्दे लोग!" वह बुदबुदाया। "इनके बाप का नौकर हूं कि ये जो कहेंगे वह करूँगा।"

लेकिन उसके भीतर एक दहशत भी भर उठी थी कि पता नहीं ये लोग कब क्या कर देंगे। और उसकी अपनी भी बिसात कितनी है! कभी भी ये सूअर उसके टुकड़े कर सकते हैं। गुंडों का कोई धर्म होता है क्या! लेकिन इनसे डरकर जिया भी तो नहीं जा सकता।

कमलेश घर की ओर लौट रहा था कि पीछे से एक आवाज़ आई—"बाबू!"

"क्या है?" उसने पीछे मुड़कर देखा-देखा, एक लड़का फैला हुआ हाथ थोड़ा-सा आगे बढ़ाए सिर झुकाए खड़ा है।

"अरे!" कमलेश अचकचा गया। लड़का सिर कुछ झुका होने के कारण और कुछ कमलेश का चेहरा रंग गुलाल की पर्तों से ढका होने के कारण उसे पहचान नहीं सका।

"अरे, तुम प्रेम हो न?"

लड़के ने अब जाकर कमलेश की ओर सीधे देखा। पहचानने की कोशिश की। पहचान लिया तो वहाँ से खिसकने लगा। कमलेश ने उसे पकड़ लिया। "भागो नहीं प्रेम, भागने से समस्या हल नहीं होती। तुमने यह धन्धा कब से अपना लिया है?"

प्रेम कुछ बोला नहीं, सिसकने लगा।

"बोलो भाई, यह धन्धा क्यों अपनाया? कुछ और भी तो कर सकते थे।"

प्रेम बहुत देर तक सिसकता रहा। कमलेश के बहुत खोदने पर बोला—"भइया, पिताजी के मरने के बाद हम लोग अनाथ हो गए। उनके मरने के बाद मिल से कुछ पैसे मिले थे, खर्च हो गए। माँ क्या कर सकती है, उसे तो घर के काम के सिवा कुछ आता ही नहीं। वह चौका-बरतन, खाना बनाने का काम कर सकती है, लेकिन इस मोहल्ले में चौका-बरतन या खाना बनाने के लिए नौकरानी कौन रखता है? और रखे भी तो क्या वह अपने ही मोहल्ले में यह सब काम करेगी? छोटी जाति की होती तो सभी कुछ कर लेती; लेकिन हमारी ऊँची जाति भी तो आड़े आती है।"

"तो इसका मतलब है कि तुम भीख माँगो?"

"तो और क्या करूँ? कई दिन से लगभग उपवास हो रहा है। आज होली के दिन भी घर में कुछ नहीं है। छोटी-छोटी दो बहनें हैं। उनकी पीड़ा नहीं देखी जाती, भइया।··· बस बिना किसी से कुछ बताए निकल पड़ा कुछ करने के लिए।"

"तुम्हारी माँ को मालूम होगा तो कैसा लगेगा?"

"अच्छा तो नहीं लगेगा, लेकिन घर भूख से झुलस रहा है, यह मुझे अच्छा लग रहा है क्या?"

कमलेश खड़ा-खड़ा अतीत में खो गया। उसके पिताजी याद आ गए—अपमानित-प्रताड़ित होकर भी दर-दर झोली फैलाए घूमते पिताजी। उसकी आँखें छलछला आईं।

"तुम रो रहे हो भइया मेरी करनी पर?"

"नहीं भाई, कुछ और ही बात याद आ गई थी। अच्छा यह बताओ, तुम लोग गाँव क्यों नहीं लौट जाते?"

"गाँव रहा कहाँ? माँ ने चाचाजी को लिखा था कि वह गाँव आना चाहती हैं तो उन्होंने लिखा—यहाँ तुम्हारा क्या रखा है? तुम्हारी परवरिश कौन करेगा? जब तक पति कमाता रहा वहाँ मौज उड़ाती रहीं, अब यहाँ क्या रखा है, वहीं रहो।"

"लेकिन तुम्हारे कुछ खेत भी तो हैं।"

"हाँ थे, मालूम हुआ कि चाचाजी ने धूर्तता से वे खेत अपने नाम करा लिए हैं।"

"देखो भाई, तुम्हारी माँ किसी के घर खाना-वाना बनाने का काम कर सकें तो हम लोग कोशिश करें!"

"भइया, वे तो दूर के मोहल्लों में चौका-बरतन कर सकती हैं। वैसे रामसहाय चाचा कोशिश कर रहे हैं कि मिल में कोई छोटा-मोटा काम मिल जाय। बहुत रहमदिल हैं चाचाजी।"

कमलेश फिर एक बार मामा के बड़प्पन से अभिभूत हो उठा। बोला—"भाई प्रेम, भीख मत माँगना! इससे अच्छा है—मौसम के अनुसार चीज़ें बेचा करो, जैसे मूँगफली, भुट्टे, खीरे-ककड़ी और लेमन-जूस वगैरह। जब पढ़-लिख लोगे तो कोई ढंग का काम मिल ही जाएगा।" इस झूठ ने खुद ही उसके भीतर एक मुक्का मारा। वह हुच्च से करके रह गया।

"मेरी पढ़ाई छूट गई है, कमलेश भइया।"

"अरे! कब से?"

"दो-चार दिन से। पहले तो खींचने की कोशिश की, लेकिन अब घर की हालत देखकर पढ़ाई का मन नहीं होता। माँ को भी उत्साह नहीं रहा और मुझे भी लगता है कि दो-चार पैसे कमाकर घर की भूख मिटाऊँ।"

"पढ़ाई मत छोड़ो प्रेम! फीस-फास तो लगती नहीं, स्कूल भी दोपहर से लगता है, दोपहर तक और शाम को जो करना हो कर लिया करो। पढ़ाई किए रहोगे तो देर-सबेर वह तुम्हारा साथ ज़रूर देगी।"

प्रेम कुछ बोला नहीं। उसके साथ घर लौटने लेगा। "तुम्हारी माँ का कुछ काम लग जाएगा तो तुम्हारी तकलीफ कुछ कम हो जाएगी और तुम पढ़ाई कर सकते हो।"

कमलेश को भीतर-भीतर लग रहा था कि उसकी बातों का कोई अर्थ नहीं है। ये सारे शब्द खोखले और निरर्थक हो गए हैं। फिर भी वह बके जा रहा था।

प्रेम घर लौट रहा था, लेकिन उसे लग रहा था कि वह जाकर फिर लौटेगा, बहुत

बुरे समय यह आदमी मिल गया। उपदेश मिलने से काम हल हो जाता तो फिर क्या था? घर लौटकर माँ का, बहनों का उदास चेहरा देखेगा। कई दिनों से बुझा हुआ ठंडा चूल्हा देखेगा। नहीं, वह मोहल्ले में पहुँचकर फिर वापस जाएगा।

"प्रेम भाई, मेरे पास ज़्यादा तो नहीं है—पाँच रुपये हैं, इसे बड़े भाई का प्रेम समझकर कबूल कर लो। आज का काम तो चले।"

बहुत नहीं-नहीं कहने के बाद में आखिर उसने रुपये ले लिये और आँखों में एहसान का भार भरकर कमलेश को नमस्कार किया।

कमलेश का होली का सारा रंग फीका पड़ गया और माँ, विमलेश और बहन सभी याद आने लगे—न जाने कैसे होंगे वे? उनकी होली कैसी मनी होगी?

विनोद मोहल्ले में से निकल रहा था कि रघुवंश मिस्त्री दिखाई पड़ गए।

"होली मुबारक हो, वर्मा जी।"

"आपको भी मुबारक हो। मैंने पहचाना नहीं।" वर्मा जी ने आँखें धँसाकर पहचानने की कोशिश की।

"वैसे वर्मा जी, होली मुबारक करने के लिए पहचान की ज़रूरत नहीं होती, फिर भी आप जान लें कि मैं शंकर का दोस्त हूँ और कुछ दिन पहले एक रेस्त्राँ में आपसे भेंट हुई थी!"

"हाँ-हाँ याद आया। कहिए कैसे हैं?"

"ठीक हूँ," कहता हुआ विनोद आगे बढ़ा और वर्मा से गले मिलकर उनके चेहरे पर अबीर लगाया।

"दिनेश साहब आए थे क्या?"

"आपने भी किस नालायक का नाम ले लिया! वह भला इस गन्दी चाली में क्यों आने लगा?"

"जाने दीजिए, इतना बड़ा शहर है, कहीं व्यस्त हो गए होंगे।" कहकर उसने सायकिल सँभाली और चल पड़ा।

"अरे, यह तो दिनेश वर्मा लग रहे हैं। इनके स्कूटर के पीछे कोई विदेशी महिला बैठी है, जो रँगी हुई है और बहुत प्रसन्न नज़र आ रही है।"...

अच्छा तो ये विदेशी महिला को होली के दृश्य दिखा रहे हैं। महिला के हाथ में कैमरा है और उसे वह अपनी आँखों के ऐंगिल पर साधे हुए हैं।

वर्माजी ग्रेट हैं। अब वे भला इस विदेशी महिला का साथ छोड़कर उस गन्दी चाली में होली खेलने जाएँगे?

"विनोद घर पहँचा ही था कि सपत्नीक कैलाश आ गया।"

"आओ यार, मैं भी अभी आ रहा हूँ।"

"नहीं, हम तो काफी देर पहले आ गए थे। आकर देखा ताला बन्द है, फिर दूसरों के यहाँ चले गए।"

"चिरन्तनजी के यहाँ नहीं गए थे?"

"गया था। मैं तो नहीं जाता, लेकिन श्रीमती जी के आग्रह से गया था।"

"फिर?"

"फिर क्या, वही हुआ जो होना था। उन लोगों ने हमें देखकर मुँह बिचका लिया और कुछ बोले तक नहीं। फिर हम चुपचाप वहाँ से लौट गए। मैंने मना किया था, लेकिन औरतें कहाँ मानती हैं?"

"भाई साहब, मैंने तो अपना फर्ज़ निभाया। यह पहली होली थी। बड़े लोंगों के पास जाना अपना फर्ज़ बनता है कि नहीं? अब वे जो चाहें करें, हमने अपना धर्म निभाया।"

"आप ठीक कहती हैं, रेखा बेन!"

"ठीक तो कहती हूँ, लेकिन हम बातें करते रहेंगे क्या?" कहकर रेखा बढ़ी और विनोद के चेहरे पर रंग पोत दिया। विनोद ने देखा, उसकी बाल्टी भरी हुई है। चुपचाप खड़ा रहा और मौका मिलते ही पूरी बाल्टी रेखा पर उड़ेल दी और तीनों फिर होली के मूड में आ गए।

विनोद ने बाज़ार से कुछ मिठाइयाँ ला छोड़ी थीं, प्लेट में लाया और तीनों बैठकर टूँगने लगे।

"चिरन्तजी का व्यवहार समझ में नहीं आता कैलाश! वे बनते हैं सुधारवादी, गाँधीवादी और तुम्हें अपनी जाति की एक गुजराती लड़की से शादी करने की छूट नहीं दे सके। अपने यहाँ के लोगों में और गुजरातियों में उनकी इतनी मान-मर्यादा है, लेकिन उनकी मानसिकता इतनी संकुचित क्यों है?"

"दरअसल भाई साहब व्यावहारिक व्यक्ति हैं। उनके व्यवहारवाद का पहला नुक्ता है कंजूस होना। कम से कम खर्च करके पैसे बचाना और गाँव में बैठे लोगों के पास भेजना। यहाँ जितने सगे-सम्बन्धी हैं उनसे भी लेन-देन का व्यवहार रखकर अपनी सज्जनता की छाप छोड़ते हैं, अपनी ओर का कोई ज़रूरतमन्द व्यक्ति है तो दो-चार पैसे की मदद कर उसकी वाहवाही लूटते हैं। अपनी बोलचाल और चालढाल से समाज में बहुत संयत, भद्र और सौम्य होने का प्रभाव छोड़ते हैं। इसलिए उधर की या इधर की सारी संस्थाएँ उनका सम्मान करती हैं। लेकिन बाहर वे जितने भद्र हैं, घर के भीतर उतने ही क्रूर और कृपण। बच्चे दो पैसे के लिए तरस जाएँगे, नहीं देंगे, लेकिन बाहर के आदमी को अपनी प्रतिष्ठा की रक्षा के लिए बड़ी आसानी से दो-चार रुपए दे देंगे। गीता, रामायण, वेद, महाभारत, तुलसी, सूर आदि का उन्हें कुछ न कुछ ज्ञान है और वे अपने प्रवचनों और संवादों में उनकी सूक्तियों का हवाला देंगे। हँसेंगे, मज़ाक करेंगे, लेकिन घर के भीतर उनकी सारी मानवीय मुखरता के ऊपर उनकी ठण्डी क्रूरता उभर आएगी। बिना डाँटे-डपटे यानी क्रुद्ध वाणी की भूमिका के बिना ही सीधे भाभी को या बच्चों को पीट देंगे और फिर बिना कुछ बोले अनासक्त भाव

से अपना काम करने लगेंगे।"

"हाँ यार, सचमुच बहुत ग्रेट आदमी हैं!" रेखा बेन मुस्कराईं। कैलाश कहता गया, "मैंने तो उनको बहुत सहा। उनकी शाब्दिक और व्यावहारिक यातना सहने के बावजूद कुछ प्रतिरोध नहीं किया। ऐसा कुछ नहीं किया जिससे बाहर उनके बने-बनाए सन्त-बिम्ब को कोई चोट पहुँचे। ··· लेकिन मैं जवान हूँ, मुझे भी अपने ढंग से जीने का अधिकार है। मैं दूसरों की इच्छा और स्वार्थ की पूर्ति करने के लिए मशीन तो नहीं हूँ। जब मैंने मशीन होने से इनकार किया तो भाई साहब को बुरा लग गया। मैंने कोई पाप तो नहीं किया, विनोद? मैंने प्रेम किया और प्रेम करके छोड़ नहीं दिया, शादी भी की।"

"और शादी करके निभाओगे भी!" विनोद ने जड़ दिया और तीनों हँसने लगे।

"मैं तो निभाऊँगा ही, रेखा से पूछिए कि क्या करेगी।"

फिर हँसी की लहर फैली।

"देखो विनोद! मैं तो भाई हूँ, उनकी नाना यातनाएँ सहकर भी उन्हें निभाया, उन्हें पिता की तरह मानता रहा, लेकिन ऐसे तानाशाह अपने बच्चों से ही पराजित होते हैं। मुझे डर लग रहा है कि भाई साहब किसी दिन अपने बड़े पुत्र अनिल के व्यवहार से टूटकर बिखर न जाएँ।"

"यह कोई ज़रूरी थोड़े ही है, कैलाश!"

"नहीं, ज़रूरी नहीं है, लेकिन सम्भावना होती है और सम्भावना दिखाई दे रही है।"

"क्या!" रेखा ने चौंककर पूछा।

"हाँ, उसके लक्षण अच्छे नहीं हैं। वह गाँजा पीता है और लड़कियाँ छेड़ता है।"

"तुम्हें कैसे मालूम?"

"यह सब चीज़ें छिपती हैं क्या? यहाँ से वहाँ और वहाँ से यहाँ फैलती जाती हैं। मैंने भी कई लोगों से सुना है।"

"तो तुम चिरंतनजी से कहते क्यों नहीं?"

"तुम भी विनोद जानकर अनजान बनते हो! मैं कहूँगा तो सोचेंगे, बदला ले रहा है। हाँ, एक आदमी से कहलाया था, तो भाई साहब आत्मविश्वास की हँसी हँसकर बोले थे—"आप जानते हैं किसके बारे में कह रहे हैं? अनिल मेरा खून है। उसे हमारे घर का संस्कार मिला है। वह संस्कारविहीन नहीं हो सकता। आपको ग़लत ख़बर मिली होगी।"

"हो सकता है ऐसा ही हो। मुझे ख़बर मिली थी, सोचा आपको सावधान कर दूँ। अच्छा नमस्कार!"

"नमस्कार, अरे चाय तो पीते जाइए!"

"नहीं, आज के लिए इतना ही काफी है।" कहकर वे सज्जन चले आए। आज

घर गया तो वह था नहीं।

"पड़ा होगा, कहीं दम मारकर।"

"अच्छा भाई विनोद, चलते हैं नमस्कार!"

"नमस्कार! नमस्कार रेखा बेन!"

विनोद नहा-धोकर होटल में खाना खा आया। आराम करने के लिए बिस्तर पर पड़ा तो अतीत याद आने लगा। न जाने क्या-क्या था उस अतीत में जो विनोद को एक खामोश बेचैनी से भरता गया। कुछ देर तक वह उसके भार तले गुमसुम पड़ा रहा, फिर उसे रजाई की तरह झटक कर फेंक दिया—अतीत की ऐसी की तैसी। और वह ठठाकर हँस पड़ा।

कमलेश स्कूल गया तो सोचा था कि आज गंगाराम शास्त्री से तनखाह के या उसके नाम पर कुछ रुपये माँगेगा, लेकिन जाते ही सुना कि वे हैं नहीं। कल आए थे, आज सुबह फिर कहीं चले गए। क्या करे वह? कई महीने हो गए और तनखाह नदारद। कभी दस-पाँच रुपये मिल जाते हैं। वह चाहे तो फीस के रुपये हथिया सकता है, लेकिन वह ऐसा करना चाहता नहीं। इससे बदनामी होगी और शास्त्रीजी नाराज़ होकर दूसरे दिन चले जाने को कह देंगे। तिनके का सहारा भी छूट जाएगा। लेकिन इस तरह कब तक चलेगा? शास्त्रीजी तो इन दिनों लगातार बाहर रह रहे हैं। स्कूल के लिए फण्ड जुटाने का तो बहाना है, वे चुनाव की तैयारी में जुटे हैं। 2 मई को विधानसभा का चुनाव है। शास्त्रीजी एम.एल.ए. के टिकट के लिए भाग-दौड़ कर रहे हैं। उन्हें स्कूल की और टीचरों की तनखाह की कहाँ चिन्ता है!

उसने सोचा, रमाजी से मिले और उनसे अपना सुख-दुख कहे, शायद शास्त्री व्यवस्था करके उन्हें कुछ दे गया हो। क्लास खत्म करने के बाद वह रमाजी से मिला। रमाजी का चेहरा उदास था। इसे देखते ही बोली—"आइए प्रिंसिपल साहब, मैं आप से खुद ही मिलना चाहती थी।" कमलेश रमाजी के चेहरे की सघन उदासी देखकर चकित रह गया और अपनी बात कहने की जगह उनकी बात पूछ बैठा—"कहिए रमाजी, क्या बात है?"

"कुछ नहीं बस ऐसे ही, ज़रा अकेले-अकेले जी घबरा रहा था, सोचा आपसे थोड़ी गपशप करूँ। आप कैसे आए!"

"शास्त्री जी से भेंट नहीं हो पा रही है। बात यह है कि ··· !"

"हाँ क्या बात है?"

"बात यह है कि ··· अब आपसे क्या कहूँ?"

"समझ गयी। स्कूल खोलकर एक मुसीबत खड़ी कर दी। इतने लोगों को काम पर लगा दिया और किसी की तनखाह की कोई व्यवस्था की नहीं। ऐसे कैसे काम

चलेगा?"

"आप खुद ही समझ रही हैं तो मैं क्या कहूँ? घर से दूर, परदेशी, तनखाह न मिले तो कैसे रहेंगे? हमें कहाँ ठिकाना मिलेगा?"

"आप ठीक कहते हैं।"

"सुना है कल शास्त्रीजी आए थे!"

"हाँ, आए थे दो घण्टे के लिए। उनके सिर पर पट्टी बँधी थी।"

"क्या चोट आ गयी थी? कैसे?"

"हाँ चोट तो थी ही, कितनी गहरी है और कैसे लगी, इसका ठीक-ठीक ज्ञान मुझे नहीं हो पाया। 'अरे यों ही है' कहकर वे टाल गए और आवश्यक काम बताकर दो घण्टे बाद फिर चले गए।"

"ठीक है।"

"क्या ठीक है?" रमाजी ने चौंककर पूछा। कमलेश ने उनकी ओर देखा। उनका चेहरा विकृत हो उठा था। "वे जो कुछ कहते हैं सब ठीक ही कहते हैं?"

"तो?"

"झूठ बोलने की उनकी पुरानी आदत है। झूठ बोलकर मुझसे शादी की, झूठ बोलकर न जाने क्या-क्या किया। क्या तो इस चोट के विषय में वे सच बोल रहे होंगे, आपको विश्वास है?"

"तो आपको क्या लगता है?"

"मुझे तो लगता है कि वे फिर कोई चक्कर चला रहे हैं!"

"इस तरह बेबुनियाद शंका न करें रमाजी! आख़िर वे आपके पति हैं और विश्वास तथा सद्भाव से ही गृहस्थी चलती है।"

"ओ हो, तुम तो बड़े-बूढ़ों की तरह बोल रहे हो जैसे, तुम्हारा इस क्षेत्र में बहुत गहरा अनुभव हो!"

कमलेश झेंप गया और उसे लगा कि सचमुच वह एक ऐसी बात कह गया हो जिसे उसने अनुभव से नहीं, किताबों से पाया है।

"देखो कमलेश! माफ करना प्रिंसिपल कमलेश, मैंने आपको तुम कह दिया।"

"नहीं, नहीं, कहिए, आप मुझसे हर दृष्टि में बड़ी हैं, आपके अधिकार हैं ⋯ "

"नहीं, मैं बड़ी हूँ यह सच नहीं है और न इस अधिकार से मेरे मुँह से तुम निकला है। मुझे लगता है तुम मेरे छोटे भाई हो। न जाने ऐसा क्यों लगता है और इसी अधिकार से तुम निकला है और इसी अधिकार से मैं तुम्हें अपने घर के भीतर की बेचैनी का अहसास भी कराना चाहती हूँ।"

"यह मेरा सौभाग्य है रमाजी कि आप मुझे अपना भाई समझती हैं और मुझ पर विश्वास करती हैं। आपका भाई आपके दर्द में शरीक होकर अपने को सार्थक समझेगा।"

"हाँ, तो मैं कह रही थी कि एक व्यक्ति यदि एक पत्नी को धोखा देकर दूसरी ला सकता है, तो दूसरी को धोखा देकर तीसरी भी ला सकता है।"

"आप कहना क्या चाहती हैं?"

"देखो कमलेश भाई, तुमने विश्वास दिया है तो अपनी तकलीफ में तुम्हें शरीक भी कर लूँ। कुछ दिन पहले एक गुमनाम पत्र आया था—शास्त्रीजी के नाम। उसमें लिखा था—"उस लड़की से रास रचाना छोड़ दो शास्त्री, नहीं तो तुम्हारा सिर फोड़ दूंगा और फिर भी नहीं मानोगे तो तुम्हारी जान भी ले लूँगा। यह मत समझो कि तुम डाहा भाई के चमचे हो तो सब कुछ कर सकते हो।"

"मैं पत्र पढ़कर सकते में आ गई। तो ये फिर कोई गुल खिला रहे हैं। सोचा–पूछूँ इनसे, लेकिन ये लगातार बाहर–बाहर रहते रहे। मुझे लगने लगा कि उसी के चक्कर में ये दिन–रात भटक रहे हैं। फिर मेरे पास गुमनाम खत आया। लिखा था–'श्रीमती शास्त्री, आपको पता होगा कि आपके पति महोदय महीना–भर पहले बीमार होकर अस्पताल में रहे। वहाँ मेरी प्रेमिका नर्स के रूप में काम करती है। इन्हें देखने डाहा भाई आए थे और बहुत से नेता गए थे, इसलिए वहाँ के डॉक्टर और नर्स सभी इनके रुआब में आ गए थे। मेरी प्रेमिका को न जाने क्या–क्या लालच देकर इन्होंने पटा लिया। उसे न जाने क्या–क्या सब्जबाग दिखाए कि वह छिनाल मुझसे विरक्त होकर इनके जाल में फँस गई। मैं नहीं जानता कि ये विवाहित हैं या नहीं, लेकिन मेरी प्रेमिका से कह रखा है कि अविवाहित हैं। लेकिन मुझे विश्वास है कि वह विवाहित हैं। इसलिए अनुमान से आपको पत्र लिख रहा हूँ। मेरी प्रेमिका तो छिन ही गई, लेकिन मैं इस लम्पट को पाठ पढ़ाए बिना नहीं मानूँगा।'"

"यह तो बहुत बुरा हुआ।"

"पत्र बड़ौदे से आया है। तुम्हें याद है कि महीना–भर पहले ये डाहा भाई के साथ बड़ौदे गये थे। कोई सभा–वभा थी। वहाँ ये कई दिन रह गये। मुझे अपनी बीमारी की सूचना भी नहीं भिजवायी। उनके आने पर मालूम पड़ा कि चार–पाँच दिन ये अस्पताल में रहे हैं। कौन–सी बीमारी थी, मुझे अभी तक पता नहीं। अस्पताल में बीमार होकर गए हों चाहे न गए हों, वहाँ से भयानक बीमारी लेकर लौटे हैं—प्रेम की बीमारी।"

"उनसे बात कर ही लीजिए।"

"कल बात की तो थी। उनके ज़ख्म का हाल पूछा तो बोले–'एक जगह लोहे से टकरा गया।' मैंने जब उन्हें दोनों गुमनाम पत्र दिखाए तो एकाएक घबड़ा गए, लेकिन कुछ ही देर में सँभल गए, हँसे और बोले—'डीयर, तुम भी गुमनाम पत्रों पर विश्वास करने लगीं। इस तरह तो कोई भी किसी के ख़िलाफ कुछ भी लिख सकता है। जानती हो न यह चुनाव का मौसम है। विरोधी दलों के लोग न जाने कितने ग़लत प्रचार करते हैं, व्यक्तित्व–हनन के लिए कितने हथकंडे अपनाते हैं।"

"देखो, मुझे चराओ मत। मैं दूधपीती बच्ची नहीं हूँ। मैं तुम्हें खूब जानती हूँ। तुम

जितना बाहर हो उससे कई गुना भीतर हो। कौन है यह हरामज़ादी नर्स?"

"कोई नहीं भाई, यह सब मनगढ़ंत है। तुम विश्वास क्यों नहीं करतीं?"

"बोलो, तुम चार-पाँच दिन कहाँ रहे? क्या तुम अभी बड़ौदे से नहीं आ रहे हो?"

"कोई नहां भाई, मैं तो गाँधी नगर में था। मुझे अपने टिकट की पड़ी है और तुम रोमांस का रोना लिए बैठी हो।"

"नहीं, तुम्हें टिकट की चिन्ता नहीं है, वह तो तुम्हें मिल ही जाएगा डाहा भाई जो हैं। तुम्हें इस समय उस नर्स की चिन्ता ज़्यादा है।"

"फिर धीरे-धीरे बात बिगड़ती गई और वे उठकर चले गए—न जाने कहाँ गए, कब तक आएँगे। होली के दिन आए भी तो यह सब हो गया।"

कमलेश क्या बोलता? चुप ही रहा।

"तुम एक काम कर सकते हो, कमलेश?"

"कहिए!"

"तुम मेरे साथ बड़ौदे चलो। अस्पताल चलकर पता लगाएँगे कि वे किस वार्ड में थे और किस नर्स से इनका चल रहा है।"

"किस नर्स से चल रहा है इसका पता कैसे चलेगा? क्या हम लोग हर नर्स से पूछेंगे कि भाई कौन है शास्त्रीजी की प्रेमिका नर्स?"

दोनों हँस पड़े, लेकिन एक क्षण बाद ही मातमी सन्नाटा पसर गया।

"पता लग जाएगा। वहाँ के प्रधान डॉक्टर से बात करेंगे। ऐसी बातें छिपी नहीं रहती, माहौल में तैरने लगती है। हो सकता है वह लड़की ही कहीं टकरा जाए।"

"देखिए रमा बहन, इससे बात बिगड़ सकती है। यदि बात सच नहीं हुई और शास्त्रीजी को मालूम हुआ कि हम दोनों जाँच-पड़ताल के लिए गए थे, तो हम दोनों से सम्बन्ध ख़राब होंगे।"

"तो तुम्हें अपनी प्रिंसीपली छिन जाने का डर है?"

"नहीं रमा बहन, यह प्रिंसिपली जैसी है वैसी तो आप जानती ही हैं, बस जब तक इस तरह चल जाए, चल जाए। मुझे आपके दाम्पत्य जीवन के बिगड़ जाने का डर ज़्यादा है और एक बात और, यदि बात सच हुई तो आप अपने को रोक नहीं पाएँगी और कुछ कर बैठेंगी। चुनाव के दिनों में विरोधियों को इनके विरुद्ध प्रचार करने का अवसर मिलेगा और यदि ये हार गए तो सारा दोष आपके सिर मढ़ा जाएगा और सम्बन्धों में भयानक कटुता आ जाएगी।"

"हाँ, तुम ठीक कहते हो। लेकिन इस तरह संशय में जीना भी तो कम ख़तरनाक नहीं; क्या करूँ?"

"देखिए, मैं अपने स्तर पर बहाने से कुछ पता लगाने की कोशिश करूँगा। आप चुनाव तक चुप रहिए, उसके बाद शायद आपको सही सूचना मिल जाएगी।"

"ठीक है, देखें।"

"अच्छा नमस्कार!"

"अरे ज़रा रुको!" कहकर रमाजी अन्दर गईं और सौ रुपए का एक नोट लाकर कमलेश को पकड़ाने लगीं।

"यह क्या है?"

"देख तो रहे हो, सौ का नोट है।"

"सो तो देख रहा हूँ, लेकिन क्यों?"

"नहीं, शंका मत करो। मैं अपना काम कराने के लिए कोई घूस नहीं दे रही हूँ। आप मेरे पतिदेव के स्कूल में काम कर रहे हैं और पतिदेव आप लोगों की तनख़ाह की व्यवस्था नहीं कर पा रहे हैं, आखिर पतिदेव की नैतिक ज़िम्मेदारी में कुछ हिस्सा मेरा भी तो होता है। लेकिन मैं कर ही क्या सकती हूँ। मेरे पास भी क्या है? जो है उसमें से कुछ तो तुम्हें दे ही सकती हूँ।"

"नहीं-नहीं, आप क्यों देंगी? मैं तो यह जानने आया था कि शास्त्री जी कुछ व्यवस्था तो नहीं कर गए हैं।"

"तुम इसे तनखाह का एक अंश समझकर ही ले लो। तनखाह मिलेगी तो इतना कट जाएगा।"

कमलेश संकोच से खड़ा रहा। रमाजी मुस्कराईं। "कमलेश, मैं तुम्हें दान नहीं दे रही हूँ। हम लोग तुम्हारा प्राप्य तो दे ही नहीं पा रहे हैं, दान का सवाल कहाँ उठता है? दान तो तुम्हीं लोग दे रहे हो।"

"फिर भी ···!"

"फिर भी, उर भी कुछ नहीं। अब तो तुम मेरे छोटे भाई भी हो। इस अधिकार से भी तो दे सकती हूँ, लेकिन देकर तुम्हारा स्वाभिमान आहत नहीं करूँगी।"

कमलेश ने ले लिया लेकिन संकोच से कहा—"आपने अपने निजी कार्य के लिए रखा होगा, वह मुझे दे दिया।"

"कोई बात नहीं, शास्त्रीजी से ले लूँगी। अगर टिकट पा गए तो पार्टी से पैसे भी मिलेंगे। कुछ-न-कुछ तो मेरा प्राप्य होगा ही उसमें से।"

कमलेश संकोच से मुस्कराया और नमस्ते करके चला गया।

रमाजी उदास होकर खाट पर लेट गईं। उदासी का फटा हुआ माहौल फिर सिमटकर घना हो गया। सोचने लगीं—क्या होगा यदि यह आदमी उस नर्स को उठा लाया। धोखा देकर मुझे उस देहाती औरत के सिर पर लाद दिया, अब उस नर्स को धोखा देकर मेरे सिर पर लाद देगा। वह देहाती औरत तो बड़ी आसानी से हमें छोड़कर गाँव लौट गई, लेकिन मैं कहाँ जाऊँगी? मेरी कौन ज़मीन-जायदाद रखी है? मैं तो नौकरी भी नहीं करती। अपढ़ होकर भी वह कितनी बड़ी औरत थी—एक ओर स्वाभिमान था, दूसरी ओर प्यार। वह अपने स्वाभिमान और प्यार से मुझे छोटी बना गई। लेकिन मैं उस नर्स को घर में घुसने नहीं दूँगी। घुस गई तो घर छोड़कर भागूँगी

नहीं, उसे सबक सिखाऊँगी। लेकिन... कोई किसी को क्या सब सिखाएगा यदि उसका पति ही उसका साथ न दे तो। पति तो उसी के साथ होगा। कितना मायावी है यह व्यक्ति! लड़कियों को फाँसने में माहिर है। माँ बचपन में ही मर गई थी। पिताजी नौकरी से रिटायर्ड हो चुके थे। अच्छी नौकरी में थे। अच्छे पैसे कमाए थे। मैं एम.ए. में पढ़ रही थी और शास्त्री मेरी छोटी बहन को ट्यूशन पढ़ाने आता था। धीरे-धीरे मैं उसकी ओर खिंचती गई। वह एक स्कूल में टीचर था, किन्तु बड़े-बड़े लोगों से अपने सम्बन्ध बताता था और कहता था कि उसके पास गाँव में बहुत सारी जायदाद है। यहाँ भी बहुत सारे पैसे बैंक में हैं। टीचरी तो शौकिया करता है। बच्चों को पढ़ाने का उसे बहुत शौक है इसलिए पढ़ाता है। पिताजी मेरी शादी एक व्यापारी से तय कर रहे थे। मुझे व्यापारियों से शुरू से ही चिढ़ है। मोटे-मोटे पेट लेकर गद्दी पर बैठे रहो, दिन-रात रुपये-पैसे की भाषा में बात करो—न साहित्य, न संस्कृति, न देश, न समाज, बस अपना लाभ और लाभ और फूहड़ ढंग से मनोरंजन करना। मैंने दबी ज़बान से पिताजी से विरोध किया, लेकिन पिताजी नहीं माने, लाभ-हानि के बारे में मुझे समझाया और सिद्ध किया कि वह विवाह मेरे अनुकूल रहेगा। लेकिन मैंने तय कर लिया था कि यह शादी नहीं करूँगी। इस मानसिकता के परिप्रेक्ष्य में शास्त्री और आकर्षक लगता गया और हम दोनों ने एक दिन परस्पर शादी का प्रस्ताव रख दिया। यह तय हुआ कि पिताजी तो अनुमति देंगे नहीं, कोर्ट मैरिज कर ली जाय। और वह भी दूसरे शहर में। एक दिन मैं पिताजी का बहुत सारा पैसा-वैसा लेकर शास्त्रीजी के साथ निकली और सूरत में जाकर कोर्ट मैरिज कर ली। पिताजी के लिए मैं चिट्ठी छोड़ गई थी। पिताजी समझदार थे। लड़की बालिग है इसलिए पुलिस केस नहीं हो सकता और जब तक पुलिस उनकी खोज करेगी वे शादी कर चुके होंगे—कोर्ट में या मन्दिर में। बदनामी अलग से होगी। पैसे ले गई तो कोई बात नहीं। वे तो उसकी शादी में खर्च होने ही थे। हाँ, चिन्ता है तो एक ही बात की कि वह लफंगा कहीं बेटी की ज़िन्दगी दुखमय न कर दे। जो दूसरों का विश्वास जीतकर उसके घर में सेंध मार दे, वह लफंगा नहीं तो और क्या होता है?

पिता की ये सारी बातें काफी दिनों बाद मुझे अपनी छोटी बहन से मालूम पड़ी थीं। पिताजी के मित्रों ने जब उन्हें कोई कार्रवाई करने के लिए उकसाया था तो उन्होंने ये जवाब दिए थे।

हम शादी करने के बाद कुछ दिन सूरत में रहे, फिर बम्बई चले गए घूमे-घामे। जब पैसे खत्म होने लगे तो अहमदाबाद लौट आए और मैं शास्त्री के साथ उनकी चाल में रहने लगी। मैं किस ज़िन्दगी से किस ज़िन्दगी में आ गई। हमारे लौटने के पहले ही स्कूल में रिपोर्ट कर दी गई थी कि वे लड़की को भगाकर ले गए हैं विवाह करने के लिए। इसलिए जब लौटकर स्कूल में शास्त्रीजी पढ़ाने गए तो प्रिंसिपल ने बरखास्तगी का पत्र थमा दिया और साथ-साथ पैसे भी।

पैसे खत्म हो गए थे। बैंक में पैसे होने की बात धीरे-धीरे झूठ निकलती गई और फाँके होने लगे। कुछ महीने कितनी परेशानी और तकलीफ से गुज़रे। शास्त्रीजी थम-थमकर, कुछ-न-कुछ, कही-न-कहीं से ले आते थे और गाड़ी आगे सरकती थी। पिताजी ने न मुझे बुलवाया, न मैं गई। शायद दोनों ओर कोई-न-कोई दीवार थी, कोई संकोच था। बहन आकर मिल जाती थी और कई बार उसके माध्यम उन्होंने कुछ रुपये भेजे, लेकिन मैंने सादर वापस कर दिए। किस अधिकार से पैसे लेती और अपने द्वारा अर्जित अपनी बेपर्दगी और दरिद्रता का इज़हार क्यों करती? पिताजी बीमार रहने लगे। उन्होंने अपने जीवन की अनिश्चितता से भयभीत होकर छोटी बहन की शादी, जब वह सोलह साल की थी, तभी कर दी। हमें शादी में बुलाया गया था। शास्त्रीजी नहीं गए, मैं गई थी। पिताजी को देखकर दया आ रही थी। उनके चेरहे पर एक अजीब उदासी चढ़ी हुई थी। मेरे साथ उनकी निर्लिप्तता में अपनेपन की एक गहरी वेदना और बेचैनी झाँक रही थी।

छोटी बहन विदा हो गई। पिताजी बहुत रोए, बहुत रोए। बहन के चले जाने के बाद पिताजी जब अकेले हुए, तब मैं उनके कमरे में गई। वे गुमसुम कुर्सी पर बैठे हुए छत की ओर निहार रहे थे। मैं जाकर खड़ी हो गई। वे भी खामोश रहे। मैंने कहा—"पिताजी!"

वे फिर भी उसी तरह रहे।

मैंने कहा—"पिताजी, माफ नहीं करेंगे अपनी नादान अभागिनी बेटी को?"

पिताजी ने छत की ओर से हटाकर अपनी आँखें मेरी ओर फिरा लीं, कुछ देर तक देखते रहे। उनका समूचा चेहरा पिघलने लगा, आँखें तरल होकर कँपकँपाने लगीं। वे धीरे-धीरे उठे और आगे बढ़कर मुझ पर भहरा पड़े—"बेटी, मेरी प्यारी बेटी, इस अभागे बाप को क्यों इतनी बड़ी सज़ा दी?" वे मुझे भींचकर देर तक रोते रहे, मैं भी अहकती रही। लगा जैसे पूरा कमरा थरथरा रहा है।

रोकर कुछ देर बाद हम हल्के हुए तो पिताजी बोले—"क्यों मुझे भूल गई थी बेटी? क्या कभी मेरी याद नहीं आई?"

"आपके बिना भी मेरा कोई पल बीता है क्या? लेकिन आपको दुख देकर गई थी, आती किस मुँह से? आपने भी तो कभी नहीं बुलाया पिताजी!"

"हाँ बेटी, मेरा भी अहंकार मुझे खा रहा था। यही सोचता रहा कि तुम मुझसे पूछकर तो गई नहीं हो कि मैं तुम्हें बुलाऊँ, आना होगा तो अपने मन से आओगी। लेकिन कभी मेरा मन तुम्हें भुला पाया क्या? सुधा को भेजता रहा, लेकिन उसे कह रखा था कि यह मत कहना कि पिताजी ने भेजा है।"

एक चुप्पी छाई रही। फिर पिताजी बोले—"अब तो मेरा कोई भरोसा नहीं बेटी, स्वास्थ्य ठीक नहीं रहता, पता नहीं कब क्या हो जाय? अब सुधा की गार्जियन तू ही है। तुम लोग सुखी रहो बेटा, इससे बड़ी इच्छा मेरी और क्या हो सकती है।"

कुछ महीने बाद पिताजी चले गए। हम लोग निपट अकेले हो गए। सुधा अपने

ससुराल में सुखी है। प्रेम विवाह न होकर भी उस विवाह में गहरा प्रेम है और मैंने प्रेम विवाह किया लेकिन लगता है सब धोखा ही धोखा है। शास्त्रीजी की नौकरी छूटने के बाद कुछ दिन तकलीफ के रहे, लेकिन ये जल्दी ही सँभल गए और यहाँ-वहाँ से पैसे लाने लगे। पूछती तो कुछ न कुछ बता देते। मैं मान तो जाती लेकिन मन को लगने लगा कि ये कोई तिकड़म ज़रूर करते हैं। और जब उन्होंने सेठ का यह मकान हथिया लिया तो मैंने विरोध भी किया, लेकिन उन्होंने यह कहकर चुप कर दिया कि किसी ग़रीब का मकान थोड़े ही है। करोड़पति का मकान है, बेकार पड़ा हुआ है। वह तो कलकत्ते में है। इस मकान को हथिया लेना अनैतिक नहीं है। हम इस खाली बेकार पड़े मकान को सार्थकता देंगे। और अन्त में यह भी कह दिया कि तुम इन सब कामों में दखल मत दिया करो, तुम दुनिया को नहीं समझतीं, तुम बस घर के भीतर प्रेम का शासन चलाती रहो, मैं दुनिया को देख लूँगा।

मैं घर में प्रेम का शासन चला रही हूँ और वे दुनिया को देख रहे हैं। दुनिया का मतलब है नर्स। नहीं मैं उन्हें दुनिया देखने नहीं दूँगी। दुनिया के चक्कर में घर को भूलने नहीं दूँगी।

लेकिन, क्या कर लूँगी? कौन है मेरे साथ जो उनसे लड़ेगा? वे इस मकान से जो भी पैसा पाते हैं खुद अपने बैंक में रखते हैं, मुझे तो बस ऐसे ही कुछ न कुछ दे देते हैं। वे नेता हैं, नेता लोग उन्हीं का साथ देंगे। अगर वे एम.एल.ए. और मन्त्री बन गए तो उनका सौ खून माफ़ हो जाएगा, चाहे वह खून बाहर करें या अपनी पत्नी के प्रेम और विश्वास का करें। इतने साल हो गए विवाह के, कोई सन्तान भी तो नहीं हुई। कहते हैं, मुझी में खोट है। खुद को किसी बात का ज़िम्मेवार नहीं मानते। इसमें उनका भी क्या कसूर? यह तो पुरुष-समाज का संस्कार है। कोई सन्तान होती, तो उसी में अपने को लगाकर अपने दुख-दर्द काट देती। किस सहारे जिऊँगी अगर मेरी सौत मेरे घर में आ गई तो? हो सकता है दोनों मिलकर मुझे जला दें, ज़हर दे दें, यही सब तो हो रहा है।

वह सनाका खा गई। कुछ देर तक स्तब्ध लेटी रही। फिर एकाएक हँसी। उसके चेहरे पर एक और ही भाव उग आया। वह बड़बड़ाने लगी ··· "धिक्कार है मुझे जो अपने को इतना लाचार समझ रही हूँ। मैं अगर पिता की इच्छा के विरुद्ध विद्रोह कर सकती थी तो क्या पति की अमानवीय हरकतों के ख़िलाफ नहीं कर सकती? मैं पढ़ी-लिखी हूँ, बी.ए. पास हूँ। क्या यह शिक्षा मेरे लिए कोई ताकत नहीं? क्या शिक्षा ने मुझे कुछ भी आत्मबल नहीं दिया है? क्या मैं भी उन औरतों में से हूँ जो सारी यातना सहकर भी पति को परमेश्वर मानती हैं? उसने अपने से कहा—"उठ खड़ी हो और अगर तेरा पति तेरे सिर पर अपनी लंपटता का कोई बोझा लादता है तो झटककर फेंक दे और संसार के सामने उसे नंगा कर दे। अभी बहुत-से लोग हैं जो तेरे साथ खड़े हो सकते हैं।"

रमा उठ बैठी और हाथ-मुँह धोने बाथरूम चली गई। वहाँ से निकली तो कोई गीत गुनगुना रही थी।

एम.ए. परीक्षा का आखिरी प्रश्नपत्र करके शंकर लौटा था। दोस्तों ने कार्यक्रम बनाया था कि जिस दिन शंकर की परीक्षा ख़त्म होगी, उससे मिलेंगे और या तो सिनेमा चलेंगे या और कोई जश्न करेंगे। शाम को विनोद, कमलेश, रहमान साथ ही शंकर के यहाँ पहुँचे। शंकर उदास बैठा था।

"कैसा पेपर हुआ है भाई?"

"बस हो गया।" भारी मन से उसने कहा।

"अरे इस तरह क्यों बोलते हो?" विनोद ने झुँझलाकर कहा।

"तो और किस तरह बोलूँ?" जब परचे ठीक नहीं हुए तो क्या नाचूँ-गाऊँ? मैंने तो पहले ही कहा था कि मैं परीक्षा नहीं दूँगा, लेकिन गौतम सर ने आग्रह किया दे दो, सो दे दी।

"लेकिन मुझसे तो कोई कह रहा था कि आपके परचे ठीक हो रहे हैं।" कमलेश ने कहा।

"हाँ, हो रहे थे यानी जितनी मुझे उम्मीद थी उससे अधिक अच्छे हो रहे थे। और अच्छे भी कैसे कहूँ—मैं अपने ढंग से उनके उत्तर दे रहा हूँ लेकिन कुंजीवादी परीक्षकों को तो उसमें बकवास ही नज़र आएगी और वे क्या कमाल करेंगे, यह बात किसी से छिपी हुई नहीं है, फिर भी मुझे संतोष था कि अपनी ओर से अच्छे हो रहे हैं, लेकिन ··· "

"लेकिन क्या?"

"अब इस लेकिन को क्या कहा जाय दोस्त, जो छूटता है न जुड़ता है।"

"अरे बोल भी क्या हुआ, तू तो हर जगह दर्शन ही बघारता है।"

"यह लेकिन दर्शन नहीं है विनोद, हम लोगों की ज़िन्दगी की बहुत बड़ी सच्चाई है।"

"हाँ है, लेकिन आगे बोल।"

"परसों सुबह की डाक से घर से भाई साहब की चिट्ठी आई कि तेरी बीवी बहुत बदतमीज़ हो गई है। यह हम लोगों से लड़ती है। फौरन आओ इसे ले जाओ, नहीं तो जो कुछ अंजाम होगा उसके जिम्मेवार तुम होगे। फिर शाम की डाक से एक गँवई मित्र की चिट्ठी आई—भाभी बहुत परेशान हैं। तुम्हारे बड़े भाई के लड़के और तुम्हारे लड़के में झगड़ा हुआ। भाई के लड़के ने डंडे से मारकर तुम्हारे लड़के का सिर फोड़ दिया, फिर भाभी ने कुछ कहा तो उन्हें इन लोगों ने मिलकर पीटा।"

"अरे, यह तो अजीब बात हुई।"

"अब तुम बताओ, ऐसे में कोई पेपर क्या देता? बस, किसी तरह कुछ गोंज-गाँज

आया हूँ। अब तो चिन्ता है कि कोई बड़ा कमरा मिल जाय तो जाकर परिवार लाऊँ।"

"अरे भाई, इतनी मुसीबत है तो इस छोटे-से कमरे में ही लाकर रखो, फिर मकान खोजते रहेंगे। मैं तो एक आदमी के साथ रहता हूँ नहीं तो अपना ही कमरा छोड़ देता।" कहकर विनोद चुप हो गया और कहीं खो गया—खोता चला गया। सुदूर अतीत की गहराइयों में जैसे डूब गया हो।

"हाँ, यही करना पड़ेगा। मैं बाहर सो लूँगा, मित्रों से भी बाहर ही मिल लूँगा। कुछ दिन तक कुछ नहीं पढ़ूँगा-लिखूँगा। एम.ए. पास हुआ तो ठीक, नहीं पास हुआ तो ठीक, अब परीक्षा देने का मन नहीं रहा। परिवार को तबाह करके पढ़ना-लिखना और परीक्षा देना किस काम का?"

शंकर, कमलेश, रहमान आपस में कुछ न कुछ बतियाते रहे और विनोद को पता ही नहीं चला कि क्या हो रहा है? शंकर ने विनोद को सम्बोधित करके कुछ कहा तो भी उसका मौन नहीं टूटा। वह अपने में खोया रहा।

"अरे विनोद, तुम्हें क्या हो गया है?" शंकर ज़ोर से चीखा।

"आंय," कहकर विनोद ने अपना चेहरा ऊपर उठाया। उसकी आँखें आँसू से भीगी थीं। चेहरा उदास था।

"अरे, आप तो रो रहे हैं। क्या बात है?" कमलेश ने पूछा।

उसने आँखें पोंछते हुए कहा—"नहीं, कुछ नहीं, ऐसे ही कुछ याद आ गया था।"

"क्यों भाई कमलेश, नेताजी के क्या हाल हैं?"

"उनके हाल को क्या होना है, वे तो आपको बेहाल बनाया करते हैं?"

"हाँ भाई, उनकी तो चाँदी ही चाँदी है। टिकट भी मिल गया और जीत भी जायेंगे, फिर तो सोना ही सोना होगा।"

"लेकिन, क्या गारण्टी है कि जीत ही जाएँगे?"

"गारण्टी यह है कि वे लुच्चे-लफंगे हैं।"

पारस भाई जा रहे थे। आश्चर्य कि वे आज इस मंडली को देखकर इधर मुड़े नहीं, लेकिन आज मण्डली इस मूड में थी कि वे आयें और कुछ इधर-उधर की ख़बर मिले।

"पारस भाई साहब जी!" विनोद ने पुकारा। उसके सम्बोधन पर सबको हँसी आ गई।

पारस चलते-चलते रुक गए और अनमनी निगाह से देखा—"क्या है?"

"अरे, आज इधर नज़रे-इनायत अता नहीं फरमाइएगा?"

"नहीं, आज मुझे फुरसत नहीं है?"

"अरे आइए न पारस भइया!" शंकर ने अनुनय के स्वर में कहा।

"अच्छा, तुम कहते हो तो आ जाता हूँ, नहीं तो मैं जल्दी में था।"

"ऐसी क्या जल्दी पड़ी थी?"

"अब तुम्हें क्या-क्या बताऊँ? सौ काम पड़े होते हैं।"

"सो तो है, सो तो है। मुझे लगता है आप गंगाराम शास्त्री की ओर जा रहे थे!" विनोद ने छेड़ा।

"अब तुम आ गए न अपनी जाति पर। मैं इसीलिए नहीं आ रहा था।"

"इसमें बेजा बात क्या कह दी मैंने? अरे गंगाराम शास्त्री अपनी ओर के आदमी हैं। एम.एल.ए. हो जाएँगे तो हमारे सुख-दुख में काम आएँगे। और आप अपनी ओर के महत्त्वपूर्ण व्यक्ति हैं, शास्त्रीजी से आपका ताल-मेल होना ही चाहिए।"

"अरे शास्त्री साला कुछ भी हो जाय, रहेगा लफंगा का लफंगा ही।"

"क्या हुआ भाई साहब?" कमलेश ने तत्परता से पूछा जैसे उसे कोई सुराग मिलने वाला है।

"अरे, ई साला पता नहीं, कितनी कामुकता लिए पैदा हुआ है कि कुत्ते की तरह इस गली से उस गली, इस शहर से उस शहर औरतों के पीछे घूमता ही रहता है और औरतें भी हैं कि इस लफंगे के जाल में फँस जाती हैं।"

"क्यों, फिर कोई जाल बिछाया है क्या?" विनोद ने पूछा।

"अरे, एक बीवी घर छोड़ी है दूसरी शादी कर ली, तीसरी और उस विधवा के यहाँ जाल बिछाए था, अब बड़ौदे की किसी नर्स से फँसा हुआ है। उसे न जाने कितने सब्जबाग दिखा रहा है।"

"अरे, यह तो बहुत गड़बड़ है। मगर आपको बड़ौदे का समाचार कैसे मिल गया?" विनोद बोला।

पारस भइया विश्वास की हँसी बोले–"यही तो बात है बन्धुवर। गोरख गुरु के अड्डे पर दुनिया-भर की ख़बरें आती रहती हैं।"

"तो यह खबर भी वहीं से आई होगी?"

"हाँ, सत्ता दल के नेता लोग वहाँ आते ही रहते हैं। एक कान्फ्रेंस में कई लोग बड़ौदे गए थे। वहाँ शास्त्री बीमार पड़ गया था और उसकी देखभाल के लिए दो-एक वालंटियर छोड़ दिए गए थे। वे वालंटियर सब कुछ देखते रहे, भाँपते रहे और जब शास्त्रीजी को टिकट मिल गया और उस व्यक्ति को नहीं मिला, वालंटियर जिसके चमचे थे तो उसने भंडाफोड़ करना शुरू दिया।

अरे वही रमेसरा है। उसने विद्रोह का झण्डा उठा लिया है। कहता फिर रहा है कि सत्ता पार्टी लंपटों की पार्टी है, उसमें लंपटों की ही पूछ है, उन्हें ही टिकट दिया जाता है, पद दिया जाता है।"

"तब तो उसे पार्टी से निकाल दिया जायेगा।"

"वह खुद ही निकल गया है और स्वतंत्र उम्मीदवार की हैसियत से चुनाव लड़ेगा। वह अब रूपलाल गुरु का आशीर्वाद माँग रहा है।"

"लेकिन रूपलाल गुरु उसे आशीर्वाद देंगे? वे भी तो सत्ता दल के ही व्यक्ति हैं।"

"अरे हैं, मगर आज के जमाने में कौन किसका व्यक्ति है कहना कठिन है। वैसे

आप लोग जानते ही हैं कि गोरख गुरु जिसे समर्थन देंगे रूपलाल उसके विरोध में ही जाएँगे।"

"लेकिन पारस भाई, आप ही तो बता रहे थे कि रूपलाल भी डाहा भाई के आदमी हैं और शास्त्रीजी डाहा भाई के ही उम्मीदवार हैं, फिर वे विरोध में क्यों जाएँगे?"

"मैंने कहा न, राजनीति में कौन किसका आदमी है, कहना कठिन है। दरअसल रूपलाल के मिल मालिक डाहा भाई के बहुत करीब हैं, उस हिसाब से रूपलाल डाहा भाई के आदमी माने जा सकते हैं, लेकिन सच बात तो यह है कि रूपलाल पच्छिमी यू.पी. के एक नेता को टिकट दिलाना चाहते रहे, किन्तु उसे तो किसी ने घास ही नहीं डाली। टाई तो शास्त्री और रामेश्वर में थी। शास्त्री जी बाजी मार ले गया तो रामेश्वर रूपलाल की शरण में चला गया। अब देखिए क्या होता है?"

"होगा क्या, जीतेगा शास्त्रीजी!" शंकर ने कहा।

"इतना आसान नहीं है भाई, समाजवादी पार्टी के मधुकर भी तो उठ रहे हैं। और मधुकरजी अच्छे आदमी हैं। और हमारी चाल में सत्ता दल के अनुकूल हवा नहीं है। लोग कहने लगे हैं कि क्या किया इन लोगों ने हमारे लिए। कभी और पार्टियों को भी वोट देकर देखना चाहिए।"

"तो अच्छे आदमी जीतते हैं क्या? जीतने की कसौटियाँ और होती हैं रहमान! और रही बात तुम्हारे यहाँ के लोगों की। उसे भी देखते जाओ। मुझे तो डर लगने लगा है।" शंकर बोला।

"हाँ, शास्त्री लाख बुरे हैं लेकिन जनता को समझाया जायेगा कि वह पूर्वी उत्तर प्रदेश का आदमी है। वह उस पार्टी का उम्मीदवार है जो जीतेगी ही, जिसकी सरकार बनेगी। यदि अपने इलाके से विरोधी पार्टी का आदमी आ गया तो वह कोई काम नहीं करा पाएगा। शास्त्री जी लंपट हैं तो क्या, नेता होने लायक वही हैं। कोई भला और साफ-सुथरा आदमी आज के ज़माने में नेता हो सकता है क्या?" विनोद ने कहा।

"और आखिरी अस्त्र होगा बूथ कैप्चर करना। फिर हो गया सारा फैसला पक्ष में।" रहमान ने कहा।

"भाई कोई भी जीते, कोई भी हारे, रमा बहन की ज़िन्दगी तो बर्बादी के कगार पर आ खड़ी हुई है।" मर्माहत स्वर में कमलेश ने कहा।

"और जब उसने एक औरत की ज़िन्दगी खराब की थी तब?" पारस भइया ने हिक़ारत से कहा।

"नहीं, उसने नहीं ख़राब की थी, शास्त्री ने ही ख़राब की थी। उसे उसने धोखा दिया—यह कहकर कि वह अविवाहित है।"

"अरे ये सब चोंचले हैं।"

"चोंचले नहीं, शत-प्रतिशत सत्य है।" कमलेश ने इस विश्वास से बात कही कि

पारस को इस पर बकवास करने की हिम्मत नहीं हुई। कमलेश की आँखें भर आईं। फिर बोला—"यदि वह नर्स को ब्याहकर ले आया तो या तो रमा बहन आत्महत्या कर लेंगी या घर नरक बन जाएगा।"

"अरे, तो कोई ज़रूरी है कि वह उस नर्स से शादी ही करे और शादी करे तो अहमदाबाद में ही रखे? पहली बात तो यह है कि वह उसे बहुत दिन तक रखैल बनाकर रखेगा, फिर यदि वह नर्स भारी पड़ गई तो शादी कर लेगा और बड़ौदे में ही उसे छोड़े रहेगा और आया-जाया करेगा।" पारस भइया ने कुछ सोचते हुए कहा।

"हाँ, पारस भइया ठीक अनुमान लगा रहे हैं। वह दोनों को साथ नहीं रखेगा।" शंकर बोला।

"लेकिन यदि रखना चाहे तो? तो उसे कौन रोक लेगा? और यदि वह छल से रमा बहन की जान ले-ले तो?"

"हाँ, यह भी सही है, वह कुछ भी कर सकता है। वह जीत गया तो उसकी शैतानियत को छिपाने वाली एक बहुत बड़ी ताकत मिल जाएगी। और जीतेगा ही।" विनोद बोला।

"मगर तुम क्यों इतने परेशान हो भाई! तुम तो अपनी नौकरी से वास्ता रखो। उसके घर के भीतर झाँकने की क्या ज़रूरत है?"

"पारसजी, नौकरी के रिश्ते ही तो सब कुछ नहीं होते। नौकरी करते-करते आदमी उस परिवार के दुःख-दर्द से भी तो जुड़ सकता है। रमा बहन बहुत भली औरत हैं, वे मेरी बहन के समान हैं।"

"तो निबटो भाई अपने बहनोईजी से।" विनोद ने बनावटी गुस्से में कहा। और एक हलकी-सी हँसी वातावरण में गूँज उठी।

"ठीक है, एक सप्ताह चुनाव का दिन रह गया है। उसके बाद कुछ करूँगा।" कमलेश ने गम्भीरता से कहा।

"चलो यार, कहीं चलते हैं, इस कमरे में बैठे-बैठे हम लोग कौन-सा जश्न मना रहे हैं!" विनोद ने प्रस्ताव किया।

"अरे चाय तो पी लें।"

"नहीं-नहीं, कहीं बाहर पीते हैं। अरे सुनो, आज आ रहा था तो वह पण्डित दिखाई पड़ा था। चलो वहीं चाय पीते हैं।"

"हाँ, यह ठीक है।"

वही पहुँचे तो पण्डितजी अपने दो ग्राहकों को चाय दे रहे थे।

"नमस्कार पण्डितजी!" शंकर बोला।

पण्डितजी ने आँख उठाकर देखा, पहचानने की कोशिश की और ठंडे स्वर में कहा—"नमस्कार जी, नमस्कार।"

"पण्डितजी, चार कप चाय इधर भी।"

पण्डितजी ने चार कप चाय दे दी।

"वाह, पण्डितजी की चाय का अपना ही स्वाद होता है। तरस गए थे हम इस चाय के लिए। पण्डितजी, आप कहाँ रहे इतने दिन? गाँव चले गए थे क्या?" विनोद ने छेड़ा।

"गाँव नहीं ससुराल।" पण्डितजी ने ठंडे मन से कहा।

"ससुराल! वाह, तबतो खूब मज़े किए होंगे। ससुराल का तो अपना ही रंग होता है।"

"हाँ, होता तो है बाबू, कभी जाकर देखिए।"

"अपनी तो अभी शादी•ही नहीं हुई है पण्डितजी! मैं कहाँ जाकर देखूँ?"

"वहाँ जाने के लिए शादी की जरूरत नहीं होती है बाबू! देखिए आपके साले साहब घूम रहे हैं। उन्हें छेड़ दीजिए, वे आपको ससुराल ले जाएँगे।"

लोगों ने देखा—एक पुलिसवाला था। पण्डितजी ने उसी को लक्ष्य करके कहा था। यद्यपि शंकर और विनोद जानते थे कि पण्डितजी हवालात और जेल गए थे, लेकिन व्यक्त नहीं कर रहे थे। और पण्डितजी के मज़ाक पर हँसने लगे।

"आप तो बहुत मज़ाकिया हो गए हैं पण्डितजी, पहले तो बहुत गुस्सैल थे।"

"बाबू, अब ससुराल हो आया हूँ न। गुस्से में ससुराल पहुँच गया और वहाँ जाकर मज़ाक करना सीख गया।"

पुलिसवाला टहलता हुआ इधर ही आया और पण्डितजी से चाय माँगी। चाय पीकर पूछा—"कितने पैसे?"

"पैसे?" पण्डितजी हँसे। "अरे पैसे लेने के लिए दुनिया है ही, आपसे क्यों पैसे लेने लगा?"

"क्यों?"

"आपसे हमारा रिश्ता ही ऐसा है।"

यह पुलिसवाला शायद पण्डितजी के पास पहली बार आया था। इसलिए पैसे देने की पहल भी की थी और पण्डितजी की बात को ठीक-ठीक समझा भी नहीं था।

"ठीक है, तुम्हारी मरज़ी।" कहकर चला गया।

"आपने पैसे क्यों नहीं लिए पण्डितजी? तब तो आप हमारे नेता शास्त्रीजी पर भी पिल पड़े थे। आपको याद है न?"

"अरे हाँ, हाँ याद आया। लेकिन तब मैं गाँव से नया-नया ही आया था, नासमझ था, अब समझ आ गई है और समझ आने का मतलब है पुलिसवालों को समझ लेना। पैसे लेने के चक्कर में तो मैं हवालात गया था। दो महीने की जेल भी काटी। पुलिसवालों की मार भी सही।"

"बात क्या थी पण्डितजी?"

"बात तो कुछ भी नहीं थी और बहुत कुछ थी। अरे पुलिसवालों ने दो-चार प्याली चाय पी ही ली तो कौन-सी आफत आ गई, यह बात मुझे उस वक्त सोचनी चाहिए थी, लेकिन नहीं सोची। आखिर यह बात भी तो सही है कि ये साले मेरी कमाई का

माल मुफ्त में क्यों हड़पें? जब मैं मिहनत करके खा रहा हूँ तो किसी को मुफ्त क्यों खिलाऊँ और धौंस क्यों सहूँ?"

"हाँ पण्डितजी, आपकी दूसरी बात ज़्यादा वजनदार है। वह स्वाभिमान की बात है! जीने के लिए स्वाभिमान तो चाहिए ही।"

"लेकिन स्वाभिमान परदेस में किस काम का? जब मैं हवालात गया, पिटा, जेल गया तो वह तो मेरे काम नहीं आया। अब तो लगता है कि वह भी मार खाकर समझदार हो चला है। इस परदेस में चार पैसा कमाकर पेट भरना ज़्यादा ज़रूरी है बाबू। कौन है अपना यहाँ, जो मेरे स्वाभिमान के साथ आएगा?"

"पण्डितजी, आप ठीक कह रहे हैं, लेकिन मुझे न जाने कैसा लगता है। आपको पहली बार जब गंगाराम शास्त्री के दुर्व्यवहार के विरुद्ध तनते देखा था कितना अच्छा लगा था। लगा था कि अभी भी ऐसे आदमी जीवित हैं जो अत्याचार के ख़िलाफ पनपनाते हैं, अपनी अस्मत पर चोट होने पर मर मिटने को उतारू हो जाते हैं। कितना अच्छा लगता है घने अंधेरे में प्रकाश की किरण दिखाई पड़ना।" शंकर भरे गले से बोला।

पण्डित सुनता रहा, फिर रोने लगा। उसकी आँखों से भर-भर-भर-भर आँसू गिरने लगे।

"अरे शंकर, तुम भी अजीब अहमक आदमी हो, सभी जगह तुम्हें फलसफा ही सूझता है। दुनिया-भर की नैतिकता का जैसे तुमने ठेका ले रखा है। पण्डितजी की तकलीफ को छेड़कर नाहक उन्हें रुला दिया।" विनोद चिढ़कर बोला।

"हाँ यार, लगता है मैंने दुखती रग छू दी।" पण्डितजी के सामने बैठ कर बोला—

"क्षमा करें पण्डितजी, मैंने आपको रुला दिया।"

पण्डितजी ने आँसू पोंछते हुए कहा—"नहीं बाबू, आपने रुलाया नहीं, मेरे भीतर सो गए अपने गुज़रे हुए समय को थोड़ी देर के लिए जिला दिया। उसी ने मुझे रुलाया है।"

"अच्छा पण्डितजी, हम लोगों को भी अपना ही भाई समझें। कोई दुख-दर्द हो तो हमें शरीक करें। हम लोगों का दुःख काटने से नहीं, बाँटने से कम होता है।"

अपना पता बताकर शंकर तीनों मित्रों के साथ आगे बढ़ गया। "यार, तूने पण्डितजी की इतनी अच्छी चाय में उनके नमकीन आँसू घोल दिए। जब कभी हम मन से चाय पीने निकलते हैं तब कुछ-न-कुछ हो ही जाता है। किसी-न-किसी की आँख का आँसू उसमें आ ही टपकता है या किसी की साँसों की बदबू हमें घेर लेती है।"

"हाँ यार विनोद, तुम ठीक कहते हो। लेकिन, यह तभी तक तो है जब तक हमें उन आँसुओं और साँसों का अहसास होता है। जिस दिन यह अहसास खत्म हो जाएगा, हमारी चाय में न आँसू की बूँद गिरेगी, न हमें किसी की साँसों की बदबू घेरेगी।"

"और जब तक तुम्हारी फिलासफी रहेगी, तब तक यह अहसास खत्म नहीं होगा।"

"अहसास फिलासफी से नहीं आता विनोद, भीतर के दर्द से आता है। और न जाने, मुझे क्यों लगता है कि अपने सुखी जीवन के बावजूद यह अहसास तुममें कहीं

ज़्यादा है। न जाने मुझे ऐसा क्यों लगता है, लेकिन लगता है।"

"हाँ, मुझे भी लगता है।" कमलेश ने कहा और रहमान ने भी बात दुहराई।

"अच्छा तो सब मिलकर मुझे बेवकूफ बनाने पर तुले हो। लेकिन, समझ लो कि न तो मैं अहसासी बेवकूफ हूँ और न तुम लोगों के चक्कर में आने वाला हूँ।"

लेकिन यह कहते-कहते उसकी आँखें भीतर से कहीं गीली हो आई थीं। उसने आँखें फेर लीं।

"विनोद, ज़रा आँख तो मिलाओ, उधर क्यों देख रहे हो?"

"लो मिलाता हूँ, तुम लोगों से डरता हूँ क्या?" कहकर उसने झटके से आँखें फेरी और रोकते-रोकते भी उसकी आँखों से आँसू झरने लगे।

"पागल कहीं का!" शंकर बड़बड़ाया। कमलेश और रहमान उसे देखते रह गए।

"चलो आगे चलते हैं।" हँसता हुआ विनोद बोला। लेकिन हँसने के बावजूद विनोद को लगा कि वह लोगों की नज़रों से अपने को छिपा नहीं सका, क्योंकि और लोग हँसे नहीं बल्कि गम्भीर हो आए थे।

कमलेश घर लौटा तो फिर उसे कुछ मेहमान दिखाई पड़े। तब उसे याद आया कि मामी ने कहा था—"शाम को कुछ मेहमान आने वाले हैं जल्दी आ जाना।" उसे याद ही नहीं रहा। उसे अपनी इस भूल पर बहुत शर्मिन्दगी महसूस हुई, और जाते ही मामी से क्षमा याचना की। "कोई बात नहीं, ये लोग भी अभी ही आए हैं, जाओ उनके साथ बैठो।"

"कमाल है, मैं उनके साथ जाकर बैठूँ, जैसे मैं खुद भी मेहमान हूँ, अरे काम बताइए न, क्या करना है?"

"अच्छा तो मैं जाकर बैठती हूँ, तुम पकौड़ियाँ तलकर ले आओ।"

मामी ने मुस्कराकर कहा। कमलेश भी मुस्करा पड़ा। देखा—शोभा एक ओर अच्छा पहने-ओढ़े सकुचाई-सी बैठी थी, वह भी मुस्कराने लगी।

मेहमान चले गए तो कमलेश ने कहा—"हाँ, यह लड़का तो अच्छा है, क्या करता है?"

"बी.ए. में पढ़ रहा है।"

"लेन-देन की बात हुई मामा?"

"अभी तो कुछ खास नहीं हुई, लेकिन जिनके द्वारा यह शादी हो रही है, उन्होंने बताया कि पन्द्रह हज़ार में काम चल जाएगा।"

"पन्द्रह हज़ार? इतने पैसे माँग रहा है यह? कहाँ से आएँगे इतने पैसे? और किस बूते पर माँग रहा है? लड़का अभी तो पढ़ रहा है।"

"बेटा, तुमने अभी यह दुनिया नहीं देखी है। पढ़ रहा है तभी तो पन्द्रह हज़ार माँग रहा है, अफसर होता तो पचास हज़ार माँगता। आज पढ़ रहा है, कल किसी नौकरी

में लग जाएगा। बाप की जान-पहचान लम्बी-चौड़ी है, कहीं-न-कहीं लगवा ही देगा। मैं कहाँ से दूँगा, यह बात और है। इस पर तो तब सोचूँगा जब वे लोग यह सूचित करेंगे कि लड़की पसन्द आई।"

"शोभा के पसन्द न आने का भी सवाल है? अरे क्लर्क से लाख दर्जे अच्छी है शोभा!"

"तो भी बेटे! आजकल समाज का चाल-चलन इतना बिगड़ा हुआ है कि बेटे वाले कोई भी बदतमीजी कर सकते हैं। बेटी और बेटीवाले तो जैसे आदमी ही नहीं होते, उनके साथ चाहे जैसा असभ्य व्यवहार किया जा सकता है।"

"ठीक कहते हैं मामा! हर बाप-माँ अपनी बेटी के समय अपमान सहते हैं, लेकिन उन्हें सीख नहीं मिलती। बेटे के समय अपना सारा दर्द भूल जाते हैं और बेटीवाले को निचोड़ना और अपमानित करना शुरू करते हैं। कभी-कभी इच्छा होती है, आग लगा दी जाए इस समाज को, उड़ा दिया जाए इसे बम से।"

मामा हँसे। उस हँसी में जाने क्या-क्या था कि कमलेश चुप हो गया। थोड़ी देर बाद वह व्यक्ति लौट आया जिसके माध्यम से बेटेवाले आए थे। उसने आते ही कहा—"बधाई हो रामसहायजी, दुबेजी को आपकी लड़की पसन्द आ गई। अब कोई शुभ दिन निकलवाकर छुट्टी पाइए इस काम से।"

"लेकिन भाई, लेन-देन की बात तो साफ हो जानी चाहिए।"

"अरे रामसहाय जी, वह तो मैंने पहले ही कहा था कि दुबेजी लालची आदमी नहीं हैं, वे तो समाज-सुधारक किस्म के आदमी हैं। वे तो कुछ भी तय करने के पक्ष में नहीं हैं, उनकी मर्यादा के अनुकूल आपको खर्च-वर्च करना ही चाहिए। उन्हें किसी चीज़ की कमी नहीं है लेकिन समाज में उनका सम्मान न गिरने पाए, इसका ख्याल तो आपको रखना होगा। इसीलिए मैंने इशारा किया था कि पन्द्रह हज़ार में काम ठीक-ठाक हो जाएगा।"

"तो क्या समाज में सम्मान पैसे से बनता-बिगड़ता है महोदय? उन्हें पैसे कम मिलेंगे तो सम्मान बिगड़ जाएगा और ज़्यादा मिलेंगे तो बन जाएगा?" कमलेश भीतर की घुटन को दबा न पाने के कारण बोल उठा।

"बेटे, तुम जाओ खाओ-पियो! यह हम बुजुर्गों की बात है।"

"कौन हैं ये?" बिचौलिए ने नाराज़गी से पूछा।

"यह मेरा भानजा है।"

कमलेश की इच्छा हुई—कह दे कि तेरा बाप हूँ, लेकिन वहाँ से हट गया।

सभी लोग खा-पीकर सो गए थे। कमलेश को नींद नहीं आ रही थी। मामा मेरी हालत देखकर भी इस उम्मीद में हैं कि यह लड़का बी.ए. या एम.ए. पास करते ही अच्छी जगह लग जाएगा। लेकिन ठीक ही सोचते हैं। मैं किसी से अपनी बराबरी क्यों करूँ? मैं एक भिखारी का बेटा, एक मामूली कर्मचारी का भानजा हूँ और वह लड़का

शहर में रहने वाले जान-पहचान वाले समाज-सुधारक बाप का बेटा है। मुझे नहीं नौकरी मिली तो क्या उसे भी नहीं मिलेगी? आखिर दुनिया में लोग नौकरी करते ही हैं न। "समाज सुधारक!" उसे हँसी आ गई। समाज-सुधारक हैं ये। बेटा अभी बी. ए. में पढ़ रहा है और उसकी शादी कर रहे हैं। समाज-सुधारक हैं, ये बिना दहेज के शादी नहीं कर सकते थे। खद्दर की धोती-कुर्ता और टोपी पहन ली और शराफ़त का ढोंग करके यहाँ-वहाँ लेक्चर झाड़ आए, हो गए समाज-सुधारक।

खादी की इस हुलिया में बैठे उस समाज-सुधारक की छवि उसकी आँखों में भर आई। चेहरे से पूरा बनिया लगता था। एकदम नपा-तुला हवा-भाव, बोलचाल, हँसी। वह अपने करो निस्पृह दिखाने की पूरी कोशिश कर रहा था। ऐसे लोग खुद तो सन्त बन जाते हैं लेकिन साथ में दलाल भी लिए घूमते हैं। दलाल ही सारा काम करते हैं। उसे इच्छा हो रही है कि मामा को यहाँ शादी करने से मना कर दे, मगर इसका विकल्प क्या है? और कौन नहीं पैसे माँगेगा? मगर मामा देंगे कहाँ से? वह अपने को धिक्कारने लगा—"मैं कुछ भी तो नहीं कर सकता इस परिवार के लिए और नहीं तो बैठा-बैठा बोझ बना हुआ हूँ ····· और कुछ दिनों बाद सुशीला भी तो शादी के लायक हो जाएगी। तब मैं क्या करूँगा? एक दहशत उसमें अभी से समा गई।

एक शाम ये चारों मित्र शंकर के यहाँ बैठे बात कर रहे थे कि पारस भइया भागे-भागे आए—"अरे शंकर, दंगा हो गया, हिन्दू-मुस्लिम दंगा हो गया।"

"कैसे ··· कब?" शंकर चीखा।

"अरे ठीक-ठीक पता नहीं, लेकिन सुना है कि मन्दिर की गायें चरने गई थीं। कुछ मुसलमानों ने चुपके-चुपके एक गाय पकड़ ली और उसे जिबह कर दिया। जब महन्त को इसकी सूचना मिली तो उसने अपने लोगों को ललकार दिया और हो गया झगड़ा शुरू।"

"यार, यह तो बहुत बुरा हुआ।" सबने रहमान को देखा। वह बहुत भयभीत दिखाई पड़ा।

इन लोगों ने देखा कि मोहल्ले में हलचल मच गई है। कुछ लोग कहते सुने गए कि मुसलमानों ने गाय काटकर जो अपराध किया उसे छिपाने के लिए वे कह रहे हैं कि किसी ने मस्जिद में सूअर काटकर फेंक दिया था।

"देखो, अब क्या-क्या अफवाहें उठती हैं। दोनों मज़हबों के गुण्डे और नेता क्या-क्या पैंतरे दिखाते हैं। यार, यह दुर्भाग्य अपने देश के गले ऐसा पड़ गया है कि उससे छूटने की कोई आशा ही नहीं दिखाई पड़ती।"

"शंकर भाई, देश का दुर्भाग्य बाद में देखिएगा, पहले तो रहमान को सँभालिए। यह हवा अधिक भयानक होने से पहले रहमान को उसके मोहल्ले में पहुँचा देना चाहिए।" विनोद बोला।

"हाँ, तुमने ठीक कहा। चलो भाई रहमान!"

रहमान को लेकर तीनों निकले। मोहल्ले के कुछ लोग रहमान की ओर देखकर कुछ बुदबुदाए, किन्तु कुछ बोले नहीं। रहमान को वहाँ बहुत थोड़े लोग जानते थे और रहमान की हुलिया ऐसी थी जो हिन्दू-मुसलमान का भेद नहीं स्थापित करती। इसलिए इन मित्रों को कोई चिन्ता नहीं थी, फिर भी वे चाहते थे उसे उसके मोहल्ले के पास तक छोड़ आएँ।

रहमान अपने मोहल्ले के नज़दीक पहुँचकर बोला—"आप लोग जाइए?"

"नहीं-नहीं, अभी रास्ते में हिन्दुओं की बस्ती है, पता नहीं कब क्या हो जाए?"

"लेकिन आप लोग अगर मुसलमानों की बस्ती के किनारे पहुँच गए तो पता नहीं आप लोगों को क्या हो जाए? इस समय कासिम अपने साथी गुण्डों को लिए पहँड़ रहा होगा।" रहमान बोला।

"चलो हम तीन हैं निबट लेंगे, लेकिन तुम तो अकेले हो!"

"लेकिन यह भी तो है कि मेरी अकेली जान जाएगी। आप तीन हैं, तीनों की जान जा सकती है।"

"अरे एकदम चुप होकर चलो। इस बहस से क्यों तुम लोग भेद खोलते हो?"

तीनों रहमान को लौटाकर मुड़े। रास्ते में कमलेश को छोड़ा। शंकर के यहाँ लौटकर विनोद भी अपने घर चला गया। उसके रास्ते में कोई ख़तरा नहीं था।

काफी रात तक लोग इकट्ठा हो-होकर माहौल का जायजा लेते रहे, विरोधी सम्प्रदायों को गालियाँ बकते रहे और अपने-अपने सम्प्रदायों के मशहूर गुण्डों और पहलवानों का गौरवगान करते रहे। लोगों ने अपने-अपने घरों के अस्त्र-शस्त्र सहेजे, फिर सोने चले गए। काफी लोग अभी भी बेचैनी से चक्कर लगा रहे थे। रात को कोई हमला हो गया तो? कुछ लोगों को तो यों भी जागना चाहिए। एक छोर पर शंकर था, एक छोर पर रहमान। दोनों अपने-अपने मोहल्लों की जागरूकता से सहम रहे थे। एक ओर गोरख पहलवान और रूपलाल पहलवान के पट्ठों की चर्चा उछल रही थी तो दूसरी ओर कासिम, हिकमत आदि गुण्डों तथा सैयद, रईस खाँ जैसे कई धनीमानी और दबदबे वाले मुसलमानों की चर्चा थी। "न जाने क्या होगा? क्यों होता है यह सब? कोई भी मरेगा तो आदमी ही मरेगा न, किसी का घर जलेगा, आदमी ही का जलेगा न, कोई विधवा होगी, पुत्रविहीन होगी तो औरत ही होगी न।" ये सवाल शंकर और रहमान को मथ रहे थे। चर्चाओं से थककर लोग अपने-अपने घरों के भीतर बन्द होकर सो गए थे लेकिन शंकर और रहमान की आँखों में नींद नहीं थी।

आसमान लाल हो उठा है। न जाने कहाँ आग लगी है। शोर उठ रहा है। रात के सन्नाटे में शोर बहुत भयावना लग रहा है। जिन घरों से लोग रात की पाली पर काम करने गए हैं, वहाँ भयानक आतंक थरथरा रहा है। जिन लोगों को लौट आना था और अभी तक नहीं लौट पाए, उनके घरवाले बार-बार रास्ते की ओर देख रहे हैं और

बुदबुदा रहे हैं–"हे भगवान, वे अभी तक क्यों नहीं लौटे?"

गोलियों की आवाज़ें भी आ रही थीं—धाँय-धाँय। मोहल्ले के मोहल्ले हड़बड़ाकर जाग गए। मोहल्लों में पुकार होने लगी—"सभी लोग अपने-अपने हथियार लेकर तैयार रहो। उपद्रवी कभी भी आ सकते हैं।" मरद लोग बाहर निकल आए और लाठी, बल्लम, फरसे, सब्बल आदि लेकर घूमने लगे। औरतों ने भी लाल मिर्च घोलकर बर्तनों में रख लिए और मूसल, चाकू, हँसिया आदि सँभाल लिए। बच्चे रोने लगे और एक के बाद एक बच्चों के रोने का शोर बढ़ता गया और उसकी एक लय-सी बन गई।

मिल से कोई भागा-भागा आया और उसके घरवाले लपककर मिले और उसने कोई अफवाह फैला दी। अमुक मोहल्ले में आग लगा दी गई है। इतने हिन्दू या इतने मुसलमान मारे गए।

न जाने कहाँ-कहाँ क्या-क्या क़हर बरपा हो रहा है। हे प्रभु! या खुदा! किसी तरह सुबह हुई। लाल-लाल सुबह जैसे खून में डूबी हुई हो। लोग चाय नाश्ता कर ही रहे थे कि कोई भागा-भागा आया। "अरे भाइयो, कर्फ्यू लग गया है।"

"क्या, कर्फ्यू?"

"हाँ, मैं अभी सड़क पर से आ रहा हूँ। पुलिस ऐलान कर रही थी कि कोई घर से बाहर न निकले नहीं तो गोली मार दी जाएगी।"

इतने में पुलिस की गाड़ी पास की सड़क पर आती दिखाई दी। उसमें से कर्फ्यू का ऐलान हो रहा था।

"हे भगवान्, यह क्या हुआ? घर में तो कोई सामान भी नहीं है।" लोग आसपास की दुकानों की ओर दौड़े कि जो कुछ मिले उसे ले लो। जो दुकानें अन्दर की ओर थीं, वे तो अभी खुली थीं। लोग जो कुछ ले सकते थे लेने की कोशिश कर रहे थे। लोग पुलिस की गाड़ी देखकर भागे और दुकानें फटाफट बन्द करके दुकानदार भी भागे। पुलिस ने ललकारा और आसपास में दो-चार फायर किए। आतंक फैल गया और अफवाह उड़ी कि पुलिस की गोली से कई लोग मर गए।

लोग घरों में दुबके हुए थे। बस, अपनी-अपनी चालियों के अहाते में ज़रूर इकट्ठा होते थे और तरह-तरह की अफवाहें सुनते थे, खौलते थे, बदला लेने के लिए उतावले होते थे, दूसरे सम्प्रदाय के विनाश की ख़बरें सुन-सुनकर उत्साह में आ जाते थे और अपने सम्प्रदाय के विनाश पर दुखी होते थे, पुलिस को कोसते थे। जैसे ही पुलिस की टुकड़ी दिखाई पड़ती थी या फायर होता था, लोग अपने-अपने घरों में समा जाते थे।

सारा शहर जैसे सन्नाटे की गिरफ्त में खामोश था। सायरन की चीख रह-रहकर उठती थी। कभी-कभी बंदूक की गोली छूटने की आवाज़ आती थी और कहीं-कहीं सम्प्रदायों की लड़ाई का शोर उबल उठता था। जब तक पुलिस पहुँचती थी, बहुत कुछ हो चुका होता था। कहीं-कहीं पुलिस से भी टकराहट होती थी। दोनों ओर से

गोली–बारी होती थी और दोनों ओर के लोग हताहत होते थे।

जनता के पास कहाँ से आती हैं इतनी बन्दूकें, इतने अन्य हथियार? जनता क्यों कहा जाय? जनता तो लाठी भी नहीं भाँज पाती, ये तो धनी या गरीब गुंडे हैं, जो न जाने कहाँ–कहाँ से हथियार पा लेते हैं। लोग चकित थे कि ये हथियार कहाँ से आये, कहाँ छिपे थे? हिन्दू कह रहे थे कि मुसलमानों को अरब देशों से हथियार मिलते हैं। सैयद साहब जैसे न जाने कितने रईस मुसलमान हैं जो अरब देशों से हथियार प्राप्त कर उनका जखीरा जमा किए हुए हैं। वे अपने घरों में छिप–छिपकर गोली–बारी करते हैं या फिर कासिम जैसे गुण्डों के हाथ में थमाकर उन्हें सड़क पर उतार देते हैं। मुसलमान कह रहे थे कि हिन्दुओं की सरकार है, उन्हें अपनी ही सरकार से, अपनी ही पुलिस से हथियार मिलते हैं। पुलिस भी दंगे के समय पक्षपात कर रही है।

कौन कह रहा है, किससे कह रहा है, कितना सच कह रहा है, कितना झूठ बोल रहा है, क्या हो रहा है और क्या बताया जा रहा है, इसका सही पता किसे था? कई दिन बीते, कई रातें बीतीं। अखबार गोल–मोल ख़बरें दे रहे थे। सरकारी नेता लोग रेडियो से साम्प्रदायिक एकता की अपीलें कर रहे थे, दोनों सम्प्रदायों को समझाने के साथ–साथ सरकारी व्यवस्था की प्रशंसा कर रहे थे। दूसरी ओर विरोधी दल के लोग अख़बारों में बयान देकर दंगे का ज़िम्मा सरकार पर थोप रहे थे। यानी एक युद्ध दलों के बीच भी चल रहा था। सरकार दंगे का दायित्व आर.एस.एस. और जनसंघ पर डाल रही थी और कह रही थी कि और पार्टियाँ अपने दलगत स्वार्थ के कारण इस दंगे की आग को हवा दे रही हैं। विरोधी दल कह रहा था कि चूँकि मुसलमानों के वोट मिलने की संभावना सरकार को नहीं थी, इसलिए उसने दंगा कराया है और अब मुसलमानों का रहनुमा बनकर उनका वोट जीतना चाहती है। मुख्यमंत्री ने बहुत अफसोस के साथ कहा कि यह समय एक होकर यह आग बुझाने का है लेकिन विरोधी दल इस संकट के समय भी राजनीतिक पैंतरे दिखा रहा है। विरोधी दल जनता के हित में कभी नहीं सोचता, उसका एक ही काम रहा है कि कैसे सरकार को गिराया जाए। जब सरकार इस राष्ट्रीय संकट से जूझने में लगी हुई है, तब विरोधी दल सरकार को बदनाम करने में अपनी सारी शक्ति लगाए हुए हैं। विरोधी दल के एक नेता ने कहा—"हाँ, लगावेली दीदी बुझावेली दीदी। दीदी पहले लगाती हैं फिर बुझाती हैं और नाम लेती हैं राष्ट्रीय संकट का।"

लोग सरकारी और विरोधी दलों के इस युद्ध से बहुत दुखी हो गए। लोग तो चाहते थे कि शीघ्र यह आग बुझे और जीवन सामान्य हो, जीने लायक हो, लेकिन राजनीतिज्ञों को हमारे जीवन की कहाँ चिन्ता?

कई दिन तक यह क्रम चलता रहा, रातों को रह–रहकर आग धधक उठती थी। गोलियाँ दहाड़तीं थीं, बहुसंख्यक मोहल्ले में अल्प–संख्यकों को चाकू छेदते रहें, आतंक का साम्राज्य छाया रहा। न जाने कितने लोग चाकू और गोलियों से मरे, न जाने

कितने लोग बीमारी से मरे, कितने बच्चे भूख से मरे, कौन कह सकता है?

धीरे-धीरे लपट ठण्डी हुई, लेकिन उसके बाद भी अंगारे धधकते रहे। अंगारे ठण्डे हुए तो कई दिन तक राख गरम रही। कर्फ्यू ख़त्म होने के बाद भी लोग एक-दूसरे से शंकित से, चौकन्ने से रहे। ख़ामोशी तो है लेकिन पता नहीं कहाँ से, कब, किसकी दरिंदगी से वह भड़क जाए और फिर शोला बन जाए।

आम आदमी तो वैसे ही किसी से न टकराकर अपनी रोज़ी-रोटी की लड़ाई में फँसा रहता है, कर्फ्यू के बाद तो उसकी ज़रूरतें और डर उसे और भी सामान्य बना देते हैं। वे तो वे लोग हैं जो रोज़ कमाते हैं और खाते हैं। उनके पास तो कल के खाने के लिए कुछ नहीं होता। वे भला उत्पात कर कई-कई दिन तक घर में बन्द होना क्यों चाहेंगे? लेकिन विडम्बना तो यही है कि ये ही लोग गुण्डों द्वारा मारे जाते हैं और ये ही लोग पुलिस द्वारा भी। और सबसे अधिक मारे जाते हैं अपनी ग़रीबी से। इसलिए कर्फ्यू हटते ही ये रोज़ी कमाने के लिए सड़कों पर निकल पड़े और मनाने लगे—"या खुदा, हे ईश्वर, शहर में सुख-शान्ति दे। भाई-भाई में लड़ाई कराने वालों का बेड़ा ग़रक़ कर।"

लेकिन गुण्डे तो न जाने कब मौका पाकर अमन को छेड़ दें और खुद तो परदे के पीछे हो लें और मारे जाएँ—आम आदमी। इसलिए चहल-पहल के बावजूद आम आदमी में डर बना हुआ था। लेकिन धीरे-धीरे सब कुछ सामान्य हो गया। लोगों ने राहत की साँस ली।

लेकिन क्या सचमुच राहत की साँस ली? तूफान में तो हम अपने-अपने घरों में दुबके होते हैं और तूफान तांडव करता रहता है। हमें पता नहीं चलता कि कहाँ क्या हो रहा है? हमारे किस आत्मीय के साथ कहाँ वह कौन-सा सुलूक कर रहा है, यह तक नहीं मालूम पड़ता। हम एक गहरी आशंका में डूबे रहते हैं लेकिन जब तूफान थमने के बाद हम बाहर निकलते हैं तब दिखाई पड़ता है ध्वन्स का असली स्वरूप। हम देखते हैं तूफान कहाँ क्या लीला कर गया है। ढहे हुए मकान, जले हुए मकान, लाशें, टूटे हुए पेड़ और न जाने विनाश के कितने सारे दृश्यों के सामने से हम गुज़रते हैं। प्राकृतिक तूफान से बड़ा होता है मानव-कृत तूफान। साम्प्रदायिक विभीषिका के तूफान के बाद लोग जब घरों से निकले तो अपने आत्मीयों, सम्बन्धियों को खोजने लगे, उनके समाचार जानने को उनके घरों की ओर दौड़े। मालूम पड़ा–कोई घर जल गया है। उसमें पूरा का पूरा या अधूरा परिवार जल गया है। कोई बन्दूक की गोली से या छुरे से घायल है या समाप्त हो गया है। किसी की बेटी लापता है, किसी की बहू। किसी बाप के सामने बेटे की हत्या हुई है, किसी पति के सामने पत्नी की या माँ-बाप के सामने बेटी की या भाई के सामने बहन की आबरू लूटी गई है। किसी का रिक्शा, किसी की हाथ-लारी फूँक दी गई है और वह आदमी अपनी रोज़ी-रोटी की चिंता में सड़क पर खड़ा है—आँखों में अथाह वेदना भरे।

शंकर के यहाँ चारों मित्र मिले तो उनकी नज़रें आपस में नहीं मिल पा रही थीं–हिन्दू मित्र अपने को हिन्दू का प्रतिनिधि मानकर लज्जित थे और रहमान अपने को मुसलमानों का प्रतिनिधि मानकर।

"कैसे रहे रहमान? हमें तुम्हारी बहुत चिन्ता थी।" शंकर ने पूछा

"बच गए तो समझिए ठीक ही रहा।" रहमान ने भारी गले से कहा। "आप लोग कैसे रहे?"

"हम भी ठीक ही रहे यार, लेकिन यह ठीक होना कोई ठीक होना है! हम तो बच गए लेकिन इतने हिन्दू-मुसलमान भाई मारे-काटे गए, इतने निरपराध लोगों का खून बहा, कोई ग़ैरतमन्द आदमी इस माहौल में अपने ठीक होने को ठीक होना कैसे कह सकता है?"

कमलेश बहुत उदास था। "क्या हुआ कमलेश? तुम्हारे यहाँ कैसा रहा?"

"कैसा क्या रहा, मामाजी तो लुट गए!"

"क्यों क्या हुआ?"

"शोभा को कोई उठा ले गया था।"

"कब?"

"कर्फ़्यू में शोभा बीमार पड़ गई थी। कर्फ़्यू लगने के दो दिन बाद जब कर्फ़्यू में ढील दी गई तो मामाजी उसे लेकर डॉक्टर के यहाँ से लौट रहे थे। थोड़ा जहाँ अकेला पड़ता है, वहाँ चार-पाँच गुण्डे आए और मामाजी को घायल कर शोभा को लेकर भाग गए।"

"अरे, यह तो बहुत बुरा हुआ। फिर? मामाजी का क्या हुआ, शोभा का क्या हुआ?"

"मामाजी अब ठीक हैं। लेकिन भीतर जो घाव लगा है वह ठीक हो तब न?"

"और शोभा कहाँ है?"

"दो दिन बाद वह लौट आई। उसे देखकर पूरा परिवार चीत्कार कर उठा। शोभा खामोश थी—उस पर उसकी बीमारी का प्रभाव तो था ही, इस हादसे की चोट भी थी।"

"हाय मैं लुट गई रे दइया!" मामी चिल्ला रही थी और मामा चुपचाप आँसू बहा रहे थे।

"शोभा तू चुप क्यों है? बोल, कुछ तो बोल बेटा, कहाँ रही, कैसे रही, लौटी कैसे?" मामा ने कहा।

"हाय मैं लुट गई रे, मेरी बेटी इन राक्षसों के हाथों लुट गई रे।" मामी का रोना जारी रहा।

"नहीं माँ, रो मत, मैं लुटी नहीं हूँ, मत रो माँ!" शोभा ने कहा और भरभराकर रो पड़ी।

"और उसने बताया ··· लोग मुझे पकड़कर मुसलमानों के एक मोहल्ले के एक खाते-पीते घर में ले गए। मकान मालिक से कहा—लो मालिक, एक और सौगात लाए हैं। इसे चाहे खुद रखो, चाहे अपने किसी बेटे को दे दो और अगर आपके काम की न हो तो हमीं ले जाएँगे।"

"बाद में सोचेंगे कि इसे किसके हवाले करना है, बहरहाल यह मुसलमान तो बनेगी ही। काफिरों से गिन-गिनकर बदला लेना है।" मकान-मालिक ने अपनी मोटी क्रूर आवाज़ में कहा।

"मुझे एक कमरे में ले जाया गया। उस कमरे में तरह-तरह के हथियार रखे थे। उन्हें देखकर मैं बुरी तरह डर गई। मकान-मालिक वीभत्सता से हँसा। ये सब तुम्हारी जाति वालों के लिए हैं ··· एक-एक की बोटी कटवाकर रख दूँगा। अब तू चल उस कमरे में बन्द हो जा और अपने को या तो मुसलमान बनाने के लिए राज़ी कर या फिर इन हथियारों में से कोई एक चुनकर बता कि किससे तुझे हलाल किया जाए।"

एक जवान लड़के को मेरे सामने पेश किया गया और कहा गया—"देख ले, यह शौहर तुझे पसन्द है न! तेरा बाप साला, काफिरों वाला दहेज देने से भी बच जाएगा।" मुझे एक कमरे में बन्द कर दिया गया। उसने कमरा बन्द करते-करते उस लड़के से कहा—"असलम, ये ले कुंजी और अपनी बीवी पर निगरानी रख!"

"जी अब्बा हुजूर, आप फिक्र मत कीजिए, यह अपने हाथ से कहाँ जाने पाएगी।"

रात हुई तो असलम ने ताला खोला और एक नौकरानी मेरे सामने खाना परस गई।

"नौकरानी के सामने ही असलम ने कहा—"खा ले जल्दी से, फिर थोड़ी देर बाद मैं आता हूँ। और उसने बाहर से ताला बन्द कर दिया।"

"घण्टे भर बाद असलम ने ताला खोला तो उसने देखा मेरे सामने थाली वैसे ही पड़ी है। उसने भीतर से किवाड़ बन्द कर दिया। मैं असलम को देखते ही काँप उठी। असलम आगे बढ़ा तो मैं चिल्ला उठी—"नहीं-नहीं, मुझे छुओ मत, चाहो तो मेरी जान ले लो।"

"तुमने खाना क्यों नहीं खाया?"

"नहीं मुझे नहीं चाहिए तुम लोगों का खाना। मैंने तुम लोगों का क्या बिगाड़ा था? मेरे गरीब बाप मजदूरी करके किसी तरह अपना और अपने परिवार का पेट पालते हैं, उन्होंने किस का क्या बिगाड़ा है? वे तो चाहे हिन्दू हो चाहे मुसलमान, सबका भला ही करते हैं। फिर तुम्हारे गुण्डों ने उन्हें क्यों मारा और क्यों उनकी बेटी को छीनकर उनकी जिन्दगी में आग लगा दी? जो लोग मुसलमानों को मार रहे हैं उनसे क्यों नहीं टकराते? उन गुण्डों का बदला तुम्हारे गुण्डों ने हमसे क्यों लिया है?" और मैं बदहवास होकर रोने लगी।

"मत रो बहना!" असलम की आवाज़ सुनकर मैं चौंक उठी। उसकी ओर देखा। उसकी आँखों में आँसू भरभरा आए थे।

"तुम ठीक कहती हो बहना! यह लड़ाई हिन्दू और मुसलमान गुण्डों की है चाहे वे गुण्डे सड़क छाप हों, चाहे नेता या अमीर की शक्ल में हों। ये गुण्डे आम आदमी की जान लेते हैं। तुम कहाँ रहती हो बहना?"

"आप ठीक कह रहे हैं न!"

"मेरा विश्वास करो बहना और ज़रा धीरे बोलो, सुनो यहाँ आओ।" मैं चौंकी जरूर लेकिन धीरे-धीरे असलम के पास आ गई।

"पहले तुम चुपचाप खाना खा लो, फिर तुम्हारे साथ कुछ बात करते हैं। लेकिन देखो—हमारी आवाज़ कमरे से बाहर न जाए।"

मैं हसरत भरी नजर से खाने की ओर देखती रही, लेकिन उसकी ओर बढ़ी नहीं।

"क्या तुमको भी लगता है कि खाने पर हिन्दू और मुसलमान की मोहर लगी होती है? क्या खाना केवल खाना नहीं होता बहना? जैसे भाई-बहन पर जाति की मुहर नहीं होती वैसे ही खाने पर भी मुहर नहीं होती बहना! और फिर भाई का छुआ खाना बहन नहीं खा सकती क्या?"

"मैं आश्वस्ति से मुस्कराई और बैठकर धीरे-धीरे खाना खा लिया।"

"असलम ने धीरे-धीरे समझाया कि रात के अन्तिम पहर में मैं तैयार रहूँ। मुझे घर से निकालकर पुलिस को सौंप देगा। वह खुद छोड़ आता लेकिन कर्फ्यू लगा हुआ है न! उसे अपने अब्बा और उनके आदमियों की हरकत पर बहुत अफसोस और शर्मिन्दगी है! और असलम चुपके से मुझको घर से निकाल ले आया और पुलिस को सौंपकर मुझे घर पहुँचा देने का निवेदन किया और मैं घर पहुँच गई।"

शोभा की कहानी सुनकर परिवार वालों का जी हल्का तो हुआ, लेकिन फिर भी पता नहीं कौन-सा भार उन्हें भीतर-भीतर दबोचे हुए लगा। मामाजी ने उदास मन से कहा—"भगवान का लाख-लाख शुक्र है बेटी कि तू आ गई। उसी ने तुम्हें गुण्डों के बीच फरिश्ता जैसा एक मुसलमान भाई दे दिया।" लेकिन मुझे लगा कि वे इतना कहकर कोई लेकिन कहने वाले हैं और कह नहीं पा रहे हैं।

"खुदा का शुक्र है कि शोभा बहन वापस आ गई, लेकिन रजिया का तो अब तक अता-पता नहीं है।" रहमान बोला।

"क्या?" कमलेश ज़ोर से चौंका।

"यह कौन थी?" शंकर और विनोद ने पूछा।

"यह रहमान के मौसा की लड़की है। बहुत अच्छी और प्यारी लड़की। उस दिन थोड़ी ही देर के लिए मिली, लेकिन उतनी ही देर में अपने माँ-बाप की तरह मेरे भीतर भी गहरी छाप छोड़ गई। हाय कहाँ होगी बेचारी! काश, उसे भी असलम जैसा कोई हिन्दू भाई मिल जाता जो उसे सही सलामत वापस कर जाता।

"सो तो ठीक है कमलेश भाई, लेकिन खतरा तो तब होता है, जब इस दंगे का लाभ उठाकर अपने ही सम्प्रदायों के गुण्डे कुछ कर गुज़रते हैं।"

"तो तुम्हारा मतलब ··· !"

"हाँ, मुझे शक है कि कासिम की पार्टी उसे उठा ले गई है। बहुत दिनों से इस गुण्डे की नज़र रजिया पर थी। उसे बहुत गंदी नज़रों से देखता था। हमारे मोहल्ले में हिन्दू बहुत कम हैं। वे अपनी जान बचाने में ही लगे रहे, उन्हें लड़की उठाकर भागने की न तो फुरसत थी— न सुविधा। आखिर रजिया अपने मोहल्ले से कहीं बाहर भी तो नहीं गई।"

"नहीं, तुम हिन्दुओं के बचाव के लिए ऐसा कह रहे हो। भले हो न!"

"नहीं, कासिम की पार्टी ने ही यह सब किया होगा। उसके अपहरण के समाचार से सबसे अधिक कासिम बौखलाया हुआ है। कहता है—"मैं कहीं से भी उसे खोजकर लाऊँगा और जिस किसी ने ऐसा किया होगा, उसकी बस्ती की बस्ती साफ कर दूँगा।"

"मौसा-मौसी का बुरा हाल है। वे छाती पीट-पीटकर रोते हैं, कहते हैं—'हमने किसी का क्या बिगाड़ा था।' उन्हें भी कासिम पर शक है।"

"यही तो बात है रहमान, किसने किसका क्या बिगाड़ा है—यदि यह समझ में आ जाए कि लोगों को उनके किए का दण्ड मिल रहा है तो लोग परेशान न हों, प्रायश्चित्त की मनःस्थिति में सब कुछ सह लें, लेकिन बिना कुछ किए वे दण्डित हो रहे हैं, होते रहते हैं और पूछते रहते हैं कि उन्होंने क्या अपराध किया था। यही तो सबसे बड़ी विडम्बना है आदमी की—खासकर आम आदमी की।" विनोद बोला।

"शंकर!"

"लो आ गया तुम्हारा यार!"

"आइए, पारस भइया, आइए।"

"लो आ गया। अरे तुम सब लोग यहाँ हो!"

"हाँ पारस जी, हम लोग भी यहाँ हैं। अच्छा हुआ, आपने एक ही साथ हम सभी लोगों को दर्शन दे दिया। कितने दिन हो गए थे आपके दर्शन किए हुए। जी हुटुक रहा था।" विनोद बोला।

"बुरा हो इस सांप्रदायिक दंगे का, तबाह कर दिया इसने।"

"किसे?"

"देश को, समाज को, धर्म को और किसको।"

"हाँ, यह तो है। सचमुच यह बहुत बड़ा दुर्भाग्य है कि भाई-भाई को काटता-मारता है। उसकी बहन-बेटियों को बेइज़्ज़त करता है और वह भी धरम के नाम पर।" कमलेश बोला।

"भाई-भाई?" व्यंग्य से पारस भइया हँसे। "अरे भाई-भाई समझते तो दंगे होते ही क्यों? मुसलमान तो इस देश में राज्य करने आए थे। जब राज्य किया तब हिन्दुओं को अपना दुश्मन माना। इस देश को अपना देश नहीं समझा और आज भी इसे अपना

देश नहीं समझते। उनका मुँह पाकिस्तान की ओर रहता है, इसलिए रह-रहकर खुराफात किया ही करते हैं, हिन्दुओं की भावना की कदर न करके सब कुछ उलटा ही करते हैं।"

विनोद का चेहरा तमतमा आया। रहमान बहुत अपमानित अनुभव करने लगा। कमलेश भी गुस्से से शंकर की ओर देखने लगा। शंकर ने मुस्कराकर सबको आखों से ही बोलने से वर्जित किया। विनोद समझ गया कि शंकर पारस से कुछ सुनने के मूड में है।

"जब देखो, तब मन्दिर में गाय काटकर फेंक देंगे। हमारे देवी-देवताओं, धार्मिक जुलूसों का अपमान कर देंगे और पाकिस्तान के समर्थन में नारे लगाएँगे। लेकिन इस बार बच्चू लोगों को सीख मिल गई।"

"क्या सीख मिल गई पारस नाथ जी?"

"यही कि खूब पिटे हैं। गोरख पहलवान के पट्ठों ने अपना खूब कमाल दिखाया है।"

"क्या कमाल दिखाया है?"

"अरे इनकी सारी हेकड़ी ठंडी कर दी है। अरब देशों से मँगाए गए इनके सारे हथियारों को ठंडा कर दिया। उपद्रवी इलाकों में आग लगा दी। मुसलमानों ने कितनी ही हिन्दू लड़कियों का अपहरण करे मुसलमान बना दिया, इन्होंने भी बहुत-सी मुसलमान लड़कियों को हिन्दू बनाकर हिन्दू लड़कों को सौंप दिया।"

"अच्छा, तब तो बहुत कमाल किया।"

"और क्या! अब ये बहुत दिन तक सिर नहीं उठाएँगे। कासिम, हिकमत आदि अपने को खुदा समझने लगे थे, लेकिन राजू-जग्गी आदि ने उनकी खुदाई ठिकाने लगा दी है।"

"और पारस भाई यह समझ में नहीं आया कि गोरख और रूपलाल, दोनों पहलवान सरकारी पार्टी से जुड़े हैं। उसी पार्टी से गंगाराम शास्त्री चुनाव लड़ रहे हैं और गंगाराम शास्त्री, मुख्यमंत्री और पार्टी-अध्यक्ष डाहा भाई के मुसलमानों की सुरक्षा के सम्बन्ध में वक्तव्य छपते रहे। क्या उन्हें मालूम नहीं था कि उनके दो पहलवानों के चेले उनके वक्तव्य के विरुद्ध सौमनस्य और शांति स्थापित करने के स्थान पर कुछ और कर रहे हैं?" शंकर ने पूछा।

"लेकिन सौमनस्य और शान्ति एक ही पक्ष से तो नहीं न स्थापित होती। यदि एक पक्ष को मालूम हो जाय कि दूसरा पक्ष कमजोर है, तो वह सौमनस्य और शान्ति स्थापित करने के स्थान पर उस पर अपना आतंक स्थापित करना चाहता है। जब नहले पर दहला पड़ता है, तब दोनों पक्षों को शान्ति की सूझती है। शान्ति ऐसे थोड़े ही स्थापित होगी कि कासिम और हिकमत गुंडई करते रहें और राजू-जग्गी देखते रहें या हाथ जोड़कर उनसे शान्ति की भीख माँगते रहें! नेता को आखिर व्यवस्था चलानी

पड़ती है, वह शान्ति और प्रेम का वक्तव्य देकर यह भी तो देखता है कि व्यवस्था कायम करने के लिए क्या जरूरी है?"

"अच्छा पारस भाई, आपने कोई खून किया?" विनोद ने पूछा।

"नहीं, मैं क्यों कोई खून करता?"

"अच्छा मैंने कोई खून किया, शंकर ने कोई खून किया, इस कमलेश ने कोई खून किया।" विनोद ने पूछा।

"नहीं।"

"क्यों नहीं किया? हमें करना चाहिए था न, आखिर हम हिन्दू हैं?"

"अरे, अब सभी थोड़े खून करते हैं।"

"अच्छा बताइए कि इस रहमान ने कोई खून किया?"

"रहमान की बात रहमान जाने, मुझसे क्यों पूछते हो?"

"जब आपने बिना कुछ सोचे-समझे यह कह दिया कि मैंने, शंकर ने, कमलेश ने कोई खून नहीं किया है तो रहमान के बारे में ही आपको क्यों शंका हुई? आखिर इससे भी आप कई बार मिल चुके हैं। शंका इसीलिए हुई न कि यह मुसलमान है?"

"अब तुम लगे तर्क-कुतर्क करने?"

"नहीं, यह कुतर्क नहीं है। कुतर्क के विरोध में सुतर्क है। खैर, मैं आपको बता रहा हूँ कि रहमान ने कोई खून नहीं किया, न कर सकता है।"

"और मैं कसाई की चाल में हो आया हूँ, वहाँ रहमान के मौसा-मौसी, बहन और तमाम पड़ोसियों से मिल चुका हूँ। वे मुझे अपने पिता, माँ, बहन और पड़ोसी जैसे ही प्यारे लगे हैं, मेरी आत्मा अपनी सौगन्ध के साथ कह सकती है कि वे किसी का खून नहीं कर सकते।" कमलेश बोला।

"और ऐसे ही नब्बे प्रतिशत हिंदू-मुसलमान खून नहीं करते, न कर सकते हैं।"

"तुम लोग कहना क्या चाहते हो?"

"कहना यह चाहते हैं कि दोनों क़ौमों में दस प्रतिशत गुंडे ऐसे होते हैं जो किसी-न-किसी घटिया वजह से एक-दूसरे से लड़ते हैं और पूरे निरीह समुदाय को हिंसा की आग में झोंक देते हैं। निरीह लोग मरते हैं, बरबाद होते हैं और दोनों ओर के तमाम फरिश्ता दिलों के भीतर बैठा हुआ इंसान आहत होता है, जागता है, कुछ करना चाहता है, करता है और अपनी क़ुरबानी से इंसानियत का सेतु टूटने नहीं देता। सच बात तो यह है कि गुंडे अपना-पराया नहीं देखते। एक बार जब उनके भीतर हैवान जागता है तो अपने ही संप्रदाय के लोगों से बदला लेने लगते हैं, उनकी बहू-बेटियों को भी नहीं बख्शते जब कि सच्चे इंसान दूसरे सम्प्रदाय की बहू-बेटियों की इज़्ज़त बचाने के लिए अपनी जान दे देते हैं।"

पारस चुप रहे। जैसे कुछ कहने के लिए कुछ खोज रहे हों।

"हम तो जिस किसी के सम्पर्क में आए हैं वह खूनी नहीं दिखाई पड़ा। अपने सारे

परिचित हिन्दुओं और मुसलमानों को सामने रखकर एक-एक की आँख में झाँकता हूँ तो कहीं भी हिंसा या प्रतिहिंसा की आग नहीं दिखाई पड़ती। मुझे नहीं लगता कि इनमें से कोई झगड़ा शुरू होने पर आग लगाता, कत्ल करना घूमता होगा।"

"फिर यह सब होता कैसे है?" पारस बोले।

"होता है थोड़े से पेशेवर लोगों द्वारा जो नेताओं और अपने सम्प्रदाय के कुछ धनी-मानी लंपटों से उकसाए जाकर या तो रोज़ी-रोटी कमाते हैं या अपने भीतर के हैवान को तृप्त करते हैं और बदनाम होती है पूरी की पूरी हिन्दू-मुस्लिम कौम।" कमलेश बोला।

"अफवाहों से आग भड़कती रहती है पारस जी! अब आपने जितनी बातें सुनी हैं वे सब देखी नहीं होंगी। इनमें कितनी सच हैं कितनी झूठ हैं, क्या पता? उन अफवाहों के आलोक में सामान्य हिन्दू या मुसलमान अपनी सुखात्मक-दुखात्मक प्रतिक्रिया व्यक्त करता है जो दूसरों को उकसाती है। आपने आते ही जो आग उगली थी उसका क्या परिणाम होता आपने सोचा था? रहमान जैसा शरीफ मुसलमान जो वास्तव में न मुसलमान है, न हिन्दू, एक इंसान है, आपकी बात से कितना आहत, अपमानित और दुखी हुआ होगा, इसकी चिन्ता अपने की? और यदि आपकी प्रतिक्रिया से यहाँ कुछ पागल जैसे लोगों की भीड़ इकट्ठा हो जाती तो रहमान की और हम लोगों की क्या स्थिति होती, इस पर आपने सोचा?" शंकर ने कहा।

"और क्या आपने इस बात पर भी सोचा पारसनाथ जी कि कौन मरे हैं? बिहार, गोरखपुर, गाजीपुर, आजमगढ़, सुलतानपुर, प्रतापगढ़ के हिन्दू-मुसलमान। ये वे लोग हैं जो अपने-अपने ज़िलों में एक-दूसरे के पड़ोसी हैं और यहाँ भी पड़ोसी हैं जो रोज़ी-रोटी के सिलसिले में गाँव छोड़-छोड़कर इतनी दूर आए हैं, उन सबकी आँखों में एक ही दुख-दर्द है, घर से दूर होने की भूख की, अभाव की एक ही पीड़ा है और उनके शरीर पर एक ही ज़मीन की मिट्टी और हवा-पानी का लेप है। क्या हम अपने घरों को छोड़कर इतनी दूर एक-दूसरे का खून करने आए हैं? क्या यही हमारी उपलब्धि है? गाँव पर हमारे पिता रहमान के पिता से, या रहमान के पिता हमारे पिता से चिट्ठी पढ़वाने जायें और उन्हें चिट्ठी से मालूम हो कि हममें से एक ने दूसरे का खून कर दिया तो कैसा लगेगा? उस मानवीय विडम्बना की कल्पना कर सकते हैं पारस जी? हम हिन्दू और मुसलमान आज अपनी हत्या सम्बन्धी उपलब्धियों पर इतरा रहे हैं, कल जब समय हमसे जवाब माँगेगा, तब हम क्या कहेंगे? क्या हम लोग पूरी की पूरी क़ौम को चन्द गुंडों के हाथों में छोड़कर इतराते फिरें या फिर इस विडम्बना पर शर्म करें, अपने को धिक्कारें और दोनों के बीच सेतु बनाने के लिए इन गुंडों का प्रतिकार करें? क्या करें बोलिए, बोलिए पारसनाथ जी! मेरी और रहमान की माताएँ एक साथ गाँव में बैठी हुई दोनों की कुशल मना रही हैं, दोनों की आँखों में दोनों के लिए आशीर्वाद के आँसू हैं और एक ही आशंका से वे दोनों काँप रही हैं। इन

माताओं को हम लोग क्या जवाब देंगे?" कमलेश उत्तेजना से हाँफने लगा था। रहमान हबसने लगा।

पारसनाथ ने उसे देखा और पास जाकर सँभाला और खुद भी रो पड़े। आँसू पोंछा और भरे गले से कहा–"तुम लोग ठीक कह रहे हो।" और उठे, चले गए। एक अजीब भारीपन वातावरण में छा गया था।

"शंकर!" विनोद बोला।

"हूँ ऊ ऊ··· ।"

"रजिया बहन के लिए कुछ करना चाहिए।"

"क्या करना चाहिए?"

"पुलिस पर दबाव डालना चाहिए कि उसकी खोज करे।"

"हम लोग हैं क्या? पुलिस वाले क्यों सुनने लगे हमारी? कोई बड़ा आदमी दबाव डाले तो सुनेगी।"

"बड़े आदमी तो रोज हमारे मोहल्ले में आ रहे हैं। डाहा भाई कई बार आ चुके, शास्त्री जी भी कई बार आए और नेता भी आए। विरोधी दल के लोग भी आ रहे हैं। वे दुखियों के आँसू पोंछ रहे हैं। आश्वासन दे रहे हैं, चीज़ें बाँट रहे हैं, जो उजड़ गए हैं उन्हें रुपए दे रहे हैं और यह साबित करने पर तुले हुए हैं कि वे मुसलमानों के सच्चे रहनुमा हैं। यदि वे न होते तो जाने क्या हो गया होता और नहीं रहेंगे तो मुसलमानों की ख़ैर नहीं है। मौसा ने उन्हें अपना हाल सुनाया है, सबने पुलिसवालों को आदेश दे दिए हैं कि लड़की जहाँ से भी हो, खोजकर लाई जाए। अब इसके आगे क्या हो सकता है?" रहमान बोला।

"पुलिसवाले सुन लेते हैं और उनके जाने के बाद टाल जाते हैं। कहते हैं—जहन्नुम में जाय लड़की, जहन्नुम में जाय नेता।" विनोद बोला।

"हाँ, कहते हों या न कहते हों लेकिन करते यही हैं। किसी बड़े आदमी की लड़की होती तो नेता और तरह से कहते और पुलिसवाले सोचते कि नेता सचमुच कह रहे हैं।" रहमान ने कहा।

"हाँ, फिलहाल तो उन्हें वोट से मतलब है। वोट लेने के लिए उन्होंने दंगा कराया भी और दंगा दबाया भी और उसका प्रतिफल बटोरने में लगे हैं।" कमलेश बोला।

"तुम यह कैसे कह सकते हो कि दंगा नेताओं ने ही कराया?" शंकर बोला।

"इसलिए कह सकता हूँ कि शास्त्री जी ने कई बार बात-बात में अपनी चिन्ता व्यक्त की कि 'मुसलमानों का वोट मिलने की संभावना कम दीखती है, कुछ करना पड़ेगा।"

"क्या करना पड़ेगा?" मैंने पूछा तो मुस्करा कर बोले, "अरे वही जो होता रहा है।"

"शंकर बाबू!"

लोगों ने देखा असरफी है।

"क्या है असरफी? तू रो क्यों रही है?"

"शंकर बाबू, फेंकू के सामान का क्या किया जाए?"

"क्यों क्या हुआ?"

"वह कई दिन से लापता था। आज मालूम हुआ था कि एक लाश नाले के किनारे पड़ी मिली, वह फेंकू से मिलती-जुलती है।"

"हे राम, फेंकू की बूढ़ी माँ, पत्नी और बच्चे का क्या होगा? जिसे इतनी भयानक गरीबी नहीं मार सकी, उसे इन्सानी नफरत ने मार दिया! फेंकू ने किसका क्या बिगाड़ा था?" शंकर ने माथा थाम लिया।

असरफी चली गई। ये चारों पत्थर की मूर्तियों की तरह बैठे रहे—जड़, निस्तब्ध और परेशान।

चुनाव में गंगाराम शास्त्री जीत गए, उनकी पार्टी जीत गई। कमलेश स्कूल पहुँचा तो बधाई देने गया। शास्त्रीजी बधाई देने वालों से घिरे हुए थे। उन्होंने कमलेश से कहा—"आज स्कूल की छुट्टी कर दो। शाम को जुलूस निकलेगा, सबको उसमें शामिल होना है।"

कमलेश ने छुट्टी कर दी और हिदायत दे दी कि सभी लोग शाम को जुलूस में शामिल होंगे। लड़के हिप-हिप हुर्रे कहते भाग खड़े हुए और टीचर दांत निपोरे हुए शास्त्रीजी के आगे-पीछे दिखाई पड़ने लगे।

"आप लोग भी जाइए और शाम को जुलूस में आ जाइएगा। अब आप लोग खूब ईमानदारी से स्कूल चलाइए, काम ही ईमान है, कामचोरी दुनिया का सबसे बड़ा पाप है, समझे न।"

"जी सर, समझ गए।" टीचरों ने कहा, लेकिन कमलेश ने उन्हें घूरकर देखा और शास्त्रीजी की ओर भी देखते हुए गम्भीर बना रहा। उसे लगा कि एम.एल.ए. होते ही यह बेईमान आदमी उन लोगों को ईमानदारी का पाठ पढ़ाने लगा जो लोग तनखाह न पाते हुए भी दिन-रात इस स्कूल के लिए मर-खप रहे हैं और फिर भी इसका उपदेश सुनकर दाँत निपोर रहे हैं। वह कुछ बोलना चाहता रहा, लेकिन वक्त की नज़ाकत देखते हुए चुप रहा। आज उल्लास का दिन है, रंग में भंग क्यों किया जाए।

सारे टीचर चले गए लेकिन कमलेश रुका रहा। वह प्रिंसिपल है, उसकी जिम्मेदारी बड़ी है न? पता नहीं कब कौन-सा काम पड़ जाय।

डाहा भाई का फोन आ गया-जल्दी चले आओ। शास्त्रीजी तुरन्त चले गए तो लग्गू-भग्गू भी धीरे-धीरे खिसक गए। कमलेश उठकर अन्दर चला गया-रमा बहन

के पास।

"बधाई हो रमा बहन!" कमलेश ने उल्लास से कहा।

"तुम्हें भी बधाई हो! आखिर तुम भी तो नेताजी के स्कूल के प्रिंसिपल हो।"

"हाँ, हूँ तो, तो लीजिए, मुझे भी बधाई है।" कमलेश को लगा कि रमा बहन बहुत प्रसन्न नहीं हैं, किन्तु प्रसन्न होने का नाटक कर रही हैं।

"अब यह उफान शांत हो जाए तो बड़ौदे चला जाए कमलेश!"

"किसलिए?" फिर उसे एकाएक ख्याल आया। "अरे हाँ, याद आया, ज़रूर-ज़रूर।" अब कमलेश को लगा कि रमा बहन भीतर से बहुत डरी हुई हैं। अब तो अपने पाप और दुस्साहस को छिपाने के लिए शास्त्री के पास राजनीतिक ताक़त आ गई।

कालबेल बजी।

"देखिए कमलेश जी, कौन आया। अब तो कई दिन तक चमचों के मारे नींद हराम रहेगी।"

कमलेश उठकर गया, दरवाजा खोला। देखा, एक जवान लड़की खड़ी थी। रंग साँवला था लेकिन आँखें बड़ी-बड़ी थीं, घने केश पीठ पर लहरा रहे थे, उसकी आँखों में एक उत्सुकता थी, कुछ डर भी था।

"श्री गंगाराम शास्त्री यहीं रहते हैं न?"

"जी हाँ। आप कहाँ से आई हैं?"

"जी, मैं बड़ौदे से आई हूँ। कल रेडियो पर उनकी जीत का समाचार सुना तो बहुत खुशी हुई। बधाई देने चली आई।"

कमलेश सब कुछ समझ गया। "आइए अन्दर आइए। शास्त्रीजी अभी-अभी डाहा भाई से मिलने गए हैं, कुछ देर में आ जाएँगे।"

"कौन है कमलेश!"

नारी-कंठ सुनकर लड़की चौंकी।

"बहनजी, कोई बहन बधाई देने के लिए बड़ौदे से आई हैं।"

रमा बहन झपटकर उठ गई और इच्छा हुई कि इसी वक्त इसे मारकर घर से निकाल दे। किन्तु कमलेश ने उन्हें आँखों से मना कर दिया।

"आइए बहन जी, बैठिए, बैठिए।" कहता हुआ कमलेश उन्हें ड्राइंग रूम में ले गया और सोफे पर बैठा दिया।

"आपने बहुत कष्ट किया कि आप बधाई देने के लिए बड़ौदे से आईं। हम बहुत आभारी हैं। वैसे आप बता सकती हैं कि आपकी श्रद्धाभक्ति शास्त्रीजी में इतनी ज़्यादा क्यों है? वैसे किसी की भी किसी में श्रद्धा हो सकती है फिर भी।" कमलेश ने कहा।

"बात यह है जी। ··· अभी अन्दर से जो औरत बोल रही थीं वे कौन हैं?"

"वे शास्त्री जी की रिश्तेदार हैं। आई हुई हैं। अरे हाँ, आप बैठिए, आपके लिए चाय-पानी की व्यवस्था कर आऊँ।"

कहकर कमलेश अन्दर चला गया। रमा बहन से बोला—"लगता है वही है। आपने याद किया, वह आ गई। कुछ नाश्ता-पानी का इन्तज़ाम कीजिएगा?"

"अरे इसका मुँह नहीं झौंस दूंगी। छिनाल भागी चली आई बड़ौदे से बधाई देने के लिए।"

"देखिए रमा बहन, मैं आपकी मनःस्थिति समझता हूँ, लेकिन घर की एक मर्यादा भी होती है। आपके पति एम.एल.ए. हुए हैं, बधाई देने वालों को मिठाई खिलाई जा रही है। यह बेचारी तो बड़ौदे से आई है। आप चाय-पानी का इन्तज़ाम कर दीजिए, नहीं तो मैं ही चाय बना देता हूँ।" कहकर कमलेश किचन की ओर झपटा।

"अरे छोड़ो-छोड़ो, बड़े आए चाय बनाने वाले! जाओ तुम बैठो। मैं चाय ले आती हूँ।"

"देखिए, मुझे बुला लीजिएगा। मैं चाय ले जाऊँगा और जब ठीक समझूँगा, आपको बुला लूँगा।"

थोड़ी देर बाद जाकर कमलेश चाय-वाय ले आया। "कृपया चाय लीजिए।"

लड़की संकोच से बोली—"आप नाहक यह कष्ट कर रहे हैं।"

"अरे पीजिए, इसमें तकल्लुफ की कोई बात नहीं। आपका शुभ नाम क्या है?"

"सुधा।" कहते-कहते वह झेंप गई।

"अच्छा-अच्छा।"

"देखिए, मैं ठीक घर में आई हूँ न?"

"यानी?"

"यानी शास्त्रीजी का घर यही है न।"

"हाँ, यही है, आपको शक क्यों हो रहा है?"

"इसलिए कि चुनाव जीते हुए व्यक्ति के घर की चहल-पहल यहाँ नहीं है।"

"नहीं, आप लेट आईं न। कल शाम से ही चहल-पहल थी। जिनको आना था वे आ चुके और जब शास्त्रीजी डाहा भाई के यहाँ चले गए तो भीड़ छँट गई।"

कमलेश को लगा कि अभी तक सुधा का मन आश्वस्त नहीं हुआ है।

"आप वहाँ अस्पताल में काम करती हैं न?"

सुधा बुरी तरह चौंक गई। उसका चेहरा फक पड़ गया। वह डरी-डरी आँखों से कमलेश को देखने लगी।

"क्यों, मैंने ठीक कहा न?"

"जी।"

"देखिए अब तो विश्वास आया कि यह शास्त्री जी का ही घर हो सकता है।"

"लेकिन आपको कैसे मालूम हुआ कि मैं अस्पताल में काम करती हूँ?"

"एक गुमनाम पत्र आया था। कोई सिरफिरा आपका प्रेमी बनता है, उसी ने पत्र लिखा था। उसने शास्त्रीजी को धमकाया था। अजीब हाल है। आप अस्पताल में नर्स हैं वह भी बड़ौदे में। शास्त्रीजी अहमदाबाद में स्कूल चलाते हैं। और नेतागिरी करते

हैं। अगर आपका प्रेमी बनने वाले किसी सिरफिरे का दिल टूटा तो शास्त्रीजी क्या करें? वे अपने इलाके के नेता हैं, कोई देश के नेता थोड़े न हैं कि हर दुखी आदमी अपने दुख का इलज़ाम उन पर लगा दे।"

"तो शास्त्रीजी का पत्र आपके हाथ कैसे आ गया? आप कौन हैं? उनके पत्रों की चोरी करते हैं क्या?" सुधा के चेहरे पर एक खिंचाव और वाणी में तिक्तता उभर आई।

"नाराज़ न होइए, देवीजी, मैं उनके पत्रों की चोरी नहीं करता। मैं उनके स्कूल में प्रिंसिपल हूँ। उनके नाम जो पत्र आते हैं, वे प्रायः स्कूल से सम्बन्धित होते हैं यानी आफिसियल होते हैं। वे नहीं होते हैं तो मैं खोल लेता हूँ। अब मुझे क्या मालूम था कि इस पत्र में यह लिखा होगा।"

"शास्त्रीजी कब तक आएँगे?" उसने ऊबकर पूछा।

"देखिए, शाम को जुलूस निकलेगा। इसी सिलसिले में डाहा भाई ने उन्हें बुलाया है। हो सकता है अभी आ जाएँ, हो सकता है दो घण्टे बाद आएँ, हो सकता है, जुलूस के बाद आएँ।"

कुछ देर चुप रहने के बाद कमलेश ने कहा—"ऐसा है बहनजी, आप थक गई होंगी। आप चाहें तो बगल के कमरे में कुछ देर विश्राम कर लें। हाँ, उससे पहले नहाना-धोना चाहें तो नहा-धो लें।"

"हाँ नहाना-धोना तो चाहूँगी।"

"ठीक है, अपना सामान लेकर बगल के कमरे में चली जाइए। नहा-धोकर वहीं थोड़ा आराम भी कर लीजिए। चलिए।"

सुधा ने अपना बैग उठाया और बगल के कमरे में चली गई। वहाँ जाते ही दीवार पर शास्त्रीजी की फोटो टँगी दिखाई पड़ी।

सुधा उसे देखते ही अचकचा गई। वह जहाँ की तहाँ खड़ी रह गई।

"शास्त्रीजी के साथ फोटो किसकी है?"

"उनकी धर्मपत्नी की?"

"क्या?" जोर से सुधा चीखी और उसके हाथ से बैग गिर पड़ा।

"नहीं, यह नहीं हो सकता। यह किसी और की फोटो होगी!"

"क्या हुआ?" कहते हुए रमा बहन झपटी हुई आईं और सुधा ने एक बार इन्हें देखा एक बार फोटो को। उसने दो-तीन बार ऐसे किया।

"क्यों क्या हुआ सुधाजी?" कमलेश ने पूछा।

"क्या नहीं हुआ?" उसने शास्त्रीजी की फोटो की ओर इशारा करते हुए कहा—"इस आदमी ने मुझसे कहा था कि मैं अविवाहित हूँ। तुमसे शादी करना चाहता हूँ। मैं भी इसकी चिकनी-चुपड़ी बातों में आ गई। इसने तो मुझे बरबाद कर दिया।"

"क्यों क्या हुआ? इसमें बरबादी की कौन-सी बात है? आप इनकी बातों में आ गईं लेकिन अभी बिगड़ा क्या है? आपको अब तो मालूम हो गया न कि ये विवाहित हैं। इनसे छुट्टी पाइए और घर जाइए।"

"छुट्टी पाना इतना आसान होता है क्या? यह कोई मिर्च-मसाले का सौदा तो नहीं है कि भाव पटा तो लिया, नहीं पटा तो छोड़ दिया या नापसन्द आने पर लौटा दिया।"

"जहाँ प्यार सच्चा न हो, वहाँ सौदा ही होता है सुधा रानी! तुमने शास्त्रीजी को नहीं, उनके राजनीतिक व्यक्तित्व की चमक-दमक को प्यार किया है। तुमने सोचा कि नर्स हो, कल पता नहीं क्या बन जाओगी। और कुछ बनो या न बनो, एक नेता की रानी तो बन ही जाओगी।" रमा बोलीं।

"नहीं-नहीं, यह झूठ है।"

"झूठ है? तुमने अपनी और शास्त्रीजी की उम्र का फर्क भी नहीं देखा?" कमलेश ने कहा।

"फर्क देखने की ज़रूरत क्या थी? सौदेबाजी में उम्र के फर्क का क्या महत्त्व होता है?" रमा ने तल्खी से कहा।

"नहीं-नहीं, मुझ पर सौदेबाजी का इलजाम मत लगाइए। मैं तो यों ही जली हुई हूँ और मत जलाइए।"

"तुमसे ज़्यादा जली हुई मैं हूँ। तुमने सौदेबाजी में फट से अपना प्रेमी छोड़ दिया। शास्त्रीजी को छोड़ने में तुम्हें कितनी देर लगेगी? लेकिन अगर शास्त्रीजी तुम्हारी सौदेबाजी से लिपट गए तो मेरा क्या होगा?"

"कौन-सा प्रेमी?"

"बनो मत। तुम्हारा प्रेमी छोटा आदमी था न! वह तुम्हें प्रेम दे सकता था और तुम्हें चाहिए था ऊँचा रुतबा, अच्छा पैसा, अच्छा नाम। वह बेचारा क्लर्क तुम्हें यह सब भला कहाँ से दे सकता था। जब तक तुम्हारा कोई नहीं था, वह क्लर्क प्रेमी ही सब कुछ था, जब शास्त्रीजी ने तुम्हें प्रलोभन दिए तो तुम्हें अपने प्रेमी को छोड़ते मिनट भी नहीं लगा और तुम्हारी आँखों में प्रेम नहीं, वैभव के नये-नये सपने चमकने लगे।"

सुधा की आँखों की दयनीयता खत्म हो गई। उनमें एक सख्ती आ गई। उसने ऐजी नज़र से रमा की ओर देखा कि उसे पहचानने में रमा को दिक्कत हुई। क्या यह नज़र उसी औरत की है जो मिनट भर पहले दयनीय बनी हुई थी।

"सुनिए।" सुधा ने सख्ती से कहा।

"कहो, क्या कहती हो?"

"आपने बिना जाने-सुने केवल अनुमान से मुझ पर ढेर सारे इलजाम लगा दिए। अपने मरद को कुछ क्यों नहीं कहतीं? मैं चाहे प्यार से, चाहे जैसा आप कह रही हैं, लोभ से उनकी ओर झुकी, मैं तो यही समझती थी न कि वे अविवाहित हैं, लेकिन वे तो सब कुछ जानते थे न। वे तो मुझसे हर दृष्टि में प्रौढ़ हैं, ऊँचे हैं, लेकिन मेरे

साथ झूठ बोले, धोखा दिया, मुझे तरह-तरह के प्रलोभन दिए। प्रलोभन में मैं आ गई तो आ गई, मुझे यह भ्रम तो नहीं था कि मैं किसी को धोखा दे रही हूँ, किसी का जीवन बरबाद कर रही हूँ। मुझे तो यही मालूम था कि मैं उनकी बीबी बन रही हूँ, ये मेरे पति बन रहे हैं, लेकिन इन्होंने तो मुझे बरबाद कर दिया। इनका क्या बिगड़ा? लुटी तो मैं। और ये आपके पति हैं, कमीनगी के अवतार पति। आप इन्हें नहीं सँभाल सकीं तो ये मेरी ज़िन्दगी के ऊपर आ गिरे। इसमें कसूर किसका है? बोलिए, कसूर किसका है?"

एक सन्नाटा-सा छा गया। रमा बहन को सूझ नहीं रहा था कि क्या जवाब दे। कमलेश भी सकते में आ गया था। यही सवाल शास्त्रीजी की गाँव वाली बीवी ने उससे पूछा था—वही सवाल वह सुधा से पूछ रही है कौन क्या उत्तर दे? उत्तर देना है शास्त्रीजी को, लेकिन उनसे कोई प्रश्न टकराता ही नहीं, उत्तर क्यों खोजेंगे और देंगे? बस तीनों स्त्रियाँ जैसे एक-दूसरे से सवाल करती उत्तर खोज रही हैं ··· नहीं मिल रहा है।

"ठीक कहती हो सुधाजी, इसमें तुम्हारा क्या कसूर? सचमुच मैं उन्हें नहीं सँभाल पाई और अब तो वे जनता के आदमी हो गए हैं, जनता भी उन्हें नहीं सँभाल पाएगी। मैं तो विवाहिता हूँ, तुम तो उनकी प्रेयसी हो। जो काम विवाहिताएँ नहीं कर पातीं उसे प्रेयसियाँ कर लेती हैं। तुम्हीं सँभालो उन्हें, मैं कल यहाँ से चली जाऊँगी। तुम उनको लेकर बैठ जाना और किसी और की ज़िन्दगी पर उन्हें गिरने से बचाना।"

सुधा खड़ी-खड़ी-खड़ी थक गई थी। चारपाई के किनारे धप्प से बैठ गई। व्यंग्य से मुस्कराई, बोली–"प्रेयसी? मैं अभी प्रेयसी रह गई हूँ? क्या बाकी रह गया है पत्नी बनने में?"

"तो कुछ भी बाकी नहीं रह गया है? तुमने शादी से पहले शादी के सारे रस्म निभा डाले हैं? कुतिया, उठ मेरी चारपाई पर से। तुम्हें इस चारपाई पर बैठने का हक़ किसने दिया? बेशर्म, कहती है इसका क्या कसूर है? प्रेम करने का मतलब यही होता है क्या? न जाने तूने कहाँ-कहाँ किस-किससे यह नाटक रचाया होगा?"

"रमा बहन, रमा बहन!" कमलेश को लगा कि रमा बहन सुधा के साथ ज़्यादा तेज़ और कुछ सीमा तक अभद्र हो गई हैं। वह उन्हें चुप कराने की कोशिश करने लगा।

सुधा चारपाई पर से उठ गई। "तो ठीक है, मैं कुतिया और बेशर्म ही सही, अब मैं अपना अधिकार लेकर रहूँगी। सोच रही थी कि मैं यहाँ से चली जाऊँगी ताकि मेरी बदनामी तक ही बात रुक जाए, लेकिन अब नहीं जाऊँगी। अब शास्त्री से धोखे और कमीनगी का हिसाब लेकर ही रहूँगी।" वह जाकर ड्राइंगरूम में बैठ गई।

रमा भी झल्लाकर दूसरे कमरे में चली गई। कहती रही—"आज आने दो इस नेता को। मैं भी उससे जवाब लेकर ही रहूँगी। अब रण्डी-पतुरिया लेकर रहे इस घर में?

मैं कहीं निकल जाऊँगी, डूब मरूँगी। जानती हूँ, जब आजिज आ जाएगा तो वह कहेगा— रमा, मैंने तुमसे शादी की थी तो इसलिए कि मेरी पहली पत्नी बाँझ थी। अब मुझसे फिर कहेगा कि आखिर अपनी इतनी बड़ी सम्पत्ति है, इसका कोई वारिस तो होना चाहिए। तुमसे शादी हुए कितने साल हो गए, बच्चा नहीं हुआ तो बच्चे के लिए कुछ करना ही पड़ेगा न। वह नहीं मानता कि उसमें कोई दोष है। जब दो-दो औरतों से बच्चा नहीं हुआ तो ज़रूर तुम्हारे में कोई दोष है। कितनी बार कहा कि डाक्टर को दिखाओ, लेकिन मुझे तो दिखाता है अपने को नहीं दिखाता।"

कमलेश की हालत अजीब थी, दोनों के बीच पड़ा कुछ बोल नहीं रहा था। हाँ, बाहर नौकर से कह आया था कि गेट पर खड़े रहो। शास्त्रीजी से जो भी मिलने आए उसे लौटा देना। कह देना—रात तक आएंगे। वह खुद ड्राइंगरूम में आकर बैठ गया और सुधा की ओर कनखियों से देख लिया करता था। सुधा कभी दाँत से नाखून चबा रही थी, कभी ओठ। कभी उंगलियों पर ठुड्डी टिकाकर किसी सोच में डूब जाती थी। लगता था कि वह अपने भीतर बुरी तरह डूब-उतरा रही थी।

"लगता है अब शास्त्रीजी जुलूस के बाद ही आएँगे।" कमलेश ने कहा। उसे भी जाना था, लेकिन इस हालत में वह घर छोड़कर जा नहीं पा रहा था। उसकी अनुपस्थिति में न जाने क्या हो जाए?

"अगर आप ठीक समझें तो शहर घूम आइए, रात को आ जाइएगा। अकेली-अकेली कब तक ऊबती रहेंगी?"

सुधा ने कमलेश की ओर देखा। उसके चेहरे पर कुछ पढ़ने की कोशिश की। फिर अपने में डूब गई।

एकाएक वह झटके से खड़ी हो गई। उसकी आँखों से अंगारे बरस रहे थे। बोली—"नहीं, मैं चलूँगी। मैं इस धोखोबाज से अब नहीं मिलूँगी।" वह आँगन में चली गई और पुकारकर बोली—"श्रीमती शास्त्री, मैं लौट जा रही हूँ। आखिर इतना होने के बाद उस धोखेबाज से क्या मिलना? आखिर मैं उसकी होती कौन हूँ? वह मेरा क्या लगता है? जितनी बरबाद हुई हूँ, उतनी हुई हूँ अब और क्यों होऊँ?" वह झटके से मुड़ी और फफककर रो पड़ी। आँगन से ड्राइंगरूम में आई, वहाँ से बाहर हुई और सड़क पर अदृश्य हो गई।

कमलेश सब कुछ चुपचाप देखता रहा। कुछ देर बाद पुकारा—"रमा बहन!"

रमा बहन बाहर आईं।

"मैं भी चलूँ रमा बहन! घर जाऊँगा। वहाँ से जुलूस में जाऊँगा।"

"इसे जुलूस मत कहो कमलेश, जनाजा कहो। औरतों और जनता की इज़्ज़त और खुशहाली का जनाजा।"

"कुछ भी हो रमा बहन, शास्त्रीजी अपने हैं, उनकी खुशी हमारी खुशी है, वे जीते हैं यह मारे लिए खुशी की बात है, लेकिन यह कैसी विडम्बना है कि इस खुशी में

यह दुर्घटना घटित हो गई।"

"दुर्घटना तो वह होती है जो आशा के विरुद्ध एकाएक घट जाए, यह तो शास्त्रीजी का सहज जीवन-क्रम बन आया है। सच पूछो तो स्त्री की ज़िन्दगी अपने आप में एक दुर्घटना बनकर रह गई है। अभी तो आगे देखो क्या होता है? जब नेताजी को मालूम होगा कि वह आई थी तो पता नहीं क्या व्यवहार करें?"

"इसकी चर्चा ही मत कीजिएगा।"

"क्यों नहीं करूँगी? अपने को छिपाते रहे हैं न, आगे भी छिपाएँगे। इसलिए उनका पर्दाफाश तो होना ही चाहिए।"

"सोच लीजिए।"

"सोच लिया है। अच्छा तुम जाओ।"

कमलेश चला गया। रमा बहन जाकर अपनी खाट पर भहरा पड़ीं। खूब रोईं। कभी सुधा को गालियाँ बकती थीं; कभी उसमें अपने को देखने लगती थीं; कभी लगता था वह, सुधा और गाँव वाली पत्नी तीनों एक ही क़तार में खड़ी हैं और रह-रहकर एक-दूसरे में समा जा रही हैं और शास्त्री कठपुतली के सूत्रधार की तरह कभी तीनों को एक साथ, कभी बारी-बारी नचा रहा है।

आज शोभा की शादी थी। तय तो पहले ही हो चुकी थी। इस बीच रामसहायजी ने काफी तैयारियाँ कर ली थीं। एक तो कितनी भी तैयारी करो, लड़की के बाप को डर लगा रहता है कि पता नहीं लड़के का बाप क्या माँग बैठे और क्या कर बैठे, दूसरे रामसहायजी की औकात ही कितनी थी? बेचारे ने यहाँ-वहाँ से कर्ज़ लेकर कुछ सामान और रुपए जुटाए थे। तीसरे, शोभा के अपहरण की घटना से वे बहुत डरे हुए थे। पता नहीं लड़के वाले इसे जानते हैं कि नहीं? यदि जानेंगे तो जानने के बाद पता नहीं क्या कर बैठेंगे?

कमलेश बहुत उदास था। वह अपने को बहुत अपराधी अनुभव कर रहा था। सोचा था कुछ पैसे मिल जाएँगे तो मामा का बोझ कुछ हलका कर देगा, लेकिन शास्त्रीजी ने अपनी मजबूरी दिखा दी—"चुनाव के कारण अभी यों ही कर्ज़ के बोझ से लदा हूँ; तुम्हें कहाँ से दे दूँ।"

कई महीने की तनखाह बाकी है और शास्त्री इस तरह जवाब दे रहा है—जैसे उससे दान माँगा जा रहा हो। वह क्रोध से तिलमिला गया लेकिन अपने को सँभाल लिया और चुपचाप चला गया। तभी से आत्मग्लानि की आग में जल रहा है। मामा-मामी के सामने होने की हिम्मत नहीं हो रही है।

मामा उसके भाव को ताड़ गए थे। उन्होंने कहा—"सारा इन्तजाम हो गया है कमलेश! चिन्ता की बात नहीं।"

"शास्त्री के बच्चे से समझूँगा मामा! तनखाह के नाम पर साले के पास पैसे नहीं होते और भ्रष्ट कर्मों के लिए हज़ारों रुपए निकल आते हैं।" उसने तनखाह का जिक्र कर मामा के आगे अपनी चिन्ता और मनोभाव व्यक्त कर दिए थे। वह अपनी चिन्ता और आत्मग्लानि के भाव को छिपाए हुए प्रबन्ध-कार्य में व्यस्त था। मामी कार्यरत थीं, लेकिन उनकी आँखों से रह-रहकर आँसू टपक रहे थे। शोभा चली जाएगी। घर सूना हो जाएगा।

शाम को शंकर और विनोद भी आ गए। कुछ देर बाद रहमान भी आ गया।

बारात आई। पास के एक प्राइमरी स्कूल में ठहरा दी गई। वहीं से द्वारपूजा के लिए बारात को आना था। समय हो गया। बारात आने का नाम ही नहीं ले रही थी। कुछ लोग बारात में गए—यह देखने कि बारात अभी तक द्वारपूजा के लिए निकली क्यों नहीं।

"बुलाओ पाण्डे को।" समधी ने तमककर कहा।

पाण्डे जी चौक पर बैठने की तैयारी कर रहे थे। समधी की बुलाहट सुनकर घबरा गए। पता नहीं क्या बात हो गई, वे डर से काँपने लगे।

किसी अनिष्ट की आशंका से ये चारों मित्र भी पाण्डेजी के पीछे-पीछे वहाँ पहुँचे। पाण्डेजी को देखते ही समधी ने तमककर कहा–"मुझे धोखा दिया गया है। यह शादी नहीं होगी।"

"धोखा? क्या धोखा दिया गया है श्रीमान्‌जी?"

"मुझे बताया क्यों नहीं गया कि लड़की को मुसलमान उठा ले गए थे? मुसलमानों के यहाँ से भ्रष्ट होकर लौटी हुई लड़की को हम कैसे स्वीकार कर सकते हैं?" समधी की आँखों से आग बरस रही थी, दूल्हा निरुपाय-सा देख रहा था। बराती बुदबुदा रहे थे—"हाँ भाई, यह तो सरासर धोखा है। भ्रष्ट हो गयी हुई लड़की को दूसरे के गले मढ़ देना अच्छी चालाकी है।"

"दूसरे के गले कैसे मढ़ना हुआ? शादी तो तय हो चुकी थी। अगर शादी के बाद यह हादसा होता तो क्या होता?" शंकर ने घूरकर एक बराती की ओर देखते हुए कहा।

"वह और बात है, तब देखा जाता कि क्या करना है?"

"और अगर आपकी बहन को कोई ममुसलमान उठा ले गया होता और उसकी शादी तय हो चुकी होती, तो आप क्या करते?" विनोद ने तिक्तता से पूछा।

"आप लोग बकवास मत कीजिए।" एक बाराती ने कहा।

"हाँ यार, इन लोगों से बात करना बकवास ही है। बात तो समधी जी से करनी है न!"

"पाण्डेजी हाथ जोड़े गिड़गिड़ा रहे थे—"देखिए साहब, मेरी इज्जत आपके हाथ में है। बेटी को कुछ गुण्डे जरूर उठा कर ले गए थे, लेकिन एक फरिश्ता मिल गया

जो बहुत सम्मानपूर्वक उसे वापस लौटा गया। ईश्वर की शपथ लेता हूँ, मेरी बेटी बेदाग है, गंगा की तरह पवित्र है।"

"बकवास मत कीजिए। यह कहानी गढ़ने से कोई फायदा नहीं। इतनी पवित्र थी तो आप इस घटना की मुझे सूचना देते। आप में नैतिक साहस ही नहीं था, सूचना कहाँ से देते?"

"नहीं, ऐसी कोई बात नहीं सरकार, कुछ बात थी ही नहीं, सूचना क्या देता?"

"क्या कहते हो? कोई बात थी ही नहीं? हमारे घर की होने वाली बहू मुसलमान गुण्डों के अड्डे पर होकर लौटी है और तुम कहते हो कि कोई बात ही नहीं है? यह तो एक शरीफ आदमी ने यहाँ आते ही मुझे बता दिया, नहीं तो हमारे खानदान की इज़्ज़त धूल में मिल गई होती।"

"दया करो सरकार, हम बहुत गरीब आदमी हैं। हम बरबाद हो जाएँगे।" पाण्डेजी गिड़गिड़ा रहे थे।

कमलेश के साथ ही उसके मित्र यह दृश्य देखकर तिलमिला रहे थे, किन्तु बात बिगड़ने के डर से कुछ बोल नहीं रहे थे।

पाण्डेजी ने समधीजी का पाँव पकड़ लिया। समधी ने उन्हें ठेलते हुए कहा—"जहन्नुम में जाओ।"

"जहन्नुम में तो तुम जाओगे और अभी जाओगे।" विनोद ने बहुत मन्द, किन्तु सख़्त स्वर में कहा।

पाण्डेजी बिलबला उठे—"अरे बेटा, यह क्या करते हो?"

"यह ठीक कहता है मामाजी! यह नरक का कीड़ा जहन्नुम में ही जाने लायक है।" कमलेश बोला।

समधी ने घूरकर इन्हें देखा।

पाण्डेजी चिल्ला उठे—"कमलेश, कमलेश बेटा, तुम लोग यह क्या कर रहे हो! अरे क्यों मेरा काम बिगाड़ने पर तुले हो!"

"मामाजी, आप भ्रम में मत रहिए। यह किसी तरह बात समझने वाला नहीं है। ये लोग तभी समझते हैं, जब अपने ऊपर पड़ती है। इनकी अपनी बेटी गई होती तो ये भी वहीं करते जो आप कर रहे हैं।" शंकर बोला।

रहमान बहुत संकट में था। वह भीतर-भीतर गड़ा जा रहा था। उसे लग रहा था कि उसकी जाति के गुण्डों के कारण शोभा बहन की ज़िन्दगी बरबाद हो रही है। उसके सामने ही उसकी जाति को लेकर बहस हो रही है, वह क्या करे? यहाँ से भागा तो नहीं जा सकता। अजब है हिन्दू समाज भी! दूसरों की जोर-ज़बरदस्ती का अन्जाम भोगना होता है बेचारी औरत को। जैसे उसने चाहा था कि गुण्डे उसे उठाकर ले जाएँ। उसके छूटकर आने पर जश्न नहीं, मातम मनता है और मरद किसी संकट से छूटकर आता है, तो वह हीरो बन जाता है, औरत आती है तो कुलटा बन जाती है। कितने

दिन बाद रजिया का पता चला। उसे पता ही नहीं चला कि वह कहाँ से कहाँ ले जाई गई। उसे यह भी पता नहीं कि उसका अपहरण हिन्दू गुण्डों ने किया या मुसलमान गुण्डों ने। इतना मालूम है कि एक गिरोह ने दूसरे गिरोह से उसे छुड़ाया और खुद अपने मकान में कैद कर लिया। उसकी आँखों पर पट्टी बाँध दी गई ताकि उसके साथ कौन क्या कर रहा है उसे पता न चले। कहती है—कभी-कभी उसे कासिम जैसी आवाज़ सुनाई पड़ती थी। एक रात को उसकी आँख पर पट्टी बाँधकर कसाई की चाल में लाकर छोड़ दिया गया। वह घर लौटी तो आधी पागल हो गई थी। लेकिन उसे पाकर घरवाले निहाल हो गए। किसी ने नहीं पूछा कि तेरे साथ कहाँ किसने क्या किया। बस बेटी मिल गई थी, यही बहुत था। माँ–बाप की हँसी लौट आई थी और धीरे–धीरे रज़िया भी सामान्य हो गई। अतीत का हादसा उनके जीवन का एक बीता हुआ अध्याय बनकर रह गया, क्योंकि किसी ने भी उस अध्याय को जीवन के अन्य अध्यायों पर चिपकाने की कोशिश नहीं की। खुद उसने भी नहीं। रहमान अपने पर विचार करते हुए शरमा गया। हाँ, रजिया उसे बहुत प्यारी लगती है। उसने किसी से कहा कुछ नहीं, लेकिन उसके गायब होने पर अधमरा हो गया था। बस सोचते–सोचते उसके मुँह से फूट पड़ा—"भयानक है हिन्दू पवित्रावाद!"

समधी ने घूरकर देखा—"तुम तो हिन्दू होकर भी अधर्मियों जैसी बातें करते हो!"

"खुदा का शुक्र है कि आपने मुझे हिन्दू समझा। यह इस बात का परिचायक है कि मैं मुसलमान होते हुए भी भेदभाव वाली रूप–रेखा नहीं अपनाता। लेकिन मैं अधर्मी नहीं हूँ, मुझे नाज़ है कि मैं मुसलमान हूँ–वह इसलिए कि हमारे यहाँ किसी औरत का इसलिए अपमान नहीं होता कि वह अपहरण के बाद घर लौटी है, न किसी को अछूत मानकर मस्जिद में जाने से रोका जाता है।"

"एक तो तुम्हारी जाति के लोगों ने लड़की को भ्रष्ट किया, दूसरे तुम अपने धर्म का डंका पीट रहे हो? तुम्हें हमारे बीच बोलने के लिए किसने कहा है?"

"हमारे ज़मीर ने, इन्सानी रिश्ते ने। शोभा हमारी बहन है, रजिया कमलेश की बहन है। इन्सानी रिश्तों के लिए जाति–पाँत की ज़रूरत होती है क्या? आप जो कुछ कर रहे हैं उसके लिए ईश्वर कभी आपको क्षमा नहीं करेगा।।"

पाण्डेजी परेशान थे कि ये लड़के क्या कर रहे हैं। रही–सही आशा पर भी ये पानी फेर रहे हैं।

समधी तड़पे—"पाण्डे, अपने चूजों को सँभालो नहीं तो ··· ।"

"क्या नहीं तो?" शंकर तड़पा।

"अरे बबुआ, सुना है आप बी.ए. पास हैं। आप टुकुर–टुकुर देख रहे हैं। आपके भाग्य का फैसला हो रहा है और आप बिटिर–बिटिर ताक रहे हैं। मुन्ने, अभी तो तुम्हें माँ की गोद में बैठकर बोतल से दूध चूसना चाहिए था। तू शादी करने क्यों आ गया? जा मुन्ने जा, अपने पापा से पूछकर सूसू कर आ, नहीं तो खड़े–खड़े कर देगा।"

विनोद ने दूल्हे राजा के सामने खड़ा होकर कहा।

दूल्हे राजा रुआँसे हो गए और पिता की ओर देखने लगे।

"धिक्कार है तुम्हारी पढ़ाई-लिखाई को। पढ़-लिखकर अगर विवेक नहीं जागा, परम्परावादी माँ-बाप के निर्णयों के विरुद्ध कुछ कहने और करने का साहस नहीं जागा, तो पढ़ाई-लिखाई पर लानत है। लानत है ऐसे दूल्हे पर। ऐसे दूल्हे को तो बेटी यों ही नहीं देनी चाहिए।"

"तुम समझदार हो न, तुम्हीं ले जाओ भ्रष्टा को अपने घर।" और बारातियों को सम्बोधित कर कहा—"चलो भाइयो, चलते हैं, यह शादी नहीं होगी।"

विनोद भीतर तक तप उठा। क्षणभर के लिए सोच ही नहीं सका कि उसके लिए यह आदमी ऐसी अपमानजक बात करेगा। शोभा मेरे मित्र की बहन है, वह अपनी भी बहन है। यह आदमी क्या कह गया?

"आप लोग जाएँगे कैसे? जाने से पहले वह सब देते जाइए, जो आपको दिया गया है।" कमलेश बोला।

"क्यों, मेरा खर्च नहीं हुआ है? और दोष तो आप लोगों का है। आप लोगों की धोखाधड़ी के कारण शादी टूट रही है, आप लोग जिम्मेदार हैं। कुछ भी वापस नहीं होगा।"

"होगा कैसे नहीं?" शंकर गरजा। पाण्डेजी के यहाँ आए हुए तमाम लोग जनवासे में आ गए थे। वे भी गरजने लगे। मार-पीट की आशंका से बारातियों ने समधी को सुझाव दिया कि जो सम्भव है वापस कर दें।

कुछ कहा-सुनी, हाथापाई के साथ आए हुए कपड़े-लत्ते, जेवर आदि समधी से छीन लिए गए और कहा गया—"भाग जाओ दुम दबाकर।"

बारात चली गई। क्या खोया, क्या पाया से बेख़बर पाण्डेजी टूटे हुए पेड़ की तरह अपने दरवाज़े पर पड़े थे। मामी हबस-हबसकर रो रही थीं, बच्चे माँ के साथ बैठे अहक रहे थे। शोभा कमरे में मूर्च्छित-सी पड़ी थी।

विनोद तम्बू में एक किनारे की कुर्सी पर आहत-सा बैठा था। शंकर उसके पास पहुँचा। बोला—"बहुत बुरा हुआ यार! कुछ समझ में नहीं आता क्या किया जाय? साला समधी बहुत कमीना था।"

"देखा नहीं, साला मुझसे कहता है, तुम्हीं क्यों नहीं ले जाते भ्रष्टा को अपने घर।"

शंकर कुछ बोला नहीं।

"शंकर, मुझसे इस परिवार का दुःख देखा नहीं जाता। एक आइडिया मन के भीतर उठ रहा है, उठ क्या रहा है समधी साले ने ही उठा दिया है, लेकिन कहने में बहुत तकलीफ हो रही है।"

"कह तो यार, कुछ कह तो।"

"उसने कहा था न कि तुम क्यों नहीं ले जाते भ्रष्टा को अपने घर। इसमें कोई हर्ज है क्या?"

"अरे वाह यार, यह हमें पहले क्यों नहीं सूझा। तुमने अविवाहित रहने का फैसला किया था न, इसलिए विवाह के सन्दर्भ में तुम्हारा स्मरण न होना स्वाभाविक है। यह हो तो बहुत अच्छा हो जाय यार!"

"हाँ यार, न जाने क्यों मेरे भीतर एक दूसरा आदमी जाग गया। लेकिन वह अपने मित्र की बहन है इसलिए।"

"तुम्हारी भी बहन हुई यही न! इस तरह तो सारी लड़कियाँ अपनी बहनें हैं यार! क्या अपने दोस्त की बहन से शादी नहीं होती? होती है, खूब होती है और इस तरह दोस्ती का रिश्ता एक और रिश्ते से जुड़कर मज़बूत भी हेाता है और इस दान-दहेज के वीभत्स माहौल में मित्र का भार भी हलका किया जाता है। लेकिन तुम अपने माँ-बाप से पूछोगे, इसमें काफी देर होगी। मुझे लगता है कि इस माहौल में कुछ हो जाता, तो गहरे अवसाद के भीतर से एक खुशी झलक आती।"

"मेरी चिन्ता मत करो मेरे दोस्त, मैं खुद मुख्तार हूँ, चिन्ता इस बात की है कि क्या कमलेश के मामा यह सम्बन्ध स्वीकारेंगे?"

"वह बात तो मैं कर लूँगा, लेकिन मुझे फिर भी लगता है तुम्हें अपने माँ-बाप से पूछना चाहिए, इसलिए कि कल को उनकी ओर से कोई बखेड़ा उठे, तो यह लड़की फिर परेशानी में पड़ जाय।"

"नहीं यार, ऐसी कोई बात नहीं है। मैं मैच्योर हूँ, माँ-बाप का मुँह देखकर निर्णय लेने वाला नाबालिग नहीं हूँ।"

"वह तो ठीक है, लेकिन मेरा अनुभव है कि कई अच्छे लोग माँ-बाप की किच-किच से परेशान होकर चिड़चिड़े हो उठते हैं और पत्नी पर बिगड़ने लगते हैं और उसे यह अहसास कराने लगते हैं कि उस पर तरस खाकर के उसका उद्धार किया है। तुम भी एक उत्तेजक क्षण में शोभा से विवाह का निर्णय ले रहे हो, कल को अफ़सोस करने लगो और कल तुम्हारे माँ-बाप तुम्हारे साथ आकर रहने लगें तो वह स्थिति आ सकती है। वे उसे उसी तरह भ्रष्टा कहकर अपमानित करेंगे जिस तरह यह समधी कर गया है।"

"यार, तुम नहीं समझोगे। ऐसी नौबत नहीं आएगी।"

"क्यों नहीं आएगी?"

"इसलिए कि न मेरे बाप है, न माँ। सच पूछो तो इस दुनिया में मेरा कोई नहीं है। एक तरह से मैं अनाथ हूँ।"

"क्या?" शंकर चीखकर बोला।

"हाँ यार, मैं निपट अकेला हूँ, और अकेला भी कैसे कहूँ—तुम लोगों जैसे यार हों जिसके साथ, वह अपने को अकेला क्यों कहे?"

"लेकिन हमें तो तुमने कुछ बताया नहीं। हमें तो तुम यही भ्रम देते रहे कि तुम एक सम्पन्न परिवार के हो। तुम इतना छिपा सकते हो, हमें पता नहीं था।"

"शंकर, मेरे यार, कभी फुरसत से तुम्हें अपनी कहानी बताऊँगा, फिलहाल इतना जान लो कि मैं ब्राह्मण ही हूँ और शोभा को सुख दे सकता हूँ। शीघ्र कुछ करो। शोभा का भी मन-मुँह ले लेना चाहिए।"

शंकर ने कमलेश से बात की, कमलेश ने मामा से कहा। मामा के दुख से रौंदे हुए स्तब्ध चेहरे पर एक हलचल हुई।

उन्होंने अपनी पत्नी से सलाह की। पत्नी भी जैसे घोर डरावने सपनों भरी नींद से जागी और अचकचा गई। कमलेश को लगा कि मामा-मामी एक स्फूर्ति का अनुभव कर रहे हैं। वह शोभा के पास गया। वह निढाल लेटी थी।

"बहना!" उसने पुकारा।

"बहना, निराश मत हो, उठ बैठ, समय नहीं है, जल्दी निर्णय लेना है।"

वह धीरे-धीरे उठ बैठी और आँखों से पूछा—क्या?

"मेरे मित्र विनोद को जानती है न? उसे देखा है न?"

शोभा ने स्वीकृति में सिर हिलाया।

"वह तुम्हें कैसा लगता है?"

उसने भराई हुई आवाज़ में कहा—"अच्छा लगता है क्यों?"

"ठीक कहती हो, वह मुझे तो बहुत अच्छा लगता है। शायद भगवान की यही मर्जी थी।"

क्या?—के भाव से शोभा ने कमलेश को देखा।

"यही कि तुम्हारा हाथ एक हैवान के हाथ में जाते-जाते रह गया और अब एक इन्सान के हाथ में जा रहा है। समझ गई न मेरी लाडो बहन! अब उठ तैयार हो जा, ज़रा मुँह धो ले और ज़रा हँस दे मेरी प्यारी बहन!"

शोभा मुस्करा पड़ी। कमलेश वहाँ से भागा। बात की बात में स्वीकृतियों का ताना-बाना बुन गया और बिखरती औरतों से कहा गया-गीत शुरू कर दो।

विनोद ने कहा—"मैं जिस वेश में हूँ उसी वेश में शादी कर दो, वेश से क्या अन्तर पड़ता है?"

आखिर कोई करता भी क्या? दूल्हे के कपड़े कहाँ से आते? कपड़ों का क्या महत्त्व रह गया था, जब हृदयों में धूप खिली हुई थी? शादी के माहौल में दुगुनी रौनक आ गई। विनोद ने एक भी पैसा लेने से मना कर दिया। पाण्डेजी की आँखों से झर-झर-झर-झर आँसू बरसने लगे और मामी तो खुशी के मारे अपने को सँभाल नहीं पा रही थीं।

विनोद की इतनी ही शर्त थी कि शोभा की विदाई अभी नहीं होगी। अभी तो वह अपने एक मित्र के साथ रहता है। घर खोज लेगा और कुछ आवश्यक सामान की व्यवस्था कर लेगा तब विदा करा ले जाएगा।

शंकर का रिजल्ट निकल गया। थर्ड क्लास पास हुआ था। यों तो वह कल से ही बेचैन था। कल उसकी पत्नी की चिट्ठी आई थी। उसने पूछा था, क्या आप मुझे घर से बाहर निकलवाकर ही दम लेंगे? यहाँ मेरा जीना हराम हो गया है, वहाँ आप चैन की बंसी बजा रहे हैं। आप आए थे तो घर की हालत देख गए थे, उसके बाद भी भाई साहब ने आपको धमकी-भरा पत्र लिखा था। आपको क्या? आप तो घर से दूर चैन से पड़े हैं, हालत तो मेरी न खराब हो रही है—रोज़ लड़ाई-झगड़ा, गाली-गलौज, मार-पीट। हमारे बच्चे रोज़ पिट रहे हैं। अम्माजी थीं तो एक आड़ थी, अब कोई सहारा नहीं रहा। बाबूजी एकदम लाचार हैं, वे हमारी ओर से बोलते तो ज़रूर हैं लेकिन डरते हैं। भाई लोग कहते हैं कि बहुत बक-बक कीजिएगा तो आपको भी इसी के साथ निकाल देंगे। आप नहीं कुछ करेंगे तो एक दिन बाबूजी के साथ आ धमकूँगी। अब यह नरक नहीं सहा जाता।

वह जब से घर से आया, किसी स्वतन्त्र घर की तलाश कर रहा है जिसमें इज़्ज़त के साथ उसका परिवार रह सके। नहीं मिल रहा है। पत्नी समझ रही है कि वह निश्चिन्त हो गया है या और तरह के मौज कर रहा है। परेशान तो वह कब से था, लेकिन चिट्ठी पाने के बाद कल से बेहद परेशान हो गया। अपने कमरे से निकला नहीं, पड़ा रहा। और आज रिज़ल्ट ने तो उसे तोड़ ही दिया। थर्ड क्लास! क्या करेगा थर्ड क्लास का? घर ने उसे बरबाद कर दिया। वह पढ़ ही नहीं पाया तो अच्छे नम्बर कहाँ से पाता? कुछ पढ़ नहीं पाया और कुछ विरोधी प्राध्यापकों ने कमाल दिखाया होगा। डॉ. गौतम की चेतावनी के बावजूद वह कुछ प्राध्यापकों से टकराता रहा, बल्कि यों कहा जाए कि उनका झूठा सम्मान नहीं करता रहा, उनके सस्ते नोट नहीं उतारता रहा। वे चाहे स्वयं जितने भी अपढ़ हों, परीक्षक के रूप में भाग्य-विधाता तो हैं न। बना दिया उसका भाग्य।

वह कुछ सोच नहीं पा रहा था कि क्या करे?

जब से रिज़ल्ट देखकर आया है मनों बोझ उसके ऊपर लद गया है। शाम हो रही है। सोचता है—कहीं बाहर निकले नहीं तो इस छोटे-से कमरे में अकेले पड़े-पड़े दम घुट जाएगा। लेकिन मित्रों को मालूम है कि आज उसका रिज़ल्ट आने वाला है। वे कुछ देर बाद ज़रूर आएँगे। लेकिन अच्छा हो वे आज उसे न पाएँ। रिज़ल्ट को लेकर सौ तरह की बातें होंगी। लेकिन अकेले-अकेले इस दर्द को ढोने से तो घुटन हो जाएगी, बेहतर हो वह मित्रों के साथ इसे बाँटकर हलका कर ले।

सबसे पहले विनोद आया। "हाँ यार, क्या रहा?"

"मेरी सूरत से तुम्हें कुछ नहीं लग रहा है?"

"कुछ लग तो रहा है यार, मगर यह नहीं लग रहा है कि तुम चोटी से कितना नीचे फिसले हो?"

"बहुत नीचे!"

“यानी एकदम साफ?”

“नहीं, साफ हो गया होता तो भी संतोष होता। थोड़ा कम साफ रह गया।”

“यानी?”

“थर्ड क्लास।”

“नहीं यार, मज़ाक मत कर!”

“काश, यह मज़ाक होता यार! बब तो मैं मज़ाक बनकर रह गया हूँ।”

“यार यह तो बहुत बुरा हुआ।”

“जिस पढ़ाई-लिखाई और परीक्षा के लिए अपना परिवार छोड़ा—उसे तबाह किया, अपने को अकेला बना दिया, उसी ने मेरे साथ यह भयंकर मज़ाक किया दोस्त!”

“क्या हुआ?” कहते हुए रहमान के साथ कमलेश ने प्रवेश किया। इन्होंने अंतिम वाक्य सुन लिया था।

“हुआ कुछ नहीं, शंकर का डिवीज़न बुरी तरह बिगड़ गया। यानी थर्ड आ गया।” विनोद ने कहा।

“अब नई मुसीबत आने वाली है। पत्नी किसी भी दिन पिताजी के साथ यहाँ टपक सकती है। इसे नई भी कैसे कहा जाए! उस बेचारी ने तो कभी अपनी व्यथा-कथा कही थी और फिर पत्र भी भेजे। मैं ही कुछ नहीं कर सका। उधर परीक्षा में फँसा रहा। इधर मकान खोजा भी, तो नहीं मिला। अब सोचता हूँ कि इसी छोटे-से कमरे में बुला लूँ। आखिर छोटा है तो क्या हुआ—है तो एक कमरा। दुनिया-भर के लोग तो रह ही रहे हैं न छोटे-छोटे कमरों में।” शंकर बोला।

थोड़ी देर बाद फिर बोला—“लैटरिन, पानी वगैरह के लिए छोटी-मोटी लाइन तो लगानी ही पड़ेगी, झाँय-झाँय करना पड़ेगा, झगड़े भी होंगे, लेकिन क्या किया जाए? घर में ही वे सब कौन सुखी हैं? यहाँ हमें एक-दूसरे का साहचर्य तो प्राप्त होगा।”

“हाँ, यह तो है, लेकिन कुछ और खोज-खाज की जाय।” विनोद बोला।

“कहाँ करोगे? पाश कालोनियों में तो मकान मिल जाएगा, लेकिन प्राइमरी का मास्टर उसका किराया चुकाकर परिचार के साथ क्या खाए-पिएगा? हाँ एक ही रास्ता है कि राजू पहलवान की चिरौरी करके अहाते में झोपड़ी डलवा लें और ··· ।”

“लेकिन यार, तुम्हारी पढ़ाई का क्या होगा?” विनोद ने पूछा।

“पढ़ाई? कैसी पढ़ाई? पढ़ाई तो पूरी हो गई। एम.ए. के बाद कौन-सी पढ़ाई?”

“यार, तुम निराश हो गए। निराश मत हो यार! मैं नहीं चाहता कि तुम्हारी जैसी प्रतिभा प्राइमरी के अहाते में कैद होकर रह जाय। तुम दुबारा इम्तहान दो यार, डिवीज़न सँभालो, फिर पी-एच.डी. करो, कहीं प्रोफेसर बनो। एक बार थर्ड क्लास क्या मिला, सिर के बल भहरा उठे?”

“यानी, मैं अपने व्यक्तिगत विकास के लिए परिवार को मरने-खपने के लिए घर

छोड़ दूँ, बच्चों को दूसरों के रहम पर डाल दूँ, और मैं डिवीज़न पाने के लिए नोटवादी सड़ियल प्रोफेसरों के पाँव चूमूँ? यही न?"

"नहीं यार, तुम इस समय निराशा की मनःस्थिति में सारी बात ही उलटी समझ रहे हो। परिवार को ले आओ, उसकी चाहे जैसे भी व्यवस्था करो, मैं उसमें दखल नहीं देता। मैं तो तुम्हारी पढ़ाई ठप करने वाली निराशा भरी मानसिकता से लड़ रहा हूँ। लाइब्रेरी में बैठकर पढ़ो, पार्क में पढ़ो। और पाँव छूने की बात नहीं, यदि नोटवादी प्राध्यापकों के हाथ में कुछ बनाने-बिगाड़ने की शक्ति है, तो कम से कम उनके साथ सरल तो बने रहो। क्या ज़रूरत है उन्हें छेड़ने की? दुनिया ऐसे ही चलती है यार!"

"विनोद भाई साहब, छोड़िए अभी पढ़ाई वाली बात को। यह तो अभी आगे की बात है। कौन कल ही इम्तहान होने जा रहा है। शंकर भाई तब तक पुनर्विचार कर लें।" कमलेश बोला।

"सो तो ठीक है कमलेश, लेकिन इस तरह की सोच अगर शुरू में ही बद्धमूल हो गई तो उसे तोड़ना कठिन हो जाएगा। मैं इसीलिए शंकर के मन में इस तरह की सोच की बूँद को जमकर कठोर होने देना चाहता नहीं।"

"नहीं विनोद, मैंने सोच लिया है, मैं पढ़ाई नहीं करूँगा।"

"तो क्या तमाम टीचरों की तरह स्कूल से घर लौटकर पाकुर-पाकुर पकौड़ी खाओगे, बच्चों को शू-शू कराओगे और बहुत हुआ तो ट्यूशन करोगे?"

"हो सकता है ट्यूशन भी करूँ। परिवार का खर्च तो चलाना ही होगा। लेकिन सुनो, मैं सोचने लगा हूँ कि बुद्धिजीवियों को समाज के मैदान में उतरना चाहिए। सामाजिक, राजनैतिक और शैक्षिक विसंगतियाँ हमें बुरी तरह तोड़ रही हैं। हम अपना-अपना काम बनाने के लिए या तो उनसे समझौता कर लेते हैं या टूटकर अपनी-अपनी जगह थरथराते हैं। मैं जगह-जगह से टूट चुका हूँ, लेकिन मैं टूटकर थरथराना नहीं चाहता। मैं जूझना चाहता हूँ। मैं राजनीति में उतरना चाहता हूँ। मैं इम्तहान में मार्क्सवाद पर परचा नहीं लिखना चाहता, कविता में उतारकर अच्छा कवि होने का स्वाँग नहीं भरना चाहता, इससे कुछ नहीं होने को। मैं उसे जीवन में उतारना चाहता हूँ। मैं जनजीवन के बीच की राजनीति में उतरना चाहता हूँ।"

"शाबाश मेरे शेर, अब तुम्हीं बाकी थे इस काम के लिए। यह क्यों नहीं कहते कि राजनीति में उतरकर हल्ला-गुल्ला करना आसान होता है। वहाँ प्रतिभा की ज़रूरत नहीं, फ़ितरत की ज़रूरत होती है और तुम्हारी प्रतिभा अब थक गई है। तुम अपने भीतर की सारी ताक़त के उपयोग का कष्टसाध्य कार्य करने के स्थान पर हलके-फुलके ढंग से अपने को भीड़ के बहाव में छोड़ देना चाहते हो।" विनोद की आवाज़ में व्यंग्य की तिक्तता उभर आई थी।

"यार, यह तुम कह रहे हो विनोद? तुम स्वयं ज़िन्दगी को हलके-फुलके ढंग से लेते रहे, दार्शनिक बहसों की गम्भीरता से ऊबते रहे, एक सुविधापूर्ण जीवन जीने का

अहसास कराते रहे।"

"हाँ, मैं कह रहा हूँ। सचमुच मुझ जैसे हलके-फुलके और सुविधाभोगी आदमी को इतनी बड़ी बात कहने का कोई अधिकार नहीं था, लेकिन मैं अपने में और तुममें अन्तर करता था शंकर! मैं नहीं चाहता रहा कि मैं जो करने के लिए अभिशप्त था, वह तुम भी करो। हम मित्र ज़रूर हैं लेकिन हम एक-दूसरे के पर्याय तो नहीं? हम सबकी अपनी-अपनी अस्मिता है, उसके अनुकूल ही हम सही ढंग से जीवन जी सकते हैं। सॉरी शंकर! मैं अपनी औक़ात से ज़्यादा कह गया।"

विनोद का गला भर आया। चुप रहा। उसकी आँखों से टप्प-टप्प आँसू चूने लगे। कमलेश और रहमान ने शंकर की ओर देखा, शंकर ने विनोद को देखा। कुछ क्षण के लिए एक विचित्र चुप्पी का माहौल तन गया।

"विनोद भइया!" कमलेश ने उसके पास आकर धीरे से कहा—"क्या हो गया आपको?"

"कुछ नहीं, कुछ नहीं रे।" वह आँखें पोंछता हुआ बोला।

"नहीं-नहीं यार, तुम दुखी हो गए। न जाने मैंने क्या कह दिया कि तुम्हें इतना छू गया। माफ कर यार!" शंकर पास आकर उसके सिर पर हाथ फ़ेरने लगा।

"नहीं यार, तुमने कुछ नहीं कहा, बस यों ही मेरा दर्द छिड़ गया। मैंने शादी के दिन कहा था न कि मैं तुम्हें अपने जीवन के बारे में बताऊँगा।"

"हाँ-हाँ, कहा था, वह बात तो वहीं रह गई, लेकिन छोड़ उस बात को, फिर कभी बताना, आज तो प्रकृतिस्थ हो जा और चल कहीं बाहर चलते हैं।"

"नहीं दोस्त, तुमने अनजाने उसी बात को तो छेड़ा है, इसलिए उसे अभी कह देना ठीक समझता हूँ।"

"जैसी तुम्हारी मर्जी" के भाव ने शंकर चुप हो गया और कमलेश और रहमान शादी वाली बात के सन्दर्भ को न समझते हुए जिज्ञासावश देखते रहे।

"मैं तुम लोगों से ज्यादा सुखी हूँ इसलिए कि इस संसार में मेरा कोई नहीं है और जो तनखाह मिलती है वह मेरे सुख-सुविधा के लिए पर्याप्त होती है।"

"हाँ, तुमने उस दिन बताया था।" शंकर बोला, लेकिन अन्य दोनों मित्रों की आँखें फैल गईं।

"मैंने तुम लोगों से कह रखा है कि मैं एक सम्पन्न घर का लड़का हूँ—माँ-बाप का लाड़ला बेटा हूँ, बड़े भाई के स्नेह की छाया है, खेतीबारी है, बाग-बगीचे हैं, काफी गाय-बैल हैं, बड़े भाई अफसर हैं।"

"हाँ, कह रखा है।"

"लेकिन, मैं अनाथ हूँ। मेरे पैदा होते ही माँ मर गई, कुछ सालों बाद पिताजी मर गए। चचेरे भाइयों ने मुझे अपने पास रखा, मेरी पढ़ाई छुड़ा दी और सुबह से शाम तक काम में पेरने लगे। वे मुझे मारते थे और खाने के नाम पर रूखी-सूखी रोटियाँ

दे देते थे। पहनने के नाम पर फटी नेकर और बनियान थी। वे मुझे छोड़ना भी नहीं चाहते थे क्योंकि मेरे हिस्से के पाँच बीघे खेत वे जोतते-बोते थे। वे चाहते थे कि मैं गल-गलकर मर जाऊँ तो खेत उनके हो जाएँ। गाँव के कुछ लोगों ने मुझे उनके इरादे से परिचित कराया तो मैंने कहा—"क्या करूँ, कहाँ जाऊँ?" वे चुप हो गए। भला गुंडा चचेरे भाइयों के खिलाफ कौन मुझे अपने घर में पनाह देता! पनाह का मतलब था कि वह मेरे पाँच बीघे खेतों का भी मालिक होता और चचेरे भाई इसे बर्दाश्त नहीं कर पाते, दोनों में तन जाती, फौजदारी होती। और मेरे खेतों का मालिक हुए बिना कौन मेरी परवरिश करता।

विनोद रुका। लगा कि वह अतीत के जंगल में खो गया है—सोच रहा है क्या कहूँ, क्या न कहूँ।

"मैं एक दिन घर से भाग गया। भागकर एक गाड़ी में चढ़ गया। गाड़ी कहाँ जाएगी, मैं कहाँ जाऊँगा, कुछ पता नहीं था। लोग मुझे चोर समझकर गाड़ी में भी दुरदुराते रहे, मैं लैटरिन के पास एक कोने में सिमट कर सो गया।"

"लगा, कोई पाँव से ठेलकर मुझे जगा रहा है। टी.टी. था। टिकट माँग रहा था। टिकट कहाँ था मेरे पास? टी.टी. ने और कुछ तो नहीं किया, बस मुझे दो थप्पड़ मारा और स्टेशन पर उतार दिया। मैंने देखा, रोशनी से जगमगाता हुआ कोई बड़ा शहर था। मैं तो घबरा गया। हे भगवान, मैं कहाँ आ गया? कहाँ जाऊँ, क्या करूँ? रात थी। प्लेटफार्म पर ही सिमटकर लेट गया। सबेरे उठा तो एकदम उदास था। बैठा-बैठा रोने लगा। किसी ने परवाह नहीं की। सफेदपोश लोग पास से गुज़रते थे, हिकारत भरी आँखों से देखकर मुँह फेर लेते थे। हमउम्र कई गन्दे चीकट लड़के-लड़कियाँ इधर-उधर मँडरा रहे थे और या तो यात्रियों से पैसे माँग रहे थे या जूठी पत्तलें चाट रहे थे। मुझे भूख लग आई थी मगर मैं क्या करता? चार खास नज़रें मुझे देखती हुई मेरे पास से गुज़र जाती थीं और फिर लौट आती थीं। जब उन दोनों व्यक्तियों ने शायद पहचान लिया कि मैं दूर से आया हुआ कोई भटका लड़का हूँ तो मेरे पास आकर बैठ गए। एक बोला—"कहां से आए हो?"

"बहुत दूर से।"

"कहाँ जाओगे?"

"पता नहीं।"

"भूख लगी है?"

मैंने स्वीकृति में सिर हिला दिया।

"कोई बात नहीं। हम तुम्हें खाना खिलाते हैं।" और उन्होंने पूड़ी वाले को पुकारकर कहा—"एक पाव पूड़ी देना।"

"मगर आप लोग कौन हैं?"

"अरे बेटे, हम लोग सामाजिक कार्यकर्ता हैं। हम लोग स्टेशनों पर घूमते ही

इसलिए हैं कि भूले-भटके बच्चों की रक्षा करें, उनकी परवरिश करें, उन्हें पढ़ाएँ-लिखाएँ और जीवन जीने के योग्य बनाएँ।"

"आप लोग बहुत अच्छे हैं।" कहकर मैं पूड़ी खाने लगा।

"पूड़ी खाकर पानी पी चुका तो वे बोले—'हाँ चलो बेटे, हमारा आश्रम है इस शहर में। हम तुम्हें वहाँ ले चलते हैं।'

"हम चलने को हुए कि एक बुजुर्गवार कुली हमारे पास आया। उसके साथ दो-तीन कुली और थे। उस बुजुर्गवार कुली की दाढ़ी थी। दाढ़ी और सिर के बाल सफेद हो गए थे। उसकी हुलिया बता रही थी कि वह मुसलमान है। उसने आते ही अपने साथियों से कहा—'लगता है यही है।'

"हम सभी चौंक गए।"

"उसने मुझसे पूछा–'तुम कहाँ से आए हो बेटे?"

"जिला बुलन्दशहर के पिपली गाँव से।"

"हाँ-हाँ, तुम्हारा नाम क्या है बेटे?"

"विनोद कुमार शर्मा"

"अरे बस-बस वही तो। वही तो है। अरे मिल गया, अपना बेटा मिल गया। चलो बेटा, चलो स्टेशन मास्टर साहब के पास चलो।"

"मगर तुम कौन हो, इस लड़के पर हक जताने वाले?"

"मैं हूँ न! मैं इसके गाँव के पास का हूँ। इसके घर से भागने की सूचना स्टेशन मास्टर को तार से दी गई थी। उन्होंने कल शाम को ही ऐलान कराया था कि ऐसा कोई लड़का मिले तो मेरे पास लाया जाए।"

"हमसे कहानी गढ़ने लगे! इस बच्चे की हुलिया देखकर लगता है कि इसका कोई नहीं है और जो हैं वे इसके भागने से खुश हुए होंगे। वे स्टेशन से पुलिस से पूरे हिन्दुस्तान में सूचना प्रसारित कराने जाएँगे न! हमें चरका पढ़ा रहे हो?"

"आप लोगों को कौन चरका पढ़ा सकता है साहब? आप लोग तो बहुत ऊँचे लोग हैं, यही धंधा करते हैं, बच्चों को उड़ा ले जाने का एक से एक बढ़िया फरेब रचते हैं! आपके दिमाग़ को हमारा दिमाग़ कहाँ पाएगा साहब! लेकिन कोई हो या न हो, मैं हूँ इस लड़के का।"

"क्या बकते हो, अभी तुम्हें पुलिस के हवाले कर दूँगा।"

"आप क्या करेंगे, हमीं आप लोगों को कर देंगे।" एक सिपाही आता हुआ दिखाई पड़ा। उसे कुली ने पुकारा, "हवलदार साहब, ज़रा इधर आइएगा।"

"वह सिपाही डंडा फटकारता हुआ इधर को मुड़ा और वे दोनों आदमी धीरे से भीड़ में ग़ायब हो गए।"

"क्या है रहमतुल्ला?"

"कुछ नहीं साहब, यह लड़का घर से भाग कर आया था, उसे दो बदमाश भगाकर

ले जा रहे थे।"

"कौन थे वे?"

"उन्हें कभी-कभी इस स्टेशन पर देखा है। लगता है भिखारियों के गिरोह के लोग थे।"

"अच्छा-अच्छा! अरे तो ये लौंडे साले घर से भागते ही क्यों हैं? भागते हैं तो भोगें।" कहकर उसने गुस्से में मुझ पर डंडा उठाया लेकिन रहमतुल्ला से डंडा रोकते हुए कहा—'ना-ना सरकार, अरे कोई अपने मन से भागता है? पता नहीं किसके घर में कौन-सी मुसीबत होती है जो बच्चे को भागने के लिए मजबूर करती है। मैं भी तो बचपन में घर से भागकर ही आया था सरकार!"

"अच्छा-अच्छा ठीक है।" कहता हुआ वह सिपाही चला गया।

"आप भी घर से भागे थे चाचा?" मैंने डरते-डरते पूछा।

"हाँ बेटे, मैं भी भागकर आया था और बदमाशों के हाथ पड़ गया था। तब मुझे एक रहमदिल खोमचेवाले पलटू ने बचाया था, उसी ने लोगों से कह-सुनकर मुझे कुलीगीरी का लाइसेंस दिलवाया। उसी के कारण मैं बच गया, नहीं तो हाथ-पाँव तोड़वाकर किसी गिरोह के लिए भीख माँगता होता। तभी से मैं स्टेशन पर किसी लावारिस लड़के को देखता हूँ तो सावधान हो जाता हूँ।"

विनोद चुप हो गया।

सभी लोग एक डरी हुई जिज्ञासा के साथ उसे देखते रहे।

थोड़ी देर बाद बोला—"अब क्या रखा है यारो, उन बीती बातों में। बस इतना ही जान लो कि रहमतुल्ला चाचा के प्यार ने मुझे बचाया। उन्होंने अपने एक हिन्दू दोस्त के पास मुझे रखा। उन्होंने मेरे आग्रह पर कई छोटी-छोटी नौकरियाँ लगाईं और हर जगह मैंने नारकीय यातना भोगी। हिन्दू दोस्त को रहमत चाचा मेरे लिए कुछ पैसे देते थे और मैं भी छोटे-छोटे काम करके कुछ दिया करता था; लेकिन उसकी बीवी हर वक्त कोसती रहती थी कि पता नहीं कहाँ से किसका कूड़ा उठा लाए। एक दिन ऊबकर मैं रहमत चाचा के पास ही चला गया और ज़िद की कि यहीं रहूँगा।"

"रहमत चाचा की परेशानी यह थी कि किसी हिन्दू लड़के को और वह भी ब्राह्मण को अपने पास रखकर कैसे खिलाते-पिलाते? किसी दिन हिन्दू लोग नाराज़ होकर चढ़ आएँ तो? रहमत चाचा अकेले ही थे। पता नहीं उन्होंने शादी की नहीं या हुई नहीं या की थी बीबी निःसन्तान मर गई। वे इस बारे में कुछ बताते नहीं थे, केवल भारी हो जाते थे।"

"मैंने उनसे कहा—"अब मैं बड़ा हो गया हूँ और आप बूढ़े। खाना मैं बना दिया करूँगा, तब तो किसी हिन्दू को शिकायत नहीं होगी न।"

"रहमत चाचा मान गए। उन्होंने स्कूल में मेरा नाम भी लिखा दिया था। मैं काम भी करता था, पढ़ता भी था और रसोई भी बनाता था।"

"एक दिन रहमत चाचा भी नहीं रहे। कोई भारी बोझ ढोने की प्रक्रिया में सीढ़ी

से गिरे और बुरी तरह घायल हो गए। मेरी लाख सेवाओं के बावजूद वे फिर उठ नहीं सके। मैं फिर अनाथ हो गया था। लेकिन अब मैं बड़ा हो गया था। ठोकरें खाता रहा, भटकता रहा, पढ़ता रहा, एक से एक नारकीय अनुभव भोगता रहा। पढ़ने की लगन मन में थी। हर हालत में पढ़ाई से रिश्ता बनाए रखा। बी.ए. किया, बी.एड. किया। और संयोग था कि यहाँ स्कूल में नौकरी लग गई।"

फिर उसने चुप्पी साध ली। कुछ देर बाद हँसा, बोला—"अब जब मुझे ज़िन्दगी में ढंग से हँसने-गाने का, खाने पीने का अवसर मिला तो मैंने अतीत के दंश को काटकर फेंक देना चाहा। वर्तमान की छाती पर अतीत के विष का बोझ क्यों लादा जाय? इसलिए मैं मुहर्रमी वातावरण, गंभीर वैचारिक फिलासफी और विषाद की प्रतीति कराने वाली बातचीत से भागता रहा। मैंने तुम लोगों की अपने जीवन के अभाव से नहीं, वैभव से काल्पनिक पहचान कराई थी! मुझे लगता था कि क्यों मित्रो के ऊपर अपने दर्द और विषाद की गहरी पीड़ा डाली जाए। उन पर क्यों न अपने जीवन की खुशनुमा धूप छोड़ी जाए, वह भले ही काल्पनिक हो।"

सभी लोग स्तब्ध थे।

"तुम्हें कोई पछतावा तो नहीं है न कमलेश, कि मैंने तुम्हारी बहन से शादी की और अपने इतने विरूप अतीत के बारे में कुछ नहीं बताया?"

"तुम कितने बड़े हो विनोद, इसकी कल्पना हम नहीं कर सकते।"

"रियली यार, तुम बहुत बड़े हो, तुम इतने दिनों से अपने साथ हो, और कभी अपने दुख की चर्चा तक नहीं, जबकि हम लोग हमेशा अपना रोना रोते रहे।"

रहमान का चेहरा एक मुखर प्रसन्नता से भर आया था। वह प्रायः इन मित्रों की मण्डली में बहुत छोटा होने के कारण बहुत कम बोलता था, लेकिन उसका पूरा चेहरा मौन भाव से बोलता रहता था। यानी यह मौन संवाद करता रहता था।

"नहीं यार, इसमें बड़ा-छोटा होने का सवाल नहीं है। मेरा अतीत जो भी था बीत गया, तुम लोगों का अतीत तो हमेशा तुम लोगों के साथ है, जो अपना प्रत्यक्ष दबाव डालता रहता है—माँ-बाप, भाई-बहन सभी तो अपनी सुखात्मक-दुखात्मक उपस्थिति से तुम लोगों के वर्तमान को नित प्रभावित करते रहते हैं। तुम लोगों का अपने दुःख व्यक्त करना स्वाभाविक है मित्रो!" वह ठठाकर हँसा, मानो वातावरण की बोझिलता को कम करना चाहता हो, लेकिन दूसरा कोई नहीं हँसा।

"मैं तो किसी तरह बी.ए. तक पढ़ सका। वैसे पढ़ाई मेरे लिए आवश्यकता रही, परिस्थितियों की चुनौती देकर जीवन जीने की एक ज़रूरत रही। न मैं पढ़ने में प्रतिभाशाली रहा, न मुझे कभी स्कॉलर बनने की इच्छा हुई, लेकिन मुझे स्कॉलर अच्छे लगते हैं। तुम्हारे साथ दोस्ती के लिए मैं लपका भी इसीलिए कि तुम प्रतिभाशाली हो, तुम्हारा रुझान स्कॉलरली है, लेखक हो और जीवन को देखने का एक मानवीय दृष्टिकोण है। मैं चाहता हूँ कि तुम बड़े स्कॉलर बनो, प्रोफेसर बनो,

ताकि तुम्हारे माध्यम से मेरे भीतर की कोई अतृप्त इच्छा पूरी हो।"

"धन्यवाद विनोद, तुमने मुझे इतना मान दिया, लेकिन मैं सच कहता हूँ कि स्कॉलर बनने में मेरी रुचि नहीं। उसके लिए सुविधाएँ भी नहीं है। अब तो अपना परिवार सँभालना है और सामाजिक कुरूपताओं से लड़ने के लिए जनधर्मी राजनीति में उतरना है। मुझे बन्द किताबों की अपेक्षा खुला हुआ समाज बुला रहा है। यह ग़रीबी, यह साम्प्रदायिकता, यह ऊँच-नीच, जातिवाद और अंचलवाद की राजनीति—यह सब क्या है? आखिर इनसे खाली किताबों से कैसे लड़ा जा सकता है? हमारी किताबों, हमारी रचनाओं की आवाज़ कितने लोगों तक पहुँचती है, जहाँ पहुँचती है, वे लोग इन्हें शौकिया ग्रहण करते हैं।"

"ठीक है भाई, जो तुम्हें अच्छा लगे करो।"

"स्कॉलर तो कमलेश है। इसकी नौकरी-चाकरी पक्की हो जाये तो इससे कहो कि पीएच.डी. करे और वह अपना यार रहमान, किससे कम है। यह तो पक्का स्कॉलर और लेखक बनेगा।" शंकर बोला।

रहमान हँसने लगा। और कमलेश ने हँसकर कहा–"अब तो मैं स्कूटर ड्राइवरी का डिप्लोमा लेने जा रहा हूँ दोस्तो, जितनी स्कॉलरशिप अर्जित की, उसका फल पा लिया।"

"अरे क्या हुआ?" सभी चौंके।

"आज मैंने इस्तीफा दे दिया।"

"अरे, यह तो बहुत बुरा हुआ।"

"बुरा तो यह था कि मैं कई महीने से इस सूअर के साथ मुफ्त में बँधा हुआ था। अब तो बहुत अच्छा हुआ। शंकर भाई को याद होगा कि शास्त्री के स्कूल में जाने से पहले ही मैंने यह फैसला कर लिया था, लेकिन शंकर भाई के आदेश से उस फैसले को स्थगित रखा। आज बहुत प्रसन्न हूँ कि डिग्री, ब्राह्मणत्व और मध्यवर्गीय मर्यादा के ढोंग को उतार फेंका और उस रास्ते पर चल पड़ा जिस पर रोज़ी-रोटी कमाने के लिए रूपलाल या शास्त्री जैसे सुअरों का मुखापेक्षी नहीं होना पड़ता। अपने हाथ सलामत रहें—बस।"

"बकवास मत करो।" विनोद दुख-भरे गुस्से में तड़पा। उसका चेहरा तमतमा आया, उसकी आँखों में आँसू के कुछ क़तरे छलक आए। "आज ये सभी साले फिलासफी के मूड में आ गए हैं और सभी मुझे सज़ा दे रहे हैं।"

"फिलासफी के मूड में नहीं विनोद भइया, हक़ीकत के मूड में हूँ। बुरा मत मानिए, सपने सदा सच नहीं होते हैं, लेकिन आदमी छोटी-छोटी बातों को सच तो बना सकता है। मेरी बहन की शादी हुई। शास्त्री से पैसे माँगे। इस हरामखोर ने इनकार कर दिया। चुनाव में इतने पैसे खर्च कर दिए, मेरी तनखाह के पैसे देने के समय भिखारी बन गया। छः महीने से काम कर रहा हूँ, मुश्किल से इसने डेढ़-दो सौ रुपए

दिए होंगे। मैं अपना गुस्सा और दर्द पी गया। कल घर से चिट्ठी आई कि माँ की हालत बिगड़ती जा रही है, कुछ पैसे लेकर घर आ जाओ। मैं बदहवास-सा फिर शास्त्री के यहाँ गया। गया तो मालूम पड़ा कि मेरे सौभाग्य से नेताजी घर में ही हैं। अन्दर गया तो ठिठक गया। देखा—शास्त्री आँगन में ठंडे लोहे की तरह बैठा हुआ है और रमा बहन अपना सूटकेस खोले हुए उसमें कुछ कपड़े ठूसती जा रही हैं, कुछ चीजें कमरे में से आँगन में फेंक रही हैं और रह-रहकर गुस्सा उगल रही हैं। मैं पसोपेश में था कि मियाँ-बीवी के इस संग्राम में उपस्थित रहूँ कि चुपके से लौट जाऊँ। लौटने की वाला था कि रमा बहन की नज़र मुझ पर पड़ गई। बोलीं—'जाओ नहीं कमलेश, आओ, चले आओ, तुम भी इस नेता की करामात देखो।"

"नेताजी ने भी चौंककर देखा–कुछ कहा नहीं, इसलिए मैं आँगन में चला गया।"

"क्या बात है रमा बहन?"

"देखो तुम्हारे नेताजी ने कितनी-कितनी उपलब्धियाँ प्राप्त की हैं। ये देखो, यह पत्र पढ़ो।"

"रमा बहन ने मेरे हाथों में एक पत्र ठूँस दिया।"

"मत पढ़ो कमलेश यह हमारा मामला है और तुम जाओ।"

"मैंने पत्र नहीं खोला। हाथ में लिए जहाँ का तहाँ खड़ा रहा गया।"

"पढ़ो कमलेश।" रमा बहन ने ज़ोर से कहा।

"मैं हक्का-बक्का सा ताकता रहा। किसकी बात मानूँ किसकी नहीं।"

"तो तुम अपने बास से डरते हो। तो मत पढ़ो लेकिन सुन लो इसमें क्या लिखा है। यह चिट्ठी सुधा रानी की है। उसने लिखा है कि...।"

"रमा चुप रहो।" शास्त्री जी तड़पा। आगे बढ़ी तो जबान खींच लूंगा।"

"ज़बान खींच लोगे तो कौन बड़ी बात करोगे। तुम तो मेरे प्राण ही खींचने पर उतारू हो गए हो।"

"हां कमलेश · · · ।"

"कमलेश, तुम यहाँ से जाओ।" शास्त्री तड़पा।

"लेकिन मैं तो सर · · · ।"

"नहीं, कमलेश मेरा भाई है, ज़रूर सुनेगा अपने बास की करतूत। हाँ, तो उसने लिखा है कि तुम्हारे शास्त्रीजी उसके पास गए थे। उसने इन्हें बहुत डाँटा। उसने कहा कि शादीशुदा होते हुए भी तुमने अपने को अविवाहित कहा और मेरी इज़्ज़त लूटी। इन्होंने कहा कि नहीं, बीवी के होते हुए भी मैं अविवाहित हूँ। तुम मेरी ज़िन्दगी हो। तुम बड़ौदे में पड़ी रहो, मैं यहीं आया करूँगा। सुधा ने प्रतिवाद किया—नहीं, मैं तुम्हारी रखैल बनकर नहीं रह सकती। मैं बाजे-गाजे के साथ तुम्हारी बीवी बनना चाहती थी, लेकिन तुम्हारा बाजा-गाजा तो पहले ही बज चुका है।" तब इन श्रीमान् ने कहा—चिन्ता मत करो, उसे जल्दी ही किसी तरह ख़त्म करवा दूँगा। इस पर सुधा

दहल गई। उसने इन्हें बहुत फटकारा। उसने कहा—चले जाइए, फिर कभी मत आइएगा। आप आदमी नहीं पिशाच हैं। मैं आपका भंडा-फोड़ करूँगी। मेरी ज़िन्दगी तो आपने बरबाद की ही, देश की भी करेंगे। ये बहुत गुर्राए और कहते आए कि एक बार ज़बान खोली तो दूसरी बार खोलने लायक नहीं रह जाओगी।"

"सुधा ने लिखा है कि कुछ दिन पहले कुछ गुंडों ने उसे जान से मारने का प्रयत्न किया, किसी तरह बच गई लेकिन कब तक?"

"उसने लिखा है कि उसे जो दण्ड मिल रहा है, ठीक ही मिल रहा है। वह उसी के लायक थी, अपनी प्यारी सी छोटी सी नौकरी से उछलकर नेताजी के सहारे किसी बहुत ऊँची कुर्सी पर बैठने चली थी। वह हत्यारिन है। उसका प्रेमी पागल हो गया है। दर-दर भटक रहा है। वह उसे फिर पाने के लिए कोशिश कर रही है लेकिन ··· ।"

"सुन लिया न कमलेश जी, आपने सारा किस्सा? रोचक है न? आप मेरे मना करने के बावजूद हमारे आँगन में डटे रहे।"

"शास्त्रीजी, आपके आँगन से मुझे कोई सरोकार नहीं है। बावजूद इस बात के कि मैं रमा बहन को बड़ी बहन मानता हूँ। लेकिन मैं आज अपनी तनखाह के पैसे लेने आया था।"

"पैसे? यही वक्त मिला है आपको पैसे लेने के लिए?"

"मैंने तो आपके वक्त की बहुत परवाह की, आपने ही मेरे वक्त की चिन्ता नहीं की। कई बार मेरे वक्त ने आपसे पुकार-पुकारकर कहा—पैसे चाहिए, लेकिन हमेशा आपने कोई-न-कोई बहाना बनाकर अनसुनी कर दी। आज तो मुझे पैसे चाहिए ही। मैं आपके आँगन में बात सुनने के लिए नहीं, अपने पैसों के लिए रुका था।"

"क्या वक्त की नज़ाकत देखकर आप यहाँ से जाकर कल नहीं आ सकते थे!"

"नहीं, कल नहीं, मेरी माँ की हालत बहुत ख़राब है, मुझे पैसे लेकर घर पहुँचना है आज ही।"

"पैसे नहीं हैं, आप जा सकते हैं?"

"नहीं, मैं नहीं जाऊँगा, पैसे लिए बिना। मैं यहीं धरना दूँगा।"

"तो दो धरना और फोड़ो अपना सिर!"

"मैं दूसरों का भी सिर फोड़ सकता हूँ।"

"सुनो, आज तुम बहुत बदतमीज़ी पर उतर आए हो। तुम बेकार घूम रहे थे, मैंने तुम्हें अपने स्कूल में प्रिंसिपली दी। तुम्हें कुछ रुपये भी मिले ही। बेकार रहे होते तो क्या पाते? यहाँ तो प्रिंसिपली का अनुभव भी मिला और देर-सबेर तुम्हारी बाकी तनखाह भी मिलती ही। तुम्हारी ही बदतमीज़ी पर तो गुस्सा लगता है कि तुम्हें प्रिंसिपली से बरखास्त कर दूँ लेकिन..."

"लेकिन नहीं करूँगा, क्योंकि मुफ्त का प्रिंसिपल कहाँ मिलेगा? लेकिन आप मुझे क्या निकालेंगे, मैं खुद ही त्यागपत्र लाया हूँ। लीजिए।"

"सोच लो श्रीमान्, अब मेरे स्कूल के चमकने की बारी आई है और तुम इस्तीफा देने चले हो। भूखों मर जाओगे।"

"नहीं, स्कूल नहीं, केवल आप चमकेंगे और मैं अपनी डिग्री पर भरोसा करके बहुत भूखों मर लिया, अब अपने हाथ पर भरोसा करूँगा। मैं स्कूटर चलाऊँगा, सब्जी बेचूँगा और बहुत से काम हैं जो जीने के लिए किए जा सकते हैं। आप मेरी तनखाह दीजिए।"

"आज तो आपको फूटी कौड़ी नहीं मिल सकती।"

"क्यों नहीं मिल सकती? गुलछर्रे उड़ाने के लिए पैसे हैं, प्रेमिकाओं के साथ रंगरेलियाँ मनाने के लिए पैसे हैं और एक बीमार माँ तक बेटे को भेजने के लिए पैसे नहीं हैं?" रमा बहन झल्लाहट में बोलीं और अपना नेकलेस उताकर मेरे हाथ में देते हुए कहा—"लो भाई कमलेश, इसे बेचकर अपना काम चलाओ।"

"शास्त्री ने गुस्से से रमा को देखा। मैंने नेकलेस लेने से मना करते हुए कहा—"नहीं-नहीं, यह क्या? यह मैं नहीं ले सकता।"

"कमलेश तुम आज तक इनके स्कूल के नौकर थे, मैं आज तक इनकी बीवी रही। बीवी होने के कारण मेरा फर्ज बनता है कि पति के कर्त्तव्य की पूर्ति में हाथ बटाऊँ। उसके पाप की छाया अपने ऊपर भी तो आती है। लो, यह ज़रूर ले लो और मुझे पाप का बोझ थोड़ा हल्का कर लेने दो।"

"नहीं, यह नहीं हो सकता।"

"क्या तुम मेरे भाई नहीं हो? क्या तुम्हारी माँ मेरी माँ नहीं है? यह समझो कि एक बहन अपने मज़बूर भाई को अपनी माँ तक भेजने के लिए कोशिश कर रही है।"

"लेकिन वृद्ध जर्जर माँ की बेहतरी की खातिर मैं अपनी मजबूर बहन को और मजबूर नहीं कर सकता।"

"मजबूर?" कौन मजबूर है? मैं बी.ए. पास हूँ। अपने पिता का एक छोटा-सा मकान है, वहाँ जाऊँगी? कोई काम कर लूँगी, दुखियारी बहनों के बीच घूम-घामकर उनका दुख बँटाऊँगी। जब तक आदमी दूसरे पर निर्भर रहता है और अपना विश्वास नहीं करता तभी तक मजबूर रहता है, नहीं तो वह कहाँ मजबूर है?"

"जो भी हो, मैं यह नेकलेस नहीं लूँगा। मैं भी ॲपनी मजबूरी के दायरे से बाहर हो गया हूँ रमा बहन, अपने को ठीक-ठीक समझ गया हूँ।"

"बधाई हो, बधाई हो!" कुछ नेतानुमा लोग बाहर चिल्ला रहे थे।

"शास्त्रीजी ने वहीं से पूछा, कौन है भाई!"

"वे लोग वहीं से चिल्लाए—"बधाई हो शास्त्रीजी, आप राज्य शिक्षा मन्त्री हो गए।"

शास्त्रीजी ने एक विजय-भरी मुस्कान से हम लोगों को देखा, जैसे कह रहे हों—"अब?"

"शास्त्रीजी ड्राइंगरूम में जाने को हुए तो मैंने उसी दृढ़ता से कहा—"मेरे पैसे।"

"उन्होंने मेरा त्यागपत्र मुझे थमाते हुए कहा—'बेवकूफी मत करो, यह कागज़ पकड़ो और पैसे फिर ले लेना।"

"रमा बहन झटके से बाहर गईं और दो मिनट में भीतर आ गईं।"

"नहीं, त्यागपत्र तो वापस नहीं लूँगा, हाँ, पैसे अभी लूँगा।"

"मैं उन्हें बैठा आई हूँ। कह आई हूँ कि आप अभी आ रहे हैं, आप चिन्ता मत कीजिए।" रमा बहन बोलीं।

"अच्छा तुम लोग यहाँ झख मारो, मैं उन लोगों से मिलने जाता हूँ। वे लो क्या सोचेंगे?"

"आप चाहते हैं कि लोगों के सामने मैं आपके विरुद्ध चीखूँ-चिल्लाऊँ, लेकिन नहीं, मैं इतना छोटा नहीं हूँ। आप मेरे पैसे मारकर राज-पाट भोगिए, मैं चला। मुझे पहले जाने दीजिए। ऐसा न हो कि मैं आपको उन लोगों के साथ देखकर उत्तेजित हो जाऊँ। मैं चलता हूँ।"

"कहकर मैं चलने को हुआ।"

"रुको कमलेश, मैं भी चलती हूँ। मुझे मेरे पिता के घर तक तो छोड़ सकते हो न।"

"रमा!" शास्त्री विचित्र आवाज़ में बोले और गुस्से तथा दर्द भरी आँखों से उसे देखने लगे।

"रमा अपना सामान ठीक करने में लग गईं।"

"शास्त्रीजी बाहर जाकर लोगों की बधाइयाँ स्वीकार कर रहे थे। एक के बाद एक लोग आ रहे थे और थोड़ी देर बाद रमा बहन के साथ मैं घर से बाहर हो गया।"

"शास्त्रीजी से एक बार नज़र मिली और वे एक क्षण के लिए विचलित से लगे, फिर अपने को बधाइयों के शोर में खो दिया।"

"क्या बात है शास्त्रीजी की? बेईमानी और लम्पटता कितनी फलती-फूलती है, शास्त्रीजी को देखकर इसका पता चलता है। क्या विडम्बना है, इन शास्त्रीजी जैसे लोग हर जगह धक्का मारकर अपनी जगह बना लेते हैं और पत्थर के ऊपर भी झंडा गाड़ देते हैं और डॉ. गौतम जैसे लोग विस्थापित होने के लिए अभिशप्त रहते हैं।" शंकर बोला।

"अरे हाँ शंकर भाई, याद आया। कल प्रकाशक के यहाँ मनु भाई मिले थे। उनका एक उपन्यास छप रहा है। उसका प्रूफ देखने आए थे, लेकिन बहुत दुखी थे, लगता था रो देंगे।"

"क्यों?"

"बता रहे थे कि डॉ. गौतम की प्रयाग विश्वविद्यालय में नियुक्ति हो गई है। वे परसों जा रहे हैं।"

"क्या ··· ?" सभी एक साथ चौंके।

"हाँ, उन्हें शीघ्र ही ड्यूटी ज्वाइन करनी है। अकेले जाएँगे, परिवार फिर जाएगा।"

"हे राम!" शंकर बोला। "यह सहारा भी छिन गया।"

"सहारा तो छिन गया, लेकिन लगता है अब वे सही जगह पहुँच गए। वहाँ हिन्दी को कोर्स में से निकालने पैठाने की स्थिति तो नहीं होगी। उन्हें वहाँ सही साहित्यिक वातावरण मिलेगा।" विनोद बोला।

"सो तो ठीक है, लेकिन हम तो अपना स्वार्थ देख रहे हैं न। मैं तो सोच रहा था कि उनका विद्यार्थी होने पर उनके निकट सम्पर्क में आने का मौका मिलेगा और इस परदेस में एक आश्वस्ति की छाँह प्राप्त होती रहेगी। अब वह सपना टूट गया।" रहमान बोला।

"परसों किस गाड़ी से जा रहे हैं?"

"शायद मेल से दिल्ली जाएँगे फिर वहाँ से इलाहाबाद। मनु भाई रह-रहकर उद्विग्न हो उठते थे। कह रहे थे कि सर ने नहीं चाहा, नहीं तो पी.के. पर केस कर दिया गया होता। देखते—वह कैसे निकालता है!"

एक खामोशी पसर गई।

"मनु भाई का क्या कहना? लगता है जैसे खरे सोने का कोई टुकड़ा हो।" शंकर ने कहा।

"हाँ, सचमुच! वे पूछ रहे थे कि प्रकाशक के यहाँ तुम्हें कोई परेशानी तो नहीं। परेशानी हो तो मुझे बताना। किसी के व्यवहार में हिन्दू-मुस्लिम दंगे का कोई असर तो नहीं हुआ होगा, लेकिन यदि ऐसा अहमकपना दिखाई पड़े तो मुझसे कहना। प्रकाशक वैसे अच्छे हैं, बहुत अच्छे हैं, मेरे सम्बन्धी भी लगते हैं, लेकिन अच्छे को बुरा होने में देर नहीं लगती। देखो, मैं तुम्हारी कविताओं से बहुत प्रभावित हूँ और डॉ. गौतम भी तुम्हारी कविताओं की बहुत तारीफ कर रहे थे। वे कह रहे थे—यह लड़का सही दिशा-निर्देश पा सका तो बहुत अच्छा लेखक बनेगा।"

इतना कह लेने के बाद रहमान एकाएक रुक गया। देखा—लोग मुस्करा रहे हैं। उसे अब लगा कि वह अपनी तारीफ किए जा रहा था। शरमाकर बोला—"माफ कीजिएगा, मैं अपनी तारीफ करने लगा। मैं तो मनु भाई के शब्दों को उद्धृत करने के प्रवाह में भूल ही गया कि यह सब कुछ मेरी प्रशंसा में कहा जा रहा है।"

"आगे क्या हुआ?" मुस्कराकर विनोद ने पूछा।

रहमान और शरमा गया और "आगे कुछ नहीं हुआ।" कहकर चुप हो गया।

सभी लोग ठठाकर हँस पड़े।

फिर एक खामोशी छा गई। लगता था, फिर सभी लोग किसी सोच में दब गए हों।

"यार, कल डॉ. गौतम के यहाँ चलना चाहिए।" विनोद ने कहा।

"चलना क्या चाहिए, मैं तो जाऊँगा ही।" शंकर बोला।

"हम लोग भी तुम्हारे साथ चलेंगे। कब चलोगे?"

"कल रविवार है। सुबह चल सकते हैं।"

"ठीक है। हम सभी यहीं आ जाएँ। ठीक है न?" कमलेश बोला।

"हाँ, यहाँ भी आ सकते है। कहीं और भी मिल सकते हैं।"

"नहीं, यहीं ठीक रहेगा।"

शाम गहरा रही थी। सभी लोग उठकर चले गए। शंकर फिर अकेला पड़ गया। सोचा कहीं घूम आया जाए। मन नहीं हुआ। एक अजब थकान तन-मन में अनुभव कर रहा था। दोस्त आए थे तो लगा कि उनसे अपना सुख-दुख कहकर अपनी परेशानी हलकी कर लूँगा, लेकिन वे अपनी-अपनी परेशानियों की गठरी छोड़ गए। हर आदमी जैसे अपनी गठरी के साथ दूसरों की गठरी भी सिर पर लादकर ले गया और हलका होने के स्थान पर और भारी हो आया।

सुखियों की एक कतार है—पारस भाई, गंगाराम शास्त्री, गोरख, रूपलाल, राजू, कासिम, सैयद, दिनेश वर्मा और चिरंतनजी! हाँ, चिरंतन जी भी। कमलेश बता रहा था कि चिरंतनजी शास्त्रीजी को बधाई देने आए थे। गाँधीवाद का सात्विक व्यक्तित्व धारण करने वालों को सह-अस्तित्व कायम करने में देर नहीं लगती। प्रेम और भाइचारे के फलसफे के आधार पर वे सबके साथ उठ-बैठ सकते हैं, सबको अभिनन्दित कर सकते हैं। वे किसी को भी आहत नहीं करते, पता नहीं किससे क्या काम सिद्ध हो जाए। प्रेम-विवाह के कारण अपने भाई के चरित्र को लांछित करने वाले चिरंतनजी को शास्त्रीजी का चरित्र बहुत सात्विक दिखाई पड़ा कि चले आए बधाई देने। दरअसल, ऐसे सात्विक चरित्रों के नीचे स्वार्थ-सिद्धि की लिप्सा ही जीवित रहती है और वही प्रेम और भाईचारे के नाम पर सबसे समझौता करने के लिए प्रेरित करती रहती है और ऐसे व्यक्ति समाज में परम सन्त स्वभाव के और परोपकारी मान लिए जाते हैं। चिरंतनजी! उनका चोगा उतारकर देखा जाए तो न जाने कितने कुरूप लगेंगे।

एक ओर सुखियों की कतार है, दूसरी और लहूलुहान लोगों की जमात। कोई ग़रीबी और अभाव से लहूलुहान हो रहा है, कोई अपनी मूल्यवादी टकराहटों से···। दो घरों के बीच फँसे हुए इन अनन्त लोगों की अनन्त कथाएँ हैं। बहुत कम लोग हैं जो अपने गाँववाले घर से निश्चिंत हैं। कितने लोग हैं जो नौकरी के बाद यहाँ बसेंगे? अधिकांश को तो अपने गाँव ही लौटना है इसलिए वे लगातार उस गाँव से जुड़े होते हैं, जुड़ते जाते हैं और जीवन-भर यहाँ और वहाँ की समस्याओं के बीच फड़फड़ाते हैं, उलझते हैं, निकलने के लिए और फड़फड़ाते हैं और उलझते हैं। और ऐसे ही तमाम ज़िन्दगियाँ बीत जाती हैं।

"शंकर, तुम भी उन्हीं में से एक हो!" उसने अपने से कहा। उनके साथ जुड़ो, जुड़कर अपना दुःख हलका करो, उनका दुःख हलका करो।

हाँ, तभी तो उसने जनधर्मी राजनीति करने का निश्चय किया है उसने ठीक निर्णय लिया है। ठीक निर्णय लिया है।

तो डॉ. गौतम जा रहे हैं। उनके बिना वह कितना खालीपन अनुभव करेगा। वह कल उनसे मिलेगा। कैसा लगेगा मिलने पर। वे तो उसी तरह मुस्कराते हुए मिलेंगे। लेकिन वह तो उनके सामने अपनी उपस्थिति सह नहीं पाएगा। लगेगा जैसे उसने चोरी की हो, अपराध किया हो और शायद रो ही पड़े। कल तो किसी तरह सह भी लेगा किन्तु परसों जब स्टेशन पर विदा देगा तब कैसा लगेगा? कैसे झेल पाएगा वह सर का विदा होना और हो सकता है विदा देने के लिए ऐसे भी लोग पहुँचें, जो विदाई की सारी व्यथा के दिखावे के भीतर कह रहे होंगे–"जाओ, अच्छा हुआ तुम जा रहे हो, तुमसे मुक्ति मिली।" ऐसे चेहरों को वह पहचानता है। कैसे झेल पाएगा वह उन्हें?

सी ई ई ई···

गाड़ी चीखी। वह धक्क से रह गया। गाड़ी की आवाज़ तो आती ही रहती है, लेकिन आज वह उसे हिला गई। गाड़ी खुलने के लिए सीटी दे रही है। इस सीटी में न जाने कितने लोगों के लिए क्या-क्या अर्थ छिपे हैं। उसे लगा कि वह प्लेट फार्म पर खड़ा है, अनेक लोग खड़े हैं, पी.के. भी खड़े हैं, वे डॉ. गौतम को माला पहना रहे हैं। डा. गौतम गाड़ी में बैठ गए हैं। गाड़ी खुलने वाली है 'विश यू हैपी जरनी' पी.के. मुस्कराकर वाक्य उगलते हैं। सी ई ई··· दूसरी सीटी है··· झुक्क झुक्क झुक्क झुक्क गाड़ी खुल गई है। पी.के. और बहुत से लोग हाथ हिलाते हैं। वह चुपचाप एक किनारे पर खड़ा है, डॉ. गौतम की दृष्टि उस पर पड़ती है और लोगों के हिलते हाथों के उत्तर में उनके हिलते हाथ रुक जाते हैं और उनकी खामोश अर्थ-भरी निगाहें उसकी आँखों पर ठहर जाती हैं। गाड़ी चली जा रही है···

हु ऊ ऊ ऊ··· ।

वह चौंकता है—अरे यह तो मिल का बारह बजे का सायरन है। उसे होश आया कि वह प्लेटफार्म पर नहीं, अपने कमरे में है और सोचते-सोचते अपने में खोए-खोए इतनी रात हो गई है।

●●●